PANARQUIA

Álvaro Cardoso Gomes

PANARQUIA

MINOTAURO

PANARQUIA

AUTOR: Álvaro Cardoso Gomes

DIRETOR ALMEDINA BRASIL: Rodrigo Mentz
EDITOR DE CIÊNCIAS SOCIAIS E HUMANAS: Marco Pace
ASSISTENTES EDITORIAIS: Isabela Leite e Larissa Nogueira

REVISÃO: Marian Gabani e Sol Coelho
DIAGRAMAÇÃO: Almedina
DESIGN DE CAPA: Roberta Bassanetto

ISBN: 9786587017174
Setembro, 2021

Dados Internacionais de Catalogação na Publicação (CIP)
(Câmara Brasileira do Livro, SP, Brasil)

Gomes, Álvaro Cardoso
Panarquia / Álvaro Cardoso Gomes. -- 1. ed. -- São Paulo : Minotauro, 2021.

ISBN 978-65-87017-17-4

1. Ficção brasileira I. Título.

21-67919 CDD-B869.3

Índices para catálogo sistemático:

1. Ficção : Literatura brasileira B869.3

Aline Graziele Benitez - Bibliotecária - CRB-1/3129

Este livro segue as regras do novo Acordo Ortográfico da Língua Portuguesa (1990).

EDITORA: Almedina Brasil
Rua José Maria Lisboa, 860, Conj.131 e 132, Jardim Paulista | 01423-001 São Paulo | Brasil
editora@almedina.com.br
www.almedina.com.br

Pandemonium, the High Capital of Satan and his Peers
John Milton, *Paradise Lost*

Pela primeira vez, os separados não tinham repugnância em falar dos ausentes, em usar a linguagem de todos, em examinar sua separação sob o mesmo enfoque que as estatísticas da epidemia. Enquanto, até então, tinham subtraído ferozmente seu sofrimento à desgraça coletiva, aceitavam agora a confusão, sem memórias e sem esperança, instalavam-se no presente. Na verdade, tudo se tornava presente para eles. A peste, é preciso que se diga, tirara a todos o poder do amor e até mesmo da amizade. Porque o amor exige um pouco de futuro e para nós só havia instantes.

Albert Camus, *La Peste*

Acima das nossas nações e dos nossos governos, há que formar um governo geral, puramente científico ou natural, que seja uma emanação das nossas próprias intuições individuais e consagre tudo o que constitui a vida mais natural e espontânea.

Marquês d'Amelibre, *Panarchie*

Para a Gabi, Gabriela, o meu amor de madureza

SUMÁRIO

PALAVRAS À GUISA DE UM QUASE PREFÁCIO

Panarquia nasceu em meio à pandemia da Covid-19 que começou a nos afligir de fato, a partir do ano de dois mil e vinte. Por conta dessa calamidade, tivemos que nos entregar a um confinamento absoluto. Os laços de amizade, de amor e mesmo os negociais acabaram por se esgarçar, pois o distanciamento entre as pessoas tornou-se coisa obrigatória. O silêncio passou a ser ouvido com insistência nas pequenas e médias cidades, nas metrópoles, como se fosse o prelúdio de uma sinfonia da morte. Nunca em minha vida tinha passado por uma experiência de confinamento tão traumática, tão atroz. De maneira que a sensação de vazio, solidão, passou a me atenazar a um ponto que temi mergulhar de vez na depressão. A escrita deste livro, que me consumiu oito meses de encarceramento e em que tratei de um tempo de trevas, foi talvez o único meio de furar meu bloqueio mental.

Mas alerto desde já que, no sentido clássico da palavra, *Panarquia* é tudo menos um romance, devido à sua estrutura e composição *sui generis*. Vejo este meu livro mais como uma rapsódia, pois é o resultado de uma miscelânea de textos, alguns francamente narrativos e outros, não, o que me obrigou a utilizar de vários gêneros do discurso, tais como a narração, a simples descrição, a descrição ecfrástica, o texto acadêmico, a reportagem jornalística, o *page turner* do romance policial, etcétera, mas também de uma polifonia, cujas vozes variam em tom e organicidade, de acordo com a matéria contemplada. A estrutura dissonante do livro, fugindo aos cânones da narrativa tradicional, não é nada gratuita porque serve para mimetizar, com sua aparente desordem, o caos instalado em nosso tempo, devido à hecatombe da pandemia.

A leitura de minha rapsódia poderá ser feita na sequência apontada pelo índice, ou, se o leitor preferir, na sequência dos módulos, que constituem relatos mais ou menos independentes. Os personagens, de modo geral, participam sempre de um mesmo conjunto de narrativas, e, dependendo do caso, invadem narrativas que, na origem, não são as suas. Sendo assim, os protagonistas podem se perder de vez em meio à pandemia, desaparecendo para sempre ou, pelo contrário, podem perder-se para retornar à ribalta, mas sem perspectiva alguma de superar a crise e o caos em que foram mergulhados por uma potestade cruel e cega, indiferente aos apelos do que se convencionou chamar de humanidade.

A. C. G.

ADVERTÊNCIA

Qualquer semelhança entre os protagonistas desta rapsódia e pessoas e locais de trabalho da vida real é mera coincidência. Aos que porventura se identificarem com este ou aquele protagonista, gostaria de lembrar do aforismo de Oscar Wilde: "A vida imita a arte".

O autor

O EU ENSIMESMADO 1

Mascarados andam pelas calçadas, grudando-se às paredes, em busca de proteção, ou cruzam as ruas, após muita hesitação e olhando a medo para os lados. Caminham com passos mecânicos, sem fitar ninguém, evitando os demais transeuntes, a lembrar os *walking dead* das séries televisivas. Num esforço doloroso, deliro e construo um construto sobre eles, a povoar com desesperança o espaço de minha imaginação, há muito tempo, tão oca e sempre à espera de um detalhe significativo, a fazer de mim um criador de mundos, uma espécie de demiurgo. Mas, em minha limitação, reduzo-os tão só aos olhos alagados de sombra fora das máscaras, cujas retinas por demais fatigadas vêm perdendo a função de reter, pois simulam espelhos foscos onde se duplicam fantasmas, representações sem nome.

Para sair um pouco de mim, seguia-os da janela do meu apartamento. Ao lhes acompanhar o deslocamento inócuo, os passos trôpegos, bêbados de inconsciência, pensava-os, num lanço intelectual de maldade, como cadáveres adiados a procriar abortos, a serem alimentados com o leite do desespero e da discórdia. Mas, a bem da verdade, também me sentia como um desses cadáveres, preparando abortos para o amanhã. Experimentávamos o gosto de um outono, marcado pela solidão e pelo confinamento absoluto, sem esperanças, movidos apenas por volições despidas de sentido.

Deixava a janela e voltava a entregar-me ao desalento de sempre. Aumentado porque me cabia dar a mão à palmatória e reconhecer que a Salete tinha razão. Bem que ela me havia alertado da pandemia, mas, quando fez isso, não lhe dei ouvidos. Para piorar ainda mais as coisas, num lanço de arrogância, ainda a chamei de hipocondríaca, um epíteto que ela odiava:

— Hipocondríaca? — rebatia. — Não me venha insinuar que tenho mania de doença. São os fatos, *meu querido*!

Sublinhava bem este "meu querido" para mostrar todo o desprezo por mim e minhas ideias feitas, preconceituosas. E, em compensação, eu fazendo questão de derrubar seus castelos de areia, seus sonhos, suas previsões. Irreconciliável a nossa situação, ambos repartindo, com egoísmo, o pão amargo do dia a dia. Por falta de opção ou devido ao ranço do hábito, continuávamos juntos, a brincar de marido e mulher, vivendo sob um mesmo teto opressor. Até que a morte nos separasse. Um suportando as mágoas do outro, talvez para reforçar a assertiva daquele personagem de *Quem tem medo de Virginia Wolf?*, do Albee, para quem era preferível viver a solidão a dois do que a sós. De fato, com nossas observações ácidas, lançadas ao rosto um do outro, como a saliva de um pandêmico, íamos mantendo, de modo paradoxal, nossa precária, mas persistente relação familiar.

Nem sexo, nem amor, nem carinho ou o simulacro disso tudo. E o curioso é que continuávamos fiéis, não um ao outro, mas ao convívio, no qual nos víamos como estranhos, de maneira paradoxal, trazendo calor para o nosso arremedo de *home sweet home*. Nada de pessoal, mesmo nos objetos de decoração. À parede, um quadro, com uma paisagem das mais convencionais, um campo verde, azulado pelo tempo, a perder de vista, como se fosse um tapete de solidão, uma estatueta de Buda, feita de gesso, mas imitando o bronze, o gordo sorriso nos lábios, ao lado de uma baiana vestida com roupas coloridas, enormes brincos nas orelhas e um vaso à cabeça, a preludiar o samba no pé, ambos comprados em alguma feira de arte popular (sic), um prato de louça, herança da avó dela (ou da minha?), decorado com raminhos azuis e a cafona inscrição "*Matemática do Amor: Eu + Tu = Nós*", algo bem apropriado para a nossa relação, prestando-se, com precisão, a nos manter confinados num espaço comum, apesar de nossas diferenças. E, para coroar tudo, sobre o aparador, os retratos de parentes mortos ou em vias de morrer, desconhecidos em sua maioria, aprisionados em molduras. Era neste espaço que permanecíamos fechados em nossos interesses, as mais das vezes, um vendo no outro o antagonista de uma tragédia barata, sem possibilidade alguma de ascensão ou queda.

Eu era professor de Literatura numa dessas Universidades com nome de santo por aí, prometendo cursos de alto nível, oferecendo professores especializados, com primorosos currículos lattes, tecnologia de ponta, alta empregabilidade após o curso, mas, em realidade, revelando-se como arapucas, em que os blocos de conhecimento eram embrulhados em papel brilhante para pronto consumo dos cegos de espírito. Os cartazes de propaganda, com um fundo azul, vermelho, amarelo, exibiam uma menina loira (e por que não as pretas, as pardas, a compor, por razões óbvias, a maioria da clientela da Universidade?), impecável em seu avental, apertando ao peito as apostilas (livros, para quê?) e uma inscrição, em letras garrafais, "Venha Construir o Seu Futuro na UniLuz", como se o futuro, a imitar um castelo, pudesse ser erigido, passo a passo, com os tijolinhos do saber e a argamassa da dedicação plena.

A Universidade tinha como clientela, via de regra, os deserdados da sorte, os miseráveis da periferia, por razões óbvias, proibidos de entrar nas universidades públicas, reservadas apenas às elites. Judas obscuros dos novos tempos, sonhando com o sonho de um dia fazer uma universidade de ponta e sucumbindo, sempre inconscientes do processo educacional cruel a emparedá-los, ao desespero e à opressão da mediocridade. Diplomados em Administração, em Direito, em Psicologia, em Engenharia, em Pedagogia, em Letras, etcétera — o cardápio era diversificado —, após a orgia familiar da festa de formatura, na qual apareciam com a beca, continuando a trabalhar, em que pesasse a formação universitária, como *office-boys*, atendentes em lojas e no telemarketing, caixas de bancos, por um salário de fome e aguardando, com ansiedade, a oferta de cursos de especialização, de mestrado, para recomeçar a erguer o Castelo do Futuro, porque o anterior, erigido na graduação, já tinha os alicerces erodidos, com as paredes mostrando suas fissuras e as janelas assemelhando-se a órbitas de mortos insepultos.

A Salete, por sua vez, trabalhava numa agência de publicidade, mas era uma frustrada (ela que não me ouvisse dizer isto), pois o sonho dela sempre havia sido a área da Saúde, para, em suas próprias palavras, "poder se dedicar aos desvalidos da periferia". Reprovada mais de uma vez no vestibular de Medicina, acabou por cursar Comunicação. Visando a manter vivo seu sonho, contudo, passava todo o tempo livre lendo revistas especializadas sobre o assunto ou vendo programas voltados para a Saúde na tevê. Tinha, inclusive, no armário do banheiro, uma caixa cheia de medicamentos. E se mostrava até competente para recomendar esta ou aquela pílula para enxaquecas, prisões de ventre, dores crônicas de coluna, unhas encravadas ou gripes passageiras. No momento atual, acompanhava tudo a respeito da Covid-19, fosse nos jornais, fosse na tevê ou nas redes sociais. Não me espantaria que, num lance de sorte, viesse a descobrir a vacina para a pandemia do coronavírus... Com o meu cinismo habitual, foi o que lhe disse um dia, quando, em uma de nossas raras conversas, ela me explicava a mecânica do vírus e um possível método de cura.

— Você não devia brincar com uma coisa dessas — rebatia, azeda, e encerrando de vez o diálogo mal iniciado.

Mas houve um tempo em que havia entre nós um entendimento mútuo, o que nos levou ao casamento. Tínhamos então princípios e posições políticas firmes. E nossos discursos inflamados — ah, como me recordo disso com saudade —, pelo menos quando nos conhecemos, convergiam para o mesmo ponto. Éramos contra o Sistema, o Grande Satã. Víamos iniquidade e exploração dos miseráveis em tudo. Víamos como era desigual a nossa sociedade, por, entre outras coisas, tratar a mulher, "o negro do mundo", segundo o jocoso símile da canção do John Lennon, como cidadã de segunda classe. Esse espírito combativo, com o tempo, foi se arrefecendo em mim, devido à morte de minhas ilusões e, como consequência, a meu crescente cinismo. Por outro lado, a cada dia que passava, parecia que a Salete se tornava mais e mais combativa, apesar de eu saber que ela tinha consciência de haver renunciado em parte a seus valores, ao se transformar numa servidora do Sistema, com a criação de brilhantes peças publicitárias, pronta a servir ao deus Mercado.

Mantínhamos também, naquela época de juventude, uma distância das respectivas famílias, a quem, de modo crítico, imputávamos a nossa formação burguesa. De minha parte, a coisa era facilitada porque nunca cheguei a saber quem era meu pai. Quanto à minha mãe, pobre criatura sem eira nem beira, morreu pouco depois que vim embora para São Paulo. E deixava para trás tios, primos de quem, sem grandes conflitos, logo me desliguei. Quanto à Salete, sempre tão radical, por razões obscuras para mim, havia deletado ou tentando deletar tudo o que a ligava aos pais. Mesmo em nossos melhores dias de convívio, recusava-se a falar da família, e eu respeitava essa decisão porque era coisa pela qual não tinha interesse. Uma vez, numa conversa um pouco mais íntima e não sei bem por qual motivo, havia vincado bem os lábios e dissera com ódio:

— O meu pai... aquele sacana...

O que podia ter acontecido para concentrar assim tanta raiva pela pessoa que a havia gerado? Um suposto assédio? E como sempre fazia, respeitando sua intimidade, não lhe perguntei o motivo. Apenas mais uma vez, alguns anos depois, ouvi-a murmurar outro insulto à memória do pai. Isso aconteceu quando um parente telefonou, avisando que ele tinha falecido. Permaneceu impassível durante alguns segundos, para, em seguida, dizer com a voz carregada de rancor:

— Enfim, ele se foi... O desgraçado!

E nunca mais tocou no assunto. Não sei e nem tenho elementos para avaliar se a amargura da Salete se devia à falta de laços com a família ou à ruptura com o passado, sobretudo, com o pai. Minha intuição me dizia que talvez isso explicasse em parte sua acrimônia, sua acidez.

Quanto a mim, via-me, mais e mais, preso a um cinismo, sem consciência de nada, ou com a consciência de tudo, a jogar para debaixo do tapete a minha revolta, a minha sensibilidade, se é que, algum dia, fora de fato movido por algo semelhante. Tinha, é claro, lá as minhas dúvidas.

Nos últimos tempos, não bastasse o cinismo, procurava fugir da mediocridade, da covardia sem limites, refugiando-me no mundo da Literatura, onde, em princípio, podia vestir a máscara que desejasse, para, assim, salvaguardar meu "eu" mais puro. Retórica vazia! Onde é que se encontraria esse "eu" mais puro, se sabia muito bem que o sujeito não tem unidade e muito menos realidade em si, não passa de um palco, no qual atores representam papéis? A respeito disso, lembro-me que Hume escreveu uma síntese perfeita do que seria a mente (e, por extensão, o sujeito), dando entender que ela

> é uma espécie de teatro, onde diversas percepções sucessivamente aparecem, passam, repassam, desaparecem, fundem-se numa infinita variedade de posturas e situações. Não há propriamente simplicidade nisto em nenhum momento, nem identidade nas diferenças, qualquer que seja nossa natural propensão em imaginar tal simplicidade e identidade.

Ou como queria o Álvaro Campos, parodiando Bergson, o sujeito não seria apenas "uma série de contas-entes ligadas por um fio-memória"? Como podia, pois, dialogar com esta entidade fantasmagórica ou tentar configurá-la, para quem sabe dar um sentido a meu falhanço na vida? Sem contar que acrescentava um qualificativo dos mais sentimentais, porque estava sujo como a merda de um cachorro sarnento. Era obrigado a aceitar que vivia à sombra de um fantasma a fingir de mim...

Não a Salete. Pelo menos, fiel a seus princípios — era obrigado a reconhecer, a contragosto. Pois a fidelidade dela ao que o tempo tinha feito o favor de dissolver tornava-se uma revelação, às avessas, do que havia me tornado. Salete, Salete, por que sempre me pôs a nu com suas idiossincrasias, com a dedicação à sua imagem, pavorosamente perdida num passado sem retoques? Ou oculta nos mais secretos arquivos do seu laptop, de um modo que eu só pudesse ter acesso a eles, por vontade expressa dela, quando estivesse morta. E assim, só assim, nos labirintos de um passado e, portanto, tarde demais para servir de revelação, em nosso relacionamento, vinha eu a conhecer, nas páginas de seus arquivos, a insuspeitada força de seu "eu" mais puro, capaz de resgatar espectros reprimidos por um mascaramento social, responsável pela sua aparente secura e pelo distanciamento de mim a quem, abrindo a porta de sua fortaleza, poderia um dia ter amado. E quanto a mim? Não era nada isento. Talvez me coubesse, aquém e além de meu ressentimento, uma reflexão similar: se eu tivesse aberto a porta de minha fortaleza, poderia um dia tê-la amado. Mas o mundo do "se" está cheio de bem intencionados, todos eles merecedores do inferno.

E nossas divergências acentuaram-se naqueles anos de uma ligação sem muito sentido e vindo à tona, de maneira virulenta, quando a pandemia do coronavírus, a calamidade mundial, nunca experimentada antes por nossa geração, veio se abater sobre nossas cabeças, condenando-nos a um confinamento forçado. E, assim, fechados mais e mais em nosso espaço, não tínhamos projeções de futuro e, sim, excesso de realidade.

Foi aí então que passei pela experiência de me sentir como era ser humano, mas ser humano sem máscaras de qualquer espécie, se é que isso era possível. Ser humano refreando em meu ser a tendência suicida de me condenar ao esquecimento do que havia feito de mim naqueles tempos todos de ausência, em que havia abdicado de vez dos chamados princípios, o que — presumo — faz de um homem um homem.

Vejo minha derrocada, e é dela que procuro falar na sequência, intercalando-a com bocados de narrativas e reflexões de outra ordem, trazendo para o proscênio uma multidão de pessoas, umas poucas, conhecidas, e a maioria, formada de anônimos a quem dei uma face, um corpo, gestos, pensamentos, reflexões, sentimentos, sensações, a virtude e o poder da palavra e um nome, um apelido. Nelas, me projeto e, por meio delas, em certos momentos, fujo de mim e obrigo-as a assumir minhas angústias, minha covardia, um modo irônico de me esquecer, embora esta instância do sujeito vá se fazer presente, sempre, sempre, sempre, compondo uma rapsódia, cujo início preludia o fim e cujo fim preludia o começo, para nunca mais terminar, como num mecanismo de moto-contínuo.

De certa forma, tudo faz parte de mim, até aquilo que, na aparência, me exclui ou me nega. Como, por exemplo, os arquivos póstumos da Salete, apresentando-me criaturas fictícias, a comporem uma galeria de seres tão chapados, como se fossem projeções da psique. Eu sou eu, mais os eus criados por minha imaginação, mas eu sou também o eu de Salete e os diversos eus projetados em seu mundo fantasmagórico de mulher fatal.

É a conclusão melodramática a que chego, pois não há outra que me sirva no horizonte do possível. No dizer cheio de iluminação de Beckett, *nada é mais real que nada.*

Num momento de sincericídio, olho com uma ternura agridoce para Salete. Compenetrada, rugas precoces marcando sua testa, entrega-se, diante de um laptop, a um trabalho medíocre, mas, de modo paradoxal, brilhante, para servir a potestades cegas, a serem adoradas, com a oferta do suor do rosto, nos templos do consumo. Peças publicitárias, com forte apelo comercial, nascem, prometendo um mundo melhor, a ser construído, tijolo a tijolo, pela aquisição de coisas inúteis. Ambos nos tornamos emissários desse Admirável Mundo Novo, um, porfiando nas redes da educação, o outro, na propaganda e no marketing. E servindo a bastardos, fingindo que damos o melhor de nós mesmos, mentimos que ensinamos algo significativo, ou criamos uma peça de arte, tal qual, agora, os arautos da pós-modernidade a concebem.

Pobre Salete, com quem você foi condenada a (con)viver... Mas, tomado de uma piedade de mim, permito-me pensar também que me tornei prisioneiro de nosso convívio. Além de verdugo, sou uma vítima dessa relação, há muito tempo, a esboroar-se, a mostrar suas fissuras.

Sou um condenado sem remissão possível, penso, enquanto mergulho o olhar na solidão abatendo-se sobre a Metrópole e pondo abaixo seus hipócritas centros de convivência, erigidos por engenheiros pândegos, movidos por ideologias ultrapassadas. Posso vê-la, palpar sua inconsistência daqui da janela do apartamento. Ela parece sufocar os desafortunados, sempre caminhando, catatônicos, para lugar algum, os olhares cheios de suspeita.

Mais adiante, ao estender a vista ao máximo, posso contemplar uma praça desolada, projetada pela mente enferma de um arquiteto visionário, onde o concreto predomina sobre qualquer vestígio de vegetação, frequentada, no seu extremo, muito ao longe, apenas por dois homens de negro, cidadãos antiquados, em seus modos de ser e em seu vestuário, chegando ao cúmulo de usar gravatas e chapéus!, quem sabe, entretidos numa conversa sobre política, os governantes corruptos, sobre a pandemia, a condená-los à solidão, sobre a família, os filhos relapsos, sobre a ausência ou presença de Deus e por uma estátua, vestindo um terno branco, uma das mão segurando um canudo e assestada sobre um pedestal, entre os arcos de dois edifícios despovoados, a lançar palavras mudas para o vazio, acompanhadas de grandes gestos.

Mas, nesta praça, onde a solidão pontua, as sombras, meu Deus!, geladas e tão sensíveis ao tato, sob um entardecer mortuário, com a luz nascendo do sol negro, projetando-se das construções, da estátua e dos homenzinhos ao fundo, sob um céu esverdeado, como têm um peso dilacerante.

OS INFECTADOS 1

No ano de 2080, a intensificação da pandemia do coronavírus atingiu um nível insuportável. Como as medidas profiláticas para tratamento dos doentes, incluindo, é claro, as vacinas, em fase de testes, viessem se mostrando ineficazes, as autoridades sanitárias de nossa Metrópole, já de si assoberbadas de tanto trabalho, desde que o número de casos de pessoas contaminadas pela Covid-80 deu de crescer de forma incontrolável, com milhões de infectados e milhares de mortos no dia a dia, viram-se diante de um alarmante problema. É que constataram que os cemitérios da cidade não estavam dando conta dos enterros, mesmo com a decisão de se evitarem as covas individuais, cavando-se valas com o auxílio de buldózeres, requisitados das mineradoras, onde os cadáveres eram despejados das caçambas de caminhões, sem cerimonial algum, a não ser uma prece murmurada às pressas por algum parente ou por um religioso, pago a preço de ouro, e, depois, cobertos com cal e terra. Mas a consequência do aumento de enterros é que houve a proliferação dos ratos, trazendo consigo moléstias oportunistas, entre elas, como, aliás, foi detectado pelos sanitaristas, a da peste bubônica, com surtos, de maneira quase exclusiva, nas comunidades mais pobres. A solução encontrada foi a de suspender, *in limine*, os enterros em cemitérios e interditá-los, cobrindo toda a extensão do solo com sal e veneno para ratos, e a construção de novos fornos crematórios, muito mais eficientes.

Se antes da pandemia, a cidade contava apenas com dois ou três **Centros de Incineração**, conhecidos como **CIs**, servindo para incinerar os mortos por causas naturais, agora, em regime de urgência, centenas deles foram construídos às pressas ou adaptados em fábricas desativadas, contando com barracões, onde se instalaram fornos importados da Alemanha. Tais fornos, de acordo com os manuais, deviam ser manipulados somente por funcionários com especialização no exterior, os chamados **Incineradores**, expertos nas técnicas de incineração de corpos humanos, submetidos a altas temperaturas, provindas da queima de gás butano e metano, sem que, na medida do possível, houvesse resíduos, a prejudicar o funcionamento do maquinário ou o desperdício de energia. Os **Centros de Incineração**, por razões sanitárias, situavam-se nos pontos mais extremos da Metrópole, formando uma espécie de cinturão, acessíveis apenas por avenidas, onde, dia e noite, deslocavam-se, de modo exclusivo, comboios de caminhões e peruas negras, prontos a receber em suas caçambas os cadáveres recolhidos pelas peruas dos **Serviços de Morgue**, conhecidos como **SMs**. Graças a essas providências, num primeiro momento, a população viu-se a salvo da proliferação dos ratos e, por consequência, das moléstias oportunistas, e também se livrou dos entraves burocráticos para poder enterrar os entes queridos.

Contudo, não demorou muito, e as autoridades foram surpreendidas por nova realidade desagradável: o acúmulo de doentes terminais. Aconteceu que levas de doentes dessa categoria começaram a ser abandonadas pelas famílias, atormentadas pelo destino a dar a seus parentes infectados, por toda a cidade, na medida em que os hospitais, as clínicas e os recém criados **Centros de Atendimento**, os **CAs**, sem vagas, sem médicos, sem enfermeiros, sem medicamentos, não tinham mais capacidade de atender ninguém. Instalou-se o pavor no coração de todos frente à calamidade, porque os pandêmicos, como uma praga, permanecendo no âmbito dos lares, era de se prever que contaminassem com rapidez os demais familiares e, assim, se temia que o número dos infectados começasse a crescer em progressão geométrica. Apenas quando morriam, os doentes, em tese, não constituíam um problema, pois, como solução, dever-se-ia providenciar o envio deles aos **Centros de Incineração**, onde os corpos, visando à profilaxia, seriam cremados o mais rápido possível.

Se os fornos de cremação, num primeiro momento, resolveram a questão da eliminação dos cadáveres, havia, contudo, que considerar a burocracia, muitas vezes responsável pelo retardamento das medidas profiláticas, o que podia ter graves consequências sociais. O processo todo constava do seguinte: quando um paciente infectado pela Covid-80 falecia em casa, num primeiro momento, havia a necessidade de se providenciar um atestado de óbito, coisa que vinha se tornando cada vez mais difícil pela falta de profissionais habilitados com o certificado da Prefeitura, para depois se providenciar a retirada dos cadáveres. De acordo com os regulamentos, a família deveria ligar para o **DRC, Departamento de Retirada de Cadáveres,** aguardar horas e horas, até que uma das atendentes, sempre sobrecarregada de trabalho, dissesse, afinal, "**DRC**, em que podemos ajudá-lo?". Depois vinha um interrogatório, em que se solicitavam informações das mais variadas e se exigiam documentos, a serem enviados, *a posteriori*, por e-mail ou WhatsApp, e, emitido o número do protocolo, é que começava a espera de fato, pois era preciso que dias e semanas se passassem, para que, afinal, o órgão desse o seu veredito e, assim, os familiares, munidos da documentação, averbada em cartório, pudessem acionar o pessoal do **SM**, ou **Servidores do Morgue**, via e-mail ou telefone. Os servidores do **SM**, munidos da papelada, deslocavam-se até o domicílio onde se encontrava o cadáver, mas não qualquer cadáver, diga-se de passagem, mas tão só aqueles contaminados pela Covid-80, conforme rezava o regulamento. Vestidos com macacões pressurizados, botas e luvas esterilizadas e capacetes providos de cânulas, ligadas a cilindros de oxigênio, após a emissão do atestado de óbito por um profissional, os servidores do **SM** dispunham os corpos em caixões de pinho, para encaminhá-los, em suas peruas negras ou caminhões, a um dos **Centros de Incineração** nos limites da Metrópole.

Mas engano pensar que esses procedimentos estavam em vias de ser normalizados, pois, na verdade, o que se verificou é que o atendimento foi se tornando cada vez mais complexo, devido ao excesso de mortos pela pandemia, o que teve como consequência o fato de os usuários serem submetidos a longuíssimas esperas. Nesse casos, muitas vezes, as famílias atingidas, quando de maior poder aquisitivo, chegavam ao ponto de acomodar os cadáveres em freezers, adquiridos às pressas, frente às contingências, fosse pela demora do atendimento do **Serviços de Morgue**, fosse por falta de caixões, fosse por falta de viaturas, fosse pela sobrecarga dos caminhões e peruas, fosse pela falta de funcionários, fosse pela falta de vagas nas câmaras de gás, àquela altura, superlotadas e fosse até pela falta do combustível, o gás metano ou butano, um produto outrora farto e, na atual circunstância, quase exaurido e vendido a preços exorbitantes. A situação piorou tanto que até aqueles em melhor condição financeira não conseguiam atendimento para seus próprios mortos, ou seja, o sistema de cuidados com os falecidos estava chegando ao ponto de saturação.

Além do problema criado pela crescente leva de cadáveres, outra dificuldade veio a se oferecer: o caso dos pandêmicos em estado terminal. Esses infectados poderiam apresentar riscos de contaminação e, portanto, de aumento de vítimas da pandemia. O que fazer deles? O que fazer? Bradavam os cidadãos em desespero, bradavam os vereadores na Câmara Municipal, em discursos seguidos de discursos, preocupados com os prejuízos políticos, e não encontrando solução para o problema devido à legislação caduca. E um princípio de caos veio a se instalar no seio da sociedade, pois, com medo da contaminação, os que tinham em casa infectados, levados pelo desespero, cansados de esperar que o poder público encontrasse solução para o problema, muitas vezes, deixavam de conservar os mortos em freezers ou de acessar o **DRC**, o **Departamento de Remoção de Cadáveres** e, de modo irresponsável, infringindo a lei, passavam a contratar os serviços das máfias, outra praga a se abater sobre a Metrópole, pagando preços extorsivos para a retirada dos corpos dos falecidos e também dos doentes em fase terminal, em caixões não lacrados, em peruas não higienizadas, utilizando funcionários não especializados, sem proteção alguma e sem os alvarás da Prefeitura, para serem acomodados em lugares arejados, de acordo com as promessas das empresas ligadas às máfias. Todavia, devido à ganância desses inescrupulosos, acabavam os infectados e os cadáveres por ser jogados, na calada da noite, sob a marquise das lojas, no saguão das agências bancárias, no portal das igrejas e templos, nas praças, nos campos de futebol da periferia, nas cavernas formadas pelos viadutos, nas cloacas de esgoto, nos córregos e ribeirões da cidade e, em casos mais extremos, até nos lixões da periferia, embrulhados em sacos de plástico negro, como se fossem dejetos comuns, escapando assim à vigilância dos **Estafes de Controle**.

Os **Estafes de Controle**, ou **ECs**, como eram mais conhecidos, criados às pressas após o crescimento dos serviços ofertados pelas máfias, tinham como função exercer o controle do descarte dos infectados pelos vírus, dos agonizantes e dos cadáveres. Com essa atitude inescrupulosa dos cidadãos e dos malfeitores, os espaços públicos iam ficando cada vez mais congestionados, pois era preciso não se esquecer dos milhares de mendigos e sem-teto, grande parte contaminada pela Covid-80, já ocupantes de tais espaços, muito antes de a pandemia tornar-se um problema crônico na Metrópole. A situação veio a agravar-se com o aumento dos corpos a serem recolhidos nos lares, que, muitas vezes, tinham um destino espúrio, ou seja, burlando de modo ostensivo as leis, eram encaminhados pelas gangues às "Casas de Vidro", nome com que o vulgo denominava outro tipo de morgue clandestina. Nesses locais, os cadáveres, dissecados por profissionais sem qualificação ou diplomação alguma, tinham os órgãos extirpados e acondicionados em caixas de vidro com gelo, para posterior venda num mercado negro, situado no centro de nossa Metrópole.

Essa calamidade a mais obrigou o poder público, após uma votação feita às pressas na Câmara dos Vereadores, a criar um novo órgão, o **CMRVP, Centro Municipal de Recolha das Vítimas de Pandemia**, através do qual se pretendia promover a localização, a catalogação e recolha dos infectados e dos mortos nas ruas e espaços da cidade, após os descartes clandestinos, promovidos pelas máfias, para se evitar que a contaminação pela Covid-80 viesse a crescer até chegar num ponto em que os cadáveres, apodrecendo em tudo quanto é canto, empestassem mais os ares de nossa Metrópole. Também foi criado, nessa ocasião, um órgão mais restritivo, o **IEVS**, ou **Instituto Emergencial de Vigilância Sanitária**, visando a coibir a ação dos mercadores de órgãos. E, assim, um enorme edifício no centro da Metrópole, desocupado há muito, foi todo reformado para acolher os funcionários tanto do **CMRVP** quanto do **IEVS**, aprovados em concursos. No caso do **CMRPV**, o **Centro Municipal de Recolha das Vítimas de Pandemia**, os funcionários compreendiam os chamados **Localizadores** e **Recolhedores**, sob a supervisão dos **Superintendentes**, e serviam para localizar, catalogar em fichas e recolher os corpos dos doentes em fase terminal, dos agonizantes, e também, de modo excepcional, dos cadáveres, mas só aqueles vítimas da pandemia da Covid-80. Por outro lado, os funcionários do **IEVS**, formados por vigilantes, conhecidos como **VAs,** deviam correr a cidade para combater as máfias de recolha de cadáveres e as quadrilhas dos contrabandistas de órgãos, fechar e lacrar as "Casas de Vidro" e intervir com rigor no mercado negro.

Quanto aos doentes abandonados pelos familiares, era encaminhá-los aos **Centros de Atendimento**, mas isto só se tornava possível caso houvesse vagas, o que, na realidade, não vinha acontecendo, e, assim, se criava um insolúvel problema, a não ser que os infectados estivessem debilitados demais e falecessem antes que fossem submetidos a quaisquer procedimentos médicos, sempre dispendiosos para o Estado. Quanto aos mortos, de acordo com os estatutos do **CMRVP**, deveriam ser levados aos **Centros de Incineração**, onde os corpos, transformados em cinza, da maneira mais econômica possível, despediam-se dos vivos, sem provocar sequelas, a não ser promover o aumento da fumaça negra, a poluir cada vez mais a atmosfera da Metrópole.

E, dessa maneira, graças aos esforços do poder público, criando dois importantes órgãos, o **CRMVP** e o **IEVS**, realizava-se a eugenia, com a maior eficácia, para que se pudesse preservar uma parcela da população, de modo especial aquela produtiva e consumidora, até que se encontrasse a cura para a pandemia, a praga vindo do Oriente, a atormentar sem aviso os homens, para mergulhá-los num pandemônio.

OS DA MANSÃO 1

Entubada, os olhos lacrimejantes, ela é tomada por sonhos, às vezes, as imagens vívidas, como a do oceano de águas azul-turquesa, onde banho meu corpo, afagada pelas ondas e pelos beijos do Akanni, mas, outras vezes, não há imagens, e, sim, ruídos incomodando-a, ela quer tapar os ouvidos, não pode, não tem mãos, nem braços, como se os tivesse amputado, mas ouve, é alguém falando, num tom de ira *Onde que ela escondeu o testamento?*, tenta respirar e não consegue, e nem, ao menos, chorar, esgotei a vontade de chorar, queria dormir e não acordar mais, mas, quando adormece e parece mergulhar num poço, o que deseja é voltar à tona dessas águas escuras, tomadas por cheiros cruéis, penetrando nela como punhais, as articulações doendo e aquela dor de cabeça excruciante, o doutor Kalil, ouvia a voz dele vindo de longe *A senhora tome uns analgésicos, é sua enxaqueca crônica, não?*, estava tão bem, uma saúde de ferro, só as enxaquecas, causadas pelo marido, o Aurélio, pelo genro, o Oto, e as filhas cabeças de vento e, agora, a dificuldade em respirar, a tosse, o defluxo, o catarro, a febre subindo, subindo, a Cybelle, *Mamãe*, a Cybelle, sempre estúpida com ela, esquecida de quando era pequena e a embalava, e tornava ela com insolência *Mamãe, para de gritar e tome seu remédio*, com o marido do lado, o parasita do Oto, tão bonito, mas tão ordinário, me devendo dinheiro, devendo dinheiro para todo mundo, o nome sujo na praça, *Uma vergonha, Mamãe, tenha modos*, de novo a Cybelle, não reconhece a filha, não reconhece ninguém, não reconhece o Marcelo, a Cybelle e o Clóvis, meus filhos? A corja, *Onde ela enfiou o testamento*, semi-inconsciente, quase a ponto de ser levada ao hospital, parece perceber, de modo vago, que eles estão revistando tudo, abrindo gavetas, armários, fuçando em suas bolsas, *Parem com isto, ainda não morri!*, ou teria morrido e sonhando estar viva?, a ambulância gritando feito louca, *Parem com isso, pelo amor de Deus, não quero saber de hospital, é só um resfriado*, eles todos debruçados sobre mim, *Mamãe, o doutor Kalil acha que é melhor, Quem é o doutor Kalil para achar que é melhor? Chamem a Idalina, Que Idalina, mamãe, a senhora está louca?, Eu quero a Idalina aqui, a negrinha safada*, vê então a Cybelle comentando com sua nora, a Cleide, *Uma agregada aqui de casa, mas ela foi embora faz muito tempo*, e ela insistindo *Mas eu juro, Cy, peguei seu pai aprontando com a negrinha*, fecha de novo os olhos para o mundo e mergulha num país florido, o Aurélio de chapéu panamá, tão bonito, eles desembarcando em Kingston, com os filhos pequenos, umas gracinhas, a Cybelle, o Clóvis, o Marcelo, a Idalina, trabalhando como babá, a negrinha safada, a festa de recepção no prédio da embaixada, Ah, tantos embaixadores e embaixatrizes, cônsules e consulesas, até o primeiro ministro da Jamaica, todo gentil, um negro, mas um negro elegante, falando inglês, francês, espanhol e até um pouco de português, *Ma'am, what are you thinking about Jamaica?*, dizia Sir Alexander, beijando-lhe a mão, *Estou encantada com os cheiros, com as cores, com a gentileza deste povo tão receptivo, às vezes, até penso que estou na Bahia*, era assim que começava uma carta, dirigida à irmã, a Vilma, mal havia se instalado em Kingston, procurava se lembrar da casa toda branca, e ele, musculoso, o Akanni, cuidando do jardim, ah, Akanni, Akanni, *O que ela está falando? Será que está querendo dizer onde o testamento? Testamento? Que testamento?*, eles feito doidos, devassando a casa, abrindo gavetas, as portas do guarda-roupa escancaradas, os criados-mudos, a minha casa, *A gente tem que descobrir! Pô*, parece ouvir o Oto gritando, Oto, o parasita, *Olha lá, Cy, o seu namorado de olho em nosso dinheiro, O que foi, mamãe?, Ela está gagá*, era o Clóvis, dando uma gargalhada, *Outro dia, gente, me confundiu com o Oto e começou a me xingar de "parasita", Mamãe, sou seu filho, o Clóvis, queria apresentar a Nancy para a senhora, Nancy?*, não parecia boa bisca, pobre Clóvis, ela pensava, o seu preferido, dois casamentos, dois divórcios, ia para o terceiro, quantas e quantas vezes, internado em clínicas, um viciado, era seu queridinho, *Vilma, você precisa ver o encanto que é nossa casa, toda branca, com as janelas dando para o mar, quando acordo pela manhã, sinto aquele perfume das águas e das flores, Ah, como sou feliz aqui em Kingston, não vejo a hora da gente se encontrar, você virá nos visitar, não é?*, mas tinha que reconhecer, ao contrário do Marcelo, empresário bem-sucedido, ah, o Davi, o neto preferido, o filho do Marcelo, sentadinho no piano, *Toca* Pour Élise *pra vovó*, mal a música começava a ser tocada, não podia ouvi-la, não ouvia nada, senão um marulhar, mal conseguia respirar, queria um pouco de ar, mas tossia, tossia, *Chamem a Idalina, falem pra ela fazer um chá de camomila*, *Ai, a minha cabeça, estalando de tanta dor*, a Idalina, a negrinha safada, encontrada na rua por mamãe, insistindo em ficar com ela, *Quem a mãe? Quem o pai?*, toda suja, o ranho escorrendo do nariz, os cabelos pixaim, cheios de piolhos, Quem diria?, depois, uma negrinha vistosa, e o Aurélio, o canalha do Aurélio, dormindo com a negrinha, *Toca o Beethoven pra vovó*, e lá ia o Davi, Ah, meu preferido, *Vem cá no colo da vovó*, e dava com o Davi, agora um homem, mas chorando, aquela confusão toda, *Por que não deixam o menino fazer o que quer fazer*? *Músico?* — escarnecia o Marcelo — *Vou lá criar filho vagabundo pra tocar piano? Piano é coisa de bicha*, e lembrava-se ela, sentada ao piano, na sala arejada, o perfume de baunilha entrando pelas janelas, as cortinas de renda beijando-lhe o rosto, enquanto tocava *Pour Élise*, sufocando a dor, sabia de tudo, o Aurélio de caso com a consulesa italiana, o corno do marido italiano, fingindo que não sabia de nada ou nem fingindo, apenas aceitando a promiscuidade daquele gente sem moral, sem escrúpulos, *O que me chateia um pouco é essa gente do corpo diplomático, umas mulheres que só se acham, Vilma, ah, Vilma, às vezes, me sinto muito sozinha, difícil fazer amizades por aqui, se pelo menos o Aurélio me desse um pouco de atenção, você sabe como ele é, o trabalho sempre à frente*, até que ela explodia de ódio e, numa noite, dizia tudo ao Aurélio, insistia que queria o divórcio, *Divórcio, o caralho!*, berrava ele, e dava-lhe na cara com as costas da mão, onde havia um anel que lhe marcava o rosto, era tanta a dor, *Ai, como dói*, *Ai*, que não consigo respirar, *Anda, Cybelle, liga pro médico, rápido!*, *Chamem o Akanni, quero o Akanni, Mamãe está louca, Marcelo! Que história é essa de Akanni?*, deixava a casa, descalça, os cabelos soltos, os seios saltando da camisola, a noite quente, o cheiro de baunilha, *May I help ya, Ma'am?*, via brilharem na noite os olhos do Akanni, *Oh, no! You're hurt, Ma'am! Like to see a doctor?* Akanni, Akanni, tão meigo, tão cínico, o Aurélio, visitando a Idalina no quartinho dela, Ah, o perfume de baunilha nas noites quentes, eu gostava tanto de tocar *Pour Élise*, o vento vinha do mar, as águas azul-turquesa sobre a areia branca, *Vocês telefonaram pro doutor Moranti?*, *Já, Oto, o advogado me disse que o testamento não está com ele, que a mamãe deve ter escondido, E pra que um merda de advogado como esse doutor Moranti? Não sabe de nada*, onde a filha com a cabeça para casar com o pilantra do Oto? *Mamãe, como a senhora está linda hoje*, dizia o pelintra, tentando agradá-la e, quantas e quantas vezes, lhe pedindo empréstimos, *A senhora pode crer que a empresa de seguros que estou montando conta com uma carteira de...*, sim, sabia, mais uma arapuca, o imbecil entrando com meu dinheiro, e os sócios, apenas com a experiência, e mais uma falência, e eu tendo que cobrir os rombos, *Não me venha mais pedir dinheiro! Suma da minha frente! Seu pilantra! Parasita!*, *Davi, Davi, meu amor, toca pra mim, só pra mim* Pour Élise, *A velha maluca, Cy!*, *Também, você não paga o que está devendo pra ela, Pagar? A família é que tem que me pagar pra aguentar você, sua vaca, mala sem alça, Parasita! Parasita!*, ouvia tudo isso de longe, como uma maré sombria, tanta a dor, uma dor no peito, puxava o ar, e o ar não vinha, os olhos marejados de lágrimas, queria assoar-se, não conseguia, sentia coceiras, e as mãos inertes, e nada mais no corpo lhe obedecendo aos comandos, quero morrer, quero morrer, *Não me levem para o hospital, não quero morrer, não, não quero morrer. É só uma gripezinha de nada, doutor Kalil*, e o doutor Kalil, como todo mundo, também levando seu dinheiro, enrolando, prolongando seu mal-estar, a sua agonia e, agora, a gripezinha, a tosse, tossir, tossir, sem parar, a dor no peito, como se lhe enfiassem uma agulha no pulmão, queria respirar, respirar o ar cálido de Kingston, entrando pela janela, afastando as cortinas de renda, bafejando seu rosto, o perfume de baunilha e das damas da noite, o Aurélio fornicando com a vagabunda da consulesa, o Aurélio no quartinho de empregada, emprenhando a Idalina, a negrinha catada na rua por mamãe, condoída com a sorte dela e pondo para trabalhar na cozinha e para fazer companhia às crianças, a negrinha ganhava corpo, o chofer, o jardineiro, atrás dela, como cães farejando uma cadela, e ela, seminua, a face machucada pela pancada do anel, chorando, machucando os pés, para onde ia?, estava louca, o Aurélio crescia sobre ela *Divórcio? Você está louca?* E, na escuridão, em meio às roseiras, aos pés de damas da noite, dava com o Akanni, *Ma'am*, ele dizia com a voz meiga como a brisa da noite, vindo lhe beijar o corpo, *Love ya, love, darling*, eu, nua nos braços dele?, era muito mais homem do que o Aurélio, o Akanni beijava seus pés, suas mãos, queria ele a seu lado, ao lado da cama, *Pelo amor de Deus, para onde estão me levando?*, *Sua mãe não pode mais ficar aqui*, era o Oto, o parasita chamando a ambulância e nem o Clóvis, e nem o Marcelo, e nem a Cybelle impediam, como cães atrás do meu dinheiro, o cão latia no quintal, como doía o tapa do Aurélio, batendo em mim com a pedra do anel, anos depois, ainda tinha a cicatriz, e ele nem para pedir perdão, tentava sentir o perfume das flores da noite, perfume de baunilha, mas não conseguia, só conseguia era tossir sem parar, tentando levantar a cabeça, mas a cabeça pesava, os olhos giravam, ar, ar, *Se afastem de mim, me deixem em paz!*, gritava em vão, todos em cima dela, como se fossem abutres em cima da carniça, eu queria..., ah..., eu queria mergulhar nas águas azul-turquesa, beijava meu corpo, à noite, correndo nua pelo jardim, os braços de Akanni me envolviam, braços poderosos, um negro, era o Aurélio invadindo o quartinho da negrinha, *Sua vadia! Te catamos da rua e vai voltar pra rua, negra suja!*, eram risadas, taças de champanha na noite quente, patê de *foie gras*, de caviar ou eram as risadas de escárnio dos filhos, da nora, do genro, os frascos de remédio, a máscara de oxigênio?, era tudo misturado, como num pesadelo, ninguém lhe ouvindo os apelos, nem o Davi não querendo ou sendo proibido pelo pai de tocar *Pour Élise*, pela última vez, Beethoven na noite da Jamaica, *I love you*, *Aquele jardineiro, o Akanni, acharam o corpo dele em Morant Bay e parece que morto a tiros*, uma funcionária da embaixada contava numa visita, não, não o Akanni!, corria para o quarto, *Akanni, my love!*, como respostas, ouvia risadas, *O que a velha louca está gritando*, dizia o Oto, o parasita, sou eu, presa a uma maca, *Melhor prender, está muito agitada, Doutor Kalil, dá um tranquilizante pra ela, Akanni, Akanni, O que ela está querendo dizer com Akanni?*, perguntava a Cybelle, *Está louca a velha!*, tornava a dizer com grosseria o Oto, o parasita, mas era vez de eu rir, o Oto fuçava em tudo na casa, revirando as gavetas, esvaziando minhas bolsas, atrás do testamento, ele não ia achar, ninguém ia achar, *Mas onde estava o testamento?*, ela se perguntava, forçava os braços querendo sair da cama, *Ah, na lareira!*, lembrava-se, me lembrei, enfiando fundo na chaminé, nunca que aqueles idiotas iam encontrar, *Não estou morta! Parasitas! Parasitas! Deixo tudo pro Akanni, my love, my only love... Não me segurem! Me larguem!*, quem se debruça sobre mim? De quem são estes olhos, os parasitas, ela sabia, esperando que eu morra, mas ela sonhava com o mar azul-turquesa, com o perfume de baunilha, vou para a Jamaica, de onde nunca devia ter saído, nos braços do Akanni ou do Ian, Ian também me fazendo divertir, tão galante, com sua gravata borboleta, a piteira, um *gentleman*, diferente do Aurélio, Ah, o Aurélio era tão bonito, mas um sujeito ordinário, batendo em mim, quantas e quantas vezes eu não chorava à noite, ele transando com a consulesa italiana, o corno do marido não via nada ou fingindo não ver nada, mas eu via, eu escutava os gemidos da vadia à noite, como uma cadela.

ANGEL, GAROTA DE PROGRAMA 1

— Alô, Angélica.

— Mamãe?

— ...

— Alô, alô, mamãe?

Como sempre, a mãe ficava alguns segundos calada, demorando para começar a conversa, um costume que só servia para acentuar a irritação da Angélica. Por que não dizia tudo de cara, em vez de fazer suspense? Um saco! Tinha mais o que fazer. Não podia ficar ali que nem besta, aguardando que ela se dignasse a falar.

— O que é, mãe?!

Afinal, falava, chorosa:

— Meu bem, venha ver o teu pai. Está muito mal. Tenho medo que ele vai sem lhe ver mais. É o que ele fica falando.

— É manha dele. Não conhece o pai?

— Não sei, não — a mãe dava um suspiro. — Agora a coisa parece mais séria, Angélica. Não acho que é fita não.

— O que ele tem, afinal? — perguntou por perguntar, porque sabia a resposta.

— Tosse, coriza, febre alta. Acho que está com pneumonia.

— "Acho"? Não foi ver um médico.

— Demorou, mas foi... O problema é que ele não acredita no que os médicos falam. Por isso que você tem que vim logo...

Justo agora. Santo Deus! Hesitou um pouco antes de responder. Qual desculpa podia inventar? Optou por dizer, apressada:

— A hora que tiver um tempinho, eu vou.

Ficava nervosa, pensando que logo, logo, não ia ter tempinho nenhum. Andava ocupadíssima. Dizia aquilo como desculpa, não podia mais aguentar a mãe com tanta cobrança.

— Um tempinho? Venha logo! Ele corre o risco de ser internado. Tenho quase certeza que pegou o coronavírus.

— Como "quase certeza"? Você é médica por acaso? — contestava.

— Foi o doutor Fonseca que falou.

— Também, quem mandou andar sem máscara? Não foi o que você disse? O pai não tem jeito...

— Pois é, você sabe como ele é teimoso. A gente fala, fala, e ele nem aí. Estou ficando louca.

E como sabia! O pai nunca obedecia aos conselhos dos médicos. Para ir fazer uma consulta era um sufoco. Inventava mil e uma desculpas. E o pior de tudo, contando com um plano de saúde caríssimo. E ela, a trouxa, ajudando a pagar. Por que não ia no SUS? Não, tinha que ir no doutor Fontoura, o especialista mais conhecido da cidade. E só para sair do consultório, reclamando:

— Bobagem! Perder tempo de ir no médico! Se eu for, o cara vai inventar tudo quanto é doença.

— A hérnia dele. Você lembra, Angélica? Estava quase estourando, e ele não queria ir no médico. Não morreu por pouco. Não fosse a gente ter convencido ele de fazer a operação...

Ficava quieta, mas logo tornava a falar naquela voz aguda:

— E desta vez acho que pegou o coronavírus! Teimando de ir na feira sem máscara e fumando feito um desgraçado.

E o que adiantava ir ver o pai, se ele estava tão mal assim? A ponto de ser internado. Não ia curar com a sua presença. Mas que saco!

A mãe insistia:

— Você ele ouve. Sempre foi a queridinha. Eu e o teu irmão ele nunca ouve, não quer nem saber.

Não tinha ido ver o pai, e agora a mãe vinha com a história que ele estava para ser levado para o hospital. E à beira da morte! Não era outra de suas chantagens? Puxa vida, não queria voltar para Batatais e aguentar a chatice dos papos da mãe: "Sabe quem morreu? O seu Otacílio, o da Droga Raia. E com o coronavírus!", "Você sabia que a Izildinha vai casar grávida?". Não suportava mais aquela vidinha de cidade do interior onde nada acontecia de diferente.

— Ele sente a tua falta. Fica perguntando por você.

A queridinha. Sim, lembrava dele, pondo-a sobre os joelhos, fazendo cócegas na sua barriga e perguntando com voz de falsete:

— Quem é a namoradinha do papai?

Às vezes a mão descia um pouco mais. Sentia-se, ao mesmo tempo, deliciada e incomodada com as carícias.

— Hoje a mamãe foi ver a tia Flávia, e você vai poder dormir com o papai. Nós dois sozinhos na cama.

No escuro, as mãos, como aranhas, correndo pelo bico dos peitinhos despontando. E ele ofegando, encostando-se nela, dando-lhe beijos no pescoço, na orelha e murmurando, todo baboso:

— A minha bonequinha...

Que nojo sentia daquilo. Estava um pouquinho mais velha, não era boba e sabia das coisas. Por isso, não gostava nada, nada quando a mãe inventava de viajar, deixando os dois sozinhos. Ela cresceu e ganhou corpo, o pai parou um pouco com aquilo, embora ainda ficasse lhe fazendo elogios, chamando-a de "minha gatinha" e uma que outra carícia, apalpando-lhe os seios, as pernas. Velho safado — pensava com nojo. Dava-lhe um tabefe na mão:

— Pai, para com isso, não sou mais uma garotinha...

— Mas agora a coisa é bem mais séria — insistia a mãe. — Está com pneumonia e a febre alta. Diz o médico que corre risco de morte. Vem ver ele então... Antes que seja tarde.

"Hoje, não posso" — sentiu vontade de dizer. Tinha um compromisso, e compromissos como aquele não podia desprezar. Com a pandemia, os encontros vinham diminuindo. Mesmo que pusessem máscaras, ela e o cliente. Mas acontecia que tinham os clientes querendo transas com beijo na boca e boquete. E transar de máscaras, onde se viu?

A Débora tinha dito que o cliente, um empresário, pagava bem. Desde que transassem sem máscaras. Calculou: ficava umas duas horas com o homem no motel, pegava o ônibus das quatro na Rodoviária e, às dez, estava em Batatais. Viagem cansativa. Com certeza, não era nada, só mais um chilique do velho. Exausta e tendo que suportar o papo da mãe e ficar ao lado da cama, o pai gemendo sem parar, só para mostrar que estava morrendo.

Mas, acima de tudo, não podia desistir do encontro. Ainda mais num tempo de pandemia em que o dinheiro andava curto. Transava sem máscara, correndo o risco de pegar a doença? Custou para se decidir. Tinha medo. As notícias na tevê eram aterrorizantes. Falava-se em hospitais e UTIs lotadas, em milhares de mortos, os cemitérios sem espaço para tantos cadáveres.

E a Débora insistindo:

— Mas tem um problema, Angélica.

— Que problema?

— O cliente quer transar sem máscara.

— Sem máscara? Esse cara tá é doido!

— Pode ser, mas paga bem. Muito bem, aliás. Mas só se vocês não usarem máscara, minha querida.

Não fazia muito tempo que vinha transando por dinheiro. Quando morava em Batatais, já tinha ouvido falar de garotas fazendo esse tipo de coisa. Ficava curiosa, mas não passava disso. Tinha seus namorados, com um deles perdeu a virgindade. Gostava de ir a baladas, mas sempre em Ribeirão Preto, porque em Batatais não havia nada. Nos sábados, a cidade morria de vez, as pessoas fechadas em casa vendo novelas na tevê. O melhor então era fugir de lá, antes que enlouquecesse, e ir para um lugar mais agitado. Onde, com certeza, a noite sempre terminava com uma transa num motel. Não era promíscua, mas gostava de ficar com alguém nos fins de semana. De modo que, aos dezenove anos, sentia-se uma mulher experiente. E, assim, viver no interior, numa cidade tão parada e sem o que fazer, começou a aborrecê-la por demais da conta. As pessoas eram provincianas. Além disso, ficando por ali, não tinha esperança de ter as coisas com que sempre sonhava: dinheiro no banco, um apartamento, um carro. Em Batatais, o pai e a mãe não saíam da cola dela. Sem contar o irmão mais velho, que também gostava de se meter em sua vida.

Resolveu ir de vez para São Paulo. Como não poderia deixar de ser, o pai e a mãe foram contra:

— Trabalhar em São Paulo? Você está louca, filhinha? Aqui em Batatais, podia arrumar uma colocação num banco, numa loja. Ir pra cidade grande sozinha... Ora, onde se viu?

Trabalhar num banco! Como balconista de uma loja! Só faltava essa! E continuar naquela cidade, onde nada acontecia? E sair com uns caipiras sem sal, com os papos de sempre?

— Qual o problema de ir para São Paulo, pai? Vou ficar perdendo tempo aqui no interior?

— Pelo menos fica perto da gente — aconselhava a mãe. — Tem seu quartinho, suas coisas, comida e roupa lavada. Pode estudar em vez de trabalhar.

Insistiram que fosse procurar trabalho em Ribeirão Preto, uma cidade maior e cheia de oportunidades. E menos perigosa que a Capital. Mas seria quase o mesmo que ficar em Batatais — refletiu. Era trabalhar toda a semana em Ribeirão, com a mãe buzinando em sua orelha. Não, não e não. Bateu o pé e, com a cara e a coragem, foi para São Paulo. Não demorou, graças à aparência — era uma morena com um belo corpo —, acabou arrumando emprego na *Chez Nous*, uma loja no shopping Iguatemi.

Na butique, conheceu a Débora e logo ficaram amigas. Encontraram muitas afinidade entre si: eram jovens, bonitas, ambas do interior, gostavam de dançar, da noite e, sobretudo, de homens interessantes. Acostumaram-se a sair nos fins de semana. Iam a barzinhos e baladas. Era divertido à beça: dançavam, bebiam coquetéis extravagantes e, em alguns momentos especiais, chegavam até a fumar baseados. Era difícil voltarem sozinhas para casa. Nunca ficavam sem parceiro. As noites de sábado acabavam, não raro, num motel ou, quando o acompanhante tinha mais posses, num hotel. Era o que compensava uma vida de muito trabalho e pouco dinheiro. Isso porque o que ganhava na butique ia tudo para o aluguel, as roupas, os sapatos e as bijuterias. Jamais economizava alguma coisa ou fazia uma poupança. Por nada deste mundo ia abrir mão de seus gostos e prazeres.

Acostumou-se com aquele hábito de apenas ficar com os acompanhantes. Tudo sem compromissos. A ida num barzinho, numa balada, passando a noite juntos num motel e, *bye bye*, na madrugada. Só com o Pierre é que a coisa se estendeu, demorando alguns meses. Era um rapaz da capital, um ano mais velho do que ela. Tinha charme, lembrava, para a Angélica, o ator Ronaldo Calheiros, da novela das oito, o que fez que ficasse interessada nele. Além disso, tinha um papo envolvente. Embora vivesse de biscates e estivesse quase sempre na dureza, gostava de dizer que, um dia, ia ter um negócio, uma agência de carros, e ficar rico. Mas, antes de pensar em qualquer coisa, precisava arrumar um capital.

— Um capital? Quanto você precisa?

— Uns duzentos mil pra começar, gata. Mas até sei onde posso descolar a grana.

Segredou à Angélica que contava com uma herança. Era o queridinho de um tio, o seu padrinho de batismo.

— O cara é solteiro, tem uma puta de uma grana e está muito doente. Tenho certeza que ele vai deixar alguma coisa pra mim.

— O seu tio é mesmo rico como você fala? — perguntava ela, interessada, porque, de vez em quando, era obrigada a pagar as noitadas. Como sempre, o Pierre alegava falta de dinheiro, acrescentando "depois acerto com você, meu amor".

Pareceu desconcertado com a pergunta e hesitou antes de responder:

— Bem... pra falar a verdade, não tenho certeza. Isso porque ele vive num muquifo e...

Pela cara, a Angélica mostrou sua decepção.

— Então você não pode contar...

— Pera aí, não quis dizer isso. O pessoal da família diz que ele tem alguma coisa escondida.

— Alguma coisa? Como assim?

— Um primo meu ouviu falar que o tio Jayme tem coisa escondida no apê. Não sabe se joia, ouro ou dólar. Quando o velho trabalhava, tinha uns rolos com chineses e japoneses. Vivia viajando pro Japão, pra China. Não sei o que ele fazia, mas, pelo que dizem, voltava sempre cheio da grana. Acho que era muamba da pesada.

A Angélica ficava pensativa por algum tempo e depois perguntava:

— O seu tio está mesmo doente?

— Sim, parece que numa pior. Acho que pegou essa coisa de Covid.

— Então o bom é você ficar em cima do cara — ela aconselhou, acreditando que faltava ao Pierre um pouco mais de iniciativa. — Ele pode bater as botas, e a tua família vai em cima e você fica chupando o dedo.

O Pierre rebatia, irritado:

— E pensa que não fico em cima do meu tio? Mas acontece que o cara é mão fechada — e vincando o rosto de raiva, acrescentou: — Porra, pra que um velho daquele vai precisar de grana? Está doente, no bico do corvo, de repente bate as botas, e, como você falou, eu fico chupando o dedo. Mas, se você quer saber de uma coisa, uma hora vou lá no apê do padrinho e dou um aperto nele...

A Angélica esperava que isso de fato acontecesse. Ele não parava de lhe pedir dinheiro emprestado. Sem contar que nunca pagava. E vinha falando em compromisso mais sério entre os dois... Mas, como o Pierre continuasse na dureza de sempre, e a conversa com o tio não atava, nem desatava, foi se afastando dele. Era bonito e tinha lábia, mas não queria ser mulher de malandro. Compromisso sério? Eu, hein? Acho que pensa que sou boba — ela ficava com raiva de ter deixado se enganar assim tão fácil.

Aconselhada pela Débora, acabou por romper com ele:

— Vamos dar um tempo, meu amor...

Disse aquilo com dor no coração. Chorou um pouco depois do rompimento, ele ligou várias vezes para ela, prometendo isso, prometendo aquilo. Até pensou em reatar, mas foi dura e, um dia, descobriu que ficar com o Pierre não levava a nada. Era um coitado, só falava na fortuna de um tio à beira da morte. E, assim, desimpedida, voltou aos tempos com os acompanhantes de ocasião. Esses, pelo menos, tinham dinheiro para bancar as baladas e o motel no fim da noite. Também aprendeu uma lição: nunca mais emprestou dinheiro para ninguém. Chegava o que o Pierre lhe devia e deixou de pagar.

Mas, naquilo tudo, havia uma coisa que não entendia: por que a Débora sempre bem-vestida, com bolsas e sapatos de grife, perfumes importados, anéis e pulseiras de ouro e falando até em comprar um jipe Renegade? Não ganhava apenas um pouco mais que ela na *Chez Nous*? Onde o extra para comprar o que queria? E sempre desconversando quando lhe perguntava.

— Faço uns bicos por aí... — abria um sorriso cheio de malícia.

— Bico? Que tipo de bico? Não arruma pra mim também?

— Não sei. Acho que você não ia gostar.

— É coisa suja?

— Depende do que você entende por sujeira.

— Você sabe do que estou falando.

— Pode ser... E pode ser também que você goste ou pelo menos se acostume. Pelo menos, a gente ganha beeeeeem mais do que na loja. Posso te garantir.

Acabou entrando na da Débora. Saiu com um homem. Ficou intimidada, mas, como foi bem tratada e bem paga, até que não achou a experiência tão ruim assim. Afinal, transar já transava bastante. Só que sem cobrar nada. Então qual a diferença? Melhor transar ganhando algum do que transar só por amor. O amor não pagava as contas. E, muito tempo depois, Débora vinha com aquela proposta: um cliente pagava uma bela de uma grana, se não usassem máscaras durante a transa.

— Ouvi falar de cliente propondo transar sem camisinha, mas sem máscara... Num tempo de pandemia como agora... Você está louca, Dê?

— Acho menos perigoso. Sem camisinha, pode pegar aids...

— ...e, sem máscaras, pode pegar coronavírus.

— É só tomar banho, passar álcool gel.

— No pinto e na xoxota? — dizia com uma dose de mau humor.

A Débora caía na risada, para depois falar com seriedade:

— Não estou brincando, Anjo. Tome banho antes e depois da transa. E pede pro seu parceiro fazer o mesmo. Faz uma boa desinfecção, passa bastante álcool gel. Você corre um risco, mas, em compensação, ganha uma senhora grana. E você sabe como está difícil arrumar cliente depois que começou a pandemia.

E dinheiro era o que mais faltava. Antes tinha ótimas vendas na *Chez Nous*, clientes que não regateavam e davam gorjetas. Mas a loja tinha despedido ou afastado vendedoras, e os clientes sumiam ou não compravam nada. Estava numa pior, com prestações do apartamento atrasadas, contas por pagar e o sonho de um Renegade evaporando. Maldita pandemia! — tinha que aparecer quando as coisas iam tão bem.

Estava tão assustada com a situação que até lhe passou pela cabeça a ideia de mandar fazer um anúncio no jornal, do tipo:

ANGEL, MODELO
Massagem e algo mais, beijo na boca s/ frescura
(11) tel. xxxxxxxxxxx

Mas refletiu bastante antes de encomendar o anúncio. Isso porque, com as indicações da Débora, acabava quase sempre fazendo programas com pessoas respeitosas. Ainda assim, de vez em quando, topava com gente que não prestava e não a tratava como devia ser. Lembrava-se de uma noite em que tinha ido num *night club* com a amiga e, do nada, apareceu um sujeito, dizendo que a conhecia e falando obscenidades. Sorte dela que um policial à paisana interveio e afastou o importuno com umas pancadas. Por sinal, o investigador de polícia era um gato... — sorriu, com a lembrança. Alto, cabelos loiros e um bom papo. Mas aquele caso era uma exceção, pois a Débora só indicava quem valesse a pena. Com o passar do tempo, não dava a mínima se os clientes eram feios e velhos. Só exigia que fossem educados e com dinheiro. Agora, se se metesse a marcar programas por anúncio, ia entrar numa fria. No escuro, dava de cair nas mãos de um vigarista, de um bandido... Ficou com medo e desistiu do anúncio no jornal.

Além da falta de dinheiro, para complicar as coisas, a mãe vinha com aquela história de querer que ela fosse ver o pai. E se pegasse a doença do coronavírus com o velho? — pensava.

E, além disso, tendo ainda que aguentar a conversa da mãe, irritada com a irresponsabilidade do pai:

— Ele ia no banco, na feira, no jogo de bocha sem máscara, Angélica! E deu no que deu. Não sei mais o que fazer com ele.

— E eu sei?

Dava vontade de dizer "Cada um com seus problemas", mas não disse porque aí é que ela não parava de reclamar. Apenas prometeu que ia para Batatais — "Não, não vou me demorar, pego o ônibus das quatro, etc. e tal" —, desligou o telefone e ligou para a Débora:

— Oi, Dê, fala pro cara que eu topo transar sem máscara. Mas ele tem que pagar aquilo que combinou com você. Ok?

— Ainda bem que ligou, ele já estava procurando outra garota, mas, como gostou de você...

E não é que a Débora tinha virado uma cafetina de primeira? Não fosse ela, onde é que ia arrumar clientes assim tão bons?

OS MARGINAIS 1

O pastor Malaquias respirava com dificuldade, após ficar por quase duas horas gritando para os fiéis no anfiteatro do templo. Alguns sentados nas cadeiras de plástico, mas a maioria, de pé. Correu a vista pela multidão e tornou a gritar:

— Queimai! Vamos queimar as máscaras do demônio!

Obedecendo ao comando, muitos deles deixavam os assentos e circundavam o caldeirão com brasas, à frente do púlpito. E, imitando o pastor, bradavam, cheios de exaltação:

— Vamos queimar as máscaras do demônio, irmãos!

— Sai, Satã! Aqui não é o teu lugar!

E mais e mais máscaras eram arremessadas nas brasas, depois que o pastor havia feito a prédica, lembrando que o vírus era coisa do demônio e vestir máscaras era contra a natureza, pois o Senhor queria que todos deixassem à vista a sua face. "Bendita pandemia", o pastor seria capaz de dizer. Com aquele flagelo, fiéis, vindos de bairros distantes e até de outras cidades, procuravam-no todos os dias, assustados com as notícias da tevê sobre o crescimento da pandemia, com os parentes e os vizinhos sendo internados ou morrendo, vítimas da Covid-19. Muitos haviam perdido familiares e o emprego e sabiam que só ele, o pastor Malaquias, famoso por seus exorcismos e prédicas, é quem podia ajudá-los no flagelo. E o templo, contando, em tempos normais, com um bom público, veio a ganhar, depois da vinda da pandemia, mais e mais fiéis. Estava ficando pequeno para comportar tanta gente — refletia ele. Até vinha pensando numas reformas. Como o salão tinha o pé-direito alto, quem sabe não podia construir um balcão, para acolher quase o dobro de pessoas? Tudo isso — o preço pago a um engenheiro, o alvará da Prefeitura, a propina para os fiscais, o ferro, a madeira, o cimento, a areia — representaria um enorme gasto, mas, em compensação, acomodando mais fiéis, poderia aumentar a coleta de dinheiro no fim dos cultos.

O ar pesava, e um cheiro de corpos suados sufocava. Apanhava o microfone e tornava a gritar:

— Só a força das orações, irmãos, é que pode vos salvar do Mal! O resto é mentira do demônio. Não existe outro tipo de remédio, não tem vacina chinesa, não tem vacina americana. Nem a cloroquina, a grande mentira! Confiai apenas na força das orações e na bênção do Senhor!

Levantando as mãos, os fiéis berravam, repetindo suas palavras. Sorriu: eram o seu rebanho e faziam tudo o que ordenasse. Entre os pastores, era famoso por seu poder de persuasão.

Arregalando os olhos, tornava a gritar como um possesso, o suor empapando a camisa:

— É a máscara do Demônio! Livrai-nos do Mal, Senhor!

E eles, em coro, repetiam, cheios de exaltação:

— É a máscara do Demônio! Livrai-nos do Mal, Senhor!

Aproveitou-se daquele momento de loucura coletiva para mandar os meninos — o Quico e o Branquinho —, sob os olhos do Ranulfo, um investigador de polícia, contratado como segurança, fazerem a coleta das doações.

E voltava a gritar ao microfone:

— O Senhor aguarda a vossa contribuição, irmãos! Que o que dareis agora, de bom coração, vos será devolvido em dobro. E se contribuirdes para a obra do Senhor, estareis livres de todo o Mal. Não há vírus que possa contra os poderes do Altíssimo. Que Satanás e seus asseclas sejam expulsos da Casa do Senhor!

A garganta seca, segurava a tosse e bebia dois copos d'água. Enfiou a mão nos bolsos, à procura de pastilhas e, para seu desconforto, não encontrou nada. Ainda bem que a cerimônia quase no fim. Tinha que ter paciência — pensou, os olhos fixos nos seus meninos, metendo-se no meio da multidão, levando sacolas onde o dinheiro era depositado. A maioria notas de dois reais, depois, vinham as de cinco e de dez e, muito raro, caía na rede um peixe mais graúdo, notas de cinquenta e cem. Mas o importante é que, no final, os meninos voltavam carregando os sacos e sacolas cheios de cédulas. Naquele dia, a coleta tinha sido ótima. "Bendita pandemia!" — refletia, mas logo rebatia aquele pensamento, pois "a pandemia era a desgraça do mundo, o resultado dos pecados dos homens". Sobretudo daquela gente pagã da China que comia morcego e copulava com macaco — ele pensava, cheio de indignação.

Terminado o culto, era levar o resultado da coleta para a sala embaixo do auditório, mobiliada com uma mesa, cadeiras e um cofre grudado à parede. Lá, sob sua supervisão e a vigilância do Ranulfo, fariam a contagem. Em seguida, iam entregar o dinheiro na agência do Bradesco da Sé. No banco, conforme o acordo com o gerente, entrava com a kombi por um portão lateral, para descarregar e depositar o resultado da coleta. Tudo planejado com discrição, porque sabia que a bandidagem andava sempre de olho. E nem sempre podia confiar nos meninos. Uns meses atrás, teve que pôr um deles na rua, o Cezinha, flagrado enquanto enfiava um punhado de notas da coleta numa mochila.

— O filho da puta, pastor! Estava roubando.

Levantava o rosto e dava com o Ranulfo empurrando o Cezinha. O maior contraste entre os dois: o policial, um homem enorme, a cara feroz, e o ajudante do pastor, paraplégico e com uma corcova.

— É grupo, pastor — gemia o jovem, procurando se afirmar nas muletas. — Não peguei grana nenhuma.

— O Quico disse que viu ele metendo a mão na grana — o Ranulfo jogava sobre a mesa uma mochila. — O senhor pode conferir.

Enfiava a mão dentro da mochila e pegava um monte de notas amarfanhadas. A maioria de cinquenta, o malandro!

— E isso aqui? O que é?

O Cezinha choramingava:

— Minha mãe que deu.

— Sua mãe não tem onde cair morta — dizia o Ranulfo com desprezo. — Você estava é pegando a grana da coleta na mão grande.

O pastor, mostrando toda sua indignação, bradava:

— Não tem vergonha de roubar do Senhor, seu safado? E depois de tudo que fiz por você?

Moleque sem vergonha! O quanto se arrependia de tê-lo trazido consigo da periferia, onde o ajudava a cuidar de um templo menor. Uma cabeça de porco, com uns fiéis miseráveis — pensava com desprezo. Tinha passado muitos anos ali, juntando um dinheiro até que pudesse, afinal, comprar o templo bem melhor no Parque D. Pedro. E o Cezinha, tão prestativo. Tanto que tinha feito questão que viesse trabalhar com ele. Não podia imaginar que fosse roubá-lo.

— O que faço com este mala? — perguntava o Ranulfo.

— Dá umas na tromba dele e joga na rua.

Refletiu que tinha sido uma boa ideia ter contratado o investigador de polícia como segurança. Era fiel, impunha respeito na bandidagem, ainda mais nuns lugares tão infestados de vagabundos, como a Praça da Sé e o Parque D. Pedro. Sem contar que, sob sugestão do Ranulfo, tinha mandado instalar uma câmera de vídeo. Uma vez por semana, conferiam as fitas. Não dava para confiar em ninguém.

As coisas logo voltaram a entrar nos trilhos, pois os meninos restantes — o Quico e o Branquinho —, vendo a lição dada ao Cezinha, não se metiam a besta, querendo pôr a mão no que era dele. Temiam o Ranulfo, não só por ele ser investigador de polícia e andar armado, mas também por ser forte como um touro. Tinha a mão pesada e não brincava em serviço.

Agora, como era rotina, descarregavam o dinheiro da coleta sobre a mesa da sala e começavam a separar as cédulas, organizadas em montes, por valor: dois reais, cinco, dez e algumas poucas notas de cinquenta e cem. O pastor conferia com cuidado, examinando as sacolas, os sacos de plástico, para ver se nada tinha ficado para trás. E, apesar da câmara de vídeo, ficava de olho nos meninos. Não fosse um deles dar uma de esperto como o Cezinha. Mas podia ficar sossegado, pois eles não iam querer ficar sem a gratificação a receber no fim da conferência do dinheiro. E, muito menos, levar uns tabefes do Ranulfo e acabar no olho da rua, com uma mão na frente e a outra atrás.

Depois que terminava a arrumação do dinheiro, vinha a contagem. Aí, o negócio era só com ele, não queria ninguém por perto, bisbilhotando. Mandava os meninos se afastarem e ia somando numa máquina de calcular. Dali, tinha que tirar o que seria depositado no banco, a gratificação do gerente e do Ranulfo e a gorjeta dos meninos. Mesmo assim, sobrava um bom dinheiro "para as obras do Senhor", como costumava dizer.

— Dez mil, oitocentos e oitenta e seis... — murmurou, com satisfação.

Separou mil reais de um lado e quatrocentos de outro.

— Ranulfo!

— Pois não, pastor?

Entregou-lhe os quatrocentos reais.

— Dá pros meninos tomar umas brejinhas.

Separou os mil reais.

— A tua gratificação.

O Ranulfo sentou-se à mesa na frente das sacolas e sacos e começou a contar o bolo de notas com gosto e paciência. "Trampo maneiro" — tinha o costume de se gabar para alguns colegas de corporação, tão corruptos como ele. Três vezes por semana, trabalhava umas poucas horas e ganhava uma graninha para compensar a merda de salário de policial.

O pastor ia falar que estava na hora de levar o dinheiro na kombi até o banco, quando ouviu gritos e deu com três mascarados entrando pela porta lateral de saída do templo. À frente, vinha um gordo, vestindo um moletom e apontando um revólver. Seguindo-o, havia um jovem alto, com uma pistola, e um rapaz, usando um boné com a frente de cortiça, mas sem portar arma.

— Todo mundo no chão! — berrou o gordo, com uma voz anasalada.

O pastor sentiu um baque no peito. Mas não pensou duas vezes e obedeceu de pronto. Notou que o Quico e o Branquinho fizeram o mesmo, mas o Ranulfo, para o seu espanto, não. Em vez disso, começou a se levantar da cadeira.

— O grandão aí! De cara no chão! — gritou de novo o gordo.

O pastor notou que o revólver tremia nas mãos do bandido. Devia estar drogado — pensou, cheio de agonia. Sabia muito bem que, por menos que aquilo, atiravam. Apavorado, enfiou a cara entre as mãos. Mas o Ranulfo continuava de pé! Que idiota. Se o bandido atirasse, ele podia ser atingido junto com o policial.

— Pro chão, fiadaputa! — o revólver tremia na mão do bandido.

— Obedece... — murmurou.

Mas, para seu horror, notou, com o rabo dos olhos, que o investigador levava a mão às costas, na certa, para pegar a arma na cintura. Ouviu então um disparo e um berro. O Ranulfo caía em cima dele, com todo seu peso, e o sangue começou a escorrer, formando uma poça no chão e empapando suas roupas.

— Quem mais folgar leva chumbo! — a voz anasalada gritava.

Sem se mover, o rosto contra o chão, quase sem poder respirar, o pastor permanecia deitado de bruços. Sobre ele, o Ranulfo gemia, enquanto o sangue se alastrava. Tremia de medo e não podia se conformar com a estupidez do policial.

E ouvia o ruído do dinheiro sendo jogado nos sacos e sacolas, misturado com fragmentos de diálogos:

— Anda rápido, caras! Vai catando a grana, Van!

— Já tô catando!

— Vamos logo, vamos logo. Não demora, os gambé tão aí.

— Calma, meu! Calma...

— E tu, Bacana, pega a chave da kombi.

— A chave da kombi?

— Porra! Pega a chave. Deve de tá com o pastor.

Alguém remexia em seus bolsos à procura da chave. Por sua cabeça, passavam pensamentos desencontrados. Como tinham conseguido entrar? E justo na hora da coleta! Será que o Ranulfo estava morto? Não, parecia que não, pois ele ainda gemia. A grana, a grana, pensava com aflição. Dez mil reais, toda a coleta daquele dia, uma coleta tão boa. E o ruído do dinheiro enchendo os sacos e sacolas. Pelo menos estava vivo. Graças ao Senhor. Será que os meninos metidos naquilo? Os meninos sempre estavam a par do horário da coleta e para onde ia o dinheiro recolhido. E a chave da porta? Será que o filho da puta do Cezinha dando para os bandidos? De bronca com ele. Morrendo de ódio com tanta ingratidão. Aleijadinho filho da puta! Ah, o Ranulfo ia atrás daquele vagabundo, ah, se ia, mas o Ranulfo não mais se movia — lembrou-se. Estaria morto?

— Pega o celular dos mané.

Tornaram a revistá-lo. Mais essa: além de ficar sem a féria do dia, ficava também sem o celular com todos seus contatos. Mas Deus era grande: estava vivo, tinha o seguro contra roubo, e os fiéis iam continuar contribuindo. Quanto à kombi, era uma lata velha, estava mais que na hora de providenciar um carro novo. E, sobretudo, reforçar a fechadura, pôr mais câmeras de vigilância. Os pensamentos, todos confusos, corriam sua cabeça como um bando de formigas. Suava muito, e o suor, junto com o sangue do Ranulfo, empapava suas roupas.

Com o canto do olho, via os três assaltantes se encaminhando para a saída, mas não se atreveu a levantar. Não era louco. Escutou um deles tossindo sem parar e uma discussão:

— Tu tá fodido, hein, cara. Pegou a Covid?

— Que mané Covid, o caralho! — respondeu o outro, mas sem deixar de tossir.

A porta da rua bateu, o pastor ouviu o ruído de passos apressados e, depois, o da kombi se afastando. Só aí, tremendo todo, afastou com muito esforço o corpo do policial de cima de si.

— Ranulfo! Ranulfo! — sacudiu-o.

Para seu desassossego, não respondeu, embora parecesse respirar. Com enorme esforço, o pastor começou a se erguer. Notou, com horror, as roupas sujas de sangue. Deu com os meninos brancos como papel e incapazes de reagir. Uns porras de inúteis! Tinha que pensar em tudo sozinho.

— Um de vocês corre até a praça da Sé e chama a polícia — disse com um fio de voz.

O Branquinho foi até a porta, mas, depois de examiná-la com cuidado, balançou a cabeça:

— Os cara quebraram a chave na fechadura, não dá pra abrir.

— Então arromba essa porra! — berrou o pastor.

ASSIS, EM HOME OFFICE 1

Trabalhava com seu laptop, ou melhor, com o laptop da empresa, que ele nem tinha meios para comprar uma máquina dessas, as costas apoiadas nos travesseiros, cãibras nas pernas, dores na base do pescoço, onde tempo para ir à academia fazer pilates? Onde tempo para ir correr no Ibirapuera? Nem isso mais podia, pois gastava seu tempo preenchendo planilhas e mais planilhas, relatórios inúteis, e sentiu um baque no coração quando um dia recebeu um telefonema, em que a secretária do doutor Elói, com sua voz de atendente treinada, como era feinha, meu Deus!, comunicava-lhe que deveria comparecer no escritório do Chefe, no último dia do mês, às dez e trinta.

— O assunto? — perguntava, o coração batendo acelerado.

— Não me falaram nada, seu Assis — disse a Elizete. — Só me pediram pra lhe avisar da reunião.

Será que era verdade que o Otoniel tinha saído com ela? Mas também o mala não pegava nem resfriado, como costumava dizer o Nestor, com sarcasmo.

— Então, qual o recado do Chefe? Não tem alguma ideia do que pode ser?

— E eu sei, seu Assis? — E como uma atendente bem treinada, tornava a repetir todo o recado: — O que eu sei é que o doutor Elói estará lhe esperando às dez e trinta, na próxima quarta-feira.

Sobre o quê que o Chefe queria conversar com ele, a ponto de obrigá-lo até a romper o confinamento? O quarto do casal transformado em espaço de home office, porque impossível trabalhar na sala, ponto de passagem e aglomeração de toda a família, coisa que desagradava e muito à Célia, a ponto de ela ficar repetindo a mesma ladainha:

— Preferia quando você ia cedo para o escritório, o quarto não virava um chiqueiro. A empregada nem pode entrar aqui pra limpar, que você fica nervoso. E eu não tinha que escutar você reclamando do seu Chefe.

— Você quer saber a verdade? — rebatia ele com irritação. — Também preferia trabalhar no escritório. Não tinha você buzinando na minha orelha o dia inteiro. E faço bagunça porque não tem outro lugar na casa pra eu trabalhar sossegado.

— Sei por que preferia ir pro escritório — reclamava. — Só pra ficar bebendo com os amigos depois do expediente.

— Deixa de ser chata, Célia, vai ver se estou lá na esquina.

Ela saía, batendo com força a porta do quarto, ele se matando de trabalhar, ela em casa sem fazer nada, horas a fio diante da tevê, vendo tudo quanto é porcaria, novelas, programas de auditório, de culinária, de fitness, ou no celular, fofocando com a megera da mãe ou com as amigas escrotas ou indo fazer as unhas ou os cabelos ou buscando as crianças na escola, quando elas iam à escola, pois, com o agravamento da pandemia, para sua desgraça, os filhos também tinham que ficar confinados, faziam algazarra e não lhe davam um minuto de sossego, e a Célia queria ir no shopping, só para comprar porcaria e foder meu cartão de crédito, caralho, para vir depois perguntar, ou melhor, vinha perguntar, porque hoje em dia não perguntava mais nada:

— O que acha deste conjuntinho que comprei?

Bem que ela podia cuidar dos pentelhos dos filhos, ajudando-os a fazer as lições, acompanhando com eles as merdas das aulas on-line, ensinar-lhes bons modos, porque vinham se transformando em selvagens, só obedecendo à custa de berros e porradas, a ponto de alguns vizinhos reclamarem ao síndico dos escândalos que fazia e, quanto a ele, era bem verdade que costumava tomar umas e outras com os colegas depois do expediente, mas, nos últimos tempos, nem isso podia fazer, os bares proibidos de vender bebidas e petiscos nas mesinhas da calçada, por conta da pandemia, e tocava voltar no fim do expediente direto para casa e ter que enfrentar a Célia de mau humor. E a coisa piorava quando ele ia tomar o uísque do fim de tarde. Ela então subia a serra:

— Você não perde a mania! — ela gritava, parecendo uma louca. — Não pode passar sem a cachaça! Você e os vagabundos dos seus amigos! Uns bêbados!

Até que, no escritório, vieram ordens de cima, e os departamentos começaram a se esvaziar, os funcionários compelidos a trabalhar no sistema home office, o que era um saco, um horror, ele e a Célia frente a frente, vinte e quatro horas, todos os dias da semana, pois nem mais havia sábados, domingos e feriados, ele trancava-se no quarto, apoiando as costas nos travesseiros e almofadas, a luz cegante do micro nos olhos, o Chefe enchendo o saco, pedindo relatórios, às vezes até o acordando tarde da noite:

— Ô Assis, esqueci de te avisar que era para mandar o relatório para a filial de Manaus, amanhã bem cedo.

— Bem cedo, quando, doutor Elói?

Sufocava um bocejo, consultava o celular, meia-noite e meia, o porra do Chefe, telefonando àquela hora, o filho da puta acrescentando:

— Cinco, cinco e meia, não pode passar disso.

Cinco e meia? De madrugada, caralho? Era um despropósito, um absurdo, o envio do relatório naquele horário. Mas não falava nada disso, é claro. Não era doido de se indispor com o Chefe. Apenas protestava de maneira tímida:

— Mas o que tem de tão urgente nesse contrato, doutor Elói? Ontem, falei com o gerente da filial, e ele...

— Aquele cara é um idiota! — gritava, com rispidez, o Chefe. — Faça o que estou te mandando, envia o contrato. O mais cedo possível.

E nem para lhe dizer Desculpe pelo telefonema neste horário, Assis, ou Boa noite, Assis, Obrigado, Assis. Desculpar-se? Não era com o corno, quantas vezes, não sentira vontade de mandar o filho da puta tomar no cu, e por que não mandava? Seria tão bom se o mandasse, se tivesse coragem, mas não tinha, era o seu emprego, conseguido com tanta dificuldade, onde, passados anos e anos de dedicação, veio subindo pouco a pouco, de vez em quando, tinha um aumento de merda no salário, e ele esperando um aumento melhor, por conta do bom faturamento da empresa, graças a ele e a seu esforço, mas via os escrotos passarem à sua frente, o próprio Elói, antes, apenas o porra de um responsável pela seção, agora, tornado Chefe, e até a Claudinha! A Chupeta Maldita, como era conhecida entre os do seu círculo mais íntimo de rancorosos, a eminência parda do escritório, grudada no saco do Chefe, dedando os colegas, era ela quem mandava de fato, Assis, faça isso, Assis, faça aquilo, quanta audácia na baixinha, enfiando o dedo em sua cara, fechava-se em seu rancor, procurando recuperar o sono perdido, a Célia ressonando a seu lado, o corpo ressentido dela, impossível de amar, onde a garotinha enxuta de quando namoravam? Ela vinha engordando, os pneus, as estrias, a celulite, apertada em seus moletons, mesmo com a tortura da ginástica, da bicicleta ergométrica, a barriga se avolumava, a papada nascendo no pescoço, e a convivência com uma pessoa assim, sempre de mau humor, dava-lhe uma angústia sem fim.

Desde que a pandemia havia começado, imaginava-se numa prisão, como se fosse um criminoso, mal podendo sair, e só saindo de máscara, para comprar alimentos na padaria, no supermercado, no açougue, medicamentos e produtos de higiene na farmácia, que a Célia, como vinha se comportando desde que tinham se casado, nada de pôr o pé na rua para a manutenção da casa, mas, se fosse para bater perna no shopping, era com ela. E tinha que sobreviver num mundo de mascarados como ele, e o que preferia: a prisão em casa ou prisão fora de casa? Podia até sentir o cheiro dos corpos, gente tossindo, jogando saliva para tudo quanto é lado, um pouco antes de decretada a pandemia, fosse no ônibus ou no metrô, era o horror, e como dava para viver assim? Mas queria acabar num Pronto-Socorro, como muitos conhecidos, vítimas do coronavírus e presos a um respirador?

Talvez o Nestor, sempre a par de tudo, sabendo de alguma coisa, pensou se não valia a pena ligar para o colega, mas, como não tinha tempo para nada, acabava é concentrando os olhos no laptop, em cuja tela substituíam-se, em velocidade, mensagens e mensagens e procurava inutilmente acompanhá-las, sempre perturbado pelo ruído da televisão no mais alto volume, porque a Célia assistindo aos programas idiotas da manhã, da tarde, da noite. E como concentrar-se? Sentindo vontade de gritar para a sala Quer baixar esta porra! Preciso trabalhar, mas não tinha jeito, mesmo com o ruído da televisão ou com o ruído do aspirador de pó ou dos filhos fazendo correrias pelo apartamento, era obrigado a grudar os olhos na maldita tela e, quando comia, era com uma bandeja ao lado, sobre a cama, nem tinha tempo de ir comer à mesa com a família, mas que família era a sua? Por acaso tinha família? — pensava, cheio de desânimo.

O almoço e o jantar eram trazidos até o quarto pela Célia, que se dirigia a ele transbordando de rancor:

— Não vai derrubar no lençol, não estou pra trocar tudo no meio da semana!

Ela andava mais irritada do que o costume, porque, agora, nem contar com a empregada podiam, dispensada por conta da Covid-19, e ele, para não enfurecer a Célia, tinha que comer rápido, sem tempo para mastigar, mas o que importava, se a comida era ruim? E lá vinha uma mensagem atrás da outra do escritório, será que o Nestor sabendo da reunião com o Chefe? Será que também ele convocado? Quem mais convocado? E a imagem do Chefe, com seus oculozinhos redondos, uma barbicha rala, o sorriso dos dentes alvos, exclamando por qualquer coisa, com uma vozinha de falsete, "Ai, meu Jesus Amado!".

— Acho que ele é bicha — costumava dizer o Nestor.

— Mas ele é casado, tem uma filha — o Bortolatto, outro colega do escritório, achava de comentar.

— Isso não quer dizer nada — tornava o Nestor. — Já vi homem por aí, casado, e que gosta de queimar a rosca.

Caíam todos na risada.

— E como você explica então o caso dele com a Claudinha? — perguntava o Bortolatto.

— A Chupeta Maldita? Ora, quem mais iria querer comer aquilo?

Mas esta conversa havia acontecido antes da vinda da pandemia, num *happy hour*, ao fim do expediente, quando não era obrigado a viver confinado em casa, trabalhando feito um louco, fazendo merdas e merdas de relatórios e planilhas, sem sábados, domingos, feriados, os dias todos iguais e, não bastasse isso, tendo que suportar a Célia, tão cheia de exigências, reclamando de tudo, ela não movendo uma palha para arrumar a casa, um pandemônio.

— Eu não nasci pra fazer trabalho de doméstica! — gritava.

E telefonava para a megera da sogra, na certa, para se queixar dele e nem se preocupando se era ouvida ou não:

— Mas mamãe... — choramingava —, você não costumava dizer que o Assis era um bom partido?

E continuava a reclamar dos shoppings fechados, das férias no Caribe, há tempos prometidas e de que teriam de desistir. Tinha também que lhe suportar as demandas miúdas, aproveitando-se de que estava em casa à disposição, vinte e quatro horas por dia, Assis, o ferro queimou, Assis, você ficou de trocar a lâmpada do hall, Assis, a privada entupiu, Assis, o Renatinho precisa de um tênis novo, Assis, vai comprar pão para o lanche.

A MULHER-ESCORPIÃO 1

Quando a Salete morreu, em decorrência da Covid-19, após ser vítima de uma forte pneumonia, eu me encontrava na sala de espera, ao lado da UTI, no Hospital São Paulo. Fazia mais ou menos umas quatro horas que aguardava pelo que sabia ser inevitável.

Quem me veio dar a notícia foi uma enfermeira baixinha, com uma grande papada, vestindo, como era de se esperar, uma máscara. Só se lhe viam os olhos empapuçados, cujos cílios tremiam como asas de mariposa.

— Sinto muito, senhor, mas sua esposa faleceu — carregou as palavras com um tom pesaroso, mas, ao mesmo tempo, profissional.

Reajo, talvez como o Mersault, aceitando os pêsames do médico, das enfermeiras e de outros acompanhantes de doentes, com uma aparente indiferença. Ou seja, sem chorar ou cair no desespero, como seria de esperar num viúvo, em posse de suas faculdades mentais. Percebo que, salvo engano de minha parte, ficaram chocados. Seria difícil para eles entenderem que morrer, nestes tempos de pandemia, se tornou algo trivial, além de que a Salete, sem que a odiasse ou menosprezasse, já estava ausente de minha vida desde muito.

E, assim, depois de tomar as providências de praxe, de um modo mecânico, vejo-me, de vez, condenado à solidão. Mas não choro e nem tenho como chorar, pois sou tomado apenas por uma espécie de tristeza muda. Apesar de confinados e obrigados a viver um bem próximo ao outro, éramos como estranhos. Não falávamos a mesma língua, e um guardava para o outro, no poço dos rancores, sua indiferença e o desprezo. E, por paradoxal que isto seja, era o que nos aproximava, permitindo uma convivência de ausentes.

O silêncio goteja das paredes de nosso apartamento tão vazio, tão impessoal.

Mas não perco meus hábitos, uma forma de esquecer de mim. Como sempre, estou sentado numa das cadeiras de nosso pequeno escritório, onde há uma bancada com os dois laptops, o meu e o dela. Enquanto a Salete estava viva, procurávamos não conviver no mesmo espaço. Não chegava o confinamento a dois no apartamento? Por que prolongá-lo até o escritório? Como num acordo tácito, se ela ocupava a bancada, eu me retirava para o quarto e, sentado à cama, trabalhava com o laptop, apoiando as costas em almofadas e travesseiros. E vice-versa. Eu, ocupado com minhas aulas e leituras, e ela, com suas peças publicitárias.

Mas agora que a Salete morreu, tenho o escritório todo para mim, embora a presença dela seja marcada por alguns objetos pessoais — canetinhas variadas, lápis de cor, blocos de papel autocolante, livros de fotografia e de arte, além, é claro, do seu laptop de cor vermelha, em repouso. Assentado diante de meu laptop negro e aberto, procuro trabalhar um pouco, mas não há progresso em minha atividade, porque não consigo me concentrar. Num ato inconsciente, desvio o olhar para o laptop da Salete e só então agora é que reparo que há, sobre a tampa, uma folhinha de papel autocolante, com algo escrito em sua letra caprichada.

Talvez fosse um aviso do tipo "Não abrir", "Não mexer", como se ela, ausente para sempre, tentasse preservar a intimidade, resguardando suas planilhas, projetos e peças publicitárias de minha eventual bisbilhotice. Mas é claro que respeitaria sua última vontade, como se ela estivesse presente, confinada comigo, perambulando pela casa e arrastando atrás de si seu cofre de ressentimentos.

Até que, movido pela curiosidade, vou até o seu laptop e, para minha surpresa, leio na folhinha autocolante: "É todo seu, Alex". Todo meu? Por que "todo meu"? O que poderia haver no laptop que me interessasse? Coisas de seu trabalho como publicitária? Um jeito irônico, penso, de fazer com que eu penetrasse em sua intimidade..., mas apenas na intimidade profissional. Ora, por que me pregar uma peça dessas? Salete, Salete, precisava me magoar com esta sua última cartada? Digo isto, movido pelo mais dilacerante despeito.

Ligo o laptop dela. Mal acesso o aparelho, reparo, para minha surpresa, que a Salete fez uma varredura total, mandando para o espaço as peças publicitárias, as planilhas e apagando tudo quanto é arquivo, à exceção de um, nomeado com um título dos mais curiosos: "A Mulher-Escorpião.docx".

Abro-o e vejo-me diante de um texto com todo o jeito de ser ficção! E eu que pensando que ela fosse me legar textos pessoais, em que, afinal, se desnudaria frente a mim, revelando um mundo inexplorado, a configurar o seu eu mais íntimo. Quanta ingenuidade da minha parte.

Começo a ler o texto da Salete, e as primeiras linhas já me deixam intrigado:

> Havia se acostumado a dormir nua. Os seios eram montículos, coroados pela minúscula auréola e pelo bico ereto, reagindo a cada carícia. Gostava de se contemplar no espelho do banheiro, onde se isolava por um longo tempo. Então, enfiava um dedo na boca, umedecia-o e acariciava-se, os olhos, ora fixos nos seios, ora longe, sonhando não se sabia bem o quê.

Um texto erótico, Salete! E eu que achava que, como o macho alfa da casa, tinha o privilégio único de escrever ficção... Mas que peça ela vinha me pregar, penso cheio de mágoa. Não sei se provocada pela tristeza por perdê-la ou por inveja. Ou talvez fosse ressentimento por ela nunca ter me revelado essa sua faceta antes, ou por ter invadido um espaço considerado só meu, aquele consagrado ao mundo dos sentimentos, das emoções, enfim, da ficção.

Mas o que importam esses sentimentos e ressentimentos agora? Tarde, muito tarde, para vivenciá-los ou expressá-los. O melhor que teria a fazer era ler seu texto. E quem sabe desvendar, em parte, o enigma de minha companheira presente/ausente de tantos anos.

Fecho a tampa do laptop, vou para o quarto, sento-me à cama, apoiando-me nos travesseiros e almofadas. Abro o aparelho, acesso o arquivo e, o coração disparado, devido talvez à emoção, começo a caminhar pelo legado deixado pela Salete.

OS AMORES DO MINOTAURO 1

Ao completar setenta e cinco anos, percebeu o quanto estava velho. Velhice, para ele, ao contrário do que muita gente costumava propagar, não era uma questão de cabeça mas, sim, uma questão de mudanças nada positivas, com a ruína física, com a perda de dentes e cabelos, e psíquica, e o encaminhamento para um fim mais ou menos próximo. Mas isso não o impedia de querer aproveitar, e bem, o que lhe restava de vida, pois, apesar de tudo, ainda se achava em forma. Aconteceu, contudo, que foi atropelado por uma hecatombe: a pandemia provocada pelo vírus da Covid-19. Considerado dentro do grupo de risco, fora obrigado a confinar-se e, como era um solteirão, teve que habituar-se a viver recluso e sozinho. Só se atrevia a sair de casa, sempre de máscara, para fazer compras ou ir ao banco. E era com outros mascarados que passara, para seu desgosto, a contracenar.

Tinha uma boa renda, conseguida com a soma da aposentadoria do INSS e de um segundo emprego, o que lhe permitia comer em restaurantes de certo nível, beber bons vinhos, uísques e fazer umas viagens de vez em quando. Dois dias por semana, ia a uma academia de ginástica. Seguindo uma dieta rigorosa, estava em forma. Tinha lá suas aventuras com mulheres conhecidas nas redes sociais ou em barezinhos e mantinha com elas um relacionamento sem envolvimento. Não era de se vangloriar, mas sua performance sexual, apesar da idade, sempre se mostrara satisfatória, sem que precisasse recorrer a estimulantes.

Até que sua situação foi outra vez abalada por um duro golpe. É que, um dia, recebeu um chamado de seu chefe, o doutor Elói. Conversando com ele pelo aplicativo, veio a saber que estava demitido da empresa onde havia trabalhado nos últimos quinze anos, desde a aposentadoria. Alegando cortes de gastos, o doutor Elói acrescentou:

— Como o senhor já é aposentado, creio que não será muito prejudicado, não é? — e fechou com uma risadinha, como de hábito.

Maldito! Se ele soubesse o valor de sua pensão, jamais diria uma bobagem dessas. Mal dava para se sustentar com aquela miséria de dois salários mínimos e uns trocados. Adeus vinhos e uísques, adeus viagens. Via-se economizando cada centavo e cortando todos os extras, entre eles, a academia de ginástica. Afinal, eram os extras que davam um pouco de sentido a uma vida já chegando ao fim. Sem eles, ia, com toda certeza, vegetar em seu apartamento.

Nos dias subsequentes à demissão, enviou o currículo para várias empresas. Com a falta de respostas, percebeu que, naquela crise, não estavam contratando ninguém, ainda mais um idoso. E ele sabia muito bem que a área de vendas, na qual trabalhara como gerente, exigia, cada vez mais, gente jovem, dinâmica. Não que não se considerasse uma pessoa dinâmica, mas seu dinamismo, desconfiava, parecia não se coadunar com os novos tempos, em que o uso de aplicativos vinha substituir o relacionamento tradicional entre vendedores e clientes. Não era de seu hábito disparar torpedos para tudo quanto é lado, importunando as pessoas e dispensando algo fundamental em seu ramo de trabalho: a cortesia, o contato pessoal. Não se dava com aplicativos, como o Facebook, o WhatsApp, o LinkedIn — quando muito, servia-se apenas dos recursos do celular e do e-mail.

A constatação disso fez com que entrasse num processo de depressão, embora não desistisse de continuar a enviar seu currículo. Chegou até a se oferecer para funções que nunca se imaginaria exercendo e com salários menores. Mas esta investida foi frustrante. Contratado como gerente de um supermercado, acabou se horrorizando com o que se exigiria dele, não lhe deixando tempo disponível e, ainda por cima, pagando-lhe um salário risível. Entre suas atribuições, destacavam-se o controle dos estoques, a negociação com fornecedores, via de regra, ignorantes, sem contar que lhe cabia também o papel de uma espécie de *ombudsman*, tendo, com isso, de suportar as malcriações e reclamações de clientes. Não, trabalhar naquilo era a morte. Mesmo assim, premido pelas dificuldades, acabou aceitando. Uma semana durou a experiência. Na sua idade e com a experiência bem-sucedida de vendas, não suportou a falta de respeito com que os empregados, os clientes e os superiores o tratavam. Era como se tivesse que carregar uma canga ao pescoço.

Pediu as contas. Percebeu que não podia e nem devia se submeter a outras experiências como aquela. Mas esses pensamentos elevados não o livravam da dura realidade. Continuaria desempregado, consumindo a poupança e o dinheiro da indenização, até que se visse reduzido aos dois salários mínimos de sua pensão. E, no horizonte do possível, não via nada em que pudesse trabalhar. Era um especialista em vendas de imóveis, mas, com aquela crise, o mercado tinha se retraído. Sem contar que a idade não o recomendava, apesar de toda a experiência.

Estava, pois, entregue ao pessimismo, sem vontade de fazer coisa alguma, nem mesmo as aulas na academia de ginástica, abandonadas por economia, quando, por acaso, uma folha de um jornal veio lhe cair nas mãos. Parecia fazer parte de um caderno de anúncios. Sem saber bem por que, pôs-se a passar os olhos por eles. Talvez tivesse criado em seu espírito, de maneira inconsciente, que ali encontraria alguma oferta de emprego. Até que se deteve em "Acompanhantes". Não tinha o hábito de consultar seções desse tipo, pois, para arrumar mulheres, jamais recorria a profissionais do sexo. Apenas por curiosidade, examinou o cardápio, contendo as ofertas de sempre: "Garota sexy só para senhores de bom gosto", "Venha experimentar o paraíso das ninfetas", "Mary, massagem tântrica e tailandesa e outras coisas mais", "Rose, toda durinha pra você", "Tassielle, boquete gostoso, anal e beijo grego". Mas um desses anúncios chamou-lhe a atenção pelo inusitado:

Coroa Sexy — mulher madura p/ srs. disc. Oral, anal, beijo grego, local próprio (11) xxxxxxxxx

"Coroa Sexy"... — pensou. Quantos anos teria ela? Cinquenta? Sessenta? Ou mais? E, sendo assim, quem procuraria esse tipo de pessoa? Ele, por acaso, não tinha interesse por acompanhantes, ainda mais uma desse tipo. Mesmo sendo um idoso, quando fazia um programa, sempre se interessava por mulheres mais novas. Talvez a "Coroa Sexy" tivesse algum atrativo pelo preço ou pelo cardápio em que constavam sexo oral, anal e, acima de tudo, a prática do chamado "beijo grego". Pelo que sabia, embora nunca tivesse experimentado, o beijo grego, ou o popular "cunete", consistia na técnica de lamber ou acariciar o ânus do parceiro de cama. Pelo que se dizia, era uma experiência e tanto, capaz de levar a pessoa ao paraíso. Mas outras acompanhantes, sem ser "coroas", também prometiam o afamado "beijo grego", como a tal de Tassielle. E onde se encontrava, pois, de fato, a atração daquela senhora, autointitulando-se "Coroa" e "Mulher madura"? Se ela punha um anúncio no jornal, era sinal de que havia clientes — refletiu. A tal "Coroa Sexy" devia, pois, atrair pelo diferente. Quem sabe, um tarado tivesse gosto em fazer sexo com uma mulher que podia representar sua própria mãe... E, não bastasse isso, ainda lhe lambendo e beijando o rabinho... — riu, divertido, da própria piada.

Jogou o caderno do jornal no lixo, mas, durante todo o dia, aquele anúncio ficou pairando em sua cabeça. "Coroa Sexy"... — pelo visto, nesse tipo de negócio, parecia que a idade não era o maior empecilho. E quanto cobraria uma criatura como aquela? Pegou a folha de jornal no lixo e telefonou para o número no anúncio, mas só obteve como resposta que a linha estava desativada. Ligou para outras acompanhantes e veio a descobrir que os valores iam de cento e cinquenta a trezentos reais por uma hora de prazer. Mas quanto cobraria uma coroa sapeca? Duzentos...? Se cobrasse duzentos, raciocinou, e tivesse três encontros por dia, na semana, lucraria três mil e seiscentos e, no mês, catorze mil e quatrocentos. Essa conta, que ele fez num segundo, podia diminuir ou aumentar, dependendo, é claro, da disposição e energia da "Coroa" ou da demanda dos clientes.

Bom — voltou a pensar —, se desse uma média de quinze mil reais por mês, sem descontos, como o INSS ou o imposto de renda, só para se deitar com desconhecidos, chupar-lhes o pênis e o rabo, receber um pinto na boceta ou no cu, era um negócio para lá de razoável. Desde que tomasse cuidados sanitários. Afinal, mulheres casadas ou amasiadas não faziam isso com seus parceiros de graça e ganhando, em troca, promessas de amor ou alguns trocados para comprar um vestido ou um sapato numa liquidação?

Naquela noite, ele foi se deitar com uma ideiazinha na cabeça. E se...? Tomado pela vergonha, negou-se a concluir o pensamento. Mas, depois, achou que não era nenhuma donzela para ficar com aqueles pudores. Portanto, concluiu o pensamento: e se se oferecesse num anúncio, como aquele da "Coroa Sexy", a "senhoras discretas", com atendimento em seu domicílio? Mesmo que não atingisse uma renda tão boa de quinze mil reais, podia, pelo menos, conseguir o suficiente para pagar pelo seu uísque, pelo seu vinho e voltar a fazer ginástica. A única coisa que teria de suportar seriam as clientes, longe de serem mulheres atraentes. Pois quem, em sã consciência, aceitaria transar com um coroa como ele, pagando uma certa quantia, a não ser gente desfavorecida pela vida ou mal-amada? Sabia, pelas conversas com suas ex-namoradas e amantes, que muitas mulheres sofriam pela falta de afeto ou pela prática sexual morna com maridos e parceiros. Quem sabe ele não pudesse suprir essa necessidade delas e, ao mesmo tempo, suprir as suas, com o ganho de uns trocados?

Não custava nada tentar, pensou. Levantou-se, foi ao micro e escreveu um anúncio. Mexeu nele algumas vezes, até que se deu por satisfeito:

COROA SEXY só p/mulheres. Carinhoso. Loc. disc. Preço a comb. **(11)xxxxxxxxx**

Releu-o e, achando que estava bom, salvou-o. Como era tarde, não tinha como enviá-lo a um jornal. Deixou, então, para fazê-lo no dia seguinte e foi dormir.

Naquela noite, teve uma série de sonhos eróticos. E com mulheres que sempre haviam povoado a sua imaginação, até a maturidade. Assim, viu-se com Rita Hayworth, Brigitte Bardot, Catherine Deneuve, Vera Fischer e Gisele Bündchen nuas, em seus braços. Acordou todo molhado e cheio de desejo. Mas, ao se lembrar que o que ia fazer dali por diante excluiria o princípio do prazer, fez uma careta de desgosto. Acabou pondo esse tolo escrúpulo de lado. Afinal, o que queria de fato era ganhar dinheiro e, para ganhar dinheiro, naqueles tempos de crise e pandemia, teria que se submeter ao que o acaso lhe determinasse.

Antes de enviar o anúncio ao jornal, resolveu arrumar o apartamento. Embora não fosse relaxado, achou que, se quisesse receber bem as clientes, com certeza mais exigentes que os homens, conviria que tudo estivesse em ordem. Contratou uma diarista, para fazer uma faxina, e saiu à rua para comprar lençóis, toalhas, material de higiene, bebidas.

No fim da tarde, vistoriou o apartamento. Na sala, alguns quadros discretos, um sofá, a mesa com quatro cadeiras, o barzinho com garrafas de uísque, conhaque, vinhos brancos e tintos. No quarto, a cama *king size* contava com lençóis de excelente qualidade, combinando com o edredom e as fronhas, comprados numa liquidação da Camicado. Pôs uma provisão de camisinhas, um vibrador, óleos frutados nas gavetas do criado-mudo. Acima da cabeceira, dependurou, lado a lado, *Nu Deitado*, de Modigliani, e *La Maja Desnuda*, de Goya. No banheiro, disponibilizou tapetinhos, um conjunto de toalhas para o rosto e o corpo, sabonetes, buchas, xampus, uma colônia, toucas para os cabelos e chinelas de feltro.

Planejou isso de modo bastante cuidadoso. Como um vendedor de larga experiência, tinha noção de que um cliente, no seu caso, uma cliente, devia ser tratada com o máximo de cortesia, estimulando-a, com isso, a retornar em breve. Tudo, afinal, não passava de marketing e business.

E, cheio de ansiedade, esperou pelo toque do telefone, anunciando sua primeira cliente.

O EU ENSIMESMADO 2

Uns tempos antes da vinda da pandemia, eu cumpria minhas atividades como professor na Universidade de Santa Luzia, mais conhecida como UniLuz. Isso implicava as aulas presenciais de Literatura, ministradas aos alunos de Letras. Para complementar o salário, era obrigado a ensinar "Comunicação e Expressão" e "Metodologia Científica" nos cursos de Direito, Comunicação, Pedagogia e Psicologia. Cheguei ao cúmulo de dar um curso de "Linguagem Jurídica", intimado pelo Coordenador, o Professor Tolói.

Uma figurinha o homem: gordinho, cor de rosa, com um jeito afetado, óculos de aros redondos, dentes bem brancos, barbicha. Por nada, costumava dizer "Ai! Meu Jesus Amado". Gostava de se vangloriar de seu CV, no qual pontificavam especializações, nas áreas de Educação e Psicologia, participação em congressos e similares Brasil afora e uma ou outra publicação em revistas e jornalecos de bairros da periferia da capital e do interior. Andava, sempre a tiracolo, com uma assessora, a Professora Jandira Colombo, formada em Pedagogia. Era uma loira alta, aguada, com dentes saltados de cavalo. Vivia com o nariz metido onde não devia. Seu papel era o de confirmar tudo o que seu Chefe dizia, além de chamá-lo de Doutor, embora ele nunca tivesse feito o doutorado.

Quando protestei que não sabia nada de linguagem jurídica, disse, com um sorriso irônico:

— Mais do que os alunos, com certeza, deve saber, não é, Professor? — voltava-se para sua aspone, a assessora de porra nenhuma: — Não concorda comigo, Professora Colombo?

— Isso mesmo, Doutor Tolói! Perfeito! — ela caprichava no puxa-saquismo. — O senhor tem toda razão. Sendo assim, Professor Assis, não custava nada tentar.

— Não sei, pode ser...

O Professor Tolói fez um gesto de desprezo.

— Pode ser, não; com certeza. Consulte na internet sobre o assunto e vá dar suas aulinhas. E boa sorte.

Foi o que fiz. E sem maiores problemas. Pouco entendia do assunto, mas como os alunos de Direito entendiam bem menos que eu, a coisa foi se encaminhando, sem prejuízo para ninguém. Daí por diante, cumpria as tarefas determinadas pelo Coordenador e, feito coringa, era alocado onde mais necessitavam de meus préstimos, saindo de minha zona de conforto, para comparecer às reuniões dos NUES, ou Núcleos de Ensino Superior, orientar TCCs, Trabalhos de Conclusão de Curso, ou ICs, projetos de Iniciação Científica. Além disso, havia os processos seletivos, de que participava preparando questões e corrigindo provas, sem ganhar um tostão a mais. Segundo o Coordenador, era a minha contribuição para compensar tudo o que a UniLuz vinha fazendo por nós, docentes, "mantendo a empregabilidade e pagando em dia". Como que reconhecendo nossas atividades extracurriculares, éramos mimoseados pela reitoria com canetas esferográficas de segunda linha, canecas de plástico, cadernetas e agendas de papel reciclado, com o logotipo da UniLuz.

A Universidade de Santa Luzia situava-se na Zonal Sul de São Paulo, a alguns passos do Largo Treze, de onde, com quase toda a certeza, vinha grande parte de sua clientela. No Largo, acumulavam-se barraquinhas, vendendo tudo quanto é produto — roupas, brinquedos, bolsas, sapatos, alimentos, utensílios domésticos, baterias para celulares, pen-drives —, além de terminais de ônibus, bocas de fumo e uma fauna humana, formada, na grande maioria, de migrantes do Norte de Minas e do Nordeste, além de levas de haitianos e nigerianos. A escola funcionava nuns barracões que tinham pertencido a uma fábrica de aparelhos de ar-condicionado. Quando esta foi à falência, o grupo empresarial da UniLuz alugou a planta, que cobria quase todo um quarteirão, reformou-a e instalou as salas de aulas e demais dependências para que aquilo se transformasse em Universidade. Uma reforma superficial apenas, pois o chamado "campus" tinha uma aparência bastante precária. A começar da fachada ostentando vitrôs sujos, com as paredes cheias de manchas de bolor e umidade, o reboco descascando, encimada pelo logotipo da instituição, a imagem da santa-mártir, carregando os olhos num prato e tendo aos pés a inscrição, em letras douradas, "*Ergo adoremus unum verum Deum, cui amor et fidelitas meus sermo opere compleatur*".[1]

No interior dos galpões, as salas de aula eram como tumbas, o chão coberto de tacos, muitos deles soltos, as paredes, pintadas com demãos de um azul desbotado, as lousas verdes de cimento, uma mesinha para os professores, as carteiras de armação de ferro e tampo de madeira todo rabiscado, contando com lâmpadas dependuradas de fios dos tetos de pé-direito altíssimo. Durante o verão, frequentar aquilo era submeter-se a um calor de sauna e, no frio, as salas lembravam as instalações de um necrotério.

Nos corredores, ficavam os banheiros, cavernas com as paredes cobertas de azulejos cinza, pias e vasos sanitários amarelados, por vezes entupidos, com papel higiênico e toalhas de papel, quando havia, verdadeiras lixas, espelhos embotados e com rachaduras. Ao lado deles, a sala de professores, provida de vitrôs sujos, mesas, cadeiras e sofás estripados, uma mesinha com garrafas térmicas de café requentado, água e pacotes de bolachas água e sal, armários de ferro, acima dos quais havia mapas, apostilas, velhos livros e pilhas e pilhas de papel empoeirado, com certeza, provas e trabalhos jamais corrigidos. No pátio situado na parte de baixo do aglomerado de salas de aula, havia os serviços de fotocópia, a papelaria, instalados ali para dar um lucro a mais à Instituição, com a venda de material didático, cadernos, canetas e souvenirs da Universidade, sob a forma de medalhas e canecas de plástico, ornamentadas com a imagem de Santa Luzia. E havia também as lanchonetes, exalando odores de frituras e vendendo coxinhas, empadas, esfihas, sanduíches naturais. No inverno, como os espaços eram bem amplos, soprava um vento a enregelar os ossos.

Saindo do pátio, atravessava-se um espaço descoberto até chegar a um jardinzinho e a uma escadaria dando acesso à biblioteca, outra cova, o teto a se perder nas alturas, mobiliada com mesinhas, cadeiras e sofás, onde os alunos costumavam dormir, arquivos de ferro e estantes com coleções de enciclopédias de editoras como a Barsa e a Abril, cobertas de pó, e muitas apostilas. Os livros, manchados de bolor e comidos pelas traças, em nada atendiam às necessidades e demandas dos alunos. A desculpa dos

---

[1] "Adoremos o único Deus verdadeiro, cujo amor e fidelidade mostrar-se-ão por meio de minhas palavras".

mantenedores para a recusa em renovar o acervo era de que "nos tempos modernos em que vivemos, livros são coisa superada, pois tudo se encontra na internet". E, como prova disso, havia uma saleta com uns computadores infestados de vírus e providos de uma internet das mais precárias, por meio dos quais os alunos faziam as pesquisas, utilizando-se da mágica do Ctrl+c/ Ctrl+v.

Junto à biblioteca, situavam-se as dependências administrativas, o departamento de Recursos Humanos, o de Tecnologia de Informação, a Secretária Geral e as salas de pró-reitores, do Reitor, do Chanceler e dos Mantenedores. Para acessar a sala dos deuses, passava-se por um corredor, onde, nas paredes, havia retratos, com molduras douradas, formando uma galeria de Boris Karloffs, sorrindo que nem símios, vestidos de paletó e gravata ou vestidos de seda, com comendas e faixas no peito, sob cujos nomes vinham inscrições do tipo "Benemérito/Benemérita da Educação", "Educador/Educadora Exemplar", "Cientista de Escol" e assim vai. Intercalados aos retratos, havia placas da Câmara dos Vereadores, da Associação Comercial de São Paulo, do Sindicato dos Mantenedores e de outras Instituições variadas, louvando a contribuição educacional da UniLuz ao país.

E com toda essa maquiagem, a Universidade não perdia o ar de planta de fábrica. Só que agora, em vez de aparelhos de ar-condicionado, fabricava diplomas. E com a pandemia, tudo vinha a calhar. Para que salas de aula, para que biblioteca, para que professores? E a realidade, com as aulas a distância, mal veio a peste da Covid-19, mostrou como eles tinham razão e como aquela baiuca se adaptava bem fácil aos novos tempos.

Mas isto foi bem depois da vinda da pandemia e do confinamento de professores e alunos, pois, no momento, a maioria das aulas era presencial. E, desse modo, cabia a mim, como a outros colegas, me esfalfar, ao vivo e em cores, diante dos grupos de alunos.

Quando fui contratado pela UniLuz, ao voltar para casa, descrevi o prédio e o ambiente para a Salete. Ela deu um muxoxo e disse daquele seu modo azedo, temperado por uma pitada de ironia:

— O que você queria? Um professor como você, sem especializações, sem mestrado, só podia acabar num lugar desses.

E o pior é que ela tinha razão. Pensei até em retribuir, dizendo que ela também trabalhava num local meia-boca, onde era explorada pelo patrão, mas não estava a fim de novas discussões, nas quais cada um jogava sobre o outro a bile do ódio acumulado. Apenas disse:

— Obrigado pela consideração. Nada como um estímulo vindo de você. Uma experta em Comunicações...

— De nada. Pelo menos, vai ter um salário mensal. Sustentar uma casa sozinha não é fácil.

Depois que eu havia sido despedido de um colégio no bairro do Brooklin, onde comi o pão amassado pelo diabo, suportando estúpidos adolescentes, filhos de pais ricos, o que melhor consegui foi uma vaga na UniLuz. Pelo menos os alunos, vindos da periferia, respeitavam-me, não me faziam desaforos. E, mal ou bem, pelo menos pensava em iluminar um pouco aquelas cacholas deformadas por um ensino para lá de precário nas escolas públicas. Cumpria assim minha missão, deixando de me sentir de todo como um fracassado.

Mas, enfim, o sustento da casa, um minúsculo apartamento de dois quartos no bairro da Liberdade, não ia mais depender apenas do salário da Salete na agência de publicidade. Viver às custas dela não era o melhor negócio, embora nunca lhe pedisse dinheiro. Era mais a vergonha de ver que o aluguel, o condomínio, a luz, o gás e outras despesas caíam sobre os ombros de minha cordial inimiga. Não queria depender dela para nada.

— Ainda não arrumou emprego? — perguntava-me todo fim de mês. — Queria só te lembrar que estamos com as prestações da geladeira atrasadas.

E eu enviando currículo para tudo quanto é canto, mesmo sabendo que, para arrumar emprego, ainda mais na área educacional, dependia do QI, ou seja, do "Quem Indica". E foi assim na UniLuz: um colega de graduação da USP acabou por entregar o meu CV nas mãos do tal do Professor Tolói, o Coordenador da área de Humanidades. Como necessitavam com urgência de um docente, fui contratado. Não sem antes ser entrevistado, ter meu CV devassado e uma aula avaliada por ele e sua assistente.

— Seu repertório acadêmico é muito exíguo — o Professor Tolói manuseava meu CV como se fosse papel higiênico. — Precisa com urgência aumentar as publicações, a participação em congressos, inserir-se em algum grupo de pesquisa... Por outro lado, sua aula de demonstração foi apenas satisfatória. Creio que deve melhorar em muito a didática, o método de ensino.

Acrescentou que os alunos deviam ser estimulados ao máximo para não desistirem.

— Aqui na UniLuz, não podemos ter o luxo de alunos inadimplentes ou com a matrícula trancada. O professor dever ser uma espécie de animador — cacarejou uma risadinha. — Como na televisão, entende?

A santa protetora da UniLuz, então, abria as asas sobre mim e passou a me abençoar. Todo fim do mês, pingava o salário, o resultante dos vinte e quatro reais e alguns quebrados por aula dada. O suficiente para dividir as despesas do apartamento com a Salete e ir às Casas Bahia renegociar as prestações da geladeira. E ter uma folguinha para, de vez em quando, comprar, em sebos de rua, romances e livros de poesia. A suprir minha "cultura inútil", como costumava dizer a Salete, com o seu costumeiro sarcasmo.

E assim minha nova rotina se instalou. Saía de casa, andava algumas quadras até o Metrô, embarcava na linha Azul, descia na estação Santa Cruz, onde pegava a linha Lilás, em direção a Santo Amaro. Uns vinte e cinco minutos depois, descia perto do Largo Treze e corria para bater o ponto, a tempo de evitar o desconto no final do mês. Sem contar a reprimenda do Professor Tolói.

Entrava na sala de aula, contando com uns poucos gatos pingados bocejando ou se segurando para não dormir. Heroicas criaturas que vinham se chatear comigo numa noite de uma sexta-feira. Professor novato, cabia-me aquele horário, rejeitado pelos demais professores. Na primeira fila, como sempre, para meu deleite, estava a Tatiane, uma garota negra, de minissaia e botinhas, a cabeleira encaracolada, os seios escapando do decote e mascando chicletes. Lançou-me, como de costume, um olhar malicioso quando entrei. Era o colírio para meus olhos e o desejo reprimido, pelo fato de que, do mato da Salete, há muito que não saía cão algum.

Como sempre, fui logo dando início à aula. Se ficasse com preâmbulos, era bem capaz de os alunos adormecerem e de eu desanimar com a falta de interesse deles. Distribuí uma folha de papel onde havia digitado o poema "*Triste, Triste*", de Laforgue. Li-o, caprichando ao máximo na pronúncia:

Je contemple mon feu. J'étouffe un bâillement.
Le vent pleure. La pluie à ma vitre ruisselle.
Un piano voisin joue une ritournelle.
Comme la vie est triste et coule lentement.

Je songe à notre Terre, atome d'un moment,
Dans l'Infini criblé d'étoiles éternelles,
Au peu qu'ont déchiffré nos débiles prunelles,
Au Tout qui nous est clos inexorablement.

Et notre sort! toujours la même comédie,
Des vices, des chagrins, le spleen, la maladie,
Puis nous allons fleurir les beaux pissenlits d'or.

L'Univers nous reprend, rien de nous ne subsiste,
Cependant qu'ici-bas tout continue encor.
Comme nous sommes seuls! Comme la vie est triste!

Os alunos, também como sempre, olharam-me com perplexidade. Superando o sono, a letargia, vieram com as costumeiras reclamações:

— Poesia de novo, profe?

— Ô Mestre, puxa vida! Aqui ninguém sabe francês.

— Pois deviam saber. Se vão estudar o Simbolismo, têm que saber francês — comentei, mesmo sabendo que era inútil ficar explicando minhas escolhas.

— Mas quem disse que queremos estudar o Simbolismo? — era o Natanael, quase adormecido na última fileira.

— O senhor não pode traduzir pra gente? — perguntou o Benedito.

— "*Je contemple mon feu*", "*Le vent pleure*", "*Un piano voisin*", "*Comme la vie est triste e coule lentement*" — disse com desgosto, lendo alguns fragmentos. — Puxa vida, é quase português!

— Beleza, Mestre! Quer ver como entendi? — tornou a falar o Benedito. E, todo radiante, recitava sua tradução de um dos versos de Laforgue: — "Como a via é triste e cola lentamente".

— "Como a via é triste e cola lentamente"... — repeti, não sabendo se devia rir ou chorar.

Como tratar do pessimismo, da melancolia de Laforgue, expresso sem imagens tão belas, a desesperança do poeta diante de uma totalidade que nos é negada, para uma gente tão insensível?

Puxa vida, será que, depois de anos de ofício, eu não havia aprendido nada? Será que não tinha consciência da incapacidade dos alunos de absorver o que exigisse um pouco de inteligência, de sensibilidade? Não, não tinha, ou fingia não ter. No fundo de um local embolorado de meu eu mais íntimo, sempre havia algo a me fazer acreditar no poder da linguagem. Sobretudo em suas manifestações poéticas. Na poesia — pensava eu —, a palavra, libertando-se de sua função utilitária e recuperando assim a pureza inicial, conseguia realizar milagres. Entre eles, despertar as emoções profundas das pessoas. E, também, como dizia T.S. Eliot, num ensaio sobre a função social da poesia, distender a língua ao máximo, mostrando nela novas manifestações de sentido. De acordo com essa minha crença, como numa operação alquímica, tinha o poder de agir sobre qualquer pessoa, mesmo aquelas com a sensibilidade embotada. Bastava a música de um poema para as feras amansarem, os mortos despertarem, e os vivos, liberados de sua letargia e da miséria do cotidiano.

Mas não dizia nada disso a eles. Em minhas aulas procurava encharcá-los ao máximo de emoção, com a leitura de poemas escolhidos só pelo meu gosto e procurando driblar o conteúdo programático determinado pelo Professor Tolói. Segundo o Coordenador, cabia-me ensinar-lhes apenas as características de cada movimento literário, seguindo a linha histórica.

— Respeite o que determina o programa do semestre — explicava-me ele, do modo peremptório. — Para essa gente aí, que não sabe nem falar direito, é o suficiente. Mais que isso e não entendem nada. É como atirar pérolas aos porcos.

Dava seu cacarejo e finalizava:

— Quero ver isso bem registrado nos diários de classe. Nada de fugir do que foi discutido em reunião, Professor Alex!

A bem da verdade, nada havia sido "discutido em reunião". O programa, criado por algum luminar, talvez ele próprio, em nada diferente daqueles do segundo grau, era restrito ao ensino de noções elementaríssimas de Literatura. A maioria dos autores contemplados no programa era de segunda linha. Vicejavam os românticos e parnasianos, e o Modernismo morria, em algumas noções sumárias, na Semana de Arte Moderna de 1922. Apenas uma tintura. E como contemplar toda a Literatura Brasileira e, por extensão, a Portuguesa em apenas dois semestres, com duas aulas por semana? O que eu fazia, mesmo com o risco de uma advertência, era pois me desviar do programa. Registrava um conteúdo, mas me permitia, nas aulas, tratar daquilo que achava essencial.

E o que achava essencial era ler poesia para os alunos. Ainda que desconfiasse que estava "atirando pérolas aos porcos".

— Está bem, vou traduzir para vocês — acabei por renunciar à ideia de que eles degustassem Laforgue no original.

E, verso a verso, fui passando o poema para o português e, com isso, é claro, atropelando sutilezas de linguagem, perdendo parte da beleza do soneto. Uma tradução devia ser uma recriação, um modo de fazer o Laforgue expressar, numa língua talvez desconhecida para ele, a sua solidão, o vazio de um Universo sem transcendência, a falta de correspondência do eu com o mundo, com os outros. Ah, *traduttore, traditore...*

Contemplo meu fogo. Sufoco um bocejo.
O vento chora. A chuva escorre na minha vidraça.
Um piano próximo toca um *ritornello.*
Como a vida é triste e corre lentamente.

Sonho com a nossa Terra, átomo de um momento,
Com o Infinito crivado de estrelas eternas,
O pouco que nossas débeis pupilas decifraram,
O Todo que nos é fechado inexoravelmente.

E nossa sorte! Sempre a mesma comédia,
Os vícios, as amarguras, o spleen, os males,
Depois, vamos ver florir os belos dentes-de-leão dourados.

O Universo nos aprisiona, nada de nós subsiste,
No entanto aqui embaixo tudo continua do mesmo modo.
Como estamos sozinhos! Como a vida é triste!

— Legal a tradução — achava de comentar o Benedito —, mas continuo não entendendo nada de nada, Mestre.

E, sem dar muita atenção a ele, pus-me a falar daquele ser solitário, fechado em seu quarto, ao fogo da lareira. Enquanto ouvia a natureza expressar um sentimento de dor, por meio do choro do vento, punha-se a refletir sobre a tristeza que o tomava por inteiro.

E como se fosse um ator, um solipsista, pus-me a destilar meu discurso, talvez até me encantando com a própria voz:

— É um poema expressando uma dor que nada tem de sentimental, de autopiedade, como costumava acontecer com os maus românticos. O sofrimento, nele, tem outra dimensão, digamos... mais cósmica. Vocês podem notar que a única coisa ligando-o ao mundo é o vazio, resultante da sensação de que não há transcendência, pois a totalidade lhe é vedada. Sem contar que a Terra não passa de um pequeno átomo perdido em meio às constelações eternas. Vocês podem imaginar isso? Que horror sofrer a experiência dessa solidão cósmica!

Fazia uma pausa porque, naquele momento, era de súbito assombrado pelas imagens de *Melancolia*, do Lars von Trier. Esse filme havia me impressionado como nenhum outro, sobretudo pelo fato de lembrar que não somos nada, que até nossos constructos artísticos mais espetaculares estão condenados a um fim. E que coisa alguma de valor será reposta no lugar. Nem o amor, nem a arte e nem a dor de sermos humanos e condenados a um fim sem sentido. A imagem do planeta batizado de *Melancolia* aproximando-se, para engolir a Terra, era um espetáculo assombroso. A ponto de ter deixado meus cabelos eriçados como nos melhores filmes de terror.

Dava-me conta de que os alunos espiavam-me estupefatos. Ah, sem querer, havia mergulhado num sonho e estava parado na sala, os olhos bem abertos, e sem dizer nada. Era preciso voltar à realidade. Foi o que fiz. Dei um suspiro e continuei a explicar o poema:

— E a nossa solidão, ah, ela ombreia com o supremo tédio: nem Deus, nem conhecimento, nem um ideal — nada de novo sob o sol ou sob a lua. Em Laforgue, é a expressão do vazio absoluto, pois ninguém olha por nós, estamos fechados num abismo de indiferença e nada justifica nada. Acima de nós, há apenas um céu opressor, como se fosse a tampa de uma panela, negando nosso acesso a uma possível transcendência. O único consolo, se é que há consolo, é o sujeito reconhecer a sua dor na voz das coisas ou ter a chance de ver se abrirem os dentes-de-leão dourados, um símbolo de patética beleza. Observem como ele expressa esse sentimento pela voz do vento, aliás, só distinguível em francês, porque, na tradução que fiz para vocês, tudo se perde.

E recitei, procurando acentuar a sonoridade, as aliterações: "*Le vent pleure*", "*La pluie à ma vitre ruisselle*", "*Pleure/pluie*".

— Ô mestre, como você consegue ver tanta coisa nesta poesia? — a Palmira esforçava-se para fazer uma cara de inteligente. — Pra mim, eu só acho que a garota deu o fora nele e...

Deixei passar o disparate, porque lá vinha o Benedito:

— Eu acho que o cara tomou umas biritas e tá voando...

A classe caiu na risada. Só a Tatiane permanece em silêncio, os olhos fitos em mim, os seios saltando da blusa.

— Você tem razão, Benedito — digo, sem animosidade. — Talvez o Laforgue fosse chegado numas biritas.

"Pérolas aos porcos", mais uma vez era tentado pelo axioma educativo do Professor Tolói. Tinha consciência disso ou achava que era possível lhes atirar pérolas, para despertar, lá no fundo deles, a sensibilidade escondida? Se é que houvesse resquícios de sensibilidade entre teias de aranha... Mas, nos momentos de desesperança, não sabia por que lia para eles Laforgue, Verlaine, Rimbaud, Baudelaire, Pessanha. Não seria mais fácil encaminhá-los para os resuminhos sobre movimentos literários, tornados obrigatórios pelo programa do Professor Tolói? Ou comentar por cima um ou outro verso de Castro Alves, Bilac, tratando apenas das características do Romantismo ou do Parnasianismo? Ou contentar-me com a vida, paixão e morte dos autores? Bastava assim andar de um lado para o outro da sala, recitando, como um papagaio e sem interrupção, "Manoel Antônio Álvares de Azevedo foi um contista, dramaturgo, poeta e ensaísta brasileiro, autor de *Lira dos Vinte Anos*, *Noite na Taverna*. Nasceu em 1831, em São Paulo e morreu em 1852 no Rio de Janeiro. Pertencente à segunda geração romântica..., bláblábla". Tudo muito simples. E sem me dar o maior trabalho. Bastava coletar aquelas informações na wiki, a fonte dos preguiçosos, por meio do truque do Ctrl+c/Ctrl+v. Pelo menos, usando dessa didática, mantinha os alunos ocupados, registrando, com horrível grafia ou letra bastão, em seus cadernos, aqueles bocados de cultura inútil. E sem deixar de cumprir à risca o programa do Professor Tolói.

E, ao acreditar que não havia encontrado meu lugar num mundo tão inóspito, só não me sentia como Laforgue porque não chovia, nem fazia frio, e a noite convidava para uma rodada de chope e conversa jogada fora.

Afinal, é o que fazíamos. Terminadas as aulas, eu e um grupo de alunos íamos até o *Saudosa Maloca*, uma espelunca, a uns metros da Universidade e, ao som do samba ou do funk, bebíamos caipirinhas, chopes, acompanhadas de pedaços de linguiça com farinha. E, superando nossa miséria, nossa frustração, procurávamos nos divertir, falando de tudo, menos de ensino, de modo geral, sobre a situação política e caótica do país, o desemprego, a violência e os péssimos serviços fornecidos pela Universidade. Sem contar os dramas que cada um se aproveitava para destilar: as dívidas acumuladas, o parceiro/ /parceira incompreensível, um filho/filha por nascer, um noivado rompido, um casamento desfeito, os desenganos e a ausência, no horizonte do possível, de futuro no amor ou no trabalho.

Enquanto conversávamos, tinha a Tatiane sentada a meu lado, sua coxa encostada na minha, seu perfume barato me invadindo as narinas. Sei como isso terminará. No fim da noite, num motel, um sexo inconsequente. O que mais podia prometer à pobre da Tatiane? Ainda que cheia de enlevo por sair comigo, com certeza, logo ficará frustrada, pois, para mim, ela não passava de uma noite de sexo. Naqueles anos de ensino na UniLuz, como outros professores predadores, havia aprendido a conseguir garotas com alguma qualidade. Acontecia que as alunas costumavam ter idolatria por seus mestres, devido ao brilho da profissão. Era o império do saber com o qual elas se deixavam seduzir. E eu não fugia à regra, aproveitava da situação, para, de vez em quando, atrair uma ou outra carinha bonita. Se, em casa, com a Salete, havia de tudo, menos amor, satisfazia minha fome com aquela gente maltratada pela vida e tão carente como eu. Mas, deprimido como andava, não tinha como lhes oferecer nada de bom em troca, a não ser uma ternura triste.

A velha história de sempre.

Triste, triste.

OS INFECTADOS 2

Viam-se nos outdoors nas ruas, avenidas de toda a Metrópole, nos jornais impressos e televisivos "Aberto o Concurso para a Contratação de **Localizadores** e **Recolhedores** pelo **CMRVP**, o **Centro Municipal de Recolha de Vítimas da Pandemia.** Candidate-se a uma das vagas, ótimas condições de trabalho, etcétera, etcétera", o que quase o levou a desanimar, pois, se havia tantos anúncios, imaginava a multidão de pretendentes às vagas e pensava Será que tenho habilidade e competência para isso? Será que passarei nos testes? Será que...? E aquelas dúvidas tinham o sabor salobro, a angústia criando um bolo em seu estômago, mas não podia se submeter aos caprichos da sua debilidade, visto que estava passando fome, desde que havia sido despedido de seu trabalho como **Cobrador**, lembrava-se ele com saudades do tempo em que vestia o uniforme, um macacão de brim amarelo-cáqui, um boné com uma pala de plástico e botinas de couro e solado de borracha, e enchia sua bolsa a tiracolo de faturas, duplicatas, letras, promissórias, canetas, carimbos dos mais diversos "Pague-se", "Reconheça-se Firma", "Dilate-se o Prazo", "Cobrança Imediata", "Cheque sem Fundo", deixava a casa cedo e punha-se a andar pelas ruas, mas o que se deve ressaltar era que ele sempre o fazia com um itinerário adrede estudado em seu guia, não fosse cometer a tolice de sair caminhando ao léu, como, aliás, alguns de seus colegas o faziam, o que tinha como resultado a perda de tempo, as repreensões do **Chefe de Seção**, descontos no salário, muito restrito, por sinal, mas, não obstante, um salário, dando para alguém, parcimonioso como eu, manter-me com dignidade, naqueles tempos de pré-pandemia.

E assim lá se ia eu, batendo nas portas daquelas pessoas que, por algum motivo, deixavam de pagar uma dívida, fosse por falta de dinheiro, num momento de crise como aquela, fosse por descuido e, na maioria dos casos, fosse por relapsia, pois, quanto a esses últimos, não lhe era difícil ver que preferiam ter um carro de luxo na garagem, ostentar uma esposa, indo aos shoppings, vestida de peles e acompanhada de um cachorrinho felpudo, a honrar seus compromissos e, assim, via-me obrigado a lhes telefonar, a lhes bater nas portas, em qualquer hora, sabia que o incômodo e a vergonha dos vizinhos a bisbilhotar eram o melhor caminho para o cidadão, tomado de pejo, preencher um cheque ou negociar valores e prazos. Mas nem sempre era assim, pois era preciso contar com os contumazes no vício, negando-se a abrir a porta de casa e, quando surpreendidos a andar nas ruas, fingindo que eram moucos ou doidos, pondo-se a gritar, a dançar e a cantar, e ele, com toda paciência, precisava esperar horas a fio, ora assentado na guia de uma calçada, ora encostado no batente de uma porta, a ponto de muitas vezes dormir ali, aguardando que o devedor se dignasse a recebê-lo, com isso, obrigando-me a desenvolver, com engenho, táticas, não só para facilitar o acesso ao relapso, como também a convencê-lo a preencher um cheque, uma duplicata ou a sacar do banco uma quantia para saldar a dívida.

Mas isso tudo acontecia quando era um **Cobrador**, conhecedor de todos os truques do ofício, porque, depois que a pandemia se abateu sobre o país, naquele ano de 2080, e transformou as grandes, médias e pequenas cidades, as metrópoles em lugares-fantasma, habitados pela ausência dos que se viram forçados ao confinamento, não havia mais o que cobrar, pois compras, aquisição de bens e, por consequência, dívidas não eram mais feitas, e ele, como prêmio por sua entrega ao trabalho, pela sua assiduidade, honradez e princípios, ainda assim, era jogado, sem complacência, no olho da rua, com a vaga promessa de que Quando tudo voltar ao normal, Senhor, tenha a certeza de que lembraremos de si, mas as notícias cada vez mais alarmantes faziam que tais promessas fossem algo tão falso quanto uma cédula de três reais, e eu desconfiava que a pandemia, para meu horror, viera para ficar de vez. Segundo o que lia nos jornais ou via na tevê, não havia medicamentos ou vacinas no horizonte do possível, e a mortandade dos infectados tendia a crescer em escala geométrica, a ponto de as Clínicas, os Prontos-Socorros, os Hospitais não poderem atender, acolher, medicar mais doentes e as Morgues, Cemitérios e os Crematórios estarem saturados, o pânico instalando-se, as pessoas desarvoradas não só pela falta de empregos, é claro, como também, e de modo especial, pela perda dos entes queridos com aquela infecção vinda da Ásia, como o simulacro da Peste Negra, justo nesse ano de 2080, em que se dizia, com orgulho, que as Ciências Médicas haviam dado um salto, a ponto de erradicar tudo quanto é moléstia.

De modo que, ao deparar com os cartazes anunciando a abertura de postos de trabalho, tanto para **Localizadores** quanto para **Recolhedores**, junto ao **CMRVP**, o **Centro Municipal de Recolha de Vítimas da Pandemia**, foi alimentado pela esperança, temperada, é claro, pelo temor de que não estivesse à altura de assumir cargos de tanta responsabilidade, mas, mesmo assim, muniu-se de toda a coragem, vestiu a máscara, obrigatória para quem ousasse sair às ruas, e foi ao edifício onde funcionava o **CMRVP** para fazer sua inscrição e não se deixou levar pelo desânimo, ao deparar com a fila dando voltas e voltas no quarteirão, formada de pessoas, na maioria, com roupas e sapatos rotos, em que o olhar febril, os ombros caídos, as mãos de unhas roídas eram sinais da fome, da ansiedade e do desejo de encontrar alguma ocupação e, assim, suprir as necessidades básicas.

Sob um sol causticante, caminhava a passos de tartaruga até a boca do prédio do Órgão Municipal e acontecia de, em alguns momentos, uma pessoa qualquer da fila ser atacada por um acesso de tosse, e todos fugiam dela, como o diabo da cruz, e o cidadão procurava se defender, argumentando Companheiros, não é o que pensam, não estou infectado, é apenas uma irritação passageira da garganta, mas ninguém queria entender, e logo policiais eram chamados, e o cidadão visto como mais um infectado era retirado à força da fila e talvez encaminhado a um **Centro de Atendimento Emergencial**, onde, na certa, seria submetido a testes e, caso estivesse contaminado, posto numa maca, para posterior tratamento, se é que houvesse médicos e enfermeiras disponíveis, o que era muito de se duvidar na atual circunstância. Por outro lado, caso se constatasse que ele tinha apenas uma simples infecção de garganta, seria liberado, e eu imagino então a sua aflição, ao correr de volta para a fila, e as pessoas, egoístas, não querendo lhe ceder o lugar, dele, por justiça, e perdido por conta de um engano das pessoas aterrorizadas com a presença do vírus, como se este fosse algo visível, a espreitar e atacar as pessoas com suas garras de fera.

Esperava, pois, sob o sol ou, talvez, nem verão fosse e, sim, inverno, aquele vento vindo de tudo quanto é canto, nossos sapatos e botinas com as solas gastas e deixando passar a umidade do solo, nossas roupas puídas, porquanto ninguém tinha dinheiro para comprar agasalhos de lã, era suportar com estoicidade o cansaço e esperar que a fila andasse mais rápido, uma vez que ficar exposto aos ventos poderia provocar gripes, resfriados, culminando até numa pneumonia, cujas bactérias, sem cerimônia, abririam as portas para a entrada do vírus da Covid-80 no organismo. Era dominado pelo terror e murmurava para se convencer Ainda estou saudável, há quanto que não tive uma gripe, um resfriado ou infecção de espécie alguma? Mas e se tivesse algo do tipo? Sabia que, para participar de um concurso como aquele, precisaria estar em perfeitas condições físicas, era o que diziam as pessoas, pois que os exames de admissão costumavam ser dos mais rigorosos e, se mostrasse neles algum problema, seria dispensado na hora, sem direito a uma segunda chance, e eu procurava esquecer disso, precisava esquecer, sonhando, sonhando que seria admitido, seja como um **Localizador**, seja como um **Recolhedor**, embora, naquela altura, não tivesse noção do que fazia um, do que fazia o outro.

Hoje, recordando-me desse momento cheio de angústia numa fila, à espera de que fosse atendido, não se sabe quando, as pessoas deslocando-se com morosidade, começo a rir, porque se transformou num experto, não só capaz de diferenciar um **Localizador** de um **Recolhedor**, a um primeiro olhar, mas também de saber quais as atribuições de um e de outro, tudo o que determina o **Manual** de mais de quinhentas páginas, contendo as leis, com seus parágrafos, rubricas e as alíneas, tanto que, se baseando em sua prodigiosa memória, volta e meia, os colegas consultavam-me sobre tópicos dos mais variados Por favor, Companheiro, o que reza o parágrafo oitocentos e setenta e cinco, inciso sessenta e seis do **Manual**? O Senhor saberia se um **Localizador** teria o direito de recolher um corpo, caso o **Recolhedor** de sua região não tivesse como comparecer a tempo? Poderia rebater, dizendo que consultassem o **Manual**, oras bolas, ou fossem conversar com o **Superintendente**, na teoria, melhor conhecedor do assunto, mas, a falar a verdade, gostava de exercer esse papel de Consultor, pois acabava mostrando uma competência a toda a prova, merecendo assim o respeito dos colegas e chegando a ganhar pontos junto ao seu superior, a cujos ouvidos tais pleitos chegariam, sem dúvida alguma. Mas, naquele tempo de início da pandemia, era apenas aspirante a um cargo de **Localizador** ou de **Recolhedor**, no **CMRVP**, o **Centro Municipal de Recolha das Vítimas de Pandemia**, um órgão recém-criado pela Municipalidade para dar conta do aumento dos números dos cadáveres, pacientes agonizantes, doentes terminais, abandonados à própria sorte em quaisquer lugares da cidade e, como tal, necessitando, com urgência, de funcionários para compor os seus quadros, a fim de se incumbirem da localização e recolha das vítimas, antes que os doentes propagassem o mal, e os cadáveres, apodrecendo, contaminassem ainda mais a atmosfera da Metrópole, e daí aquela chamada por outdoors, jornais impressos e televisivos, e a grande massa de pessoas atendendo à procura, servia para mostrar à sociedade, contrariando as estatísticas oficiais, a carência de empregos, com milhões de trabalhadores, da noite para o dia, nas ruas, sem ter o que fazer para sustentar a si e suas famílias e, muitas vezes até, sendo obrigados a entrar na marginalidade. Não era o caso dele, contudo, e, talvez, a sua ficha limpa e a experiência adquirida em anos e anos de trabalho como **Cobrador**, me credenciassem a ser contemplado com uma das vagas, fosse como **Localizador**, fosse como **Recolhedor**, com qualquer desses cargos estaria feliz, pois contaria todo final do mês com dinheiro para pagar as dívidas e suprir as suas necessidades.

Tudo isso são sonhos, pois, caminho e caminho, mas não sinto o caminho, caminho como se andasse nas nuvens de um sonho, e o mundo parece-me algo sem consistência alguma, as pessoas, usando máscaras, assemelham-se a fantasmas, a fiapos de nada, vagando e vagando e, quando dizem alguma coisa, a voz delas ora se aparenta a um perpassar de brisa pelas pétalas de uma flor, ora se aparenta a um sibilo, e a falta de consistência de tudo atinge-o no peito como o murro do vento. Mas há outra coisa que possa fazer, além de deslocar-se, deslocar-se, deslocar-se? Cumpro então minha sina e sigo, mas deve cuidar-se, e muito, porquanto a massa de pessoas adquire consistência e forma, como se todos se transformassem numa só entidade e, nessa condição, rola, rola, e aqueles, enfraquecidos por moléstias ou pela fome, ao não conseguirem se manter de pé, ao se desgrudarem da massa, deixam-se, pela fadiga, por ser — tão passivos eles, os coitados! — conduzidos, sem que tenham noção de que uma hora aquele volume de carnes, grudadas umas às outras, graças ao suor e demais humores dos corpos, irá esmagar sem piedade os que sucumbirem a seu movimento para a frente, para a frente!, em direção ao edifício, cuja boca se aproxima cada vez mais, pronta a engoli-los, e os ingressantes, chegando ao umbral, recebem de funcionários uniformizados, além de borrifos de álcool gel, uma ficha com um número, e os que se abandonaram, por fraqueza à força da massa de carne, são despojos sangrentos abandonados na calçada e pisoteados pelo volume de gente ansiada e cheia de desespero, murmurando com os dentes cerrados Não posso perder esta chance! Não posso perder esta chance!

Sobrevivente do massacre, ele agora começa a subir as escadas, vigiados todos por vigilantes, vestidos de macacões e usando capacetes dotados de dutos ligados a cilindros de oxigênio às costas. São oitenta e cinco andares, a subir, a subir, o cansaço dos degraus vencidos, pelo menos há a proteção contra a violência do sol ou do vento, fazendo gelar o saguão, mas há um agravante, pois algo similar ao que ocorreu lá fora ocorre aqui também, pois os mais fracos, ao não suportarem a subida, correm o risco de serem pisoteados ou de se despenharem das alturas, empurrados pelos de melhor condição física. Tais acidentes poderiam fazer que pessoas nessa situação perdessem a chance de se submeterem à entrevista, além de que viessem a sofrer ferimentos, o que agravaria em muito a situação delas, levando-as, em casos mais agudos, à morte. E nesse selvagem empurra-empurra, ouvem-se ameaças surdas Vou arrebentá-lo todo! Saia da minha frente, seu filho da puta! Tire o pé do meu degrau! Suma daqui, seu infectado de uma figa!

Com galhardia, suporta tudo e, para se distrair, vai contando os patamares, Onze, degrau, degrau, degrau, degrau, degrau, degrau, degrau, degrau, degrau, degrau, Doze, degrau, degrau... e, agindo com disciplina, procurando não perder a conta, o tempo se lhe escoa com menos voracidade e sente as esperanças aumentarem, à medida em que sobe, o corpo movendo-se de maneira automática, como se fosse uma máquina de engrenagens azeitadas, nem precisa pensar no que fazer, pensar para quê, afinal, se os músculos, os nervos, em harmonia, sem ruído, movidos por um comando físico dão-lhe o impulso para subir, passando sempre pelo mesmo número de degraus, cada andar parecido com o anterior, não há nada que os distinga, nem a paisagem lá fora, obliterada que é pelos vidros das janelas pintados de negro, a não ser um número de ferro afixado à parede e até que chega a seu destino, sem ter a consciência, agora, de quanto tempo esteve na fila, seja na rua, deslocando-se pela calçada, marcada pelo sangue dos pisoteados, seja naquelas escadas sem fim, conduzindo-o para as alturas, e não lhe interessa muito o saber disso, porque se pergunta, afinal, O que isso me acrescentaria de útil?

Preciso me concentrar, dentro em breve, creio, me chamarão pelo meu número e, assim, acaba ele por adentrar um salão de pé-direito bem alto, iluminado por lâmpadas de néon, onde há bancos de madeira, sem encosto e, ali, pelo menos, tem onde sentar, o corpo entorpecido de tanta dor nas pernas e na coluna, é o que faz, imitando os demais ocupantes daquele espaço, todos eles extenuados, suando muito por sob a máscara e procurando sufocar qualquer tossidela, pois, caso alguém tussa, mesmo que de leve, correria o risco de ser interpelado por um funcionário ou um vigia O Senhor, por favor, nos acompanhe. Que horror! Que horror! Procura desviar desse pensamento enlouquecedor — ele, com certeza, não irá tossir, sabe como controlar os humores, a respiração, basta-lhe compenetrar-se, basta-lhe concentrar-se.

Percebe, então, que há alto-falantes em toda a dimensão do salão, e uma voz metálica declama, separando bem os números, Oito mil, duzentos e catorze, sala trezentos e quarenta e seis, Oito mil, duzentos e quinze, sala quatrocentos e vinte e um, Oito mil, duzentos e dezesseis, sala vinte e oito, ele consulta seguidas vezes a placa em sua mão, não fosse, por distração, deixar passar a chamada, certeza tem de que, se o deixasse, jamais seria chamado de novo, porque considerariam seu esquecimento ou distração como um ato irresponsável para quem deseja uma vaga de **Localizador** ou **Recolhedor**, o que faz então é sentar-se, mas sem relaxar e, embora isso provoque dores na coluna, pelo fato de o banco ser desconfortável e pelo fato de a fome atormentá-lo quase ao ponto da loucura, tirando-lhe as forças e a concentração, está atento a tudo o que se passa a seu redor, aos ruídos, às vozes, às chamadas. Embora fizesse frio naquele dia, sente o suor banhar-lhe o rosto, as gotas pingando, encharcando a camisa, Que horror — pensa —, não poderia chegar desse jeito diante de um **Entrevistador**, mas não há o que fazer, pois não há banheiros e lavabos por ali, imagina que sua aparência seja lastimável, o cabelo por pentear, o suor deixando manchas nas roupas, e o cheiro de cachorro molhado, isto tudo deveria pender mais na balança e, desse modo, tomado por uma forte resolução, não irá deixar que detalhes desse tipo possam prejudicá-lo quase na reta final, pois o número de sua ficha está prestes a ser anunciado, logo, logo, irei para a entrevista — penso, tomado pela angústia —, na qual darei o melhor de mim, mostrando que teve uma larga experiência como **Cobrador**, que não é um novato e, assim, irá convencer o **Entrevistador** de seus predicados, causando-lhe ótima impressão, a ponto de ele, sem tardança alguma, bater em sua ficha com o tão esperado carimbo de "APROVADO", o que terá como consequência a sua admissão nos quadros do **CMRVP**, ou **Centro Municipal de Recolha das Vítimas da Pandemia**, seja como **Localizador**, seja como **Recolhedor**.

Para recuperar o ânimo, faz exercícios mentais, e um dos truques implica reduzir o passado próximo, substituindo-o pelo passado remoto, em flashes, reproduzindo momentos significativos de sua extinta vida profissional, como, por exemplo, o final de uma entrevista em que tinha sido nomeado **Cobrador**, depois de horas sentado numa cadeira dura, respondendo a perguntas das mais capciosas sobre tudo o que pudesse imaginar, e ele, é claro, recapitula alguns itens, pois tenho quase certeza absoluta de que, na entrevista de agora, tanto para o cargo de **Localizador** quanto para o de **Recolhedor**, elas serão repetidas, visto que tudo radica numa questão de gênero, embora tenha consciência de que seria importante pensar também nas variáveis, visto que não dá para se confundir, de maneira alguma, o cargo de **Cobrador** com o de **Localizador** ou **Recolhedor**. É este exercício de memória, não afetiva, mas voluntária, obrigando-o a bem utilizar o cérebro, em detrimento do corpo, pronto a traí-lo num momento inoportuno, que o faz aguardar a sua chamada para uma das saletas em que se fazem as entrevistas com tranquilidade de espírito. É com orgulho, temperado pela piedade, que contempla os companheiros, exaustos como ele, mas mostrando, ao contrário de mim, sinais de desconfiança, medo, como as mãos trementes, as pupilas dilatadas, os assobios e roncos sob a máscara, dominados pelos sestros dos mais variados, como por exemplo, o estralar dos dedos *tlec-tlec-tlec*.

Sabe que, de antemão, estarão marcados, antes que adentrem a sala de entrevista, porquanto não escaparam dos olhos das câmeras correndo todo o salão, focando o rosto de um, o rosto de outro e, com movimentos de zoom, penetrando, com a pupila cruel, a alma deles todos e sabe, por um saber só de experiência feito, que alguém tão perscrutado por uma câmera, mal ponha os pés dentro da sala, veja ser destruída, de imediato, sua confiança, ao ouvir as palavras de consolo do **Entrevistador**, vestido de terno e gravata pretos, óculos de grau, cabelos esticados com gel, sentado numa poltrona, diante — imagina ele — de um microcomputador, dirigindo-se ao pobre do candidato, com cordialidade, a ponto de exibir uma fieira de dentes branquíssimos Então, meu caro, será que agora seria o melhor momento para sua entrevista?

E o candidato, suando por todos os poros, estalando os dedos *tlec-tlec-tlec*, o pescoço curvado, o olhar perdido, bufando, empapando a máscara com saliva, os cabelos eriçados, a desesperança, como o pássaro do nunca mais, batendo as asas sobre sua cabeça, tenta falar e engasga e, ao engasgar, sem conseguir evitar, dá tossidelas seguidas, fazendo que o **Entrevistador** recue a cadeira, com o olhar de quem talvez dissesse para si mesmo Epa! Não me infecte este indivíduo com a Covid-80!, e venha com mais uma pergunta de fingida comiseração Desculpe-me, meu caro, não está passando bem? Não seria o caso de etcétera, etcétera?

Ah, fosse ele assentado ali, redarguiria Estou passando tão bem que sou capaz até de fingir que não estou! E, com certeza, o **Entrevistador**, com esta resposta capciosa, com a qual não estaria acostumado ou que jamais ouvira, pois que, neste seu ofício, só consegue formular seu raciocínio com base em fórmulas aprendidas em algum Manual, algo perplexo, chegaria à conclusão de que estaria diante de um excelente candidato, capaz de, numa situação crítica, mascarar os sentimentos mais íntimos, mostrar-se como o Outro, pronto a desviar quaisquer suspeitas quanto a suas intenções e, assim, desarmar armadilhas armadas por quem desejasse se fazer de esperto e vencer o oponente numa luta de palavras, a luta mais vã, dado que as palavras, pensava ele, naquele momento de reflexão para seu autocontrole, são traiçoeiras e nem sempre significam o que fingem significar. São máscaras de vidro! — vê-se, dizendo, mas me enganei, não fui eu quem elevou a voz, mas, sim, o alto-falante entoando, em sua voz metálica, Oito mil, trezentos e quarenta e sete, sala duzentos e vinte e nove, o número de minha ficha, levando-me a impulsionar o corpo para a frente, relaxar, controlar meu ego e partir para a batalha contra o **Entrevistador** *ad hoc*, a mim designado por sorteio, esperando-me em sua gaiola de vidro, os modos afetados e cheio de arrogância, as perguntas bem decoradas, à força de tanto repeti-las a todos os candidatos, sem exceção.

A CONFRARIA 1

Davi veio a conhecer o professor Ângelo Arcano numa conferência na "Sociedade Panteosófica".

Era uma noite de inverno, e Davi, na sala do seu apartamento de cobertura, nos Jardins, bebericava um *Calvados*. Ao fundo, ouvia-se, num aparelho de som, as notas de *Pour Élise*, de Beethoven. Sentia-se mal, com sintomas de depressão. Os negócios da empresa da família, devido à pandemia, indo de mal a pior, um divórcio, com mágoas de lado a lado e mais a complicada partilha dos bens, a avó, o único membro da família a quem amava de fato, internada, no Sírio-Libanês, por conta da Covid-19, e o confinamento deixavam-no num estado de espírito sombrio. A ponto de, há pouco, ter até dispensado a garota de programa, uma tal de Angel, cujos serviços costumava requisitar de vez em quando por telefone. Era uma morena belíssima e escolada nas artes do sexo.

Mas, naquela noite, ele havia falhado de maneira miserável, após algumas tentativas. Ela tentou animá-lo:

— Meu amor, isto acontece...

O consolo deixou-o cheio de irritação. Levando em conta que a garota nada tinha a ver com seu falhanço, controlou-se. Acabou por lhe pagar o combinado, resmungando:

— Fica para outra vez. Desculpe pelo incômodo.

— Da próxima, tem desconto, *chérie* — ela deu uma risada e se foi, rebolando como uma gata.

Estava sem ânimo para nada. Enquanto tomava seu *Calvados*, conferia a correspondência, e foi então que deu com o envelope, contendo, no canto superior, à esquerda, um inscrição em ouro e alto-relevo:

DE FRATRIBUS FRATERNITATIS SE REGNANDI

O que significaria aquilo? Abriu o envelope e deparou com um convite para uma palestra, cujo título, pomposo, era "Princípios Gerais e Teosóficos da *Panarquia*, que regem a *Confraria dos Irmãos que se Autogovernam* e reflexões sobre a atual pandemia", a ser proferida por um tal de professor Ângelo Arcano na "Sociedade Panteosófica". Nunca tinha ouvido falar em semelhante pessoa e Sociedade. Num primeiro impulso, pensou em jogar no lixo o convite. Mas, acabou pondo-o de lado na mesinha sobre algumas cartas e boletos bancários.

Voltou a beber o *Calvados*, mas desta vez na varanda do apartamento. Enquanto levava a taça à boca, olhou para a praça, à frente. Quase não tinha árvores e, de onde Davi estava, ele só podia enxergar, à esquerda dela, um edifício comprido, de apenas um andar, provido de arcos e janelas verdes e, à direita, a extremidade de outro prédio menor, com apenas um arco. Entre eles, havia um cubo de tijolos ou concreto e, mais à frente, sobre um pedestal, a estátua de um homem, vestido com um terno branco, de costas para o observador. No fim da praça, ao longe, duas pessoas, vestindo roupas pretas e chapéus, como que cochichavam entre si. Toda a paisagem era bem iluminada, o que fazia que os edifícios, objetos e pessoas projetassem sombras fantasmagóricas sobre o solo concretado. O silêncio — criado pela ausência de ruídos de pessoas ou carros —, ajudado pela sensação de vazio da praça quase de toda despida de vegetação, era enervante e fez com que seu início de depressão se agravasse.

Deixou a varanda, ligou a tevê, mas logo a desligou, irritado com as notícias de sempre: aumento da pandemia, de infectados e pessoas mortas, queda do PIB, das bolsas, aumento do dólar e do desemprego. Nada de novo, como sempre, o mundo de desolação, pandemia e destruição.

Voltou à mesinha e tornou a pegar o convite para a palestra. Conferiu o título, o local, o horário, o nome do palestrante. Notou, no verso do cartão, um texto que leu sem entender muito bem o sentido:

> *Num mundo pautado pela mais cruel ignorância, ligada a uma visão estreita do por que vivemos em sociedade e do que nos determina os caminhos para a realização plena de todos os nossos desejos e desígnios na existência, acima,*

> *brilham mentes sábias, capazes de mitigar nossas dores com os ensinamentos primevos, rezando que ao homem está reservado um destino soberano, muito além dos mesquinhos sonhos de uma civilização pautada por grotescas convenções, assumidas por decretos de leis esdrúxulas e inumanas e fixadas em antigas e superadas tábuas, suprimindo assim as mais sagradas volições do ser humano, a sua natureza — ou seja, tudo o que faz do homem um homem, como um ser livre, pródigo, pronto a conectar-se com os arcanos mais antigos do Universo.*

Releu o texto e, embora não o compreendesse em toda sua dimensão, alguma coisa nele despertou-lhe o interesse, talvez a ideia de anarquia e libertação de estamentos da sociedade, aliás, abraçados por ele, não por vontade própria, mas a contrapelo, devido a imposições familiares.

Afinal, era um filho criado com ostentação por uma família que lhe havia propiciado uma educação primorosa: graduação em Administração na Fundação Getúlio Vargas e PhD em Negócios, em Harvard, nos EUA. Voltando para o Brasil, apesar da idade, fora logo ungido a gerente na empresa da família, dedicada a softwares. Além disso, a contragosto, teve seu casamento arranjado com uma socialite, filha de um empresário amigo do pai. E a sua miséria assim se consumava. Isto porque sempre se achara mais bem dotado para a música e as artes no geral do que para negócios. A avó Elisa, pianista amadora, sempre o incentivara. Ele queria seguir por esse caminho, mas, devido às exigências do pai, teve que pôr de lado aquilo que acreditava ser a sua vocação e dedicar-se de vez aos negócios. Como fosse uma pessoa, de natural, cordata, aceitara sem muitos protestos as imposições. E seguindo aquela via, chegara aos trinta e poucos anos de idade, o casamento indo para um beco sem saída e sua carreira, para seu desgosto e depressão, declinando. E assim estava ali em seu apartamento de trezentos metros quadrados nos Jardins, solitário, bebendo um *Calvados*, ouvindo Beethoven, e pensando naquele convite.

E se fosse dar uma conferida? A Confraria, conforme vira no convite, situava-se no Largo do Arouche, local que não conhecia, mas sabia ficar no centro velho da cidade e não muito longe de onde morava. Chamava um Uber, calculou que em menos de meia hora estaria no local, onde poderia assistir à palestra. Se a coisa não lhe interessasse, tomava outro Uber e vinha chatear-se em casa, ouvindo de novo Beethoven e embriagando-se com mais e mais *Calvados*.

Tomada sua decisão, vestiu-se e deixou a casa. Na rua, chamou um carro pelo aplicativo. Em pouco tempo, chegou ao local da conferência. Como desconfiava, os arredores estavam cheios de mendigos e sem-tetos.

Era um edifício, talvez da década de cinquenta, a pintura descascando em alguns lugares, com uma escadaria de mármore corroído. Subiu por ela até deparar com um conjunto de colunas suportando um frontão onde havia um alto-relevo, com ninfas e deusas, guerreiros e tritões, e a inscrição dourada "Sociedade Panteosófica". Parou diante da porta de madeira lavrada e bateu nela com a aldrava em forma de cabeça de leão. Um senhor, vestindo terno e gravata, atendeu-o com polidez:

— Boa noite. Veio para a palestra do professor Ângelo?

— Sim.

— O convite?

Por acaso, o havia trazido. O homem conferiu-o, inclinou a cabeça e, afastando-se, deu-lhe passagem:

— Muito bem, senhor. Seja bem-vindo.

Ingressou num corredor, onde havia uma passadeira vermelha gasta, lâmpadas, pendendo do teto por um fio e iluminando, de modo precário, o ambiente.

— Siga à frente, Senhor, que irá ter ao auditório.

Começou a caminhar, passando por várias portas fechadas. Nas paredes, distinguiu telas pintadas a óleo, algumas quase apagadas, retratando ninfas, deuses e deusas nus. Em mesinhas e aparadores, junto às paredes, havia estatuetas de bronze e mármore reproduzindo as divindades dos quadros.

Chegou no auditório, de forma circular, contando com cadeiras de braços e um púlpito à frente, onde havia um microfone e um abajur aceso. As paredes eram recobertas com lambris de madeira, mas não havia objetos de decoração, e as luminárias projetavam uma iluminação reduzida. Distinguiu na semiobscuridade algumas poucas pessoas.

Conferiu o relógio: faltava pouco para a palestra ter início. Às vinte horas em ponto, um homem alto, magro, com uma barbicha e uma calva polida, usando um terno negro, gravata, apareceu das sombras. Vindo de uma porta atrás do púlpito, assumiu o lugar de palestrante. Ligou o microfone, testou-o e disse:

— Boa noite.

Pigarreou de leve e, sem preâmbulos, começou a dissertar sobre o tema da conferência, cujo título era, de acordo com o convite, "Princípios Gerais e Teosóficos da *Panarquia*, que regem a *Confraria dos Irmãos que se Autogovernam* e reflexões sobre a atual pandemia":

> Comecemos por conceituar o que a é a *Panarquia*, cujo lema é "*De Fratribus Fraternitatis se Regnandi*", ou seja, "A Confraria dos Irmãos que se Autogovernam". As origens da *Panarquia* perdem-se nos tempos, talvez suas raízes se encontrem entre os caldeus, os egípcios. Nos templos desses últimos, inclusive, foram encontradas inscrições relativas a ela, muito embora, os antigos não se utilizassem do termo *Panarquia*. Séculos depois, durante a Baixa Idade Média, a *Panarquia*, como não poderia deixar de ser, foi condenada como heresia, e muitos dos *Fratribus* acabaram encarcerados e queimados devido a suas ideias. Mas nem isso serviu para arrefecer a força da Confraria, muito pelo contrário, serviu apenas para acentuar a crença de seus adeptos.
>
> No início do século XVIII, numa época de tolerância e respeito à ciência, sem a censura eclesiástica, veio à luz a obra do clérigo inglês Josephus Sacrocalix, ou Joseph Holygrail, *New History of the Panarchy from the Beginning of the World to the Establishment of Christianity*, em que ele tratava das ideias da *Panarquia*, fundada no princípio da chamada "soberania do indivíduo", em detrimento do poder dos Estados e da Igreja.
>
> Nos meados do século XVIII, o filósofo Marquês d'Amelibre, Alain Joseph Alexandre d'Amelibre, nascido em 1700 e falecido em 1782, escreveu uma série de obras de teor ocultista, todas elas ligadas à explicação dos princípios da *Panarquia*, como *Missions des Souveraines*, de 1741, *Mission des Ouvriers*, de 1763, *Missions de l'Orient*, de 1766. A mais importante delas foi, sem sombra de dúvidas, *La Panarchie*, de 1770. Nesses livros, o sistema panárquico, reelaborado por ele, foi bastante influenciado pela visão e interpretação cabalística da História, consistindo não só numa hermenêutica da história humana, como também num programa de ação com bases absolutamente livres.

O palestrante respirou fundo, para depois prosseguir:

> Aos olhos do Marquês d'Amelibre, a vontade popular, quando não bem orientada, traduz apenas os sentimentos, as reações instintivas da massa

> social, via de regra, ignorante de sua força. Em oposição a isto, a autoridade do Estado tem por base o princípio do Poder enquanto tal, exercido com todo rigor. Quanto a este, é o que os romanos chamavam de "*Imperium*", isto é, a balança da justiça e o gládio que fere, confundindo-se com a autoridade escravizadora. Desse modo, para pôr um fim ao estado em que se encontra o Mundo Ocidental, mantido pelo desgoverno, ou um governo despótico, aliado a uma Igreja também autoritária, d'Amelibre propõe o verdadeiro significado da *Panarquia*: "Acima das nossas nações e dos nossos governos, há que formar um governo, puramente natural, que seja uma emanação das nossas intuições individuais e consagre tudo o que constitui a vida mais espontânea."
>
> Em suma, há nisso uma profissão de fé anárquica, porque d'Amelibre propõe a libertação e afirmação dos indivíduos, frente ao despotismo, criado pelos Estados e Impérios.

Davi continuou ouvindo a palestra, mas se aborreceu um pouco quando o palestrante dispendeu um bom tempo, fazendo um arrazoado, de teor histórico, sobre os Impérios dos mundos antigos e modernos e seus processos políticos. Tais Estados, segundo ele, visavam à dominação de súditos. O professor Ângelo fez outra pausa, consultou as folhas que tinha à sua frente, pigarreou e deu continuidade à palestra, mas tratando agora da alienação das pessoas e do poder dos governos, contra os quais a filosofia do sistema panárquico se insurgia:

> Em razão do estilhaçar da categoria social povo em um conjunto de pessoas sem nexo forte, em razão da perda do poder do indivíduo pela ausência, cada vez mais notória, da consciência e força de classe, o que redunda em alienação contínua de poder, a *Panarquia*, como libertação dos governos exercidos pelos déspotas de todas as nações, estabelece-se como um sistema filosófico-político-econômico inovador em face dos poderes do Estado, com suas serôdias legislações, ou os poderes da Igreja, com suas normas morais, visando a dominar e a castrar os indivíduos, reprimindo neles o mundo da Natureza.
>
> O controle do Estado, em relação às atividades econômica e cultural, assume proporções indefensáveis. Ao Estado (funcionalismo público, políticos, legisladores, magistrados) cabe bem administrar a coisa pública e

> governar os homens de maneira sábia, mas o que se verifica é que nunca o fazem para atender aos interesses do indivíduo. A centralização a todo o custo torna-o usurpador da soberania do indivíduo. Como organismo tentacular, afasta o cidadão de tal forma que ele não se vê mais como pertencente ao Estado, essa máquina anônima e irresponsável, mostrando a maior falta de responsabilidade com aqueles que mereceriam, no mínimo, a sua proteção.
>
> Esta é, meus senhores, a parte mais controversa do sistema paracientífico e parafilosófico de d'Amelibre. Resultado da compreensão mais profunda do homem, da sua natureza intrínseca, é o conhecimento de que a *Panarquia* se faz portadora.

O palestrante suspendeu sua fala e correu os olhos pela plateia reduzida, antes de prosseguir:

> Por outro lado, muito sagaz é também a apreciação de d'Amelibre sobre a instituição eclesiástica. A Igreja, do seu ponto de vista, perdeu-se quando, nos séculos IV e V, furtou-se à sua vocação espiritual, aliando-se ao Estado, visando ao acúmulo de riquezas e ao exercício do poder a qualquer custo, como se pôde ver, por exemplo, na inescrupulosa venda das indulgências. A disciplina e hierarquia, antes pautadas por valores espirituais, evoluíram para uma forma antievangélica. A Igreja, cujo legado espiritual deveria preservar acima de tudo, procurou submeter a alma dos fiéis, para poder dominá-los, anunciando uma caridade e não a praticando, ou então usando uma capa evangélica, sempre com o fito de controlar no indivíduo o seu instinto e a força da Natureza criativa.
>
> Em suma, meus senhores ouvintes: a *Panarquia* tenta superar a letargia imposta pelo Estado-Igreja, ao tentar sufocar no homem seus princípios básicos — o da *liberdade* e o da *natureza*, essa dualidade que lhe dá grandeza e o faz superar o bestialismo, o instinto. Libertar-se é afirmar, em si, sua natureza e negar-se a aceitar as leis, os regulamentos, os estamentos e o pensamento dominante, ligados a um sub-racionalismo delirante.

O palestrante discorreu também sobre a questão do poder exercido pelas nações, Estados e Impérios sobre o homem. E acabou por reiterar que a dominação executada pelas potências, na modernidade, havia atingido o auge, graças a uma excepcional arma de dissuasão: a propaganda, criada pelas mídias e controlada sabiamente pelos déspotas de ocasião.

Calou-se por alguns segundos, depois, cravou os olhos nos ouvintes e bradou, como se tivesse chegado à conclusão de seu arrazoado:

> Nos tempos atuais, esse poder sobre o cidadão, como vos disse, tomou a forma da propaganda, com a disseminação de ideias alienantes, visando a escravizar e alienar o indivíduo.
>
> É por isso que, em nome dos princípios da *Panarquia*, eu vos conclamo a negar com veemência e a não aceitar a ideia da existência dessa suposta pandemia alienante de nossos tempos, identificada e propagada, como uma moléstia real, pelos meios de comunicação, provocando o caos, a alienação e a submissão de vez do homem a um grande Estado Transnacional. Sob esse grande Satã, os homens todos perderão suas prerrogativas de homens livres e regressarão ao estado vegetativo de escravos.
>
> Alerto-vos, pois, sobre o surgimento da grande Besta, investindo contra nós com a criação de um Apocalipse, representado por uma suposta pandemia! Espero que atenteis, com muito rigor, para isso.

Estas suas últimas palavras foram ditas num tom incisivo, como se constituíssem elas a síntese de toda aquela teoria arcaica, mas com fortes reverberações na atualidade.

O palestrante reuniu os papéis sobre o tampo do parlatório e saiu tão silencioso como entrou e sem se despedir dos ouvintes.

Davi permaneceu algum tempo sentado, refletindo sobre as palavras do professor Ângelo Arcano. E só se levantou quando não havia mais ninguém no local. Dirigiu-se para a saída, mas, antes que deixasse o edifício, pensou se não valia a pena trocar algumas palavras com o conferencista, pois algumas daquelas ideias o haviam impressionado bastante. Sobretudo as que diziam respeito ao papel do homem enquanto indivíduo frente ao Estado onipotente, aliado com a Igreja, e à pandemia, termo que havia comparecido uma única vez na palestra, mas com uma força extraordinária, de seu ponto de vista.

Em vez de sair, portanto, dirigiu-se para a porta atrás do parlatório, na qual bateu três vezes com o nó dos dedos.

A JANELA INDISCRETA 1

Sentado numa poltrona, à varanda do apartamento, o velho senhor vai bisbilhotando a vida dos habitantes do edifício à sua frente, com centenas de habitáculos, providos de quatro janelas dando para a rua, a da área de serviço e a cozinha, a da sala e a dos dois quartos, onde se refugia uma multidão de anônimos como ele, mas, enquanto eles, confinados devido à pandemia, entregam-se a diversos afazeres, ele, aproveitando-se da ociosidade de aposentado, como um vampiro, procura lhes sugar a vida para, quem sabe, preencher o vazio da própria existência, no momento atual, intensificado, a ponto de lhe provocar angústia. Enclausurado em seu apartamento, para interagir com o próximo, tem apenas uma teleobjetiva, assestada em direção ao edifício do outro lado da rua, como aquele personagem hitchcockiano, do filme *Janela Indiscreta*, o fotógrafo L. B. Jeffries. Preso a uma cadeira de rodas, por conta de uma perna quebrada num acidente, passava os dias examinando a vida dos vizinhos do prédio de apartamentos à frente de sua janela, primeiro, com um binóculo e, depois, com uma teleobjetiva. Movido pela curiosidade, chegava ao extremo de flagrar um assassinato, que se tornava, assim, o seu centro de interesse e o núcleo dramático da película de suspense.

Só que, nesta história de agora, o velho senhor não teve a perna engessada e, assim, pode deslocar-se à vontade pelo apartamento e, se suas condições de saúde e também as condições de saúde da população melhorassem, pelas ruas e avenidas da metrópole. Foi obrigado a confinar-se, depois de chegar da UTI, onde esteve internado por umas semanas, acometido pela Covid-19. É idoso e um pouco obeso, mas ainda tem uma constituição forte, embora um pouco abalada pela moléstia. Traz na face direita uma cicatriz de bordas arroxeadas, o resultado de uma briga em que se meteu quando um pouco mais novo.

Vitimado pela pandemia, foi levado para o Hospital São Paulo, talvez para morrer, pelo filho, com quem sempre andou às turras, e, assim, teve que dialogar sozinho com o médico, à saída do hospital:

— O senhor não deve, em hipótese alguma, sair de casa, a menos que queira ter outra pneumonia.

— Mas que droga! — retrucou, com irritação.

O médico, quem sabe acostumado a lidar com idosos temperamentais, continuou a aconselhá-lo com toda a calma:

— O senhor não se esqueça que seu caso foi dos mais graves. Por muito pouco não faleceu.

— Mas agora estou curado, não é? — e acrescentou com impaciência: — Ouvi dizer que quem pegou o vírus uma vez ficará imune a ele para sempre.

— Engano seu, isso é conversa fiada, uma *fake new*, — o médico movia a mão, num gesto vago — se tiver uma recaída, com sua idade e começo de obesidade, poderá não resistir. Olhe o que digo.

Fez uma pausa e perguntou:

— Alguém virá retirá-lo do hospital?

— Ninguém, doutor. — irritava-se por ter de esclarecer aquelas coisas e por ser obrigado a usar máscara.

— Nem seu filho?

— Muito menos ele! — rebateu com raiva. — Aquele sujeitinho age como se não tivesse pai. O desnaturado!

— Então, meu caro, pegue um táxi, vá para casa e fique recluso o maior tempo possível. De preferência, em repouso e não se esquecendo, é claro, de tomar as medicações receitadas.

Quando ia saindo, o médico tornou a lhe dar alguns conselhos:

— E não se esqueça de ocupar o espírito com alguma coisa. A ociosidade pode ser uma grave inimiga em sua recuperação.

Quando teve alta, sabendo que ninguém viria recebê-lo ou fazer a gentileza de levá-lo para casa, não se lamentou, acostumado com o distanciamento familiar e das pessoas, em geral. Apenas tomou um táxi e veio se refugiar em sua tumba. E, sem ter o que fazer, visto que jamais havia gostado de ler jornais e muito menos livros, de ouvir música ou ver novelas, noticiários e filmes na velha tevê, a não ser uma que outra fita policial, de suspense ou de terror, nos primeiros dias, passou as horas sentado, olhando para o teto e tentando se recordar de algo de interesse em sua vida, para quem sabe animar-se com as recordações. Contudo, parecia que não tinha lembranças, como se tudo que vivera, planejara ou sonhara evolara-se em fumo. Como eram seus pais? Havia sido amado por eles? Qual a última mulher com quem tinha se relacionado por mais tempo? Chegara de fato a amá-la? Havia sido apenas uma atração passageira, culminando num casamento fracassado e num filho com quem quase não mantinha contatos? E por falar nela, por onde andava a vadia que o havia abandonado sem mais nem essa? — refletia, cheio de raiva. Com que parentes podia contar, a não ser o filho desnaturado, para tratar questões de família, se é que tinha questões desse tipo? Que amigos tinha, com quem pudesse se comunicar, ao menos, por telefone, para falar dos tempos da escola ou do serviço no Exército? Com o que poderia ocupar-se, agora que havia chegado do hospital, para não morrer de tédio ou antes que enlouquecesse, fechado em seu apartamento?

Apesar disso, em flagrante contrassenso, não se sentia confortável fora daquelas paredes. Acontecia que, devido ao gênio, não envelhecera bem. Com o tempo, suas relações interpessoais haviam se deteriorado além da conta. Não tinha amigos, não se dava com ninguém, parentes ou não parentes. No prédio em que vivia, mal cumprimentava os vizinhos e vivia às turras com o síndico e o zelador. À toa, à toa, costumava explodir, irritava-se por qualquer motivo e, devido a isso, havia se metido em algumas confusões fora de casa.

Numa delas, bem antes de ser acometido pela Covid-19, envolvera-se numa discussão com clientes de um supermercado e, sem razão aparente, saíra do sério. Aconteceu que fora acometido de um acesso de tosse, quando estava na fila do caixa. As pessoas atrás dele começaram a reclamar, ao ponto de uma senhora de meia-idade chamar-lhe a atenção:

— Ei, o senhor precisa tomar cuidado com essa tosse!

Já estava nervoso porque havia discutido com o gerente por conta do preço de um produto. Seu primeiro impulso foi mandá-la à merda, mas apenas respondeu de uma maneira rude:

— Tomar cuidado como, minha senhora?

— Pois que o senhor controle esses acessos de tosse — retomou ela, indignada com os modos do homem.

Era demais! Agora, tinha que suportar desaforos de uma velha coroca. Voltando a cara para ela, rebateu, cheio de agressividade:

— Não consigo controlar, oras bolas! Se conseguisse, não estava tossindo.

— Se não consegue controlar a tosse, também não pode ficar espirrando saliva para todo lado — interveio outro homem da fila, vestindo um jaleco branco, onde havia o logotipo de uma drogaria.

— Ora, vá se danar! — esbravejou, irritado com a interferência daquele sujeito, com toda a pinta de querer bancar o sabichão. Só porque usava um jaleco de farmácia!

E o farmacêutico completou com severidade:

— É um caso de saúde pública. O senhor deveria ficar em casa ou utilizar uma máscara.

— Saúde pública o caralho! — retrucou, jogando a cesta com suas compras na frente do caixa, provocando um protesto da funcionária do estabelecimento.

Esse caso não teve maiores consequências, porque pagou logo a conta e foi embora. Estava furioso. Não podia admitir que as pessoas quisessem sacaneá-lo, metendo-se em sua vida, como o farmacêutico. O Brasil era um país livre, cada um fazia o que bem entendesse, pensou. Até tossir na fila de um supermercado.

Mas ocorreu um outro caso em que voltou a mostrar este seu gênio explosivo. Nessa época, a pandemia havia se instalado de vez no país. Pessoas começaram a cair doentes. Mortos deram de comparecer nas estatísticas, em número cada vez mais alarmante, provocando o terror na população.

Ignorando a pandemia, tinha descido a serra de ônibus, para passar o fim de semana na praia do Gonzaga, em Santos. Havia alugado um quarto numa pensão. A manhã estava agradável, com uma leve brisa e um sol forte, de maneira que se aproveitou para espairecer, caminhando pela areia. Mas, num determinado momento, teve sua atenção chamada para uma aglomeração. Aproximando-se, reparou que algumas pessoas, como num ritual, fincavam cruzes de madeira na areia, enquanto oravam. Diziam que era uma homenagem aos mortos pela Covid-19. Em oposição a elas, outras protestavam contra aquilo, dizendo que a praia era livre e que ninguém tinha o direito de impedir o movimento e o descanso dos banhistas. E as discussões tornaram-se mais acaloradas, quando, um grupo de pessoas, além de começar a arrancar as cruzes e jogá-las na areia, começou a gritar:

— Comunistas!

— Fascistas!

Quanto a ele, num primeiro instante, ficou só observando, sem participar da confusão. Ao ver, contudo, um homem, a face mostrando muita tristeza, invadir a praia e fincar as cruzes de novo na areia, o sangue subiu-lhe à cabeça. Oras bolas, quem era ele para querer impor sua vontade? A praia era pública! Sem conseguir se controlar, dirigiu-se ao homem em altos brados:

— Comunista de porra! Você não é dono da praia!

Havia se utilizado da palavra "comunista" sem muita convicção. Não tinha posições políticas claras a ponto de saber o real significado dela. Havia usado o termo, por achar que a reação daquele homem era um insulto. E rebatia um insulto com algo que lhe parecia um insulto maior, ainda mais numa época em que tudo parecia polarizado, a direita de um lado, a esquerda do outro.

— Não sou o dono da praia, mas acho que qualquer um tem o direito de homenagear os mortos pela pandemia — retrucou o homem, num tom sereno.

A resposta fez com ele ficasse mais irritado ainda. Por menos que aquilo, recordava-se, metera-se, anos atrás, numa encrenca, o que resultara na cicatriz em sua face direita, provocada por um golpe de faca. Tudo começara com uma discussão num boteco, mas, depois, evoluíra para um ponto em que chegara às vias de fato com um dos frequentadores. E não fosse a intervenção de algumas pessoas, cego de ódio, teria matado seu oponente com um porrete. E, agora, sentiu um ímpeto de hostilizar aquele homem que continuava a desafiar seus detratores e a ele, voltando a fincar as cruzes na areia. De uma praia pública! — pensou, fulo da vida. Mas, antes que avançasse contra ele, veio a polícia, e o velho senhor achou mais prudente refrear seu impulso. Deixou o local, ouvindo o homem explicar por que aquelas cruzes deveriam ficar por ali. Disse que havia perdido um filho pela Covid-19 e aquela cerimônia de pôr cruzes na praia parecera-lhe das mais justas. Era como se fosse uma homenagem a seu menino, morto de maneira tão precoce.

— Merda de comunista! — voltou a proferir.

Sem saber bem por qual motivo, havia ficado injuriado com a intervenção daquele pai, ainda que o homem estivesse mostrando inconformidade com a morte do filho. Mas ele não achava aquilo nem justo e, muito menos, natural. Como sempre — pensava, nervoso —, era alguém querendo impor seu modo de ver as coisas sobre os outros, sobre ele. Queria só andar na praia, aproveitando o sol, não queria ninguém fincando cruzes na areia e fazendo discursos. Não bastasse isso, sua irritação aumentou ainda mais ao ver que o homem estava dando uma entrevista para uma repórter. Quem ele pensava que era? Um artista de tevê? Um político? Aqueles pensamentos desencontrados faziam que não conseguisse refletir com serenidade sobre a situação. O resultado era que ficara fora de si, movido pela insanidade que costumava tomá-lo em alguns momentos da vida.

Esse tipo de comportamento era próprio dele. Sempre fora genioso e, por qualquer motivo, explodia. Bastava ser contrariado. Mas, como já tivera experiências desagradáveis, metendo-se em confusões, procurou, a muito custo, se acalmar. Sentou-se num banco, o mais longe possível daquela gente e esperou até que a poeira baixasse. Tendo sufocado as ondas de ódio que o tomavam, resolveu deixar a praia e voltar logo para São Paulo.

Uns dias depois, para seu desconforto, começou a tossir, em seguida, teve febre altíssima e foi levado às pressas para a UTI, onde não morreu por pouco. Mas acabara se restabelecendo, ainda que ficando com sequelas. Entre elas, a tosse persistente e a perda de peso.

Voltara então para sua tumba.

E, agora, preocupava-se com os dias de confinamento pela frente. O que fazer fechado em seu apartamento?

Lembrando-se do conselho do médico, resolveu ocupar-se com alguma coisa. Embora não fosse tarefa das mais agradáveis, pensou em pôr em ordem o apartamento, pois, por razões econômicas, nunca contratara os serviços de uma diarista. Ao arrumar o guarda-roupa, acabou por encontrar uns aparelhos fotográficos, utilizados quando trabalhava como fotógrafo para uma revista de variedades. Sem que precisasse, em sua atividade, de equipamentos de primeira linha, além de uma Canon de segunda mão, havia adquirido, ele não sabia agora por qual motivo, uma teleobjetiva de última geração. Embora conhecesse os rudimentos da fotografia, chegou a fazer cursos de especialização e, talvez pensando em atingir um patamar mais alto na profissão, começou a correr a cidade tirando fotos de pessoas, edifícios e praças, reveladas depois em seu laboratório na cozinha. Mas, observando o resultado do trabalho, acabou por reconhecer que era tudo muito banal, talvez devido à sua limitação como fotógrafo, incapaz de captar um detalhe significativo da realidade. Chegada a aposentadoria, perdeu de vez o interesse pela fotografia, ainda mais pelo fato de não poder contar em seu orçamento de aposentado com dinheiro para revelações e produtos químicos. Tentou vender a aparelhagem, mas, não tendo conseguido bom preço por ela, guardou-a no fundo do guarda-roupa e esqueceu-a.

Agora, dando com a câmera e a teleobjetiva e, ao contemplar com mais atenção o prédio de apartamentos frente ao seu e notando que, com a quarentena, a quantidade de inquilinos havia aumentado de modo considerável, ficou a imaginar com o que eles estariam se ocupando para sobreviver e enfrentar a rotina. Foi aí que veio a ideia de bisbilhotar a vida dos confinados como ele, mas não fotografando, pois a revelação das fotos ficaria dispendiosa, mas apenas vendo de perto o que fazia aquela gente em sua intimidade. Desprezando a câmera, muniu-se apenas da teleobjetiva. Ajustado o foco, ela podia lhe colocar ao alcance dos olhos, em detalhes, uma multidão de imagens interessantes. Talvez excitado com aquela aventura, mais que depressa a instalou sobre o tripé na varanda e, assentado numa poltrona, começou a investigar as vidas do microuniverso daquele pombal. Com isso, esperava poder afastar o tédio, propiciado pela ociosidade e, de certo modo, divertir-se, visitando e tendo por companhia, sem correr risco algum de reincidir na pandemia, uma parcela do que se convencionava chamar Comédia Humana.

Começou correndo os apartamentos de modo aleatório, sem se deter muito no que via. Sabia muito bem ou desconfiava que, enquanto num filme ou num romance, poderia deparar com um caso extraordinário, por exemplo, o assassinato de uma mulher, cujo corpo seria depositado numa mala, fato este captado pelo herói de uma narrativa, na vida real, isto seria difícil de acontecer, porque a existência humana, as mais das vezes, é pautada pelo trivial e, mesmo que acontecesse uma coisa assim tão diferente, não podia acreditar que tivesse a sorte de flagrar algo do tipo, apesar de ter à disposição sua teleobjetiva. Devia, pois, contentar-se com aquilo que a vida, em sua morosidade e mediocridade, podia lhe oferecer no dia a dia, pois era melhor isso do que nada.

Decidiu-se, depois do périplo cansativo por janelas e janelas, pela escolha casual de um dos apartamentos, onde havia à vista apenas uma televisão de quarenta e cinco polegadas, situada nos fundos de uma sala, à frente da qual se sentava uma mulher de meia-idade, com uns prováveis setenta anos, pois seus cabelos estavam todos brancos, concentrada em algo que identificou como o capítulo de uma novela, mas, não demorou muito, ela, talvez por estar enfarada com o enredo, mudava de canal e, esquecida dos dramas passionais, seguia com atenção uma velhusca de cabelos cor de palha, usando um imaculado avental. Postada numa cozinha, com panelas brilhando, parecendo nunca ter sido usadas, preparava acepipes, tendo como interlocutor um papagaio de plástico ou papel machê, verde e amarelo, palreando e quem sabe fazendo comentários sobre o discurso culinário da senhora. Esta, por sua vez, ria-se à farta com a parlapatice do louro e fazia comentários dirigidos a seu público, fiel a ponto de se divertir com um programa tão idiota — pensou o velho senhor, arreganhando os lábios, num gesto de desprezo.

Mas o homem da teleobjetiva não estava interessado em programas que uma televisão pudesse oferecer a distância, pois, em seu apartamento, tinha seu próprio aparelho de tevê já velho, a maior parte do tempo desligado. Estava, sim, interessado, em bisbilhotar a vida das pessoas, para ver se encontrava nelas algo diferente do usual para distraí-lo da sua solidão, do seu isolamento. Devido a isso, moveu a teleobjetiva, focando outras janelas até que se concentrou no apartamento de um casal, na aparência, dos mais comuns, forçado a se encerrar entre quatro paredes. Notou, a um primeiro olhar, o homem fechado no quarto maior, e a esposa, por seu turno, perambulando pelos outros cômodos da casa até se fixar na sala, e os dois filhos, uma garota e um garoto, no segundo quarto, jogando videogame ou fazendo tarefas da escola. Desprezando as crianças, como se desconfia, por talvez achar que a vida deles não lhe despertaria interesse algum, focou a teleobjetiva nos adultos. Enquanto o marido, de pijama, a barba por fazer, o cenho cerrado de concentração ou de raiva, sentado na cama, com as costas apoiadas num travesseiro e almofadas, digitava algo num laptop, a mulher, como a vizinha do andar de cima, deitada no sofá da sala, contentava-se com ver as novelas ou o programa da velha dama, em sua cozinha impecável, acompanhada de um papagaio.

Mas nos intervalos ela acessava outro canal, quiçá um em que havia lições de fitness, pois se levantava, despia o moletom azul, ficava apenas com um short fio-dental, revelando as nádegas, as pernas cheias de celulite e estrias e punha-se a fazer exercícios, as tetas balançando, seguindo o ritmo de uma ginasta. Eis que senão quando ela tinha que interromper sua faina, deixava os exercícios, fazia gestos de irritação e ia até o quarto, onde dava com o homem que parecia gritar com ela. E o observador da cena, acompanhando o deslocamento dela, seguia divertido a confusão, Ah, se pudesse ouvir o que gritavam! Quem sabe o marido não estivesse mandando a mulher abaixar o som da televisão, pois ele tinha que se concentrar em suas planilhas, talvez o seu Chefe exigisse aquele trabalho em home office com urgência, e ela, gritando por seu turno, o rosto vincado pelo ódio, dizendo impropérios, apontava para a bagunça do quarto, com a cama de casal cheia de folhas de papel, registrando tabelas, gráficos coloridos e pratos e copos com restos de comida e bebida e, depois da refrega, ela, batendo com violência a porta, retornava para a sala e, mesmo depois da reprimenda, não parecia estar nem aí com a ordem do marido para abaixar o som da tevê. Mas, em vez de voltar a fazer ginástica, ou assistir às novelas e programas de auditório, ligava o celular e, andando de um lado para o outro, gesticulando muito, falava sem parar. Será que em conversa com a mãe ou com uma amiga, tão entediadas como ela com o confinamento, obrigando-as a ficar sem poder ir ao shopping ou ao salão de beleza e conviver vinte e quatro horas do dia com alguém que não mais suportavam?

Para sua surpresa, o marido irrompia na sala e, parecendo fora de si, ia até a tevê, movia com violência o botão do volume e abaixava o som. A mulher punha o celular de lado, abria a boca e gritava com ele, movendo, por sua vez, o botão do volume. E eles ficavam nesse jogo de aumentar, diminuir o som, um gritando contra o outro, até que, tomado pela fúria, o homem pegava um vaso sobre a mesa e jogava em direção da tela da tevê, destroçando-a. Era o bastante para a mulher avançar contra o marido e arranhar-lhe a face com as unhas, e esse gesto, tão tresloucado como o anterior, fazia que o homem, dominado pela ira, se dirigisse à cozinha e voltasse empunhando um facão. Em desespero, a mulher recuava, levando as mãos ao peito em proteção, mas ele, crescendo sobre ela, esfaqueava-a, uma, duas, três vezes no ventre, e o sangue esguichava, banhando as paredes, os móveis. Nesse momento, quem sabe atraídos pelos gritos da mãe, os filhos entravam na sala e, vendo a orgia de sangue, punham-se também a gritar e a chorar e...

O velho senhor está como que aturdido, pois, num instante de delírio, deixou de ver as imagens de maneira objetiva e, talvez influenciado por algum filme *grand guignol*, visto em sua tevê, acabou por criar uma cena de horror em que marido e mulher, confinados em casa por conta da pandemia e entrando em conflito, devido ao desgaste provocado pela convivência forçada, têm uma briga das mais feias, com direito à violência física e muito sangue derramado. Começa, então, a rir por ter se deixado levar tão longe pela imaginação, a ponto de chegar a ver um suposto assassinato e, ajustando outra vez a teleobjetiva, procura voltar à mornidão da realidade, quando então pode ter certeza de que, fora a discussão entre marido e mulher, com um inofensivo, embora agressivo, bate-boca, para seu pesar, já que sempre gostara de confusões e conflitos, de modo algum houve a destruição do aparelho de televisão e a morte da esposa a facadas. O marido, perdendo as estribeiras, berrando e movendo os braços, em gestos tresloucados, apenas desistiu de fazer com que o som da tevê fosse baixado e retornou ao quarto, para se entregar à sua faina de trabalhador home office, enquanto a mulher voltava a ligar o celular, para continuar a conversa interrompida com a mãe ou a amiga, por meio da qual talvez se queixasse da estupidez e falta de modos do consorte.

A altercação entre marido e mulher, apesar de não ter sido levada às últimas consequências, com a cena de crime e sangue, vinha assim mesmo apimentar um pouco o divertimento do solipsista, porque, mal ou bem, podia lhe colocar diante dos olhos, por minúsculo que fosse, um drama a lhe atiçar a imaginação, fazendo-o distanciar-se mais e mais do vazio da existência. Sendo assim, com a esperança de que a coisa esquentasse um pouco, corrigia o foco da teleobjetiva e buscava apreender mais detalhes daquela explosão do casal, depois de tão concentrados, um, diante da telinha de um laptop, a compor, talvez, tabelas e gráficos, destinados a um Chefe dos mais exigentes, a outra, diante da telona da tevê, a acompanhar as novelas, a aventuras culinárias da velhota ou as torturas de uma *personal trainer*. Quem sabe, se ele tivesse sorte, marido e mulher não seriam levados ao conflito criado por sua imaginação, quando tomada por instantes de um delírio, inspirado por um filme de horror, bem capaz de libertá-lo dos grilhões do trivial?

OS MARGINAIS 2

Entrava no Hospital Municipal, para visitar a avó, a Dindinha. Quando chegava no corredor, via que a estavam retirando num caixão de pinho, sem flor alguma, o rosto chupado, os olhos fechados, as mãos cruzadas no peito. Era dali para o Cemitério São Luís, pensou em desespero, para ser comida pelos vermes. A Dindinha, não! — berrava, cansado de tanto chorar e tentava impedir que a maca fosse retirada do hospital pelos funcionários da funerária, pondo-se à frente do caixão. Mas os homens deram-lhe safanões, jogando-o no meio da rua.

Acordava chorando, com a mãe o sacudindo:

— Anda, Vanderson, vai perder a hora.

Limpava as lágrimas. Era um mulato magro, alto. Tinha um ar infantil, apesar de seus vinte anos. Trazia o cabelo raspado nas laterais e curto em cima.

— Ué, tá chorando, filho?

— Não, não tô chorando.

A mãe lançou-lhe um olhar cheio de piedade.

— Tá preocupado com a Dindinha, fio?

— Sonhei com a Dindinha. Ela tava num caixão.

Enquanto continuava a preparar o café, a mãe achou por bem repreendê-lo:

— Vixe! Não fala isso não, Van. Dá azar. A Dindinha vai sarar logo. Não demora, deixa o hospital. Ontem fui falar com o doutor, ele disse pra mim que ela tá melhorando com os remédios.

Uma caneca de café, um pedaço de pão com margarina. Punha o celular no bolso detrás da calça, vestia o moletom, o boné e ia saindo, quando a mãe o chamava de volta:

— Van, a máscara!

A porra da máscara — refletia, aborrecido. Sempre a esquecia. Odiava andar com aquilo na cara. Mas tinha que usar por causa do vírus. Era só bobear e acabava como a vó Dindinha — pensou com horror.

Pegava o ônibus, as pessoas mascaradas suando, exalando mau cheiro, para descer no ponto final, no Largo Treze, andar quatro quadras até a Serralheria do Norival. Procurava não chegar atrasado, que seu Nori queria todo mundo no horário, ameaçava descontar cada minuto. E nem queria saber das desculpas.

— Que mané busão demorou pra chegar o quê! Só sair mais cedo de casa, seus malas! Não tô aqui desde madrugada?

E ficar oito horas, sem descanso, serrando barras de alumínio e ferro para esquadrias, portões, cercas, e o homem em cima, dando bronca, reclamando do serviço, não era mole não. Tinha apenas uma hora para o almoço na marmita trazida de casa, um punhadinho de arroz, feijão, um pedaço de linguiça. E seu Nori em cima, nem dando tempo para eles comerem direito e querendo que voltassem logo para o trabalho:

— Seus merdas! Tô pagando uma nota pra vocês ficar enrolando? Pra vocês ficar fazendo cagada?

O homem sempre nervoso. E com a pandemia, tinha ficado pior. Irritava-se com qualquer coisa. Era alguém errar no corte de uma barra de alumínio, e ele subia a serra:

— Porra! Sabe quanto custa o metro do alumínio? Vou descontar no salário.

Sentia vontade de dar umas porradas no homem, mas, no fundo, tinha que reconhecer que seu Nori era decente. Pagava pouco, mas em dia e, nos bons tempos, em que as coisas iam bem, dava até uns vales.

— Eu, se fosse tu, — dizia o primo do Vanderson, o Bacana, quando às vezes se queixava do trabalho — tinha dado umas na tromba do mala.

— Sai dessa, cara. Seu Nori é boa gente. É um patrão maneiro.

— Pois não existe patrão bom. Não sei como tu aguenta esse tipo de trampo. Eu tava fora.

O Bacana, ou melhor, o Jônatas, o seu primo, merecia o apelido. Era um mulato forte, boa pinta. Andava com roupas e tênis de marca, cordões e pulseiras de ouro. Morava numa favela, ao lado do córrego do Boqueirão. Conhecia tudo mundo no Grajaú. Tinha um Golf de segunda mão, mas bem cuidado e, nas baladas, sempre aparecia acompanhado de belas garotas. O Vanderson sabia onde o primo arrumava dinheiro. Não era no trabalho com carteira assinada, como ele. Desconfiava que participando de roubos ou traficando droga, lá pelos lados da comunidade em que vivia. E sempre andando com gente da pesada, entre eles, um malandro conhecido como Geleia. Mas isso era problema do primo. Gostava do Bacana porque o Bacana o tratava com consideração.

Até que, um dia, seu Nori foi obrigado a dispensar todos os empregados. Acertou os salários dos funcionários, a parte das férias, do 13° e disse, com tristeza:

— Sinto muito, gente, quase não tem mais encomenda. Tudo por causa desta maldita doença! Não dá mais pra ficar com vocês.

Balançou a cabeça, deu um suspiro.

— Vou ter que fechar a loja. Quando esse negócio de Covid acabar e se as coisas melhorar, chamo vocês de volta.

E assim o Vanderson foi engordar as estatísticas de desempregados na Capital. Nos primeiros dias, gastou a sola do tênis, procurando emprego em Santo Amaro e no Grajaú. Foi a outras serralherias, ofereceu-se como servente de pedreiro, balconista em lojas de construção, como atendente em bares e padarias. E nada. E vendo o dinheiro da indenização ir sumindo pelo ralo, dia após dia. A Dindinha continuava internada no Hospital Municipal e, para piorar as coisas, a mãe também tinha sido dispensada do trabalho de faxineira numa loja de confecções. Um pouco mais, ele, a mãe e os irmãos estariam passando fome.

Foi aí que o Bacana, sabendo de suas dificuldades, veio dizer que podia lhe arrumar um trabalho.

— Um trabalho? Como assim?

— Um trampo, cara. Só que diferente.

— Diferente? Como assim?

— Um trampo sem carteira assinada — observou com ironia. — Mas que vai dar uma grana da hora.

O Vanderson franziu a testa.

— Dá pra tirar uns três mil conto cada um — tornou o Bacana.

— Três mil! Pra cada um?

— Três mil limpo.

— Porra, é uma puta de uma grana!

— Pois é, meu, como você disse, uma puta de uma grana.

— Mas me diz uma coisa aí, Bacana. Pra fazer o quê?

— Depois tu fica sabendo direito. O meu amigo...

— Amigo? Que amigo? — perguntou com desconfiança.

— Tu sabe aquele cara, o Geleia?

Lembrava de um gordo com esse apelido. Haviam estudado juntos na Escola Municipal Salomão Jorge, no Jardim São Joaquim.

— O gordo? O Genílson?

A falar a verdade, não ia com a cara desse Geleia e nem com o tipo de coisa em que ele andava metido. Até tinha ouvido falar que o malandro tinha passado um tempo detido por tráfico de drogas e desmanche clandestino de carros.

— O próprio.

Fez um gesto de desprezo.

— Que trampo que ele pode ter pra gente? Coisa boa não deve de ser. Aquele cara é um panaca, um vagabundo.

— Garanto que é da hora, cara. O Geleia é um panaca, mas não é de furar com ninguém nesse tipo de trampo.

— Tá bom, tá bom. Se tu tá garantindo isso...

— Então, vem conversar com a gente. Sabe o boteco do Paraíba ali no Capão Redondo? Passa lá. Mais ou meno nove horas.

O Vanderson voltou para casa pensando na proposta do Bacana. Apesar das coisas que costumava fazer e das más companhias, era boa gente, sempre querendo ajudar. Não ia era com a cara do Geleia, com quem, no tempo da escola, tinha saído no braço algumas vezes. Mas não estava ali para ficar pensando se gostava ou não do gordo ou guardando raiva dele. O importante era arrumar dinheiro. O da indenização estava quase no fim, e, com isso, a fome ia logo chegar em casa — pensou com desgosto.

E, além disso, tinha que ajudar a avó de qualquer jeito. Não queria deixar a velha no corredor do Hospital Municipal, numa maca sem lençóis e sem um atendimento decente. Mal conseguia falar com ela quando ia visitá-la. Era sempre aquela montoeira de gente saindo pelo ladrão. E avó ali, no meio do tumulto, sem poder contar ao menos com um respirador. Sonhava em lhe arrumar uma cama, mesmo que fosse numa enfermaria, junto com outros pacientes. Era o mínimo que podia fazer para mostrar o quanto a amava, o quanto lhe era grato.

Quando o Vanderson chegou ao boteco do Paraíba, foi informado que o Geleia e o Bacana estavam tomando cerveja num quartinho do fundo. Uma consideração do dono do boteco, sócio do Genílson nuns negócios. Ali, como o Van ficou sabendo depois, funcionava uma boca de fumo, gerenciada pelo gordo.

Entrou e foi recebido com entusiasmo pelo primo:

— Chega aí, brother! Vai uma brama?

Cumprimentou o Geleia com um aceno. As banhas saltando da cintura, tinha o rosto cheio de bexigas e um jeito debochado. Vestia roupas folgadas, e os pés, mal cabendo no tênis, lembravam patas de elefante. Por conta da gordura e das pernas inchadas, deslocava-se com dificuldade, arfando como uma locomotiva. Sem preâmbulos, disse com a voz mole:

— O mano aqui falou que tu tá a fim de uma grana...

O Vanderson sentou-se e retrucou de cara fechada:

— E quem não tá?

— Pois é, brother. Quem não tá?

— O Bacana falou de um trampo maneiro.

O Geleia abriu um sorriso.

— Pois é, brother. Um trampo da hora, mamão com açúcar, pra lá de maneiro. Dá pra descolar mais de dez mil conto.

O Vanderson arregalou os olhos com a enormidade da quantia. Perguntou, desconfiado:

— Que tipo de trampo, cara?

— Pegar a grana dum trouxa.

O Vanderson pensou num tipo de assalto muito comum na periferia de São Paulo. Os negociantes chineses e bolivianos, donos de lojas de confecção, costumavam guardar o dinheiro em casa, o que os transformava em vítimas prediletas da bandidagem.

— Um trouxa? Que trouxa? Chinês? Boliviano?

— Que mané chinês ou boliviano! — disse o Geleia com desprezo. — Esses cara tá ficando esperto. Não tem mais aquela de monte de grana de debaixo do colchão. Tão agora guardando no banco.

Fez uma pausa e prosseguiu:

— Agora, o trampo que tô falando, com certeza, tem grana da hora dando sopa. É só uns cara marrudo ir atrás e partir pro abraço.

O Geleia contou que um amigo dele tinha trabalhado para um pastor num templo no centro da cidade. Era responsável por fazer a coleta de oferendas, no fim do culto, junto com mais dois colegas. Depois de conferirem e somarem todo o dinheiro, punham as cédulas em sacos de plástico e sacolas e guardavam no cofre de uma sala na parte de baixo do templo. Mais adiante, o resultado da coleta era levado de kombi até uma agência do banco onde era depositado.

— Tu tá pensando em guentar o dinheiro de um pastor? — o Vanderson perguntou, incrédulo.

Nunca antes tinha ouvido falar de uma coisa dessas. No fundo de si, era como se um assalto desses fosse um sacrilégio. Por isso, completou, cheio de dúvida:

— O cara tem tanta grana assim? Será que não é grupo do teu chegado?

— O meu chegado disse que o fiadaputa do pastor tira mais de dez mil conto por dia. A gente rende os cara e pega na mão grande, antes deles trancar no cofre ou levar pro banco.

— E quem que é esse teu amigo?

— O Cezinha, um cara da Jardim Nakamura. Um, que tem um cabeção, uma corcova e manca de uma perna. Vocês conhece ele?

— Acho que sim — interveio o Bacana. — O aleijadinho que vende bilhete de loteria na praça da igreja, né?

— O próprio. Falou que conheceu o pastor num templo cabeça-de-porco no Grajaú. Quando o pastor comprou um templo maior no parque D. Pedro, ele foi trabalhar junto. Contou que os crente são trouxa e dá tudo o que o Malaquias pede. É grana que não acaba mais.

— Malaquias? — perguntou o Vanderson.

— O nome do pastor.

— Ah, entendi. Mas escuta uma coisa. O Cezinha não trabalha mais com o pastor? Por quê? Aprontou com o cara? — tornou o Vanderson.

— É isso daí. Andou guentando uma grana do pastor na mão grande. O segurança pegou ele no flagra. O Cezinha levou umas porrada e foi pra rua. Tá puto com o Malaquias. Me passou todo o serviço. Disse até que se a gente dar uns trocado pra ele, ele passa uma cópia da chave da porta detrás do templo.

— Mais de dez mil conto! — o Vanderson assobiou.

— Mais de dez mil conto, cara! Tem dia que entra mais. E o pastor Malaquias só tem um coxinha de proteção e os dois caretinha que ajuda ele. Em três, a gente rende o segurança e pega a grana.

Uma parte dos dez mil conto seria dele — pensou o Vanderson — e punha a Dindinha num quarto joia na clínica InterMed. Longe da confusão, numa cama só dela e com um tratamento melhor para a pneumonia. E sem contar o dinheiro que ia levar para alimentar a família em casa.

— E o segurança? — perguntou o Bacana, desconfiado.

— Pois é... O meu chegado, o Cezinha, disse que o cara é fera. Que tem que tomar cuidado com ele, que é da polícia e anda turbinado, mas que o resto é tudo zé ruela. É só a gente render o segurança, que os outro vai ficar cagando de medo.

Nunca havia se metido numa coisa assim — tornava a refletir o Vanderson. Assaltar alguém e à mão armada... Sabia que isso era grave. Dava um 157! Se fossem pegos, era cana na certa. Mas estava numa pior, sem emprego e sem grana. Via à sua frente parte dos dez mil reais. O suficiente para arrumar um quarto para a Dindinha na clínica InterMed e matar a fome da mãe e dos irmãos. E o Geleia garantindo que não iam correr riscos. Era render os malas, o pastor, tomar cuidado com o segurança, pegar a grana da coleta e sumir no mundo. Mamão com açúcar! E acrescentou que o pastor andava metido com uns rolos e talvez nem quisesse a polícia no meio.

— Rolo? Que tipo rolo? — perguntou o Vanderson.

— E eu sei? Foi o Cezinha que falou. Deve de ser negócio de imposto.

— Tô dentro — o Bacana abriu um sorriso.

— E tu?

Olhou espantado para o Geleia, como que despertando de seu sonho.

— Tenho que dar a resposta agora? Eu...

— Se num tá querendo entrar, fala logo, que arrumo outro mano. Tá cheio de caretinha doido por um trampo — cortou, ríspido, o Geleia. — E se tu não dá o oquei, fica chupando o dedo.

— Quem disse que não quero entrar? — o Vanderson protestou. — Só quero saber se tenho que dar a resposta agora.

— Mas é claro que tem de dar a resposta agora, cara! Se tu tá a fim de uma grana da hora...

Refletiu um pouco e disse, hesitante:

— Sim..., claro, também tô dentro.

O Geleia puxou o zíper do moletom e, todo vaidoso, mostrou a coronha de um revólver.

— Tá turbinado? Maneiro! — comentou o Bacana. — Onde descolou o berro?

— Com um chegado meu.

— Deixa ver.

O Geleia olhou para os lados e, vendo que não havia mais ninguém por perto, pegou o revólver e entregou-o ao companheiro. Era um Taurus, RT 605 Cal.357 Magnum.

— Uau, que máquina! — o Bacana mexeu na tecla de liberação do tambor.

— Rolo com um trujão. Me devia uma grana — e o Geleia acrescentou: — E vocês, mano? Tão turbinado?

— Não, por enquanto não tô ainda — o Bacana respondeu. — Mas acho que consigo descolar um berro fácil, fácil. Tem um cara lá onde moro que tá querendo passar pra frente uma Imbel.

— Uma pistola 9mm? — perguntou o Geleia e, para mostrar que era entendido, acrescentou: — Ouvi falar que esse tipo de berro engripa...

— Que engripa o quê! É um ferro da hora. Dezessete tiro, cara. Automática. Diz o meu chegado que...

— E tu? — o Geleia, ignorando as explicações do Bacana, voltou-se para o Vanderson: — Tu também tem um berro?

Balançou a cabeça com veemência:

— Tô fora dessa. Eu não quero ir turbinado.

O Geleia olhou para ele com desprezo, mas acabou concordando:

— Tudo bem, mano. Em dois turbinado, dá pra render o coxinha. Só ele que é fera. O Cezinha falou que os outro é tudo bunda-suja. Deixa com a gente.

Considerou o Vanderson à sua frente e concluiu:

— Tu vai pra pegar e carregar a grana. Tá ligado?

OS INVESTIGADORES 1

Sentado à mesa da cozinha, o Investigador Medeiros olhava o amigo de longa data, o Bellochio, comer uma pratada com quatro ovos fritos e fatias de bacon, temperados com maionese e ketchup, três pães franceses com manteiga, acompanhados por uma grande caneca de café com leite. Não à toa, continuava cada vez mais gordo — pensou, divertido, ao vê-lo devorando aquilo tudo.

Eram bem diferentes fisicamente. O Bellochio, baixinho, gordo e careca, e ele, alto e forte, com um início de barriga, os cabelos loiros contracenando com tufos de brancos. Fanático por filme policial americano, o parceiro gostava de usar casacos de couro e um chapéu de abas curtas. Como armamento, costumava levar num coldre debaixo do sovaco, uma SIG Sauer P239 DAO, uma das armas preferidas da NYPD, *New York Police Department*, e uma Beretta 9×19mm Parabellum, presa no tornozelo. Quanto ao Medeiros, usava calças jeans e contentava-se com seu velho Taurus .38. Não gostava de coldres. Costumava levar o revólver preso atrás na cintura, sob a camisa.

— Tem certeza que não quer uns ovos com bacon? — insistiu o Bellochio com a boca cheia. — Dá tempo da Conceição fazer.

— Não se acanhe, Medeiros, que estou com a mão na massa — dizia com um sorriso a mulher do colega, cheia de corpo, com vastos seios e nádegas.

— Pode ficar sossegada, querida, já tomei o café da manhã — acenava com a cabeça, agradecendo.

— Numa dessas bibocas por aí, não é? — ela comentou, com despeito. — Garanto que umas coisas gordurosas e salgadinho velho de estufa.

Sorriu: sempre aqueles cuidados com ele. O Bellochio e a mulher, sua segunda família. Mas não estava com fome, do contrário, acompanhava o parceiro com gosto. A Conceição tinha uma mão muito boa para a cozinha. Mas acontecia que ele estava é preocupado com o que vinha pela frente. O chefe deles, delegado do 113° distrito do Campo Grande da Capital, onde estavam lotados, os havia convocado com urgência. Desconfiava por quê. Tinha ouvido uma história de que o Ranulfo, um dos colegas do DP, como era de seu feitio, havia se metido em mais uma confusão. E o que tinham eles a ver com isso? Para o seu desgosto, iam logo ficar a par de tudo.

O Medeiros queria antes conversar com o Bellochio para avaliar a situação. Esperou com paciência que ele acabasse de devorar o desjejum.

Quando saíram com a viatura, trataram do assunto:

— Será que o mala quer que a gente tente resolver o rolo em que o Ranulfo se meteu? Não acredito, porra! Aconteceu fora de nossa área de atuação — o Bellochio bufou por trás da máscara.

Como vieram a saber depois, o Ranulfo havia sido ferido num entrevero com bandidos, num assalto a um templo evangélico, no parque D. Pedro. O resultado: estava internado no Hospital do Servidor Público, em coma induzido, por conta de um tiro que havia levado no estômago. Na certa, devia estar fazendo bico como segurança, o que era proibido pela corporação.

— De fato aconteceu fora de nossa área de atuação, mas o homem acha que é questão de honra da gente também investigar. Como é nosso colega... — comentou o Medeiros.

— Colega? Ele é um filho da puta! Sempre metido com rolos.

Chegando ao DP, foram até a sala do delegado. Era baixinho e tinha apenas uns tufos de cabelo, além trocar o "erre" pelo "ele", o que lhe valera entre o pessoal o apelido de Cebolinha.

— Não intelessa que a álea de atuação seja dos colegas do 3° ou do 5° DP — o doutor Buári abaixava a máscara para se fazer ouvir direito. — Queila ou não queila, o Lanulfo é um dos nossos.

Um dos nossos e se metendo em mais uma confusão. A merda de sempre — pensou o Medeiros. Olhou para o Bellochio. O amigo estava com uma tromba enorme. Tinham ele e o Ranulfo antigas desavenças, e uma vez chegaram às vias de fato. O Bellochio se sentira insultado por uma gracinha feita pelo colega e partira para cima dele com tudo. Foi preciso a intervenção da turma do deixa-disso, para eles se acalmarem. O Ranulfo, apesar de mais forte, teve que amargar um olho roxo. Mas havia outros motivos para ele ser o motivo da ira do Bellochio. Acontece que, além de fazer bicos, era chegado numa extorsão, com direito a propinas. Cheios de princípios, tanto o Bellochio quanto o Medeiros achavam aquilo intolerável. E o resultado estava ali: o vagabundo, ferido por um tiro no estômago quando, com toda a certeza, estava servindo de segurança para algum malandro. E sobrava para eles, os lixeiros do DP, limpar a sujeira do imbecil.

— Então, o doutor quer que a gente vá até o centro e investigue o que aconteceu com o Ranulfo? — o Bellochio munia-se de toda paciência, procurando não ser arrogante. No fundo, tinha respeito pelo Delegado, afinal, um homem decente.

— Sim, exato. Mas não só isso. Selia bom também que fossem atlás de quem o baleou. Assim, davam uma ajudinha ao pessoal do 3° ou do 5°... Tilar esses maus elementos da lua é nosso dever.

Ia acrescentar "Mesmo que o mala estivesse fazendo um bico e fora de nossa área de atuação?", mas achou melhor segurar a raiva e ficar quieto. Afinal, ele era apenas um investigador de merda, e o doutor Buári, o seu superior.

— Cebolinha do caralho — rosnou o Bellochio, mal haviam deixado a sala do delegado.

Estavam irritados. Para começar, por conta desse caso, tinham interrompido uma investigação promissora num desmanche da Vila Erna. Mais uns dias, e punham as mãos num tal de Netinho, um traficante da pesada e receptador de carros roubados. Isso tudo resultara de um trabalho minucioso e faltava pouco para que pudessem prender o vagabundo. Mas, agora, vinha o Cebolinha com outra prioridade. Aquela ideia idiota de mandá-los ir a um templo no centro da cidade, para investigar um caso fora de sua área de atuação. Só porque a besta do Ranulfo tinha se metido numa confusão.

— Será que o Cebolinha não está metido no rolo? — o Bellochio havia comentado com maldade, de tão nervoso estava com o caso. — Vai ver que o Ranulfo rachando a grana com ele.

O Medeiros caía na risada com o disparate.

— O que é isso, parceiro? Que ideia... O doutor Buári é um pentelho, mas um pentelho honesto.

— Mas o Jiboia está mais sujo que pau de galinheiro, porra...

Este era o apelido do Ranulfo, por ele ser enorme e comer feito aquele tipo de serpente.

— Em todo caso, não entendo por que está querendo limpar a barra do Cebolinha — completou o Bellochio.

— Não, não estou querendo limpar a barra do doutor Buári. Na verdade, ir atrás de quem pegou o Ranulfo é um ponto de honra para ele — e o Medeiros completou com ironia: — É aquela história de um por todos e todos por um...

— Todos por um... Mosqueteiros do caralho!

Pois é — pensou o Medeiros, cheio de desânimo. Tocava se meter em mais uma confusão, devido à irresponsabilidade de um colega corrupto. Nos últimos tempos, refletia, nada havia que o estimulasse, nada que lhe desse prazer e alegria. Sua vida estava uma pasmaceira só.

Num passado não muito remoto, as coisas eram bem melhores. De vez em quando, depois do expediente, gostava de beber num inferninho, chamado *Tiger NightClub*, na rua Brigadeiro Luís Antônio. Conhecia bem o dono e, desse modo, podia contar com que o uísque fosse de primeira. À noite, tendo sorte, via de regra, nunca ia embora sozinho para casa, pois sempre arrumava uma garota. Era uma coisa que prezava e o fazia se esquecer das misérias da profissão.

A propósito, lembrava-se com saudades de uma de suas noitadas. Como de costume, tinha ido ao barzinho de costume. Sentou-se num canto, com sua dose de Johnnie Walker Red com gelo, e ficou observando o movimento. Mas a noite não parecia das mais propícias, pois não viu uma mulher que valesse a pena. Pensou então em acabar o seu uísque e ir para casa. Lá pelas tantas, porém, uma garota morena, de corpo escultural, entrou, acompanhada de uma loira, também muito bonita. Eram um colírio para os olhos — pensou. Elas sentaram-se numa mesa quase junto à dele. Pediram as bebidas, umas coisas de cor vermelha, talvez um Campari com gelo, e puseram-se a conversar. Num determinado momento, a loira se levantou, talvez para ir ao banheiro. O Medeiros aproveitou-se para trocar então um olhar com a morena. Era uma graça, a gata, mas ela apenas sorriu e logo abaixou a cabeça. Como não gostava de bancar o importuno, deixou-a em paz e continuou a tomar seu uísque.

Mas um homem, sentado com uns amigos numa mesa próxima, notando a garota, levantou-se e veio até ela.

— Ei, gata. Lembra de mim?

Era forte, com uma grossa corrente de ouro no pescoço e pulseiras no braço. Um cara metido a gostoso — considerou o Medeiros com desprezo.

Ela ergueu a cabeça, fitou-o por alguns segundos e abanou a cabeça.

— Desculpe, mas não te conheço.

— Posso sentar, gata? Tenho certeza que vai lembrar de mim.

— Estou acompanhada — respondeu, com secura.

Como se não lhe desse ouvidos, sentou-se.

— Calma, gata. Vamos bater um papinho.

— Não quero bater papo com você. Por favor, me deixa em paz.

— Ora, vamos, eu sei quem é você — fez uma pausa e acrescentou, sorrindo: — A Angel!

— Você está enganado, me confundido com outra pessoa. Por favor, eu...

— Te conheço, gata! — e abriu sorriso, de um jeito debochado. — Você faz um boquete bem gostoso.

Desta vez, a morena se enfureceu e retrucou:

— Sai pra lá, cara! Não enche.

— Não enche o quê? Não vai me dizer que com quatrocentas pilas não fica comigo? E faz um amorzinho da hora?

— Nem por mil e nem por nada. Me deixa em paz, cara.

O homem era insistente. Não bastasse ter sentado à força junto dela, tentou abraçá-la, no que foi repelido com veemência. Irritado, agarrou o braço da garota e puxou-a.

— Ai! — ela gemeu.

Que mala! — observou o Medeiros, aborrecido. Devia estar bêbado. Não gostava de se meter nessas coisas, mas agora tinha que fazê-lo. Saiu de sua mesa, foi até onde eles discutiam.

— Ô cara, não vê que a garota quer ficar na dela?

O homem ergueu o rosto e fitou o Medeiros com raiva.

— Vai te meter com as tuas negas, cara! Não lhe conheço.

— Você está machucando a garota. Deixa ela em paz.

— E se você vim se meter, lhe machuco também, filho da puta! — levantou-se e, sem mais nem essa, desferiu um soco no Medeiros.

O investigador desviou-se com facilidade do ataque, e o agressor, com isto, perdeu o equilíbrio. O Medeiros deu uma pancada na cara do homem. Ele caiu de costas, derrubando a cadeira. Tentou se erguer, mas outra pancada, desta vez um pouco mais forte, deixou-o de quatro. Nessa altura, as pessoas tinham parado de beber e conversar e observavam pasmadas a cena.

Um segurança, um negro, grande como um guarda-roupa, apareceu do nada e veio para cima do Medeiros.

— Que bagunça é essa?

— Calma aí, Ditão — o Medeiros, mostrou a carteira funcional. — Não me conhece mais, cara?

— Desculpe, doutor Medeiros — o segurança, reconheceu o investigador. — Não vi que era o senhor.

— Bota esse merda pra fora. Estava incomodando a moça.

— É pra já — agarrou o homem pelo cangote e o arrastou com facilidade entre as mesas até a saída.

A garota, assustada, observava a confusão, e o Medeiros procurou acalmá-la:

— Pode ficar tranquila, que ele não vai mais te importunar.

Ela abriu um sorriso. Como era linda — refletiu o Medeiros. Uma graça, um tesão de garota.

— Obrigada.

Quando a amiga da garota, retornou, inteirada do ocorrido, sorriu e convidou o Medeiros a se sentar à mesa delas. Ele não se fez de rogado. Mal se sentou, a garota loira disse:

— Qual é o seu nome?

— Medeiros.

— Eu sou a Débora.

— E eu, a Angélica.

— Muito prazer, garotas.

Angélica? — pensou o Medeiros. Será que era por isso que o mala a tinha chamado de "Angel"? Vai ver que o nome profissional. E que profissional!, pensou, observando-a de perto. Era de fato uma graça, com duas covinhas nos cantos da boca, quando ria. O começo dos seios no decote e as pernas bem feitas prometiam e muito. O Medeiros pediu mais um uísque, elas, outra bebida, dessa vez, verde. Deve ser menta — pensou, fazendo um esgar. Detestava bebidas adocicadas.

Começaram a conversar, e a morena disse, cheia de irritação:

— Mas que carinha mais imbecil, Dê! Queria me pegar à força — abriu um sorriso, pôs a mão sobre a mão do Medeiros: — Não fosse o nosso amigo aqui...

— Você conhece o idiota, Angélica? — perguntou a Débora.

— Sei lá, Dê, pode ser. A gente conhece tanta gente, né?

— Esquece. Vamos falar de coisas boas — e virando-se para o Medeiros, perguntou sem cerimônia: — E você? O que que faz?

— Acho que ele é da polícia — interveio a Angélica.

— Como é que você sabe? — o Medeiros começou a rir.

— Vi quando mostrou a carteirinha pro Segurança...

— Garota esperta — apontou o indicador para ela.

E aquela noite memorável terminou com o Medeiros levando a garota para casa. E, como prêmio, ela foi tão amorosa que fez a noite valer a pena.

Com a vinda da pandemia — o Medeiros continuou a refletir —, nem mais podia curtir a noite com um uísque e uma garota, como gostava de fazer. Tinha é que ficar em seu apartamento, procurando um copo, na pia atulhada de louça, para beber umas talagadas de uísque. E sempre sozinho, o que era pior. E nem podia ir a uma boate ou inferninho de máscara. Ridículo. Nem pensar. Sua vida, nos últimos tempos, havia se tornado um inferno, agravada ainda mais pela notícia de que a mãe estava internada no hospital, vítima da Covid-19.

Mas precisava se desligar de seus problemas. Agora tinha aquela investigação pela frente e era preciso começar logo e sem perder tempo. Nem adiantava tentar conversar com o Ranulfo, para ver se ele podia dar uma pista. Do colega não podiam, por enquanto, esperar nada, porque se encontrava em coma. A única coisa que sabiam é que ele fazia bico como segurança para um pastor. O jeito, então, era irem até o parque D. Pedro e procurar a tal de "Igreja Quadrangular dos Últimos Dias de Nosso Senhor Jesus Cristo". Mais uma das muitas espeluncas em São Paulo que, glorificando Nosso Senhor Jesus Cristo, serviam apenas para tirar dinheiro de incautos.

— Se a gente achar alguma pista, tem que ir atrás dos pilantras que foram roubar outro pilantra — sem esconder a raiva, o Bellochio, deu murros no painel da viatura.

— Foi o que entendi.

— Fácil como roubar a esmola de um ceguinho.

— Ou a de um ceguinho perneta entubado e com coronavírus... — completou para a risada do parceiro.

E, para piorar as coisas, o trânsito estava um horror. Apesar da pandemia. Alguma coisa devia ter acontecido — um ônibus quebrado, um conserto do

Departamento de Águas e Esgotos ou da Telefônica. Os males daquela cidade — pensou o Medeiros. Com gente saindo pelo ladrão, um trânsito para lá de péssimo. Não sabia como aguentava viver naquele pandemônio. Mas São Paulo tinha lá seu charme. Ao contrário da pasmaceira do interior, era cheia de vida, ninguém conhecia ninguém, e ele, apesar de tudo, se sentia nela como um peixe dentro d'água.

Enquanto ia dirigindo, o Medeiros voltava a pensar em seu problema. Havia recebido um telefonema da dona Mirtes, vizinha de sua mãe. Ela comunicava que a velha tinha pegado o coronavírus e se encontrava internada no Hospital Municipal Mário Gatti, em Campinas.

— Ela tá na UTI, doutor Medeiros. Em estado grave. Acho bom o senhor vim ver ela... Antes que...

Desconfiava daquele "em estado grave". Será que estava tão mal? Uns quatro meses atrás, a visitara, depois que a dona Mirtes lhe havia telefonado, cheia de aflição e usando de uma voz parecida com a de um papagaio:

— Venha depressa, doutor! Pelo amor de Deus. Sua mãe tem medo que o senhor não lhe veja mais.

Para sua irritação, foi visitá-la e deu com a velha bem de saúde, talvez até melhor do que ele. Era manha da mãe, para fazer as chantagens de sempre — pensou, com irritação. E ela se metendo em sua vida, querendo saber se não ia reatar com a ex-esposa, se não estava noivo de alguém, se não ia voltar para Campinas e deixar para trás "aquele antro do pecado e de mulheres perdidas que era São Paulo". E ele, cheio de serviço no DP, tendo que viajar para o interior, só para ter certeza de que a velha estava bem além da conta.

Mas agora, com a pandemia grassando, a coisa talvez fosse séria — pensou, preocupado.

Talvez..., sacudiu a cabeça com irritação. E o trânsito aquela droga. Quando é que chegariam ao Parque D. Pedro? Só pensava na chateação daquilo tudo. Era conversar com um malandro sobre outro malandro e tentar resolver uma confusão sem muitas consequências. E tudo para limpar as merdas de um bunda-suja!

Além disso, tinha que pensar em quando ia poder visitar a mãe. Era uma viagem de uma hora e meia, mas não estava nada animado com isso. Só de pensar que podia ser denguice da velha, ficava irritado.

— Mãe é mãe — costumava comentar o Bellochio, mais ligado a coisas de família do que ele.

— Mãe é mãe, eu sei, mas se você tivesse uma mãe como a minha, Belo, ia ver o que é bom pra tosse.

Franzindo a cara, completou a contragosto:

— A velha gosta de me encher o saco.

Mãe era mãe, acabou concordando com o parceiro. Não tinha outra saída, senão ir vê-la. Talvez fosse a última vez, como a dona Mirtes dissera de modo tão melodramático. Dessa, não tinha como escapar. Era, pois, liquidar a confusão com o Ranulfo, pegar os assaltantes do pastor e, sem mais perda de tempo, tomar o destino de Campinas.

— Maldita pandemia! — rosnou com desgosto.

— Porra de pandemia do caralho! — concordou o Bellochio, cheio de fúria e sacudindo a cabeça.

A MULHER-ESCORPIÃO 2

Havia se acostumado a dormir nua. Os seios eram montículos, coroados pela minúscula auréola e pelo bico, reagindo a cada carícia. Gostava de se contemplar no espelho do banheiro, onde se isolava. Por um longo tempo. Então, enfiava um dedo na boca, umedecia-o e acariciava-se, os olhos, ora fixos nos seios, ora longe, sonhando não se sabia bem o quê. Em alguns momentos, permitia-se subir numa cadeira e apreciar a vulva onde despontavam alguns pelos. Com a mão apartava os lábios. Visitava também o centro de prazer. Hesitava acariciá-lo, talvez por temer ser engolfada por ondas de desejo. Passava horas assim, as melhores do dia, porque, à noite, a história era diferente, um instante no qual nasciam os sonhos bizarros.

— Como é, não vai sair desse banho, Erô?! — a mãe tirava-a do enleio.

Algumas poucas vezes, gostava de partilhar esses instantes com a Graça, um pouco mais velha do que ela. Só que a prima, por algum mistério da natureza, tinha seios maiores, e os pelos formavam uma moita, sombreando a concha. O que a levava a manifestar um desprezo pelas insuficiências de Erô:

— Um dia, pode ser que você seja como eu.

— Logo, logo, vou crescer — rebatia Erô, cheia de despeito. — E aí, você vai ver.

— Vai precisar comer muito feijão com arroz...

Mudava logo de assunto e segredava, cheia de malícia, levando a mão à vulva:

— Outro dia, deixei o Adônis me pôr o dedo aqui.

— Qual dedo?

— Qual dedo?! — espantava-se Graça. Dava uma risada: — Por que você quer saber qual o dedo?

— Sei lá. Você não pode me dizer qual foi o dedo?

— Esse daqui, ó — a Graça mostrava o anular.

O dedo lembrou a Erô, por uma razão desconhecida, a cauda de um escorpião.

— E o que você sentiu?

— Foi gostoso, como uma agulhada.

— Agulhada?

— Uma picada, melhor dizendo.

— Por causa da unha?

— Não, não foi por causa da unha, Erô! Que pergunta mais besta! Foi uma coisa assim que senti. Parecia um escorpião me picando.

Erô refletiu, os cílios piscando sem parar.

— Você já levou uma picada de escorpião?

— Eu? Nunca. Deus me livre!

— Então como sabe que parecia uma picada de escorpião?

Foi a vez de a Graça ficar quieta, só refletindo.

— Boa pergunta, Erô. Não sei. Acho que parecia. Li não sei onde que a picada de escorpião dói demais.

— Então você não gostou...

Graça abria a boca e sorriu, lambendo os lábios.

— Claro que gostei.

— Mas doeu.

— Gostei porque doeu.

Gostei porque doeu — a frase de Graça ficou martelando em sua cabeça. E se pedisse a Graça que falasse ao Adônis para que também pusesse o dedo em sua concha? Para experimentar se a sensação lembrava mesmo a picada de um escorpião. Mas nunca tinha sido picada por um escorpião. Tinha horror dos escorpiões. Por vezes, cheia de medo, ela os via saindo das moitas do jardim. Sempre com a cauda ereta, numa ameaça. Prontos a fazer o mal. Procurando evitar o calor do sol, atravessavam correndo o cimentado do quintal, para se esconder em uma frincha da parede. Esperando a noite chegar, para dar início a suas caçadas. Besouros, baratas, aranhas, centopeias e pessoas. Ouvira histórias de senhoras, enfiando o pé na chinela e retirando-o com um grito de dor. Um pontinho, a picada, e o algoz fugindo, sorrateiro. Teria sido com sua avó, segundo relato da mãe?

Até que, um dia, vencendo o medo, cercou um escorpião no cimentado do quintal e prendeu-o com um copo. Deitada no chão e encostando a cara no vidro, ficou um bom tempo observando o animal. O escorpião corria de um lado para o outro, em desespero, a cauda levantada, numa inútil ameaça ao inimigo. E se enfiasse o dedo e experimentasse a picada? Chegou a erguer o copo um pouco, mas desistiu, ao pensar no que resultaria aquilo. Uma coisa era ser picada por acaso, outra coisa, ser picada por vontade própria. Não teve coragem.

— O que você está fazendo com esse bicho aí?

A mãe chegava ao quintal e a surpreendia, a mão pousada sobre o copo. Dizia, alarmada:

— Não sabe que a picada disso pode até matar?

Não, mamãe, dói, mas é gostoso — pensou em dizer, mas não disse. A mãe não ia entender, e ela nunca que podia contar a história da Graça.

— Não fica torturando o escorpião, que é maldade — gritava, como de hábito, com irritação. — Mata logo este bicho!

A mãe entrava em casa. Erô erguia o copo. O escorpião, mais que depressa, corria em direção das moitas do jardim. Com a chinela, Erô barrava-lhe a passagem. Ficava então com esse jogo. Ora deixava o animal julgar que podia escapar, abrindo-lhe caminho, mas, logo depois, punha à sua frente a chinela. Por que protelava tanto o que devia fazer? Mas o que devia fazer? Obedecer à mãe, matando o escorpião? Prendê-lo de novo com o copo? Deixá-lo fugir para a proteção das plantas? Ou...? Esse "ou" tentava-a mais que tudo. Chegou, num movimento rápido, a encostar o dedo na cauda do escorpião, provocando a reação do animal. Mas tinha sido esperta, ao se colocar longe da ameaça do ferrão. Se fosse só a agulhada, sem o veneno, talvez doesse menos. Mas picada sem veneno era como um doce sem calda, ou comida sem sal — refletiu, sorrindo.

Erô voltou a prender o escorpião com o copo e deixou-o sob a inclemência do sol. Entrando em casa, pegou uma tesoura de unhas. Voltou ao quintal, ajoelhou-se, suspendeu com cuidado o copo. E, num gesto rápido, cortou, rente ao corpo, a cauda do animal. O escorpião estremeceu todo, rodando sobre si mesmo. Atarantado, ficou por ali, correndo de um lado para o outro e deixando atrás de si uma gosma amarelada. Ela agarrou a cauda e, aproximando o ferrão dos olhos, examinou-o. Notou que em sua ponta havia uma gotinha de veneno. Aparando-a com o dedo, levou-a aos lábios. Fez uma careta ao perceber que o gosto era amargo. Com muito cuidado, espremeu a cauda, até que outras gotículas se formassem na ponta do ferrão. Quem sabe mais tarde não pudesse voltar a experimentar.

Tornou a olhar para o escorpião, agora inofensivo, zanzando sobre o cimentado. Erô deu uma risada e afagou o inseto. Sentiu-se poderosa, afrontando o animal que continuava sua dança, desnorteado com a perda do ferrão. Não poderá mais caçar baratas, besouros, grilos e camundongos — pensou ela. Nem ao menos poderá se defender dos homens — voltou ela a pensar. Mas sabia que não era só isso. Era muito mais que isso. Era uma parte da vida do animal escoando-se, a parte dele que o fazia intimidante. Sem o seu cetro de rei, erguido acima da cabeça, como um estandarte, agora se arrastava ao calor do sol. Ridículo, canhestro. Um pouco mais esturricava. Apiedada dele, ou talvez pensando numa maldade maior, pegava-o e depunha-o sobre a lama, junto ao gramado. E o escorpião espojava-se no barro. Diante dela, perdia a arrogância que jazia agora, sob a forma do inofensivo ferrão, escondido num dos seus bolsos.

Ofegante, Erô sentia os biquinhos do peito dilatarem-se. Enfiou a mão sob a blusa e afagou um dos seios, passando a língua nos lábios e mantendo as pernas muito juntas. O espetáculo do escorpião no barro, a certeza de que o ferrão continuava em seu bolso, a sua relíquia, exigiram-lhe mais das mãos. Estava por enfiar os dedos sob a calcinha, quando a voz da mãe veio de dentro, inquisidora:

— Erô, o que você está fazendo aí nesse sol?! Ande, já para dentro, senão pega uma insolação!

Tinha que obedecer, mas hesitava, porque não sabia se matava o escorpião ou não. Decidiu-se por fim que deveria agir com magnanimidade. Mas não demais, pois a rainha, a deusa, era ela agora. Deixaria o animal viver, mas sem o ferrão, sem a sua arrogância de macho alfa. Para mostrar quem estava por cima e quem dominava de fato. Levantou-se, fechando os botões da blusa e entrou em casa.

— Mas você está com as mãos sujas de barro, Erotildes, a cara cheia de suor! Vá se lavar!

Devia estar brava — pensou Erô — para chamá-la pelo nome inteiro... Quando se sentou à mesa, e a mãe perguntou-lhe como queria o bife, respondeu de pronto:

— Malpassado.

— Malpassado? Mas você sempre gostava de bife bem-passado!

— Então por que perguntou?

— Queria saber se você desejava o bife acebolado ou com batatas.

A mãe fritou o bife. Quando veio servi-la, como se não entendesse o pedido da filha, observou:

— Coisa estranha. Ontem você pediu o bife bem-passado!

— Mas agora quero malpassado. Quase sangrando, como a senhora costuma às vezes fazer.

Erô cortou o pedaço do filé. E uma boca obscena abriu-se no bife, de onde escorreu um sumo vermelho. Aproveitando-se que a mãe tinha voltado ao fogão, lambeu o corte, sentindo o gosto e o aroma de carne grelhada. O sabor adocicado do sangue deixou-a quase desfalecida. Mas também seu coração pareceu bater com mais força.

A mãe retornou e, ao deparar com ela respirando fundo, as gotas de suor escorrendo em profusão do rosto, perguntou, alarmada:

— O que foi, Erô? O que deu em você?

— Nada, não, mamãe — abanava-se, cheia de calor. — É que fiquei um pouco tonta.

— Tonta normalmente você já é — retrucou a mãe com azedume. — Acontece que ficou a manhã inteira sentada naquele solão, e deu no que deu. Antes tivesse lhe preparado uma comida mais leve. Quer que faça uma salada?

— Não, está bom o bife. Uma delícia — enfiou na boca outro pedaço de carne.

Quando deglutiu o alimento, um calor tomou conta de seu peito, de seu ventre. Apesar da tontura, sentiu-se bem, muito bem. O ferrão, guardado no bolso, não sabia de fato por que, parecia que vibrava, convidando-a para uma festa desconhecida.

Quanta alegria! — pensou.

Foi assim o seu iniciado com o escorpião.

OS AMORES DO MINOTAURO 2

Passaram-se uns dias até que a primeira cliente lhe telefonasse. E, quando o fez, foi com uma voz insegura:

— Alô... o senhor...

Percebendo o constrangimento dela, procurou encorajá-la:

— Pois, não?

— ...

Elevou o tom de voz:

— A senhora deseja falar com quem?

— Por favor..., o senhor, o senhor...

A mulher estava de fato cheia de vergonha. Dirigiu-se a ela, então, do modo mais cordial possível:

— Minha querida, em que posso ajudá-la?

— O senhor...

— Pode me tratar de você.

— Sim, sim... o sen..., oh, desculpe... — deu uma risadinha sem graça e prosseguiu: — Você é... você é o "Coroa Sexy"? Do anúncio de jornal?

— Sim, sou eu mesmo. Necessita de meus préstimos?

— Eu... não sei o que falar... Sabe, nunca fiz isso...

— Há sempre uma primeira vez, querida.

Ela ficou em silêncio por uns segundos. E prosseguiu, outra vez daquela maneira hesitante:

— Quanto você... Quanto... você cobra?

— Trezentos reais por uma hora.

— Ah... trezentos... não dá pra fazer um desconto?

Refletiu: por que não? Era a primeira cliente.

— Duzentos e cinquenta. O máximo que posso fazer.

— Mas queria avisar que nunca fiz isto e não vivo fazendo... Eu sou uma senhora de respeito, sabe? Eu...

Cortou-lhe o discurso:

— Sim, dá pra perceber que você é uma lady.

— Obrigada, e você, um cavalheiro.

— Então...

— Qual o endereço?

— Rua Cubatão, 879, apartamento 78. Chegando, é só me chamar pelo interfone.

— Rua Cubatão...?

— Vila Mariana.

— Ah, sei! Perto do shopping Pátio Paulista, né?

— Umas duas quadras até o shopping — e completou com ironia: — Saindo daqui, você pode ir fazer suas compras a pé.

— Ótimo, estou mesmo precisando de comprar umas coisinhas... Sabe, vem aí o dia das crianças... — parecia um pouco mais tranquila.

— Combinado. Aguardo você.

Desligou o telefone com um suspiro. Esperava que o encontro, pelo menos, fosse rápido. Em todo caso, não tinha do que reclamar. Nem bem havia feito o anúncio e recebia o telefonema de sua primeira cliente.

Como seria ela? Pela vozinha trêmula, parecia uma mulher de idade. E se estivesse enganado? Mas qual o problema? Na atividade profissional que ia desempenhar, a idade, a aparência, o modo de ser pouco importavam. O que valia de verdade era ele não negar fogo e receber os trezentos reais.

Foi se lembrar do preço e chegou à conclusão de que devia pensar numa tabela. Por exemplo: trezentos reais por hora. E se a cliente quisesse passar a noite, quanto devia cobrar? Mil reais? Sim, mil estavam de bom tamanho. E, depois, havia também a questão das bebidas. Não cobraria nada de um aperitivo de entrada. Mas se fosse uma dose de uísque, taças de champanha, vinho tinto ou branco, conhaque, licores acompanhados de canapés, talvez devesse cobrar uma taxa a mais. Pensou então que, o quanto antes, devia providenciar tudo isso, porque, no momento, só contava com seu uísque e vinhos de costume.

Deu um tapa na cabeça e exclamou:

— Epa! Daqui a pouco a dona chega.

Correu para ver se o apartamento estava em ordem. Esvaziou a lixeira do banheiro, deu uma arrumada na cama, afofando os travesseiros, esticando a colcha. Depois de uma breve hesitação sobre o que vestir, escolheu um robe e uns chinelos da Adidas. Aspergiu-se com uma colônia francesa, voltou a escovar os dentes e sentou-se para aguardar a cliente.

O interfone tocou. Ele saltou, como se fosse movido por uma mola.

— Pois não?

— Oi. Sou eu...

Apertou o botão de abertura da porta de entrada do prédio.

— Pode subir.

Esperou mais um pouco. A campainha soou. Abriu a porta.

— Oi...

Usava um vestido vermelho, com um colar de contas e um grande broche de prata. Além da maquiagem, trazia o cabelo tingido de loiro, na forma de um capacete, endurecido à custa de laquê. Apertava com uma das mãos, junto ao peito magro, uma bolsinha. Na outra mão, levava uma maleta. Lembrou-lhe, num relance, a Primeira-Ministra da Inglaterra, a Tatcher, mas numa fase já bem velhusca. Foi o que o levou a dizer, fazendo uma reverência:

— Faça o favor de entrar, Margareth.

Ela começou a protestar:

— Eu não me chamo Margareth. Eu...

Ele pôs o dedo indicador sobre a máscara, na altura dos lábios:

— Schh. Por favor, nada de nomes.

Cacarejou uma risadinha.

— Oh, desculpe. Você tem razão. Nada de nomes.

— Por favor, sente-se.

— Obrigada.

Sentou-se, sem usar o encosto, as pernas juntas, uma das mãos ainda segurando a bolsa de encontro ao peito e a outra, a maleta.

— Dá licença — fez menção de pegá-las.

— Oh... acho melhor não — segurou, com mais força, ambos os acessórios.

Ficaram em silêncio. Apesar da experiência com mulheres, naquele caso, ele não sabia por onde começar. Devia sentar-se ao lado dela? Abraçá-la? Suspender-lhe a máscara e dar-lhe um beijo? Mas a mulher parecia tão constrangida...

— Você tem um cantinho aconchegante... — ela quebrou o silêncio.

— Quer ver o resto do apartamento?

Fez que sim com a cabeça. Mostrou-lhe a cozinha, o banheiro e o quarto.

— Oh, que bela roupa de cama! — exclamou, juntando as mãos. — Onde você comprou?

— Na Camicado.

— Ah, na Camicado. Foi numa liquidação? Tinha outras estampas deste tipo?

A conversa estava ficando broxante — pensou. Por isso, aproveitando que estavam de pé e próximos, sussurrou-lhe:

— Não quer ficar mais à vontade, meu bem?

— Ai, meu Deus... Não sei...

Pegou-a pelo cotovelo.

— Pode ir ao banheiro. Enquanto isto, lhe preparo uma bebida.

— Uma bebida? Eu..., eu...

— Sim, uma taça de vinho branco.

Sorriu.

— Mas só um tiquinho. Fico tonta logo.

Trancou-se no banheiro. Ele pegou na geladeira um *Almadén Chardonnay* suave e encheu uma taça. Talvez ficando de pilequinho, fosse se soltar... — pensou. Para si, serviu-se de uma dose de um *Johnnie Walker Black*. Por via das dúvidas, tomou um Viagra, coisa que não costumava fazer. Mas, como temia pela sua performance, dada a falta de estímulo...

Ouvindo o trinco da porta, sentou-se, e ela veio com uma camisola comprida, provida de um grande laço de seda e bordados em forma de cachos de flores azuis. Nos pés, trazia chinelas de pompom da mesma cor.

— Hummm! Como você está charmosa — forçou-se a dizer o galanteio.

— Você acha mesmo? — veio sentar-se a seu lado, mas na ponta do sofá.

Ofereceu-lhe a taça de vinho.

— À sua saúde — ergueu o copo de uísque.

Apontou-lhe um dedinho.

— Não vá abusar de mim, hein! Já disse que fico tontinha — e, abaixando a máscara, tomou um gole, para acrescentar: — Uma delícia!

Quando achou que ela estava mais solta, levantou-se, pegou-lhe a mão e a fez erguer-se.

— Vamos, querida.

Foi obrigado a tirar-lhe a taça de vinho, apertada entre os dedos, quase à força. Acabou cedendo e deixou-se levar até o quarto. Ele a fez sentar-se na cama, as costas apoiadas na cabeceira e disse:

— Fique à vontade.

— À vontade...? — os olhos dela giravam sem parar, mostrando um princípio de pânico.

— Sim, à vontade, querida. Num momento íntimo como este, seria como se a gente fosse velhos conhecidos.

Despiu-se do robe na frente da cama. Ao ver o pênis que vibrava, ela cobriu os olhos com as mãos, enquanto gemia:

— Ai, meu Jesus amado!

Ele pôs um preservativo e subiu de gatas na cama. Alcançou a mulher, que continuava com os olhos tapados e, sem gestos bruscos, a fez deitar-se de comprido. Tirou-lhe as chinelas de pompom e deparou os pés com joanetes, os dedos encavalados, as unhas pintadas com esmalte incolor. Pegou a barra da camisola e, apesar da tímida resistência dela, começou a levantá-la. As pernas eram cheias de manchas e varizes. Subiu mais um pouco, até dar com o que suspeitava: a calçola comprida! Não fosse o Viagra... — refletiu, cheio de desânimo.

Ajudou-a a despir-se de vez. Ao ver os seios enjaulados no sutiã, pensou se não era melhor deixá-los onde dormiam. Deu um suspiro e resolveu soltá-los. Os peitos caíram, como mamelões, sobre a barriga enrugada. Tentando lhe tirar o embaraço, disse:

— Meu bem, você está inteirona!

— Bondade sua. Procuro me cuidar, mas você sabe, com a idade...

— Você não parece ter mais de cinquenta.

Deu um sorriso, apontou-lhe um dedinho, com coquetismo:

— Não brinca comigo, não...

Concentrando-se, beijou os bicos dos seios flácidos. Ela gemeu. Apesar do protestos, tirou-lhe a calçola. Desceu a mão até a maçaroca de pelos brancos, onde enfiou um dedo até encontrar o clitóris.

— Ai, você está me deixando doidinha...

E as carícias logo pareceram surtir efeito, pois ela alternava os "ais" com "uis", enquanto revirava os olhos e apertava as mãos junto aos seios. E quando a penetrou, deu um grito, cerrou os olhos, inteiriçou o corpo, de um modo que pensou que ela fosse ter um ataque. Começou a abaná-la, preocupado.

— Você está bem?

Abriu os olhos e murmurou com languidez:

— Ai, meu Jesus, é como se estivesse no céu...

* * * * *

Deixou-a e foi tomar uma ducha. Isso feito, voltou à sala, onde se serviu de mais uma dose de uísque. Enquanto bebia, pensava que, apesar dos pesares, havia passado bem pela fase probatória, ainda que tendo sido obrigado a recorrer ao Viagra.

Depois de uma meia hora, ela deixou o quarto. Levando a bolsa e a maletinha, dirigiu-se ao banheiro. Quando saiu, já toda vestida e de salto, com o colar, os anéis, o cabelo e a maquiagem em ordem, tinha de novo a pose da Primeira-Ministra da Inglaterra.

— Bom... — disse, corando um pouco —, sinto muito, mas tenho que ir. Sabe, hoje é dia de minha nora levar os netinhos em casa pra eu...

E começou a se encaminhar em direção da porta de saída.

— Você não está se esquecendo de uma coisa, meu bem?

— Esquecendo? Como assim?

— O pagamento.

— Oh, desculpe! Você foi tão gentil, tão carinhoso que...

— Por isso mesmo, minha querida.

Abriu a bolsinha, pegou uma maçaroca de dinheiro e entregou-lhe.

— Por favor, confira.

Contou: duzentos e cinquenta reais. Ela enfiou a mão na bolsinha e pegou mais vinte.

— Pelo vinho.

— Não precisava se preocupar.

— Pega, meu filho. Você merece.

Ele foi até a porta, abriu e deu-lhe passagem. Quando ela foi sair, aplicou-lhe de leve um tapa nas nádegas murchas.

— Até mais ver, boneca.

— Ai, seu safadinho... — sorriu, deliciada.

O EU ENSIMESMADO 3

Eu estava na fila do supermercado, cheio àquela hora da manhã, quando deparei, bem à minha frente, com um homem um pouco obeso, os cabelos rareando. Mas, apesar disso, era de forte constituição. Chamou minha atenção, sobretudo, pela cicatriz de bordas arroxeadas, cortando sua face direita, e pelo jeito mal-encarado.

Num determinado momento, começou a tossir com força, espalhando perdigotos para tudo quanto é lado. Nem ao menos teve a cortesia de cobrir a boca com um lenço, mostrando assim respeito pelos demais clientes.

— Ei — reclamou a senhora atrás de mim —, o senhor precisa tomar cuidado com essa tosse!

— Tomar cuidado como, minha senhora? — rebateu ele, voltando a cara, onde havia um ricto de ódio, acentuado pela cicatriz, cuja coloração mudou, tingindo-se de um vermelho bem vívido. — Não consigo controlar, oras bolas! Se conseguisse, não estava tossindo.

— Se não consegue controlar a tosse, também não pode ficar espirrando saliva para todo lado — interveio outro homem da fila, vestindo um jaleco branco, onde havia o logotipo de uma drogaria.

— Ora, vá se danar!

E o farmacêutico, incomodado com a impertinência do senhor, completou com severidade:

— É um caso de saúde pública. O senhor deveria ficar em casa ou utilizar uma máscara.

— Saúde pública o caralho! — rebateu com grosseria.

Como se não desse a mínima para as reprimendas, continuou a tossir daquele jeito, sem se proteger com um lenço. Lançando olhares agressivos para os lados, deu uns passos à frente para passar suas compras no caixa. Os clientes, indignados com a falta de educação do sujeito, passaram a comentar o caso. Eram tempos difíceis — refleti —, e as pessoas perdiam à toa a esportiva. Em todo caso, receber uma chuva de perdigotos sobre as compras não era nada saudável, além de quê, ele mostrara toda sua grosseria. Mas o homem, afinal, se foi, sempre resmungando e tossindo sem parar, e as coisas voltaram ao normal. Se é que se podia considerar como normal uma situação em que as pessoas, sentindo-se insultadas, por qualquer motivo, reagiam com indignação.

Em casa, passei pela Salete, que assistia a um jornal na tevê, e fui à cozinha guardar as compras. Retornei à sala, e ela perguntou:

— Você viu as últimas?

— As últimas sobre o quê?

— A pandemia?

— Ah, a pandemia...

É claro: eu tinha ouvido falar de uma epidemia das mais agressivas, responsável por uma mortandade. Originada do Oriente, vinha fazendo vítimas, mas alguns telejornais, entrando em contradição com outros, davam a entender que ela estava circunscrita à China. Portanto, como não me atingia de perto, deixava de me apoquentar com isto. Mas a Salete, não. Trabalhando na área de Comunicação, estava sempre antenada a todo tipo de notícia extravagante. Ainda mais uma referente à pandemia.

— É preocupante — ela disse.

— Preocupante, por quê?

— Pode chegar até nós e, se chegar até nós, não sei não... — deu um muxoxo e continuou a falar, a voz carregada de indignação, como era típico dela: — Com este governo que não dá a mínima para a Saúde, vai ser complicado. Estou imaginando a quantidade de pessoas a serem infectadas. Sobretudo, aquela gente da periferia sem assistência alguma.

— Pelo que andei lendo nos jornais e vendo na tevê — rebati, falando uma meia verdade —, parece que surgiu numa cidade da China, Wuthan, uma coisa assim, e ficou restrita por lá.

— Wuhan, *meu querido* — depois de me corrigir, fez uma pausa, balançando a cabeça, como se eu fosse um ignorante, e completou, com a voz carregada de ironia: — E você acreditou nisso? Um homem que se crê sensível, inteligente...

— Por que não haveria de acreditar?

— São *fake news*. Criadas para desviar do foco do problema — ela voltava a mostrar sua peculiar exasperação.

A Salete, sempre a dona da verdade. Era isso o que me deixa mais irritado em nossa relação.

— E por que a sua versão não é também *fake news*? Só porque acredita que o vírus em breve vai chegar até aqui?

— E não vai?

— A China está do outro lado do mundo. E se morrerem alguns milhões de chineses, ninguém sentirá falta — comentei, maldoso, só para provocá-la.

Uma ideia comum a muita gente. Se morre nosso vizinho, o pranteamos, se morrem milhões de pessoas do outro lado do mundo, ignoramos. Mas a Salete não ia deixar de aproveitar a deixa:

— Puxa vida, Alex, precisava ser tão preconceituoso? E justo você que se diz um educador!

— Eu? — pus a mão no peito e completei com grosseria: — Sou é focado nos fatos, na realidade. Afinal, aquelas pessoas lá da China comem de tudo quanto é bicho — ratos, morcegos, cobras, lagartos, cachorros — e, com isso, pegam e propagam doenças. Não podia ser de outro modo.

Atiçado pela reação dela, concluí:

— E, pensando bem, se morrem entre eles, não nos fazem mal. Muito pelo contrário. Menos gente no mundo a quem dar empregos, moradia e alimentação. Menos gente também para infectar o próximo...

— Alex! Deixe de ser estúpido. Que ideias mais atrasadas. Afinal, os chineses são seres humanos como nós, e o destino de milhões de pessoas devia ser pensado com toda seriedade.

— Sim, concordo com isto, mas se eles...

— Uma coisa que não entendo em você, *meu querido* — ela me cortou a fala. — Como consegue ensinar Literatura, se não tem o mínimo de sensibilidade? Você não passa de uma contradição ambulante.

Salete balançou a cabeça e fez um gesto de aborrecimento. Sabia que, após esta abertura, viriam outras recriminações, expostas de um modo didático, como se ela fosse uma professora, e sempre temperadas pelo sarcasmo:

— Mas posso até desculpá-lo. Afinal, a responsabilidade do que diz e faz vem desta sua postura de macho alfa imposta por uma educação retrógrada.

O chauvinista existente em você sufoca a sensibilidade que procura em vão ostentar.

Não ficava ofendido, apesar de ela ter posto o dedo na ferida. Em alguns momentos, a Salete levava essa reprimenda às últimas consequências, generalizando-as e procurando ampliá-la ao máximo. Então, tomada pela ira, costumava dizer uma enxurrada de clichês: que nós, homens, éramos predadores, usando e abusando das mulheres, procurando submetê-las aos nossos desejos e, acima de tudo, desprezando nelas a inteligência, a sensibilidade. Um rosário de recriminações que não me permitia reagir, a não ser, como sempre, apelando para a grosseria.

— E você está me saindo uma feminista de mão cheia... — misturava a ironia com a raiva.

— Não sou feminista — rebatia ela, também movida pela raiva —, sou realista. E tanto sou realista que você acaba se ofendendo quando mostro suas contradições. E olha que elas são tantas que...

— Todos somos contraditórios. Todos, sem exceção... Eu, você, o Papa e até Deus — cortava a fala da Salete, com frases de efeito.

Ela ficava em silêncio, refletindo, para depois observar, usando de um tom melodramático:

— Pode ser que tenha razão, mas, no seu caso em particular, a contradição é gritante, porque vejo você se emocionar tanto com a leitura de alguns versos, mas não vejo você, de modo algum, sensibilizar-se com o drama do próximo. Há uma pobreza nesta sua postura, uma falta de humanidade.

Lembrei de imediato da minha aula sobre o Laforgue, em que eu dera o melhor de mim, analisando com propriedade e emoção, um de seus sonetos. Apesar disso, a Salete tinha dito que eu carecia de sensibilidade... Mas, de uma certa perspectiva, ela talvez estivesse coberta de razão. Sensibilizar-se com um ser fictício, fechado em seu quarto, à lareira, pensando na solidão, no vazio, a que o Universo o condenou, era fácil, mas sensibilizar-se pelos milhões de chineses morrendo do outro lado do mundo era outra coisa, porque exigiria de mim humanidade, e minha humanidade, para mal dos meus pecados, jazia sufocada em algum lugar obscuro dentro de mim.

Mas não estava a fim de tratar de minha contradição, reconhecer meus erros, queria era provocar a Salete. Estava irritadíssimo, porque a noite num motel com a Tatiane havia sido um fracasso. A moça era enjoadinha, vindo com aquela história de "que você está confundindo as coisas, não sou uma garota qualquer", isso depois de se insinuar roçando a coxa em minha perna naquele barzinho, ao lado da UniLuz. E eu tendo que lhe prometer que minhas intenções estavam para lá de uma transa? Era preciso cinismo demais. Não, jamais diria uma coisa daquelas. A pobrezinha não merecia.

E frustrado com tudo aquilo, sem pensar no que falava, usava de novo da provocação:

— ...e você, como consegue trabalhar com Comunicação, se não sabe nem como ler e decodificar as mensagens, as notícias? Se a coisa está circunscrita à China, isto significa que não chegará até aqui, *minha querida.*

Ela deu uma gargalhada e adotou aquele tom sábio que tanto me incomodava.

— É duro conversar com ignorante. Se no tempo das descobertas as doenças se propagavam, graças às viagens intercontinentais das naus e caravelas, trazendo ratos infectados dos rincões mais afastados, imagine agora então com os aviões! As pessoas em trânsito levam muito mais depressa as pragas para tudo quanto é canto. O mundo hoje é uma aldeia global, *meu querido*! O vírus da Corona vai chegar logo, logo por aqui. Ouça o que estou lhe falando.

— Obrigado pela lição, Madame McLuhan, mas isto só pode nascer de sua cabeça catastrofista.

— Catastrofista por quê?

Dizia ou não dizia o que queria jogar na cara dela? Acabei decidindo que sim, estava mais que na hora de começar a briga de cada dia. Sobretudo num sábado, quando nossa convivência deveria ser mais prolongada, pois a gente não tinha mais o costume de sair para ir a um barzinho ou a um cinema. Há muito tínhamos desistido de programas a dois. E nada como destilar o ódio, como se fosse um uísque de fim de tarde, para manter aquecida nossa irreconciliável situação...

— Você adora uma catástrofe, um acidente, um incidente, uma notícia má. E sabe por quê? Porque isto desvia o foco da catástrofe que é a sua vida.

— Da minha vida? Por que da minha vida? — ela contraiu o rosto de raiva e me fitou com aquele olhar de galinho de briga.

— Você sabe do que estou falando. Queria fazer Medicina e não conseguiu passar no vestibular, por mais que tentasse. Com isso, acabou fazendo essa faculdadezinha de merda de Comunicações, para arrumar um empreguinho também de merda e, assim, se sacrificar ao deus do Mercado, com suas brilhantes peças publicitárias! É a essa catástrofe que estou me referindo.

Ela cravou em mim os olhos, onde a ira brilhava, e aproveitou para despejar uma torrente de verdades sobre o meu fracasso:

— E a sua vida profissional? Ahn? Chegou a pensar nela um só minuto? Quer maior catástrofe? Você queria fazer Letras e devo concordar que escolheu com acerto a área, pois passar no vestibular de Letras qualquer débil mental consegue. Por falta de qualificações, só conseguiu arrumar emprego numa baiuca, onde deve dar umas aulas vagabundas, sem método, sem planejamento algum.

Respirou, buscando recuperar o fôlego e prosseguiu, sem conceder uma trégua para eu me defender:

— Depois, falava tanto no *seu* mestrado! Inscreveu-se na pós-graduação da USP, teve a sorte de encontrar um ótimo orientador, mas não terminou a dissertação. Como é próprio de seu jeito de ser, não levando nada a sério, largou tudo pela metade. Mestre em Literatura... Hummm, estou pra ver! Mestre em porra nenhuma. Portanto, não venha com conversa mole pra cima de mim não. Não sou a única fracassada desta casa!

— Não terminei o mestrado, porque...

A Salete, usando de toda sua astúcia e sarcasmo, vinha mexer em minhas feridas, tocando num dos meus pontos mais sensíveis, o da dissertação de Mestrado. Assim, não completei minha frase, em que procuraria me defender do meu falhanço, pois era inútil. Precisava reconhecer que, nesse aspecto, o das discussões, a Salete era imbatível. Seus expedientes retóricos, mediados por um raciocínio lógico e, contando com uma memória de elefante, atenta a qualquer detalhe, mostravam-se, na maioria das vezes, bem superiores aos meus.

E, como era de praxe em nossos debates, eu perdia a esportiva. Ficava possesso, fora de mim, pois ela escancarara o meu fracasso, de maneira tão objetiva, impedindo que encontrasse argumentos para me resguardar. Procurei conter a raiva, porque, se não fizesse, perderia o controle. Escolhi o caminho da retirada. Deixei-a falando sozinha e fui para o quarto. Deitei, mas não consegui dormir, fiquei me revolvendo na cama de um lado para o outro, atormentado pelos remoques de Salete. Sim, ela tinha razão, eu devia reconhecer: eu era um fracassado, um professor medíocre, um intelectual meia-boca. E a maior prova disso estava na dissertação natimorta e repousando, como a múmia de um faraó, numa das tumbas de meu micro.

E as imagens de minha dissertação, para meu tormento, vieram outra vez à tona. Era um trabalho em que, no princípio, tinha me empenhado tanto e cujo planejamento havia me custado noites e noites de sono, alguns anos de pesquisas e leituras de uma vasta bibliografia de apoio. Tinha como título *A Orquestração Verbal e a Melancolia, em Camilo Pessanha.* Era um tema diferenciado, tanto que o meu orientador, o Professor Messias, cheio de entusiasmo, não havia poupado palavras para me incentivar:

— Vai em frente, Alex! Acredito que este seu tema seja dos mais inovadores. Sobretudo em se tratando do Pessanha.

Era um homem franzino, usava grossos óculos de grau, falava quase de um modo inaudível. Tinha muita paciência e lia meus textos sempre com atenção, fazendo observações, a lápis, à margem das laudas.

— Reflita bem sobre esses pontos que assinalei, meu caro. Reescreva o capítulo e voltamos a conversar.

A continuidade de meu trabalho dependia, além da orientação do professor Messias, de todo esforço e dedicação de minha parte. Mas este era o meu ponto fraco, pois, por temperamento, sempre necessitara de um pulso a me conduzir, para evitar que desistisse em meio do caminho, como, aliás, havia acontecido com outros projetos. Acontecia, porém, que o Professor Messias era tolerante demais, não me fazendo exigências e muito menos cobranças. E, assim, sem estímulos dessa natureza, fui deixando de rever as suas anotações e, em consequência disso, de reescrever os capítulos da dissertação. Até que cheguei ao ponto em que, dominado de vez pela desesperança, abandonei o projeto. Nos instantes em que tomava coragem para visitar o arquivo "Orquestração Verbal.docx" e lia o que redigira, irritava-me com a falta de uma base teórica mais sólida, mas não sentia ânimo para fazer outras pesquisas dessa ordem. Eu, como muitos aspirantes a mestre e doutor, depois de cumprir as disciplinas de pós, para obtenção dos créditos, do planejamento do trabalho, passava pela dolorosa experiência da chamada "síndrome da escritura", sempre manifesta na redação de um artigo, de uma dissertação e, acima de tudo, de uma tese.

Ah, a minha dissertação de Mestrado! Houve um tempo na vida em que era tudo para mim. Alimentava-me com as esperanças de que ela talvez pudesse me fazer brilhar no meio acadêmico e, com isso, me ajudasse a abrir as portas de uma Universidade de ponta. Chegava até a me ver, depois do doutorado, dando aulas de Literatura na USP, na Unesp, ou numa Federal, em vez de perder meu tempo, desgastando-me e ensinando porcaria na UniLuz. Por isso, pusera em minha dissertação todo o empenho. Com dedicação e cheio de entusiasmo, havia redigido um capítulo introdutório, de caráter teórico, no qual discutia as questões relativas ao símbolo, às correspondências e às relações entre a literatura e a música. Estava quase de todo pronto, só faltavam alguns retoques, correções de rumo e referências de Hegel, Bachelard, Husserl, em que esses autores tratavam desse tópico fundamental para o trabalho.

A partir daí, vinha a parte mais apaixonante da dissertação, o corpo a corpo com a obra de Pessanha. Eu tinha por intuito fazer a análise de um conjunto dos seu mais instigantes poemas, "Só incessante, um som de flauta chora", "Chorai, arcadas do violoncelo" e "Fonógrafo". Neles, depois de uma análise da musicalidade, procuraria mostrar como Pessanha evocava, por meio de símbolos, as sensações, os sentimentos, o "*état d'âme*", entendido como algo impossível de se expressar, a não ser pela linguagem encantatória, como o faziam os poetas da estética simbolista, entre eles, Verlaine.

A tessitura das sinestesias, das aliterações e assonâncias levava Pessanha a criar um mundo cujas ressonâncias provocam no leitor sensações das mais diversas, a serem prolongadas, com o recurso de fazer com que as palavras, libertas de sua opacidade, se comportassem como notas numa pauta. Essa vaporização da linguagem estava a serviço da manifestação de um sentimento de dor, mas não de um modo direto, mas, sim, de um modo alusivo, por meio do uso do que T. S. Eliot, num estudo acerca de *Hamlet* (1919), convencionou chamar de "correlativo objetivo":

> o único meio de exprimir emoção sob a forma de arte consiste em achar um "correlativo objetivo"; noutras palavras, um conjunto de objetos, uma situação, uma cadeia de acontecimentos, que constituirá a fórmula daquela emoção *particular;* de tal maneira que, quando ocorrerem fatos exteriores, que devem culminar numa experiência sensorial, a emoção seja imediatamente evocada.

Como exemplo disso, eu recorria ao poema que tinha por título "Ao longe os barcos de flores":

Só, incessante, um som de flauta chora,
Viúva, grácil, na escuridão tranquila,
— Perdida voz que de entre as mais se exila,
— Festões de som dissimulando a hora.

Na orgia, ao longe, que em clarões cintila
E os lábios, branca, do carmim desflora...
Só, incessante, um som de flauta chora,
Viúva, grácil, na escuridão tranquila.

E a orquestra? E os beijos? Tudo a noite, fora,
Cauta, detém. Só modulada trila
A flauta flébil... Quem há-de remi-la?
Quem sabe a dor que sem razão deplora?

Só, incessante, um som de flauta chora...

Nele, o sentimento de dor era manifesto de modo indireto, ou seja, projetado na imagem da flauta, a "viúva, grácil, na escuridão tranquila", a manifestar algo não definido. A repetição do verso "Só, incessante, um som de flauta chora" acentuava a ideia de monotonia, de desalento.

À interrogação do poeta, eu respondia, dando a entender que a sensação de dor, manifesta pelo trilar da flauta personificada e afastada da orquestra, era a *melancolia*, um tipo de sentimento, estudado com muita propriedade por vários teóricos, entre eles, o suíço Jean Starobinski, em sua obra *A Tinta da Melancolia: Uma História Cultural da Tristeza.* E, assim, chegava ao núcleo do meu trabalho: a orquestração verbal, um "correlativo objetivo", utilizado para evocar as atribulações de um temperamento melancólico.

Contudo, ter descoberto o núcleo da dissertação não implicava que pudesse ficar tranquilo, a ponto de prosseguir com minha investigação sem percalços. Muito pelo contrário, como era dominado pela instabilidade, mesmo que a tarefa fosse das mais instigantes, incapaz de me concentrar, havia parado na seguinte reflexão:

Dos poemas analisados, acreditamos que pelo menos dois — "Viola chinesa" e "Ao longe os barcos de flores" — manifestam, de maneira bem clara, o princípio de os versos servirem para expressar um isolamento, uma dor indefinida, que poderia ser identificada à melancolia, assim concebida por Starobinski:

> Nos confins do silêncio, no sopro mais fraco, a melancolia murmura: "Tudo está vazio! Tudo é vaidade!". O mundo é inanimado, atacado de morte, aspirado pelo nada. O que foi possuído se perdeu. O que foi esperado não ocorreu. O espaço está despovoado. Por todo lado estende-se o deserto infecundo. E se um espírito paira acima dessa extensão, é o espírito da constatação desolada, a negra nuvem da esterilidade, de onde jamais brotará o raio de um fiat lux. Do que a consciência contivera, o que resta? Apenas algumas sombras. E talvez o vestígio dos limites que faziam da consciência um receptáculo, um continente — como a muralha extinta de uma cidade devastada. Mas para o melancólico a vastidão, nascida da devastação, é por sua vez abolida. E o vazio torna-se mais exíguo que a mais estreita masmorra. (2016, p. 429)

A partir daí, para minha desesperança, não conseguira dar mais nem um passo, escrever uma linha. Lia, relia o que havia escrito, voltava aos poemas, ao texto de Starobinski, mas estava travado. Era por isso que o meu projeto morrera a meio do caminho. Abria o arquivo da dissertação e contemplava, tomado pela tristeza, o texto truncado, com algumas linhas compondo parágrafos e outras linhas soltas e repletas de interrogações. Minha pobre dissertação natimorta... E dentro de mim, reverberavam as palavras de Starobinski com toda força, conduzindo-me ao abismo dos melancólicos: "o espírito da constatação desolada, a negra nuvem da esterilidade [...]. E o vazio torna-se mais exíguo que a mais estreita masmorra".

Ia justificar mais uma vez o falhanço na área acadêmica, culpando meu orientador, tão paciente, mas sem nunca me cobrar pela dissertação, a severidade da legislação da universidade pública, a falta de tempo, a falta de incentivo da UniLuz e de uma bolsa de estudos? Achei que não valia a pena. Afinal, reconhecia que aquela derrota se devia toda a mim e que eu era de fato um fracassado. Sem obter o título de Mestre, continuaria, vida afora, a dar as minhas aulinhas em baiucas, lendo poemas aos alunos, mas sem um método, um planejamento. Lia a eles só o que gostava de ler, só aquilo que me proporcionava prazer. O programa do Professor Tolói? Que se danasse o programa. E os alunos nunca reclamavam porque eu não era também de exigir nada daqueles coitados. Nas provas, passava-lhes uma questão qualquer e, na correção, cansado de ler sandices, distribuía setes e oitos e, quando achavam de reclamar, subia as notas sem pestanejar. Satisfeitos por passarem sem fazer esforço, acomodavam-se. Além de quê, a atração do barzinho depois das aulas, com os pedaços de linguiça e as rodadas de chopes, quando me mostrava espirituoso, os fazia meus amigos do peito.

Triste, triste.

E de vez em quando uma escapadinha. Uma aluna, a cama de um motel. E nada de compromisso. Compromisso eu tinha com a Salete naquele espaço onde destilávamos nosso ódio, nosso rancor.

— Como é? Não foi dar sua fugidinha hoje? — ela observava, com sarcasmo, quando chegava em casa mais cedo. Porque era meu costume chegar tarde em casa, fedendo a bebida e a mulher.

Longe os tempos em que ela mexia em minhas coisas, fuçava em meu celular. Eu não ficava por menos, a ponto de, para minha vergonha, ter um dia vasculhado sua bolsa. Como a Salete fosse bonita, não duvido que tivesse seus casos. Falava muito em seu chefe da agência de publicidade, que o sujeito era uma sumidade e a queria em seu departamento para levarem a cabo um novo projeto e...

— Sei que projeto é esse. O cara está querendo é levar você pra cama... — dizia isso, com um sorriso nos lábios, mas, por dentro, me remoía de ciúmes.

Ela fazia charme:

— Diz que quer que eu o acompanhe ao Rio. Para o lançamento da nossa nova peça publicitária.

E eu me remoendo de ciúmes, sob a máscara de indiferença. Mais uma contradição para se somar a muitas outras, comprovando as censuras de Salete lançadas à minha cara.

Mas eu me *remoía*, verbo no passado. Hoje, ela sair com o chefe não me provocava mossa. Era o mesmo que nada. E eu saindo com as alunas ou chegando em casa com a camisa manchada de batom também não era nada. Apenas mais um capítulo da novela da infidelidade. Longe, pois, muito longe, os tempos de discussões noite adentro, brigas, ameaças de separação.

Agora, era o *home, sweet home*, com o amor a dois dos solitários. Cada um enclausurado em seu isolamento, as conversas todas se encaminhando para o trivial: "Faço um risoto ou arroz comum?", "Você se esqueceu de comprar o detergente que lhe pedi. Poxa, você não presta atenção em nada", "Onde foi parar a porra do meu tênis?".

Perguntas retóricas apenas, porque, com toda certeza, não haveria respostas e se, por acaso, as houvesse, seriam sufocadas pelo peso do silêncio. E, portanto, inúteis, nas atuais circunstâncias.

OS DO BARRACO 1

O Observador Anônimo, andando ao léu, como um vadio, não se sabe bem por qual motivo, a não ser talvez a curiosidade mórbida, perdia-se nos bairros da periferia da Metrópole, enfiando-se por ruelas, atravessando pinguelas sobre ribeirões, riachos, córregos, eufemismos para o esgoto a céu aberto e observava a precariedade das habitações de uma Comunidade, construídas, quando seus donos eram miseráveis, com pedaços de tábuas, lona e plástico e, quando os proprietários tinham um mínimo de posses, de maneira geral, com tijolos vermelhos, mas sem reboco, grudadas umas nas outras, as paredes servindo apenas para separar de modo físico as pessoas, mas não para isolá-las de fato, pois tudo ali se ouvia por entre as frinchas, com a perda da intimidade — as conversas, as confidências, os gemidos de dor e de amor, casos escabrosos de crimes, de traições, o choro das crianças e dos adultos, os lamentos e a tosse dos enfermos, alguns deles esperando a morte.

A energia elétrica era furtada dos postes e cabos, constituindo os chamados "gatos", o acúmulo de fios, cruzando-se, emaranhando-se e, quantas e quantas vezes, irrompiam incêndios, calcinando casebres, pertences e habitantes, por conta de um curto-circuito. Não bastasse isso, os barracos cresciam dois, três, quatro andares, apoiados em toletes de pau ou vigas de cimento sem ferro, a desafiar a lei da gravidade, num prodígio de arquitetura. Havia também na Comunidade vendinhas, com apenas um balcão e prateleiras, onde se acomodavam pacotes de feijão, arroz, farinha, garrafas de tubaína e cachaça, frequentadas, mal raiava a manhã, por donas de casa, as unhas por fazer, de chinelas de dedo, gritando "*Cem grama de mortandela e dois pãozinho*", por bêbados, atrás de um gole de aguardente, e pontos de jogo do bicho e de drogas, templos, de uma só porta, onde, num deles, um pastor, de paletó e gravata, esgoelava-se a falar a uns dez, quinze fiéis, sentados em cadeiras de plástico, o ar catatônico, ouvindo prédicas "*O Deus Supremo, encarnado em Nosso Jesus Cristo, só Ele pode afastar Satanás de nosso convívio, irmãos! Só Ele pode nos salvar dos pecados que chamam de vírus!*", oficinas de desmanche de carros e o lixo, jogado em tudo quanto é canto, disputado por cães, gatos, ratos e mendigos.

Por fim, o Observador Anônimo, cansado de vagar, como se fosse um *flâneur*, sem a pose aristocrática, cessava a sua caminhada e, excitado por aquilo que de fato é significativo, merecendo repousar e se fixar em suas retinas e prometendo, quem sabe, narrativas interessantes, concentrava o olhar num dos barracos, à margem de um riacho a céu aberto, entupido de plástico, papel, pedaços de móveis, vidro, matéria orgânica, fezes, tudo o que explicava os cheiros nauseabundos para quem não mora por ali, na Comunidade do Boqueirão, do Jardim Ângela, no extremo da zona sul da cidade de São Paulo. O barraco em questão, nada diferente dos demais da favela, de paredes de tijolo vermelho sem reboco e o teto de placas de zinco, contava com uma cozinha, onde havia um fogão a gás de duas bocas e uma geladeira enferrujada, um tanque, um banheiro, com uma privada, muitas vezes entupida, e um cano de água no alto a fazer de chuveiro, e três cubículos, onde se amontoam roupas, sapatos, maletas, sacolas e mochilas e, como exceção, num deles, há o luxo de um guarda-roupa com as portas arrebentadas e uma televisão de 45 polegadas grudada à parede.

Os habitantes daquele barraco eram oriundos de Olindina, na Bahia, mas a Idalina teve os dois filhos, a Marcileide e o Jesualdo em São Paulo. A filha, apesar de a mãe ser negra, era bem clara, de olhos azuis. Isso porque tinha como pai um branco, o doutor Aurélio, dono de uma mansão no Morumbi, onde a Idalina vivera como agregada. Quando descoberta a sua gravidez, foi expulsa da casa e jogada na rua, sem consideração. Alguns meses depois, a Marcileide nasceu. Por sua vez, o Jesualdo era filho de um negro, conhecido na Comunidade como Raimundão. Torneiro mecânico, viera também de Olindina e acabou por morrer com um tiro, numa briga de boteco, deixando a Idalina viúva.

Dormiam todos juntos nos cubículos do barraco, em colchonetes espalhados pelo chão de tijolo cru. Quando a Janice, uma das filhas da Marcileide, deu à luz, era um inferno à noite com o choro da criança, atormentada por cólicas ou pela fome, não deixando ninguém dormir. Miúda, a Janice tinha engravidado duas vezes, apesar de ter apenas catorze anos, e ninguém sabia quem eram os pais. Podia ser qualquer um da Comunidade do Boqueirão. E, como se suspeitava, alguém da própria família, como o Jesualdo, sempre chapado e fazendo agrados na menina. Acostumava-se a pegar a sobrinha ao colo, os peitinhos despontando na blusa e beijava-a, enquanto comentava com a voz de bêbado:

— Sabe que você é um docinho, meu amor? Dá um beijinho pro titio.

A Marcileide ficava irritada com o que chamava de "pouca vergonha" do irmão e da filha. E quando a Janice voltou a ficar grávida, deu nela de cinto até sangrar. Sabia que o Jesualdo não prestava, mas culpava a filha, sempre cheia de dengos para cima do tio e de qualquer homem que chegasse perto.

— E toca pra mim cuidar de outra criança! E a quenga por aí, procurando macho que nem cadela.

Dizia isso, subindo pelas paredes, que a Janice, nem dando à luz, já estava saracoteando de minissaia pela Comunidade.

No verão, era suportar o mau cheiro, o abafamento e as nuvens de pernilongos. No frio, no barraco sem calefação, era aquele gelo, todos se apertando, em busca de um pouco de calor dos corpos uns dos outros. Contavam apenas com um fogareiro a carvão, espalhando fumaça negra e fazendo os habitantes sufocar. E o pior quando chovia, as águas do córrego do Boqueirão, cheias de lixo, subiam, passavam por cima da passarela e invadiam os cômodos. Quem não fosse esperto, dependurando as roupas e cobertas em pregos ou jogando-as para cima do guarda-roupa, acabava por perder o pouco que tinha.

A primeira pessoa a morrer no barraco, devido à pandemia, foi a dona Idalina, e ninguém lamentou na família. Como se dizia, era uma boca a mais para alimentar.

— Fede como o diabo a veia porca — dizia o Copertino, marido da Marcileide, com desprezo. — E come como o diabo.

— Mas bem que você pega a grana da pensão dela — rebatia a mulher com raiva tanto do marido, um vagabundo, quanto da mãe.

— Pra alguma coisa a veia tem de prestar — ele resmungava.

Poucos da família trabalhavam de fato. O Copertino, um baixinho, a boca sem dentes, era pedreiro de mão cheia, tanto que havia erguido quase todo o barraco. Mas, em vez de procurar emprego com carteira assinada, só fazia biscates. No mais, vivia tomando cachaça e rabo-de-galo nos botecos e metido com os malandros e as rameiras da Comunidade. Diziam até de caso com uma vizinha, a Valdirene, uma negra, a esposa do pastor Julião.

— Uma quenga, dá pra todo mundo, logo, logo, tá passando aids pra esse desgraçado — cuspia a Marcileide, com o rosto cortado pela ira.

Seu irmão, o Jesualdo, costumava sair com sua carroça, lá pelas dez, onze horas, quando o sol estava a pino, para catar papelão, pedaços de alumínio, de ferro. Quase tudo o que ganhava, porém, era gasto em bebidas e drogas. Fumava, pelo menos, cinco pedras de crack por dia, ficava doidão e saía dando em cima das menininhas da Comunidade. De vez em quando, aparecia com a cara roxa de pancadas, o resultado das confusões em que se metia.

— Um dia, leva um cacete de verdade de outro vagabundo, e é capaz inté de perder as partes — dizia a Marcileide.

Trabalhar de verdade só ela e a cunhada, a Lurdinha. As duas se matavam, de sol a sol, fazendo faxina, lavando roupa para fora. Era uma luta arrumar dinheiro, para dar de comer às crianças e pagar as dívidas dos homens nas bocas de fumo. Não podia ser de outra forma. Devendo para todo mundo, eles há muito eram jurados de morte pelos traficantes da Comunidade, os chamados "trujões". Não fossem as mulheres, estavam no fundo de uma barroca com a boca cheia de formigas.

Depois da Isaltina, a Lurdinha também começou a tossir sem parar, mal conseguindo respirar. Arrastava-se para ir trabalhar. E, quando, no emprego, se deram conta de seu estado, a despediram.

— Num é nada, não, uma gripe que peguei no busão — gemia ela, deitada num colchonete e cuspindo catarro para tudo quanto é lado. — Vou tomar um chá de carqueja com limão... Amanhã, tô boa.

Mas não se levantou mais da enxerga. Uma ambulância do SAMU, a chamado da cunhada, que o marido não estava nem aí com ela, veio buscá-la. Chegando ao pronto-socorro do Hospital Municipal, saturado de pacientes, conseguiram lhe arrumar uma maca toda enferrujada e sem lençóis num corredor. Mal a acomodaram, foi logo entubada.

— Dessa a Maria de Lourdes não escapa — a Marcileide secava as lágrimas, ela que tinha consideração pela cunhada, boa gente e trabalhadora.

Estava na UTI, há duas semanas, e seu estado parecia bem grave. Desde que a Lurdinha chegou de Imperatriz, no Maranhão, para encontrar o marido, o Jesualdo, irmão da Marcileide, veio morar com eles no barraco. Um cômodo havia sido construído às pressas para recebê-la e aos filhos, a Maria das Dores e o Josenildo. A vida era difícil com tanta boca para alimentar. O Jesualdo quase nunca trazia dinheiro para casa e vivia bêbado e devendo nas biqueiras dos traficantes. A Lurdinha, depois que a Marcileide lhe deu uma bronca, dizendo que não estava ali para sustentar a família dos outros, passou a trabalhar também como diarista. Tinha o rosto marcado de manchas, porque o marido a espancava quando ela se recusava a lhe dar a féria do dia.

— Porra, se não vai me dar a grana! — ele berrava, distribuindo pancada por todo seu corpo.

— Pelo amor de Deus, Jesu! Deixa um trocado pra comprar leite pras criança — suplicava ela em vão.

— Que mané trocado o quê! Me passa toda a grana, sua vaca! — ele crescia sobre ela, os olhos congestionados de bêbado.

O filho da Lurdinha e do Jesualdo, o Josenildo, mais conhecido como Bacana, logo que se tornou adulto, em vez de procurar trabalho, começou a se meter com gente da pesada. Sobretudo com um tal de Geleia, como se sabia na favela do Boqueirão, com passagens pela polícia, por assalto à mão armada e tráfico de drogas. A Marcileide e a Lurdinha não iam com a cara daquele gordo, com as banhas escapando da cintura e caminhando com dificuldade devido aos pés inchados. Aparecia por lá, de vez em quando e perguntava com a voz de malandro:

— O Bacana? Ele tá aí?

— Que tu quer com ele? — perguntava a Lurdinha, desconfiada. — Não pode deixá meu menino em paz?

Que nojo sentia daquele Geleia, com suas banhas e jeitão de vagabundo! O que aquele malandro ia querer com seu filho? Coisa boa que não era. Estava vendo a hora em que a polícia vinha dar uma batida no barraco. Por conta de tranqueiras que o Geleia pedia para o Bacana esconder.

— Um trampo legal, da hora, dona Lourdes.

— Tá bom, tá bom. Passo o recado.

Mal ele virava as costas, ela resmungava:

— Tô pra ver que trampo legal é esse. Vagabundo!

O Bacana, apesar dos conselhos da mãe, mantinha a amizade, pois esta lhe convinha. Tanto que vinha se mostrando com dinheiro, roupas novas, cordão de ouro no pescoço, tênis de marca e iPhone de última geração. Sem contar um velho Golf, mas muito ainda em bom estado. Com aquele carro e sua lábia, vivia cercado de garotas.

Era querido entre os habitantes da Comunidade, pois, além de não encrencar com ninguém, mostrava-se sempre generoso. Quando tinha dinheiro, ajudava a mãe com as despesas da casa. E também o pai, dando-lhe às vezes uns trocados para a cachaça. Tinha uma predileção especial pela irmã, a Maria das Dores, a Dasdô. Comprava-lhe sapatos, roupas, pulseiras e colares. No aniversário de quinze anos da garota, tinha lhe dado um iPhone, a sua alegria.

A Lurdinha morreu, vítima do coronavírus, depois de uma pneumonia. Nem bem a cunhada foi enterrada como indigente, a Marcileide expulsou a Maria das Dores do barraco, desde que, voltando mais cedo do trabalho para casa, surpreendeu a sobrinha num colchonete com o Copertino.

— Daqui a pouco, tá buchuda! E vou criar filho de vagabunda? — saía, gritando feito louca.

Depois que a Idalina e a Lurdinha faleceram, devido a complicações com a Covid-19, e o segundo filho da Janice morreu, vítima de meningite, o barraco agora era mais espaçoso. Como o Bacana, apesar de não trabalhar, contribuísse com um dinheirinho, permitiram que ficasse por ali. Mas ele não incomodava e pouco permanecia no barraco. Vivia metido com os amigos ou indo para as baladas. E sempre acompanhado do vagabundo do Geleia.

— Uma hora — comentava a Marcileide, despeitada, porque o Bacana não tinha dia que não se exibisse com roupas novas e cordões de ouro —, esse menino vai acabar mal. Não tô nem aí, mais não quero rolo com polícia pro meu lado.

Ficava com raiva porque quase ninguém se cuidava na Comunidade. Sabia que a pandemia tinha vindo para ficar. A mãe e a Lurdinha, sem mais nem essa, haviam morrido com o vírus. A Marcileide, obrigada pela patroa da casa onde trabalhava, era uma das únicas pessoas a usar máscara na favela.

— Besteira você pôr esse negócio de máscara na cara — vinha uma vizinha dar palpite: — O Pastor falou que a doença é artimanha de Satanás. Só com oração e benzimento que dá pra não pegar.

— Não foi o que o doutor do Pronto-Socorro disse. O homem que falou que tem que usar a máscara.

— Ó Marcileide! Você então querdita mais num doutor que no pastor Julião? — perguntava a Francineide, escandalizada. — Por isso que nunca mais lhe vi na igreja. Toma tento, criatura!

E ela tinha tempo para pensar em igreja? No fim do dia, chegava cansada e tinha que fazer comida para todo mundo. A não ser ela, ninguém se preocupava com isso. Preparando um angu com pedacinhos de linguiça, ou, quando sobrava um dinheiro, umas asas de frango, ela se persignava, resmungando:

— Graças a Deus que os estorvo foi embora. Menas boca pra comer.

Mal ela sabendo que a população do barraco ia diminuir ainda mais. O próximo da fila, para seu espanto, foi o Bacana. Uma noite, ele começou a tossir sem parar e a sentir dores no peito. Alegou que era um resfriado, mas a coisa piorou, porque, logo depois, ele teve febre. Também foi levado para o Pronto-Socorro numa ambulância e de lá não voltou.

Quando comunicaram que havia morrido, deixou todo mundo da Comunidade intrigado.

— Onde se viu, tão moço, tão novo e a doença pegando ele? — lamentava-se, choroso, o pai.

Tinha apenas vinte e dois anos. Aquela doença não era só de gente velha como a Idalina? Mas o que deixou o Jesualdo para lá de chateado era que não tinha mais o filho para lhe dar um dinheirinho de vez em quando.

— Boa gente o meu menino. Tava assim de mina em cima dele. E vem essa doença mardita. Não dá nem pra querditá.

OS INVESTIGADORES 2

O Medeiros e o Bellochio estacionaram diante da garagem do templo, passaram pelo portão de ferro, caminharam até uma entrada lateral e apertaram a campainha. Foram atendidos por um rapaz albino, com o cabelo à escovinha, pintado de rosa. Espreitando-os com desconfiança da porta entreaberta, perguntou:

— O que vocês quer?

— Polícia — o Medeiros respondeu de pronto.

Como o rapaz hesitasse, o Bellochio empurrou-o e disse:

— Abre aí logo, cara, viemos pra falar com o pastor Malaquias.

O rapaz estremeceu, mas acabou cedendo a passagem. Os investigadores entraram num salão. Sobre a mesa, havia sacolas e sacos de plástico e, ao lado dela, um armário, cadeiras e um cofre.

Um mulato alto, a cara cheia de bexigas, de terno e gravata, usando máscara, levantou-se e veio ao encontro deles.

— Pois não?

— Somos da polícia — o Bellochio, a contragosto, mostrou a carteirinha funcional.

— Senhores — disse o pastor, num tom de subserviência e estendendo a mão —, é um prazer recebê-los nesta humilde casa.

Mais seboso impossível, pensou o Medeiros, negando-se a cumprimentá--lo, no que foi imitado pelo colega.

— Oh, desculpe, tinha esquecido — o pastor abriu um sorriso. — Nada de aperto de mão. A pandemia, né...

Mesmo que não houvesse pandemia — pensou o Medeiros —, não gostaria de apertar a mão da criatura.

— Os senhores estão lotados...?

— No 113º Distrito do Campo Grande — resmungou o Bellochio.

— Aqui não é fora da área de atuação dos senhores? Acredito que...

O bexiguento era bem-informado. Como não estava muito a fim de papo e queria liquidar logo a investigação, o Medeiros cortou a fala do homem:

— Não cabe ao senhor entrar no mérito desta questão.

— Por outro lado, não podemos perder tempo. Queremos logo dar início à investigação — o Bellochio completou, irritado com tanta conversa mole.

O pastor fez um gesto de paz e disse com cerimônia:

— Está bem, senhores. De minha parte, prometo colaborar ao máximo. Por favor, sentem-se.

Puxaram as cadeiras.

— Então conte como tudo aconteceu.

Olhou para um investigador, depois para o outro, ficou em silêncio por uns segundos, deu um suspiro, como se lhe fosse penoso recordar o incidente. Voltando a falar, fez um resumo de como o assalto havia acontecido. O que estavam fazendo no momento do assalto, como os bandidos o haviam surpreendido, ao entrar pela porta lateral do templo, como eles o renderam e a seus auxiliares com armas de fogo, como atiraram no Ranulfo e como haviam fugido, levando toda a contribuição dos fiéis em sua kombi.

— Pelo que podemos deduzir, o senhor estava conferindo a féria do dia? É verdade, pastor?

— Isso, doutor. É meu costume aqui no templo. O dinheiro doado para os fiéis é depois enviado a um banco para depósito.

— Junto com seus auxiliares... — tornou o Medeiros, virando um pouco o tronco em direção do Branquinho parado à porta da saleta.

— Sim.

— E os outros?

— Outros?

— No momento do assalto — o Medeiros procurou se munir de muita paciência —, só estava esse daí...?

— O Valter. Não só ele. Também estava o Francisco.

— Esses os nomes deles — foi a vez de o Bellochio perguntar —, mas eram também conhecidos como?

— Ah, o Branquinho e o Quico.

— Branquinho e Quico — o Bellochio anotou os apelidos em sua caderneta.

— E quanto ao Ranulfo? — perguntou o Medeiros.

O pastor demorou a responder, mas acabou informando:

— Sim, o investigador Ranulfo.

— O investigador Ranulfo... — o Medeiros, mesmo sabendo a resposta, foi adiante: — E podemos saber o que um investigador de polícia, lotado no 113º DP do Campo Grande, estaria fazendo aqui no seu templo e bem na hora do assalto?

O pastor começou a tremer e gaguejou:

— Senhores, esta é uma questão delicada, pois envolve um acordo...

O Medeiros olhou para o Bellochio que balançou a cabeça.

— Acordo? Que espécie de acordo?

Acordo de um escroque com outro escroque — pensou o Bellochio, cheio de raiva. Sentia uma vontade de juntar o pastor pelo colarinho e dar-lhe uns sopapos. Mas vontade era uma coisa, e fazer o que o dever lhe impunha era outra. E o dever, para mal dos seus pecados, impunha-lhe respeitar os interrogados. Ainda que fossem pilantras como aquele pastor.

— É melhor o senhor ir abrindo logo o bico — o Medeiros mostrava que sua paciência chegava ao fim.

— Ele me prestava serviço de segurança... — murmurou o pastor, os olhos parecidos a dois bulbos de lâmpada. — Os senhores sabem, né? Infelizmente, somos muito visados, apesar de meu templo ser um centro de ajuda dos necessitados, um centro de caridade...

Uma arapuca para pegar dinheiro dos incautos... — o Medeiros teve vontade de dizer, mas não disse.

— Serviço de segurança, é! — o Bellochio cortou a fala do pastor e acrescentou uma coisa que era inútil, na circunstância: — O senhor deve saber muito bem que serviço de segurança é absolutamente proibido pela corporação. Pode açabar num processo interno.

— Não foi o que o investigador Ranulfo me informou. Ele disse que, dependendo da situação...

E começou a contar uma história que o Medeiros interrompeu:

— Está bem, está bem! Deixe de lado as histórias da Carochinha — fez uma pausa para respirar, porque a máscara incomodava e continuou: — Quanto de dinheiro havia aqui no dia?

As pestanas dos olhos do pastor começaram a se mover como se fossem as asas de uma mariposa queimando-se na luz.

— Uns quarenta... — respondeu ele, olhando em direção do Branquinho e falando, como se temesse ser ouvido.

— Quarenta? — disse o Medeiros. — Seja mais explícito.

— Quarenta mil, mais ou menos...

— Mais ou menos? — perguntou o Bellochio.

— Uns quarenta mil contos e uns trocados — respondeu, mostrando incômodo. — Foram boas as dádivas dos fiéis...

O safado estava mentindo — refletiu o Medeiros. Devia estar chutando mais alto do que de fato havia sido surrupiado, talvez porque tivesse algum tipo de seguro. Mas isso seria esclarecido depois, caso localizassem os pivetes que o haviam assaltado. Aí, iriam confrontar as versões. Queria ver o homem tentando explicar a diferença. Era a palavra de vagabundos contra a palavra de um vagabundo. E pensando bem, era o caso de se fiarem mais nas palavras dos vagabundos. Não tinham nada a perder e, com certeza, se apanhados, diriam a verdade.

— Pelo visto, de acordo com o BO, foram três os assaltantes — o Bellochio conferiu os dados em sua caderneta.

— Sim, eram três.

— Todos armados?

— Não, acho que só dois.

— "Acho"?

— Não deu pra ver direito. Eu estava de cara no chão.

— Que tipo de arma eles tinham?

— Como assim?

— Revólver? Pistola?

— Não entendo muito dessas coisas de armas. Sou um pobre homem de Deus. Sei que estavam turbinados. Os dois.

Você é um safado, um bosta — pensou o Medeiros. E ainda vinha botar Deus no meio do rolo.

— Eles entraram pela porta lateral — tornou o Bellochio — e deram voz de assalto logo de cara?

— Sim.

— E o Ranulfo?

— Que que tem o investigador Ranulfo?

— Não era o seu segurança?

— Ah, sim, mas nem deu tempo dele ajudar. Um dos vagabundos foi logo atirando.

— O que o Ranulfo estava fazendo? Não devia estar junto à porta de entrada? — perguntou o Bellochio.

— Devia, né... — e o pastor deu uma risadinha —, mas ele vacilou...

— Vacilou como? — insistiu o Bellochio, irritado por ele incriminar o Ranulfo, mesmo que o colega fosse um merda a não merecer consideração, pelo fato de se meter onde não deveria ter se metido.

O pastor demorou a responder:

— Vacilando, ué... Estava me ajudando a conferir a féria do dia. Mas, como o senhor disse, devia é estar na porta vigiando.

Afinal, ele era segurança ou contador? — o Medeiros sentiu vontade de perguntar, mas desistiu porque inútil.

Entendia a evasiva do pastor como um meio de não levar muito adiante a investigação, principalmente no que dizia respeito à atuação do colega em toda aquela encrenca. Ranulfo, filho da puta!

— Descreva os assaltantes — disse, então, o Medeiros, resignando-se a examinar os aspectos menos espinhosos do caso.

— Não sei, não deu pra ver direito, porque, como eu falei pros senhores, fui obrigado a ficar com a cara no chão — apontou para uma câmera no alto: — Acho que aquele troço lá gravou umas imagens.

— Depois damos uma olhada — e o Bellochio acrescentou: — Por enquanto, descreva alguma coisa deles.

O pastor ficou pensativo por uns segundos e começou a explicar:

— Um deles, pelo que me lembro, era alto e gordo, com as banhas escapando da cintura.

— Branco ou negro?

— Branco.

— Os outros...?

— Tinha um magrinho de boné e um outro cheio de cordão de ouro.

— Brancos? Negros? — tornou a perguntar o Bellochio.

— Da minha cor.

Cor de burro quando foge — pensou o Medeiros, mas procurou afastar logo o pensamento preconceituoso e apenas perguntou:

— Quem que atirou?

— O gordo. Estava nervoso. Devia de ter tomado droga.

— E como que eles entraram?

— Como eu disse, passando pela porta.

Munindo-se mais uma vez de paciência, o Medeiros perguntou:

— Pela porta? O senhor deixou aberta?

— Não. Estava trancada. Mas não sei como, eles tinham a chave.

O Medeiros voltou a olhar para o albino.

— Um de seus auxiliares pode ter facilitado a entrada deles.

— Difícil — o pastor negou, balançando a cabeça. — Todos os dias, o colega de vocês, o investigador Ranulfo, na entrada e na saída, dava uma revista geral nos meninos. Por segurança, recolhia tudo o que eles tinham nos bolsos. Eram gente de confiança, ganhavam bem comigo. E...

Os olhos do pastor brilharam, como se recordasse de algo. Parou de falar e comentou, com excitação:

— Ah, ia esquecendo: uns tempos atrás, tinha um outro elemento trabalhando comigo que me causou uns problemas. O investigador Ranulfo chegou até a dar uns cascudos nele...

Mais uma do Ranulfo — pensou o Bellochio: além de servir como segurança de um escroque, saía por aí dando cascudo em moleques.

— Quem era esse elemento? O que andou aprontando?

— O investigador Ranulfo pegou ele me roubando. Como eu dizia, o colega de vocês deu uns cascudos nele, e eu mandei pra rua. Essa gente, sabe...

— Então ele pode ter feito uma cópia da chave...? — o Medeiros interveio. — Coisa mais fácil, o senhor não concorda?

O pastor ficou em silêncio por uns instantes, como se estivesse refletindo sobre o assunto.

— Ah, agora me lembro!

— Lembra do quê? — rosnou o Bellochio, irritado.

As mariposas dos olhos voltaram a tremer, sinal de que o pastor havia feito uma grande descoberta.

— Que, um dia, mandei ele ir num chaveiro aí na Praça da Sé, pra dar um jeito na chave que estava engripando. Foi isso então. O vagabundo tirou uma cópia e deu pros cupinchas dele.

O pastor bateu com a mão na testa e completou:

— Puxa vida! Como eu não pensei nisso antes? Aquele Judas não só falou da grana recolhida, como também deu uma cópia da chave pros meliantes. Mas que sujeito mais safado!

Mais imprevidente impossível — pensou o Bellochio, para perguntar logo em seguida:

— O nome, o endereço dele?

— Era conhecido como Cezinha, talvez o nome fosse César, eu não sei...

— Não sabe? — O Medeiros perguntou com ironia: — Não tinha registro em carteira, pastor?

Mais uma vez o pastor demorou a responder:

— Vocês sabem, né? Esse tipo de serviço é mais um bico. Contratei ele pra ajudar, porque o coitado tinha seus problemas...

— Problemas? Que tipo de problema?

— O elemento é aleijado, corcunda, usa cadeira de rodas. Foi um ato de caridade de minha parte, uma ajudazinha. Antes não tivesse ajudado, se desconfiasse que ia aprontar com a gente, mas, como sou um servidor de Deus, eu...

— De onde é esse Cezinha? — perguntou o Bellochio, cortando a fala edificante do pastor.

— Acho que ele morava pros lados do Grajaú.

O branquelo, quieto até então, meteu-se na conversa:

— No Jardim Nakamura, pastor.

— Que Jardim Nakamura? — o homem irritou-se.

— É onde o Cezinha mora. Perto do Jardim Ângela.

— E você sabe o que ele fazia além de ajudar aqui no templo? — perguntou o Medeiros.

— Como assim?

— Ele tinha outra ocupação?

— Ah, sim. Ele vendia bilhete de loteria...

— Na praça da igreja de Nossa Senhora da Imaculada Conceição. No Grajaú — tornou a falar o branquelo, que parecia muito bem-informado. — Foi o que ele contou pra gente.

O Medeiros notou que o pastor franziu o cenho e lançou um olhar furibundo para o auxiliar.

— E o outro elemento? — perguntou o Bellochio, consultando seus dados.

— Que outro elemento? — o pastor arqueou as sobrancelhas.

— O senhor disse que tinha outro ajudante.

— Ah, o Quico. Ele foi ver um negócio pra mim ali no Largo São Bento. Mas boto a mão no fogo por ele. É primo da minha esposa.

O Medeiros suspirou, sentindo vontade de dizer que deviam estar ali presentes todos os que haviam sido vítimas do assalto, mas desistiu. O tal do Quico podia e não podia estar comprometido também naquela confusão, apesar de parente. Mas não queria mais perder tempo com aquele sujeito e sua conversa mole. Já contavam com o nome e a localização de quem fornecera a chave da porta aos elementos. O tal do Cezinha. E o melhor era procurar o aleijadinho, dar uns apertos nele para que entregasse os comparsas e liquidar de vez com aquele caso. Mas não precisavam ter pressa. Numa cadeira de rodas, seria difícil o tal do Cezinha fugir. Se bem que malandro é sempre malandro — fechou sua reflexão.

Ele olhou para o Bellochio e notou que o parceiro estava impaciente. Talvez por causa da fome. Então levantou-se.

— Está bem, está bem. Agora queremos ver as imagens da câmera.

— Sinto muito, doutor, mas não estão mais aqui. Ficou com os colegas de vocês do 3° DP.

— Puta merda... — resmungou o Bellochio, revirando os olhos. — Toca falar com aqueles malas.

Quando se despediram, o pastor aproximou-se e sussurrou:

— Poderia pedir aos senhores o máximo de discrição?

— Como assim “discrição”? — perguntou o Medeiros.

— Ah, em nosso campo de trabalho, nunca é bom que as pessoas fiquem sabendo de confusões. Ainda mais um assalto.

Ele foi em frente:

— Eu saberia muito bem como agradecer a colaboração dos senhores.

O Bellochio fechou a cara e rebateu:

— O que você está pensando? Olhe, que podemos prendê-lo pela tentativa de suborno.

O homem começou a tremer e gemeu:

— Desculpem. Foi um mal-entendido. Não é o que os senhores estão pensando. Quando disse que sabia como agradecer seria com orações, irmãos. Afinal, todos nós às vezes necessitamos de auxílio espiritual.

Irritados com a desfaçatez, deram-lhe as costas. Sem se despedir, deixaram o templo e foram procurar um lugar para comer. Como sempre, o Bellochio estava morto de fome. Depois de muito procurar, acharam um lugar chamado Espeto Paulista. Pediram rodízio de churrasco, acompanhado de caipirinha e cerveja.

— Ninguém é de ferro — o Bellochio emborcou seu copo de cerveja. — Depois do papo-aranha do pastor...

— Que cara mais roleiro. Viu aquela da ajuda espiritual?

Caíram na gargalhada.

Começaram a vir as carnes. Enquanto comiam, trocavam ideias sobre a conversa com o pastor.

— Parece que não está nada preocupado com a investigação. Talvez até preferisse que a gente não tivesse vindo pra falar com ele — o Medeiros observou. — Fez de tudo pra esconder o ouro. Deu umas informações porcas e só quando apertado. Até o ajudante dele sabia melhor das coisas...

Bebeu um gole da caipirinha e completou:

— E por falar nisso, viu a secada que ele deu no rapaz?

— Se vi...

— Então não quer que nada vaze por aí.

— Com certeza. Sabe que fez cagada. Se isso se espalha, é péssimo para os negócios. Os crentes, na certa, vão procurar outro pastor.

— E que negócio! Quarenta contos de esmolas.

— Duvido que tenha recolhido essa grana toda — comentou o Bellochio, cheio de descrença.

— Também duvido. Chutou mais alto porque deve ter algum seguro.

O Bellochio fez sinal ao garçom para trazer outra cerveja.

— E você viu o filho da puta tentando subornar a gente? — comentou o Medeiros, franzindo a cara.

— E não é? Se a gente fosse crápula como o Ranulfo, era capaz do bosta dar uns trocados pra nós.

Uma hora mais tarde, contando com a boa vontade dos colegas do 3º DP, conseguiram olhar as imagens da fita. Eram de péssima qualidade, pois o pastor devia ter comprado a câmara numa daquelas bibocas de chinês ou coreano do Parque D. Pedro — pensou o Medeiros. Viram-nas umas três, quatro vezes. Os assaltantes usavam máscaras, o que dificultava a identificação.

Mas dava para se distinguir que um era branco, gordo e alto, e os demais, negros, mas bem claros. Dois deles apenas estavam armados. O Medeiros teve a impressão de que levavam um revólver, de modo provável, um .38, e uma pistola. Mas o que ficou mais bem registrado em sua mente foi que o terceiro assaltante usava um boné com a parte da frente feita de cortiça e a inscrição "World Citizen". Anotou aquilo na memória. Talvez fosse uma boa pista para localizar o vagabundo.

DO MAL E DA CURA 1

Na história da humanidade, quando confrontados com uma pandemia ou uma catástrofe similar, os padres e pastores, diziam, em suas prédicas e homilias, que a praga era o resultado do pecado, dos crimes dos homens, ao desprezarem as leis do Senhor. Recomendavam a moderação e, sobretudo, as penitências. Os fiéis, dando ouvidos a tais palavras, enchiam as igrejas e catedrais, perfumadas pelo incenso dos turíbulos, providas de vitrais, estátuas e quadros, por meio dos quais se contavam a vida de santos e a paixão de Cristo, para servir de exemplo, e entoavam rezas e ladainhas, sob o comando de padres com casulas recamadas a ouro, batendo no peito ou confessando os pecados, preparando-se para receber dentro de si o corpo de Jesus, o responsável por expurgar todo o Mal. Outros, adeptos de uma crença menos afeita a uma liturgia cheia de pompas, oravam nos templos desprovidos de imagens, seguindo as prédicas de pastores vestidos de negro, cujas palavras remetiam às verdades do Livro. Outros ainda saíam em procissão, nas quais os pecadores supliciavam-se com cilícios, ou escalavam escadarias, levando cruzes ao ombro ou pedras à cabeça. Gente de todo canto afluía para participar de romarias a lugares santificados, onde remediados e ricos procuravam livrar-se de seus bens, porque, segundo rezavam as prédicas, aos pobres estava reservado o reino do Céu e, aos donos de fortunas e de vida devassa, as chamas do Inferno.

Eram imprecações desse tipo, dirigidas aos fiéis e crentes, os olhos cheios de terror, pois o que havia se assemelhado, num primeiro momento, a um resfriado, a uma gripe, agora se tornava um flagelo, uma pandemia. As prédicas tinham como ponto de partida a tópica da praga, lançada contra a humanidade por Deus, pronto a castigar a impudência dos homens com sua "justa ira", e o que as diferenciava era o tom de que se serviam padres e pastores, uns apenas ciciando os versículos, fazendo com isso que os crentes, com essa retórica, tivessem que afinar os ouvidos para lhes seguir o discurso, e outros, adotando outro tipo de retórica, gritavam, visando assim a melhor convencer os fiéis.

Houve pregadores, em todos os tempos, a interpretar a vinda das pragas, anunciando que nuvens de enxofre e bolas de fogo haviam de se despenhar do céu, como vinha escrito no Livro: "tremenda saraivada, com pedras caindo do céu com o peso aproximado de um talento". Nos casos mais extremos, alguns deles chegavam, numa transmutação do concreto no abstrato, a identificar os vírus da pandemia com os pecados, a serem combatidos, não com mezinhas, mas apenas com a força das orações, penitências e sacrifícios, levando-os a condenar com veemência tudo quanto era medicamento. Mas, não obstante, mesmo esses, em alguns casos, vendiam garrafas com água de fontes santificadas, papeizinhos, contendo um sortilégio, aventais bentos a serem colocados nos peitos dos pacientes ou orações mágicas, recitadas em noites de lua cheia, capazes de cortar o efeito das febres e mesmo de pneumonias. E entravam nesse descarte de remédios também as máscaras que, apregoadas pelos falsos profetas como profiláticas, tinham similitude com as entidades anunciadas por João: "Vi então três espíritos imundos, em forma de rãs, saltarem da boca do dragão, do monstro e do seu falso profeta. São na verdade espíritos de demônios capazes de fazerem sinais". Tudo falsidade, mentira para levar as criaturas do Senhor a esconder a face e que, sem vergonha ou escrúpulos, ostentavam, "o sinal do monstro e adoravam a sua estátua". Em sendo assim, era para lá de condenável que alguém tivesse a audácia de tentar mascarar os crentes, pois, segundo as prédicas, estes deveriam exibir apenas a face com que o Senhor os aquinhoara ao nascer. Em alguns templos, havia pastores que, se utilizando de toda sua persuasão, obrigavam os seguidores a queimarem as máscaras, num ritual em que fogo assumia a sua feição expurgatória, pronta a afastar de nossa proximidade o invisível, mas sempre devastador, Mal, o da pandemia da Covid-19.

Mas cabe também aqui dedicar um espaço aos que, indiferentes ao Mal e às prédicas, continuam com a vida cotidiana ou com a vida de excesso, sem pensar na morte ou nos meios de se afastarem dela. Já no século XIV, verificam-se, em muitas partes da Europa, atitudes desse tipo. O historiador Matteo Villani, em 1348, uns anos antes de se tornar uma das vítimas da pandemia, no país natal, a Itália, escreveu seu livro *Cronica*. Às páginas tantas, trata da vida vergonhosa das pessoas, numa pausa da Peste Negra, na Europa dos meados do século XIV:

> Acreditava-se que os homens, os quais por Sua graça Deus havia preservado a vida, tendo visto o extermínio de seus próximos, e de todas as nações do mundo, ouvindo coisa semelhante, se tornariam melhores, humildes, virtuosos e católicos, evitando iniquidades e pecados, e estivessem cheios de amor e caridade um pelo outro. Mas no presente, cessada a mortalidade, aconteceu o contrário: que os homens se encontrando menos numerosos, e mais ricos por heranças e sucessões de bens terrenos, esquecendo as coisas passadas como se nunca tivessem existido, deram-se a uma vida mais vergonhosa e desonesta do que antes.[2]

Por outro lado, os homens conhecidos como libertinos procuravam fugir dessas hecatombes, cultuando os prazeres que a condição privilegiada podia lhes ofertar, com o argumento de que a vida é por demais breve e, por isso mesmo, merece ser gozada em plenitude, antes que a morte, devido a uma praga, os surpreendesse. Ao se entregarem de corpo e alma à prática dos vícios, entre eles, beber e comer até se fartar, experimentar drogas e participar de orgias ou de rituais satânicos, acreditavam que esses eram o meio mais adequado de não só encontrarem a cura para o Mal, como também de se evitarem os horrores da morte, após sofrimentos de toda ordem.

Num esforço maior, cabe, pois, a um Observador Anônimo devassar mundos, onde alguns seres, confinados e, na aparência, imunes à pandemia, praticavam celebrações ou rituais, procurando afirmar a exuberância da vida contra a morte, o prazer pelo prazer, mas, servindo-se das armadilhas da morte para cantar o êxtase, o gozo, só atingidos quando muitas vezes o parceiro da aventura era sacrificado como um cervo, pronto a expiar, no sacrifício, a culpa dos inocentes.

Em busca desse mundos, ao sobrevoar a Babilônia, o Observador Anônimo seleciona, a seu bel-prazer, nos bairros periféricos da Megalópoles, um núcleo,

---

[2] Matteo Villani. *Cronica*. Con la continuazione di Filippo Villani, 2 volumes (org. Giuseppe Porta), Parma: Fondazione Pietro Bembo/Ugo Guanda, 1995, p. 15 e 16.

dentre muitos outros, com as avenidas entupidas de trânsito, as filas de ônibus e lotações expelindo rolos e rolos de fumaça, multidões nas calçadas, nos templos, onde cada um cultua um Evangelho ou profetiza um fim do mundo diferente do outro, os ferros-velhos, cheios de sucata, pedaços de ferro, alumínio, plástico e papelão, atraindo ratos e baratas, e, de vez em quando, no meio de tal balbúrdia, praças, quase sem vegetação, cheias de haitianos, bolivianos, peruanos, nigerianos vendendo tudo quanto é produto — alimentos, vestimentas, calçados, panelas, aparelhos eletrônicos, contrabandeados do Oriente —, nesses que poderiam ser considerados shoppings a céu aberto.

Circundando esse núcleo, veem-se os becos, os córregos carregados de imundície, à margem dos quais se erguem barracos, feitos de pedaços de madeira e plástico, onde se refugiavam os desgraçados da sorte, que, ignorando a praga, despenhada do céu, como pedras do tamanho de um talento, vivem na miserável luxúria, no gozo dos prazeres, no desvairo das festividades, regadas a bebida ordinária e pedras de crack. Mal raia a noite, nos barracões, cobertos por teto de zinco, bandas, em fúria, começavam a tocar, e os cantores esgoelavam-se, lançando aos ares letras de mal dissimulada pornografia e, abaixo deles, uma multidão comprimia-se, homens de jeans e peito desnudo, bebiam cachaça e goles de corote, fumavam baseados ou cachimbos de crack, adolescentes de microssaia, muitas delas sem roupas de baixo, rebolavam, os pares agarravam-se ou mesmo copulavam em público, enquanto fora se ouviam, abafados pelo som das músicas, o uivo das ambulâncias, como se fosse um coro de anjos anunciando o Apocalipse e o sibilar do vírus à espreita, pronto a interferir com a espada da dor naquela dinâmica do gozo e do prazer.

Saindo desse mundo de seres da periferia, o Observador Anônimo logo seleciona um outro, o dos privilegiados, provido de avenidas, praças de concreto, dominadas pela presença de mármores mortos, os templos do Mal, os shoppings, os outlets, onde se acotovelam os adoradores de Satã, ávidos por se tornarem donos de coisas e mais coisas, alamedas floridas, mansões, edifícios com varandas e vidro fumê, protegidos por cercas eletrificadas, alarmes e seguranças, onde, em vastas salas, decoradas com a exuberância dos móveis de grife, com telas de pintores conhecidos ou apenas as pinturas propagandeadas pelas revistas de moda, homens e mulheres, vestidos com elegância, deliciavam-se, mostrando um excesso de alegria e destemor, com as borbulhas de um champanha, o vermelho dos vinhos envelhecidos nas adegas, com canapés e pratos sofisticados servidos por garçons, com as carreiras de cocaína ofertadas, às escondidas, nos banheiros, com a troca de casais.

Por meio de suas conversações, um muro de desprezo contra a grosseria do mundo da modernidade e do mundo dos miseráveis, mas que eles, de modo paradoxal, abraçavam ou se serviam, os seres de exceção tratavam de política, economia, psicologia, sociologia, filosofia, literatura e artes plásticas, dirigindo-se tão só aos de fino entendimento como eles próprios, acompanhadas de música, tocada por instrumentistas da moda e procuravam, com o gozo de prazeres, esquecer-se, afetando indiferença, daquele mundo de pandemia, da Morte mascarada, a espreitar os vivos, e do vírus, pronto a atacar, nas sombras, tanto os senhores protegidos pelas cercas eletrificadas, tanto os amantes que se amavam ou se odiavam em surdina, quanto os criados que, depois da servidão a seus senhores de ocasião, regressavam a seus barracos, construídos metros abaixo do Olimpo.

É nesses seres do mundo alto e os do mundo baixo, que, talvez, valeria a pena o Observador Anônimo se deter mais adiante, para, sem juízos de profetas ou de anjos vingadores, tratar de confrarias dos que estão abaixo e acima do Bem e do Mal.

OS INFECTADOS 3

Está cansado, cansado além da conta, o **Localizador**, dia e noite, penetrando em antros, covas sob viadutos, em pocilgas, buracos, cloacas e manilhas de esgoto, tambores de óleo, simulacros de casebres, construídos com tábuas, pedaços de papelão e plástico onde o bafio dos moradores, você sabe, se já teve a oportunidade de experimentar, coisa que duvido, entrar num lugar desses, fedendo a merda, a urina, a vômito, a alimento podre, em que o ar se torna espesso, quase passível de ser cortado por uma faca. Quando chega a seu local de trabalho, de longe, muito longe, como se ele fosse apenas um observador, podia perceber a nuvem de miasmas escapando de algum antro desses, subindo, subindo e empestando o ar. Com esses sinais e mais a cantilena de uma catinga é que determino meu local de atuação, pelo menos foi o que aprendi em anos deste ofício — continua ele a refletir. Mas o sol vai se fazendo alto e, com isso, percebo que não devo mais perder meu tempo — como um **Localizador** de larga experiência, tenho que deixar de lado essa passividade de um observador, propiciada pelos estertores do sono. Estimulado pela luz da manhã, explodindo na realidade e afastando os humores líquidos de qualquer letargia, impingida pela noite, apresso o passo, pois sei que tenho que partir, com todo ímpeto e resolução, em busca dessa turba das sombras.

Na escuridão palpável do antro, da cova, da cloaca, nos monturos, comidos pelos vermes, baratas e ratos, as feridas que nunca cicatrizam, placas de sangue e o pus com que as moscas vêm se banquetear, cabia-lhe localizá-los, tanto os cadáveres como também os agonizantes, desde, é claro, que fossem apenas os que tivessem sido infectados pela Covid-80, visto que os infectados por moléstias como o câncer, a tuberculose, a hanseníase, a malária, a dengue estariam fora de sua área de atuação. E, se você for capaz de vê-los na penumbra, é preciso arrastá-los para fora, pelo braço, usando do máximo de cautela. Agora, aprendeu que deve, de preferência, puxá-los com um bastão, terminado por um gancho de ferro, com que pode aguilhoá-los de longe, ferindo até o sangue brotar, não fosse uma mão emergir antes da sombra, munida de uma faca, de um caco de vidro ou de uma seringa com sangue infectado e, em defesa, tratar de lhe rasgar a cara ou de picá-lo com a agulha, para também lhe inocular o vírus da Covid-80. Quantos e quantos colegas não tinham sido colocados fora de circulação, com licenças, para tratar de infecções, provocadas pela ferocidade dos pacientes lançados à rua! E o pior era quando **Localizadores** e **Recolhedores**, por conta de picadas com estiletes e, à socapa, de seringas contendo sangue infectado, contaminavam-se de fato com o vírus e, nessa condição de **ex-Localizadores** e **ex-Recolhedores**, perdiam as regalias, os salários, as gratificações, a aposentadoria e transformavam-se, desse modo, da noite para o dia, pobres deles!, em párias, em pacientes infectados pela Covid-80 e, portanto, condenados a se submeter às leis do **Manual** relativas às vítimas da pandemia.

O preferível, pensava o **Localizador**, baseado num saber só de experiência feito, era tratar com pacientes, conformados com seu destino, pois eles nada mais sentem, embotados pelo álcool e por doses maciças de corticoides e morfina. Acordavam estrebuchando e apenas murmuravam com a voz carregada de catarro, quando os cutucava com o bastão, usando de toda delicadeza possível, Ahn?, Ahn? Assim, tirava deles, com paciência e sem dificuldade, informações com que ia preenchendo as fichas Por favor, Senhor, o nome? A profissão? Estado civil? Informações inúteis, poderia dizer alguém que jamais trabalhou como **Localizador**. Puxa vida, nunca se viu tanta ignorância, pois informações desse tipo não se encontram por aí, sem mais nem essa, é preciso um trabalho de formiguinha, descobrir onde estão os infectados e os cadáveres e tentar obtê-las, dos vivos, pelas entrevistas, dos mortos, pela consulta de documentos, porventura, presentes entre os pertences dos defuntos, não destruídos pelos insetos e pela umidade. Mas lembrem-se, somente dos cadáveres que morreram da Covid-80 — sublinha o **Superintendente**, e, com o tempo, ele acabará como descobrir isso, pois os mortos pela pandemia trazem manchas no sovaco, mesmo quando a carne foi quase de toda comida pelos vermes, ratos e baratas, o que não acontece no caso dos mortos por outro tipo de doença. Portanto — conclui o **Superintendente** —, todo cuidado é pouco, não vá contabilizar um morto e um doente por tuberculose, câncer, hanseníase ou qualquer doença que não a da Covid-80, e ele ia fazer uma estupidez dessa e passar depois a vergonha de receber uma repreensão, perdendo seus direitos e tendo mesmo que pagar multas?

Poderia se poupar a tanto trabalho — imagina, num determinado momento — e, sentado num banco de uma praça, longe dos olhos de seus superiores, ir preenchendo fichas ao acaso, inventando dados. Mas não ousaria fazer esse tipo de coisa — afasta de si essa reflexão, com um gesto de mão como se ela fosse um moscardo! — eles, do **CMRVP, Centro Municipal de Recolha das Vítimas de Pandemia**, têm olhos e ouvidos atentos, o **Superintendente**, como é de praxe, no fim do dia, convoca todos os **Localizadores** a compareceram ao Departamento de Checagem, para uma reunião, na qual, auxiliado por um Secretário e um Contador, costuma examinar ficha por ficha, e bastava uma duvidazinha para lançar um olhar de desconfiança a seu Subalterno, perguntando O Senhor, será que o Senhor entrevistou de fato essa vítima? Ou, levado por escrúpulos, fazendo outros tipos de perguntas Será que é na verdade um cadáver infectado pela Covid-80? Não foi morto por bandidos? Não morreu de ataque do coração? De cancro? De hanseníase? De tuberculose? E não seria nada difícil de o **Superintendente**, com a arrogância de quem se sabe acima dos mortais, perguntar tudo isso de supetão, na maior parte das vezes nem dando tempo de o Subalterno refletir para responder, o que poderia induzi-lo fácil, fácil ao erro, mesmo que não tivesse de fato cometido falta alguma.

Coisa de que muito se orgulhava: o **Superintendente** nunca o apanhara cometendo essa espécie tola de infração, ou seja, falsificando dados para engordar os números, como alguns de seus colegas, embora nunca se mostrasse satisfeito, a testa sempre franzida, conferia ficha por ficha, intrigado com os números e anotações minhas, Estranho, muito estranho, não explicava o que achava estranho, pois só balançava a cabeça, erguia os óculos de hipermetrope e punha-os sobre as rugas da testa, repetindo aquelas palavras Estranho, muito estranho. O **Localizador** respeita-o, é ofício, pois sabe que este procedimento não é mania de **Superintendente**, muito pelo contrário. A verdade é que todo **Superintendente**, depois de ter passado por um concurso e feito cursos e assistido a seminários até no exterior, sabe o que faz, ou, pelo menos, deveria sabê-lo, e, assim, baseado nos regulamentos do **Manual**, que conhece de cor, parágrafo por parágrafo, alínea por alínea, não se deixará fazer de tolo por um **Localizador** ou um **Recolhedor**.

Lembrava-se de alguns casos vexaminosos de **Localizadores** e **Recolhedores**, tentando ludibriar o seu **Superintendente**, o que teve como resultado, quando surpreendidos em delito, o fato de não serem apenas repreendidos, mas dispensados do **CMRVP, Centro Municipal de Recolha das Vítimas de Pandemia**, a bem do serviço público, sem direito a apelações, à indenização ou pensão de espécie alguma. Ele sabe muito bem que esse tipo de desonra, caso entrasse no rol dos relapsos, marcá-lo-ia para sempre, a ponto de ele nunca mais poder ser admitido para nenhum cargo no **CMRVP**. Acontecia que **Superintendentes**, **Localizadores** e **Recolhedores** não cumpridores de seus deveres e acusados de venais costumavam ter o nome inscrito no **RSLRR**, ou **Registro dos Superintendentes, Localizadores e Recolhedores Relapsos** e, nessa condição, acabavam proibidos de qualquer pretensão a cargos públicos e submetidos a processos. Tudo, na verdade, baseava-se numa questão moral, numa questão de princípios. Já se imaginou se os **Superintendentes**, **Localizadores** e **Recolhedores**, contratados, de modo exclusivo, pelo **CMRVP**, para enfrentar a pandemia que vinha se alastrando, fazendo que as cidades, as Metrópoles se transformassem em espaços de condenados, onde se ajuntavam os infectados pela Covid-80, os doentes abandonados pelas famílias e cadáveres vitimados pelo vírus, lançados à rua, de forma criminosa, pelas gangues e máfias, se deixassem levar pela relapsia ou por ganância e, em vez de cumprirem o que determinava a legislação, se pusessem a prevaricar e, o pior de tudo, tentassem ocultar os malfeitos com manobras contábeis espúrias?

Ainda que não se veja diante do **Superintendente**, sente sua presença em toda parte, sabe que ele, com seu Olho de Grande Irmão, o vê de algum lugar, os óculos de hipermetrope postos sobre as rugas da testa, controlando o que está fazendo, não pode, pois, não só parar de fazer o que faz, como também relaxar no seu ofício O Senhor, diz-lhe, sentado à mesa, carregada de fichas, no seu escritório envidraçado, tem certeza de que investigou tudo a fundo em sua zona de trabalho? Não deixou passar nenhum antro? Escapar um agonizante, um cadáver? Tem certeza? Como se lhe cobrando mais e mais, a vida, uma busca sem fim, sem fim, e diz para si próprio Não quero ser dominado por essa angústia, tenho um dever a cumprir, mesmo que meu pagamento, não sei por qual motivo, esteja atrasado há vários meses, o que teve como consequência não poder mais pagar um hotel e comer só restos, disputados com mendigos e sem-teto. Por deveres de ofício, toca-lhe, com paga ou sem paga, descobrir outros antros, covas sob viadutos, nas bocas de lobo, nas cloacas e nos canos de esgoto, junto aos ribeirões, inspecionando a sombra, a escuridão palpável ao tato, com o bastão terminado num gancho, buscando localizar os pacientes ou os cadáveres infectados pela Covid-80 e provar, assim, que não é um relapso, mas que, pelo contrário, é funcionário exemplar, honrando com escrúpulo os compromissos adrede assumidos.

Anos e anos de experiência ensinaram-lhe onde localizar os antros, atrás de moitas, sob bocas de lobo ou nas reentrâncias dos viadutos, às vezes, disfarçados com pedaços de lona ou plástico, investiga todo buraco, cheiros nauseabundos sobem à superfície, enquanto anda pelas ruas, sabe então que lá dentro uns olhos brilham na escuridão ou, quem sabe, um cadáver apodreça, devorado por ratos, vermes e baratas, e o que os distingue, é óbvio, é o odor. Tanta facilidade em encontrá-los, porque se vê como um deles, também há algum tempo, habita um antro, desde que deixou o hotel por falta de pagamento, pois o **CMRVP**, **Centro Municipal de Recolha das Vítimas de Pandemia**, começou a atrasar os salários. Coisa que não consegue compreender é como, no **Recursos Humanos**, sua ficha desapareceu, e seu processo vem sendo revisado de modo moroso. Ele, subserviente, esboça uma pequena, mas, de seu ponto de vista, justa, reclamação e obtém como resposta do responsável pelo Departamento Não há só o seu caso, meu caro Senhor, há muitos outros, de longa data, na sua frente, esperando pela revisão do processo. Paciência, portanto, e estou para deixar a repartição, dando-lhe as costas, quando ele me chama com um Psiu!, eu me volto, com esperança, e o funcionário acrescenta Mas, Senhor — diz com serenidade e mostrando toda a sua competência no trato com os Subalternos —, seria melhor que não parasse de trabalhar, pois correria o risco de merecer a exoneração, mesmo que ganhasse a causa com a localização de sua ficha, e ele continuava a trabalhar, sem saber se um dia irá receber os atrasados, mas, como até agora nada recebeu, acabou sendo expulso do hotelzinho, o gerente jogou-o escada abaixo por falta de pagamento, ele então achou este buraco para se proteger das intempéries, dos malfeitores e para guardar seus pertences.

Escondido na base de um viaduto, à margem do rio, descobriu-o, graças ao fedor de um corpo em decomposição. Marcou o cadáver com uma bandeirola negra e o depositou num outro buraco, para que seja encontrado pelo **Recolhedor** de sua região, tomou posse da enxerga de trapos, do fogareiro a álcool e arrumou seus pertences no esconderijo, protegido de invasores por uma tábua com um cadeado enferrujado: a bolsa com as fichas e os bastões, munidos de bandeirolas, com que toca e marca as vítimas — negras para os mortos, azuis para os pacientes infectados e amarelas para os agonizantes. O que o distingue dos miseráveis é o uniforme, ainda que todo puído, o boné de pala com a insígnia do **CMRVP, Centro Municipal de Recolha das Vítimas de Pandemia**, a bolsa com as fichas, envoltas por um plástico preso por elásticos para protegê-las da umidade, e a marmita onde acondiciona o almoço, restos de macarrão e almôndegas, achados no lixo. Não viessem os ratos tentar roer as fichas, que então seria a minha ruína, pois se aparecer sem nada diante do **Superintendente**, não receberá o salário devido, embora de salário não tenha, por enquanto, condições de falar, em vista do fato de que o funcionário do **RH** faz tempo que não atende a seus apelos e nem ao menos dá um parecer sobre sua petição, observando apenas Paciência, homem, já disse que seu caso está sendo examinado na **Seção de Contratos**, e isso costuma demorar, continue, pois, com seu trabalho, que uma hora terá uma resposta, e lembre-se do que lhe disse em outra ocasião: não deixe, de forma alguma, de trabalhar! Nesse caso, seria despedido por justa causa e sem direito a nenhuma indenização, além do que, devido à relapsia, poderia até sofrer um processo por abandono de emprego.

E, os ombros curvados de tanta angústia, passando fome, vivendo de restos encontrados no lixo, as roupas e o solado do sapato rotos, permitindo que a umidade contaminasse os pés, cheios de feridas e frieiras, lá se vai ele cumprir sua sina de **Localizador**.

Ando muito cansado nos últimos tempos — reflete — e, com isso, vem perdendo a capacidade de bem distinguir as coisas, não sabendo se visitou um determinado antro ou se o antro que está por visitar pertence a uma região da cidade, cujo responsável não é ele, mas, sim, um colega seu, outro **Localizador**. Sem contar que, olhando para os lados, não reconhece os edifícios, as avenidas, terá então que consultar o guia de endereços o quanto antes, para recuperar o senso de direção, aliás, o seu forte, a ponto de, um dia, ter recebido um elogio do **Superintendente**, coisa muito rara, pois ele não costuma dizer coisas desse tipo O Senhor me surpreende! Outros perderiam tempo consultando o guia a toda hora. Outros, sempre pedindo novos guias, que os antigos todo rasgados! Mas isto era no passado que, nos últimos tempos, além da vista cansada, estava com o senso de direção afetado. Será que a cidade mudando, os bairros transformando-se? Temo que, levado por uma espécie de aturdimento, cheguei a entrevistar uma mesma vítima — uma ex-dona de casa ou uma mendiga ou uma sem-teto, todas infectadas pela Covid-80 — duas ou três vezes, embora, lá no fundo, para confortá-lo, tenha inventado uma teoria sui generis, a de que se entrevistou uma vítima — uma ex-dona de casa ou uma mendiga ou uma sem-teto, todas infectadas pela Covid-80 —, em horários diferentes, não seria a mesma vítima, mas uma outra, assim como deveria levar em consideração que, de acordo com esse pensamento sui generis, ele também não seria mais a mesma pessoa.

Procura afastar essa reflexão, fugindo a qualquer senso de realidade, sabe que cometeu um equívoco e que deverá pagar por ele, pois, no fim do mês, o **Superintendente** haverá de examinar as fichas e, notando o erro, o repreenderá com severidade Ora, onde se viu, o Senhor! Um disparate desses! Como assim? Se entrevistou os mesmos infectados, em momentos diversos do dia, então seriam pessoas diferentes? E a reprimenda doerá no fundo da alma, uma repreensão nessa altura da vida e na sua idade, onde se viu? Mas, acima de tudo, o que lhe dói também é carregar a pecha de salafrário, de irresponsável. Acontece que, fiado num princípio heraclitiano do tempo, ainda que de maneira inconsciente, visto que nunca recebeu educação formal ou tenha estudado os princípios da filosofia, ousou desafiar toda uma corporação de trabalhadores com tal ideia, de modo que chegou a se tornar motivo de piada entre os seus colegas, os **Localizadores** e **Recolhedores**. Pondo o dedo indicador junto à cabeça e girando-o, os colegas murmuram à socapa O tonto, há-há-há, o tonto, está querendo nos fazer de tolos, ou perdeu o juízo? Onde se viu? Se entrevistou pessoas pela manhã, à tarde seriam elas pessoas diferentes? E, se não chegasse isto, acabou por receber uma reprimenda do **Superintendente**. Ora, o Senhor — diz o Chefe, com a voz carregada de uma ironia nada compassiva —, então, está a negar com esta sua teoria o caráter individual das pessoas? Eu posso, num momento do dia, ser você, e você, em outro momento do dia, ser eu? Não seja tão reducionista!

Está pronto a rebater com argumentos, por exemplo O que sou hoje é diferente do que serei amanhã, como acontece também com as vítimas, pois, se vamos beber água de um rio, em diferentes momentos de um dia, nunca beberemos a água de um mesmo rio, mas se segura, não quer dar uma de presunçoso e, assim, calado, de cabeça baixa, recebe a repreensão que implicará um desconto no salário por receber, Porque, Doutor, faz três meses que não recebo nada, meu contrato extraviou-se, pensa, mas não diz isso, o **Superintendente**, os olhos cravados nele, só está esperando qualquer resposta insolente de sua parte, conquanto eu esteja coberto de razão, para vir com tudo para cima de mim: palavras incendiárias, alimentadas pelo mau humor de quem vê no subordinado sinais de revolta. Afinal, não era ele quem gostava de lembrar que a Ordem, a Disciplina e o Respeito à Hierarquia constituíam a base de toda e qualquer Organização Pública, de qualquer Corporação? Se permitisse a um subordinado a insubordinação, seria o mesmo que defender a abstrusa ideia de que o Sol é que gira em torno da Terra, de que um rio corre da foz em direção à nascente, de que um Pai nasce após um Filho e assim vai, não concorda, pois, o Senhor comigo? E ele, cheio de pejo, as fichas preenchidas com dados, supostamente adulterados, segundo o ponto de vista do **Superintendente**, mas, de seu ponto de vista, preenchidas com dados corretos, na medida em que se fiara nos parâmetros de uma filosofia milenar, intuída por ele, é claro, e não lida em livros. E, sendo desse modo um ingênuo, apesar de anos de trabalho, acreditara poder convencer o Chefe com argumentos, mas o resultado de tudo, para sua ignomínia, foi ver as fichas sobre a mesa do Superior marcadas com um xis vermelho.

Caso não o conhecesse e a seu trabalho anterior, diz o **Superintendente**, enquanto permaneço de cabeça baixa, desejando que um buraco se abrisse no chão e o engolisse, diria que tentou me ludibriar! Ora, onde estamos? Não leu o **Manual** do **CMRVP**, de maneira mais precisa, o Parágrafo 765, inciso 4º, alínea 49? E, fechando os olhos, baseando-se em sua memória prodigiosa, ditava “Ao subordinado que se utilizar de meios inidôneos para, de modo falso, tentar aumentar sua quota, a fim de auferir vantagens pecuniárias ou não, caberá um processo, sem recursos, com a pena de corte parcial do salário e mais as taxas administrativas devidas no competente processo”.

Mas, agora, o **Superintendente** assume o ar de um pai magnânimo Julgo que o Senhor não usou de malícia e, sim, deixou-se levar por uma ideia sem pé nem cabeça, talvez nata, devido ao cansaço ou à má alimentação ou talvez provocada por maus conselheiros. Caso tivesse agido de má-fé, teria criado uma situação insuportável para o **CMRVP**, contudo, como posso perceber, examinando seus antecedentes, má-fé não houve, do contrário não se abriria comigo, revelando uma suposta teoria engenhosa, Sim, se quer saber, concluía o **Superintendente**, desta vez não vou submetê-lo aos rigores da Lei. Portanto, vá em paz e não me cometa mais esse tipo de erro! E eu, corrido de vergonha, como costuma me acontecer nessas situações, raras, aliás, abaixando-me, fazendo vênias e vênias, quase chorando, eu, um homem maduro e perdendo pontos junto a meu Superior, embora ele o tivesse perdoado, como de fato o perdoara, mas o **Localizador** tinha certeza de que, apesar do perdão, naquele mês ou naquele ano, não iria ser inserido no quadro do Funcionário do Mês e nem receberia uma gratificação, junto com um diploma, assinado pelo superior, e uma medalha de latão, com a inscrição: "Honra ao Mérito pelos Serviços Prestados".

Deveria é levantar os braços aos Céus, se não tivesse o prontuário marcado com alguma observação do seu **Superintendente** ou se não fosse obrigado a assinar uma carta de advertência, além de pagar os emolumentos devidos pelo processo!

OS MARGINAIS 3

Voltando para casa, naquele fim de tarde, o Vanderson decidiu de vez que ia participar do assalto. Apesar do desprezo que tinha pelo Geleia, um vagabundo, sempre metido com malfeitos e fichado na polícia. Os santos deles não batiam de jeito nenhum, o que o levava, em alguns momentos, até a odiar o gordo. Mas não tinha mais como recuar, pois dera a palavra a ele e ao Bacana. E ele não era homem de furar compromisso e fugir da raia. Mas procurava afastar esses pensamento, imaginando as coisas que aquele dinheiro poderia lhe propiciar. Então começava a sonhar. Via-se entrando na InterMed e reservando um leito no melhor quarto da clínica para a Dindinha. E pagando os remédios, as máscaras, os cilindros de oxigênio e, quem sabe até, contratando uma enfermeira para cuidar só dela e de mais ninguém.

Não podia é deixá-la numa maca enferrujada e sem lençóis, num corredor apinhado de gente, do Hospital Municipal do Campo Limpo. Sem conforto, sem cuidados, sem remédios. Quando ia visitá-la, era de partir o coração. Dava com ela, os olhos aguados, respirando com dificuldade, o catarro escorrendo do nariz. Parecia estar sofrendo muito e não dava mostras de reconhecê-lo. E nem podia ficar perto dela para ajudá-la no que fosse preciso! Vinham os enfermeiros e mandavam-no sair. Era acompanhar de longe a agonia da Dindinha.

Numa das vezes que foi ao Hospital Municipal, acabou encontrando com o Tico, um ex-colega de escola. Ele acabava de ser contratado como auxiliar de enfermagem no Pronto-Socorro. Quando lhe perguntou se havia alguma chance de arrumar uma cama para a avó, o amigo sorriu sem jeito.

— Sabe quando vão levar a tua vó pra um quarto? Nunca, meu. Tá tudo lotado. Tem gente saindo pelo ladrão.

Chegou num ponto em que nem visitar a Dindinha mais podia. Perigo de contágio — diziam na entrada.

— Agora não tem jeito. Eles tão proibindo visita, mano — informava o Tico com autoridade. — É que tua vó tá no grupo de risco.

Segurava as lágrimas. O que lhe doía era ver a avó jogada num corredor e sem cuidados, as enfermeiras nem aí com ela.

— Mas não tem jeito dela ficar na enfermaria? Num cantinho?

— Como te disse, tá tudo lotado.

— Não tem outro lugar? Outro hospital?

— Ter tem, mas duvido que tem lugar. E nem ambulância pra levar a velha. Melhor ficar aqui.

Dando-se conta do desespero do Vanderson, o Tico refletiu um pouco e informou:

— Faço plantão também na InterMed, uma clínica particular na M'Boi Mirim. Se tu tivesse grana, podia levar tua avó pra lá. Pagando, eles arrumavam uma cama na enfermaria. E ia ser mais bem cuidada.

— E quanto sai botar nessa clínica?

— Se tiver uns quinhentos conto, a gente dá um jeito de arranjar uma cama pra velha. Te garanto.

— Quinhentos conto... — murmurou.

Nunca que ia conseguir juntar tanto dinheiro assim. Mas tinha de arrumar um jeito. A avó bem que merecia. Lembrou-se de que foi ela quem passou a cuidar da família, depois que o pai os abandonou. Apesar da idade e da saúde frágil, lavava roupa para fora e fazia faxina nas casas. É bem verdade que a mãe dele, a Irineide, dava sua ajuda. Para sua vergonha, começou a perceber que ela costumava sair à noite para fazer programas na avenida M'Boi Mirim. Isto quando tinha idade e condições físicas para isso. E ele, a irmã Dirce, e o irmãozinho, o Sinval, em casa, mal tendo o que comer. Não fossem a Dindinha e o dinheiro dos programas da mãe, com certeza iam morrer de fome.

Era muito ligado à avó. Desde pequeno, ela tinha uma afeição especial por ele. Gostava de pegá-lo no colo para lhe fazer cafuné:

— Vem cá no colo da vó, meu neguinho...

Ria-se das cócegas que lhe fazia e das guloseimas compradas na feira, pé-de-moleque, doce de abóbora cristalizado, geleia. Cresceu, vendo-a batalhar para conseguir o dinheiro de sustento da casa.

Para a velha, não tinha tempo quente. Fazia de tudo o que estivesse a seu alcance, pensando sempre na família. Lançava olhares reprovativos para a filha chegando tarde da noite, de minissaia, a maquiagem se desfazendo, os olhos fundos de cansaço. Mas dava o desconto e por isso dizia, apiedada:

— Você tem que largar dessa vida, minha fia.

A Irineide nem se dignava a responder, jogando longe os sapatos de plataforma e caindo na cama. Largar como? E o aluguel? A luz? O gás? Mas, quando teve um princípio de derrame e ficou paralisada do braço direito, foi obrigada a parar de sair à noite. E a Dindinha teve que se virar ainda mais para pôr comida na mesa.

Mas as coisas melhoram um pouco quando a Irineide se recuperou e foi contratada como diarista numa loja de confecções. Quanto a ele, depois de muito procurar, arranjou emprego na serralheria do seu Nori. Deixava quase todo o salário com a avó para comprar comida. Ela separava uma parte do dinheiro e lhe dava, abrindo um sorriso.

— Procê se divertir um pouco, fio. Precisa arrumar namorada.

E assim foi quando tudo voltou a piorar. A Dindinha, sem mais nem essa, começou a tossir e a sentir falta de ar. Uma noite, às pressas, teve que levá-la para o pronto-socorro do Hospital Municipal. E lá ficou ela vegetando no corredor, com uma máscara, sem conseguir respirar, esperando em vão que vagasse um leito. Não bastasse isso, a mãe perdeu o emprego de diarista, e ele, por sua vez, acabou sendo dispensado na serralheira do seu Nori.

Foi por isso que, vencendo os escrúpulos, teve que aceitar o convite do Bacana e do Geleia para participar do assalto ao pastor. Nunca tinha se metido numa coisa dessas. Considerava-se gente de bem, um trabalhador. Não era como o Bacana e o Geleia, sempre envolvidos com malfeitos. Mas ia fazer isto só daquela vez. Participava do assalto, pegava sua parte, pagava a clínica da Dindinha e usava o que sobrasse para comprar a comida dos irmãos. E jurava ficar longe da companhia de caras como o Geleia. Se Deus quisesse, pensava, persignando-se, nunca mais ia entrar numa fria daquelas.

* * * * *

Como haviam combinado, no dia seguinte da reunião no boteco do Paraíba, esperava os comparsas sentado numa mureta na praça da Sé. Estava nervoso.

E se a coisa desse errada? E se o segurança reagisse? E se a polícia os surpreendesse? Imaginava-se sendo rendido por um policial e levado num camburão até um DP. Afastava esses pensamentos ao se lembrar da avó no corredor do hospital, da mãe doente e dos irmãos passando fome. Como havia perdido o emprego, este era o único jeito de arrumar algum dinheiro. Por isso tinha de ser forte e pôr de lado os escrúpulos. Agora, não podia mais fraquejar.

O primeiro a chegar foi o Bacana. Não parava de tossir e de vez em quando suspendia a máscara para se assoar. Também estava com olheiras.

— O que foi cara? — perguntou o Vanderson. — Tá doente?

— Sei lá. Acho que peguei um resfriado.

Uns minutos mais tarde, chegou o Geleia, arrastando-se naqueles pés de elefante, a barriga saltando do moletom. Mais agitado do que o costume, cumprimentou os comparsas:

— Vamo que vamo, gente.

— Pera aí — o Bacana tossiu e tornou a assoar o nariz —, a gente tem que combinar direito...

— Combinar o quê, cara? É só entrar, render os mala e pegar a grana.

— E se o segurança tá na porta?

O Geleia refletiu um pouco e acabou dizendo:

— Ai, fodeu, né? É a gente ou ele. Pra que que nós tá turbinado? — parou de falar um instante, mas, parecendo readquirir a confiança, completou: — Mas acho que o gambé deve de tá lá dentro. O pastor quer ele pra tomar conta da grana. Foi o que o mala do Cezinha disse.

— Tá bom, tá bom, chega de conversa e vamos lá — o Bacana procurou segurar a tosse e controlar o nervosismo.

O Vanderson estava com as mãos trêmulas. Tentou disfarçar, enfiando-as nos bolsos do moletom. Também sentia o coração bater como um tambor. Ainda bem que tinham que usar máscaras por causa da pandemia — refletiu. Assim, não corriam o risco de ser reconhecidos. Passaram por bloquinhos de gente vendendo droga e outras quinquilharias, documentos, cheques e cartões roubados, por desocupados coçando as berebas, por prostitutas e travestis fazendo ponto, por policiais, indiferentes, parados diante das viaturas. Desceram em direção do Parque D. Pedro, não muito longe dali, até que avistaram o templo. Na escadaria, ambulantes e aleijados vendiam produtos e bilhetes de loteria, e mendigos e sem-teto tomavam sol ou pediam esmolas. Mas, em vez de se dirigirem à entrada principal, seguindo as instruções do Cezinha, foram até a garagem, ao lado da escadaria.

O Geleia olhou para um lado e para o outro, depois, tirou do bolso um chaveiro, escolheu uma das chaves e testou na fechadura. Passaram pelo portão de ferro e viram, ao fundo, uma perua kombi. O veículo tinha a lataria toda amassada e os pneus carecas. Ao lado dela, deram com a portinha de entrada na sala abaixo do templo.

— Vamo lá, manos! — sussurrou o Geleia, enfiando a mão sob o moletom e voltando com o revólver. Sorriu, cheio de confiança: — Como o Cezinha garantiu, o segurança deve de tá lá dentro, tomando conta da grana.

O Bacana o imitou, pegando a pistola. Um acesso de tosse, e ele procurou em vão contê-lo, tirando de novo a máscara para se assoar.

— Porra, meu! Para com isso! — sussurrou o Geleia. — Desse jeito, os mala vai ficar esperto.

O Geleia enfiou a chave na fechadura. A porta abriu sem ruído. Com cautela, entraram numa sala, onde havia uma mesa sobre a qual se amontoavam várias sacolas e sacos de plástico. Notaram também uma grande quantidade de cédulas arrumadas em maços. Na parte baixa da parede do fundo, havia um cofre com a porta escancarada e, do lado, outra porta que talvez desse direto no templo.

Dois jovens, um careca e o outro com o cabelo tingido de rosa, estavam sentados à mesa, junto de um homem encorpado. Tinha orelhas de abano e o nariz protuberante. Muito concentrado, ele contava um maço de dinheiro. De pé, outro homem, um mulato barrigudo, com a cara cheia de borbulhas, vestido de terno e gravata, uma máquina de somar à mão, observava tudo com os olhos atentos.

O Geleia, mal ingressou na sala, berrou:

— Todo mundo no chão!

O jovem de cabelo tingido de rosa e o careca estremeceram, mas obedeceram de imediato, jogando-se no chão e pondo as mãos sobre a cabeça.

— O grandão aí e o pastor! Também de cara no chão! — tornou a gritar o Geleia, o revólver tremendo na mão.

O pastor não vacilou nem um pouco e também obedeceu. Para horror do Vanderson, ele notou que o outro homem, sem demonstrar medo, levantava-se bem devagar da cadeira. O grandalhão tinha o ar feroz e parecia não ter ficado amedrontado com a presença deles ali. Tanto que os encarou e murmurou, com rancor:

— Seus pivetes de merda!

— Pro chão, fiadaputa! — o Geleia, parecendo um possesso, molhou toda a máscara com jatos de saliva.

O grandalhão, em vez de obedecer, levou a mão atrás das costas, buscando a arma. O Geleia não pensou duas vezes e disparou. O segurança deu um grito, enquanto uma mancha de sangue se formava em sua barriga. Olhando com espanto para os assaltantes, deu um gemido e caiu sobre o pastor.

— Quem mais folgar leva chumbo! — tornou o Geleia, movendo o revólver em direção dos dois jovens e, depois, em direção do pastor e do grandalhão amontoados no chão.

O Vanderson e o Bacana permaneciam onde estavam, contemplando a mancha de sangue espraiando-se sob o corpo do segurança. E foi preciso que o Geleia continuasse a dar as ordens para que eles se mexessem:

— Anda rápido, caras! Vai pegando a grana, Van! E tu, Bacana, pega a chave da kombi.

— A chave da kombi? Onde que tá?

— Porra! A chave deve de tá com o pastor.

O Vanderson, dominando a tremura das mãos, foi até a mesa e começou a encher as sacolas e os sacos pretos de plástico com os maços de dinheiro. O Bacana fuçou nas vestes do pastor e deu com a chave da kombi.

— Pega o celular dos mané — o Geleia ordenou. — Tranca também a porta dos fundos e quebra a chave na fechadura.

O Bacana obedeceu e veio com os celulares. Foi ajudar o Vanderson com as sacolas, mas um acesso de tosse o fez parar junto à saída. Em desespero, arrancou a máscara de vez e pôs-se a cuspir catarro.

— Tu tá mal, hein, cara. Pegou a Covid? — caçoou o gordo, os olhos postos no pastor e no segurança deitados no chão.

— Que mané Covid, o caralho! — resmungou o Bacana, tentando dominar outro acesso de tosse.

O Vanderson, apesar do medo, controlou-se. Pegou as sacolas e os sacos de lixo e, ajudado pelo Bacana, levou-os até a kombi. Quando viu que não havia mais dinheiro sobre a mesa, informou o parceiro:

— Peguei tudo, Geleia.

— Tu tem certeza que não esqueceu nada? Olhou no cofre?

— O cofre tá vazio, cara.

— Então vamos dar no pé. Daqui a pouco, isso daqui vai tá assim de gambé — disse, juntando os dedos da mão esquerda.

Seguido pelos comparsas, o Geleia passou pela entrada lateral. Enfiou o revólver na cintura. Bateu a porta com força, girou a chave na fechadura e quebrou-a. Cacarejou uma risada:

— Assim, os mala vai demorar mais pra chamar os verme.

Acomodaram-se na kombi. O Bacana deu a partida na perua, que roncou e soltou um rolo de fumaça preta pelo escapamento. O Vanderson abriu o portão da garagem. O Bacana acelerou, mas estava tão nervoso que deixou a kombi morrer. O Geleia ficou furioso:

— Porra, seu merda! Vai te foder!

Desceu da perua e, ajudado pelo Vanderson, empurrou-a para ver se pegava no tranco. O veículo gemeu nas juntas e começou a se deslocar bem devagar, até que o motor voltou a funcionar. O Geleia e o Vanderson entraram. O Bacana deu uma acelerada tão forte que os dois foram atirados para a frente.

— Calma, aí, meu! Vai tirar a mãe da zona? — berrou o Geleia, depois de quase enfiar a cara no para-brisas.

— Calma, o caralho! — resmungou o Bacana, em meio a outro acesso de tosse.

— Devagar, meu. Se tu começa a dar bandeira, os coxinha pode desconfiar. E aí, tamo tudo fodido.

O Bacana, controlando a tosse, diminuiu a velocidade da kombi e logo entraram numa rua, pela qual desceram em direção da avenida do Estado. O Vanderson, o coração aos pulos, acreditava que, dentro de uma hora, chegariam ao Grajaú. Lá, conforme o combinado, iam esconder a perua num desmanche de um amigo do Paraíba. Tinham também acertado com o dono do boteco trocar as notas miúdas do dinheiro das sacolas e sacos de plástico por outras de maior valor.

Enquanto se deslocavam pela cidade, evitaram as grandes avenidas.

— Chegando no pedaço — o Geleia informou —, vê se não começa a gastar logo a grana. Os mano pode botar o olho gordo. Vai que um deda a gente...

— Tá pensando que sou trouxa? — rebateu o Bacana. — Vou ficar é na moita.

— Não disse que tu é trouxa, mas tem muito mané por aí que é. Não pode descolar uma graninha que sai torrando feito doido. Os gambé vai ficar de olho. A gente não pode dar bandeira.

O Geleia tinha razão — pensou o Vanderson. Não era para dar bandeira. Esperava que a poeira abaixasse, e só aí é que começava a gastar a grana. Primeiro, ia atrás do Tico, para combinar a transferência da Dindinha para a clínica InterMed. Depois pensava no que fazer com o resto do dinheiro. Tinha de pensar, é claro, em coisas urgentes, como as despesas da casa e o aluguel, com certeza, atrasado. E se sobrasse algum, quem sabe, não podia comprar um tênis da Nike, com o qual vinha sonhando há tanto tempo.

Com isso em mente, foi sufocando a angústia, provocada pelo medo de ser surpreendido pela polícia. De modo que, ao reparar, ao longe, no boteco do Paraíba, acalmou-se de vez.

O Geleia e o Bacana, apesar de este ainda tossir bastante, comentavam o sucesso do assalto.

— O mala do pastor se cagou todo — o gordo deu uma gargalhada.

— E os pivete então?

— Mas o melhor de tudo — tornou a falar o Geleia—, foi apagar o coxinha.

— Não sei se isso foi legal fazer — disse o Bacana. — Os gambé vai ficar ouriçado. Eles vão vim pra cima da gente com tudo.

O Geleia deu de ombros e rosnou:

— Eles que vêm pra cima de mim! Eu sou mais eu e não tenho medo desses verme do caraio.

A MULHER-ESCORPIÃO 3

O escorpião estava morto, as patas com movimentos espasmódicos, em meio à lama.

— Covarde — Erô murmurou, a cara cheia de desprezo.

Não teve coragem de viver sem o seu ferrão — pensou com malícia. Como se fosse um castrado, ou melhor, um eunuco, privado de sua potência de macho. E o ferrão era agora dela para sempre, sem que o dono pudesse reclamar. A constatação disso deixou-a feliz. Cheia de excitação, correu para o banheiro e trancou-se. Tirando do bolso uma caixa de fósforos, abriu-a e contemplou a cauda transformada num raminho desprezível. Mas o ferrão, apesar disso, estava lá, inteiriço. Ela lavou o apêndice do inseto, tentando lhe tirar todas as impurezas. Com uma lixa de unhas, procurou deixar o ferrão mais afiado. Experimentou-o no dedo: uma gota de sangue aflorou, fazendo-a franzir o rosto e gemer baixinho:

— Ai.

Sentiu um formigamento na ferida. Será que ainda tinha veneno guardado na cauda? Mas a sensação não foi só dolorosa, pois lhe proporcionou também prazer. Levou a mão a um dos seios e acariciou o bico que logo intumesceu. Erô lambeu e mordeu de leve o lábio. Deixou a cauda do escorpião sobre a pia e enfiou a mão por dentro da calcinha, vasculhando entre os pelos até encontrar o clitóris. Friccionando-o, gemeu de novo:

— Ai.

Pareceu se lembrar de algo. A contragosto, tirando a mão do seio e da calcinha, murmurou, fixando os olhos na cauda do escorpião:

— Não, não posso fazer isso agora.

Lavou o rosto, os pulsos. Olhou-se no espelho. Estava toda afogueada. Não posso ficar assim — pensou. Não posso mostrar meus sentimentos só com isso. Tenho que sentir prazer por dentro. Por fora, preciso aprender a ser impassível. Como aquelas estátuas de deusas vistas nos livros de arte. Talvez fosse o efeito do mármore que dava ao rosto daquelas mulheres a placidez das águas de um lago. Mas, como sabia, pois havia lido isso em algum lugar, aquelas deusas eram só furores. Monstruosas, contudo, mostrando sempre a aparência de madonas. Madonas no cio! — Erô pensou. Madonas, cujas pupilas escavadas no mármore faziam encrespar ondas, crescer tempestades e acordar vulcões.

— Como é, Erô? Vai ficar o dia inteiro nesse banheiro?

Ao ouvir a voz da mãe vinda de dentro, ela tentou recompor o rosto. Sorriu, mas procurou sorrir com inocência. Era agora um anjo com covinhas na face, os cabelos emoldurando um rosto de madoninha sem menino no colo. Madona, mas uma madona levando no bolso uma caixa de fósforo com a cauda de um escorpião.

— O que você anda aprontando, menina? Viu passarinho verde? — perguntou a mãe, cerzindo um par de meias.

Não, vi um escorpião amarelo, sentiu vontade de responder.

— Arrumou namorado? — começou a mãe, toda alcoviteira.

— Sim...

— Quem?

— O Adônis — respondeu, sem pensar.

— O Adônis? Mas ele não é namorado da Graça?

— Que que tem?

— Não gosto nada disso. O garoto namora uma, namora outra, namora as duas. E isso porque é um garoto. Imagina então quando crescer!

Erô sabia onde ia dar aquela conversa. Daí a pouco, a mãe estaria falando do pai e suas amantes. Nunca parava em casa. Vivia pelo mundo, "batendo perna", como ela gostava de dizer com despeito.

A esse propósito, lembrava-se de uma conversa que havia tido com a mãe. Sobre o pai.

— Me fala uma coisa. Ele era mesmo bonito quando jovem?

— Ele quem?

— Papai.

A mãe fechava a cara e dizia com ressentimento:

— Beleza não põe a mesa!

— Ele era mesmo bonito? — insistia.

— Por que quer saber?

— Não tem um retrato dele aqui em casa...

— Claro que não tem. Queimei tudo.

— Então...

— Então o quê?

— Ele era bonito?

A mãe jogava a meia, a agulha com a linha dentro do cesto de costura.

— Quem disse pra você que ele era bonito?

Erô respondeu com malícia:

— A dona Cezira...

A mãe cravou as unhas na palma das mãos.

— Já disse pra você não me falar mais no nome dessa mulher aqui em casa! Uma sem-vergonha! Saiu com tudo quanto é homem casado da cidade!

Até com o papai? — ia perguntar, mas não perguntou, porque a mãe podia explodir. Em vez disso, preferiu apenas dizer:

— Dona Cezira disse que pareço muito com papai. E que é por isso que sou bonita.

— Uma coisa nada tem a ver com a outra — retrucou, enfezada, a mãe. — Você é bonita porque é bonita. E ponto final.

— Mas a beleza sempre vem de algum lugar.

— E por que não de mim? — a mãe olhava-a, desafiadora. — Veja se sua boca não se parece com a minha, os cabelos.

A periquita, com certeza — pensou, com maldade. Mas a minha boca não se parece nada com a sua, nem os cabelos. Tenho a boca pequena, a sua é grande, meus cabelos são negros, os seus, castanhos. E meus olhos verdes? Hã?

— E meus olhos verdes?

— Sua avó tinha olhos verdes.

— Mas a senhora não tem. Dona Cezira disse que meu pai tinha olhos verdes. E grandes como os meus.

Cheia de fúria, a mãe berrou:

— Tudo farinha do mesmo saco! Essa Cezira, essa vagabunda! Seu pai. Só espero que você não tenha saído a ele!

Contemplou o rosto da mãe devastado pela ira. Não sentia pena. Só não continuava com a história de dona Cezira, porque sabia que o resultado seriam as bofetadas na cara, a surra com o fio do ferro, deixando seu corpo marcado de vergões. Ela e a mãe eram como duas gatas ronronando uma perto da outra, mas que, por qualquer motivo, arranhavam-se, mordiam-se.

— Que lhe interessa saber se seu pai é bonito ou não? Como lhe disse, beleza não põe a mesa. Enfie isso na cabeça: ele sumiu daqui, nunca mais veio nos ver. Foi como um demônio em minha vida! Me devastou com sua paixão e, depois, foi embora para sempre! — ela voltava a berrar com os olhos cheios de lágrimas.

— Eu só queria saber se ele era bonito...

— O diabo às vezes também é bonito!

— E daí? — Erô deu de ombros.

A mãe pôs as mãos na cintura e disse com a voz carregada de desprezo:

— Sei quem você puxou!

Erô começou a sentir um comichão na parte baixa do ventre e quis se coçar, mas não ia se coçar ali diante da mãe. Preferia se coçar, mais à vontade, num lugar onde ninguém pudesse vê-la. Mas não sabia por que, a mãe prendia-a diante dela, com aquele olhar de serpente. Talvez porque revelasse, em meio a sua fúria, nos intervalos do seu ódio, coisas que não gostava de dizer às claras. E se o pai despertava um sentimento pronto a explodir, era porque ainda mexia com ela. E esse tipo de coisas merecia ser resgatado. Mas não seria ela que iria resgatar. Não era do seu feitio — preferia que tudo acontecesse por si só. Por isso, procurava não mais provocar a mãe. Não tanto pelo medo do castigo, era mais porque desejava o caminho larvar em que nasciam aquelas respirações do abismo. E, depois, também lhe agradava aquele mistério pairando no ar ou voando à noite em seu quarto, silencioso e aterrorizante. Como um morcego de presas sequiosas de sangue.

Tenho uma nuvem escura me acompanhando e, às vezes, descendo sobre mim como uma placa de chumbo, me esmagando, me comprimindo contra a umidade da terra, me impedindo de respirar, me causando dor e prazer — ela iria refletir assim, anos mais tarde, quando seus seios estivessem cheios como os úberes de um animal selvagem, e a fenda vulcânica coberta de revoltosa coma.

OS AMORES DO MINOTAURO 3

Procurando esconder a repugnância da mulher a seu lado, bebia uma dose dupla de uísque. Parecia um gnomo ou, talvez, de fato o fosse. Os dentes saltados, sob o buço, ela se deleitava sorvendo goles de conhaque. Era uma anã, com uma grande corcova. Os cabelos vinham até a cintura. No rosto bem maquiado, sobressaía-se, além das rugas, o nariz adunco. Os olhos vesgos, atrás das lentes dos óculos, lembravam ostras prontas a serem deglutidas. Não paravam um segundo, como se ela, movida pela curiosidade, estivesse a esquadrinhar tudo no apartamento. Os braços raquíticos eram peludos, e os dedos terminavam em unhas agudas, pintadas de roxo cintilante. As pernas, fora do esquadro, cobriam-se de um gramado rasteiro de pelos.

Vestia uma saia curta, de um vermelho vivo, com flores verdes e uma blusa cheia de babados. Usava brincos de argolas e uma profusão de colares, pulseiras e anéis dourados. Sapatos de tiras coloridas, com uma plataforma de cortiça, tornavam-na alguns centímetros mais alta.

Quando abriu a porta, quase teve um choque ao deparar com ela.

— Olá, meu bem. Você é o "Coroa Sexy", não? — abriu um sorriso que a fazia mais medonha ainda.

Olhou para baixo e, procurando disfarçar o espanto, fez um gesto convidando-a a entrar.

— Sim. Como vai?

Não se fez de rogada. Uma das mãos apoiada numa bengala, e o corpo balouçando, que nem um besouro manco, arrastou-se — zzz-toc, zzz-toc. Se tinha que encarar aquele desafio, devia, antes, esvaziar a garrafa de uísque, acompanhada de Viagra — pensou.

Sentou-se e começou a abanar-se com um leque vermelho, cheio de motivos florais.

— Ai, que calor, meu Deus!

— Quer beber alguma coisa?

— Sim, por favor, meu bem.

— O que deseja? Um copo de água gelada...

Ela cortou-o, rente:

— Água?!! Ora, que despautério! Onde se viu?

Quase lhe disse que a casa dele não era um bar, mas não queria indispor-se assim de cara com a cliente.

— Tudo bem. O que deseja então?

Abriu um sorriso, terminado numa casquinada:

— Algo que mate a minha sede e me estimule...

Álcool Zulu, terebintina, pasta Zezo — pensou, irritado. Contudo, munindo-se de toda paciência, descreveu o conteúdo do barzinho:

— Tenho uísque, vinho tinto e branco, conhaque...

— Ah, um conhaque ia bem.

Ele começou a levantar-se para pegar a bebida, ela pôs a mão sobre seu braço.

— Se for *Dreher*, dispenso. De-tes-to conhaque nacional.

— É um *Fundador*.

Ia acrescentar "ou acha que sou matuto?", mas preferiu contemporizar. Afinal, eram os ossos do ofício, o que implicava ser educado, mesmo quando provocado.

— Ah! A-do-ro *Fundador*. Pode encher uma taça.

Estavam lá sentados, bebericando, enquanto ela, já sem a máscara, falava pelos cotovelos. Não a ouvia, queria é desembaraçar-se logo daquele martírio. Numa escapadela até o banheiro, aproveitou-se para tomar duas pílulas de Viagra. Voltando, disse, ainda de pé:

— E então?

Ela pôs uma das garras sobre o seu braço.

— Calma, meu bem...

— É que...

Sorriu dos dentes de cavalo.

— Que tal, se tivesse a gentileza de me servir outro *Fundador*?

Quem vai precisar de estímulo serei eu — tornou a pensar. Resignado, foi ao barzinho e encheu-lhe a taça com mais conhaque. Também serviu a si de bebida. Outra talagada de uísque, quem sabe, podia levantar-lhe o ânimo e, acima de tudo, o pênis, escondido entre as dobras do robe.

Temia pelo fracasso, ainda mais quando percebeu que ela o espreitava dos olhos escarninhos.

— Não está se sentindo bem, querido?

— Eu? Não, é o calor. E, depois, acho que podemos começar, não é?

— Apressadinho... Não vai uma beijoca?

Ato contínuo, fechou os olhos, os cílios tremelicando como mariposas e ofereceu os lábios mimando um coração. Abaixou a máscara e, abraçando-a, desajeitado, devido à corcova, sapecou-lhe um beijo nos beiços. Ela estremeceu, reclamando:

— Ai, querido. É isso que chama de beijo?

Desculpou-se:

— Você sabe, a pandemia. Não dá pra arriscar.

Arregalou as ostras por detrás dos óculos.

— Tem razão, meu amor. Tinha esquecido.

Bebeu mais um gole de conhaque e perguntou:

— Tem aparelho de som no quarto?

Por acaso, tinha. Gostava à noite de ouvir alguma coisa antes de dormir.

— Sim.

— Toca-fitas?

— Tocador de cedê e de fita cassete.

— Gosto de escutar música enquanto faço amor.

Abriu a bolsa e pegou uma fita.

— Trouxe umas músicas joinhas.

— Tudo bem, podemos ouvir. Vamos pro quarto — estendeu-lhe a mão para ajudá-la a levantar-se.

Como a cama fosse alta, espantou-se com a agilidade dela grimpando-a, feito aranha correndo sobre a teia, em busca de uma presa. Ela deitou-se de comprido, apoiou a cabeça no travesseiro e, sem cerimônia, começou a se despir. Já nua, abriu as pernas.

— Por favor, ligue o toca-fitas.

A primeira música era *Je t'aime... Moi nos plus*, com Jane Birkin e Serge Gainsbourg. Música cafona de foda — pensou. Mas o que podia fazer, se era o desejo da criatura?

— Ai, me chupa, meu amor — gemeu, movendo-se de um modo a querer sugerir sensualidade e apertando os peitos murchos.

Olhou assustado aquela maçaroca peluda. Concentre-se, cara, concentre-se. Pense nos trezentos reais. Ainda mais porque, a essa altura, o Viagra já estava funcionando! Tirou o robe.

— Ai, que tesão! Que grande! — ela gritou.

Ele subiu sobre a cama. Afastando toda relutância, foi até ela, enfiou a cara na macega e pôs-se a chupá-la. Ouviu um grito de arara bêbada. Os vizinhos! — pensou, aflito. Ora, que se fodam os vizinhos. Como profissional do sexo, tinha que levar adiante o compromisso, sem falhar, satisfazendo a cliente da melhor maneira possível.

Mas a mulher não parecia contente. Logo que ele se afastou um pouco para respirar, ela abriu ainda mais as pernas e, enquanto afagava o clitóris, ordenou, com a voz cava:

— Me fode, cadelão!

Percebeu então que estava excitado! Cheio de prazer! Seria o Viagra ou as artes do abantesma? Sem pensar numa resposta, penetrou-a, fazendo-a uivar como um lobo das estepes. Ao mesmo tempo que ela o cingia com os cambitos, atraiu-o para si, como se quisesse prendê-lo. Também tomado de uma estranha fúria, possuiu-a, gemendo e gritando. Quando chegaram ao êxtase, ela berrou:

— Puta merda! Caralho! Que foda de porra, meu!

Caiu de lado, mas, para sua surpresa, ela disse:

— Vamos lá, meu garanhão!

— Ainda quer mais? — espantou-se.

— Sim, por que não? Mas agora quero brincar.

Por ele, a sessão estava encerrada. Olhou para o relógio.

— Pago pela hora extra — recriminou-o. — Não esquenta a cabeça, mozinho.

Ajoelhou-se ao lado dele.

— Conhece a transa do rodeio?

— Do rodeio? Como assim?

— Já vai ver. Continue deitado de costas.

Foi ao toca-fitas e trocou a música. Era uma coisa tocada em rodeios, com muita gritaria, entremeada com o som de um berrante. Ela inclinou-se sobre ele e começou a chupá-lo. Quando se deu por satisfeita, sentou-se sobre o pênis e disse:

— Comece a pular, cara! Como se fosse um touro querendo me derrubar.

Entrou no jogo e pôs-se a movimentar os quadris para cima e abaixo. Ela, por sua vez, prendia-o com força entre os cambitos, ao mesmo tempo que levantava um dos braços e gritava:

— Iuhuuuuu! Seguuuuura, peããããããõ!

Não conseguiu de modo algum derrubá-la, o que a levou a vangloriar-se:

— Eita porra de peão fodido!

Estava começando a ficar cansado, enquanto a corcundinha continuava firme, mexendo daqui, mexendo dali, apenas respirando um pouco mais fundo. Até que ela comentou:

— Agora, podemos pensar em outras brincadeiras.

Ia perguntar se já não estava cansada, mas preferiu calar-se. Era sua obrigação servir às exigências da cliente.

— Vamos brincar de aviãozinho?

— Aviãozinho? Nunca ouvi falar...

Fitou-o de um modo depreciativo.

— Não posso acreditar que um "Coroa Sexy", como você, tenha um estoque de ofertas tão limitado!

— Bom — achou de se defender —, prefiro fazer bem o pouco que sei.

— Mas não custa nada aprender coisas diferentes, não é?

Hesitou um pouco, mas acabou aceitando.

— Por que não? Posso tentar.

— Então vamos lá. Você tem um banquinho ou uma escadinha?

— Banquinho ou escadinha? Pra quê?

— Pra eu subir, cara!

Foi à área de serviço e voltou com uma escadinha, em que havia um pequeno patamar. Ela escalou-a e ordenou:

— Deita de costas aí e faz essa coisa ficar de pé!

Masturbou-se por alguns minutos.

— Está bem assim?

Para mostrar que aprovara a ereção, lambeu os lábios com gulodice.

— Beleza, meu! Continua deitado e de perna aberta.

Obedeceu.

— Ah, a música — ela observou, indo até o toca-fitas. E pôs a tocar a trilha sonora do filme *Ases Indomáveis.*

Retornou a seu posto. De onde estava, vendo a criatura apoiada sobre o patamar da escada, os olhos fixos nele e como que babando, não deixou de se lembrar do monstro de *Alien, o Oitavo Passageiro.* Ainda mais porque ela avançava e recuava aquela dentadura, como se estivesse prestes a atacá-lo.

— Está pronto?

— Sim — respondeu, temeroso do que podia sair daquilo.

Abriu os braços e atirou-se. Com maestria, veio voando até conseguir encaixar a vulva em seu pênis. Gritou de triunfo, enquanto gozava, mostrando, com isso, muito prazer. E não é que ele também gozou com uma intensidade tão grande que quase perdeu os sentidos! Mas, depois de um tempo, ela ainda não parecia contente, porque propôs:

— Agora, vamos brincar de transa-bilboquê.

— Transa-bilboquê? O que é isso? — espantou-se.

— Não sabe o que é?

Respondeu que não, movendo a cabeça.

— Não tem importância. Pouca gente conhece. Mas é joia.

— O que tenho que fazer?

— Ficar na sua. Ok?

Ela apontou o pênis:

— Mas vai ter que fazer esse negócio ficar duro de novo.

Não teve dificuldade com isso, porque continuava excitado. Ela foi até o toca-fitas e pôs uma música de circo. Voltou ao patamar da escada e preparou-se.

Depois do toque de cornetas, de um trombone, acompanhado de um bumbo e de caixetas, ouviu-se a voz de um locutor:

— *Respeitável público! O Gran Circo Irmãos Brothers, de fama internacional, tem o prazer de apresentar a Oitava Maravilha do Mundo. A in-su-pe-rá-vel malabarista Anã Cigana!*

Desta vez, ela adotou a pose de um mergulhador na piscina e gritou:

— 1, 2, 3 e já!

Com um salto mortal, atirou-se em direção do teto e, quando veio caindo, deu outro salto e — ploft! — voltou a se encaixar, com precisão, no pênis dele.

— Caralho! Porra! — berrou, em êxtase. — Eu sou mesmo foda!

E pareceu, afinal, extenuada, tanto é que se deixou escorregar, para ficar deitada a seu lado.

* * * * *

Estava exausto, sentado no sofá e tentando se recuperar, bebendo mais uma dose dupla de uísque *on the rocks*. De onde estava, ouvia o estardalhaço que ela fazia banhando-se e cantando, aos berros, a guarânia *Índia*:

Índia, seus cabelos nos ombros caídos,
Negros como a noite que não tem luar!
Seus lábios de rosa para mim sorrindo
E a doce meiguice deste seu olhar.

Era uma máquina de prazer — pensou, estupefato. Quem diria que a corcundinha tivesse um repertório assim tão variado, a ponto de quase acabar com ele? Ao mesmo tempo, surpreendia-se com sua reação. Não só correspondera a todas as investidas da mulher, como também ficara excitado a um ponto inacreditável.

Ela veio do banheiro com uma toalha enrolada no corpo e uma touca prendendo a cabeleira.

— Ainda tem daquele conhaque?

Levantou-se e foi até o barzinho. A garrafa do *Fundador* estava pela metade, notou, alarmado.

— Puta conhaque da hora! — estalou a língua, levando a taça à boca e bebendo tudo de um só gole.

Sem cerimônia ou pudor, vestiu-se na frente dele. Abriu a bolsinha e pegou um maço de dinheiro.

— Então, fiquei mais de uma hora, portanto, devo-lhe seiscentos, não é?

— O que é isso? — protestou. — Pague por uma hora, como combinamos... Afinal, aprendi coisas novas com você...

— Ai, quanta gentileza, meu amor. Mas vou deixar uma caixinha pelo conhaque. Está bem?

— Sim. Mas, se quiser levar a garrafa com o que sobrou, esteja à vontade.

— Obrigada, meu gostosão.

Pespegou-lhe um beijo na bochecha, deixando ali o desenho de um coração vermelho. Acompanhou-a até a porta. Deu um suspiro. Outra sessão daquela — pensou —, e seria o seu fim como "Coroa de Programa".

O EU ENSIMESMADO 4

Nos poucos momentos de ócio, apesar das aulas on-line, das leituras, das atividades em home office, a fazer do meu tempo um escoar do nada, pensei em escrever um romance, para dar conta do pandemônio instalado em nosso cotidiano, por culpa da pandemia. Mas também para quem sabe refletir sobre minha vida afetiva e profissional.

Enfim, fazer da escrita uma forma de fuga. Puro escapismo, sem grandes propósitos.

Consulto o relógio: vou visitar meus alunos, de maneira sempre virtual, é claro, só à noite. Por enquanto, como um vadio, estou sozinho e sem fazer coisa alguma. Não sei onde anda a Salete. Sem avisar, ela saiu, talvez para fazer compras. Tenho, pois, um tempo disponível, sem a presença do Outro, portanto, sem conflitos, discussões, brigas desgastantes. Irei gastá-lo, refletindo sobre o livro que poderia ter a graça de escrever. Mesmo que ninguém o lesse, e eu acabasse sendo o único leitor. Talvez só para mim, imitando o visionarismo de Rimbaud: "*A moi. L'histoire d'une de mes folies*".

Panarquia — eis o título, como que nascido do nada ou daqueles buracos do inconsciente, a me visitar em noites de insônia. Foi inspirado por uma utopia criada pelo pensador francês Marquês d'Amelibre (1700-1782) nos fins do século XVIII, *Panarchie*, e que me faz lembrar as palavras "Pandemia" e "Pandemônio", como não poderia deixar de ser, adequadas a este nosso tempo de sombras. Pandemia/Pandemônio — o par de palavras homófonas, que, agora caindo no colo de minha consciência, posso explicar. "Pandemônio", criada por Milton, em seu poema *Paradise Lost*, designando o Inferno, e "Pandemia", originada do grego *pandemias*, significando "todo o povo". Vivemos, pois, todos num pandemônio, num inferno, prisioneiros de nossas elucubrações e das elucubrações dos outros, escravos de uma pandemia vinda para se instalar entre nós. A entrar e tomar conta de nossa rotina, de nosso dia a dia, de nossas relações parentais ou não. A banalização do uso das máscaras, seja nas ruas, praças, bares, restaurantes, templos, estádios, escolas, seja em casa, torna-nos indistintos. Corremos as ruas, estacionamos nas praças de uma cidade morta, sob um silêncio cataclísmico, onde os objetos e seres apenas projetam sombras mudas e onde se propagam os gemidos e gritos dos desvalidos e dos condenados à morte, sem promessas de sobrevida ou de alguma transcendência.

Mas, falando no livro que pretendo escrever, o que entendo eu que seja um romance? De modo geral, a me pautar por um conceito clássico do gênero, entre eles, o de Lukács e o de Goldman, costuma ser concebido como a narrativa de um fragmento da vida, onde acontece o embate entre um herói, sonhando com valores autênticos, e um mundo hostil a não lhe conceder um destino justo, um futuro de alegria e realizações. Pelo menos é o que vi e continuo a ver, desprezando os dramalhões de felicidade programada de algumas obras do Romantismo ou dos modernos best-sellers, em romances como *Ana Karenina*, *Judas, o Obscuro* e *O Processo*. Seus protagonistas debatem-se dentro de um círculo fechado. Nos dois primeiros casos, isso acontece depois que tanto Ana quanto Judas, para sobreviver, apegam-se a seus sonhos — o dela, o do amor que a redimiria, o dele, de ir estudar em Christminster, para se tornar um clérigo. As luzes da cidade, afogada em névoas, vistas a distância pelo personagem criado por Hardy, representam, em seu caso, uma imagem da transcendência vazia do herói moderno, ao perceber, depois de anos de peregrinação, que seus sonhos acabaram em desilusão, derrisão. Algo similar acontece com Ana, quando se entrega ao amor pelo volúvel Vronsky. No caso de K, o vazio do sentido, da redenção, da transcendência é levado ao extremo, pois a brutalidade de um mundo, dominando por burocratas, condenando, de antemão, o herói e impedindo-o de ter ou se apegar ao mais humilde sonho, impõe-se logo às primeiras páginas, sem perspectivas de redenção.

Penso no meu futuro romance sobre a pandemia — devo ressaltar aqui — como um pandemônio, pois a concepção de sua estrutura deverá refletir a desintegração de um mundo, projetado, de modo equivocado, pelos esperançosos, pelas almas humildes, pelos bons samaritanos, para ser coeso, e isso, de certo modo, vingou e ramificou-se no sistema político, no sistema religioso, nos estamentos, na organização das classes de trabalho, nas utopias vigentes e nas distopias futuras — em suma, na formatação do homem pós-moderno, seja sob a égide das ideologias, das religiões ou das tecnologias. A ordem servindo de senha para que cada um encontrasse o seu restritivo lugar, tanto no mundo do trabalho quanto no mundo do prazer, contando com as fórmulas de canalização do amor e da alegria. Eis que, instalando-se o pandemônio provocado pela pandemia, tudo se estilhaça, e a desordem subtrai o lugar da ordem. Em consequência, não havendo mais lugar para o princípio das correspondências universais, em que as coisas aparecem em harmonia, também não há mais lugar para a coesão narrativa. Se essa desintegração romanesca havia começado com Joyce e expandindo-se com Faulkner, depois, as quadrilhas de escritores avessos ao sentido, em busca do "nada é mais real que nada", do *Malone Meurt*, de Beckett, passaram a escrever romances, preconizando, com a prática nada solene desse haraquiri intelectual, pela agonia e morte do romance concebido no século XIX enquanto fórmula narrativa ideal para dar voz ao burguês, assolado pela responsabilidade de prosperar enquanto, de modo paradoxal, assumia a sua pretensa revolução libertária/literária.

Mas preciso pensar em como organizar a multidão de indivíduos a comparecer neste meu livro por escrever. Há várias maneiras, desde as convencionais até as mais revolucionárias, mas, em meu caso, creio que deverei optar pelos chamados "modos", criados pelo crítico canadense Northrop Frye, em seu *Anatomia da Crítica*, de 1957. Talvez por comodidade, desprezando os demais modos, irei me restringir tão só a dois deles, a saber: o modo "mimético-alto", em que o protagonista é um líder ou um ser, na aparência, de exceção, mas sujeito às paixões, doenças, ou à falibilidade do homem comum, e o modo "mimético-baixo", em que o protagonista é uma pessoa comum, às vezes extraído da ralé, da multidão dos "humilhados e ofendidos" dostoievskianos.

Devo confessar, todavia, que tais personagens não permanecerão estanques, fechados em seus escaninhos sociais, pois, em alguns momentos, procurarei mesclar ambos os modos. Sendo assim, o leitor poderá se entreter com protagonistas, vivendo isolados, em seu modo "mimético-alto" ou em seu modo "mimético-baixo", ou vivendo lado a lado e, em certos instantes, compartilhando de um espaço comum, apesar de pertencerem a categorias sociais tão irreconciliáveis. Enfim, os personagens deste livro a nascer, de modo geral, farão parte do mundo pós-moderno, no qual circulam, convivem, agridem-se, pessoas com as quais eu poderia ter a chance de conviver, contudo, me permitirei também intercalar estes seres com outros do passado remoto e de um mundo futuro, representando uma distopia.

Nesse momento de reflexão, sou obrigado a reconhecer que, na realidade, o que pretendo escrever seria menos um "romance" do que uma "rapsódia". Para se constituir num romance, minha obra precisaria ter uma estrutura mais coesa, fechada em torno dos mesmos personagens em que o enredo, conquanto pudesse conter subversões temporais, como em Faulkner ou em Lobo Antunes, implicaria a ideia de uma linha contínua, onde se encaixariam anamneses. Não é o que acontece à obra que pretendo escrever, pois, ao lado da narração, me permitirei inserir ou intercalar módulos (e não capítulos), de maneira livre, quase aleatória, com variações da voz narrativa e com digressões de vária ordem: descritivas, dissertativas, teóricas, críticas. A pensar nisso, acredito que será preferível chamar o meu futuro livro de "rapsódia", entendida como a compilação de assuntos heterogêneos, ou, ainda, uma composição livre, obedecendo a características especiais, uma justaposição, de escassa unidade formal, de temas diversificados. As rapsódias, via de regra, caracterizam-se por terem apenas um movimento, mas podendo integrar variações de tópicos na estrutura, no conteúdo, no ponto de vista, sem necessidade de seguir uma estrutura pré-definida. A forma, em consequência desta sua natureza, consegue ser mais livre em suas variações, na medida em que terei liberdade de criar novos temas, módulos, narrativas, sempre ao sabor da inspiração, da intuição ou do que convencionaria chamar de uma "lógica do delírio".

Meu livro, por obedecer ao princípios de uma rapsódia, terá uma forma fragmentária, com narrativas e módulos, isolados ou não, com personagens a se relacionarem, apenas para se perderem uns dos outros, a apontar caminhos sem retorno, como se constituíssem uma massa de gente desgarrada, deslocando-se até um ponto futuro, movida por sonhos, representando a memória perdida, convergindo para um presente, a escoar-se tal a água de Pessanha, de maneira que o nada, o vazio acabarão por ser substituídos, numa vã procura, de um modo tautológico, pelo nada, pelo vazio.

E, nessa rapsódia por nascer, palavras sagradas, transcendentes e tornadas sagradas e transcendentes pelas convenções, devido à sua sonoridade, ao seu sentido, à sua referencialidade, como o sentido, o significado, o símbolo, as analogias, as correspondências, perderão sua utilidade, pois, no mundo pandêmico, o que ligará coisa com coisa, a não ser o ruído?

ANGEL, GAROTA DE PROGRAMA 2

Nos tempos em que a Angélica estava namorando a sério com o Pierre, acreditava piamente em tudo o que ele lhe contava. Era uma tonta — refletia, aborrecida. Num de seus encontros, ele veio com a conversa de que tinha feito um teste para trabalhar numa novela da Globo.

— Verdade? — ela sorria.

— Claro que é verdade, meu amor.

— E você vai aparecer em que novela?

Ele pensava um pouco e respondia, parecendo hesitar:

— Está sendo escrita... Por isso, não me chamaram ainda. Mas o pessoal do canal me deu certeza. Parece que o nome vai ser *A Força da Paixão*. Se tudo der certo, vou atuar com a Rosângela Moura.

— Com a Rosângela? A Dadinha de *Onde bate o coração*? — perguntava ela, maravilhada. Era fã daquela atriz. Segundo o que diziam as amigas, parecia-se muito com com ela. Os olhos, os cabelos, a boca.

— Ela mesmo. Se quer saber, acabei ficando amigo da Rosângela. Saímos algumas vezes. Garota da hora!

— Da Rosângela Moura? Não acredito!

— Pois devia acreditar.

— Rolou alguma coisa entre vocês? — perguntava com uma ponta de ciúmes. Afinal, ela e o Pierre não estavam namorando?

E o Pierre contava de uma festinha na casa do Ronaldo Calheiros, sabe aquele que fez o papel do Caíque na novela das oito? Pois bem, ela apareceu por lá, é linda de morrer, uma graça de garota, só sei que logo a gente estava batendo um papo animado. E tudo terminava com troca de beijos entre ele e a Rosângela Moura e promessas de outros encontros.

— Mas você não vai mais sair com ela, né?

O Pierre dava um sorriso maroto.

— Que é isso, gata? Só tenho você em meu coração.

Finda a história, lá vinha ele, com a maior cara de pau, pedindo dinheiro emprestado.

— Quanto?

— Uns duzentos contos. Mês que vem te pago.

— Até lá, você vai estar trabalhando na novela?

Perguntava, porque a coisa vinha se arrastando. Ele tinha dito que logo, logo assinaria um contrato com uma rede de televisão. E o dinheiro em mão, ia sem falta pagar o que lhe devia.

E ela, por conta da crise, devendo aqui e ali, entrando no cheque especial. Na loja do shopping, as vendas vinham caindo com a pandemia. Não tinha como ficar emprestando dinheiro assim à toa. Mas o Pierre tinha um charme... Tanto que, no aniversário dele, deu-lhe de presente uma jaqueta de couro vermelho com gola de pele. Tinha custado uma nota. Dividiu em doze vezes no cartão. Mas o importante é que seu namorado ficasse bonito e feliz — pensava.

E os achaques continuavam:

— Môzinho — vinha ele, cheio de dengos para cima dela —, tô a perigo. Você tem uma graninha pra me emprestar? Disseram pra mim que falta pouco pra fechar o elenco de *A Força da Paixão*... E aí assino o contrato.

Terminava emprestando e, como de costume, ele não devolvia. Emprestava mais trezentos no mês seguinte, e não via a cor do dinheiro. A novela? O contrato? Como sempre em compasso de espera.

Até que o Pierre deixou de falar da novela e começou a vir com outro tipo de conversa. Sobre a herança de um tio velho. Segundo se dizia na família, o homem tinha uma fortuna escondida em algum lugar. Dos tempos em que era vendedor internacional, com clientes no Japão, na China, na Tailândia. E seus herdeiros seriam, por razões de direito, os sobrinhos, porque era um solteirão, sem filhos. Mas ele era o preferido, por ser afilhado de batismo.

Mas nem isso se resolvia. Angélica até chegara a lhe dar conselhos, dizendo que devia ir atrás daquele tio, antes que a família se metesse. Em vão, que o Pierre não era de tomar decisões. Ficava naquele conversa mole, jogando tudo para o futuro, e ela começou a ficar desconfiada. Será que a estava enganando com tanto papo-aranha? Às vezes, se julgava uma tonta.

Até que, num encontro com a Débora, pôs as suas dúvidas sobre o Pierre. A amiga aconselhou-a:

— Posso ser sincera, amiga?

O coração da Angélica bateu mais forte. O que a Débora ia dizer?

— Pode, claro...

— Esse carinha não presta, Angélica! Será que não percebeu ainda? Você está entrando numa fria com ele. Perdendo seu tempo. Aposto que te pediu dinheiro emprestado e não pagou — fez uma pausa, deu um suspiro e perguntou: — Quanto que ele te mordeu?

— Uns trezentos... — mentia.

— Hummm, teve sorte. Sei de umas garotas aí pra quem ele está devendo mais de mil reais. Esse Pierre tem uma lábia...

O que doía mais? Perder os mais de oitocentos reais que ele estava lhe devendo ou perdê-lo para outra?

— Quem devia ganhar grana com esse negócio de transa era você e não ele... — observava, sempre maliciosa, a Débora. — Ainda mais com este teu corpinho...

Passava de leve a mão por sua bunda. Sentia um arrepio e retrucava, fingindo-se ofendida.

— Cruz credo! Que coisa mais feia, Dê. Ora, onde se viu?

— Feia por quê? Feio é ser enganada por um trouxa, transando com ele e tendo que pagar por isso.

— Eu não paguei nada.

— Foi como se tivesse pagado, sua tonta.

— Ele parecia tão sincero.

— O Pierre? O mó pilantra! Só você pra entrar na dele — e acrescentava, fechando a cara: — E depois, estou pra ver homem sincero nesta vida... O que eles mais querem é transar de graça. Quando não dão uma de cafetão.

— Disse que quando receber uma herança, acerta tudo... — rebateu, com timidez, tentando eximir o Pierre daquele tipo de interesse.

A Débora caía na gargalhada.

— Não vai dizer que ele veio pra cima de você com o golpe do tio doente também? O Pierre conta essa velha história pra tudo quanto é garota. Um malandro da porra. Pô, larga de ser trouxa, Angélica!

Era uma trouxa, uma idiota, concordava. Sustentando um sem-vergonha. Não à toa que ela sempre na pindaíba.

— Mudando de assunto, Angélica, quer saber de uma coisa? Tem um coroa que tá gamadão em você.

— Que coroa?

— Aquele médico que apareceu com a esposa no shopping. Dois dias depois, quando foi buscar as roupas dela, me falou que achou você um tesão. É um cirurgião plástico famoso, tem consultório na Faria Lima.

— Um tesão? — fingia-se, escandalizada.

— Não usou esta palavra, é claro — a Débora, caía na risada. — Na verdade, disse que te achou uma graça.

— Pois vai ficar achando. Eu tenho cara de sair com um anão de jardim, careca e barrigudo?

— Pode ser isso tudo, mas é cheio da grana. Disse pra mim que te dava o que quisesse se saísse com ele.

A Débora insistiu:

— Não vai nem querer saber quanto que ele te dá?

— Mas isso é nojento.

— O que que é nojento? Sair com um cara por dinheiro? Ora, Angélica, deixa de ser careta. Nojento é dar de graça pra pilantra.

— Não vai me dizer que você fez isto?

Débora deu uma gargalhada.

— Embora você não tenha nada a ver com a minha vida, posso te contar meu pequeno segredo. Sim, fiz e continuo fazendo.

— Puxa vida, Dê! Como tem coragem?

— Coragem do quê? Depois da primeira vez, você se acostuma. Acha que eu ia querer viver com o que ganho como vendedora? — e acrescentou com malícia: — Como acha que eu pago as prestações do meu Renegade?

— Mas sair com qualquer um...

— Não saio com qualquer um! — a Débora protestou, ofendida. — Escolho com quem quero sair.

— Mesmo um velhote barrigudo e careca?

— Ué! O que é que tem? Se ele for carinhoso e me pagar bem... Como te disse, melhor do que sair com um bonitão malandro. Como dizia a minha avó, beleza não põe a mesa.

— Não precisava lembrar do Pierre.

— Mas o Pierre já *era* na sua vida, meu amor... Ou continua saindo com aquele pilantra? O negócio é tocar pra frente. Se decidir fazer um programinha com o doutor Abdalla, me dá um toque.

Como a Angélica estivesse de cabeça baixa, parecendo vexada, a Débora punha-lhe a mão sob o queixo e o suspendia. E, fitando-a firme nos olhos, falava com afeto:

— Ok? Numa boa? Mas vê se não fica enrolando... Dá do doutor se engraçar com outra garota...

E a Angélica tinha então um último encontro com o Pierre. Sem poder segurar as lágrimas, dizia:

— Vamos dar um tempo, meu amor...

— Poxa! Você sabe que te amo, Angélica — vinha ele com a conversa de sempre. — Não dava pra esperar um pouco? Amanhã, vou ver o meu padrinho e tenho certeza que ele vai me dar a grana. Aí, acerto tudo com você e monto a minha agência, ou melhor, a *nossa* agência de carro importado.

Ficou em silêncio, e ele insistiu:

— Tá ligada? Então até mais ver. Amanhã a gente se vê de novo.

Ficou tentada, balançou um pouco, mas lembrou-se do que a Débora tinha contado sobre o Pierre. Um pilantra que havia enganado a ela e a outras com aquela conversa. Procurou ser forte e não voltou atrás. Quando o Pierre telefonava, desligava na cara dele.

— E então, já decidiu? — perguntou-lhe a Débora, uma noite, num barzinho.

— Decidiu o quê? Ficar com o Pierre?

— Não, sua boba! Que mané Pierre o quê!

— Se não é do Pierre que está falando...

— Você sabe do que é. Aquele médico, o doutor Abdalla. Ele está a fim, paga o que você quiser.

E, assim, fez seu primeiro programa. Como a Débora tinha garantido, o velhote foi muito carinhoso com ela. Apesar de careca, baixinho e barrigudo, comportou-se como um cavalheiro, cheio de formalidades. Era limpo, usava um ótimo perfume, na certa, importado, um Rolex e anéis de ouro. No final do encontro, pagou o que tinham combinado, além de lhe dar uma gorjeta. Ela nunca havia recebido tanto dinheiro assim na vida. E apenas por duas horas de programa. E num motel de luxo, com direito a piscina com cachoeira, jantar de primeira, acompanhado de champanha e vinho branco. Nos seus encontros com os caretinhas das baladas, a noite, de maneira geral, acabava num motel da periferia, com brindes de cerveja aguada, pacaus de maconha e cheiradas de carreiras de cocaína.

Sentiu-se tão bem com aquele encontro que não hesitou em marcar outro para a semana seguinte. Afinal, fora a vergonha inicial, até que se sentira bem, com aquele velhote, ajoelhado, beijando seus pés e chamando-a de "princesa".

E, durante algum tempo, só teve por amante o doutor Abdalla. O homem fazia-lhe todas as vontades. Bastava pedir com um jeitinho. Num mês, ganhou um colar da Swarovski, num outro, uma Life, cheia de berloques, da Pandora. O doutor Abdalla era mão aberta e não cobrava nada dela, a não ser os encontros semanais. Mas foi aprendendo que devia dar tudo de si para que continuasse sendo a favorita. Com a ajuda da Débora, sabia como escolher as melhores lingeries, como se comportar na cama. Aprendera a fazer poses sensuais em filmes pornô, bem como a gemer numa voz rouca, deixando o velho para lá de excitado:

— Me beija inteira, mozinho. Sou toda tua...

Com o tempo, apareceram outros homens interessados nela. Depois de hesitar um pouco e, como de hábito, aconselhar-se com a Débora, capitulou, porque a paga era ótima. E, assim, o velhote, com quem se encontrava quase todas as semanas, deixou de ser único, embora ela lhe jurasse que só saía com ele e mais ninguém.

— Sou só tua, meu amor... Não existe outro homem na minha vida...

E, assim, sua carteira de clientes aumentou, apesar da pandemia. E, com isto, cada vez ficava mais irritada com a mãe que insistia que fosse ver o pai. E telefonando nas horas mais impróprias.

— Está cada vez pior, ele foi desenganado. Venha logo.

Ir logo, como? Tinha de desmarcar com clientes e clientes muito fiéis, que pagavam bem, sem regatear. E só para visitar o pai no hospital e arriscando-se a pegar o vírus! Isso se o pai estivesse doente de verdade e não fazendo fita, como era seu costume.

— Não sei se vai dar, mãe. Semana que vem, arrumando um tempinho, apareço aí.

Uma promessa que não sabia se ia de fato cumprir. Até que, numa noite, a mãe ligou em desespero:

— Angélica! Acho melhor você vim. E rápido.

Nem ouviu direito o que ela dizia, pois estava cansada depois de um programa com o doutor Abdalla no Guarujá.

— Angélica!

— O que é? — respondia, impaciente e quase voltando a dormir.

— O teu pai. Está na UTI e desenganado — a mãe começava a soluçar.

— Desenganado? Como desenganado?

— Não passa de hoje. O mais tardar, amanhã.

A mãe não ia querer que ela saísse àquela hora da madrugada para ir até Batatais. Nem haveria ônibus. Foi o que lhe disse.

— Aluga um táxi.

— Um táxi, mãe! Você está louca! Vai ficar uma grana preta.

Grana preta? Uma mixaria que ganhava num programa.

— Mãe...

— Você é que sabe. Os médicos dizem que ele não passa desta noite. Pegou uma forte pneumonia. Está respirando por aparelho.

— Está bem, vou ver o que posso fazer.

— Mas decide logo, Angélica! Pelo amor de Deus. Se quer ver teu pai com vida, venha o mais depressa possível.

Desligava o telefone. Cheia de desgosto e perdido o sono, Angélica continuou deitada, sem ânimo algum, os olhos postos no teto. Tinha que decidir o que fazer. Sem perder mais tempo. Mas não queria decidir nada. O que desejava, no presente momento, era descansar e esquecer da vida.

Na noite anterior, fizera de tudo para entreter o velhote. Mas estava ficando irritada com aqueles joguinhos. Nos últimos tempos, ele vinha com as exigência de sadomasoquismo. Lingerie preta, sapatos de salto agulha, algemas e chicotinho. O doutor Abdalla, ela descobrira, gostava de ser espancado. Batia nele com gosto, a ponto de suas nádegas ficarem cheias de vergões. Quando mais o espancava, mais se apegava a ela. E Angélica não ficava indiferente àquilo. Lá bem no fundo de si, gostava de bater nele. Era como uma forma de vingança pelo papel que tinha sido obrigada a assumir. Mas não era só o doutor Abdalla que vinha com aquelas exigências. Outros clientes também solicitavam dela coisas do tipo.

— Coisas diferentes, Anjo? — a Débora, como sempre com aquele sorriso malicioso. — Se não for algo que vai colocar tua vida em risco, querida, manda ver.

— Fico com medo, Dê...

— Medo de quê?

— De algumas coisas... Tem uns tarados...

— Por exemplo? — a amiga desafiava-a a contar.

— Bem... — hesitou um pouco, mas acabou contando, cheia de vergonha: — Tem um cara aí que quer cheirar cocaína na minha xoxota e no meu rabo...

— Ué, e daí? É você que vai cheirar?

— Não, mas...

— Anjo, larga de ser careta. Faz o que o cliente está pedindo, mas, nesse caso, cobra os olhos da cara.

E era o que fazia. Vinham com exigências de coisas fora do usual, punha seu preço. Descobriu então que pagavam! E cada fantasia... Uma mais esquisita que a outra. Algumas até engraçadas, como um homem, na verdade, um bispo, que exigia que ela se fantasiasse de freira para transar. Havia também aqueles que só transavam fantasiados de mulher. Outros queriam ser penetrados com pênis de borracha. Eram coisas grotescas. Sentia vontade de rir. Mas se segurava. Agia como profissional. O que importava era que, no final da transa, pagassem o que pedia. E o que pedia, seguindo os conselhos da Débora, não era pouco. Assim, sua conta no banco vinha crescendo. Tinha apartamento próprio, carro do ano, as joias e os muitos presentes do doutor Abdalla, cada vez mais apegado a ela, exigindo até exclusividade:

— Não quero que saia com outro, só comigo.

— Pode deixar, mozinho... Sou só tua.

Mas saía com muitos outros. Bastava tomar os cuidados de sempre, que o doutor Abdalla vinha se revelando um ciumento. Ele chegou até a ameaçá-la de colocar um detetive na sua cola. Desconversava, procurava agradá-lo, fazendo-lhe as vontades. Deixava até que ele fizesse as suas cenas, querendo saber onde tinha passado o fim de semana e com quem.

— Em casa, amor — e acrescentava, fingindo ciúmes: — Você é que fica viajando por aí e pegando garotas de programa.

— A negócios, meu bem. Fui participar de um congresso em Angra.

— Sei que congresso é esse! Vai contar isso pra suas negas — dizia, fingindo amuo e recusando-se a transar com ele.

— Trouxe uma surpresinha pra você...

Entregava-lhe uma caixa forrada de veludo. Abria-a e deparava com um colar de ouro da H. Stern.

— Meu amor! Pensei que tinha esquecido de mim.

— E ia esquecer? Justo no Dia dos Namorados?

E, em meio a uma transa, com direito a surras com chicotinho, ela falava, fingindo-se brava:

— Você tem que me prometer que não sai com mais ninguém!

— Meu amor, sabe muito bem que lhe sou fiel — ele protestava. — Eu é que tenho que ficar de olho em você.

— Puxa, mozinho, tem coragem de falar isso da sua gatinha? Sou só tua — e, de caso pensado, dizia algo para envolvê-lo mais: — Você é que não larga da megera da tua mulher! E eu sempre sozinha, te esperando.

Mas, no fundo, não queria que ele largasse da mulher coisa nenhuma. O arranjo entre eles estava ótimo. Concedia-lhe dois fins de semana por mês, com direito a viagens. De modo geral, ao Guarujá, onde ele tinha uma apartamento frente ao mar. Os outros fins de semana ficavam para os demais clientes, tão ou mais exigentes do que o velhote. E que pagavam bem pelas extravagâncias.

Angélica tinha posto de lado quaisquer rebates morais. Refletia que, no passado, era uma boba, indo na conversa dos homens. O que valia, no momento, era a conta do banco. E se alguns clientes eram chatos, enjoados e até pegajosos, a maioria, não. De maneira que os programas nem sempre se tornavam aborrecidos.

Às vezes, encontrava um cliente apresentável, de bom papo. Como um jovem chamado Davi, que morava numa cobertura nos Jardins. Parecia ser bem rico e, de vez em quando, requisitava seus serviços. Tratava-a com o maior respeito e não lhe exigia nada mais que uma boa noite de sexo. Só havia uma coisa que a deixava intrigada. Além de tímido, dava a impressão de que vivia sob tensão. Tanto era assim que, numa noite, ele a convocou por telefone. Chegando ao apartamento, ofereceu-lhe uma bebida e foram para a cama. Mas, para desconforto dele, não conseguiu uma ereção. Apesar de todos os carinhos que ela lhe proporcionou por mais de uma meia hora. Até que ele disse, parecendo vexado:

— Sinto, meu bem. Hoje não é o meu dia.

— Meu amor, isto acontece... — disse ela, com carinho, porque, afinal, sentia-se confortável na companhia dele.

O cliente pagou o combinado.

— Fica para outra vez.

— Da próxima, tem desconto, *chérie* — ela deu uma risada e se foi.

Sem contar que, de vez em quando, se permitia sair com quem se encontrava pela primeira vez numa casa noturna. Mas sempre sem compromisso, tanto da parte de seu companheiro quanto da parte dela. O que não era nada mal, pois ela podia ter uma transa com um homem atraente, mas que não vinha depois pegar no seu pé. Quando sugeriam outro encontro, de maneira geral, desconversava:

— Pode ser, meu bem. Eu te ligo depois para confirmar.

Às vezes, ligava, às vezes, não. Não queria compromissos. Não bastara o tempo perdido com o Pierre e suas enrolações? Para, no fim, perder dinheiro e ganhar apenas promessas, juras de amor e um sexo requentado?

Angélica suspendeu as reflexões. Sentia-se cansada, e o que mais desejava era dormir até meio-dia, acordar, tomar um banho de banheira. E, depois, quem sabe, sair com a Débora para almoçar, fazer umas comprinhas, estava precisando de lingerie nova, e saber das novidades.

Mas não! Tinha que ir ver o pai. Não, não iria de ônibus. Era desconfortável, além de perigoso naquela pandemia. Podia alugar um táxi ou quem sabe ir dirigindo até lá. Batatais era tão longe... Levaria umas três, quatro horas para chegar. O que a incomodava com esta viagem, porém, era ter de desmarcar um encontro para a noite. O cliente, aliás, um de seus clientes mais fiéis, não ia gostar nada, nada da ideia. Ela detestava faltar a um compromisso. Um cliente insatisfeito, adeus, cliente, e dinheiro a menos na conta.

Até se imaginava ligando para ele:

— Mozinho, acho que vamos ter que desmarcar. Meu pai está doente, na UTI. Tenho que ir ver ele.

Pensava melhor. Puxa vida, não podia dizer que o pai estava na UTI! Ainda mais para um cliente. Ia pensar em contaminação com o vírus e coisa e tal. Que desculpa podia inventar? Talvez fosse melhor falar em enterro:

— Meu amor, vamos ter de desmarcar o programa de hoje. Tenho que viajar. Meu pai morreu com um infarto e...

OS INFECTADOS 4

O **Superintendente** investiga-o com aqueles olhos sempre vigilantes, sob os grossos óculos de grau, deixando-o num estado de catalepsia, incapaz de responder ou de agir. Fez a conferência de todas as fichas? Não registrou dados incorretos em alguma delas? Será que não deixou cair uma das fichas ou várias das fichas num bueiro? Pergunta-me tudo isso de supetão, embora não me lembrasse de ter perdido fichas e de ter mostrado a ele todas as fichas preenchidas A verdade era uma só, mas se sentia tolhido, incapaz de se defender, embora tivesse razão. Não sabe, pois, o que lhe respondeu, tudo é névoa dentro dele, tartamudeava, mordiscando as palavras, em busca da mentira redentora. Talvez tivesse lhe respondido com outra pergunta, para desviá-lo do assunto O que o Senhor acha? Eu deveria, como é costume, continuar a fixar as bandeirolas com um prego na parede do abrigo ou, para melhorar a performance, prendê-las nos corpos, para que fossem localizadas depois por um dos **Recolhedores**? Nos corpos, nunca! — rebate, com irritação, o **Superintendente**. Por vezes, mesmo com o inverno, o corpo apodrece, torna-se inconsistente, e a bandeirola, com certeza, cairá. E se, insistia, atravessasse os corpos com o bastão de PVC e cravasse a bandeirola na terra, sob o cadáver? O **Superintendente** refletia um pouco e dizia É uma ideia a se pensar, aliás, excelente ideia, excelente ideia, porque, de fato, aí o **Superintendente** sorriu com malícia, ou ele pensa que foi com malícia, talvez tudo não passasse de um ricto, pois não se concebia, assim eu ouvira falar, um **Superintendente** que agisse com malícia, e ele dizia De fato os mortos não irão reclamar, se lhes fincarmos a bandeirola no pulmão ou no estômago. Caso diverso é com os infectados ou os agonizantes, largados em qualquer canto por essa gente desumana ou pelas máfias — concluía ele, do alto de sua soberba, assumindo um ar de comiseração, como se de fato tivesse contemplação com os infectados e agonizantes, Portanto, todo cuidado é pouco, certifique-se antes de que tem diante de si apenas um cadáver, no qual poderá cravar o tubo de PVC com a bandeirola, agora, com os demais, os agonizantes, os pacientes infectados ou moribundos, em hipótese alguma poderá perfurá-los! Nesse caso — eu dizia, para mostrar que havia entendido —, será preciso apenas indicar com as bandeirolas, enfiadas em algum buraco no solo, presas à parede de algum antro, ou apoiadas em algum poste, para que os **Recolhedores** possam vê-los de longe, apanhá-los e encaminhar para os **Centros de Atendimento**, não? Isto — redarguia o **Superintendente**, balançando a cabeça, para mostrar seu desconsolo —, caso haja vagas, o que no momento se torna algo impossível, de tal modo estão sobrecarregados tais órgãos públicos!

Ia saindo, quando era chamado de volta pelo seu Superior Aquela sua ideia de perfurar e atravessar os cadáveres com o tubo de PVC e fixá-los no chão é bem oportuna, ponha-a em prática e veremos sua eficácia. Sentia a euforia de alguém, pela primeira vez na vida, com uma ideia aprovada, mas o **Superintendente**, antes que deixasse a sala, suspendia o dedo e dizia Espere aí, um instante, há um porém, se assim o fizer, talvez fosse preciso dotar o tubo de PVC com a bandeirola de uma ponteira de metal, o que implicará um gasto adicional, Senhor **Superintendente** — surpreendia-se interrompendo-lhe o discurso —, e se simplesmente cortasse na diagonal uma das extremidades do tubo de PVC, para fazer uma ponta? Unindo a palavra à ação, pegou um canivete e, com ele, fez um corte num dos bastões que trouxera consigo, um corte rombudo, Com isso, podia perfurar pulmões, estômagos e, se necessário for, até os crânios, Crânios, não! — disse o **Superintendente**, com aquela severidade que tanto incomodava — Crânios, não, pois não acha que, perfurando um crânio, estará faltando com o respeito aos mortos? E, além do trabalho, deixando-o cansadíssimo no fim do dia, tinha que aguentar aquela conversa moralista de quem não tem o que fazer, como o **Superintendente**, fechado em seu escritório arejado, com ar-condicionado, enquanto ele respirava ares mefíticos, alimentando-se com restos de comida encontrada nas lixeiras e correndo o risco de me tornar mais uma vítima da pandemia. Mas, Senhor, é claro que não pensava em perfurar o crânio dos mortos, pensava em só perfurar o peito, mas, dentro de si, irritado com a lenga-lenga, refletia Qual a diferença? Afinal, o crânio de um morto é carne morta, tão morta quanto a do peito, quanto escrúpulo com um cadáver!

E enquanto o **Superintendente** vinha com seus escrúpulos, pensava no prazer que seria apoiar o tubo de PVC, encimado pela bandeirola negra, azul ou amarela, sobre a testa do cadáver, de um agonizante ou de um paciente infectado e às portas da morte, tendo antes o cuidado de marcar, com uma caneta hidrográfica e, na falta dela, com um pedacinho de carvão ou com o dedo, mergulhando-o no barro, um xis e, num movimento circular, ir verrumando a epiderme, o que restasse de músculos e a camada de gordura, o mais seria vencer a solidez do osso, porque osso é sempre osso, talvez uma pedra, à guisa de martelo, para bater na outra ponta do tubo de PVC, fosse útil, mas não, não recomendava a ninguém esse tipo de procedimento, pois o tubo de PVC tinha lá sua resistência, mas, ao ser forçado demais, era capaz de se quebrar ao meio e sabe quando conseguirei um novo no **Almoxarifado** do **CMRVP, Centro Municipal de Recolha das Vítimas de Pandemia**? Podia tirar o cavalinho da chuva, ele ia ter que se virar com os tubos que tinha em mãos, quebrados, rombudos ou não. Estavam com contenção de despesas, tanto que o trabalho aumentara de maneira considerável, e seus Superiores nem pensando em contratar novos **Localizadores** e **Recolhedores**, sem contar os salários atrasados, e fosse alguém reclamar, para conhecer bem rápido o olho da rua, não sou tolo a tal ponto, antes manter um emprego, ainda que com salários atrasados, do que ficar desempregado.

Ah!, se nos fornecessem tubos de metal, terminando, de modo natural, numa ponteira, sobre os quais se pudesse apoiar todo o peso do corpo ou bater neles com uma marreta! — pensava o **Localizador**, desacorçoado com a precariedade do trabalho, porque, ora o tubo de PVC vergava e ora, nos casos mais drásticos, quebrava-se. Na certa, desbastara demais a ponta do tubo, e, assim, é claro, deverá retirá-lo e afiá-lo de novo com o canivete, mas é uma complicação a mais, pois, afiando-se a ponta do tubo, o tubo se tornará menor e isso implicará que a bandeirola fique alguns centímetros abaixo do que se espera e será, portanto, complicado para o **Recolhedor** localizar o corpo. E ele lá ia querer de saber de complicações com o **Recolhedor** de sua zona? Porque eles reclamavam em demasia, os **Recolhedores** nunca estavam contentes, queriam o trabalho sempre simplificado para eles, ou seja, ver de longe a bandeirola tremulando, alguns bons metros acima da boca de lobo ou da cova, o que os levava a terem um mínimo de trabalho, pois a parte mais difícil de tudo era localizar os agonizantes e pacientes em estado terminal, muitas vezes, agressivos e passíveis de contaminarem as pessoas. Quanto aos cadáveres, estes, sim, sempre quietos, à espera do seu destino, mas apresentando alguns problemas para quem não fosse um **Localizador** de escol. Em alguns casos, podia acontecer de restos de carne, ossos, pele, cartilagens, membranas ficassem embolados com lixo, pedras, galhos e folhas, bem no fundo de uma grota, sendo devorados por ratos e baratas e, nesse caso, seria menos um para merecer registro nas fichas, o que tinha como consequência uma diminuição de cadáveres na coleta do dia. Sabia que todo cuidado era pouco, os **Contadores** sempre estavam atentos a números, ao visitar o escritório, surpreendia-os diante das telas dos computadores, fazendo gráficos e gráficos e ai de nós, **Localizadores** e **Recolhedores**, se a curva de algum deles se tornava decrescente! Era, na certa, uma chamada na sala do **Superintendente** e a reprimenda No fim do mês passado, em sua região, foram noticiados X cadáveres, Y pacientes infectados e Z moribundos, mas, agora, nesta semana, vemos que...

O crânio, não, insiste o **Superintendente**, um idiota — refletia mal-humorado —, sem conhecimento pleno do assunto, que passa os dias atrás de uma mesa, em sua sala climatizada, tendo à frente um computador de última geração, o que lhe permitia dizer, cheio de pompa Respeito, sobretudo com os agonizantes e os pacientes infectados, enquanto eles, os **Localizadores** e **Recolhedores**, dando duro nas ruas infestadas de vítimas da Covid-80, a maioria em estado terminal, os números da pandemia tão assustadores, milhões de contaminados, nem mais lugares em hospitais e clínicas, aqueles por morrer jogados pelas máfias, às escondidas, nas ruas, nas praças, debaixo dos viadutos e até nos esgotos, mas lá vem o **Superintendente** com seus escrúpulos, ele que não sabe o que se passa na Metrópole dominada pela pandemia, O crânio não, insiste, arregalando seus olhos de peixe morto. É um desrespeito para com os mortos e agonizantes. E vinha ele falar em desrespeito pelos agonizantes e mortos, desrespeito seria se descurasse dos vivos, como ele, às vezes até se perguntava por que o **Superintendente** não tirava a bunda da cadeira de sua saleta e não se aventurava a sair conosco, os **Localizadores** e os **Recolhedores,** e sofrer com a estafa do trabalho deles nas ruas. Chegou a cogitar lhe fazer o convite O Senhor bem que podia experimentar, um dia, sair com a gente, e ficava rindo sozinho só de imaginar o homem, vestido com seu terno de casimira, entrando em buracos infestado por vermes, ratos e baratas, para desalojar um doente, abandonado pela família, mas ainda com alguma energia e, quem sabe, munido de uma seringa com sangue contaminado, pronto a disseminar o vírus, ah!, queria então ver o **Superintendente**, se ele manteria o respeito devido aos agonizantes e aos mortos. Mas ele dizia aquilo tudo de boca para fora, porque uma coisa era supervisionar, outra coisa, pôr a mão na massa, correndo o risco de terminar o dia como mais um infectado, obrigado a se refugiar numa grota com seus pertences, perder todas suas regalias, se é que haveria alguma grota à sua disposição, e esperar com agonia que, numa hora, fosse surpreendido por um **Localizador**, agora seu ex-subordinado...

Pronto, distraía-se e quase levara uma agulhada de um infectado mas, com o auxílio do tubo, dava um golpe e conseguia não só lançar a seringa para longe, como também, com outro golpe, desta vez, usando a ponta do cano de PVC, perfurar o peito do infectado, e o pobre começava a estrebuchar, então, esperava com paciência que ele morresse, mas, na ficha, não ia ser besta de registrar que o infectado não estava morto quando encontrado, não fosse o **Superintendente** saber de seu gesto tresloucado, mesmo que explicasse ter agido em legítima defesa. Este era o paradoxo de sua profissão: devia zelar pelos agonizantes e mortos, como vinha estipulado no **Manual**, mas quem é que zelava por eles, os trabalhadores, sujeitos às intempéries, à fome e aos maus tratos de seus Superiores e daqueles a quem cuidavam?

Lembrem-se, vocês todos — costumava dizer o Chefe, numa das raras reuniões, em que se juntavam no grande auditório o **Superintendente,** os **Localizadores**, os **Recolhedores**, com soberba, a mão no peito, como se fosse um político em época de eleição —, o nosso dever implica não só localizar e recolher as vítimas da doença, como também contribuir para erradicar a pandemia e limitar o sofrimento dos doentes terminais, dos agonizantes e familiares. Belo discurso! — pensava o **Localizador** — Belo discurso!, palavras ao vento, porque só a experiência, o trabalho de campo é que podia determinar quem merecia consideração e quem não a merecia, ele, por exemplo, gastando a sola do calçado, o uniforme tão puído que os colegas mais novos no **CMRVP** olhavam de viés para mim, sem receber salário há uns três meses, o responsável pelos **Recursos Humanos** e pela **Seção de Contratos**, dizendo que tivesse paciência Uma hora, irão encontrar seu contrato, e eu redarguia, por minha vez, Desculpe, Senhor, que não tenho mais como me sustentar, estou até passando fome, e o funcionário fitava-o com um ar de desprezo, pelo menos assim lhe parecia, e dizia O senhor devia ser mais previdente. Num tempo de pandemia como o nosso e não fez nenhuma economia? Sinto muito, terá que aguardar até que as coisas regularizem. Lembre-se de que estamos em crise, muita gente por aí sem emprego, mas siga o meu conselho, não pare de trabalhar, pois merecerá dispensa por justa causa, sem direito à indenização e poderá, inclusive, sofrer um processo e, em sendo considerado culpado, com toda certeza, terá que pagar multas à Empresa.

E ele parava? Não era louco de parar. O estômago roncando, as solas dos sapatos furadas, a roupa puída, continuava a correr as ruas da cidade, entrando nas covas, suportando o fedor dos cadáveres, evitando as armadilhas dos agonizantes, agora até eles inventando de criar gangues, e cheguei a ouvir dizer que **Localizadores** e **Recolhedores** mortos a pedradas, facadas ou inoculados com sangue infectado. Ah, mas ele estava escolado, não era um tolo e, para sobreviver, via-me obrigado a não seguir as recomendações do **Superintendente**, pois, se as fosse seguir, era um número a mais nas estatísticas de funcionários desaparecidos ou encontrados agonizantes em algum buraco, apunhalados ou infectados com uma agulha de sangue contaminado, O Senhor me desculpe — dizia, em silêncio, porque temia a ira do **Superintendente**, a um sempre ausente **Superintendente**, fechado no conforto de seu gabinete, afeito a se dirigir aos Subordinados com palavras duras, enquanto ele e os colegas sofrendo os impactos da pandemia, o flagelo —, mas vou fazer as coisas do meu jeito.

Tinha até jogado o volume do **Manual**, com mais de quinhentas páginas, composto pelos burocratas do **CMRVP, Centro Municipal de Recolha das Vítimas de Pandemia**, no lixo, dado que fora da realidade, impondo regras sem sentido, e eu aprendendo as manhas, sabendo que se seguisse o que o **Superintendente** determinava, baseando-se no **Manual**, voltaria todos os dias para a empresa com as mãos vazias, as fichas sem uma anotação sequer, porque o olho de lince adquirido com sua persistência permitia lhe distinguir de longe se ia se defrontar com um cadáver ou com o corpo vivo de um infectado, e isto poupava tempo e trabalho. Não à toa, vinha obtendo as melhores performances, embora tivesse pouco reconhecimento, porque, além de não lhe pagarem o salário em dia, faziam que corresse riscos, sem lhe oferecer uma máscara e um macacão esterilizados, para, não raro, enfrentar infectados agressivos e sofrer de muito perto os efeitos da pandemia. Começava a rir do paradoxo. Graças à pandemia, tinha conseguido, uns poucos anos antes, após a entrevista, o seu emprego e, agora, corria o risco de se tornar mais uma vítima dela, seja se tornando um desempregado, seja se tornando um infectado e o que seria mais terrível, se acabasse se tornando um desempregado infectado.

E em meio àquela balbúrdia, ele, sem reconhecimento, trabalhando feito louco, disputando restos com cães e infectados no lixo, que o meu salário, há meses, sem ser pago, e não tinha mais a quem recorrer. Chegara até a desprezar o conselho de um colega que lhe recomendara pedir uma audiência com o Chefe. Que tolo! Pois eu seria tão leviano a ponto de incomodar o **Superintendente** com uma coisa daquelas? Imaginava a reação do homem, cruzando os dedos e cravando os olhos nele e dizendo, com afetada polidez, Pois o Senhor vem tratar comigo de salários atrasados, mesmo sabendo que estamos em crise, que a empresa com dificuldades para cumprir seus compromissos? Ora, onde estamos? Tenha-se, homem! Nunca faria uma tolice dessas — pensava —, pois, se o fizesse, correria o risco de demissão por justa causa, sem direito a indenizações. Mas, no seu caso — insistia o colega —, há razões para a reclamação, depois vim a descobrir que tanta insistência assim por parte dele, para que pedisse uma audiência com o **Superintendente**, tinha a motivação de deixá-lo mal com o Chefe, a ponto de acabar sendo demitido pela audácia da reclamação. O colega deveria estar fazendo isso devido à inveja, pois não podia suportar a ideia de que eu tivesse recebido um elogio do **Superintendente**, por ter sugerido fazer aquele corte rombudo na ponta do tubo de PVC, para melhor fixá-lo num cadáver. Mas o despeito e o desprezo de seus colegas vinham de muito, lembrava-se se ele do dia em que chegara de volta à firma, falando uma coisa de sarapantar e provocando a ira do **Superintendente** e o escárnio geral dos **Localizadores** e **Recolhedores**: que, se uma pessoa fosse vista em diferentes momentos do dia, então, não seria a mesma pessoa, pois, como se sabe, nunca nos banhamos duas vezes no mesmo rio. Naquele momento, contudo, o motivo de o colega insistir para que fosse reclamar do atraso dos salários com o Chefe era para que se transformasse num boi de piranha, ou seja, ele queria ver a reação do **Superintendente** diante daquela demanda. Se, coisa que estava fora de cogitação, a aceitasse, prometendo tomar providências, o espertalhão, na certa também com os salários atrasados, correria após ele para fazer uma reivindicação idêntica, mas, se pelo contrário, o que era mais provável, o **Superintendente** rechaçasse com duras palavras uma absurdidade tamanha e o ameaçasse com suspensão ou dispensa por justa causa, sem direito algum às indenizações de praxe e à pensão, o espertalhão ficaria quietinho em seu canto.

Ah!, que tratante! Onde se viu armar uma coisa dessas para mim? Eu que nunca lhe fiz mal algum, eu que apenas sugeri mudanças no método de abordagem dos infectados, sugerindo a ponta rombuda do cano de PVC para furá-los, não visando a vantagens pessoais, mas, sim, a bem do serviço público. Nunca foi de paparicar Chefe algum e não seria, nessa altura de sua carreira, que ia se submeter a um vexame como aquele. Preferia ficar sem receber os salários a humilhar-se diante do **Superintendente**, para depois ouvir palavras duras como pedras O Senhor não sabe o seu lugar? Por quem me toma, Senhor? Em vez de lançar aos ventos reclamações desse jaez, Senhor, deveria estar compenetrado em seu ofício. Ora, tenha a santa paciência! E patati-patatá, acabaria por se ver de novo no centro de toda aquela maledicência do escritório, isso se se encantasse com o canto de sereia do colega, que lhe ciciaria ao ouvido O **Superintendente**, como deve saber, meu caro, é magnânimo, certeza tenho de que o receberá e não fará ouvidos moucos a seus reclamos. Com toda sua falta de consideração, o colega cravava os olhos de abutre nele e dizia Ou você, meu caro amigo, prefere ficar a ver navios, com salários atrasados de muitos meses, obrigando-se a passar fome? E concluía, sem o querer, revelando a insídia dele e dos demais Se não o fizer, temos por nós que tal afronta, o atraso de salários, tornar-se-á uma praxe aqui na firma, e todos sofreremos as consequências de sua leviandade.

E chamado de leviano! Até onde ia a indignidade daquela gente a quem, durante muito tempo, tratara como "Colega" e a quem lhes facilitara a vida, passando-lhes informações valiosas, aos que fossem **Localizadores**, sobre os truques dos infectados para fugirem à localização Colegas, sabem da nova? Vim a descobrir infectados escondendo-se nos caixões dos cemitérios, fingindo-se de mortos! Verdade, Colega? Claro que é verdade, vasculhem os cemitérios para comprovar, aos que fossem **Recolhedores**, sobre a urgência da recolha dos cadáveres, porque gangues tinham passado a atuar de maneira mais agressiva, recolhendo corpos, assinalados com bandeirolas negras, para vender os órgãos nas Casas de Vidro. Mas desconfio que até isso depunha contra mim, talvez me achassem presunçoso, por tentar lhes ensinar os ossos do ofício. Enfim, fosse uma coisa, fosse outra, via-se no olho do furacão, e isso lhe doía demais Onde se viu — pensava, tomado pela angústia —, granjear gratuitamente tantos inimigos em seu local de trabalho?

Sua vida de **Localizador** estava se tornando um martírio, mas era a única que tinha. Naquela pandemia, louco seria quem ousasse abandonar um trabalho por motivos assim tão fúteis. Engolia em seco e punha de lado o orgulho. Apanhava seus pertences e, de imediato, sem mais pensar naquelas tolices, partia para uma nova jornada.

OS INVESTIGADORES 3

Depois do almoço na Praça da Sé, o Medeiros e o Bellochio pensaram se valia a pena começar a caçada dos assaltantes do pastor naquele mesmo dia. Contudo, acharam melhor postergar a ação, embora, com isso, o caso se arrastasse por mais tempo e tivesse seus agravantes. Com o adiamento, os bandidos teriam tempo de sumir naqueles labirintos de ruelas e barracos da periferia, rápidos como um bando de baratas fugindo pelo ralo de um esgoto. Mas acontecia que, além de estarem estressados com o rumo da investigação, aquela mixórdia toda não era questão de honra para ambos. Pelo contrário, entendiam-na como mais uma tarefa fora de propósito determinada pelo doutor Buári. Do ponto de vista deles, o delegado responsável pelo DP via-os como se fossem lixeiros, prontos para limpar a sujeira feita por um colega, mancomunado com um salafrário. Como o chefe podia e mandava, não lhes cabia outra coisa senão obedecer. Mas resolveram que cumpririam a tarefa imposta pelo superior do jeito deles. Ou seja: pretendiam adiar a investigação para a manhã seguinte, quando então estariam mais bem dispostos e com todo o dia pela frente.

À parte isso tudo, o Bellochio havia convencido o parceiro de suspenderem a investigação com os fortes argumentos de sempre: a fome.

— A gente não é de ferro, *partner*. Já estou de saco cheio com essa história toda. Ranulfo filho da puta! Pastor do caralho! — parou de falar, franziu a testa, mostrando seu desagrado, e prosseguiu, ainda com raiva: — Sem contar que estou faminto. Aquela porcaria que a gente engoliu na Praça da Sé não deu nem pro começo.

O Medeiros acabou concordando:

— Também preciso forrar o estômago com alguma coisa de qualidade. Onde pensa que a gente pode ir?

O Bellochio refletiu um pouco e sugeriu:

— Tem um restaurante perto da Interlagos, o Tradição Mineira. Costuma servir um tutu de feijão com bisteca e torresmos, de primeira.

— Ok. Acompanhado de uns chopes, vai bem. Mas agora é cedo. Antes, vamos passar pelo DP, que eu tenho umas coisas pra resolver. Depois, saímos pra comer.

Findo o expediente, lá pelas oito da noite, deixaram o DP, pegaram a viatura e seguiram pela Interlagos. Umas quadras adiante, pegaram a rua José Pedro Montoro e estacionaram diante do restaurante, vazio naquela hora. Mal entraram, tiveram a surpresa de deparar com três homens assaltando o caixa. O Medeiros e o Bellochio, como se tivessem combinado, abaixaram a máscara, sacaram as armas e gritaram a um só tempo:

— Parados aí! Polícia!

Os bandidos estremeceram, mas logo se recuperaram do susto e começaram a atirar. Os investigadores agacharam-se atrás do balcão. O rombo das balas de uma .45 na parede deu-lhes a certeza de que os bandidos não estavam para brincadeira. Atiraram de volta. Eles fugiram para a rua, entraram numa Tucson prata, parada na frente do restaurante. Quando arrancaram, numa manobra infeliz, meteram o carro num poste. O Bellochio e o Medeiros atiraram, furando a lataria e espatifando um dos vidros laterais. O motorista manobrou bem rápido, desviando do poste, e saiu em disparada. Os investigadores, sem perder tempo, pegaram a viatura e começaram a perseguição. Entraram na Interlagos, em seguida, numa rua escura e esburacada. Depois de correr muito, cantando os pneus nas curvas, dobrando à direita, à esquerda, saíram num local com poucas casas e terrenos baldios. Subiram uma rua íngreme e cheia de corcovas. Ao lado dela, havia um muro caindo aos pedaços.

— Pega a punheteira aí no banco detrás! — gritou o Bellochio, lutando com o volante para manter a Chevrolet Trailblazer na rota.

O Medeiros catou a 12 e destravou-a. Pôs metade do corpo para fora da viatura, esperando o melhor momento para atirar. Quando estava a uns dez metros de distância do Tucson, disparou. Como a viatura pulasse feito um potro, acertou apenas uma das lanternas do carro dos bandidos. Deu outro tiro e, dessa vez, acertou um dos pneus. A Tucson, desgovernada, foi de encontro ao muro, derrubando uma parte dele. As portas se abriram, e três homens fugiram correndo. Um subiu a rua, e os outros dois passaram pelo muro.

— O da rua é seu! — o Medeiros virou-se para o Bellochio, ao mesmo tempo que pegava uma lanterna no porta-luvas e descia do carro.

A viatura saiu em disparada. Não demorou, o Medeiros ouviu uma freada e um grito do Bellochio:

— Parado aí, seu filho da puta!

O Medeiros aproximou-se da Tucson. Iluminou o interior e pode ver um corpo caído no banco com a cabeça arrebentada. Resultado de tiro dele ou do Bellochio. Deixou a Tucson e também passou pelo muro. Havia por ali restos de material de construção, mesas e cadeiras de escritório quebradas, armários roídos por cupim, colchões apodrecidos. Depois disso, vinha um matagal, onde os bandidos tinham se escondido. Dava para escutar o barulho deles tentando escapar. Até que o Medeiros ouviu um baque e um grito. Chegou bem a tempo de ver, à luz da lanterna, um homem de joelhos e as mãos erguidas:

— Pelo amor de Deus! Não atira!

— As mãos na cabeça! — apontou-lhe o Taurus .38.

O bandido devia ter tropeçado num galho ou numa saliência do terreno e perdido a arma. Era por isso que estava de joelhos e implorando. Sem o perder de vista, o Medeiros iluminou o matagal até localizar a arma no meio de um tufo de grama. Pegou a pistola .45, foi até o homem e deu-lhe uma coronhada na cabeça. O bandido caiu desmaiado, e ele o algemou. Mas ainda havia o outro. Precisava de cautela, porque podia estar tentando tocaiá-lo. Por precaução, apagou a lanterna. Foi-se guiando pela luz do luar e pelo ruído que o bandido fazia ao correr.

Mas, num determinado instante, tudo ficou em silêncio. O Medeiros escondeu-se atrás de uma moita e ficou esperando. Escutou um barulho à esquerda. À luz da lua, viu um brilho. Não pensou duas vezes, atirou e teve como resposta um grito abafado. Acendeu a lanterna e correu na direção de onde tinha vindo o grito. Alguns metros adiante, deparou com um garoto deitado de costas. Ele gemia, com as mãos comprimindo a barriga. A seu lado, havia um pedaço de cano prateado, talvez a perna de uma cadeira Para quê? Talvez para tentar se defender? Por causa dele, havia atirado, pensando que fosse uma arma. O Medeiros iluminou o rosto do garoto. Ele suava, os olhos girando assustados. Tremia todo, como se estivesse com febre. O moleque não devia ter mais do que uns dezesseis ou dezessete anos. E metido num assalto, para roubar uns trocados. Será que ia sobreviver? Tinha lá suas dúvidas.

— Não quero morrer... — choramingou.

— Você não vai morrer — o Medeiros ajoelhou-se, tentando ver a dimensão do ferimento.

Um tiro de um .38 costuma fazer um belo de um estrago, ainda mais no estômago — pensou com tristeza.

— E aí, *partner*? Tudo em ordem? — era o Bellochio que chegava.

— Mais ou menos.

— Como mais ou menos? Tropecei num vagabundo caído no caminho.

— O garoto aqui está sangrando muito.

O Bellochio inclinou-se, examinou o ferimento, à luz da lanterna. Olhou para o parceiro e informou:

— A ambulância está a caminho. Fui obrigado a atropelar aquela besta. Assim, levam esse daí também.

Retornaram à rua, arrastando o homem algemado e carregando o garoto ferido. Logo, ouviram uma sirene. Era de uma ambulância. Mais tarde um pouco, chegou uma viatura do Instituto de Criminalística, seguida por uma do Instituto Médico Legal.

Voltando ao DP, como era de praxe, fizeram um BO. Assalto à mão armada, com reação dos policiais, seguido de morte. Na saída do DP, o Bellochio voltou-se para o Medeiros:

— Depois dessa zona toda, acho que a gente merece uma comida decente. Que tal ir no seu Felício?

— E o Tradição Mineira?

— Fica pra outra vez. Agora, me deu vontade de comer um bife bem encorpado no português.

O seu Felício era o dono de um botequim no bairro da Consolação, quase junto à Nove de Julho. Tinha ficado muito amigo do Medeiros, desde que uma noite o investigador havia posto para correr dois assaltantes. Para mostrar sua gratidão, sempre lhe reservava os melhores bifes, as mais suculentas feijoadas. E, coroando o regabofe, oferecia-lhe cervejas supergeladas e doses de cachaça especiais de Minas ou do Nordeste.

Entraram na viatura e dirigiram-se para o centro da cidade. O Medeiros refletiu que precisava tomar umas e outras e comer algo mais substancioso para dar conta do mau humor. Estava irritadíssimo com o caso do pastor, e a adrenalina em alta, por conta da perseguição aos assaltantes. Caralho! — pensou, tomado pela raiva, nem tinha podido comer direito que vinham aqueles merdas importuná-lo. Como sempre, ele sentia-se como um para-raios, pronto a receber descargas a qualquer momento e quando menos esperasse.

Mas havia outra coisa que o vinha aborrecendo demais nos últimos dias, a ponto de estar lhe estragando o humor. É que continuava com o telefonema da dona Mirtes, a vizinha de sua mãe, na cabeça. A mulher tinha contado que a velha estava internada num hospital em Campinas, por conta da Covid-19. Dera-lhe o recado quase chorando:

— Ela está mal, doutor Medeiros. Disse que teme partir sem poder lhe ver pela última vez.

Era típico de sua mãe. A velha costumava adotar um tom melodramático para falar de um resfriado ou de uma quedinha de pressão. A chantagem de sempre. Quantas e quantas vezes não se vira obrigado a ir até Campinas, só para se dar conta que a velha estava ótima. E, com estas saídas, tinha de pôr de lado todo o trabalho no DP.

Lembrou-se da última vez em que fora vê-la, depois de um telefonema da dona Mirtes, a cúmplice da mãe naquelas empulhações. Chegando a Campinas, seguiu direto para o hospital. Mal entrou na enfermaria, percebeu que ela estava bem melhor do que tinha mandado dizer pela vizinha. Não é que batia num papo animadíssimo com a paciente do lado? Como havia desconfiado, aquela coisa de ela se ir, sem poder mais vê-lo, fazia parte do seu repertório de novelas. Quando o viu, soltou um gritinho que nem o de uma maritaca bêbada:

— Ai! Meu filho!

Aproximou-se, deu-lhe um beijo na bochecha murcha. E tanto que fazer em São Paulo naqueles dias...

— Então você veio! Pensei que tinha esquecido da mamãe!

Apresentou-o às colegas de quarto. Múmias como ela, deitadas em seus sarcófagos, os braços presos a tubos de soro, respirando por máscaras de oxigênio. Uma visão mais que animadora para alegrar a manhã.

— É o meu filho! Aquele que falei pra vocês! — desatou a falar, toda feliz. — É da polícia. Já matou mais de mil bandidos!

Sorriram para ele, mostrando dentaduras e gengivas descarnadas. Os olhinhos acesos com a enormidade do exagero. Só a velha com aquelas histórias de doido! Engrandecia-se diante das companheiras, engrandecendo-o.

— Como a senhora está passando? — sentou-se ao lado da cama, fitando a face da mãe, enrugada como a de um pergaminho.

Para que foi perguntar isso? Veio um rosário de queixas: o número de palpitações, os graus de febre, os litros de catarro acumulados nos pulmões, as variações da pressão, as dores nas juntas.

— Mas a senhora está com uma aparência muito boa — usou um tom mais sério, quando sentia era vontade de rir.

— Engano seu, meu querido — soluçou. — Antes de ontem, quase morri. Tudo culpa do hospital...

Pegou sua mão e puxou-o para junto dela. Olhou para um lado, olhou para o outro e segredou:

— Não sei se você sabe, mas o pessoal aqui ganha por hora. Por isso, recebem ordem pra desocupar as camas bem rapidinho. O doente nem morreu, e eles já querem a cama de volta. Tem uma enfermeira...

Levantou a cabeça e apontou o balcão de atendimento:

— Tá vendo aquela enfermeira ali?

— A baixotinha? — perguntou, divertido.

— Não, a outra, a altona.

— A pirulona? Que que tem ela?

— Pois é essa mulher! A vermelhuda! Não é que ela tentou me esganar? Não fosse a ajuda de dona Clotilde...

Sua companheira de enfermaria sacudiu a cabeça, concordando.

— A mais pura verdade, doutor.

— Não fosse ela, que fica de olho aceso a noite inteira, aquele monstro tinha dado cabo de mim.

Medeiros despertou dessas lembranças que tinham lá sua graça. Mas, agora, com a pandemia, a situação podia ser mais séria. Talvez a mãe estivesse mal de fato. Então dissera à dona Mirtes que iria para Campinas logo que pudesse. E não fosse a investigação ordenada pelo Cebolinha, deveria estar no hospital, para ver o que a mãe tinha de verdade. Não fosse o caso de mais uma empulhação...

O português, como sempre acontecia, recebeu-os com euforia:

— Ora, pois, pois, senhores doutores! É uma honra tê-los aqui em minha humilde casa.

O seu Felício levou-os até o reservado ao fundo. Depois que ambos se acomodaram, tirou o lápis que trazia atrás da orelha e começou a anotar:

— Então vai de entrada uma caipirinha dupla de limão espremido ou dosezinhas de uma *Dama da Noite*, com torresmos e bocados de linguiça frita?

— A *Dama da Noite*. E com torresmos e as linguiças — o Bellochio, a essa altura, já salivava.

Beberam as doses cachaça mais os tira-gostos. O substancial viria depois. Os bifes preparados pelo Maciel, o negro da cozinha, acompanhados com muita cebola, rodelas de paio e arroz carreteiro.

O Bellochio atacou a comezaina com sua costumeira fome. O Medeiros fez o mesmo com gosto. Contudo, apesar do apetite, estava com a cabeça em outro lugar, respondendo com monossílabos às perguntas do colega. Até que o Bellochio achou de interpelá-lo:

— Qual a sua, *partner*? Parece que desgostou da comida? Ainda está pensando naquela merda?

O Medeiros não queria estragar a noite. Estava comendo na companhia de seu amigo, no melhor boteco de São Paulo, e ele ali preocupado com coisas que só diziam respeito a si próprio. Por que ser o desmancha-prazeres? — pensou. Resolveu então se abrir com o Bellochio:

— Não queria te encher o saco, Belo. Mas acontece que estou preocupado com um telefonema que recebi de Campinas. A dona Mirtes, vizinha de minha mãe, disse que a velha está internada no hospital por conta da Covid-19.

— Poxa, cara! Por que não me disse antes? Cacete! Eu cuidava dessa merda da investigação e você ia ver a velha!

— Não seria justo. Quero ir até o fim disso tudo. Depois de terminar, vou ver como está minha mãe.

— Bom, não recomendo que faça isso agora, porque agasalhou não sei quantas cachaças e cervejas. Mas, amanhã bem cedo, pé na estrada. Eu cuido do que sobrar dessa porcaria.

O Medeiros refletiu um pouco, tomou mais um copo de cerveja e disse com firmeza:

— Acho que dá para eu te ajudar com os pivetes. É questão de honra. Não pelo Ranulfo, que não vale o feijão que come. Mas por mim, por você e pela porra de nossa corporação. Não vou deixar que o canalha de um pastor, em sociedade com um colega pilantra, saia por aí aprontando e deixe a gente com cara de bunda. Portanto, meu caro, faço questão de ir até o fim dessa história. Amanhã, vamos pegar aqueles filhas das putas de malandros...

— Está certo, *partner*, não precisa se exaltar. Te conheço bem, meu chapa. Sei que nunca ia deixar um serviço pela metade.

O Medeiros fez sinal ao seu Felício.

— Pois não, doutor? — disse o português com solicitude.

— A conta, mas, antes, por favor, traga mais umas doses dessa *Dama da Noite*. Maravilha de cachaça!

— Pois vamos lá, doutor! E o bifezinho como estava?

— Divino — o Bellochio, passou a mão pelos lábios. — A minha patroa, a Conceição, que me perdoe, mas o bife do Maciel...

— Ela que não te ouça, parceiro — o Medeiros, deu uma risada. — Você vai acabar dormindo no sofá da sala.

DO MAL E DA CURA 2

O Observador Anônimo, ao ver a pandemia espalhar-se, sem distinção de classe, sejam os pacientes ricos, remediados ou pobres, saturando as clínicas, os prontos-socorros, os hospitais, os necrotérios, os cemitérios, os centros de incineração das cidades e Metrópoles, condenando homens, mulheres e crianças ao confinamento, à solidão, impedindo-os de cultivar as relações sociais, das mais simples às mais complexas, contempla das alturas a humanidade, no momento, dominada pelo terror, devido ao fato de ela perceber que os seus laços mais sagrados, os do amor, da amizade, da fraternidade, da afetividade, do companheirismo, do coleguismo, vão se solapando, como num passe de mágica, pois, em meio à pandemia, o Eu e o Outro, em vez de se solidarizarem, como seria de se esperar do humano, passam a se antagonizar cada vez mais, na disputa, ao contrário dos momentos de guerras e conflagrações mundiais, por nada, pelo vazio, pelo oco do oco, e imagina então se houve no passado situações apocalípticas similares a essa e, levado por sua curiosidade, investiga até que venha a encontrar, entre milhares e milhares de referências a pandemias diversas, uma, relatada por um sábio francês do século XV, e outra, por um curandeiro de um bairro da periferia da cidade de São Paulo, que não só tentam explicar como a moléstia surgiu, bem como trazem recomendações para a sua cura.

O primeiro dos textos, referente ao sábio francês Jean de Charron, começa por uma introdução com a biografia e as obras do autor, registrada por uma fonte anônima e colhida numa enciclopédia digital, para depois tratar da epidemia propriamente dita:

> Jean de Charron (Rouen, 1412 — Rouen, 1472) foi um sábio medieval, autor de várias obras, dentre elas, *Hypenorotomachia* (1442), *Libri Sibillini*

(1445), *Tractatus Sphaerae et Mala Mundi* (1450). O *Tratado das Esferas e dos Males do Mundo*, sua obra magna, dividido em nove livros, sobressaiu-se pelo fato de Jean de Charron ter sido um polímata ou polígrafo, ao propor a religação dos saberes. E, nessa condição, procurou compendiar todo o conhecimento de seu tempo, nas áreas da Filosofia, da Cosmologia, da Matemática, da Física, da Química, da História, da Geografia, da Retórica, da Medicina, não só para explicar a mecânica do Universo, mas também, em sua ambição, para sugerir a cura dos males que afligiam a Humanidade, dentre eles, o de uma pandemia.

No livro VI, intitulado "*Ex ad Curationem Hominum Scriptor Morbus*", ou "Da Cura dos Males dos Homens", Charron disserta sobre uma pandemia ocorrida em Rouen, na França, em 1430, provocando milhares de mortos. Ilustra, com abundância de detalhes, como ela se instalou na região, quais os sintomas, como as pessoas a contraíam, de que medicamentos os curandeiros e clínicos se serviram para tentar debelar o Mal. Remando contra a corrente, se se pensar na limitação do conhecimento da época, desenvolve uma teorias das mais originais, fundamentada na Cosmologia. Mostra a correlação entre a moléstia e a constituição da Terra e a posição do Planeta em relação aos demais astros, bem como, baseando-se nesses pressupostos, propõe uma solução para erradicar a doença.

Vista de nossa perspectiva, essa pandemia assemelha-se em tudo à da Covid-19, proveniente da China, espraiando-se pelo mundo, no ano de 2020, e resultando em mais de oitocentos mil mortos em todo o planeta e no confinamento dos habitantes das cidades de vários países.

Seguem alguns pontos das ideias de Jean de Charron, traduzidas da versão latina de sua obra, tratando da epidemia, de suas causas e origens, dos seus sintomas, dos medicamentos utilizados na época e de sua cura, tendo por base princípios cosmológicos:

Eis que, sem saber donde vinha tal enfermidade e qual a causa dela, muitos habitantes da cidade e da região de Rouen começaram a ser tomados por violentos e ininterruptos acessos de tosse seca, por febres altíssimas, provocando vermelhidões em todo o corpo, coriza, lágrimas abundantes, água nos pulmões, prostração e, afinal, a morte, e os clínicos e curandeiros, desconhecendo a raiz do Mal, procuraram tratá-la, tal fosse ela como outras e costumeiras pestes, à base de sangrias e beberagens das mais diversas, entre elas, umas feitas com a fervura da raiz da mandrágora, juntando-se a assa fétida, folhas de alecrim, pés de múmia, reduzidos a pó, e corações de ratos cozidos e moídos e, quando as medicações mostravam pouco ou nulo efeito, quando muito provocando congestões e vomições, os infectados, em desespero, não só se impunham flagelações públicas com cilícios, como também faziam promessas ao Altíssimo, com o pagamento de caríssimas espórtulas a sacerdotes inescrupulosos e, para causar o maior horror entre os crentes, também participavam de inconfessáveis e nefandos ritos, em que o Escondido era invocado por criaturas excomungadas e bruxas, em Missas Negras, realizadas em locais em que assassinos cumpriam a sua pena ao serem enforcados, e onde Satã e os seus súditos, os demônios, em legiões, se faziam presentes com toda sua pestilência nas noites das amaldiçoadas sextas-feiras.

Todavia, em sendo tais mezinhas ou cerimoniais tão inócuos, a ponto de a moléstia espalhar-se com velocidade espantosa, indo para além dos limites de Rouen, isso nos fez crer que necessário era debelar o Mal somente após lhe conhecer a raiz, porquanto tudo o que existe no mundo tem sua origem primeira, e o que vem após, só vem depois do que antes aconteceu, sem o quê, nada existe por si mesmo, como se fosse oriundo de geração espontânea, tal qual o caso das abelhas natas da carcaça de uma besta. Em vista disso, tenho por mim, ajudado pela Graça do Senhor, que a pandemia que se abateu sobre nós tem sua raiz ou a sua causa na conformação e no movimento das Esferas a compor o conhecido Mundo em que nascemos, vivemos e morremos, pois que as coisas cá de baixo estão submetidas às mesmas leis dos movimentos dos Céus, e a causa que mantém as revoluções das Esferas Celestes é a mesma que mantém a rotação do rebolo do ferreiro, o que nos permite dizer que há uma Mecânica única pela qual se regem todas as coisas criadas, a esfera do Sol e o pião posto pelo menino em rotação, e esta constatação levou-me a concluir, tendo em vista a pandemia acontecida na cidade de Rouen e seus arredores, no ano de Nosso Senhor Jesus Cristo de mil, quatrocentos e trinta, que tais são as causas da pandemia e, como tal, deve ela ser combatida, apenas tendo em vista a conformação da Terra e o movimento das Esferas a fazerem parte de sua composição interna.

Como é sabido de muito, desde os Antigos, o Globo Mundo é formado de quatro esferas, em perpétuo movimento, movimentando-se cada uma, em conformidade com as outras, contudo, em sentidos inversos, umas da direita para a esquerda, outras, da esquerda para a direita; em sendo que a primeira das esferas é habitada pelo Divinum Spiritum, *o motor primeiro de Tudo o que existe e propicia a Tudo o que existe a sua razão mesma suprema de ser e de agir, sob o impulso da mão do Criador Onipotente; a segunda das esferas, contando-se de dentro para fora, é habitada pelo elemento* Caelli, *animando as demais com seus incessantes movimentos de ir e vir; a terceira, pelo elemento* Aqua, *a fazer que todas as coisas, pelo úmido, possam brotar do Nada; e a última, mais próxima à superfície, pelo elemento* Ignis, *o qual, refletindo as chamas do Sol, aquece e propicia calor para o benéfico nascimento e crescimento das plantas e animais da* Mater Natura.

Eis, pois, a conformação do Universo, tal qual nos foi dado a conhecer pelos Antigos, pois que a sabedoria deles nos ajuda a compreender melhor qual foi o plano primeiro concebido pelo Senhor Deus Onipotente, para constituir o Globo Mundo e os homens à sua imagem e semelhança e do qual só vieram a ter notícia os Iluminados, homens de Fé e Ciência:

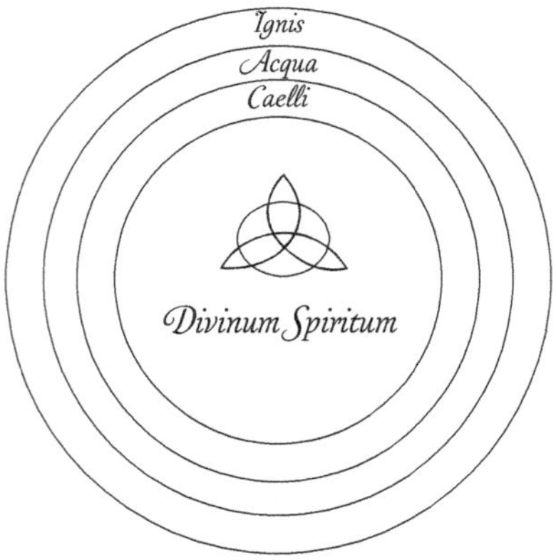

Fig. 25 – *Sphaera Mundi*

Foi me dado, pois, ver, graças a meus muitos estudos da conformação do Globo Mundo e do movimento das Esferas, que é dado ao homem viver em harmonia, conforme foi o desejo primeiro de Nosso Criador, mas, por vezes, tal harmonia entra em declínio, quando o Globo Mundo entra em desacerto, ao se distanciar do Sol, e o que ocorre então são as Esferas entrando em

> *desacerto entre si, seja movendo-se todas na mesma direção, seja uma movendo-se numa direção e as outras três, em diverso movimento, seja, em casos mais extremos, ocorridos em tempos perdidos da história humana, quando as esferas, deixando de se mover, permitiram que os frios gelos dominassem todo o Globo Mundo, causando desse modo a morte de todas as criaturas viventes.*
>
> *Tenho por mim, pois, que sempre quando o Globo Mundo se distanciar do Sol mais do que deve e pode, fugindo às leis mecânicas pensadas pelo Criador, mas não tanto que aconteça de as esferas se negarem o pleno movimento, males diversos abatem-se e abater-se-ão sobre os homens, pois que o elemento* Ignis, *da Primeira Esfera, ao perder o seu poder e ao se ver tão distanciado do Sol, não mais concederá calor e fogo aos viventes que, privados deles, sucumbirão às febres, às pestilências das mais diversas, em que pesem as mezinhas dos curandeiros e clínicos e as invocações ao Criador do Universo e de todas as coisas criadas e, o que é o pior, em que pesem as invocações feitas ao Escondido e sua coorte de súcubos.*
>
> *Para o melhor tratamento daqueles que, em tempos de pandemia, se veem com tosses secas, corizas, febres altíssimas, provocando vermelhidões em todo o corpo, dores nos pulmões, baseando-me no que pude saber e observar, recomendam-se banhos escaldantes em água e sal, seguidos de aplicações de ventosas nas costas dos pacientes e de brasas, dispostas sobre uma placa de ferro, sobre os pulmões, para que se provoquem abundantes expectorações e defluxos da matéria líquida, de modo que o elemento* Ignis *venha a predominar sobre o elemento* Aqua, *e não que o elemento* Aqua *venha a predominar sobre o elemento* Ignis, *que este é o motor primeiro e aquele apenas o seu propagador e, assim, se recupera a harmonia das esferas no interior do homem, cujo corpo foi feito à imagem e semelhança do Globo Mundo e que, estando este em desacerto, aquele também o estará e estando este em harmonia, aquele também o estará, livre dos males provocados pelo desconcerto do Mundo.*

O segundo dos textos trata de um curandeiro do Brasil, de nome João Melchior dos Reis, mais conhecido por "João Divino":

> João Melchior dos Reis Baptista, nos anos 80, veio, não se sabe de Rondônia ou do Acre, estabelecer-se em Engenheiro Marsilac, bairro no extremo da Zona Sul da cidade de São Paulo, onde comprou um sítio, para criar porcos e

galinhas e plantar milho, feijão, batata. Ao chegar à região, já mostrava habilidades de curandeiro, tratando animais e pessoas à base de rezas e ervas. Vivia sozinho em sua propriedade e, embora não fosse hostil à vizinhança, preferia o isolamento, o que lhe acarretou a fama de homem casmurro.

Mas, no fim dessa década, um fato veio mudar, de modo radical, a relação que João Melchior mantinha com os habitantes de Engenheiro Marsilac. É que uma adolescente, de nome Izilda, uma das filhas de Aderbal dos Leites Monteiros, dono de uma madeireira, foi diagnosticada com câncer no estômago. Os médicos, após tratamentos, inclusive, os de radioterapia e quimioterapia, realizados no Hospital Albert Einstein e no Hospital do Câncer, em São Paulo, terminaram por desenganá-la. Em desespero, os pais da menina recorreram aos préstimos de João Melchior que, de pronto, se dispôs a cuidá-la.

Num primeiro momento, o homem isolou-se com a menina num quarto, onde, segundo ela contou depois, foi massageada na altura do ventre, aspergida com uma infusão de ervas, enquanto ele rezava, invocando o auxílio de santos. Já na presença dos pais de Izilda, João Melchior fez-lhe uns passes na frente do corpo, deu-lhe um chá a beber e disse:

— Nosso Senhor Todo Poderoso não quer ela ainda junto d'Ele. Podem ir pra casa, que a menina está curada.

De fato, ao voltarem para casa, o Aderbal e a mulher, além de não escutarem mais a Izilda queixar-se de dores, também notaram que o inchaço em seu estômago havia desaparecido. E o mesmo se verificou com o tumor, de que não havia mais sinal, segundo os médicos da cidade atestaram. A notícia da cura espalhou-se, de maneira que, a partir de então, pessoas de Marsilac, de outros bairros da cidade, de outros municípios e mesmo de outros estados, afligidas por males de todo tipo, começaram a procurar o sitiante. E, ao que parece, de acordo com testemunhas, após a consulta, todos voltavam sem sintomas algum de doença.

Com o passar do tempo, João Melchior deu também de realizar operações espirituais, curando cataratas, desentupindo veias coronárias, extirpando pedras dos rins, apêndices estuporados e tumores dos mais variados. Houve até quem dissesse que haviam visto aleijados andarem e cegos verem, após os passes e rezas do médium.

A fama de João Melchior como curandeiro fez com que ele começasse a ser chamado de "João Divino". Para poder atender ao grande número de pessoas que o procurava, ele mandou construir um galpão nas traseiras de sua casa, onde havia um salão com cadeiras, macas e banheiros para os pacientes e uma saleta para as consultas, o tratamento e as operações. João Divino passou a vestir-se todo de branco, e o mesmo acontecia com suas auxiliares, cinco mulheres que organizavam o atendimento e cuidavam da casa daquele que, devido a suas virtudes, também passou a ser conhecido como "Homem Santo".

Muita gente afluía à propriedade de João Melchior, e ele deixou assim de cuidar dos porcos e das plantações para se dedicar às artes da cura. Conta-se que vinham atores, políticos e mesmo ex-presidentes da República em busca das virtudes das rezas, das prédicas e dos medicamentos do "Homem Santo".

E suas habilidades mediúnicas e de cura mostraram-se das mais eficazes quando da pandemia de coronavírus, ou da Covid-19, que teve início, nos fins de 2019, em Wuhan, na China e veio a se estabelecer de vez, no Brasil, em fevereiro do ano seguinte. E o agravante para a moléstia foi o fato de as pesquisas com vacinas, nos centros de saúde mais avançados do mundo, estarem ainda engatinhando, o que serviu para que a Covid-19 se alastrasse cada vez mais, provocando milhares de mortos, sem perspectivas de cura à vista.

O número de pacientes de João Divino atacados pelo vírus, em face da inexistência de medicamentos propícios à cura da moléstia, cresceu tanto que ele teve que expandir o salão de atendimento e aumentar o número de assistentes, formadas só de mulheres, conhecidas como "Servidoras do Divino".

Segue um registro da explicação da vinda do Mal por João Divino em um de seus opúsculos:

Isto que as autoridades médicas, fiadas em falsas interpretações, vêm chamando de pandemia, provocada por um vírus desconhecido, tenho por mim que tudo não passa do desvio do homem do certo caminho, com a destruição da Natureza e o esquecimento da palavra de Deus. Pois não disse João, 5.18: "Sabemos que todo aquele que é nascido de Deus não está no pecado; aquele que nasceu de Deus o protege, e o Maligno não atinge"? Quem, pois, se distanciar do Senhor será possuído pelo Maligno e castigado com o Mal, e esse Mal que vem afligindo toda a humanidade só poderá ser eliminado se o homem se afastar do Maligno e aproximar-se mais de Deus, cultivando as virtudes e deixando de pecar. E vos advirto que, com minhas orações, consegui ouvir a voz de Deus e seus conselhos para afastar nós de vez as artimanhas do Demônio.

João Divino, *As Prédicas de João Divino.*

Para o tratamento do Mal, João Divino começou por recorrer aos passes e invocações de santos protetores. Mas, não bastasse isso, acabou por criar uma beberagem, que, segundo se dizia, vinha mostrando grande eficácia na cura da pandemia. Era conhecida como "Infusão do Divino", tinha uma coloração marrom-avermelhada, cheiro e gosto não muito agradáveis. Na sequência, ele mostra como seria a preparação, a receita e a posologia de seu milagroso remédio:

Em noite de lua cheia, três meninas virgens devem ser convocadas para aparecem completamente nuas diante do Homem Santo, levando num recipiente sangue menstrual, quando então serão abençoadas com passes e rezas.

Após as virgens lavarem as partes em água, mistura-se a mesma água da lavagem com o mênstruo, enquanto são feitas invocações, repetidas três vezes, a Santo Erasmo, São Camilo e São Brás: "Homens Santos do Bem, expulsai do corpo deste doente as marcas malignas dessa doença demoníaca da Covid-19". Em seguida, devem-se ferver folhas de calêndula, boldo, carqueja, cáscara-sagrada, pata de vaca e mel, espremer e moer tudo, misturando-se com as águas servidas e o sangue menstrual das virgens.

O que resultar dessa mistura deverá ser posto num recipiente e guardado em lugar fresco, longe da luz do sol, e só poderá ser utilizado uma semana depois, quando fermentar, em dia de lua quarto minguante.

Ingerir uma colher de chá três vezes ao dia, e sempre acompanhada da invocação aos três Santos protetores.

João Divino escreveu e publicou opúsculos, alguns dedicados à oração e outros trazendo receitas para os mais diversos males: *Encontros com o Divino*, *As Prédicas de João Divino*, *Medicamentos Espirituais de João Divino*, *A Cura dos Males pela Oração.*

ASSIS, EM HOME OFFICE 2

Só podia ser coisa da Chupeta Maldita!, alguma artimanha dela, continuava a refletir sobre a sua situação para lá de complicada no escritório, enquanto tentava conciliar o sono, mas não conseguia dormir por conta da insônia, pensando naquela nojenta que só queria ferrá-lo, passando-lhe dados errados, planilhas incompletas para ele inserir nos relatórios, e fazendo intriga atrás de intriga com o porra do Chefe. Com isso tudo, acabava ficando mal na fita.

— Assis! Quantas vezes lhe disse que é preciso inserir as faturas também? — gritava o doutor Elói.

— Mas a Claudinha disse que não precisava.

— Quem é o seu Chefe, afinal? Eu ou a Claudinha?

— E tem outra coisa, doutor Elói — a Chupeta Maldita metia a colher de pau no meio da conversa —, eu nunca falei que não precisava inserir as faturas. Ele que teimou comigo. Apesar de eu...

Pensava então na merda de sua vida. Antes e depois da pandemia. Quando não estavam passando pela experiência do confinamento, por conta do vírus, chegava em casa, esgotado com o trabalho ou a cabeça cheia de álcool do happy hour e não tinha nada o que comer, que a Célia não mostrava consideração com ele, não se preocupando em lhe deixar a janta pronta ou, pelo menos, correr à cozinha, para lhe preparar um cheeseburguer, um misto-quente ou outra droga qualquer.

— Ah, benzinho, tô tão cansada... Pega o que sobrou do almoço na geladeira. Tem arroz, tem feijão, picadinho... — espreguiçava-se, deitada de camisola no sofá e assistindo à tevê.

Cansada? Cansada de quê, caralho? O dia inteiro na folga, a casa bagunçada, a geladeira vazia.

Veio a pandemia, por ordens superiores, foi obrigado a trabalhar em casa, em home office, então tinha que ficar horas a fio no quarto abafado, em meio à bagunça da cama desarrumada, o laptop da firma no colo, preparando um relatório atrás do outro, cujo destino tinha certeza seria a pasta X do Chefe, conforme dizia, de maneira jocosa, o pessoal do escritório. Na sala, impossível trabalhar, as crianças fazendo algazarra, enquanto a Célia, escarrapachada no sofá, via uma novela atrás da outra, a tevê ligada no mais alto volume, comendo pipoca e tomando copos e copos de Coca, que horror, a barriga e as coxas gordas, a bunda avantajada, apertadas num macacão de moletom, as unhas e os cabelos por fazer. Um desleixo só.

Onde a garota fofa de antes, que tanta alegria lhe dava? Então eram namorados e planejavam casar em breve. Lembrava-se dela, os cabelos e as unhas feitos. Ele também em forma, fazendo academia, sem a barriguinha dos chopes, os cabelos todos na cabeça. Quando ia visitá-la em casa, logo depois de sair do trabalho, ela mostrava um corpo sempre em forma, beijava-o com volúpia, cheia de dengos.

— Mozinho, diga que ama a tua mozinha...

Mas isto era coisa de um passado cada vez mais longínquo, voltar a transar com a Célia nem pensar, porque, mal haviam se casado, começou a vir com as mesmas desculpas:

— Assis, por favor, hoje não, estou com dor de cabeça.

— Ah, benzinho, tô tão cansada...

E depois que vieram os filhos, o corpo dela derrotado naquela luta de engorda-emagrece-engorda, a recusa em transar. E, como faziam os colegas da empresa, lá ia ele se aconselhar com o Nestor, o mais esperto deles todos nesse negócio de sexo, transas, mulheres. Apesar de casado, mesmo assim, era frequentador de boates e night clubes. Por isso, sempre tinha uma novidade. Gostava de contar vantagem, falando das garotas com quem saía, dos programas em motéis:

— Sexta passada, saí com uma mina chamada Mel. E merece esse nome, tem uma xoxotinha tão doce... Gostosinha de chupar.

Num happy hour, logo após o expediente, a pandemia ainda longe, bebiam chopes e mais chopes, comiam pedaços de linguiça e queijo provolone, lançando olhares para as garotas na rua. E ele, meio alto, depois de ouvir com excitação os papos do Nestor, aproveitava-se para se queixar da esposa:

— Porra, a Célia, um pé no saco, cara. Toda vez, arruma uma desculpa pra não transar! Estou subindo pelas paredes. Outro dia até me falou que eu estava com mau hálito — e remedava a voz da mulher: "Pô, Assis, que bafo!".

Os colegas caíam na risada, e o Nestor comentava:

— Cara, e você acha que casamento pode dar em outra coisa? Também não transo com a minha faz tempo. Ela está um bofe, nem sinto mais tesão. Quebro meus galhos com garotas de programa.

E voltava a contar de mulheres que faziam de tudo na cama. E sem reclamar de dor de cabeça ou de menstruação.

— E quanto custa uma transa com uma dona dessas?

— Depende da mina, Assis, tem pra tudo quanto é bolso, mas, se quer saber, valem o peso em ouro.

— Então me dá o telefone dessa Mel aí.

O Nestor procurava no celular.

— Da Mel, não estou achando. Mas tem uma outra, talvez mais legal. O nome dessa mina é Angel. Não tem frescura. É só você ligar pra ela, marcar um encontro, combinar o preço e partir pro abraço.

— E onde que a gente transa? — perguntou, envergonhado.

O Nestor caçoava da inocência dele, bebia um gole de chope, beliscava um pedaço de linguiça.

— Depende do que combinarem, pode ser no apê dela, num motel, num hotel. Até na sua casa, se você quiser... — completava, provocando a risada de todos.

— E quanto ela cobra?

— O meu amigo que transou com ela diz que pagou oitocentos contos.

— Oitocentos?! Você tá louco, cara? Oitocentos por uma transa?

— Com direito a boquete e tudo o mais... e pode até passar a noite com ela...

— Mas oitocentos... — gemia o Assis, pensando de onde tirar tal exorbitância. Da poupança? Só se fosse louco.

— Se você quer saber, Assis, parece caro, mas vale a pena. A mina, a Angel, segundo meu amigo, é um tesão de mulher. É pra deixar qualquer um pra lá de doido. Não é uma requenguela qualquer pra você passar vergonha.

— Tem muita mulher sobrando por aí — disse, despeitado. — E duvido que cobrem oitocentos contos.

— Sim, tem. Como a Noêmia, secretária daquele advogado do 7º andar — lembrou o Nestor com malícia.

— Mas você sabe que a Noêmia não é pro nosso bico, que é comida do doutor Trancoso.

— Claro que sei, meu chapa. Estava tirando uma de sua cara. Um amigo meu, o Jessé, do 34º Cartório — o Nestor começava a contar mais uma de suas histórias, entre um chope e outro —, disse que o filho da puta do advogado comprou pra ela um apê joia no Tatuapé, com carro na garagem e tudo. Ele até chegou a ver a escritura.

Fazia uma pausa e concluía com uma frase de efeito:

— Uma dona como a Noêmia é um puta de um investimento!

O Assis bebia outro gole do chope, pensando na Noêmia, uma loura de olhos verdes, linda, usava tailleurs moldando a bunda e um decote mostrando os peitos, e ela olhava para os homens, nos corredores ou no elevador do prédio, com o desprezo que uma panela nova tinha por um pedaço de carne de segunda.

— Mas a Noêmia... — insistia ele.

— Sim, a Noêmia — tornava a dizer o Nestor —, um tesão, mas você nunca vai cheirar nem o cangote dela. Mesmo que oferecer oitocentos contos.

— Isto eu sei, cara.

— Mas a Angel, cara, se pagar os oitocentos, vai ter ela peladinha, pra chupar do dedão do pé à cabeça e pra meter gostoso duas, três vezes.

— Mas oitocentos... — voltava a gemer.

— Oitocentos, nem mais, nem menos. E se quer saber, seu trouxa, ela é mais gostosa que a Noêmia.

— Ah, não vem com essa não, a Noêmia...

— Pois eu te garanto: é muito mais gostosa que a Noêmia. E, por oitocentos, você é dono dela por uma noite inteira, e sem frescura, com direito a beijo na boca.

— Beijo na boca? — duvidava. — Será? Tem certeza? Com a pandemia correndo solta?

— A pessoa que me passou o telefone da Angel diz que ela transa sem máscara, só não transa sem camisinha.

Vendo o ar de espanto do colega, o Nestor sorria e erguia o copo de chope, num brinde:

— À saúde, meu! Vai lá, cara, toma coragem e liga, o meu amigo disse que essa dona devia é se chamar Diabinha, por conta das coisas que sabe fazer na cama. Deixa de ser muquirana, paga os oitocentos e parte pro abraço.

Continuava a beber, não mais ouvia o Nestor e nem o Bortolatto, agora só tinha cabeça para aquela garota de programa. Como seria? Com o nome de Angel, só podia ser loira, mas o melhor é que, segundo o amigo do Nestor, fazia de tudo, porque, com a Célia, só tinha sido o papai-e-mamãe. E ainda quando transavam... Jamais pensar num boquete ou numa chupetinha, que ela tinha nojo, a Célia, uma coisa sem sal, ainda mais depois que teve os filhos.

— Hoje não dá, que estou naqueles dias — reclamava, cheia de mau humor.

E, quando não era menstruação, era outra merda qualquer:

— Poxa, Assis, você está fedendo a bebida, me deixa em paz, que não estou a fim. Amanhã preciso acordar cedo.

Acordar cedo para quê, se nunca fazia nada, a folgada? — refletia, com rancor. Só se tivesse que fazer unhas, ginástica ou ir ao shopping, com as amigas, para torrar dinheiro, comprando porcaria. Mas, com a vinda da pandemia, a Célia, para o pesar dela, teve que cortar as idas ao shopping. O Assis pensava, com satisfação, que pelo menos via a conta do cartão de crédito diminuir. Por pouco tempo, porém. A mulher, com suas artimanhas, aprendeu rapidinho como comprar pela internet... Quando não era uma coisa, era outra — refletia, desanimado. Com ou sem o vírus da Covid-19, estava é fodido. Mas a pandemia tinha o agravante de ele ter de ficar vinte e quatro horas por dia em casa. E suportando a chatice da Célia. Sem contar que nunca mais saíra com os amigos para um happy hour.

— A menos que você ache que vale a pena uma investida na Chupeta Maldita... — o Nestor quebrava suas reflexões, provocando a gargalhada do Bortolatto.

— Você está louco, cara? Primeiro que é um bagulho e, depois, que é comida do doutor Elói — rebatia com indignação.

E o ressentimento voltava à tona, pensando nos anos de sacrifício na firma, sem férias, todas vendidas para melhorar o orçamento da família, e agora trabalhando no sistema home office, sem sábados, domingos e feriados, a merda do Chefe ligando a qualquer hora, até durante a noite, nas sextas-feiras, para reclamar do seu horário de trabalho, em home office, controlado com rigor, vistoriando os relatórios, as planilhas.

— Porra, você não terminou o relatório? Queria esse documento pra ontem! Tenha a santa paciência, Assis!

Adiantava dizer que a Claudinha não tinha passado os dados ou que tinha feito errado as planilhas?

— Eu?! — a Chupeta Maldita rebatia com raiva pelo aplicativo Teams: — Você está louco, Assis! Tenho certeza que te passei todas as planilhas. Se quiser, mostro no meu micro. Do mês passado e deste mês de agora.

E lá vinha ela com umas tabelas, que tirava não se sabia de onde, ele se confundia, nem mais sabia quais eram.

— Você tem certeza de que são essas, Claudinha? — perguntava por perguntar, porque com certeza seria repreendido pelo Chefe no aplicativo. — Pois eu achei que você ia me passar as novas.

E a imagem da Chupeta Maldita na tela do seu laptop, fechando a cara e acusando-o com o dedinho em riste:

— Mandei tudo pra você, inclusive as novas, e você, Assis, é que não prestou atenção, deve ter apagado. Quando é que vai deixar de ser tão relaxado?

Antes da pandemia, a coisa mais comum era o doutor Elói chamá-lo em sua sala, para lhe dizer, com grosseria, que o relatório deveria estar pronto naquele dia, o que implicava ter de fazer serão, na sexta-feira, sem direito a horas extras, consultando as planilhas passadas pela nojenta da Claudinha. Era só examinar o material cheio de erros que ela lhe entregava para ter certeza de que a maldita queria prejudicá-lo. Sempre faltavam dados, os números vinham errados, caralho — gemia, impotente, os olhos vermelhos de tanto fitar a tela do micro e o pulso doendo devido a uma tendinite. Naquela hora da noite, não conseguia mais se concentrar, o estômago roncando de fome, a sede apertando, ele doido por uma cerveja e um misto-quente, mas sabendo que não tinha como dar uma escapadinha e matar a fome no boteco da esquina. Uma chamada pelo telefone fixo do Chefe em sua ausência e estava fodido!

E ele, no outro dia, com cara de bunda, bunda boa para ser enrabada, indignava-se, cansado pelo trabalho, madrugada afora, entregando afinal os relatórios e não recebendo nem ao menos um elogio do chefe, porque o doutor Elói, com certeza, envenenado pela Chupeta Maldita. Pois custava ele lhe dizer: “Meus parabéns, Assis, sabia que podia contar consigo”? Parecia que custava, o doutor Elói, afinal, era o chefe, e ele, um funcionário de merda.

Depois que a pandemia se instalou de vez, só trabalhava com o laptop da empresa, em home office. Ficava esgotado, tantos eram os relatórios. Mas, não bastasse isso, tinha também as obrigações em casa. Ele é que precisava sair para fazer as compras, que nem isso a Célia fazia, a folgada. Ainda que não tivesse nada para fazer, a não ser assistir à tevê. Ele, o trouxa, que se danasse.

— Eu é que não vou no mercado! Você acha que vou correr o risco de pegar essa doença? — dizia ela de mau humor. — Bem que disse que devia ter comprado o leite das crianças no domingo, quando foi na padaria. Você é teimoso, nunca me ouve. Só fica pensando nessas porcarias do escritório.

Podia responder que era dessas "porcarias do escritório" que tirava o sustento da casa. Mas preferia não provocar mais uma briga. Resignava-se e saía para fazer as compras, correndo o risco de pegar o vírus, para, depois, devorando às pressas um misto-quente, acompanhado de um copo de leite, sentar-se na cama com o laptop, as costas apoiadas em almofadas e travesseiros, os pulsos com a tendinite, e digitar uma infinidade de relatórios, consultando as planilhas fodidas da Chupeta Maldita, com dados errados, que o doutor Elói esperava o resultado para ontem:

— Até amanhã bem cedo, sem falta. Faz tempo que lhe venho cobrando. Não vou mais tolerar atrasos de sua parte, Assis!

— Mas doutor...

— Nem mais, nem meio — tornava o Chefe. — Já te falei que quero esses relatórios completos até as nove de amanhã.

E mais uma vez, para fugir daqueles momentos de tensão, enquanto digitava sem parar, os números correndo à sua frente, feito ratinhos em pânico com a perseguição de um gato, consultando as planilhas da Chupeta Maldita, formava-se em sua mente uma imagem da Angel, anjo sem asas e sem máscara, dona de um corpo escultural, a boca boa de chupar, pronta a lhe abrir as portas do paraíso do amor.

A MULHER-ESCORPIÃO 4

Deitada de costas, as cobertas jogadas no chão, que a mãe não a visse desse jeito, porque, na certa, ficaria enfurecida, Erô tinha os olhos fixos no teto de ripas de madeira do quarto. Com uma das mãos afagava um mamilo, com o dedo anular da outra friccionava o clitóris. Os dentes de uma arcada arqueada de leve para fora — Erô usava aparelho — mordiam os lábios, onde se viam cicatrizesinhas de outras mordidas.

— Gosto do gosto de sangue — gemeu Erô.

E, ao se lembrar do sabor, via o escorpião arrastando-se pelo cimentado do quintal, queimando ao sol, tornando-se uma brasa viva. Fora, rugia a tempestade, a água rebentando sobre o telhado. De fora, vinha aquele cheiro das folhas e flores mortas, de barro, dos insetos e larvas, deslocando-se com morosidade na terra encharcada.

— Serei uma caçadora — murmurou.

E pensou em Adônis, invejou Adônis, porque Adônis tinha sua azagaia, era um caçador de verdade. Imaginava se tivesse a sua azagaia, mas a que tinha, massageada pelo dedo, intumescida, não era nada, apenas um arremedo de uma arma. E se, de acordo com que a Graça lhe contara um dia, houvesse mulheres na África possuidoras de clitóris que chegavam a balançar entre as pernas, como se fossem balangandãs?

— Então são homens? — tentava entender.

— Não, não são homens — sorria a Graça da ignorância dela. — São mulheres. Li num livro. O autor dizia que essas mulheres podem ter filhos com outras mulheres.

Não, eu não quero fazer filhos com outras mulheres, pensou Erô. O que ela queria? Ser apenas uma caçadora. E se...? Uma ideia veio se formando dentro dela, enquanto a tempestade rugia, e as gotas d'água de uma goteira vinham lhe martelar a testa, fazendo nascer uma nuvem de vapor, aureolando sua cabeça. Erô acendeu o abajur, levantou-se, correu até a cômoda e foi pegar no fundo de uma gaveta, sob as peças de roupa, a caixa de fósforos com o ferrão do escorpião. Voltando para a cama, ajoelhou-se e pôs-se a contemplar o apêndice ressequido. Testou a ponta num dos dedos — um ardor, e uma gota de sangue aflorou. Chupou-a, e o gosto deixou-a excitada. Erô abriu bem as pernas, tateou até encontrar o clitóris, pegou o ferrão e apertou contra seu órgão erétil. Uma dor aguda fez que estremecesse. Contudo, era excitante, de maneira que, apesar do sofrimento, continuou a forçar o ferrão na glande. Erô mordeu os lábios para não gritar, não queria gritar, não devia gritar e imaginava, em meio à dor, para aplacar a dor, que o ferrão seria igual a um *piercing* enterrado na carne, a ponta voltada para o alto, como se fosse a de uma azagaia, pronta a acutilar as presas.

Ainda que atormentada pelo sofrimento, o órgão latejando com intensidade, Erô deitou-se de costas e voltou a abrir as pernas. Não ousava levar a mão ao ferimento.

— Serei agora uma caçadora? — perguntou-se, com a esperança de ver completada a metamorfose com que tanto sonhara.

Ela deixou de morder os lábios e sorriu, pensando em Adônis e sua beleza brutal. O cheiro animal de Adônis, uma mistura de suor e algo indefinido que ficava impregnado na pele. De propósito, escolhera Adônis, por ele tê-la desprezado, por ele tê-la insultado, ao ficar com a insossa da Graça. Quem poderia, em sã consciência, ofertar-lhe maior prazer? Uma Graça ou uma Erô? O corpo inteiriçado, sentia as faíscas elétricas, que se irradiavam do ferimento, corrê-la, desde a ponta do dedão do pé até a cabeça. A chuva continuava a tamborilar no telhado, e as gotas d'água voltaram a pingar sobre sua testa. Erô, os olhos fechados, ergueu a cabeça, que parecia ferver, e sorveu alguns pingos. Sentiu-se refrescar. Quando abriu os olhos, pareceu-lhe que alguma coisa se movia no teto. Firmou a vista porque, fora o halo da lâmpada do abajur, quase todo o quarto estava imerso em trevas. Era um inseto, talvez uma mariposa ou um louva-a-deus. Voltou a firmar a vista: não, não era um desses insetos, era um escorpião! Seria aquele que mutilara no quintal? Por acaso, vinha exigir que lhe devolvesse o cetro de desassossego que lhe roubara?

O escorpião, movendo-se com rapidez, chegou à parede e começou a descer. Parecia-lhe ouvir os pares de patas raspando no reboco.

— É ele, é ele! — murmurou, julgando ver uma cauda desprovida de ferrão. — Veio cobrar o que é dele.

Sorriu: o pobre não podia mais lhe fazer mal algum. Erô tentou mover o braço, querendo levar a mão até a ferida e ocultar o ferrão inserido na glande do clitóris. Mas não conseguiu fazer isso. Como que possuída por um letargo, os membros não lhe obedeciam. Descobriu então que seria uma presa fácil para o escorpião, que faria dela o que quisesse, inclusive pegando de volta o seu ferrão. E foi com terror que viu o inseto desaparecer do seu campo de visão, e foi com terror que sentiu cócegas de patinhas de veludo na cabeça, depois, na testa e, depois, no rosto. O escorpião, sempre se movendo com pressa, sem cerimônia, correu sobre sua testa, sobre um dos olhos, fazendo-lhe cócegas no nariz, na boca, no pescoço, no meio dos seios e, afinal, embaixo, no ventre.

Quando não sentiu mais cócegas, imaginou que ele devia estar sobre o monte de Vênus, observando o ferrão incrustado na carne. Gostaria de se colocar na pele do animal, para sentir o que ele sentia. Despeito, somado à raiva, à ira, ao desespero, ao ver o ferrão como um apêndice dela e não mais dele? Um prazer mórbido, ao ter ciência de que o ferrão, arma de um predador, ganhava as prerrogativas de um objeto voltado para o amor? Erô sorriu da ingenuidade do escorpião.

— Ele mal sabe... — sussurrou, os olhos pesados de sono. Havia perdido toda sua arrogância de macho alfa.

No dia seguinte, Erô acordou bem tarde com a mãe entrando no quarto, abrindo as portadas da janela e inundando o cômodo de sol. Calor, tudo tão abrasador — a imagem do escorpião.

— Erô! — exclamou, escandalizada. — Quantas vezes já disse que não dormisse sem roupa!

— Senti calor — respondeu, tapando o sexo com a mão.

Não fosse a mãe, aquela xereta, dar com o apêndice incrustado em sua glande.

— Ponha já uma calcinha e uma camisola!

A mãe deu-lhe um copo de leite com chocolate. Erô experimentou um pouco do líquido. Como se tomasse enjoo por aquele tipo de bebida, fez uma careta de desagrado.

— Mãe, sabe o que eu preferia?

— Ahn? — a mãe ocupava-se em catar a colcha do chão.

— Um bife. Daqueles sangrentos que a senhora faz.

— Um bife?! — olhou assustada para a filha. — Como um bife?

— Um bife, ué. Malpassado. Como eu gosto.

— Erô! Você está louca? Onde se viu querer um bife logo de manhã?

— Enjoei de leite... Preferia um bife.

A mãe voltou-se para ela e, pondo as mãos na cintura, contemplou-a, espantada.

— Não lhe mandei pôr uma calcinha e a camisola? E bebe todo este leite logo, que tenho mais o que fazer.

Erô bebeu o copo de leite de um só gole, espreguiçou-se de olhos fechados, esticando os braços. Quando se levantou para se vestir, a mãe, notando as gotas de sangue no lençol, perguntou, intrigada:

— O que é isso?

— Sangue, ué.

— Sei que é sangue, mas sangue da onde? Não vai me dizer que está menstruada de novo?

Erô balançou a cabeça.

— Não. É de uma espinha.

— Espinha? Espinha onde?

— Aqui embaixo, na bunda.

— Deixa eu ver...

— Não foi nada. Mexi na espinha, saiu um pouco de sangue.

A mãe suspirou e disse:

— Você não tem juízo nenhum! Onde se viu mexer em espinha? Não aprendeu que pode estuporar?

Sentada no vaso, Erô demorou para urinar. Ardia muito no local do ferimento. Ficou um longo tempo no banheiro, a cabeça ligada nos acontecimentos da noite. Tornava a ver o escorpião descendo a parede, fazendo-lhe cócegas no rosto, nos seios e no ventre. Lembrava-se de que o inseto havia se detido em frente a seu órgão, embora não tivesse conseguido vê-lo. Seria um sonho aquilo tudo? Um produto de sua imaginação, enquanto tomada pela febre?

— É só eu querer e tudo acontece — pensou.

Havia querido a visita do escorpião na noite de chuva. Havia querido que o escorpião, inconformado pela perda, viesse pedir de volta o apêndice a que tinha direito, pelo menos, do ponto de vista dele. E tudo se realizava e tudo era real, como se ela fosse o centro do mundo. Bastava querer. Por um capricho, o escorpião vinha na noite, vinha lhe roçar as patinhas no monte de Vênus. E, impotente, por não conseguir ferroá-la e por não conseguir também recobrar o apêndice, contentara-se apenas em contemplar de longe o ferrão.

— E depois? — ela se perguntou. — E depois? Pra onde ele foi? Por que não pegou o ferrão de volta?

Não havia um depois para aquele escorpião, porque ele não era mais nada. Um castrado que não conseguia mais caçar e, assim, estava destinado a morrer de fome. Levou a mão ao clitóris, coisa que não tinha feito desde a noite anterior. Sentiu o local, ainda que dolorido, adormecido, mas havia alguma coisa de diferente, porque o dedo tocou numa protuberância aguda que o feriu. Com um gritinho, retirou a mão, verificando que, na ponta do anular, havia um corte de onde escorria sangue. A protuberância, com certeza, era agora bem maior do que o ferrão do escorpião implantado ali. Será que havia crescido durante a noite, como uma planta ébria? Intrigada e também assustada, ficou refletindo sobre aquilo por algum tempo, até que, para se certificar de que não estava louca, resolveu examinar o local. Mas, antes, tomou coragem e, apesar de sentir uma dor excruciante, urinou. Deixando o vaso, foi à pia, pegou o espelho da parede, deitou-se de costas sobre o tapetinho, abriu e suspendeu as pernas e lançou um olhar para a vulva. Para seu espanto, notou que seu clitóris terminava agora num ferrão encurvado para cima, cuja ponta excedia em muito a da cauda do escorpião. Mas havia outra novidade: além da ponta aguda, havia também um gume, como de uma foice.

— Com esse instrumento — exclamou, rindo-se com satisfação —, posso não só furar, como também cortar, acutilar, estripar!

Erô sorriu cheia de felicidade, pensando que talvez seu destino de caçadora estivesse começando a se cumprir. Afinal era dona de uma azagaia. Tão poderosa como a de qualquer homem.

— Adônis, Adônis... — sussurrou, já antevendo o que podia fazer com a soberba daquele rapaz.

— Erô! Quando é que você vai sair desse banheiro? — para sua irritação, de novo a mãe vinha interromper o sonho.

— Tô indo...

— Seu café está esfriando.

Erô deixava o banheiro. A dor não mais a incomodava, porque a sentia necessária. Era parte de um processo, em que, de caça, a transformava em caçadora. Estava mais que preparada para procurar a sua presa.

— O que é isso? — perguntou, apontando para o bife sobre o prato.

— Ué, você não me pediu um bife?

— No café da manhã?

— Não foi você que disse que queria, Erô?! — rebateu a mãe, como de costume, pondo as mãos nas cadeiras.

— Sim, foi o que pedi, mas nunca pensei que fosse fazer pra mim. Você nunca gosta do que eu gosto.

— E daí? Você é minha filha, sou sua mãe. Sendo assim, preferia que comesse pão com manteiga como toda gente... — completou, dirigindo-se para o fogão.

Erô, aproveitando-se de que a mãe estava de costas, enfiou o nariz no prato. O cheiro forte do bife deixou-a embriagada. Cortou a carne até que uma boca obscena se formasse entre as fibras. Queria sentir o cheiro de sangue. Foi o que fez, lambendo e beijando a carne, antes que a mordesse.

Comportava-se assim, para sua feroz alegria, como uma autêntica predadora.

OS AMORES DO MINOTAURO 4

Nos dias subsequentes ao encontro com a anãzinha, não teve que atender a mais nenhuma extravagância. Recebeu mulheres comuns, algumas desprovidas de graças, outras, nem tanto. Desempenhou as tarefas, sem que tivesse que recorrer ao Viagra. Quando muito, para se animar um pouco, tomava as doses costumeiras de uísque.

Pouco a pouco, para seu contentamento, notou que a clientela aumentava, a ponto de, numa só semana, ter atendido a doze mulheres. Ficou satisfeito com os ganhos. Não tinha ganância, queria apenas o suficiente para o pagamento das despesas e de seus extras. O que sobrava depositava numa poupança. Passou a viver então sem preocupações com o futuro. Não mais teve insônias, comia com apetite e voltou a fazer ginástica. Sentia-se muito bem disposto, o que era ótimo para as performances na cama. Coroando tudo isso, voltou a ter sonhos com as atrizes de sua preferência. Mas acrescidos de um detalhe: para destoar do vergel das belas mulheres, volta e meia, aparecia, em meio a elas, a anãzinha praticando suas artimanhas.

Acabou se acostumando com a rotina de satisfazer as carências e idiossincrasias das clientes. Até que, um dia, veio a ter uma experiência bem diferente do usual.

Era uma senhora de meia-idade. Vestia-se com discrição: saia bege e blusa branca com rendas, sapatos creme de salto baixo e bolsa do mesmo tom. Usava uma leve maquiagem, um colar de pedras, uma pulseira, um relógio e a aliança de ouro. Trazia nos olhos uma serenidade amarga. Mas logo desmentiu isto, pois, mal sentou, tirou a máscara sanitária, rangeu os dentes e, para sua surpresa, exclamou:

— Só quero dizer ao senhor que vim aqui por culpa exclusiva do Haroldo!

— Haroldo? — espantou-se. — Que Haroldo?

— O meu marido — e, para acentuar a intempestividade, despejou: — Aquele canalha! Ai, que ódio!

Começou a soluçar, enquanto gemia:

— Ai! Ui! Como sou infeliz...

Será que ia querer também uma talagada de conhaque como a anãzinha? — pensou. Esperou passar a tempestade e perguntou:

— A senhora quer beber alguma coisa?

Ela tirou a máscara, assoou-se.

— Beber? — perguntou, arregalando os olhos.

— Um vinho branco, um conhaque?

— Eu não bebo, senhor!

— Não se ofenda. Pensei que...

— Pois pensou errado — cortou-lhe a fala. — A bebida é uma desgraça, um mal do demônio.

— Então uma água?

Voltou a assoar-se.

— Uma água pode ser.

Foi à geladeira e voltou com um copo. Ela bebeu devagar.

— O senhor me desculpe, mas não posso nem ouvir falar em bebida alcoólica. Foi por causa dessa desgraça que o Haroldo se perdeu.

Sentiu vontade de dizer que gostava de beber e nem assim tinha se perdido, mas não quis iniciar uma polêmica.

— ...e com isso — continuou —, também ajudou a me perder.

— A senhora? Como assim se perder?

Demorou a responder e ficou se abanando com um lencinho. Por fim, voltou a falar com rancor:

— O que o senhor acha de eu estar aqui?

— Pra lhe ser sincero, minha senhora, não acho nada.

Vincou o rosto, tomada pela raiva.

— Não acha? Não acha nada mesmo uma senhora casada procurar um... um...

Ele completou com ironia:

— Coroa de programa?

Seu rosto cobriu-se de vermelho.

— Isso mesmo... uma coisa vergonhosa...

— Coisa vergonhosa? Depende...

— Depende do quê?

— De muita coisa. Pra mim, não passa de um trabalho como outro qualquer.

— Trabalho? Onde se viu considerar como trabalho uma coisa dessas? — tornou a arregalar os olhos. — Mas para uma pessoa sem moral como o senhor...

Procurou se segurar, mas não conseguiu se conter:

— Quem disse pra senhora que não tenho moral?

— Não deve ter. Que homem de moral é este que se oferece a senhoras no jornal?

Podia ter rebatido com "Que senhora de moral é esta que consulta anúncios de acompanhantes em jornal?", mas não era conveniente polemizar. Do contrário, teria que abandonar o ofício.

Mas ela logo se desculpou:

— O senhor me perdoe. Não quis ofendê-lo.

— Ora, não tenho o que perdoar.

Deu um suspiro.

— Afinal, que moral tenho eu para criticá-lo? Também não vim procurar o senhor?

Recomeçou a chorar.

— Ai, tenho raiva de mim — torceu o lencinho com raiva. — Eu não presto!

— A senhora não devia dizer isto. Teve suas razões pra vir aqui, não é?

Inteiriçou-se.

— Mas é claro que tive! Não fosse pelos malfeitos do Haroldo, estava tranquila em casa, preparando minhas aulas...

— A senhora é professora?

— Sim, dou aula de português numa escola pública — e acrescentou com orgulho: — Sou concursada!

— Uma profissão nobre.

— ...que o Haroldo nunca respeitou. Vivia dizendo que eu perdia meu tempo dando minhas aulinhas para...

Ficou quieta por um instante, hesitando, como se não ousasse repetir a fala do marido.

— O senhor me desculpe, mas o Haroldo, grosseiro como é, costumava falar "pra ganhar um salário de merda".

— A senhora tem razão de ficar ofendida.

— Pois não tenho?

Soltou um suspiro.

— O Haroldo nunca me respeitou. Ainda mais depois que começou a chegar bêbedo em casa.

— O que faz seu marido?

— É corretor, mas não para em emprego algum. Agora, por exemplo, está desempregado. E eu me matando! Tenho que cuidar da casa, dos filhos, das minhas aulas...

— A senhora tem filhos?

— Sim, dois. O Pedro e a Maria Alice.

Abriu a bolsa e pegou duas fotografias.

— Veja como são lindas as minhas crianças...

Viu um garoto com cara de tonto e uma magricela usando aparelho de dentes.

— São mesmo bonitos. Parecem com a senhora — mentiu.

— Ah, obrigada — pela primeira vez, sorriu.

Ficaram em silêncio. O que podia fazer com uma criatura como aquela? — pensou, já começando a se encher de preocupação.

— O Haroldo... — ela voltou a fechar a cara.

— Sim...

— Não dá a mínima para os filhos. Maltrata-os, bate neles.

— Posso saber por quê?

— Por nada. Quando chega bêbedo em casa, é um deus nos acuda! Ainda mais agora que...

Vincou os lábios de raiva.

— ...agora que arranjou uma vagabunda!

— Vagabunda?

— Tira o pão da boca das crianças para comprar joias para a desavergonhada da secretária dele. O senhor acredita que ele até deu um carrinho para ela?

— Um carrinho? Com que dinheiro? A senhora não disse que ele foi despedido?

— Pois é! Foi despedido porque desviou dinheiro da firma. Para comprar um presente para a sem-vergonha.

— É uma coisa feia mesmo... — obrigou-se a concordar.

— Vocês homens — começou a dizer com rancor — não podem ver rabo de saia que...

Pôs a mão sobre o braço dele.

— Oh! O senhor me desculpe. Não quis ofendê-lo.

— Não, não me ofende. Entendi que a senhora estava falando de maneira geral.

Sorriu de novo.

— O senhor é muito compreensivo. Nem sei por que... — mas, talvez se dando conta da indiscrição, completou: — Sei que a vida nem sempre é justa com as pessoas.

Respirou fundo e prosseguiu:

— Mas, voltando à minha história, o Haroldo, logo que nos casamos, já começou a mostrar a sua má índole...

Hesitou antes de prosseguir:

— Ele... ele... nunca teve respeito por mim...

— Não teve respeito como?

— Ele começou a falar que não gostava de fazer amor comigo. E tudo piorou depois que tive os filhos. Disse que fiquei feia.

Correu os olhos disfarçadamente por ela. Era mesmo uma criaturinha desprovida de graças — refletiu. Mas afastou esse pensamento e procurou consolá-la:

— Um homem não deve dizer isso à esposa... Sem contar que a senhora não é feia. De jeito algum...

— Pois vive dizendo isso. E agora não quer fazer mais nada. Não comparece, não cumpre os deveres de um marido...

— Mas que coisa... Onde se viu?

Deu um soluço.

— Só me procura quando bêbedo. Mas diz que não gosta do trivial, quer fazer coisas feias...

Que coisa feias? — imaginou. Um boquete, um sessenta e nove, uma enrabada?

— Me deixa sozinha em casa, o vagabundo, e vai passar a noite com aquela sirigaita! — ela arrematou, cheia de raiva.

— Isto não se faz com uma senhora tão distinta.

— Pois o senhor veja a minha situação. Me sinto muito sozinha. Mas o pior de tudo...

Voltou a soluçar:

— ...o pior de tudo... é que, outro dia, ele faltou completamente ao respeito comigo!

— Como assim?

— Uma noite, chegou bêbedo além da conta. Me agarrou e disse assim daquele jeito grosseiro dele: "vou te dar um trato". Quando tentei fugir, me deu uns tapas, me rasgou a roupa e começou a berrar umas coisas indecentes!

— Que tipo de coisa?

— E o senhor acha que tenho coragem de dizer?

— Se achar melhor, não diga.

Mas ela foi em frente:

— Sabe aquelas coisas que um homem sem moral fala para mulher de rua?

Com paciência. aguardou que ela se acalmasse. Voltou a ficar corada e confessou entre soluços:

— ...disse que queria fazer sexo comigo por detrás! — e acrescentou: — E o pior é que usou palavras chulas para dizer isto!

Deu um grito de horror.

— O senhor acha que isto é coisa de se propor para uma esposa?

O que ele poderia dizer? Apenas, resmungou:

— Jamais. Uma esposa precisa ser respeitada.

Estava curioso em saber se o Haroldo, afinal, tinha comido o rabo dela. Mas preferiu não perguntar nada, sob o risco de perder a cliente. Por isso, apenas a aconselhou:

— A senhora não pensou em se separar de seu marido?

Ela indignou-se:

— O quê? Separar-me dele? Ora, onde se viu? Sou católica praticante, devota de Nossa Senhora Aparecida. O senhor acha que eu podia ser assim tão leviana, a ponto de romper os sagrados laços do matrimônio?

— Não disse que a senhora é leviana.

— Mas deu a entender.

— Eu não insinuei nada!

— Então não venha me propor uma coisa vergonhosa dessas!

Ela permaneceu em silêncio por algum tempo, até que disse:

— O senhor sabe o que minha analista falou sobre isso?

— A senhora faz análise?

O tom carregado de agressividade, voltou a falar:

— E na minha situação, ia deixar de fazer?

Para não prolongar mais a conversa, ele disse:

— Então o que a analista falou a esse respeito?

Ficou refletindo por uns segundos, mas logo lhe fez uma pergunta:

— O senhor já ouviu falar do Freud...?

— Claro, até cheguei a ler alguma coisa...

Sem perguntar o que ele havia lido sobre o psicanalista e, como se fosse uma professora dando uma aula sobre psicanálise, pôs-se a explicar:

— A minha analista disse que o comportamento do Haroldo está ligado ao chamado "Complexo de Édipo". Freud criou esse termo ao tratar de sua teoria de estágios psicossexuais do desenvolvimento ou teoria da sexualidade. O complexo de Édipo é um termo usado para descrever os sentimentos de um menino pela sua mãe, o seu desejo por ela e o consequente ciúme que sente do pai. É como se o filho, ao querer a atenção e afeto da mãe, visse o pai como um rival.

Respirou um pouco e continuou:

— Freud, em sua teoria do desenvolvimento psicossexual, afirmou que há três fases a serem consideradas. A fase oral: do nascimento até 3 anos de idade; a fase anal: dos três anos até cerca de 5 ou 6 anos de idade; e a fase fálica: dos 5 ou 6 anos até a entrada na puberdade. De acordo com ele, o complexo de Édipo tem um papel muito importante na fase fálica. Além disso, para ele, a conclusão desta etapa envolveria a identificação do menino com o pai. E isso contribuiria para o desenvolvimento de uma identidade sexual madura. Trata-se, portanto, de uma fase que, de modo geral, é superada pelo menino.

— E quando não superada...?

Ela ergueu o rosto, onde se notava um ar de triunfo.

— Nesse caso, o menino, ao se apegar à imagem materna, odeia o pai e passa também a odiar todas as mulheres. É o que explica o desrespeito com que muitos homens tratam as mulheres, os assédios, os abusos e mesmo os assassinatos!

— A senhora falou disso para o seu marido, o... o... Horácio?

— Haroldo!

— Ah, sim, o Haroldo.

Ainda sem segurar a raiva, ela prosseguiu:

— Tentei falar. Inclusive, recomendei que ele também fosse a um analista. Mas sabe o que ele disse?

— ...?

— Uma coisa horrível! Que não era... bem..., que não era homossexual — na verdade, usou uma palavra mais grosseira —, para ir nesses malandros de psicólogos, que eram tudo enganadores querendo roubar o dinheiro da gente com consultas e aquelas teorias malucas do tal do "Freud". Não sabe nem pronunciar direito o nome...

— Entendi.

— Chegou até a dizer que o Freud era um desequilibrado, um anormal que devia estar num hospício...

Os olhos cheios de lágrimas, o rosto afogueado, calou-se. Quanto a ele, estava começando a se irritar com aquele papo. Ao mesmo tempo, ficou aliviado porque a hora já ia adiantada. Imaginava o que seria transar com semelhante criatura. Por isso, não esperando que ela voltasse a falar, adiantou-se:

— A senhora me desculpe, mas seu tempo acabou.

Olhou o reloginho de pulso.

— Oh, não sabia que era tão tarde assim.

Sorriu.

— O senhor acredita que nem vi o tempo passar?

Fechou a cara, mostrando indignação.

— Quis marcar esse encontro com o senhor só para me vingar do Haroldo. Por todo o mal que ele me fez. Mas... mas...

Sentiu-se tentado a dizer que o tal do Haroldo merecia mesmo que ela lhe pusesse uns chifres. Mas como ela receberia aquilo? Não queria um escândalo. Cada um com seus problemas.

— O senhor não me leve a mal, mas acho que não tenho coragem de fazer o que eu tinha pensado. Apesar de o Haroldo não valer o feijão que come!

— A senhora que sabe. Estou à sua disposição.

— Mas até que foi bom só desabafar. O senhor é uma pessoa compreensiva.

— Obrigado.

— Bom, a gente não fez nada, mas acredito que tomei seu tempo, não é...

Deu uma risadinha e abriu a bolsa.

— Trezentos reais, não é?

— Isso mesmo.

Levantaram-se.

— Sabe que estou me sentindo muito bem. Foi ótimo desabafar com o senhor.

— Disponha. Quando quiser vir conversar de novo ou mesmo...

— Se um dia a coisa piorar, e eu tiver coragem... Acho que o senhor não ia me maltratar, não é?

— Não, não sou desse tipo. A senhora pode ficar tranquila. Respeitar mulheres é o meu lema.

Ela ergueu o rosto vestiu a máscara e disse:

— Então até mais ver.

Encaminhou-se para a porta e se foi. Será que retornaria? Tudo levava a crer que sim — pensou. Imaginava o que ia acontecer em sua vidinha. Nada de novo. O Haroldo, além de continuar a maltratar os filhos, a comer a vigarista da secretária, a desviar dinheiro das firmas onde trabalhasse, com toda a certeza, ia querer lhe papar o rabicó.

Fechou a porta e foi se servir de uma dose de uísque. Sentou-se. Espreguiçou-se, cheio de sono. Afinal, ouvir uma aula de psicanálise e brincar de Freud o havia esgotado além da conta.

O EU ENSIMESMADO 5

A pandemia estava no seu auge quando um dia tive que ir até a Praça da Sé, para resolver um problema do Imposto de Renda na Receita Federal. Estava irritado por saber que, além de me arriscar saindo à rua, ia perder tempo com os trâmites burocráticos de minha intimação. Em toda a vida, jamais havia sonegado um centavo sequer de imposto. Eu era na realidade mais uma das vítimas dos auditores da Receita, prontos a abocanhar o máximo que podiam da renda dos contribuintes. Não bastasse o que me extorquiam na fonte, vinham, depois de uma auditoria fajuta, cobrar-me uma porção a mais de impostos. Um absurdo, sobretudo em se considerando o baixíssimo salário de um professor. O que havia acontecido de fato era que eu tinha cometido um estúpido erro na declaração do ano anterior, erro esse, de meu ponto de vista, de fácil correção. Bastava a boa vontade por parte dos vigaristas da Receita. A esse propósito, havia redigido um ofício, em que procurara explicar a situação com riqueza de detalhes. Nele, apontava meu equívoco e solicitava revisão do processo. Mas, como essa gente do Leão parecia implacável, desconfiava que minha petição teria pouco ou nenhum êxito. Acabei chegando à conclusão de que o melhor a fazer era ir até o prédio da Receita, conversar com um auditor e tentar ver se conseguia um acordo. Caso atingisse meu objetivo, pagava a dívida, sem choro nem vela, mas em suaves prestações mensais...

Irritado até mais não poder, peguei o metrô e desci na Praça da Sé. Para piorar a situação, o céu prometia chuvas para breve. Fiquei parado algum tempo diante do edifício da Receita Federal. Balancei a cabeça, olhando a aglomeração de pessoas à porta e dentro do órgão público e pensando nas horas de espera até ser atendido por um burocrata indiferente à nossa sorte. Tudo parecia conspirar contra mim. Naquele momento, não por acaso, veio-me à mente a imagem de K, procurando em vão resolver seu processo. Ao lembrar-me das agruras sofridas por meu irmão, meu semelhante, meu igual, acabei me conformando e, sem mais hesitar, ingressei na repartição.

Ao pegar uma senha, pela numeração, dei-me conta de que teria que esperar por um bom tempo antes que o responsável pelo meu caso pudesse me receber. Em minha intimação, vinha registrado que apenas um funcionário da classe X10, correspondente ao cargo de Superintendente, podia estudar o caso. Eu o havia identificado, em meio ao bando de funcionários, não só pelo crachá especial de cor vermelha, mas também porque o tom de sua voz tinha um quê de imperioso. Era branco como papel, talvez por ter passado parte da vida sob as luzes de néon, vestia um terno negro e gravata de listas. Tinha olhos inquisidores, atrás dos óculos de grau, os cabelos presos com gel, mãos de dedos nervosos, movendo-se sem parar, como se fossem pernas de aranha. Tratava, sem distinção, as pessoas com rispidez e, em alguns casos, com uma falsa deferência, pois até nisso se percebia o tom de ironia. Ocupava uma sala, com uma mesa e duas cadeiras de metal, sem um quadro ou qualquer objeto de decoração. Sobre sua escrivaninha, com o tampo de fórmica, havia um computador, pilhas e pilhas de papel, fichas e uma placa com seu nome e cargo em letras minúsculas.

Em vão, tentei entrar em contato com ele, mostrando-lhe minha senha e suplicando que fizesse o favor de me atender o quanto antes. Não era nenhuma exigência absurda a minha. De fato, tinha pressa, pois logo que voltasse a casa, precisava me preparar para o encontro on-line com os alunos da UniLuz. Não me respondeu aos apelos, e percebi que seu olhar mudo, acima da máscara, expressava o já conhecido "quem tem pressa come cru". E, fingindo uma atividade, para se abstrair e distanciar-se de mim e das demais pessoas, pôs-se a mexer na pilha de papéis. Separava alguns deles, consultava os arquivos do computador, digitava devagar alguma coisa, punha os óculos na testa, recostava-se em sua cadeira de rodízios, como se estivesse a pensar em um problema dos mais graves. Tornava a pôr os óculos, a consultar papéis e a digitar. O homem era um artista, ao representar tão bem o papel do Chefe-ocupado-sem-tempo-de-atender-ninguém.

Ao ver que a coisa ia demorar, pensei em como seria aborrecido ficar aguardando um tempo considerável pela Graça de ser atendido. Se, pelo menos, tivesse trazido um livro... Por outro lado, pensei se valia a pena ficar esperando naquela repartição. Afinal, o local não tinha ventilação adequada, estava lotado e não havia cadeiras para sentar. Como suportar o desconforto, o cheiro de suor e o confinamento forçado? Só se fosse um louco para permanecer no meio daquela aglomeração toda, mesmo que as pessoas estivessem usando máscaras. Aliás, uma placa avisava que o uso delas era obrigatório. E será que havia alguma segurança nisso? Ao ouvir acessos de tosse, cheguei à conclusão de que não. Achei que era melhor sair dali, fazer um pouco de hora em outro lugar e voltar depois. Só me faltava contrair o vírus numa repartição pública e, ainda por cima, ir embora sem ter encontrado solução para o meu problema.

Deixei o prédio da Receita, atravessei a Praça da Sé, infestada de mendigos, sem-teto e trombadinhas, e fui caminhando até o Parque D. Pedro. Mas onde me acomodar naquele lugar cheio de veículos, com as ruas congestionadas, fedendo a merda e comida estragada? Sentia no rosto os primeiros respingos da chuva. Impossível esperar sentado num daqueles bancos encardidos da praça com uma vegetação rala, aspirando a poluição provocada pelos rolos de fumaça dos ônibus dos terminais.

Pensei até em entrar num dos botecos para esperar sentado numa banqueta. Mas a sujeira das espeluncas me desanimou. Para aumentar o meu desgosto, começou a chover de fato. Hesitando aonde ir, vi do outro lado da rua um edifício com grandes colunas à frente e uma escadaria. No alto, apoiada num frontão despojado de imagens, havia uma placa de alumínio pintada de azul com os dizeres "Igreja Quadrangular dos Últimos Dias de Nosso Senhor Jesus Cristo". De longe, dava para se ouvir os berros de alguém e muitas vozes, em uníssono, respondendo "Amém". Com toda certeza, devia ser um pastor esgoelando-se diante dos fiéis. Entrando, podia, pelo menos, me acomodar em um banco, longe do lixo, da poluição e da chuva, vinda em bátegas, ameaçando me ensopar todo. O chato seria ouvir a pregação daquele sujeito. Mas, frente às circunstâncias, era o melhor dos abrigos naquele Parque D. Pedro, por onde perambulavam zumbis.

Tomei coragem e atravessei a rua. Diante do templo, tornei a hesitar, até que me decidisse subir a escadaria, passando pelos mendigos, prostitutas e sem-teto, amontoados e em busca de abrigo como eu. Para não me molhar mais, acabei escalando às pressas a escada, pulando os degraus, de dois em dois, até a porta de madeira entalhada. Ao entrar no salão abobadado, com vitrais de plástico e candelabros com lâmpadas imitando velas, para meu desânimo, reparei que estava cheio além da conta. As pessoas, sentadas e de pé, comprimiam-se, umas poucas usando máscaras, a maioria, não, enquanto, à frente, num púlpito, um homem esgoelava-se ao microfone:

— Irmãos! Estamos vivendo a Era do Pecado! Pois eu vos digo: vós ouvistes, há tempos, a voz do Profeta e vós o ignorastes e é por isso que agora sois castigados. Pois eu, que sou ungido pelo Senhor...

Era um mulato encorpado, com a cara cheia de marcas de varíola. Usava um terno escuro e gravata. Ele apanhou sobre a mesinha do púlpito um volume da Bíblia, abriu-o, moveu algumas páginas e continuou a prédica, de vez em quando consultando o Livro:

— Pois eu, como vos dizia, segui as palavras de João, e João disse, em Apocalipse 6:8: "E olhei, e eis um cavalo amarelo, e o que estava assentado sobre ele tinha por nome Morte; e o inferno o seguia; e foi-lhes dado poder para matar a quarta parte da terra, com espada, e com fome, e com peste, e com as feras da terra". Com a peste, Irmãos! Vós ouvistes bem a voz do Profeta que, em Apocalipse 21:8, nos diz sobre o final do mundo: "Mas, quanto aos tímidos, e aos incrédulos, e aos abomináveis, e aos homicidas, e aos que se prostituem, e aos feiticeiros, e aos idólatras e a todos os mentirosos, a sua parte será no lago que arde com fogo e enxofre; o que é a segunda morte". E por que sereis castigados, ó incrédulos, ó mentirosos? Porque pecastes, porque vós vos negastes a ouvir a voz do Profeta que quis falar convosco, mas vós estáveis com os ouvidos moucos! Vós vos negastes a crer nas palavras do Senhor! Vós virastes as costas aos Enviados do Senhor, como aconteceu em Sodoma e Gomorra!

O pregador calou-se — não se ouvia um ruído no interior do templo, a não ser acessos de tosse, logo reprimidos. Só de fora é que vinha um sibilo, um rumor de chuva, de passos apressados e vozes, a música das sombras. O pastor voltou a consultar a Bíblia e berrou:

— Vós não só ignorastes a voz do Profeta, como também o insultastes, assim como os habitantes da blasfema Sodoma fizeram com os anjos, os enviados do Senhor! E o que sucedeu a eles? A vingança do Senhor, com a chuva de pedras e bolas de fogo, a destruir toda a cidade do pecado! Pois eu vos digo: a peste que vem vos dizimando só se deve aos vossos pecados que são muitos e que só pode ser afastada com o vosso arrependimento, com a força das vossas orações!

Correu com o olhar a multidão, apontou-lhe o dedo, onde luzia um anel de ouro, e bradou:

— Mas o que fizestes? Em vez de vos arrependerdes, vós preferistes ouvir a voz dos falsos profetas! A voz do demônio! Por que então usais máscaras? Para ocultardes a vossa face ímpia do Senhor? Para ocultardes os vossos pecados, para, com isso, ganhardes a ira do Senhor?

A um gesto do pregador, seu auxiliar, um deficiente com uma corcova e mancando de uma perna, empurrou um caldeirão de ferro sobre um carrinho para a frente do púlpito. O pastor derramou um litro de álcool dentro do recipiente e acendeu um fósforo. Desconfiei de que talvez houvesse outro tipo de combustível dentro do caldeirão, como carvão e pedacinhos de madeira, pois uma chama com tonalidades amarelas ergueu-se e começou a crepitar.

— Estas são — continuou o pregador, apontando para o fogo — as chamas da purificação. Nelas, queimareis o símbolo de vossos pecados, Irmão! Que o Senhor nos proteja de todo o Mal!

Os fiéis continuavam mudos, até que o pregador voltasse a berrar no microfone:

— Quem estiver usando a máscara da ignomínia, do pecado, da luxúria, se livre dela o mais depressa possível, para que possais viver em estado de Graça. Não vos negueis a ouvir as palavras ditadas a mim pelo Senhor! Não vos fieis nas promessas e artimanhas de Satanás!

Após uma indecisão, vi as pessoas criarem um tumulto, avançando em direção do caldeirão, gritando, arrancando as máscaras e lançando-as nas chamas. Uma fumaceira elevou-se, enquanto aqueles que estavam desmascarados erguiam os punhos e berravam:

— Que se queimem as máscaras idólatras!

— Sim, sim, queimai-as para que vos livreis do pecado, pois que os falsos profetas vêm negando que o castigo para o pecado seja a oração! Pois só a oração é que vos libertará, depois que vós vos despojardes da máscara da falsidade, da máscara do fingimento, da máscara da ignomínia! Não vos deixeis levar pelas artes malignas de Satanás!

Pois, segundo a prédica, apenas com a oração e a queima das máscaras é que se encontraria a cura para o Mal — pensei, cheio de consternação, em tamanha ignorância. Era o que pregava aquele pastor, o rosto vincado pela insanidade. Foi então que me lembrei que, à tevê, o Presidente da República tinha dito outra coisa também aberrante: a pandemia era uma gripezinha, a ser combatida com a magia da cloroquina, embora isso fosse de encontro às teorias científicas. Tanto o pregador quanto o governante tinham suas razões que nunca passavam pelo crivo da razão. Um e outro querendo conquistar as almas e os eleitores de qualquer modo, apelando para rezas ou placebos. Tudo aquilo era sinônimo de uma loucura coletiva. O confinamento tornava as pessoas cegas para umas tantas verdades, porque o mais fácil naquilo era ter fé numa verdade religiosa ou numa verdade política. A Verdade não tinha vindo e nem tinha se ido: o Erro é que havia mudado.

— E vós, irmão! Continuais contumaz no vício?!

A voz reboou em meus ouvidos. Despertei de meu transe e dei com o pregador próximo a mim, o dedo em riste. Também notei que os crentes, todos sem máscara, fitavam-me, com as caras crispadas de ódio. E murmuravam, balançando a cabeça, em reprovação:

— Um idólatra entre nós! Um idólatra entre nós!

— É um pecador! Não quer ouvir a voz do Senhor! — alguém gritou, me meio à multidão.

— Pois vós sois o heresiarca? — o pastor aproveitou a deixa para interferir, erguendo a voz ao máximo: — Aquele que negou a Cristo? Aquele que, pelo pecado, condenou o Filho de Deus ao tormento?

O murmúrio foi crescendo como uma onda. Sentia-me sufocar, com a multidão me comprimindo de todos os lados. Não bastasse isso, apalpavam-me, empurravam-me, enfiavam-me os dedos à cara. E repercutiam, de modo paródico e em coro, o discurso do pastor:

— A máscara! Irmãos, ele é quem se recusa a mostrar a face ao Senhor! Porque sua alma foi dominada por Satanás. Satanás fez dentro dele um abrigo e desse abrigo é que sairão as sete pragas, entre elas, a da Peste que o consumirá como um câncer e que, por sua negligência, consumirá os inocentes!

Sentia-me incapaz de reagir e deixei me levar, como se fosse um boneco sem vida, por aquela maré humana. Parecia que minha consciência se esvaia aos poucos, em meio à massa.

— E vós, irmão! Continueis contumaz no vício?! — tornou a gritar o pregador, cuja voz ressoava na abóboda. — Não ouvistes a voz do Profeta? Não sabeis que Satanás vos espreita?

Fui tomado por uma náusea, sentindo dificuldade em respirar, os pulmões opressos, o rosto coberto de suor. O murmúrio, o burburinho assemelhavam-se ao ruído de um mar imemorial, de onde saíam larvas rastejando, em direção a uma praia, coberta de areia vulcânica. E naquele sonho, eu era um daqueles seres, em busca de um abrigo. Ao longe, reverberava a voz de um vulcão, lançando chamas, lava e pedras para as nuvens carregadas daquele mundo primevo.

Dei então com a face coberta de borbulhas do pregador diante de mim. Os olhos pareciam-se a bulbos de lâmpadas. Para meu horror, ele apertava-me entre os braços e recitava:

— Irmão! Podeis recuperar a paz, se vós vos renderes à Verdade! E a Verdade só se revelará a quem expulsar Satanás da alma.

Ele voltou-se para a multidão:

— O que devemos dizer ao Irmão?

— Sai, Satanás! Criatura do Mal! — gritaram as pessoas em fúria. — Sai, Satanás! Que aqui não é teu lugar!

— Sai, Satanás! Vós, ó criatura maligna, não ouvistes a voz dos irmãos? — fez uma pausa, olhou para os fiéis, tornou a olhar para mim e bradou: — Tirai Satanás de dentro de vós com o poder da palavra divina! Afastai-o e lançai-o às trevas de onde veio!

Como que em transe, tropeçando nas próprias pernas, vi-me caminhando até o caldeirão, tirando a máscara e jogando-a nas chamas. Não sei se foi impressão minha, mas me pareceu que o fogo se elevava mais e mais, rugindo, e um odor similar ao do enxofre tomava-me as narinas e impregnava todo o ambiente.

— Eis que Satanás vos deixou! Aleluia, Irmão! Vós agora estais puro como os demais, e nada, nada, poderá vos ferir. Nem a peste que vem castigando os ímpios em nossa cidade amaldiçoada.

— Aleluia! Aleluia! — gritava a multidão.

— E agora... — tornou o pregador, voltando ao púlpito. — E agora, em que todos estão purificados, livres da máscara do pecado, vamos orar. Senhor, que a vossa Graça ilumine...

Não ouvi a oração até o fim. Saí cortando a multidão, como se nadasse numa piscina de corpos suados, a água formando uma fraternal geleia. Chegava até a entrada do templo, onde me aguardava uma rajada de ar carregado de odores pútridos vindos do escapamento dos ônibus, do lixo, de urina e fezes. Meus pulmões estavam opressos. Olhei para cima: o céu pesava como uma tampa, sufocando e me impedindo de respirar. Continuava a chover, embora num ritmo mais fraco. A angústia assemelhava-se a um bloco de um matéria a ser cortada a faca. Movia-me como se fosse um bêbado, sem saber para onde me dirigir. Os transeuntes olhavam para mim de um modo estranho. Tive impressão de que me dirigiam insultos. Até que me dei conta de que, enquanto estavam todos mascarados, eu tinha a face descoberta. Estremeci. Quanta insanidade! Quanta loucura! Como eu podia me render aos apelos daquela congregação de doidos e obedecer à alucinação de um pastor? Naquele momento de loucura, não mais me reconhecia, como se houvesse perdido de vez todo o siso.

Entrei numa farmácia.

— Uma máscara, por favor.

— Sinto — respondeu a atendente de máscara —, mas não temos mais. Acabaram-se todas.

Noutras farmácias, também não encontrava o que pedia, e eu continuava a procurar, como se fosse tomado pela loucura, como se a falta da máscara fizesse de mim mais um infectado. Satanás, os pés de bode, espreitava-me das sombras, pronto a tomar conta da minha alma. Dei uma gargalhada. Onde se viu tamanha sandice! Até que, afinal, para meu alívio, encontrava a máscara, mas a um preço exorbitante. Quando reclamei, o atendente disse:

— Como assim é cara? Não entende que está em falta, senhor? — e completou com cinismo: — É a lei da oferta e da procura. Compra quem quer e pode.

Comprei a máscara. Mas me arrependia de ter jogado a outra para ser queimada no caldeirão. Como podia ter me deixado levar pela loucura coletiva? Pela verborragia de um pastor? Onde estava minha lucidez? A verdade é que me sentia atordoado, com aquelas vozes chegando até mim, como uma maré sombria.

Ah, se a Salete tivesse me surpreendido naquele instante... Na certa, usaria de seu sarcasmo habitual:

— Onde se viu? Se fosse uma dessas pessoas ignorantes por aí... Mas um professor! Depois disso, o que irá ensinar a seus alunos?

Desisti de passar na Receita Federal, deixava para outra hora, outro dia. O que eram dívidas e impostos diante da loucura? Precisava fugir daquele espaço opressor o quanto antes. O que mais faltava para eu me integrar à legião dos doentes e assim confirmar o que vinha negando? A dar razão às razões da Salete?

E enquanto caminhava, era assaltado por um princípio de pânico. Lembrava-me da multidão de fiéis apertando-me de tudo quanto é lado. Tinha nas narinas o cheiro e o bafio de seus corpos. Quem me daria a certeza de que não haviam jogado sobre mim gotas de saliva ou qualquer outro resíduo como o suor? E se tivessem me infectado? Pensei em algo despropositado: a oração, segundo o pregador, afastava tudo, até as artimanhas de Satanás. E sem que pensasse muito no que fazia, talvez impulsionado por tudo aquilo que havia me impressionado, pus-me a recitar um salmo de João:

— "Vós pertenceis ao vosso pai, o Demônio, e quereis realizar o desejo dele. Ele foi homicida desde o princípio e não se apegou à verdade. Quando mente, fala a sua própria língua, pois é mentiroso e pai da mentira."

Caí em mim e dei uma risada ante aquela ideia, parecida com a de um recém converso. Podia até me imaginar de joelhos, dirigindo-me ao pastor e buscando a Graça onde Graça não havia. Era como se tivesse que me conformar à voz da desrazão e acreditar que era mais um danado. Por minha falta de crença, por minhas opiniões desencontradas. E, acima de tudo, por minhas leituras sacrílegas. Voltei a rir do desatino, da minha metamorfose em um crente daqueles, pronto a se submeter ao discurso do pastor carregado de nonsense.

Afastava as tolices dos crentes, via, acima de mim, apenas o negror do espaço, que não remetia à transcendência alguma. Como Laforgue, via-me tentado a murmurar, em vez de um salmo, aquele *Triste, Triste* de seu soneto, a expressar a melancolia de alguém que, ao som da chuva de inverno, tinha consciência de que se encontrava só, vivendo num universo sem sentido. Naquele instante de desilusão e desesperança, eu também me sentia assim, pois tinha consciência de estar vivendo num mundo assolado por uma pandemia, condenando-nos ao confinamento, a um medo não apenas dos outros, mas de nós mesmos, risíveis imitações de um deus cada vez mais distante. Mas a comparação entre mim e o poeta não parecia ter lá muito fundamento, pois, enquanto a tristeza de Laforgue era oriunda de um mal metafísico, a minha nascia da insanidade.

Nós como imitação paródica de um deus? Quanta pretensão. Um absurdo pensar nisso naquela hora. Tomado pelo pânico, voltei à minha condição de bicho da terra, vil e tão pequeno. Nessa condição, fui assaltado pela dúvida. Não seria melhor passar num Pronto-Socorro e fazer um teste? Era o mais prudente. Com toda a certeza, haviam me infectado. Aquela multidão sem máscaras... Por que, afinal, havia entrado naquele templo de lunáticos? Por que havia queimado minha máscara e saído à rua sem proteção? Tinha as minhas desculpas, é claro: o ar vicioso de fora, os maus cheiros cruéis, a ameaça de chuva. Mas, no fundo de mim, algo se insinuava como se fosse a mão do destino, como se meu futuro de um talvez infectado tivesse se oferecido naqueles instantes de entrega a um estado de alucinação e loucura coletivas, ouvindo do começo ao fim uma prédica sem sentido, nascida do livro de um profeta desvairado e disseminada por um pastor demagogo. E para coroar aquilo tudo, participando do ritual da queima indiscriminada das máscaras naquele templo infecto.

Mas uma coisa era aquela gente ignara deixar se levar pelas palavras de um pregador possesso, outra coisa era um homem, na aparência lúcido, deixar se envolver pelo clima de rebanho, a ponto de sacrificar ao deus da insanidade a única proteção que tinha contra a pandemia, na medida em que estava longe de nós qualquer perspectiva de cura. Onde os remédios milagrosos? Onde as vacinas? Não havia nada disso. Eu só podia contar com o bom-senso, com o triunfo da Razão sobre os discursos da loucura e do ódio proferidos com toda a impunidade.

Alex, você é um débil mental? Onde estava com a cabeça? E se eu tivesse sido infectado e, por minha vez, infectasse a Salete? — perguntei, sem obter uma resposta. Entre mim e aquele outro ser de há pouco, havia um abismo. E, nessa loucura de momento, tudo radicava num ato simbólico de tirar a máscara. Mas a máscara estava pegada à cara e, agora, me cabia expiar uma pena que não sabia possuir. Ou, quem sabe, tivesse que assumir uma culpa, como aquela do pecado original? Eu havia me transformado em mais um dos danados que perambulavam pela cidade, carregando a pecha dos malditos. E sem perdão, no horizonte do possível.

OS DO BARRACO 2

Roendo um pedaço de pão, a boca sem dentes, lábios gretados, Idalina passava o dia sentada numa cadeira de plástico desconjuntada, sobre a passarela do córrego do Boqueirão, em cujas águas se acumulava o lixo e onde ratos nadavam à procura de comida. A côdea era ressequida, a ponto de lembrar mais uma pedra que um alimento, mas, mesmo assim, Idalina a escondia sob a blusa. Cada dia, contentava-se em roer um pedacinho, aproveitando ao máximo os farelos. Não fosse alguém roubar-lhe o pão — refletia, os olhos vermelhos, girando sem cessar. Além do pão, de vez em quando, davam-lhe pedaços de sebo e ossos com restos de cartilagens. Passava horas a chupá-los, deliciando-se. Eram os poucos momentos em que se sentia bem. Ah, se, um dia, lhe dessem uma coxa de frango de verdade... Mas esse era um sonho impossível. Cabiam-lhe só restos, aquilo que nem mesmo os cães queriam — pensava, cheia de tristeza.

— Eita, gente ruim!

Dizia isto bem baixinho. Não fossem ouvi-la, aí é que não lhe dariam nada a comer. Gente ruim, gente do capeta!

— Velha inútil, fica sem fazer nada, só sabe mijar e cagar nas roupa! Velha desgraçada! — reclamava a filha, a Marcileide, exausta de tanto trabalhar e tendo que cuidar da mãe.

Tossindo sem parar, a Idalina olhava o movimento da passarela, mas sem ver nada em especial, com aqueles olhos cheios de remela, a coriza escorrendo do nariz, usando um roupão cor de rosa com muitas manchas, resgatado do lixo, e chinelos de dedo e sonhando com alimento do passado longínquo: coxinhas, empadas, esfihas. Só despertava de seu sono, atraída por algum cheiro de comida: uma coxa de frango, com restos de sebo e sem carne, jogada em sua direção pela filha, uma colher de miojo. Ficava louca da vida ao ver os outros membros da família devorando pedaços de linguiça com macarrão. E para ela que os havia criado, nada. Como tinha ódio deles.

— Uns ingratos, uns fiadaputas! — rosnava, o rosto contraído de raiva, quando os via comendo.

Nem respeitavam uma velha como ela, mas viviam de sua pensão do INSS e chegavam até a roubar as sobras que lhe davam. Não bastasse isso, os netos, aproveitando-se de sua invalidez, de maldade, incentivados pelos mais velhos, davam-lhe à toa, à toa tapas e beliscões.

— Sai do caminho, veia maldita! — gritavam, correndo pela passarela e ameaçando jogá-la no ribeirão.

E voltava a ficar perdida, como que sonhando, num mundo só dela, com a realidade esvaindo-se, como as águas do córrego, logo abaixo, desapareciam na boca larga do esgoto. Via-se, então, dormindo numa cama macia, com lençóis e um cobertor, num quartinho da mansão nos altos do Morumbi. Era chamada para ajudar na cozinha ou servir de babá para os filhos de dona Elisa, a Cybelle, a Marcelo e o Clóvis, que a maltratavam, dando-lhe safanões, xingando-a de "negra fedida", "cabelo de bombril", "macaca do zoológico". Mas não tinha como não suportar os insultos, sabia que vivia de favor, desde que tinha sido recolhida na rua.

— Pegamos a pobre da negrinha por caridade — costumava explicar dona Feliciana, mãe de dona Elisa.

Mas era gostoso, deixando de catar lixo em companhia da mãe, a mãe nem mais sabia quem era e nunca mais a viu e comendo as sobras da cozinha, e a casa, com um grande jardim na frente, ela se perdendo nos muitos quartos e salas, isso quando não havia ninguém por perto, porque o lugar dela era na cozinha ou na área de serviço, mas comendo do bom e do melhor, mesmo que lhe dessem tapas na cabeça, não, agora, dias sem comer, roendo um pedaço de pão, disputando lixo com as ratazanas, os cachorros. A boca sem dentes, salivava à toa, só de pensar em coisas que havia comido naquele tempo de fartura: pão doce, sorvete, bolo de chocolate, coxas de peru.

— Velha suja! — gritava a filha.

— Cagou de novo na roupa! Veia imprestável — reclamava o Copertino, em sua fúria de bêbado.

Que roupa? Os trapos com que se vestia? E, os olhos com ranho, fungando, sentindo, nos meandros da memória, os perfumes da casa, as meninas com belos vestidos, às vezes, enjoando de um e dando para ela, e ela então se sentia uma princesa, olhava-se no espelho, não se achava feia, os peitinhos desabrochavam, como as flores na primavera, as coxas engrossavam, e não é que, talvez fosse impressão sua, mas o seu Aurélio, marido de dona Elisa, ficava com os olhos fixos em sua bunda? Tolice dela! Devia saber qual era o seu lugar. Onde se viu uma coisa dessas? O patrão era o patrão, e ela, uma negrinha sem eira, nem beira, catada na rua.

Então murmurava:

— Sai dessa, Idalina!

Sonhava com aquele sonho impossível, o seu Aurélio tão bonito, casado com uma mulher linda, uma princesa, a dona Elisa, vai botar os olhos na bunda de uma negra como eu? Mas ele olhava e como olhava... E, um dia, acordou de madrugada sentindo o peso dele sobre ela.

— Fica quieta, neguinha! Não faz barulho.

Ele mexia o corpo, enfiando nela, a dor, mas ele era tão bonito e, depois, no fim, deixava uns trocados em suas mãos e dizia:

— É o nosso segredo, tá, minha flor?

E voltava ao quarto, para terminar a noite na cama com dona Elisa, e, assim, como que combinados, ele tornava a visitá-la no quartinho de madrugada, o hálito de bêbado, possuindo-a com fúria, mordendo-lhe os seios, as coxas, as nádegas, e tudo ficaria bem, se não fossem surpreendidos uma noite, a dona Elisa fazia um escândalo tão grande, só faltando bater nela:

— Você, Aurélio! Não tem vergonha? Transando com a negrinha! Vai pegar doença dela, piolhos!

E punha-lhe os olhos cheios de fúria, enquanto berrava feito uma doida:

— Quanto a você, pra rua! Onde se viu traindo a minha confiança? Negrinha sem vergonha!

E ela, sem a proteção de dona Feliciana já falecida, outra vez na rua, com uma mochila cheia de trapos e uma criança no bucho, como ficaria sabendo depois, uma filha, branca e de olhos azuis como seu Aurélio, a quem deu o nome de Marcileide, uma ingrata, criada com todo o carinho, mas eu, quando velha, não ganhando dela o que comer, e o seu Aurélio brigando feio com dona Elisa e pouco se lixando que ela fosse posta na rua, uma mão na frente e outra atrás, não mais as comidas gostosas, não mais um quartinho só dela, voltando a andar pelas ruas, dormindo em abrigos de plástico, catando comida no lixo, sendo violentada pelos mendigos, e, agora, naquela cadeira quebrada, vestida com trapos, sem cama para dormir, pois que dormia ao relento, e com fome, sempre com fome.

— A senhora devia de ir pra avenida, pra arrumar dinheiro e merecer o que comer. Mas, não, fica aqui, cagando e mijando na roupa, uma imprestável!

Era a Marcileide, gritando, a Marcileide, tão branca, não é que parecia tanto com o seu Aurélio? Era filha do homem, com certeza, parecia com o homem, não tinha raiva dele, um homem bonito, com que prazer não o recebia em seu quartinho, ele fungando em cima dela:

— Vem aqui, neguinha, vem me chupar.

E ela chupava gostoso, o perfume dele tão bom, pena que, depois, por causa dos ciúme de dona Elisa, ela fosse jogada na rua e, hoje, sem poder se mover, comia o resto do resto da comida dos outros, disputava o lixo com os cachorros, gatos e os ratos do esgoto.

Antes de ficar entrevada, pelo menos, conseguia ajudar um pouco em casa. Pedindo esmola na esquina da avenida, não ficava como uma tonta, roendo sem parar o osso de uma coxa de frango, e olhando para o ar, esquecida da vida. Era melhor do que passar o dia sentada numa cadeira desconjuntada sobre a passarela, em cima das águas do ribeirão, de onde subia um fedor que causava ânsias.

— Cagando e mijando na roupa — dizia a Marcileide. — E sobra pra escrava aqui limpar e dar de comer.

A Marcileide, de manhã bem cedo, levava-a até um cruzamento, entregava-lhe uma trouxinha com um punhadinho de arroz, outro de feijão e farinha e um cartaz feito de um pedaço de papelão e com os dizeres:

Por caridade, dá um ajutório. Sou uma viúva doente. Pelas Cinco Chagas de Nosso Sinhô Jesus Cristo. Que Deus lhe pague.

— E fica esperta, não vai deixar os mindingo lhe roubar! — avisava a filha. — No fim da tarde, tem que vim com dinheiro! Senão, não come.

A Idalina passava o dia, erguendo as mãos e os olhos remelentos aos transeuntes, mostrando o cartaz e entoando a ladainha:

— Uma ajudinha pra esta pobre de Cristo.

Tinha quem lhe lançava uma moedinha, tinha quem virava a cara de nojo. Mas até que gostava de ficar naquela esquina, pedindo esmolas. Era bom ver o movimento dos carros, das pessoas, sentir os cheiros de comida quente. Fez amizade com dois mendigos, o Berimbau e o Cotolé. O primeiro era um cego, usava óculos escuros e caminhava com o auxílio de uma bengala, o outro, um aleijado, deslocava-se entre os veículos com seu carrinho de rolimã. Eram divertidos. Gostavam de ficar sentados, muito juntos, para se proteger do frio. Contavam histórias e casos engraçadas. O Berimbau tocava uma violinha e, erguendo para o céu os olhos cobertos de uma névoa, cantava cheio de tristeza:

Ô passarim cantadô
Não vai falá do meu amô?
Tô cum sodade da minha linda
Pra adonde foi num sei ainda.

Tinha uma voz tão sentida. A Idalina chegava até a chorar quando ouvia aquela música do "passarim". Lembrava-lhe das poucos coisas boas de sua vida.

E assim o tempo passava sem atropelos, chegava a se sentir feliz. O Berimbau e o Catolé tinham respeito por ela e a tratavam de "senhora", de "dona", e nunca tentavam lhe roubar a comida. Pelo contrário, costumavam até lhe dar parte do que encontravam no lixo: um resto de sanduíche do McDonald e batatas fritas, uma quentinha com um pouco de macarrão chop suey do Ling-Ling, kibes do Habib's.

No fim da tarde, para seu pesar, voltava para o barraco, onde lhe tomavam tudo o que tinha ganho na rua. Até uma simples esfiha e pedacinhos de frango. Mas, quando ficou entrevada de vez, teve que deixar de ir para a esquina pedir esmolas, o que fez com que se sentisse infeliz de novo. Lembrava-se do Berimbau e do Catolé, do resto das comidas achadas no lixo com saudades. Ali na Comunidade, não lhe tinham respeito algum e só a maltratavam.

— Eita porra de velha sem vergonha! Agora começa a cagar e mijar na roupa? — gritava, fora de si, a filha.

Com asco, tinha que deixar a mãe secando no sol, que nem água tinham para lavar a velha. Exalava uma catinga tão forte, pior que a do lixo, e ninguém aguentava chegar perto dela. À noite, nos cômodos do barraco, onde se espremia tanta gente, era impossível suportar o fedor da mulher, a sua tosse. Tanto que não demorou e a expulsaram, graças aos reclamos do Copertino.

— Bota essa cabra suja pra fora! — ele gritava, impaciente. — Não dá pra drumi com a catinga dela.

Dormia ao relento, embrulhada num saco de lixo. Mas tudo ficou bem pior quando a tosse da Idalina aumentou, e ela deu de sentir falta de ar, cuspindo catarro em tudo quanto é canto, aquela pressão nos pulmões, a dor, e nem lhe davam uma aspirina, que não tinham dinheiro para esse luxo. Será que tô indo embora? — pensava, com terror, e, mesmo vivendo os horrores de uma existência sem carinho, muito pelo contrário, tratada como se fosse um lixo, mas querendo viver, aspirando todo o ar que pudesse, os membros, sem força, o peito sibilando. Sem contar a fome. Nem lhe davam sequer uma côdea de pão seco ou pedaços de sebo para roer.

Uma ambulância do SAMU afinal veio buscá-la, e a Idalina saiu do barraco toda entubada.

— Eu, cansada, e ela me dava um trabalhão... Um estorvo — a Marcileide lamentava-se.

Mas, no fundo, o que lamentava de fato era que, com a morte da mãe, ia perder a pensão do INSS. Tinha agora que sustentar sozinha a casa, providenciar a comida dos filhos e, o pior de tudo, a cachaça e a droga dos marmanjos, só com o trabalho de faxineira.

Quando chegou a notícia do falecimento da Idalina, vítima da Covid-19, ninguém a lamentou. Foi enterrada como indigente.

— Comia que nem uma cabra e não fazia nada — disse o Copertino, como sempre, bêbado. — Foi tarde a veia.

OS INFECTADOS 5

Ele pensa que, se o **Superintendente** jamais perfurou um cérebro, como pode dizer, do alto de sua magnificência e arrogância de Superior, que impraticável tal método? Impraticável, tem certeza, por uma longa experiência, adquirida em anos e anos de profissão, de que não é, no máximo, se poderia dizer que a tarefa é desgastante, ao exigir mais esforços do **Localizador**. Ao contrário do que muita gente pensa, inclusive o próprio **Superintendente**, esse método vem se mostrando bastante satisfatório. Se, antes, como já se verificou à saciedade, as bandeirolas, apenas encostadas às paredes ou apoiadas numa frincha de um antro, ou presa num mastro improvisado, mas sem sustentação alguma, ao sopro de um vento, teimavam em cair, o que implicava a perda de todo o trabalho de um **Localizador**, depois a coisa mudou com a aplicação de um método criado por ele. O que se notou foi que, ao se enfiar a ponta de um tubo de PVC num cérebro trepanado, as bandeirolas permaneciam mais firmes e por um largo tempo, até que um **Recolhedor** tivesse a oportunidade de avistá-las e assim cumprir com mais facilidade a tarefa de recolhimento do cadáver. Mas a discussão, enfim, não estava aí e, sim, na questão de se enfiar o bastão de PVC no cérebro, no peito ou na barriga de um cadáver. Sente não poder explicar direito a seu Superior, mas acredita que, no fundo, tudo não passe de uma questão de estética, reflete o **Localizador**, enquanto que, para o **Superintendente**, sentado numa poltrona, num ambiente climatizado, sem penetrar em antros, sem aspirar miasmas, é uma questão de ética, mas, de seu ponto de vista, a ética e a estética não deveriam contar nesses casos, o que deveria valer, tão somente, era a eficácia, de maneira que, ao mesmo tempo que deixava de ouvir a teimosia de seu Superior, também deixava, por precaução, de tentar perfurar os crânios, um trabalho dos mais difíceis, e contentava-me apenas com o trivial, para não sofrer a vergonha de receber outra admoestação. E, na minha idade, após tantos anos de ofício, uma repreensão seria a última coisa que podia esperar, ainda mais que as reprimendas costumavam ser feitas em público, no auditório lotado de **Localizadores** e **Recolhedores**, para causar um efeito punitivo exemplar, e tinham elas também, como consequência, penalidades e, nos casos extremos, a dispensa por justa causa, sem direito a indenizações ou pensões, ou até a prisão, quando se verificavam resultados danosos ao Estado.

Lembrava-se do caso de um colega, submetido ao que se costumava chamar de "Tribunal de Exceção", por ter cometido falta gravíssima, ou seja, fora surpreendido pelo seu **Superintendente** falsificando as fichas, registrando mortos, quando, na verdade, como se descobriu depois, tratava-se de agonizantes, a quem ele, por malandragem, dera cabo, inoculando veneno em lanches ofertados de modo gratuito e, com esta ação inescrupulosa, conseguira números surpreendentes de localização de cadáveres, o que o levara a pleitear uma gratificação no final do mês. Mas, como toda mentira tem pernas curtas, o **Superintendente**, desconfiado da quantidade de mortos detectados, fez uma devassa e, instalando sindicância, não tardou a descobrir o logro. O relapso foi então submetido a julgamento, no qual, despojado do uniforme, do boné, da bolsa com fichas, do crachá e das botinas especiais, nu, como havia nascido, sem direito a apelações, perante todos os colegas da firma, teve as acusações ditas pelo **Superintendente**, vestido com uma toga, o crachá dourado brilhando no peito, O Senhor, com este seu comportamento, infringiu as normas da Casa, pois, de acordo com nosso **Manual**, no que diz respeito aos parágrafos Tais e Tais, artigos Tais e Tais, incisos Tais e Tais, tentou auferir vantagens ilícitas, etcétera, etcétera, etcétera e ele, o acusado, os olhos baixos, suando feito um condenado, deitando lágrimas dos olhos, só murmurava Sim, sim, perdão, Senhor, porque errei, mas de Vossa alta Piedade não me despido, quem sabe esperando a Graça da misericórdia do Chefe, enquanto nós todos, aterrorizados, seguíamos o julgamento, pensando que também podíamos ter culpa no cartório, merecendo um julgamento daqueles, pois, se não havíamos cometido faltas tão graves, de quando em vez, cometíamos pequenos deslizes. Ah!, se o arrependimento matasse! Prometíamos então, em silêncio, como se estivéssemos diante de uma Potestade, nunca mais incidir no erro, prometíamos nos comportar de acordo com todas as regras, não fôssemos nós também ser objeto de uma devassa, pois, só agora, percebíamos como os tentáculos do **CMRVP**, o **Centro Municipal de Recolha das Vítimas de Pandemia**, eram longos e que os **Superintendentes**, com seus Olhos e Ouvidos perscrutadores, sabiam de tudo, até de nossos mais insignificantes atos e, acima de tudo, de nossos pensamentos mais íntimos.

Depois daquele julgamento, que teve como resultado a execração do condenado, não só com a perda dos seus direitos, como também com a apreensão de seus bens e com a sua prisão, após o processo, o **Localizador** tomou o cuidado de fazer de tudo para se adequar à nova realidade das devassas e inquisições, instaladas, há bem pouco tempo, com o recrudescimento da pandemia, no âmbito do **CMRVP**. Procurava evitar a prática de quaisquer atos que pudessem radicar em erros, para escapar assim de ser apanhado em flagrante. Voltando a estudar o **Manual**, há muito abandonado, reviu todos os procedimentos, no que dizia respeito às atividades de um **Localizador**. A começar que abandonou de vez a ideia de adotar condutas, na aparência, inovadoras, mas que, na realidade, como chegou a se convencer, não passavam de adaptações dos métodos tradicionais de abordagem. Temendo intrigas e, por extensão, investigações em sua área de trabalho, havia decidido que devia se comportar de acordo com o que o seu **Superintendente**, baseado nas regras do **Manual**, determinava ou com o que seus colegas mais antigos aconselhavam.

Desse modo, de acordo com todas as regras, tocava-lhe então passar por um antro, conferir se o cadáver era de fato um cadáver, ou um agonizante ou um infectado. Nesse último caso, precisava, como era de seu conhecimento, recobrar os cuidados, devido ao fato de que, em se tratando de uma pessoa com uma doença — tuberculose, sífilis, hanseníase —, esta poderia tentar feri-lo com uma seringa carregada de sangue contaminado com um vírus. Evitando cometer um equívoco desses e certificando-se de que estava diante de um cadáver, cabia-lhe registrá-lo na ficha e, sem pensar muito, cravar o tubo de PVC com a bandeirola de cor negra, fosse no peito, fosse no estômago — talvez até no estômago fosse melhor porque menos consistente — e jamais no crânio, devido às ordens do **Superintendente**, para, em seguida, fixá-lo no solo, e, assim tão bem assinalado, deixar o corpo para o **Recolhedor** da região fazer a sua parte. Era cumprir, de maneira convencional, a obrigação de um **Localizador**, sem tergiversações, sem desvios de conduta, que os resultados, saltando logo aos olhos e constando nas estatísticas dos contadores, torná-lo-iam simpático ao **Superintendente** e, por consequência, livrá-lo-iam de repreensões, advertências, admoestações e da dispensa por justa causa, sem direito a indenizações e à tão sonhada pensão por aposentadoria.

Imaginava se, no cérebro, a matéria com resíduos — imagens e fios do pensamento, sensações, volições, desejos e a imaginação — se, no peito, apenas o ar, em soluços e sibilos, se, no estômago, apenas o ronco dos gases —, talvez fosse melhor poupar o crânio e suas ilações — refletia o **Localizador**, em seus raros momentos de ócio, ele que costumava descansar muito pouco, pois o trabalho viera se avolumando nos últimos tempos, com vítimas e mais vítimas sendo lançadas de qualquer modo, sem o mínimo de higiene, em tudo quanto é canto da Metrópole. Muitas delas, como se tornara praxe, eram abandonados pelos familiares que, por razões econômicas, não tinham conseguido encaminhar os cadáveres de seus entes queridos aos cemitérios ou aos **Centros de Incineração**, obedecendo à legislação vigente, a exigir caríssimos atestados de óbito e, nos casos mais extremos, caixões de chumbo lacrados. O que aconteceu foi que as vítimas deram de ser despejadas em qualquer lugar pelas máfias, contratadas a peso de ouro, para resolver o problema de recolhimento de doentes, junto às clínicas, ou do enterramento dos defuntos, em adiantado estado de putrefação. Com a má-fé das gangues, os cadáveres, os agonizantes, os pandêmicos passaram, sem um mínimo de consideração e respeito, a ser jogados em covas, em cloacas, nos saguões dos bancos, sob o banco das praças, nos pântanos margeando os riachos e ribeiros, nos rios, nos lixões da periferia, infestando a cidade e, de certo modo, servindo para a propagação de moléstias oportunas.

Com o aumento da pandemia, os casos tornaram-se mais graves, devido ao empobrecimento da população e ao endividamento das firmas dedicadas a dar um fim aos cadáveres, seja os enterrando, seja os incinerando. Desse modo, visando à economia, não se acomodava um, acomodavam-se dois cadáveres, preparados pelos **Localizadores**, em caixões de pinho, depois que os **Recolhedores** os recolhiam. Mais adiante, esse procedimento foi simplificado, pois os cadáveres começaram a ser enterrados em valas, cheias de cal e sem caixões. Com isso, o fedor empestava a cidade, e as coisas pioraram tanto com o acúmulo de cadáveres, pois vinha se tornando quase impossível atender à demanda, que, um dia, o **Superintendente**, numa conversa reservada, recomendou-lhe que, por enquanto, naquela crise, deixasse de fazer os registros das vítimas nas fichas Localize os mortos, ou os agonizantes — disse, ciciando, para que não fosse ouvido —, apenas os localize, onde quer que os encontre, sinalize-os com esta bandeirola — era uma bandeirola colorida, presa a um tubo de PVC, a bem da verdade, a primeira vez que usou daquele instrumental, lembrava-se com nitidez — e ponha de lado, por enquanto, o fichamento, com a recolha dos dados do cadáver. O trabalho assim se tornou menos estafante, deixava o escritório com uma sacola cheia de bandeirolas e tubos de PVC e sem as fichas, não mais para classificar e categorizar as vítimas — dia e local do nascimento, endereço, RG, CPF, nome, sexo, peso, altura, sinais identificadores, grau de instrução, profissão, religião, moléstias congênitas —, e isso implicava poupar tempo, embora tivesse que andar muito mais do que antes pela cidade, pois sua área de atuação havia aumentado, após a demissão de **Localizadores** e **Recolhedores**, naqueles tempos de crise pandêmica.

Nesses instantes, quando parava para comer alguma coisa, se é que tivesse dinheiro para comprar alimentos ou que tivesse encontrado algum alimento no lixo, ou para descansar, recuperava uma memória gasta e fazia o tempo correr ao contrário, retornando à época em que havia sido contratado, como **Localizador**, pelo **CMRVP**, o **Centro Municipal de Recolha de Vítimas da Pandemia**. Era então mais jovem, não tão jovem assim, uma vez que havia passado por uma experiência de trabalho, como **Cobrador**, numa época anterior à pandemia. Com a vinda da pandemia, havia sido despedido da firma de cobranças, pois para que necessitariam de um **Cobrador**, levando em sua pasta duplicatas, faturas, notas promissórias, se não havia mais o que cobrar? E, sem mais nem essa, via-se ele no olho da rua e, então, atraído pelo anúncio de que o **CMRVP**, o **Centro Municipal de Recolha de Vítimas da Pandemia**, necessitava com urgência de **Localizadores** e **Recolhedores** e, mesmo sem ter a noção do que lhe caberia fazer caso fosse admitido, foi inscrever-se no edifício daquele órgão, situado no centro da metrópole. E, lá, depois de ficar horas e horas de espera numa fila e, depois, numa sala abafadíssima, o dia inteiro, pusera-se a subir os mais de oitenta andares do prédio e vira-se então diante de um **Entrevistador**, munido de uma ficha com seus dados à mão e fitando-o com severidade. Experiência não lhe faltava, mas — refletiu ele —, pelo fato de ser negro, temia que, devido a preconceitos, deixassem de contratá-lo, preferindo, no caso, um outro, só porque fosse branco, mesmo com um CV bem inferior ao seu. Meu Deus! — murmurava ele, atormentado pelo fato de ser um desempregado —, começo a divagar, a ver chifres em cabeça de cavalos, quem pode me dar a certeza de que o **Entrevistador** é preconceituoso? A máscara severa dele não seria a costumeira máscara que qualquer **Entrevistador** vestiria em tais circunstâncias?

Não, não era preconceito do **Entrevistador**, não devia e nem podia fazer ilações desse tipo, a severidade era tão natural nele como seus óculos de grau ou o impecável terno negro. Também eu, se, um dia por acaso, alcançasse a suprema Graça de me ver ungido ao cargo de **Entrevistador**, não teria um comportamento similar, ao entrevistar um postulante ao cargo de **Localizador** ou de **Recolhedor**, fitando de cima, com severidade, o candidato, não o deixando jamais à vontade, justo para testar sua força, sua capacidade de resistência, porque não raro, nessas situações, muita gente começava a suar e a tremer e havia quem desmaiasse ou, nos casos mais extremos, urinasse ou defecasse nas calças, tanto era o pavor sentido pela entrevista? Pois que eu, modéstia à parte, passara bem por esse primeiro teste! Não suara, não tremera e, muito menos, desmaiara, urinara ou defecara de pavor nas calças, quando muito, sentira leve indisposição, como se uma úlcera o acicatasse e sua pressão subisse além do normal. Mas, fora isso, teve comportamento exemplar, respondendo a centenas de perguntas, desde as mais simples, Nome? Sexo? Formação Escolar?, até as capciosas Se o Senhor, pense bem, meu caro, caso, observe com atenção, *caso* fosse contratado como um **Localizador** e *caso*, observe com atenção, *caso* encontrasse em sua caminhada, em direção ao local de trabalho, logo pela manhã, quatro tartarugas, três delas de pernas para o ar, o que faria? O Senhor a) ignoraria as tartarugas; b) colocaria todas as tartarugas em posição normal; c) colocaria todas as tartarugas de pernas para o ar; d) telefonaria ao IBAMA, para localizar o órgão responsável por cuidar dos animais silvestres e deixaria registrada uma denúncia, para posterior envio, de um documento, em papel ofício, com o carimbo de sua repartição; e) ou se daria ao luxo de recolher os animais e reservá-los para que o auxiliassem na localização dos cadáveres? E a resposta, nesse caso, deveria ser dada num piscar de olhos, sem hesitações ou dúvidas. Bastava, por exemplo, alguém tartamudear algo como Mas, Senhor, as tartarugas são daquelas que costumamos pôr em aquários ou daquelas gigantes dos Galápagos?, para o candidato ser reprovado *in limine* e sem direito a continuar a ser examinado pelo **Entrevistador**.

Não caíra nessa, soubera como enfrentar as perguntas, os testes, respondendo tudo com firmeza, obedecendo à sua inteligência, sensibilidade e intuição, a ponto de, ao final da Entrevista, receber os parabéns Pois o Senhor cometeu apenas dois ou três irrelevantes erros, de modo que devo, pois, anunciá-lo como novo membro desta Casa, embora o Senhor, antes disso, ainda tenha que fazer minicursos, para se inteirar das questões relevantes do cargo que, porventura, venha a ocupar. Foi lá ele então assistir às aulas dadas por especialistas, entre os quais, se incluíam médicos legistas, tratando dos diferentes tipos de cadáveres e como distinguir os mortos pela pandemia dos mortos pelas demais moléstias e, não bastasse isso, alertando também sobre os cuidados a tomar com pessoas, vítimas de catalepsia, parecendo mortas, mas não estando mortas de fato, E, nesses casos — dizia, com propriedade, o Mestre-Legista —, os Senhores submetam os catalépticos a um teste, fazendo uma incisão em seus corpos e, se o sangue começar a fluir em abundância, poderão ter certeza de que não estarão encaminhando falsos cadáveres aos **Recolhedores**. Caso isso, para mal de nossos pecados, acontecesse, poderiam os Senhores provocar — o Mestre-Legista cacarejava uma risada, acrescentando ao final uma piadinha — incidentes, que seriam cômicos, se não fossem trágicos, em que pessoas, pensadas como mortas e colocadas, em consequência, em caixões não lacrados, acordassem e se levantassem, em pleno velório, tais fossem os mortos-vivos de películas de terror.

E, depois, se não bastassem as aulas, naquele mês de experiência, tive que sair, acompanhado de experimentados **Localizadores**, para aprender com eles como localizar os bem-camuflados antros, cloacas, buracos sob viadutos, canalizações, onde porventura se esconderiam pacientes ou cadáveres descartados pelas máfias, Os Senhores precisarão aguçar os sentidos, sobretudo o olfato — um deles explicava com minúcia —, pois é mister diferenciar os cheiros, os olores, os fedores, as catingas, distinguir se o odor, porventura, seria de um cadáver apodrecido ou de um cadáver fresco, se de um agonizante, de um paciente, mas também hão que aguçar a visão, porquanto, nos antros, a treva costuma ser tão densa que nem os raios de luz de lanternas seriam suficientes para cortar a neblina formada pelos miasmas a conspurcar os ares. Era-lhes grato, pois, com aqueles conselhos, aprendera rápido e, logo, saberia como localizar os cadáveres, discriminá-los entre si, discriminá-los dos vivos e colocar, à entrada do esconderijo, a bandeirola, presa a um mastro improvisado, em vista do fato de que, naquela época, sua invenção de prender um tubo de PVC, onde seria presa a bandeirinha colorida, provido de uma ponta, direto no corpo da vítima, não havia ainda sido aprovada pelo seu **Superintendente**.

Quando a pandemia atingiu seu ponto culminante, o número de mortos aumentou e, em consequência disso, cresceu também o trabalho dos **Localizadores** e **Recolhedores**, obrigados a marcar, com rapidez, um corpo atrás do outro com as bandeirolas de diferentes cores, dependendo se fossem mortos, pacientes infectados, agonizantes, e depois recolhê-los o mais depressa possível, para se evitar a interferência das máfias, prontas a se apoderarem de um cadáver para lhe roubar os órgãos. E o **Localizador**, num momento raro em sua atividade, punha-se a refletir sobre a sua clientela e os métodos a empregar para bem colhê-la, como se fosse um agricultor, pronto a trabalhar sobre o plantio, contemplando a messe a merecer o corte. Pois não era ele uma espécie de semeador às avessas? Se não os semeava em suas grotas, de certa forma, colhia-os, com o expediente das bandeirolas a lhes assinalar os corpos, para a recolha de um **Recolhedor**. E, assim, punha-se a pensar em como os identificava em meio aos cheiros, odores, catingas da Metrópole. Eles se denunciam, descansando, aliviados do peso da vida, pelo fedor da decomposição, um perfume adocicado, era correr a cidade ao acaso, ainda que sem método, sem planejamento, o ar carregado trazia de longe os miasmas característicos. Com sua experiência, depois de anos correndo as ruas da Metrópole, tudo se tornava mais fácil, pois, com seu treinado olfato, localizava-os, devido ao peculiar odor, de antemão, sabendo se cadáveres, se pacientes infectados, se agonizantes, mas apenas à noite tornava-se possível realizar a tarefa em toda sua plenitude, graças ao brilho dos santelmos, só aí então entrava num antro para conferir de vez se os mortos não se misturavam aos vivos.

Era raro cometer um erro dada à sua experiência, ganha com tanto tempo de trabalho, mas nunca abaixava a guarda e sempre tomava cuidado antes de uma abordagem. Não fosse assinalar um cadáver com a bandeirola de cor errada ou deixar para o **Recolhedor** um agonizante assinalado como se fosse um morto. Conferia bem, para ver se não havia cometido algum erro, fincava ou dependurava de um prego a bandeirola de cor negra para os mortos, de cor azul para os pacientes apenas infectados, de cor amarela para os agonizantes, e, assim, facilitava a tarefa para o **Recolhedor** da sua área vir buscar mais tarde o cadáver e encaminhá-lo ao **Centro de Incineração**, ou, no caso em que se tratava de um paciente em fase terminal ou agonizante, aos **Centros de Atendimento**, embora soubesse que esta última medida era inócua, pois os **Centros de Atendimento** encontravam-se com sua capacidade esgotada, não havendo quartos, enfermarias, nem macas nos corredores, com os doentes dormindo amontoados no chão sujo de trapos, pedaços de gaze com sangue coagulado, seringas usadas e também os depósitos, os quartinhos de despejo, os banheiros, a garagem entupidos de pacientes, esperando atendimento de médicos, enfermeiros, a maioria sobrecarregada e, às vezes, ausente devido à estafa, a licenças-prêmio e, nos casos mais agudos, falecidos, devido à Covid-80.

E, muitas vezes, em situações de carência, quem fazia esse papel emergencial de atendimento, em último recurso, era o pessoal da limpeza, a essa altura prático no uso de termômetros, estetoscópios, medidores de pressão, e, com a competência, adquirida com a simples observação, de prescrever medicamentos, como se fossem clínicos de verdade O Senhor tome estas pílulas de Benzedrina, duas vezes ao dia, antes da refeição, acompanhadas destas outras de Aradois, para controlar a pressão, e destas de Glifage, para o diabete, dizia uma funcionária terceirizada, responsável por lavar os panos de chão. E quando, nos casos em que o paciente estuporasse, sem ter um médico disponível, esse pessoal da limpeza não pestanejava, pois, sem constrangimento, encaminhava-os à UTI e, consultando as radiografias, bisturi e serras à mão, abria um peito, separava as costelas, para promover uma operação de risco, instalando pontes de safena num paciente com as coronárias entupidas ou eliminando coágulos em cérebros de doentes, vitimados por derrames.

E não é que, nesses casos, vinham a mostrar mais competências do que a maioria dos médicos diplomados em instituições de ponta da Metrópole ou do exterior? Pois tudo radicava numa questão de experiência e do trabalho de campo, adquiridos com a faina cotidiana, a observação de variados procedimentos e a dedicação nem sempre encontrada nos diplomados de alta patente.

A SOLIDÃO ENCLAUSURADA

O Observador Anônimo depara, num livro de arte ou numa página da internet, com *Incanto Pomeridiano*, uma tela do pintor italiano De Chirico, de 1910. Tal quadro despertou-lhe o interesse, pelo fato de ter-se transformado em matéria de sonho de muitos personagens, um sonho reproduzindo uma praça de concreto, povoada tão só por sombras geladas e uma estátua muda! E na leitura dele, os objetos, os seres abrem-se como as pétalas negras de uma flor de pesadelo, como se poderá ver pela sua descrição ecfrástica:

> Oferecendo ao espectador apenas um conjunto de objetos e seres desprovidos de qualquer beleza ou transcendência, De Chirico sugere uma sensação de vazio absoluto. O pintor registrou nessa tela, com geométrica maestria, um espaço, quase de todo despovoado, apontando, numa linha de fuga, para montanhas diminutas, ao longe. À esquerda, há um edifício, cujos arcos, talvez as únicas formas femininas, em sua curvatura, contrastando com as duras formas masculinas, alinhados na direção do ponto de fuga, formam uma espécie de passarela, a ser alcançada por transeuntes inexistentes, depois de se subirem três degraus de uma pequena escada. Acima dos arcos, há uma série de venezianas, e estas, apesar da luz intensa ou por causa da luz intensa, permanecem hermeticamente fechadas. O edifício é todo branco, suas venezianas são verdes, verdes como o céu, mas a parede do fundo, frente aos arcos, é vermelha, como também parte do beiral do telhado, talvez pelo fato de o rubro ser a cor primária, a ter como sua secundária o verde, a substituir a tonalidade azul normal dos céus, sendo, no caso da tela, cor inócua, por não contar com sua secundária, a violeta, e a parede, entrevista entre os arcos, por sua vez, é recortada pelas sombras, aliás, presentes em toda a tela, com

suas fantasmagóricas formas geométricas, como se constituíssem a depuração sinestésica do nada.

À direita, há o fragmento de outro edifício, ostentando apenas um arco, remetendo, agora, a uma parede anódina e a uma abertura servindo para oferecer parte da paisagem do fundo — uma nesga do céu verde, janelinhas de um vagão e o cascalho e dormentes onde se assenta o trem. Entre os edifícios, há uma estátua sobre um pedestal — representa um homem de costas, vestindo um terno branco, com o tecido amarfanhado, levando à mão algo assemelhado a um tubo (folhas de papel de um provável discurso?) e, quem sabe, olhando para um público inexistente ou para o horizonte. À esquerda da estátua, há um cubo, não se sabendo se pertence a um pedestal sem estátua ou é apenas uma caixa abandonada, com seus segredos mudos preservados, e projetando também uma sombra em direção dos espectadores, como o fazem os edifícios, a estátua em seu pedestal e dois homens de negro, vestidos a rigor e conversando bem ao longe. É apenas isso, aliás, que podem oferecer a quem os espreita, vazia oferenda — a nadificação absoluta da ausência, representada pela voz em negro, a negar, com o negro absoluto, a manifestação de um sentido.

E, por último, quanto ao piso, de cor alaranjada, sem quadraturas de ladrilhos ou frinchas, ondulações, serve apenas para acentuar a sugestão de imensidão inócua, sem sentido, suporte para objetos e seres coisificados, irmanados apenas quando projetam a imagem de dois homens de negro, na aparência iguais, cuja humanidade se perdeu, no momento da representação, e a representação, por sua vez, só suportada pelas sombras omissas a lhe darem a dimensão do oco do oco.

E, como pano de fundo, há um céu verde, verde, com projetos de nuvens, descolorindo-se, ficando amarelo, até chegar nas montanhas de um castanho quase apagado, a Natureza reduzida à sua dimensão mais restritiva, sem árvores, arbustos, flores e, portanto, sem promessas de uma quem sabe primavera, e esse pano de fundo será cortado por um trem, engenho humano, representante do progresso, a romper, com sua velocidade, a condição estática dessas coisas, para quem a eternidade só é atingida pelo absoluto imobilismo, e, pois, esta máquina sem fúria dirige-se não se sabe para onde, e isso, de certa maneira, retira-lhe o selo do útil, e a locomotiva, pelo menos, solta uma nuvem de fumaça, para indicar que a máquina vive e manifesta-se mais do que os humanos, porque a fumaça é visível, lembrando apitos e ruídos de ferragens, enquanto o som da conversação não se ouve e nem se propaga no ar, em ondas coloridas, ao contrário do que acontece, por exemplo, na tela *O Grito*, de Munch.

E para, talvez, enlouquecer quem deita os olhos para esta passagem vazia, uma luz cegante vem da direita da tela, promovendo as sombras e anunciando um cadavérico entardecer. Mas o que mais choca na paisagem é a sensação de solidão, criada pelo silêncio obsedante, apesar do possível ofegar da locomotiva, da conversa ciciada dos homens de negro e quem sabe as palavras, a nascer dos lábios selados da estátua do homem público, sozinho em seu pedestal e dirigidas a um público morto, pois, ausente, impondo assim a tirania do não-sentido.

Tais elucubrações sobre uma tela, nascidas de uma mente enferma, cuja subjetividade, de modo paradoxal, é provocada pela fria geometrização de um mundo tornado imundo, refletem ansiedades, encarcerando, quem sabe, sob a pandemia, todas as metrópoles do mundo. Basta as pessoas, em momentos de aflição e catatonia, observarem com atenção as ruas, as avenidas, as alamedas, as calçadas, as lojas, os templos, os estádios de futebol, os edifícios oficiais, de suas próprias metrópoles, e serão elas atormentados pelo silêncio obsedante e pelo oco do vazio, pois os espaços arquiteturais de cidades artificiais, nascidas das pranchetas de loucos acreditando-se geniais, foram imaginados, em suas conformações balizadas por ideologias, para abrigar, reunir, socializar, mas isto só se daria se a música das grandes comoções se fizesse ouvir como um hino de pansocialização, contudo não é isso que se dá, pois não há negociações nas praças, não há lojas onde se dão trocas entre vendedores e clientes, não há pregões de mercadorias, não há sermões de pastores, dirigidos a fiéis e descrentes, não há disputas de jogadores nos campos de futebol ou nas quadras de tênis, não há confissões de amor, *sub tegmine fagi*, não há aquele murmúrio das conversações, muitas vezes, fátuas, mas vitais para a convivência dos humanos.

E em sendo assim, os ouvidos dos observadores tornam-se órgãos inúteis, enquanto as retinas fatigadas serão cortadas pelo gládio de luzes cegantes, de maneira que o mundo parece nos provocar para que apenas possamos dizer, deprimidos, ou, nos momentos de maior aflição, gritar:

— *Estou só, fechado em minha incongruência, limitado pela geometria alienante, sobrevivendo a mim mesmo e afastando de mim os braços, abraços e lábios e afagando apenas a pele do silêncio, nos intervalos de minha máscara, enquanto perdurar esse cataclismo, esta pandemia, o pandemônio.*

A CONFRARIA 2

— Entre.

Davi abriu a porta e deparou com o professor Ângelo Arcano, sentado à escrivaninha da saleta, a cabeça abaixada, enfiando os papéis da palestra numa pasta. Tinha mãos bem cuidadas, onde, numa delas, luzia um anel de ouro, com uma pedra redonda de cor violeta.

O professor Ângelo ergueu os olhos. Apesar da idade, eles eram vivos e como que incendiados por uma centelha.

— Pois não?

Reparou, para seu mal-estar, que o conferencista estava com o rosto descoberto. Coisa a se estranhar, pois ele se tratava de uma pessoa com instrução. Será que pouco se importava com a pandemia, ignorando-a?

— Queria dizer ao senhor que apreciei bastante sua palestra — a voz de Davi sibilou por detrás da máscara.

— Ah, bom. Estimo ouvi-lo dizer isto — o velho homem abriu um sorriso. — E o senhor...

— Davi. Davi Mendes de Oliveira

— E o senhor Davi podia dizer-me o porquê?

— Por várias razões.

O professor Ângelo demorou a falar, como se estivesse refletindo sobre a resposta de Davi, mas acabou se levantando. E enquanto se erguia, aproveitou-se para lhe fazer um convite:

— Que tal se fôssemos conversar num ambiente mais acolhedor? Moro não muito longe daqui... Uma boa caminhada e, bem acomodados, poderemos falar sobre o que nos interessa.

— Eu não queria incomodar o senhor, professor Ângelo.

— Não, não me incomoda. Pelo contrário, me dará o prazer de sua companhia.

Deixaram o edifício da "Sociedade Panteosófica". Davi voltou a reparar que, mesmo saindo à rua, o homem não tomava o cuidado de pôr a máscara. Aquilo o deixou tão perturbado que, esquecendo-se da indiscrição, observou:

— Desculpe, professor, mas vejo que o senhor não usa máscara...

— Não, não uso.

— O senhor não teme o...

— Não, não temo — o professor interrompia-o, dizendo de modo abrupto: — Logo, ficará sabendo por que me recuso a usar essas ridículas máscaras.

Caminharam pelo centro velho, cheio de lixo nas calçadas. Sob a marquise dos cinemas e lanchonetes, com as fachadas descascadas e manchadas de grafite, mendigos, sem-tetos, prostitutas e travestis dormiam ou faziam o ponto. Subiram pela avenida Ipiranga até a São Luís e, depois de alguns poucos quarteirões, pararam diante de um antigo prédio de apartamentos. O professor Ângelo, servindo-se de uma senha, abriu a porta de ferro e vidro, passaram pelo hall, de pé-direito bem alto, onde pontificava um lustre de cristal com vidrilhos. O rangente elevador levou-os ao sexto andar. O professor Ângelo abriu a porta do apartamento, e Davi foi convidado a entrar numa sala escura e cheirando a pó. O professor premiu um interruptor, e luzes de abajures, colocados sobre mesinhas, junto aos sofás e poltronas, iluminaram de modo precário o ambiente.

— Por favor, acomode-se.

Davi sentou-se numa poltrona coberta por uma manta. Distinguiu na semiobscuridade uma mesa de madeira maciça, cadeiras estofadas com veludo bordô, estantes cheias de livros, encadernados em vermelho, com filetes dourados nas lombadas, objetos de decoração — estatuetas de bronze e cerâmica e vasos com flores secas — nos consoles.

Sobre a mesinha a seu lado, havia uma estatueta de bronze reproduzindo a imagem nua da deusa Diana. Davi notou também que os suportes dos abajures de mesa reproduziam corpos despidos de diversas divindades e ninfas.

Nas paredes, quadros, providos de molduras douradas, tinham imagens de mulheres nuas. A um olhar mais atento, Davi reconheceu, entre outras, as telas *A Vênus de Urbino*, de Ticiano, *A Maja Desnuda*, de Goya, *A Vênus*, de Velázquez, a *Olympia*, de Manet.

— Como é, gostou de minha galeria? — perguntou o professor Ângelo.

Quis parecer a Davi que havia um brilho lúbrico nos olhos de seu anfitrião. Mas, como acabou julgando que fosse apenas um reflexo das lâmpadas, logo afastou essa ideia da cabeça. Respondeu apenas:

— Gostei muito.

O velho senhor suspirou.

— Gênios da pintura como esses, tratando de temas eróticos, são uma alegria para os olhos. Afinal, nos reconciliam com o que a vida tem de melhor. Não acha, meu amigo?

Sem esperar que Davi respondesse, deu uma risada e perguntou:

— O senhor toma alguma coisa?

— Por favor, não precisa se incomodar.

— Não é incômodo. Nada melhor para acompanhar uma palestra entre amigos, que acabaram de se conhecer, do que um bom vinho.

Desapareceu na escuridão e voltou logo depois com uma garrafa e duas taças. Mais de perto, apesar da semiobscuridade, Davi pôde distinguir na pedra do anel do professor Ângelo a inscrição da palavra "*Fratribus*", que tinha visto no convite para a palestra.

— É um *Dão*, de uma safra de 2001. Os especialistas dizem ser excelente.

As taças enchidas, ergueram-se brindes e provaram.

— Me parece ótimo.

— Estimo que tenha apreciado — e, sem mais preâmbulos, o professor Ângelo acrescentou: — Então, senhor Davi, fale-me um pouco de si.

Hesitando a princípio, depois, diante do olhar interessado de seu anfitrião, tomou confiança e fez uma síntese de quem era, qual sua formação, o que fazia na profissão. Finalizou tudo, dizendo de suas inquietações, de certo modo, justificando o ter se interessado em assistir à palestra.

Um relógio de carrilhão, com um ruído de molas enferrujadas, deu as nove e trinta. Davi surpreendeu-se ao ter consciência de que gastara quase meia hora para se apresentar. Estranhou tanta loquacidade de sua parte, pois ele era, de natural, pouco expansivo. E estranhou mais o fato de ter revelado a um desconhecido parte das dúvidas e angústias que tanto o afligiam nos últimos tempos.

— Pelo que pude deduzir, o senhor, em sua profissão, lida com softwares e também com negócios na Bolsa...

— Sim.

— Mas, ao que parece, tem uma queda pela música. Posso saber se chegou a desenvolver estudos nessa área?

— Sim, estudei piano por cinco anos.

— E...?

Torceu a cara de desgosto.

— Tive que parar. Meu pai queria que assumisse logo parte dos negócios da família. Para meu pesar, fui obrigado a pôr de lado meus estudos de música.

O professor Ângelo derramou sobre ele um olhar interessado, tomou mais um pouco de vinho.

— Pelo visto, o senhor não se sente muito satisfeito com o rumo que as coisas tomaram em sua vida...

— Mais ou menos assim como o senhor diz — confessou com um pouco de vergonha.

— Em vista disso que me relatou, posso então saber o que mais o impressionou em minha palestra?

— Muitas coisas, mas gostaria de lembrar as frases finais com que fecha o seu discurso — puxou pela memória e recitou: "Eu vos conclamo a negar com veemência a existência dessa pandemia alienante de nossos tempos, de modo falso, como uma moléstia real".

— Excelente memória a sua, embora tenha deixado de lado alguns detalhes.

E o professor Ângelo recitou o texto correto, acrescentando o que lhe faltava:

— "Eu vos conclamo a negar com veemência e a não aceitar a ideia da existência dessa suposta pandemia alienante de nossos tempos, identificada e propagada, como uma moléstia real, pelos meios de comunicação, provocando o caos, a alienação e a submissão de vez do homem a um grande Estado Transnacional."

— Ah, sim, isso mesmo.

— Pode explicar-me por que ficou impressionado com essa referência à tal da "pandemia"?

Quis parecer a Davi que ele dizia com aquilo com um tom zombeteiro, mas, considerando que talvez estivesse inferindo uma inverdade, procurou logo traduzir a sua dúvida:

— Pelo modo como fala da pandemia... A começar que o senhor dá a entender que ela é falsa.

— Não "dou a entender", afirmo-o — o professor Ângelo fez uma pausa, bebeu mais um pouco de vinho e tornou a falar, mas acrescentando uma pergunta: — E o senhor acredita que ela não é falsa?

Davi refletiu um pouco.

— Pelos indícios que tenho, Professor Ângelo, penso que ela é real. As estatísticas falam de um grande número de mortos, as UTIs estão abarrotadas de gente, todos os dias há um impressionante registro de mortos e assim vai.

— E de onde provêm tais informações?

Quis parecer a Davi que a pergunta exigia uma resposta óbvia, mas, mesmo assim, foi em frente:

— Ora, dos noticiários na tevê, das redes sociais, dos jornais.

— E nunca lhe passou pela cabeça que isso tudo pode ser um amontoado de *fake news*, implantadas por interesses de grandes corporações?

— Será? — perguntou com incredulidade. — Mas não há dia em que não sejamos informados de novos casos, não só aqui no Brasil, como também nos Estados Unidos, na Europa e no Oriente.

O professor Ângelo olhou para sua taça, depois para a garrafa, abanou a cabeça e observou:

— Parece que nosso vinho está chegando ao fim. Vá refletindo sobre o que me disse, enquanto vou apanhar outro *Dão*.

Uns minutos e estava de volta. Enchendo as taças, começou a explicar:

— Num mundo globalizado como o nosso, com as informações correndo à solta pelas redes, não é muito difícil difundir ideias para comunidades inteiras e em países dos mais distante, ainda que sejam estapafúrdias, como, por exemplo, a de que a Terra é plana, de que extraterrestres estão por toda parte...

Deu uma risadinha e prosseguiu:

— Há grupos enormes de pessoas e pseudointelectuais utilizando argumentos, na aparência, sólidos e comprovações científicas nada despiciendas, a esse respeito. Como deve ser do seu conhecimento, um número crescente de pessoas, visando à dominação do próximo, vem formando agremiações para difundir tais ideias e o vulgo, na sua ignorância, vivendo uma vida vazia, não só as abraça, como também ajuda a divulgá-las, desprezando evidências científicas elementares, deturpando conceitos e obtendo assim mais e mais acólitos, de maneira que o que é apenas um princípio tolo, o resultado de desinformação, vigente nos obscuros tempos da baixa Idade Média, passa a ter foros de verdade. Mesmo numa época como a nossa, em que descobertas científicas das mais importantes para a sobrevivência da espécie humana atingiram um ponto extraordinário!

— Mas, se essa história da terra plana não passa de arrematada tolice, propagada por um grupo de fanáticos, por outro lado, a pandemia...

O professor Ângelo tomou outro gole de vinho, deu um estalo com a língua e prosseguiu:

— E o senhor achando que a questão da pandemia difere muito dessa ficção da terra plana... Creia-me, meu caro, a pandemia do coronavírus é uma das maiores *fake news* dos últimos tempos, na história da civilização, e com o agravante, no caso, de unificar o Ocidente ao Oriente.

— Se é uma *fake new*, apesar das comprovações, como as mortes, as notícias disseminadas em toda parte, mostrando pessoas com máscaras, pessoas combalidas pela doença, pessoas morrendo num piscar de olhos — disse Davi com veemência —, qual seria a finalidade da divulgação de uma falsa pandemia?

Antes que o professor Ângelo pudesse responder, acrescentou:

— ... a não ser espalhar um gratuito terror pela Terra?

— O senhor quase chegou ao ponto, mas eu não usaria o vulgar termo "terror", mas outro de significado mais amplo e a que nós da *Confraria dos Irmãos que se Autogovernam* nos opomos de maneira categórica, por meio do que acreditamos ser a *Panarquia.*

— E que termo?

— A palavra "dominação".

— "Dominação"? Mas dominação do quê? De quem? E sobre quem?

— Dominação político-social-econômica das massas.

Bebeu um gole de vinho e continuou com sua explanação:

— E só me falta dizer quem exerce ou quer exercer tal dominação... Pois lhe digo às claras. Sabe que vivemos numa época de declínio de valores, em que mais se acentua a relação entre Senhores e Escravos. A classe dos Senhores tem por aporte, para que possa exercer o domínio sobre os Escravos, o Estado, com suas organizações políticas e toda a legislação, os aparatos policiais e militares e, acima de tudo, a Igreja, com seus mandamentos e um nefasto moralismo, servindo apenas aos fins da submissão dos fiéis. E não podemos nos esquecer também das ideologias, fundamentais para que uns dominem os outros. São formas e fórmulas para que o status quo se mantenha como tal, em que uma quantidade enorme de dominados se veja sob o tacão de uma minoria de dominadores.

Fez uma pausa, respirou fundo e seguiu adiante:

— Contudo, cataclismas e abalos de ordem social, em alguns locais da Terra, vieram perturbar a ordem e, aqui e ali, houve até a inversão de poder entre Senhores e Escravos. O que aconteceu, por exemplo, nos países submetidos ao Comunismo, como a União Soviética, Cuba, Coreia do Norte, nos quais os dominados tomaram o lugar dos dominadores, por meio de ideologias espúrias e com consequentes revoluções com derramamento de sangue.

Voltou a respirar daquele jeito, como se quisesse aspirar todo o ar do ambiente.

— Mas são fatos menores, se pensarmos no Grande Princípio Universal, de tempos em tempos, necessitando regenerar-se. Os Senhores, portanto, de vez em quando, em momentos de crise, precisam criar o caos para regenerar a raça humana que poderia, em tese e em casos extremos, até sucumbir e desaparecer da face da Terra. Lembro, para não me estender muito, o Terror implantado pela Revolução Francesa, as Grandes Guerras e seus holocaustos, com o assassínio em massa dos judeus e ciganos, culminando, mais tarde, no Terror da Guerra Fria, e assim vai. Pois o grande cataclismo de nosso tempo, deixando de lado conflitos menores entre nações periféricas ou ações de terroristas, é a "Suposta Pandemia".

— Suposta ou não e, se é uma *fake new*, como o senhor diz, podia me dizer quem por acaso a criou?

— Os Estados Unidos mancomunados com a China — respondeu o professor Ângelo de modo abrupto.

— Como assim mancomunados? — Davi arregalou os olhos, mostrando sua incredulidade.

O professor Ângelo pigarreou, bebeu mais um gole de vinho e continuou com sua arenga:

— Vamos lá: ao longo da História da Humanidade, sempre houve impérios, com determinados povos dominando os demais. Assim foi com o macedônio, o mongol, o persa, o romano, o espanhol, o inglês, o norte-americano, de certo modo, contrabalançado pelo soviético. Nos últimos tempos, um Império com duas faces, à semelhança de Jano, uma apontando para o Ocidente, outra, para o Oriente, vem se anunciando, como se fosse uma monstruosidade no horizonte.

— Mas, pelo que eu sei, os Estados Unidos vivem em conflito com a China por disputa de mercados.

— Sim e não, mas, se o senhor quer saber a verdade, vem acontecendo uma secreta união entre ambos os impérios, cujos valores são, na aparência, tão irreconciliáveis. Com um habilidoso jogo político, superando seus antagonismos, resolveram criar um Império Transnacional, visando a dominar, num futuro próximo, todo o Planeta. A melhor arma para isso, nos momentos atuais, não são as armas convencionais, como bombas disso ou daquilo, mas uma *pandemia*. Uma pandemia, criada em laboratórios pelos cientistas chineses, com a colaboração de laboratórios americanos. E tudo para causar pânico nos governos e na população dos vários países, crise nos mercados e paralisando a produção de alimentos e bens de consumo.

Davi segurou a respiração ao ouvir tais ideias, que lhe pareciam tão despropositadas, mas o professor Ângelo prosseguiu com seu discurso:

— Quando a crise tiver atingido o seu auge, e o globo estiver quase despovoado pelas mortes, impingidas por sugestão psicológica de uma pandemia, ambos os Impérios encontrarão a cura para essa falsa doença. Falsa porque, se refletirmos bem, não se pode comprovar, cientificamente falando, a existência de um mortal vírus a dizimar vidas e vidas pela Terra. Provocado, pois, o pânico, o desespero das massas, com a divulgação dessa *pandemia* e a esperança de uma cura global, esse Grande Império, formado pelos EUA e a China, criadores das *fake news*, dominará o mundo. E, com isso, passará a exercer o controle de todos os meios de produção de manufaturados, de alimentos, dos mercados, das Bolsas de Valores e das tecnologias. E num passe de mágica, o Império Sino-Americano reinará por muitos e muitos séculos. E graças a esse engodo: a criação de uma falsa pandemia.

O professor Ângelo disse de um modo peremptório:

— Afirmo ao senhor que não há pandemia alguma e, sim, uma *sugestão de pandemia*, o que são coisas bem diversas. Não concorda comigo?

— Acho que não tenho elementos para concordar ou discordar do senhor. De um lado, esses acontecimentos todos ocorrendo, que implicaram as quarentenas, o desemprego, o fechamento de firmas, o internamento de pessoas, a morte maciça de doentes, de modo geral, idosos, de outro, há seus argumentos que me parecem bastante lógicos.

O professor Ângelo balançou a cabeça.

— Sim, uso argumentos lógicos para combater uma fantasia.

— Fantasia? Mas e as pessoas caindo doentes, as internações nos prontos-socorros e hospitais, as mortes. Por acaso, posso lembrar ao senhor que aconteceu de um familiar meu, diagnosticado com a Covid-19, estar à beira da morte no Sírio-Libanês.

— Um familiar seu...

— A minha avó — Davi disse isso com o travo na boca, ao se lembrar de que a pessoa na família que mais amava estava para morrer.

— Desculpe-me a indiscrição, mas quantos anos tem a sua avó?

— Não sei ao certo, mas perto de noventa.

O professor Ângelo deu um sorriso e observou:

— Não suspeitou que ela pudesse ter sido afetada por outra moléstia infecciosa? Pessoas na idade dela sucumbem muito fácil, vítimas de doenças oportunas, devido a mudanças de temperatura, por exemplo. Estamos vivendo um inverno rigoroso, nada bom para a saúde dos idosos, numa cidade de clima tão inóspito e poluída como São Paulo. Nesse caso, ela pode ter sido vítima de uma pneumonia. É o mais provável, frente aos fatos.

Davi esboçou uma fala, mas o professor Ângelo adiantou-se:

— É claro que o senhor já ouviu falar na palavra “indução”...

— Sim, já ouvi falar, é claro.

— Pois as pessoas podem ser induzidas, de modo muito fácil, a assumirem determinados comportamentos, desde que você se utilize de sofismas, de falsos argumentos linguisticamente bem estruturados. Lembra-se daquele caso do programa de rádio criado pelo Orson Welles nos EUA, em 1938? Pois bem, o diretor norte-americano irradiou *A Guerra dos Mundos*, de H. G. Wells, como se uma invasão de alienígenas estivesse de fato acontecendo...

Davi fez que sim com a cabeça, e o professor Ângelo continuou seu discurso:

— Pois bem, com sua genialidade, Welles conseguiu causar pânico nos basbaques norte-americanos. De vez em quando, acontece também de espertalhões profetizarem o fim do mundo, fazendo que as pessoas se livrem dos seus bens para se prepararem para a outra vida. Em situações mais extremas, os falsos profetas podem levar à morte os seguidores. Como naquele caso acontecido nas Guianas, em novembro de 1978, em que James Warren "Jim" Jones, o fundador e líder da seita "Templo dos Povos", promoveu suicídio em massa de novecentos de seus adeptos.

O professor Ângelo deu um suspiro e prosseguiu:

— Novecentos, hein! E como aquele maluco convenceu tanta gente assim, a não ser por indução?

— Mas e as mortes efetivas das pessoas, segundo os jornais, vítimas da pandemia? — teimou Davi.

— Indução, meu caro, indução. A coisa acontece da seguinte maneira: uma pessoa tem uma gripezinha, toma lá suas mezinhas — antitérmicos, além de receitas caseiras, feitas a partir de cascas de limão ou de plantas cultivadas no quintal —, mas, devido ao frio, a gripe demora a desaparecer ou, o que é pior em alguns casos, não desaparece e agrava-se. E o sujeito começa então a ser bombardeado de tudo quanto é lado pela propaganda de que ele seria uma vítima da Covid-19. A indução começa a surtir efeito, e a gripe, mal controlada, intensifica-se e pode ajudar na contração de uma pneumonia. Se o cidadão for um idoso, debilitado por algum outro tipo de mal — propensão a enxaquecas, sinusites, a inflamações dos brônquios, a diabetes —, tudo se complica, culminando, na maioria dos casos, com a morte.

Bebeu outro gole de vinho e prosseguiu:

— A poluição das grandes cidades, os gases tóxicos emitidos pelos milhões de veículos e pelas indústrias, os miasmas dos esgotos a céu aberto constituirão complicadores, agravando o quadro e convencendo o sujeito de que, dentro em breve, morrerá de Covid-19 e não de outra moléstia mais prosaica. O corpo, entendido como uma dependência limitada do espírito, até quando bem saudável, será condicionado pelos argumentos da mente e logo sucumbirá, em que pesem os medicamentos e cuidados tomados em casa ou num hospital da ponta. E, de morto em morto por indução, sem que a saúde pública investigue a fundo as causas, por negligência, ou de caso pensado, a *pandemia* instala-se num passe de mágica e passa ser divulgada como real, assim como milhares de "vacinas", os placebos, considerados como eficazes, começarão a ter também o seu papel indutor.

— E os Estados Unidos e a China, enquanto isso...

— Aguardarão a multiplicação das mortes, para se livrarem de uma carga de gente consumindo dinheiro assistencial do Estado e pouco produzindo para o bem-estar geral: os desempregados, os desocupados, os sem-teto, os mendigos, os presos, a força inútil dos idosos. Dentro de pouco tempo, a população, expurgada dos membros mais fracos pela *pandemia*, restringir-se-á aos organismos fortes, saudáveis, dedicados ao trabalho, excelentes consumidores. E o Grande Império do futuro estará consolidado — os Senhores dominando a massa dos Escravos —, de maneira que os dominadores voltarão a impingir valores morais, estéticos, políticos, sem contrapartida alguma.

— Com isto, desaparecerão os conflitos, as guerras...

— ...e tudo aquilo mais que faz dos humanos, humanos...

— É aí então que entra a *Panarquia*?

— Chegamos ao ponto em questão: a *Panarquia*, como sistema moral e político, nasceu para se evitar que o mundo se transformasse em in-mundo, no "*Pandemonium*" imaginado por John Milton, em seu *Paradise Lost*, "*the High Capital, of Satan and his Peers*".[3] O que se propõe com a *Panarquia* é a superação e negação de todas as leis dos Estados ou do Absoluto e Definitivo Estado, o Sino-Americano, em que a própria Igreja deverá estar inserida. Como não poderia deixar de ser, o processo de dominação deverá se servir, de maneira maquiavélica, dos preceitos morais, religiosos e transcendentais difundidos pelos padres, diáconos e pastores, porque estes servem ao propósito de converterem e convencerem os crédulos.

— A *Panarquia*, com isso, não pretende apenas substituir um Estado dominador por outro tipo de dominação? De uma filosofia, por exemplo?

O professor Ângelo fechou a cara e disse com rancor:

— Nós da Confraria jamais pensamos em dominação alguma! Somos iluministas, meu caro. Nosso papel é o de difundir e aplicar uma teoria de conscientização, a da *Panarquia*.

— Mas com o que contam os membros da Confraria para subverter ou eliminar esse Grande Estado transnacional?

— Com a vontade de seus membros ousando desafiar, para começo de conversa, a propaganda desse Estado, que se pensa superior a todos os outros Estados. E o ponto escolhido para enfrentamento foi a pandemia de Covid-19, porque ela eclodiu agora e com toda sua força, neste ano de 2020. A Confraria pensa, por enquanto, num primeiro momento de conscientização, promover

---

[3] "A Grande Capital de Satã e seus Pares".

a conquista de novos membros, para difundir, expandir nossa ideias. É aí que se inserem palestras, como a que dei hoje, divulgando os princípios da *Panarquia*...

Davi pensou na baixíssima audiência da palestra proferida pelo professor Ângelo. Como que adivinhando esta sua reflexão, o velho senhor deu um suspiro, balançou a cabeça e disse, com consternação:

— Sei que muitas vezes estamos bradando no deserto, mas se uma ou outra pessoa tem a capacidade para refletir sobre o que foi dito, como o senhor, por exemplo, nossa semente já deu fruto.

Davi esvaziou a taça de vinho, e o professor Ângelo, mais que depressa, tornou a enchê-la.

— O senhor me permite uma pergunta?

— Mas claro! Por favor, sou todo ouvidos.

— Como pode ter a certeza de que tenho "a capacidade mental para refletir sobre o que foi dito"? O senhor mal me conhece, não sabe, de fato, quem eu sou. De onde pode ter tirado a ideia de que eu...

O professor Ângelo deu uma risadinha, interrompendo a fala de Davi.

— Ledo engano, meu caro. Claro que conheço o senhor. Além do que me disse a seu respeito, antes de encontrá-lo pessoalmente, obriguei-me a obter informações sobre si. A ponto de não hesitar em convidá-lo a assistir à palestra e a vir à minha casa.

— E eu poderia saber onde conseguiu tais informações?

O professor Ângelo disse, de um modo seco, como se o assunto não fosse da alçada de Davi:

— Não gostaria de me deter em detalhes, mas o fato é que a "Sociedade Panteosófica" tem as suas ramificações na sociedade em geral, podendo penetrar em quaisquer meios, para investigar quem merece pertencer a ela ou não. E posso lhe garantir, senhor Davi, que sua vida foi bem escrutinada. Não só viemos a saber que é de excelente família, recebeu educação primorosa, como também não há nada que o desabonasse como dívidas, relações com pessoas de má-fé e profissão de ideologias malsãs que poderiam levá-lo para um caminho perigoso e sem retorno.

Davi sorriu, desconcertado.

— Obrigado por suas palavras, mas nem sempre somos de fato o que aparentamos ser, professor Ângelo.

— Modéstia sua, meu caro. Em todo caso, de modo geral, as pessoas costumam apresentar alguma ambiguidade. Mas o que vale é o que demonstram, de modo bem claro, nas relações familiares, nas relações de trabalho — fez uma pausa, sorveu bem o ar e concluiu: — E, em se tratando de sua pessoa, após nossa investigação, os próceres da "Sociedade Panteosófica" não encontraram nada de negativo que pudesse impedir sua participação em nossa agremiação. Muito pelo contrário...

Fez outra pausa e acrescentou:

— Creio que me fiz bastante claro, não? Portanto, mudemos de assunto.

— Então presumo que outras palestras deverão ser proferidas daqui por diante e em outros lugares.

— Não só palestras, pois contamos com algo poderoso e de valor simbólico que, tenho certeza, calará mais fundo no coração dos iniciados do que simples palavras.

— E posso saber o que é?

— Sim, agora que lhe revelei quase tudo a respeito da *Panarquia*, poderá saber — pausou, como se quisesse fazer suspense e disse com pompa: — É o nosso Ritual de Iniciação.

Parecendo estar com muita sede, o professor Ângelo esvaziou quase toda sua taça num só gole.

— Creio que gostaria de participar desse ritual para fazer parte de nossa Confraria, não? Apreciaríamos muito contar com o senhor como afiliado. Pelo que pude perceber de nossa conversação, preenche todos os requisitos. É inteligente, sensível, tem sólidos valores morais, pertence a uma família respeitável, trabalha numa empresa das mais sólidas...

Sem esperar que Davi aquiescesse e concordasse com aquele convite, usando de uma entonação que não admitia réplica, disse:

— Amanhã, no mesmo horário da minha palestra, por favor, esteja em frente do edifício da "Sociedade Panteosófica". Um de nossos membros virá apanhá-lo para lhe dar as instruções de como ir ao local do Ritual.

— E como seria esse Ritual? — perguntou Davi.

O relógio deu onze badaladas.

— É tarde — o professor Ângelo ergueu-se de sua poltrona, como se ignorasse a pergunta de seu visitante. — Passe bem. Seja bem-vindo à nossa Confraria. E até mais ver, meu caro.

OS INVESTIGADORES 4

No dia seguinte, logo pela manhã, os investigadores combinaram de se encontrar no 113° distrito do Campo Grande. A ideia deles era sair dali e ir atrás dos assaltantes do pastor sem tardança. Deviam se aproveitar do fato de que o bairro onde os vagabundos moravam ou se escondiam ficava perto do DP.

— Vamos ver se a gente resolve logo essa porra! — o Medeiros não conseguia esconder a irritação.

— Qualé, *partner*? Tá de chico? — o Bellochio deu uma gargalhada.

O Medeiros estava tão aflito em acabar com aquilo que, pela manhã, nem havia passado no português para tomar o desjejum: tiras de bacon fritas, dois ovos estrelados moles, um pão francês tostado e café. A fome e o mau humor, provocado pelos acontecimentos, explicavam assim sua cara fechada.

— Não tomei meu café — resmungou.

— Que é isso, *partner*? — arregalou os olhos o Bellochio, para quem deixar de tomar café da manhã era um sacrilégio. — Pois, vamos então tomar um café reforçado, cara. Com o estômago forrado, você melhora o humor.

— Mas você tomou o seu em casa...

— Sem problemas. Acompanho você, *partner*. Um pãozinho na chapa, acompanhado de um café preto, nunca é demais.

— Está bom, vamos lá.

Foram até uma padaria da região, a Flor da Zona Sul, onde se alimentaram com tudo a que tinham direito. Enquanto tomavam um último café, o Bellochio, olhando para a tromba do colega, tornou a dizer:

— Meu caro. Como te falei, se precisar ir ver a velha, deixa comigo, que me viro com os pivetes.

O Medeiros considerou o Bellochio por alguns segundos. Sabia que o amigo podia dar conta do recado, mas não era justo. E depois não acreditava que o caso da mãe fosse de morte, ainda que estivesse na UTI, vítima da Covid-19, conforme o alerta da dona Mirtes. Não era de hoje que a velha costumava fazer das suas, telefonando ou pedindo para a vizinha telefonar, avisando que estava numa pior. Só para fazer com que ele fosse vê-la em Campinas. Era chegar lá e dar com a mãe toda serelepe e contando das novidades do bairro onde morava: quem havia se casado, quem havia morrido, quem havia se separado. Coisas que não lhe interessavam em absoluto. Não fosse a velha, nunca mais voltava a Campinas. Sem contar que tinha muitos casos que resolver no DP, em São Paulo. Não, não ia cair outra vez naquele golpe. Mas, naquele momento, pensou que tinha que ir vê-la, porque havia sido informado da gravidade do caso dela. E como sabia que a pandemia não era brincadeira, decidiu visitá-la. Se fosse enganado mais uma vez, azar o dele. Afinal, como costumava dizer o Bellochio, mãe era mãe...

— Sei muito bem o que você disse, meu caro. Mas prefiro assim. Não acredito que, se estiver de fato mal, vá morrer de hoje para amanhã. A velha pode esperar. Vamos lá resolver esta encrenca.

Tomou mais um gole do café.

— Como te falei, vou com você atrás dos vagabundos. Faço questão. Depois, viajo pra Campinas.

O Bellochio deu um suspiro.

— Se é assim...

Refletiu um pouco e perguntou:

— Pelo menos, você sabe onde fica essa merda de Jardim Nakamura?

— Só sei que pros lados do Grajaú, mas acho que com o GPS...

— E você está querendo ir em primeiro lugar no Jardim Nakamura. Pode me dizer o porquê, Medeiros?

— Não é lá que vive o aleijadinho?

— Sim, o Cezinha. Mas por que quer ir atrás do aleijadinho? A gente não tem que pegar os caras que assaltaram o pastor? Sem contar que, sendo aleijado, o elemento não vai poder fugir como os outros.

— Pois é. Mas, se você não esqueceu, segundo o ajudante do pastor, foi o aleijadinho que deu o serviço pros pivetes. Inclusive arrumando uma cópia da chave. Pegando o caretinha, fica mais fácil achar os outros...

— Tem razão, é claro. Pegando o aleijadinho, pegamos os outros — disse o Bellochio, depois de refletir um pouco.

Entraram no carro, e o Bellochio lembrou:

— Está certo, achamos o Jardim Nakamura pelo GPS. Mas tem um porém. Onde encontrar o aleijadinho?

— Você não se lembra que o ajudante do pastor disse que ele vende bilhete de loteria na praça da igreja? Pois então, acho que não vai ser difícil pegar o malandro.

— Ok, tinha esquecido do detalhe. Não deve ter mais de uma praça da igreja no Jardim Nakamura.

— Pois é, vi isto na internet. A igreja é a da Paróquia de Nossa Senhora da Imaculada Conceição.

Uma meia hora depois, estavam na estrada do M'Boi-Mirim. Era uma avenida, com o trânsito moroso àquela hora. Por conta da fila de ônibus, dos caminhões e carros. Periferia era periferia — pensou o Medeiros com desgosto, sabendo que iam perder tempo.

Perguntando para uns e outros, ficaram sabendo de uma praça perto dali, onde se situava a igreja da paróquia do bairro.

— Ô Medeiros, torce pra que seja a que procuramos...

— Tudo leva a crer que é. Se o aleijadinho vive no Jardim Nakamura, não vai vender bilhete mais longe de onde mora.

Passaram por um Mr. Sheik, de onde escapava um cheiro de quibes e esfihas, entraram na avenida Ivirapema e chegaram a uma pracinha cheia de gente, carregando sacolas e fazendo compras nas tendinhas dos ambulantes. Eram haitianos, bolivianos e nordestinos vendendo eletrônicos, roupas e comida em carrinhos — coxinhas, espetinhos, pastel e doces cheios de moscas. No centro da praça, ficava a igreja da Paróquia de Nossa Senhora da Imaculada Conceição, uma construção com uma fachada branca e uma torre central com um relógio, encimada por uma cruz cheia de lâmpadas. As laterais e os beirais eram pintados de um azul desbotado. De dentro, vinha a voz de um padre fazendo a sua prédica e a dos fiéis, em uníssono, dizendo amém.

Deixaram o carro umas quadras adiante, voltaram até a praça e começaram a procurar o Cezinha no meio da multidão. Até que, na escadaria da igreja, viram um cadeirante, com uma bolsa no colo, vendendo bilhetes de loteria. Era um entrevado com uma corcova e uma cabeçorra. Usava máscara.

Tinha os olhos esbugalhados como os do Peter Lorre, e um dos braços, de tão retorcido, mais parecia uma garra. Anunciava os bilhetes, gritando com uma voz de taquara rachada:

— Olha o porco! O galo! A vaca!

— Mais feio, impossível — rosnou o Bellochio.

— Deve ser também puxador de fumo, o malandro... — comentou o Medeiros. — Ou você acha que ele vive só com a venda dessas merdas de bilhetes?

Mal chegaram perto dele, antes que perguntassem alguma coisa, levantou os bracinhos e gemeu:

— Tô limpo, tô limpo, amizades.

De longe, tinha farejado que ambos eram da polícia.

— Está limpo, é? — o Medeiros, mal-humorado, foi direto ao assunto: — Pode ir dando o serviço.

— Serviço? Que serviço, doutor? Já disse que tô limpo.

— Limpo que nem bosta de cachorro. Se estivesse limpo, não estava com essa cara de bunda — o Bellochio quase encostou a pança na cadeira de rodas. — Anda, onde estão os vagabundos do assalto no templo do Parque D. Pedro?

O Cezinha começou a suar.

— Vagabundos? Que vagabundos? Que pastor? Não conheço nenhum pastor!

— O pastor Malaquias! Claro que conhece, seu zé ruela.

Balançou a cabeçorra e insistiu, teimoso:

— Pastor Malaquias? Não conheço.

— Você ajudava ele no templo. E até andou roubando grana do homem.

— Eu? — levou a mão ao peito.

Merda de aleijadinho — pensou o Medeiros —, aprontou e tem a cara de pau de fingir inocência.

— Roubou, sim, levou uns cascudos do Ranulfo e foi pro olho da rua — disse o Bellochio. — Só de raiva, você deu o serviço pros teus chegados.

— Meus chegado? Não sei do que o doutor tá falando...

— Você sabe muito bem quem são eles. Pode ir dando o serviço.

Refletiu um pouco e murmurou, com resignação:

— Uns cara por aí... Mas não fiz nada, não. Só disse pra eles que o pastor tava com uma puta de uma grana no templo.

— Conta outra pra nós, Cezinha. Você deu o serviço, por uns trocados, e os vagabundos foram assaltar o pastor — o Medeiros afagou a corcova do aleijadinho. — Você foi cúmplice do assalto.

Ficou em silêncio, encarando um, encarando o outro, os olhos rolando de um lado para outro, sem parar. Até que suspirou e disse, com a voz carregada de raiva:

— Sim, só me deram uns trocado de merda. Eles é que guentaram o home. Não tive nada com isso.

— Eles quem? — o Medeiros agarrou o Cezinha pelo ombro e o sacudiu. — Pode ir falando os nomes dos vagabundos.

— Aiiiii! Tá me machucando, doutor.

— Seu malandro! Pois é pra machucar.

Suando sem parar, o Cezinha acabou por dizer:

— Escuta... se eu contar, vocês não contam?

— Contar o quê?

— Os cara não vão gostar de saber que eu entreguei eles.

— Eles não vão saber. E é melhor você entregar os malandros logo, senão vai sobrar pra você também.

— Sobrar como? Não fiz nada. Só disse que o pastor tinha uma baita de uma grana que tirava dos crente.

Outra sacudida.

— E a chave, cara?

— Que chave?

O Medeiros perdeu a paciência e cresceu contra o Cezinha. O Bellochio só avaliava, divertido.

— A gente sabe que você fez uma cópia da chave do templo e passou pros malandros. Se continuar dando uma de migué, vai em cana. E, em cana, os vagabundos não vão ter dó de aleijadinho, não. Você vai virar mulherzinha dos maus elementos. Com corcova e tudo. Isso, te garanto.

— Mas eu não fui guentar a grana. Foram os cara! — gemeu ele.

— E a chave?

— Tá bom, tá bom, fiz uma cópia da chave e dei pra eles.

— Isso é furto. Pode dar cana.

— Eu não queria — gemeu e completou, com aflição: — Os cara me deram um aperto.

— Que caras? Vamos logo, que não temos o dia inteiro.

— Ô Bellochio, deste mato não sai cachorro — impaciente, o Medeiros quase forçou o Cezinha a se levantar da cadeira de rodas. — Vamos levar o caretinha pro DP e lá ele entra no couro.

O Cezinha arregalou os olhos.

— Tá bem, tá bem, eu dou o serviço! Mas vocês têm que prometer que não vão falar pros meus chegado que eu...

— Não vamos prometer nada. Dá o serviço, que a gente te deixa em paz.

O Cezinha ficou em silêncio por algum tempo, até que, se resignando, balançou a cabeçorra.

— Foram o Bacana, o Van e...

— E...? — perguntou o Medeiros.

O Cezinha estremeceu e disse a medo:

— ...e o Genílson.

— O Geleia, você quer dizer.

— Sim, o Geleia — disse o cadeirante.

— Bom — disse o Bellochio —, o Bacana, o Van e o Genílson. E onde que a gente acha esses malandros?

— O Bacana morava na favela do Boqueirão, no Jardim Ângela...

— Morava? Onde que mora agora? — perguntou o Medeiros.

— Lugar nenhum, ou melhor, no cemitério — o Cezinha deu uma casquinada. — O Bacana já era.

— Já era? Alguém apagou ele?

— Não, pegou doença. Esse negócio do vírus.

— Pelo menos o vírus serviu pra alguma coisa... — o Medeiros comentou, abrindo um sorriso torvo.

— E os outros? — tornou o Bellochio.

O Cezinha tornou a refletir. Piscando muito, acabou informando:

— O Genílson vocês pode achar ele no boteco do Paraíba, no Grajaú. Tá sempre lá.

— Genílson, boteco do Paraíba... — o Bellochio esperou o Cezinha completar a informação.

— Se vocês falar no Geleia, todo mundo conhece ele. Como falei, o cara faz ponto no bar do Paraíba.

— E o que faz, esse Geleia? — perguntou o Bellochio, embora desconfiasse de qual era a do vagabundo.

— Ora, doutor... — o Cezinha abriu um sorriso maroto. — O que ele faz? Transa com umas coisa por aí...

— Que coisas?

— Cês sabe, né? — deu uma risadinha. — Deve de ter uma boca de fumo. No boteco do Paraíba. Usa uma salinha no fundo.

— E o outro vagabundo? — tornou o Bellochio.

— O Van?

— Que que tem o Van? O cara não tem nome?

— Acho que Vanderson, não conheço ele direito. Mas é só dar um aperto no Geleia, que ele entrega o caretinha. Parece que mora numa favela, perto do boteco do Paraíba.

O Medeiros notou que o Bellochio olhava com interesse para os bilhetes de loteria. O Cezinha aprumou-se.

— Vai uma fezinha, doutor? Leva o galo.

— Você está querendo me enrolar.

— Eu, doutor? — pôs outra vez a mão no peito. — Pois eu sou capaz de fazer uma malandragem dessa?

— Claro que é. Você não traiu o pastor que te acolheu e te arrumou um emprego? — e o Bellochio completou com ironia: — Nunca vi maior ingratidão.

Outro sorriso malicioso formou-se na cara do Cezinha.

— Mas também né, doutor, onde se viu mandar dar porrada em aleijado? Deus castiga.

O Medeiros apontou o dedo para ele.

— Se quer saber, cara, Deus vai te castigar, se a gente souber que está passando fumo na frente da igreja.

— Eu?! Nunca fui dessas coisa, doutor. Tô limpo, tô limpo. Meu negócio é vender bilhete.

— E outra coisa: se deu o serviço errado pra nós ou se avisar o Geleia que a gente está atrás dele, voltamos aqui, e você vai em cana com cadeira de rodas e tudo. E vai ver o que é bom pra tosse.

O Cezinha fez um gesto de desprezo, abanando a mão.

— Mas claro que não vou avisar o Geleia. Quero que aquele fiadaputa se foda!

— Por que está tão irado assim com seu chapinha?

— Ele não é meu chapinha. Tô irado porque ele combinou me dar uma parte da grana que pegou do pastor e só me deu uns trocado. Onde se viu enganar um aleijado que nem eu, né, doutor?

— Então lembra bem — o Bellochio deu uma sacudida nele. — Nada de avisar o Geleia que a gente está atrás dele.

— E eu sou besta? Se fazer isto, fico mal na fita com ele e com os doutor. Já chega meus problema, né?

Os investigadores, percebendo que daquele mato não saía mais cachorro, voltaram-lhe as costas, mas, quando iam caminhar até a viatura, o Cezinha, com sua voz esganiçada, chamou o Bellochio:

— O doutor não vai querer levar o bilhete?

— Ah, ia esquecendo. Você ainda tem o galo?

— Claro, doutor. Vai dar galo na cabeça.

Vendo que o Bellochio tirava a carteira do bolso, abriu um sorriso obsequioso:

— Mas não precisa pagar, não, doutor. Cortesia da casa.

— E eu vou querer cortesia de vagabundo? — o Bellochio jogou uma cédula de dez no colo dele. — Pode ficar com o troco, malandro.

A MULHER-ESCORPIÃO 5

Primeiro, tinha que atrair o Adônis para o seu quintal, o Adônis que, naquele momento — oh, o tonto! —, estava namorando a Graça no portão da casa dela. Os dois pombinhos — pensou com desprezo, com despeito. Da janela, ficou observando o Adônis enfiar a mão sob a saia da Graça, que fechava os olhos e talvez gemesse, murmurando "Oh, Adônis, meu amor, que bom, que gostoso". Imaginou que, na Graça, tudo era macio, e o dedo devia entrar com facilidade, metendo-se entre os lábios rosados, depois, cutucando de leve o clitóris já bastante úmido. Como fazer para atrair o Adônis? Não podia ir até eles e perguntar:

— Adônis, não quer vir um instantinho no meu quintal?

Estava impaciente. Não suportava mais ter que esperar que aqueles dois desgrudassem um do outro. Isso devia demorar uma eternidade. Era melhor, portanto, tomar providências. Erô correu ao telefone, ligou para a mãe da Graça e, quando ela atendeu, pôs um lenço no bocal, procurando modificar a voz:

— Dona Eurídice, quem avisa amiga é. O namorado da sua filha está enfiando a mão debaixo da saia dela.

— Como?! — a mulher exclamou com indignação.

— No portão, na frente da sua casa. E agora ele está chupando o peito da Gracinha!

Antes que a mulher retrucasse, Erô desligou o telefone e voltou a seu ponto de observação. Para sua alegria, a porta da casa da vizinha logo se abriu, e dona Eurídice gritou, cheia de fúria:

— Graça, pra dentro!

— Mas, mamãe, é cedo.

Erô podia ver a garota puxando a calcinha para cima e abotoando a blusa.

— Que cedo o quê! Quase dez horas.

Graça dava um beijo no rosto de Adônis e entrava correndo em casa. Quando a porta se fechou, pareceu a Erô ter ouvido algo semelhante a "fazendo escândalo no portão. As vizinhas...". Adônis ficou algum tempo olhando para a porta da casa da Graça. Com certeza, devia estar todo melado e com aquela angústia dos homens quando impedidos de satisfazer o desejo. Uma presa fácil — pensou Erô. Mesmo que amasse a Graça, a um convite seu, Adônis não hesitaria em acompanhá-la. Mas precisava agir rápido, antes que ele se fosse. Saiu em disparada, passou pela mãe que assistia à novela e perguntou:

— Onde vai com tanta pressa, mocinha?

— Na casa da Graça.

— Um pé lá, outro cá.

Um pé lá, outro cá, com certeza — sorriu Erô. Passando pelo portão, foi atrás do Adônis que estava quase dobrando a esquina. Quando percebeu que a Graça não podia ouvi-la, chamou:

— Adônis!

O garoto voltou-se. O que devia lhe dizer? Optou pelo óbvio:

— Você não quer vir até em casa comigo?

— Fazer...? — um sorriso formou-se no rosto do Adônis.

— Você que sabe... O que quiser... — murmurou com malícia.

— Então vamos — excitado, ele apanhou-a pela mão.

Na casa de Erô, passaram pelo portão, enfiaram pela lateral e caminharam até o quintal cheio de árvores, que se estendia até a outra rua. Como Adônis andava muito junto de Erô, ela podia sentir contra as nádegas a dureza do membro dele e um bafo no pescoço. Eu sou a presa, ele, o caçador — pensou, para, depois, consertar com um sorriso —, mas não por muito tempo, logo você será minha presa. Na escuridão do quintal, meteram-se por entre as árvores, tropeçando nas raízes, o que a levava a dar risinhos, na aparência, nervosos. Quando chegaram junto de uma mangueira, Erô parou, encostou as costas no tronco e atraiu Adônis.

Ele procurou-lhe a boca, onde enfiou a língua. Erô sentiu-se sufocar. Tinha que tomar a iniciativa, antes de sucumbir àquele tipo de desejo vindo em ondas e a engolfando. Empurrou Adônis.

— O que foi?

— Desce a calça — ordenou.

Adônis obedeceu. Erô tirou a saia, a calcinha e, antes que ele viesse com sofreguidão, ela arremeteu contra ele, agarrando-o pelas nádegas e puxando-o contra si.

— Ai! — gritou Adônis, quando o ferrão tocou seu pênis.

Erô arremeteu com mais força.

— Aiiii! — berrou Adônis, tentando fugir dela.

Mas Erô prendia-o com os braços, enquanto forçava o ferrão contra o membro do garoto, que esperneava, buscando se libertar.

— Está me machucando! Sua doida! Me larga!

Mas ela não estava satisfeita e, mexendo o corpo para frente e para trás, furava que furava, cortava que cortava. Num determinado momento, depois de dar mais um grito, Adônis amoleceu o corpo e caiu. No escuro, Erô não podia lhe ver as feições. Murmurou com desprezo, enquanto o cutucava com o pé:

— Fracote...

Mas ele não reagiu. Erô vestiu a calcinha, a saia, e foi até a casa. Na cozinha, pegou uma lanterna e voltou ao quintal. Iluminou o rosto de Adônis, que permanecia com os olhos fechados, a boca franzida num esgar. Descendo o foco de luz até o ventre dele, pôde ver que o garoto sangrava muito. Como que hipnotizada, concentrou o olhar no membro dilacerado de Adônis. Então a sua arma funcionava! Pobre Adônis — pensou com ironia. Abaixou-se, ajoelhou-se e, encostando a boca à ferida, pôs-se a sorver o sangue com prazer. Quando se sentiu satisfeita, levantou-se e ficou alguns minutos pensando no que devia fazer em seguida. Chegando a uma decisão, abaixou-se de novo, pegou Adônis pelas pernas e começou a arrastá-lo em direção do portão do quintal. Fez isso com dificuldade, pois o garoto era pesado. Mas, revigorada pelo sangue, encontrou energia para puxá-lo até a rua e deixou-o sobre a calçada.

Erô voltou para casa, mas, antes de entrar, lavou a boca no tanque. Passando pela porta da área de serviço, pela cozinha, pela copa, chegou à sala. A mãe não estava, talvez tivesse ido ao banheiro. Melhor. Pegou o telefone, ligou para a delegacia de polícia. Quando atenderam, informou:

— Tem uma pessoa deitada na calçada da rua Piragy, na altura do número 313. Parece que está ferida.

E o coração batendo descompassado, desligou o telefone. Ouviu, então, o ruído da descarga, e a mãe entrou na sala.

— O que foi? O que andou fazendo?

— Nada, mãe — respondeu, sentando-se no sofá.

— Está branca que nem cera... Ei, e essa mancha de sangue na ponta do nariz?

— Mancha de sangue? Sei lá... — Erô tocou o local com a ponta dos dedos.

— Não vai dizer que é outra espinha que estuporou — disse a mãe com ironia. — Você gosta de ficar cutucando essas coisas.

— Pode ser...

Erô levantou-se.

— Onde você vai agora?

— Tomar um copo de leite.

— E, depois, cama — a mãe, como de hábito, concentrava-se num programa de televisão. — Chega de reinações por hoje.

Erô entrou no banheiro. De fato, havia uma manchinha de sangue na ponta do nariz. Lavou o rosto. Precisava ser mais cuidadosa. Fosse a mãe apertá-la com mais e mais perguntas... A essa hora, a polícia já teria recolhido o corpo do Adônis e o levado para o hospital. Muitas questões seriam levantadas pelos médicos, enfermeiros, pelos policiais, pelos pais do garoto, intrigados com o ferimento. E se o Adônis desse com a língua nos dentes? Se desse, ela teria que responder a perguntas embaraçosas — pensou. Mas — Erô continuou a refletir — seria difícil que acreditassem nele. Se, por exemplo, alegasse que fora ferido por ela com uma gilete ou uma navalha, iriam pensar que era alucinação ou intriga. Pois onde se viu? Uma garotinha como ela, com um ar tão inocente...

Em todo caso, talvez fosse bom providenciar uma gilete e uma história plausível:

> O Adônis tinha prometido me estuprar e, naquela noite, depois que a namorada dele foi obrigada a entrar em casa mais cedo — é verdade, é só perguntar pra dona Eurídice —, o Adônis me encontrou, me torceu o braço e me obrigou a ir com ele até a parte mais escura do quintal, eu não queria ir de jeito nenhum porque sabia que ele estava querendo me fazer mal, a gilete?, onde que arrumei?, ah, depois que ele disse que ia me estuprar, andava com uma gilete escondida na calcinha e ele me obrigou a tirar a roupa, a chupar o pau dele, mas, quando quis me estuprar, cortei ele.

A história não era boa, era ótima! Se o Adônis a denunciasse, melhor, pois tinha como se defender e, desse modo, ninguém ia querer examiná-la.

Mas era preferível que nada daquilo viesse à tona, porque tinha planos para o futuro. Erô estremeceu com a ideia de que uma junta médica fosse chamada para examiná-la. Na certa, os médicos chegariam à conclusão de que havia uma anomalia em seu clitóris, agora, terminado numa lâmina. E se desse na cabeça daqueles intrometidos, com a anuência da mãe dela, querer operá-la? Castrada! — imaginava-se, com horror. Uma eunuca, deixando de ser caçadora para se tornar mais uma vez uma presa.

— Nem sonhando! — esbravejou.

Mas o Adônis, talvez cheio de vergonha, acabou por não a denunciar. Erô ficou sabendo que ele permaneceu no hospital por mais alguns dias e, depois, que se recolheu a casa, recusando-se a sair. E rumores começaram a correr a cidade sobre os motivos que tinham levado o Adônis até o hospital naquela noite. Chegaram a falar que era uma espécie de retaliação pelos malfeitos do pai do rapaz, sempre metido em negociatas. Segundo essa versão, alguém, inconformado com mais uma falcatrua do doutor Domingos, resolvera se vingar dele, descontando no filho as frustrações. Mas quem era esse alguém misterioso? O doutor Domingos granjeara tantos inimigos que ficava difícil a identificação. E assim, depois de algumas diligências, a polícia acabou encerrando o caso. Para o sossego de Erô, a família do doutor Domingos resolveu mudar da cidade, e ela nunca mais viu o Adônis.

Durante muito tempo, Erô chegou a imaginar que, no arquivo da delegacia, talvez houvesse uma pasta com a palavra "confidencial" na capa. Seu conteúdo eram folhas datilografadas com testemunhos de diferentes pessoas, laudos médicos e fotografias da mutilação do garoto. Ah, se pudesse ter acesso às fotos... — pensou Erô. Tinha curiosidade de saber a que Adônis fora reduzido. No escuro, à luz da lanterna, vira só aquela sangueira toda e um pedaço de carne pendendo do meio das pernas do rapaz. Talvez no futuro fosse bom que comprasse uma máquina fotográfica. Momentos como aquele não podiam ser desperdiçados. Era preciso pensar num dossiê que contasse a história de sua ascensão gloriosa. Mas paciência — ela era uma aprendiz de caçadora. Tinha muito que aprender até se tornar uma profissional do ramo.

OS AMORES DO MINOTAURO 5

Era rechonchuda, o rosto corado. Tinha um ar de inocência, que os olhos azuis e o cabelo presos por uma tiara realçavam. Vinha com um vestido comprido, de cor neutra, sandálias de tiras. Não usava maquiagem e nem joias, a não ser um reloginho e um grande crucifixo pendente de um colar de couro. Trazia consigo uma maleta de viagem.

— Pode me chamar de Irmã Ângela — apresentou-se logo à entrada.

— Irmã Ângela? A senhora é freira?

Não respondeu.

— Não me convida a entrar?

— Oh! Desculpe. Por favor.

Sentou-se e já foi explicando:

— Sou uma irmã da Congregação das Irmãzinhas do Sagrado Coração de Jesus.

Ante o ar de espanto dele, perguntou:

— O senhor deve estar estranhando por eu ter vindo aqui, não é?

Sorriu com tristeza.

— É uma longa história. Temo que...

— Se a senhora não quiser me contar, não há problema algum.

— Faço questão de contar.

— Sou todo ouvidos — fez uma pausa, para acrescentar: — Deseja beber alguma coisa?

— O senhor tem vinho?

— Sim, branco e tinto.

— Branco, por favor.

Enquanto bebia, contou que era da região serrana de Santa Catarina e havia seguido a carreira de religiosa por imposição da família, formada de sitiantes alemães muito pobres.

— Meus pais tiveram sete filhos, seis mulheres ao todo. Não tinham como alimentar tantas bocas. A única saída foi casar logo as duas primeiras e mandar as outras para o convento. Assim, sem vocação alguma, me vi servindo ao Senhor.

Sentiu vontade de lhe perguntar por que teria vindo à sua procura. Seria outra mulher daquelas pronta a desabafar os traumas? Lamentou-se por ter que perder tempo, dando de novo uma de Freud. Se bem que transar com uma criatura como aquela seria talvez mais penoso do que um bate-papo.

— E o que achou de servir ao Senhor?

— Ah, teve suas vantagens. Não passei fome, deram-me de vestir e pude estudar... Do contrário, estava de enxada em punho numa lavoura ou casada com um bronco. Mas confesso que...

Calou-se e ergueu a cabeça.

— Confesso que passar o dia inteiro em orações e estudos não é de se recomendar a ninguém. Sobretudo gente como eu que tem outras necessidades...

Desconfiou das necessidades a que ela se referia. Não falou a respeito disso, mas, sim, de outra coisa mais neutra:

— Viver confinada não é lá muito saudável.

— Ainda mais quando não foi você que escolheu esse tipo de vida — rebateu com amargura.

— Mas sempre há tempo para outras escolhas, não é?

Ficou em silêncio por alguns segundos. Deu um suspiro e prosseguiu:

— Para quem está de fora é fácil falar, mas, para quem viveu parte da vida encerrada num convento, é difícil tomar uma decisão. Sem contar que lá dentro nunca ensinam nada sobre o que há fora dos muros da Congregação. Só falam em mundo de pecados, de perdição...

Olhou fixo para ele e continuou:

— Mas um dia, por acaso, caiu-me nas mãos um livro especial.

— Especial como?

— Proibido — falou num sussurro, como se temesse que a estivessem ouvindo.

— Proibido? De quem?

— De um tal Marquês de Sade, que escreveu coisas de espantar — arregalou bem os olhos ao dizer isso.

— E como esse livro veio parar em suas mãos?

— Durante algum tempo, fui responsável pela biblioteca da Congregação. Só havia livros religiosos, é claro, nada de literatura profana. Mas uma distribuidora, trouxe, por engano, em meio a livros sagrados, *A Filosofia na Alcova*, da autoria desse Marquês.

— E a senhora teve coragem de ler?

— Para falar a verdade, hesitei bastante. Num primeiro momento, achei que era meu dever entregá-lo à Madre Superiora. Mas, depois, pensei bem e decidi lê-lo.

Juntou as mãos e, o rosto corado, exclamou:

— Cristo da minh'alma! Nunca tinha visto tantos pensamentos libidinosos assim na vida!

Seu rosto iluminou-se com um sorriso de satisfação.

— Mas foi a melhor coisa que fiz. Meu coração — se o senhor quiser saber — encheu-se de chamas a cada linha que lia! Que exaltação!

Fechou os olhos e recitou:

— "E não devemos negar-nos nenhum prazer, nenhuma experiência, nenhuma satisfação, desculpando-nos com a moral, a religião ou os costumes."

E perguntou:

— O senhor, que parece ter uma grande experiência da vida, o que acha disso?

Ia dizer-lhe que não achava que tivesse tanta experiência assim, mas resolveu abreviar a conversa:

— Acredito que o Marquês tenha razão. A gente não pode ficar se privando de certas coisas...

— Também acho. Passei parte da vida me mortificando, só ouvindo ou lendo prédicas pias. Os padres e os livros sagrados pregando que devíamos sacrificar os prazeres, a alegria, para louvar em toda magnitude o Senhor. Nem preciso dizer o quanto sofri com isso.

— A senhora não desabafou com alguém? Com seu confessor?

— Com meu confessor!

Deu uma risada franca.

— O senhor está brincando! O padre Rolim, um gordo sujo, com hálito de cebola...

Bateu a mão na boca três vezes:

— Ai, meu Jesus amado! Eu não devia falar uma coisa dessas do santo homem!

Ele segurou-se para não rir.

— O que o padre Rolim dizia?

Respirou fundo e prosseguiu:

— Dizia que nosso corpo devia ser como um sacrário que serviria apenas para acolher o sagrado corpo de Cristo.

E acrescentou com um certo tom de rancor:

— E eu cumpri isso anos a fio! Transformando meu corpo num túmulo para receber Jesus. E, nas noites, quando parecia que um calor me tomava lá embaixo, que suplício meu Deus! Não podia nem encostar a mão! Segundo o que dizia a Madre Superiora, esse era o pior dos sacrilégios.

Olhou firme para ele.

— Sacrilégio? Ora, tenha a santa paciência! Pois não sou dona do meu corpo?

Fez uma pausa e perguntou:

— O que o senhor acha disso?

— Eu? — respondeu, pondo a mão no peito.

— Sim, o senhor que deve conhecer bem dessas coisas.

— Acho que a senhora tem razão, acho que a gente pode dispor do nosso corpo, satisfazê-lo quando sentir necessidade.

— É o que diz o Marquês. Com todas as letras. Já desconfiava disso há muito tempo, mas, quando li aquele livro, Santa Maria, Mãe de Deus!, meu coração iluminou-se.

Ficou de novo toda corada.

— ...então, todas as noites, quando sentia aquele fogo lá embaixo, passava minha mão ali e, ai Jesus!, era como conhecer o paraíso.

— Nunca contou isso ao tal do padre Rolim?

— Eu? O senhor não conhece o padre Rolim. Ele olhava para a gente de um jeito... Como se fôssemos todas pecadoras. Agora com o senhor, se quer saber a verdade, não sei por que, mas me sinto mais à vontade.

— Comigo? E por quê?

— Não sei. Achei simpático seu anúncio e...

Deu uma risada.

— Simpático?

— Simpático, sim. Li, por acaso, no jornal. E me animei a vir procurá-lo. Achei que seria interessante uma experiência dessas com uma pessoa mais velha e... "carinhosa".

— Desculpe a indiscrição, mas a senhora ainda é virgem?

Começou a gaguejar:

— Sim..., mas..,. mas o que isso... tem a ver com...

— Se a senhora veio aqui só para conversar, sem problemas, agora, se pensa em...

— Claro que penso em... Sei o que o senhor está insinuando, e isso não me faz mossa.

E acrescentou com convicção:

— Posso perder a virgindade física, mas me manter virgem de propósitos, não é verdade?

— A senhora que sabe. Estou aqui para servi-la.

Voltou a suspirar, consultou o reloginho de pulso.

— Acho que já perdemos um bom tempo, não é?

Levantou-se.

— O senhor tem um lugar onde possa me trocar?

— O banheiro. Sinta-se à vontade. Há toalhas, sabonetes, xampu.

— Obrigada.

Ele foi ao quarto, vestiu o robe de costume. Imaginava como seria transar com uma freira, coisa que nunca havia experimentado na vida. Mas, mesmo que não tivesse tomado o Viagra, sentia-se excitado com a ideia. Sentir aquele cheirinho de sacrilégio parecia-lhe assaz estimulante.

Eis que, para sua surpresa, ela adentrou o quarto com um hábito azul e sem esquecer o véu. Trazia consigo um cálice e uma garrafinha que depôs sobre a cama.

— O senhor..., o senhor... pode me mostrar a sua "coisa"? Sempre tive curiosidade em saber como era.

Nunca lhe tinha acontecido isso, mas, pela primeira vez na vida, sentiu vergonha. Mas ela era sua cliente e não podia decepcioná-la. Tirou o robe, deixando-o cair aos pés. Ao ver o pênis, ela levou as mãos às bochechas e exclamou:

— Minha Nossa Senhora do Perpétuo Socorro! O que é isso?

Sorriu, deliciada.

— Podemos começar?

— Por que não? — ele concordou.

Subiram na cama. Aproximou-se dele, os olhos bem abertos, os lábios tremendo. Pegou a garrafinha, aspergiu água no pênis e, enquanto fazia o sinal da cruz, recitou:

— *In Nomine Patris et Filli et Spiritus Sancti, Amen.*

Hesitou um pouco, como se não soubesse o que fazer, olhando fascinada para o pênis. Feito serpente com sua presa. Até que se decidiu e pôs-se a chupá-lo. De início, de um jeito intimidado, mas, depois, com voracidade. E, a intervalos, exclamava:

— Ai, meu Deus! Ai, meu Jesus amado! Preenchei-me com Vossa sagrada Semente!

Sem conseguir segurar a excitação, ele gozou com abundância. E ela, após ordenhá-lo e engolir o sêmen, gritou:

— Leite de Cristo! Ai, como foi bom receber-Vos em meu seio virginal!

Ficaram um bom tempo deitados lado a lado, até que ela, olhando para o pênis em repouso, perguntou, preocupada:

— Ele... ele morreu?

— É o que costuma acontecer nesses casos.

— E não vai ressuscitar?

— Calma — e completou com ironia: — Espere pelo terceiro dia...

— Como assim?

— Esquece. Estava brincando.

— Ah, bom...

Mas, ao ver que, após um tempo, o pênis começou a subir, exclamou:

— Ai, meu Lázaro! Vinde de entre os mortos para me conceder a alegria da Ressurreição!

E começou a subir o hábito. Estava sem a calcinha. Ele deparou então com a farta macega. Ela entregou-lhe o cálice.

— Agora, é sua vez. Por favor, pegue uma Santa Hóstia e a coloque à porta do meu Sacrário.

Abriu as pernas, e ele fez o que ela solicitava.

— Pronto, agora pode comungar.

Enquanto ele se inclinava e estendia a língua, ela, as mãos juntas, toda circunspecta, dizia:

— Corpo de Cristo.

Sorriu, feliz, ao vê-lo deglutir a hóstia, e murmurou:

— Agora, creio que estou pronta para receber o corpo do meu Amante divinal...

Ele abriu a gaveta do criado-mudo, pegou um tubo de lubrificante. Pôs uma camisinha, untou-se bem.

— Dá licença? — pediu com toda cortesia.

— Sim... — murmurou, gozosa.

Com delicadeza, enfiou um dedo em sua vagina. Ela gemeu:

— Ai, meu Jesus! Ui!

Enfiou o pênis com jeito, procurando não machucá-la.

— Vinde, meu amado Esposo! Quero ser Vossa serva! — gritou, inteiriçando o corpo.

Ele começou a se mexer devagar, mas, logo que rompeu o lacre, pôs-se a se mover de modo mais rápido, enquanto ela mordia os lábios e gritava:

— Ah, Senhor! Concedei-me a Graça de Vos receber!

Num arranque final, ambos gozaram à farta e, os corpos lassos, permaneceram grudados um no outro. Pouco depois, ele levantou-se.

— Com licença.

Foi ao banheiro, tomou uma chuveirada. Estava esgotado. Puxa vida! A freirinha tinha se saído muitíssimo bem. Mulher alguma, à exceção da anã, o havia excitado tanto assim. Seria a atração pelo sagrado? Ou pelo sacrilégio? Não sabia como responder. O importante é que dera conta do recado, causando um prazer inusitado na cliente e também gozando como nunca. Quando iria supor que uma criatura como aquela, na aparência tão inofensiva, fosse capaz de tantas artimanhas? Devia era agradecer ao velho Marquês...

O EU ENSIMESMADO 6

E, assim, por falta de opções, a sombra da demissão oprimindo a mim e a meus colegas da Universidade, com as desculpas de sempre de contensão de despesas, da inadimplência dos alunos, tive que me submeter ao ensino a distância. Na verdade, um paliativo, a mostrar o falhanço da educação em nosso país, ao adotar esse tipo de ensino, em que mestres e alunos interagem por meio de aplicativos. Segundo o que penso sobre ensinar, escolas não existem apenas para passar conteúdos aos alunos, as escolas são ou deveriam ser centros de socialização. No espaço virtual, isto se perde em grande parte, pois é impossível produzir elos mais fortes entre docentes e discentes. Queiram ou não, professores criam laços afetivos com seus alunos, a menos se considerarmos aqueles casos de vocação fracassada, tanto dum lado quanto do outro, quando ambos então se veem como antagonistas, apenas se suportando numa coexistência forçada, por razões do ofício. Se tinha críticas à passividade de meus alunos, desculpava-os por sabê-los vítimas de um sistema iníquo, a condená-los, a troco de um preço desmedido, a um ensino, sob a batuta de mestres desqualificados (entre os quais sou obrigado a me incluir), sem cultura, sem didática e sem uma noção muito clara do que seria ensinar.

Por que nós professores não temos chances de nos reciclar, adaptando-nos aos novos tempos? Simples assim: porque perseguimos a utopia dos títulos, a compreender especializações, mestrados, doutorados, pós-doutorados e do gozo de bolsas no exterior. Por outro lado, há que se considerar que é raro as quitandas particulares de ensino investirem na formação de seus docentes, com a falácia de que há professores sem mestrado e doutorado, que, além de ensinar melhor do que os titulados, conseguem agradar mais os alunos do que aqueles com titulação. É bem verdade que devo estar refletindo desse modo porque talvez seja um ressentido, fadado à escravidão nesses supermercados de ensino, a vender a mercadoria dos títulos a granel e a ajudar a encher o bolso de espertalhões travestidos de educadores. Ah, a que ponto chegamos, um sujeito submisso ao sistema como eu a querer dar uma de vestal. Em prostíbulos, quem, na aparência, não se prostitui, não deixa também de ser prostituta...

E com isso em mente, entregava-me, mais um dia, num horário combinado de antemão, a manter um encontro on-line com meus alunos. Como não poderia deixar de ser, pareciam perdidos, sem ânimo, apavorados com a ideia de perder o emprego e de serem contaminados pela Covid-19. Em quaisquer circunstâncias, preferia vê-los ao vivo, pois suas caras na tela de meu micro, alguns estremunhando de sono, não prometiam nada de bom, ou melhor, prometiam a repetição de gestos e de um jogo do "você-finge-que-ensina — eu-finjo-que-aprendo". O que lhes dissesse, fosse o que fosse, devia entrar por um ouvido, como uma tempestade, cheia de som e fúria, e sair pelo outro, como um sopro ou um vagido. Mesmo assim, tomado por um esdrúxulo senso de dever, ou, melhor dizendo, pelo temor de que me tornasse outro excluído, a fazer parte das estatísticas dos desempregados, levava adiante minhas inúteis aulas on-line.

Para dar um sentido ao menos à minha tarefa, aproveitava da ocasião para comentar um poema de Camilo Pessanha, escolhido, não ao acaso, mas por ser um poeta dos mais originais, um dos mais refinados autores do Simbolismo. Mas, acima de tudo, inseria-o em minhas aulas porque ele agradava bastante a meu gosto. E gosto, algo que sempre valorizei, ao longo de minha atividade como professor, é imprescindível nos estudos de Literatura, ainda que a subjetividade do ponto de vista de quem escolhe possa comprometer o distanciamento, essencial numa leitura crítica, como apregoam os defensores da objetividade plena, da análise do texto-em-si, independente da questão de valor. Para esses hipócritas, tanto fazia perder tempo estudando Ian Fleming e Patativa do Assaré quanto Guimarães Rosa e Homero, pois tudo era questão de forma, de acordo com as teorias dos já considerados velhos retóricos, aqueles pedantes, os papas de um Formalismo nada transgressor.

Pronto, lá estou eu a tergiversar, a pôr de novo a nu o meu rancor. Mas chega de tanta conversa, pois tenho minha aula a dar.

Leio para eles o soneto de uma simplicidade e uma beleza tocantes:

Imagens que passais pela retina
Dos meus olhos, por que não vos fixais?
Que passais como a água cristalina
Por uma fonte para nunca mais!...

Ou para o lago escuro onde termina
Vosso curso, silente de juncais,
E o vago medo angustioso domina,
— Por que ides sem mim, não me levais?

Sem vós o que são os meus olhos abertos?
— O espelho inútil, meus olhos pagãos!
Aridez de sucessivos desertos...

Fica, sequer, sombra das minhas mãos,
Flexão casual de meus dedos incertos,
— Estranha sombra em movimentos vãos.

E minha voz, tornada monocórdia, como posso comprovar depois, acessando a gravação da aula on-line, demonstra todo o cansaço, todo o nojo com a minha situação de criatura aprisionada no espaço do virtual. Leio o soneto uma, duas vezes. E o que dizer aos alunos que não seja trivial, a reduzir o poeta a uns tantos clichês, encontradiços nos manuais: viveu em Macau, escreveu apenas um livro, *Clepsidra*, é o maior representante da poesia simbolista em Portugal, bláblábláblá? Escolho outro caminho, de modo que possa encontrar o núcleo do significado do soneto. Depois de muito refletir, descubro que é um paradoxo, traduzido da seguinte forma: aponto a contradição entre a voz poética a cantar o desalento provocado pela transitoriedade, com a incapacidade de o sujeito apreender o fragmentário, como se o mundo lhe fosse de todo inacessível, tornando-o, por sua vez e, em consequência disso, um ser sem consistência, "aridez de sucessivos desertos", e a utilização por parte do poeta de uma forma clássica, o soneto decassílabo.

Lembro-me, então, que este aspecto, nas leituras de Pessanha, resultando em dois artigos, publicados em jornalecos de bairro, em algumas palestras que proferi e em meu falhado projeto de uma dissertação de mestrado, sempre me assombrava. Como é que o poeta podia querer expressar a impotência do ser, a incapacidade de ele captar o quer que fosse do real, o vazio do vazio, a inconsistência de tudo, até dessa entidade chamada "eu", por meio de um soneto?

Paro de pensar e dou-me conta, despertando deste meu sonho de olhos abertos, alimentado pela monotonia de minha voz, de que estou diante das imagens informes de meus alunos, aprisionado num aplicativo, alguns conversando entre si, outros, bocejando, e outros, simulando ter alcançado tudo o que falei.

— Não entendi nada, mestre — como sempre, diz o Benedito, o mais inefável e, portanto, o mais sincero, entre todos os alunos virtuais.

E como entendia eu a contradição do poeta? Formulo, então, para eles, uma teoria:

— Concordo com vocês: a coisa não é simples e nem fácil de entender. Portanto, vou tentar explicar melhor. O que eu quis dizer com tudo isso é que Pessanha, apesar de todo seu niilismo, dá um crédito à arte, à poesia. Se o mundo, como em Schopenhauer, para ele, é representação, metaforizado pela água, sempre a fluir, e se o sujeito se anula, tornando-se uma entidade vazia, porque não consegue edificar constructos dentro de si, há, pelo menos, a forma poética, único modo de aprisionar o fragmentário, o dissoluto, o informe. A idealidade vazia, o oco do oco, por paradoxal que isto seja, encontra no nicho da poesia um modo de se fazer presente, ainda que de maneira volátil, para mascarar a desesperança do homem, talvez representando aí, como se nada mais houvesse sob o sol, o aforismo de Hipócrates, *vita brevis, ars longa.*

— Mestre, achei genial, mas não entendi nada — intervém um deles, provocando a risada dos demais.

Acabo por rir também, apesar de acoimado de "genial" e "incompreensível". Não, não entenderam nada, não têm como entender, mas a culpa é minha, por adotar uma didática obsoleta de ensino, ou seja, em vez de ensinar, dialogando de modo socrático com eles, como sempre, escolho o caminho do solilóquio e, assim, divago, divago, divago. Em vez de dar aulas, devia é estar me masturbando, escrevendo um artigo, dirigido aos expertos em teoria literária ou então não dirigido a ninguém. Exercício de solipsismo, algo muito comum em nosso mundo acadêmico. Pois bem, chego à conclusão de que quem fala aos alunos não sou eu, mas, sim, uma representação minha. Um placebo.

A culpa é da pandemia, ao nos condenar a esse papel, pois não mais somos humanos e, sim, espectros ou máscaras de nós mesmos. É o que acontece comigo, obrigado a dar aulas a distância, enquanto me perco em minha confusão mental.

E é o que acontece com a Salete, fechada em seu silêncio de home office, para dar conta das tarefas passadas por seu Chefe, obsedado em vender inúteis produtos, por meio das falaciosas propagandas. E ela submetendo-se a isso. Justo a Salete, com seus códigos de ética! E ai de mim se fosse lembrá-la disso, ativando a sua consciência tão debilitada nesses tempos de pandemia. Mas ela não perde a oportunidade para, volta e meia, lembrar de meu chauvinismo, como se eu fosse o representante máximo desta espécie degradada de homem.

Ensino a distância... Sim, quero distância desse ensino a distância, adotado por essas baiucas com nome de santo, a fingir que ensinam. No máximo, estão a sonhar com o ideal dos mantenedores das universidades particulares do país: escolas sem edifícios, sem salas de aula, sem laboratórios, os alunos perdidos no espaço virtual e com um mínimo de professores ou tutores, sempre ganhando um salário de fome.

* * * * *

Um sinal sonoro no micro! Epa! Eis que me chamam à realidade de minha profissão. A aula a respeito dos chamados “gêneros do discurso”, a ser dada para outra turma, está pronta para começar, e uma leva de alunos cansados espera-me para a tortura das informações, agora, para meu pesar, linguísticas.

Vejo-me então repetindo as lições decoradas e presas por fios nas estantes da memória:

> *Os gêneros do discurso compreendem os textos formais, textos informais, textos verbais, textos não verbais, texto visual, textos didáticos, poema, texto*

> *literário, textos de diferentes ramos do conhecimento, como os do jornalismo e da propaganda, por exemplo. De acordo com o pensador russo Mikhail Bakhtin, todas as áreas da atividade humana estão ligadas pela palavra. E cada área destas produz seus repertórios de discursos, conhecidos como os chamados gêneros do discurso.*

E bláblábláb.

ASSIS, EM HOME OFFICE 3

O Nestor passava-lhe o telefone da garota de programa, a Angel, mas ele hesitou antes de ligar para ela. Não podia, é claro, fazer isto de casa. Assim, teve que inventar que ia à padaria, pois era sempre ele que tinha que ir, a Célia, vagabunda como ela só, nunca fazia isso, procurando se eximir de qualquer tarefa do tipo, sempre lhe deixando a incumbência de comprar os gêneros como leite, pão, manteiga, bolachas. Em vez de fazer alguma coisa de útil, ficava esparramada no sofá, vestindo o macacão de moletom azul, com uma lista branca do lado, vendo as drogas das novelas, os programas de auditório e comendo porcaria. Aborrecido com tanto relaxo e descaso, numa folguinha do trabalho, deixou o laptop ligado e disse que ia à padaria, mas, em vez disso, foi até uma pracinha, sentou-se num banco e, sem ter por perto a Célia que, muito curiosa, gostava de ficar espiando seus telefonemas, aproveitou-se para ligar para a garota de programa. Mal ouviu a voz sensual dela do outro lado "Oiê, precisando de meus serviços, amor?", logo desligou e, o coração batendo a mil, continuou sentado ali naquela praça, enquanto murmurava, cheio de desconsolo:

— Larga de ser trouxa, larga de ser trouxa.

Tinha ficado excitado além da conta com a voz da acompanhante — "Oiê, precisando de meus serviços, amor?".

Tremendo dos pés à cabeça, tornou a murmurar:

— Larga de ser trouxa, liga de novo pra ela.

A imaginação, como que desperta por uma faísca elétrica, corria à solta, criando imagens eróticas, o corpo da mulher, segundo o Nestor, nem uma gordurinha, uma bundinha e pernas duras, sem celulite, uma boca de lábios vermelhos. Era só combinar o encontro, o pagamento e arrumar um jeito de dar uma escapadinha. Nunca na hora do expediente, que o doutor Elói em cima. Era alguém falar se podia dar uma saída para fazer uma consulta ou comprar um medicamento, que o chefe rebatia, azedo:

— Um pé lá, outro cá — olhava para o relógio, enquanto meneava a cabeça, mostrando desagrado. — Tem meia hora, nem mais, nem menos.

Dizia isso sem levar em consideração que o consultório se situasse no fim do mundo.

Ficava agoniado com a situação: era pegar, com vergonha, dinheiro da poupança, tomar coragem e ligar para a Angel, marcando um encontro e, o que mais o atormentava, arrumar uma desculpa para poder sair de casa e demorar-se um pouco além do habitual. Mas logo desistia da ideia. Não, não podia gastar dinheiro com uma coisa dessas, uma garota de programas! — pensava, já cheio de remorso. Não, não podia dar uma escapadinha de casa, que a Célia sempre desconfiada:

— Que farmácia foi esta? Demorou mais de uma hora, Assis. Coisa boa não deve ter ido fazer.

Decidia-se: não, não ia marcar encontro nenhum, mas a voz do Nestor, como um canto de sereia, num dos happy hours, vinha atormentá-lo outra vez com aquele papo sobre as virtudes da Angel:

— A garota chupa como ninguém, cara, e você não precisa fazer nada, ela toma a iniciativa.

— Mas ela transa sem máscara?

— Com certeza, seu mala, como é que ia te fazer um boquete de máscara?

— Mas não é perigoso?

— Perigoso? — o Nestor caía na risada. — Larga de ser trouxa, cara, ela passa álcool gel, vem fresquinha do banho, e uma dona daquela, você acha que ia ter a doença? Tá pensando que é uma dessas vagabundas da rua?

Sua excitação crescia, mas oitocentos contos! Um dinheirão, ia complicar o orçamento, a crise, seu salário cortado, o doutor Elói chamando-o na sala dele, junto com o Nestor e o Bortolatto, e comunicando que teriam o salário reduzido por conta da crise. E com aquele seu jeito nojento, de quem está por cima, limpava os óculos de grau com uma flanela e explicava a situação da empresa:

— Companheiros, a diretoria solicitou que essa informação fosse passada a vocês. Sinto, mas não há outro jeito diante da pandemia. Afinal, é a contribuição de cada um para manter ao máximo a saúde da firma.

Mas e o salário dele? Também reduzido para contribuir para a saúde da empresa? — pensava, cheio de irritação. É claro que ninguém lhe fazia esta pergunta, alguém era idiota a esse ponto, para cair em desgraça junto ao doutor Elói? Apenas o Nestor, funcionário mais antigo, tinha a coragem de perguntar:

— Acabando a crise, o salário da gente volta ao normal?

— Mas é claro, companheiro. Fiquem tranquilos. Têm a minha promessa — e o doutor Elói sorria, mostrando os dentes muito brancos.

— Companheiros, o caralho — reagia depois o Nestor, quando bebiam o chope no happy hour. — Vem o filho da puta com essa história pra cima da gente.

— Mas é melhor do que mandar a gente embora — como sempre, o Bortolatto intervinha, conciliador. — Prefiro ficar com o meu emprego.

Era abaixar a cabeça, pegar ou largar, pensava ele, e, no fim do mês, vinha a pancada. E como convencer a Célia dos cortes? Que seria preciso economizarem mais, cortarem despesas, não, ela jamais abriria mão da academia, das visitas ao shopping, mesmo com o guarda-roupas atulhado de roupas e a sapateira transbordando de calçados, não, ela jamais abriria mão de seu cartão de crédito, embora não trabalhasse para ter renda, e cabia a ele, só a ele, fazer ginástica para esticar ao máximo o salário, entrando no cheque especial aqui, cobrindo com o cartão de crédito ali, e saía ele dessas reflexões, agravadas, naquela praça, pela visão dos mascarados movendo-se pela rua, e procurava refugiar-se no seu sonho com o corpo, os lábios cheios, a voz da Angel "Oiê, precisando de meus serviços, amor?". Desejava, então, tê-la nos braços, beijando-lhe a boca, sentindo-lhe o hálito e fazendo tudo aquilo que nunca havia feito com a Célia.

— Angel, Angel — murmurava, sonhando com ela de olhos bem abertos: os lábios vermelhos, a bundinha empinada, as coxas esguias...

Mas será que não correria risco? — estremecia só de pensar. Imaginava-se, com horror, num leito do hospital. E a família? Por uma leviandade sua, saindo com uma garota de programa, que não se sabia onde havia enfiado a boca, e, por ousar beijá-la, caindo doente com a pandemia e, com isso, perdendo a miséria que era o salário, reduzido em vinte por cento, não, não ia telefonar para a Angel e, muito menos, marcar um encontro, era correr um risco, mas vinha a dúvida a atormentá-lo e se, em vez de estar com medo de pegar o vírus, estivesse pensando apenas no que teria que gastar para ter aquela mulher de sonhos? Ficava louco da vida com seu desprendimento, pelo fato de ele pôr sempre a família em primeiro lugar, fazendo cálculos e cálculos em sua agenda, economizando até no número de chopes do happy hour, isso quando havia happy hour, porque, dentro em breve, como ouvia rumores na empresa, sabia que o confinamento seria completo, ele, em casa, o dia inteiro com a família, suportando a algazarra dos filhos, as brigas com a Célia mais constantes.

— Você não sai desse quarto — ela berrava. — Fica trancado o dia inteiro! Parece uma pocilga, e eu não sou empregada pra fazer faxina.

E tudo porque, com a quarentena, quis dispensar a faxineira, por uma questão de economia. Um tormento ter que ouvir a Célia reclamando de estragar as unhas lavando pratos, copos, talheres, panelas e, para evitar a gritaria, o choro dela, ele, depois de oito horas diante do laptop, tinha também que se incumbir de mais essa atividade, enquanto a Célia no sofá, vendo as porras daquelas novelas e programas de auditório, e, quando cansado, pensava em dormir, lá vinha mais uma mensagem do doutor Elói pelo WhatsApp:

— Ô, Assis, amanhã às oito, reunião pelo *Teams*, urgente, urgente. Temos que discutir sobre aquele novo projeto.

E ele sabia o que significava aquele "urgente, urgente", mais trabalho ou, quem sabe, outra notícia desagradável, mais um corte no salário, ou salário atrasado, coisa que vinha acontecendo com regularidade, e o Nestor, catastrofista, lembrando que, com as novas leis, eles podiam pôr os funcionários no olho da rua, sem pagar nenhum direito.

— Como assim, sem pagar os direitos? — perguntava com indignação. — Eles não seriam capazes de fazer um absurdo desses!

— Os quarenta por cento de indenização, o aviso prévio. O que a gente precisa fazer é recorrer ao sindicato.

— Que sindicato, o quê! — o Bortolatto vomitava a sua ira. — Eles também foram comprados pelos patrões. Aqueles filhos da puta de pelegos. E sempre sobra pra nós. Estamos ferrados, caras!

E, agora, tinha que trabalhar e sem reclamar, que o doutor Elói era inflexível, ainda mais em tempo de crise. Lançava aquele olhar pelo aplicativo, na tela do laptop, como se dissesse "Tem gente saindo pelo ladrão querendo emprego, com salário reduzido ou atrasado. Se não estão satisfeitos, meus caros, porta da rua, serventia da casa", o famoso pé na bunda, e adiantava mostrar que vinha trabalhando além da conta no sistema de home office? Muito mais do que o normal, quando não estavam de quarentena? Os resultados eram visíveis nas tabelas, preenchidas com o maior cuidado, mas a Chupeta Maldita, sem levar isso em consideração, vinha meter a colher de pau na conversa:

— Esses números não estão corretos, ó Assis, porque você esqueceu da inflação. Se considerar a inflação, verificará que... bláblábla...

Ele, tão feliz, naquela manhã, querendo impressionar o doutor Elói, enviando os gráficos, mostrando que a empresa, na crise, havia crescido uns tantos por cento, e isso graças também ao esforço e à dedicação dele, mas, em vez de uma promessa de aumento ou, pelo menos, dos salários em dia, uma porretada daquelas:

— Assis, você está perdendo o foco! — gritava o doutor Elói. — Não fui isto que lhe pedi para verificar. Refaça o relatório, os números não estão batendo.

O foco, o foco, o foco, os olhos congestionados por passar horas diante da tela do laptop, as crianças fazendo uma baderna na sala, a Célia com a tevê ligada no mais alto volume, assistindo àquelas merdas de programa, sem contar as brigas que tinham às vezes, quando ele chegava meio alto do happy hour, num tempo anterior à pandemia, em que um *happy hour* era possível, e ele podia se divertir com os amigos, jogando conversa fora, bebendo chopes, comendo pedaços de linguiça e provolone e falando mal do doutor Elói e da Chupeta Maldita. Então podia sufocar a angústia que o corroía e desanuviar um pouco. Mas essas horas em que se distraía eram raras, porque logo tinha que voltar para casa e suportar a gritaria das crianças, a chatice, as impertinências da mulher:

— Você me deixa louca, Assis! Você fica bebendo o dia inteiro, enquanto eu me matando aqui, fazendo trabalho de empregada — a Célia berrava a plenos pulmões, sem se importar se era ouvida em todo o prédio.

— Bebendo o dia inteiro? Estava é trabalhando. Você ficou louca? Só fui tomar uns chopinhos com os colegas do escritório depois do expediente.

— Esses seus amigos... Os vagabundos de sempre! E chega nesse estado lamentável! Fedendo a bebida!

Perdia as estribeiras:

— Se não está satisfeita, vá pra casa da sua mãe!

— A minha casa é aqui, você é que devia ir pra casa daquele seu caso, daquela mulher ordinária!

Mas que mulher? Só podia ser coisa da cabeça da Célia. Como não enlouquecia com aquilo tudo? Que vida mais miserável era a dele. Fosse em casa, fosse no trabalho, não tinha sossego. A Célia berrando como uma maluca, quanto a ele, trabalhava feito um doido, tinha o salário cortado, e o merda do Chefe, não dando a mínima para o esforço dos subalternos, vinha com mais e mais ameaças, mais e mais cobranças:

— Assis, quero as tabelas...

Por vezes, em instantes de muito trabalho, surpreendia-se preenchendo de maneira automática uma tabela, uma daquelas que o doutor Elói com certeza ia guardar na pasta X, sem ao menos dar uma olhada, mas a cabeça longe, bem longe, ouvindo outra vez, outra vez, outra vez, outra vez, a voz de Angel "Oiê, precisando de meus serviços, amor?". Ah, se ele tivesse coragem e voltasse a ligar para a Angel, mas, dessa vez, marcando o encontro com que tanto sonhava. Mas não, ficava ali, sofrendo, sendo interpelado pelo Chefe e cobrado até pela Chupeta Maldita e, chegando em casa, em vez de encontrar a paz e o sossego com que sonhava, tinha que contemplar a cara da Célia, cortada pela ira. E, sem cerimônia alguma e sem se importar se era ouvida pelos vizinhos, berrava a plenos pulmões:

— Você e aqueles vagabundos! Fedendo álcool, enquanto me mato aqui em casa. Você pensa que sou tua empregada, Assis?

OS DA MANSÃO 2

Um gentleman, ele tirava-a para dançar, no salão da embaixada, dizia-lhe coisas ao ouvido, vinha descobrir depois, ele, o famoso escritor britânico de livros de suspense, *Ah! O James Bond*, claro que tinha lido, toda cheia de confusão, tentava citar o nome de um dos livros dele de que tinha ouvido falar *Sim, sim, aquela história de Moscou sobre diamantes...*, com que vergonha, não lembro do nome agora, não tenho cabeça pra lembrar, mas ele não fazendo caso disso, sempre um gentleman, e lhe dizia, com uma ponta de ironia, *For Instance, it wouldn't be* Diamonds Are Forever*, Madam?* e, numa noite, quando os tinha convidado para jantar em seu bangalô, dava-lhe um volume de presente com a dedicatória "*For my lovely new friend,* Diamonds Are Forever. *Ian Fleming, Kingston, March, 28, 1960*", queria ir à estante e pegar o livro, ler de novo as aventuras daquele herói, não bastasse a história tão envolvente, lembrava-se, de maneira bem nítida, de uma frase que a tinha deixado impressionada, quando o James Bond dizia para sua amante *A maioria dos casamentos não soma duas pessoas. Subtrai uma da outra*, e não era verdade?, ela e o Aurélio, depois de muitos anos de casados, não somavam duas pessoas, mas uma excluía a outra e, sem clemência e com crueldade, eu fui a excluída, sempre aconteceu isto em minha vida, mamãe, os olhos todos voltados para as irmãs, a Alaíde, a Clara, para o irmão, o Alcides, e bem que a mãe, que ironia do destino, quando caduca, acolhida justo por ela, indo morar comigo, que ninguém, ninguém mesmo!, a Alaíde, a Clara, o Alcides queria ficar com a mamãe, porque a mamãe era muito intrometida, gostava de dar palpites em tudo, inclusive, tinha sido forçada a adotar a Idalina que ela pegou na rua, *Ela passa um tempo com vocês, Elisa, depois, comigo, com a Clara e com o Alcides, um rodízio, há-há-há*, que rodízio o quê!, o golpe mais velho, sempre sobrando para ela, a mãe nunca saiu de casa, isso porque eu era a do meio, a desprezada e pensei que o Aurélio, pelo menos, fosse o homem dos meus sonhos, tentava se erguer, para ir até a estante pegar o livro e deliciar-se com as aventuras do James Bond, mas o corpo não lhe obedecia, pedia então à Cybelle *Cy, anda, querida, me traz meu livro, Que livro, mamãe?, Aquele que o Ian, aquele que ele me deu*, ouvia cochichos e risos, por que não traziam o livro que queria?, todos contra ela, menos o Davi, *Ai, Davi, meu amor, toca* Pour Élise *pra mim*, ele tocava, como se fosse gente grande, e o estúpido do Marcelo gritava *Onde se viu filho meu tocador de piano? Isso é coisa de bicha!*, as mãozinhas correndo o teclado, *Você sabe por que a mamãe me pôs o nome de Elisa, não, meu querido?* Pour Élise, agora era a Pauvre Élise, de volta da Jamaica, recebia, alguns poucos anos depois, a notícia de que o Ian Fleming tinha morrido, sentia o gosto de seus lábios, o forte cheiro de nicotina, ele e a piteira, fumando sem parar, as notícias dizendo que a morte se devia ao excesso de fumo, *Elisa,* ele murmura em meu ouvido, *I love you*, corava de vergonha entre os braços dele, em seu bangalô, *And about Ann? Where is she?*, ele sorria daquele jeito entre cínico e encantador, *My wife? Visiting her mother*, para acrescentar com ironia *And about Aurélio, Where is he?*, não podia dizer *Visiting his mother*, todo mundo sabia que o marido com a consulesa, não, não estou nos braços do Ian, nunca estive entre os braços dele, nunca nos beijamos, tudo não passou de um sonho, de um sonho impossível, naqueles dias quase de todo felizes na Jamaica, ai, esta dor de cabeça, quero respirar, *Abram as janelas, pelo amor de Deus! Não consigo respirar,* me afogo nas águas azul-turquesa, estou é nos braços do Akanni, me levando para a praia, me fazendo mergulhar nas águas do mar azul-turquesa, beijo-lhe os lábios grossos, queria ficar com ele o resto da vida, um negro!, via as irmãs, as amigas torcendo o nariz, um negro!, uma negra!, a vagabunda da negrinha, a Idalina, *Mãe, você está louca, pegando a negrinha da rua!*, era a mãe com aquela mania de ajudar os pobres, e a Idalina veio morar com a gente, fedendo, a carapinha cheia de piolhos, *Fica de babá para as crianças, Babá, mamãe! Só você! Uma negrinha vinda da rua! E o pior: sem me consultar*, mas não foi ouvida, nunca era ouvida, o marido, as filhas e até o imprestável do genro, o Oto, tinham mais voz ativa que ela, e a Idalina, com seus piolhos, acabou ficando, ficando, dormia no quartinho dos fundos, e ela descobria, que vergonha, meu Deus!, o Aurélio fornicando com a negrinha na minha casa!, ela a punha para fora, na rua, mas, antes, queria que me fizesse uma massagem nas costas, pelo menos, era boa para isso, *Chame a Idalina, ô Cybelle, Que Idalina, mamãe? A senhora está louca? Faz tempo que ela foi embora*, e veio o doutor Kalil com a ideia de me internar no hospital *Será melhor para a senhora, dona Elisa, terá um atendimento mais apropriado, De casa, não saio, é só uma gripe*, era coisa do Oto, o parasita do Oto, querendo roubar minhas joias, querendo saber o número de minhas contas, aproveitando-se de minha ida para o hospital para mexer nos meus extratos de banco, fuçando em tudo quanto é gaveta, em busca do testamento, a tonta da Cybelle fazia todas as vontades dele, mesmo que um dia entrasse chorando em meu quarto *Que que aconteceu, Cy? O Oto, mamãe, o Oto*, perguntava com toda paciência, porque sabia a resposta *Que que tem o Oto, Cy? Descobri que ele tem outra*, mas que cabeça de vento, penso, olhando para o rosto banhado em lágrimas, *Filha*, pensava ela, *você vai ter muito que aprender na vida, o Oto não presta, nunca prestou* e sente vontade de dizer *Bota ele pra correr, Cy*, mas não diz e digo outra coisa, direto para o Oto, a quem não tolera, a quem chega a odiar *E quer saber de uma coisa, seu parasita? Você nunca vai ter do que é meu, Cale a boca, velha louca!, Não calo a boca, estou na minha casa!*, mas, o peito constringido pela dor, a respiração opressa, uma dor de cabeça que não cessa, ela pensa que a casa não era mais dela, a casa nunca foi minha, um espaço que não era o meu, e o vagabundo nem sabendo que a Cybelle, depois de meus conselhos, pronta pra separar dele, *Fica esperta, minha filha, este daí não vale nada!*, mas a tonta babando pelo pelintra, cheio de manhas, o bigodinho de malandro, a mão de quem nunca trabalhou, não o Akanni, as mãos como lixas, os calos das mãos, via-o da janela do quarto, espreitando por entre as cortinas, sem camisa, o torso brilhando de suor, Akanni, Akanni, meu amor, cortando galhos e troncos de uma árvore com um machete, ele via que eu o via, mas fingia não ver, sentia um calor nos seios, desviava o olhar, onde se viu uma mulher como ela, a embaixatriz, voltando os olhos para um negro?, mas, nas noites quentes, o torso do negro brilha diante de meus olhos, estou correndo, só com a camisola transparente e rasgada, pelo jardim enluarado, cheirando à baunilha, a dor da ferida causada pelo Aurélio, o Aurélio se mostrava de verdade quem era, antes, cheio de doçura, cheio de carinho, *Minha princesa*, só faltava beijar meus pés, o sangue me desliza pelo rosto, ah, como sou infeliz, esta dor de cabeça que não passa, quero ar, mais ar, todo o ar do mundo, pelo amor de Deus!, o Aurélio, com suas mulheres, a vagabunda da consulesa italiana, humilhando-a na frente dos outros, eu corria pela noite, não sabia nem onde ir, nem podia contar com o Ian, o Ian numa missão secreta ou o Ian tinha morrido?, que dor senti ao ler a notícia no jornal "Morre Ian Fleming, o 'pai' de James Bond, aos 56 anos", tão novo ainda, a desgraça do fumo, mas e ela que nunca tinha fumado, assim mesmo com o pulmão opresso, não, não tinha os pulmões opressos, sentia o doce perfume da noite, de baunilha, correndo seminua, cortando os pés nas pedras e gravetos do quintal de nossa casa em Kingston, o Aurélio, na certa, roncando de bêbado, depois de me bater com força, ele me deixava com uma cicatriz, até hoje tenho a marca na cara, ou quem sabe voltando para os braços da consulesa italiana, *Veja só, Vilma, o que ele me fez*, mas a Vilma não estava ali, quem estava diante dela, o torso nu, era o negro, que dizia *Ma'am, may I help ya?*, a voz selvagem do negro, a voz selvagem do doce Akanni, me acolhia, ela o beijava cheia de paixão, mordia-lhe os lábios grossos, banhando-se nas águas do Caribe, que paixão a minha, pois não deviam ser assim as paixões?, ah, se tivesse tido a coragem, deixava o Aurélio, aquela falsa vida de fausto, deixava os filhos mimados e sumia no mundo com o Akanni, que importava que fosse negro, um negro analfabeto, mas que me ama, ele me diz isso no ouvido, com sua voz doce *Ma'am...*, *Mamãe, a senhora tem que ir pro hospital, onde será melhor atendida*, era o Marcelo? Era o Clóvis, outro vagabundo, andando em companhia do parasita do Oto, *Para o hospital eu não vou, é só uma gripezinha de nada*, forçava o corpo, querendo me levantar, mostrando que estava boa, mas descobria que estava presa com correias a uma maca, antes, era tão independente, os passeios com Ian e Ann pelas praias da Jamaica, o Aurélio sempre sem tempo, eu me sentia tão livre, eu era tão feliz, *Eu quero..., eu quero..., pelo amor de Deus, me larguem!*, *Está delirando, mamãe. A ambulância chegou... Que ambulância? É só uma gripe, nem tenho febre...*

A JANELA INDISCRETA 2

O velho senhor, os olhos grudados em sua teleobjetiva, continua com a atenção voltada para o apartamento, em que os membros de um casal confinado mais se desentendem do que se entendem, cada um deles concentrando a atenção em seu mundo virtual, o marido, num quarto todo desarrumado, as costas apoiadas em travesseiros e almofadas, os olhos na tela do laptop, trabalhando, de modo muito provável, no sistema home office e dedicando horas a fio a relatórios, planilhas e tabelas, enquanto ela, vestida num moletom, servindo tais vestes para ressaltar as dobras do corpo, um tanto cheio, escarrapachada no sofá da sala, gasta seu tempo, com toda probabilidade, em seguir novelas, programas de auditório, de variedades ou de ginástica e, por meio desse último, tentaria mais tarde — assim continua ele refletindo —, com o auxílio de uma bicicleta ergométrica, recuperar o corpinho de miss que, porventura, um dia teve na vida. Mas, num determinado momento, tomada pela fúria, deixa o seu conforto e, andando de um lado para outro, o ouvido no celular, talvez comece a falar com a mãe ou uma amiga qualquer, esbravejando, a queixar-se do marido e da vida insossa que leva, sobretudo depois que a pandemia veio para instalar o forçado confinamento da família, obrigando-a a conviver com seu homem, vinte e quatro horas por dia, com as crianças barulhentas, impedidas, para seu desassossego, de ir à escola e o marido, sempre de mau humor, reclamando do chefe do escritório, da falta de dinheiro, do cheque especial, dos gastos com o cartão de crédito e aumentar com isso tudo as divergências entre ambos.

Ao seguir aquele vai-e-vem da dona de casa, indo de um canto a outro da sala, o homem da cicatriz, esquecendo-se do drama familiar, começou a reparar, com muita curiosidade, no espaço onde aqueles dois seres litigantes estão engaiolados e deu-se conta, só agora, da exuberância da decoração do apartamento. Do seu ponto de vista, era das mais bonitas das muitas que conhecia. Ele tinha como avaliar isso bem, pois havia trabalhado, como se sabe, muitos anos como fotógrafo para uma revista de variedades, na qual costumavam publicar reportagens, com fotos suas e pouquíssimos textos dos redatores, exibindo ou querendo ensinar como se decorava uma sala, de modo geral, tendo por modelo os apartamentos e casas dos artistas da tevê.

Reparava, então, pelas lentes da teleobjetiva, com prazer, no sofá de veludo-cotelê verde-esmeralda, decorado com rosas em alto-relevo, parecendo agradável ao tato e confortável, num lustre clássico de vidrilhos, pendendo sobre a mesa de madeira de laca vermelha, sobre cujo tampo de vidro azul-marinho, destacava-se o vaso de cristal violeta, onde havia flores artificiais, rosas, margaridas, lírios, cravos brancos e vermelhos, alternando com tufos de palha e galhinhos cheios de cerejas, e, em volta da mesa, nas cadeiras de espaldar redondo e estofadas com veludo roxo e, ao lado da tevê, nos quadros, de molduras douradas, reproduzindo cenas campestres ou urbanas, palhaços e pretos velhos, cachorrinhos, araras, cavalos, em fúria, fugindo de uma floresta em chamas, reproduções que eram muito do seu agrado e, nas paredes, papel floral, com ramificações em roxo, amarelo e azul e, num canto, numa palmeira anã, enfiada num vaso de louça branco, reproduzindo, em azul-marinho, a imagem de um mandarim, com os olhos cortados à feição de amêndoa, a sorrir, enquanto exibia um pergaminho, onde se distinguiam, apesar da distância, por meio da teleobjetiva, algo escrito em japonês ou chinês, compondo, quem sabe, uma poesia com ensinamentos de sabedoria e, a contracenar com o china, uma chinesinha, vestida com um quimono, usando tamancos, os finos cabelos dispostos num coque, encimado por um pente de laca, toda coquete e cheia de uma graça típica do Oriente, segurando uma flor de lótus e, no fundo, via-se também, à frente de um portal à Chinatown, o esboço de um pagode, todo enfeitado com ilustrações florais, de cujo teto, pendiam lanternas e bandeirolas.

O velho senhor deu um assobio, admirado com tudo aquilo que, sempre de seu ponto de vista, era de muito bom gosto. Se a mulher parecia desleixada, deixando a cama por fazer, as panelas e pratos na pia, no que dizia respeito à ornamentação, era uma decoradora de primeira! — refletiu, encantado, ele que vivia num apartamento sem ao menos um quadro nas paredes, ou um arranjo de flores sobre uma mesa de laca, com um tampo de vidro bisotado, como a daquela da dona de casa. Ah!, se tivesse meios para adquirir, com seus rendimentos, aquelas preciosidades, além de poder contar com uma companheira tão bem dotada em decoração de ambientes. Imaginava-se até sentando-se junto a ela num sofá decorado com rosas, consultando as revistas de variedades ou uma publicação como a *Casa & Jardim* e conversando a respeito das coberturas das cadeiras, das lâmpadas das arandelas, dos desenhos do papel de parede, do novo vaso da palmeira-anã. Mas não, era apenas um velho solitário, obrigado a passar o resto de seus dias confinado num apartamento de paredes cheias de manchas de umidade, sem a oportunidade de conviver com uma pessoa fina, partilhando de gostos parecidos com os seus.

Nesse mundo edulcorado, a dona de casa encerra a sua vida de diálogo com o vazio, em que o outro é apenas o Outro, trancafiado no quarto de casal, horas a fio, e não disposto a diálogos de espécie alguma, e ela, entrando em seu espaço particular e, agora, refletindo, parada diante do vaso com motivos chineses, contempla-o e — o velho senhor imagina — pensa em mudá-lo de lugar, ou melhor, pensa, com certo incômodo, em livrar-se dele de vez, pois a sua paixão por chinesices, como talvez tenha também acontecido com as amigas, já passou — aliás, as revistas de variedades, há muito tempo que não mais publicam reportagens sobre motivos ornamentais do Extremo Oriente —, e, assim, quer substituí-lo por outro vaso, a combinar melhor com a mesa e cadeiras, cheio de florações douradas e rubras, visto numa das revistas de decoração sobre um aparador, ao lado de um conjunto de elefantes exibindo as nádegas aos visitantes e barrindo, de tipos variados de corujas de louça e de um grande número de porta-retratos, com foto de bebês rechonchudos, adolescentes com vestidos de seda, em festas de quinze anos, do casal quando jovem, eles tão felizes!, a sonhar, talvez, com o casamento bem próximo, do casal esquiando (em Bariloche?).

Mas quando ela balança a cabeça, o homem com a cicatriz, deixando-se levar por sua imaginação, talvez pressinta que ela não fará nada disso (as semanas subsequentes comprovarão ou não sua teoria), na verdade, a mulher não pode sair à rua para visitar as lojas de decoração, talvez porque o marido, com o orçamento apertado e com o medo de perder o empego, além de lhe negar o cartão de crédito, guarde quase tudo o que ganha, pensando, o cenho franzido, em anos de grande carestia e de corte de gastos, e ela, então, com ar de enfado, perceptível, nos lábios vincados, incomodada com o consorte, gritando com ela e fazendo do quarto do casal, quiçá do ponto de vista da esposa, um chiqueiro, como se pode ver pelos lençóis e os travesseiros amontoados de qualquer jeito, volte para a ginástica, esforçando-se, com aquela tortura de exercícios, para ver se consegue parecer, não como a ginasta da tevê, a lembrar um espécime feminino do Arnold Schwarzenegger, sem nenhuma gordurinha no corpo todo produzido, mas ao menos como uma das beldades das revistas de variedades, com as dançarinas dos programas de auditório, ou como a jovenzinha que foi nos seus tempos de solteira.

Mas começa a escurecer, as luzes vão se acendendo, aqui e ali, até tomarem todas as janelas da fachada do edifício em frente. Ficar focado em cenas, em coisas, pessoas, na chegada da noite, cansa a vista do homem com a cicatriz, além de que, a fome aperta, e ele sente o desconforto por ter permanecido, horas a fio, em sua poltrona, os olhos numa teleobjetiva. Espreguiça-se e pensa no que comer. Talvez um sanduíche de presunto, acompanhado de uma cerveja sem álcool, lhe soubesse bem naquela hora do dia. Mais que isso é um luxo que o orçamento apertado não lhe permite ter.

No dia seguinte, ele torna a sentar em sua poltrona e põe o olho na teleobjetiva. Quem sabe, tomado pela preguiça, o velho senhor volte a concentrar a lente no casal em conflito, mas sabe ele que, ingressando outra vez naquele mundo da mesmice, será premiado com a visão redundante do mesmo? E, ao ver a mulher assentada de novo diante da televisão, seguindo, porventura, as peripécias da falsa loira e seu acompanhante de penas, o homem da cicatriz está quase pronto a deixar aquele apartamento e seguir em busca de uma aventura um pouco mais excitante, em outra habitação. Mas um incidente irá quebrar a rotina daqueles dois, atiçando, por uns momentos, a atenção do bisbilhoteiro da teleobjetiva, porque o marido surge de inopino na sala, vindo da rua, a cara transtornada. Puxa vida!, exclama o velho senhor, escapou a ele, em sua distração com os movimentos da mulher, ver o homem deixar o quarto, sair do apartamento e ir para a rua...

Pois lhe escapou, e algo dramático deve ter acontecido nessa escapada, pois o homem, esbravejando, sem responder nada à esposa que o segue por todo o apartamento, com lágrimas nos olhos, abre a porta do quarto num repelão, pega o laptop sobre a cama e, sem dominar a fúria, arremessa-o contra a parede, despedaçando-o, enquanto, fechando os punhos, dá urros, a cara torcida pelo ódio, e essa fúria o leva a pisotear os restos do laptop e jogar os papéis com tabelas e planilhas pela janela, fazendo que a esposa entre em desespero, chorando e dirigindo-se ao marido, e este responde com urros tão selvagens que eles nem perceberam os filhos, uma menina pré-adolescente e um menino mais novo, entrando no quarto e, ao deparar no estado dos pais, os olhos saltados de pavor, recuam, e o homem, afinal, desaba, ajoelhando-se sobre a cama, a cara enfiada nos braços, entregue, pelo visto, ao maior desespero, e a mulher, ao tentar consolá-lo, é repelida com estupidez, com gritos e mais gritos. O que teria acontecido? — pensa o da teleobjetiva. Será que o homem perdeu seu emprego durante a pandemia? Só isso poderia talvez explicar o gesto tresloucado de jogar o laptop contra a parede e os documentos em que vinha trabalhando pela janela.

O velho senhor balança a cabeça, pensando que está mais que na hora de deixar o casal e sua desdita, pois, em vez de distraí-lo da monotonia dos dias, de sua solidão, eles só vêm é o aborrecendo com a repetição de gestos, numa espécie de monótono ritual, com o agravante de se entregarem agora ao litígio. Resolve então concentrar sua teleobjetiva em outros apartamentos, à procura de uma cena mais excitante. É o que faz, correndo os andares, fixando-se, por uma meia hora, com muito interesse, nos bicos do seio e na genitália de uma mulher, com o maior despudor, tomando sol na varanda, depois, em dois homens beijando-se e copulando numa cama de casal, numa freira algo rechonchuda deitada numa cama king size, o hábito azul suspenso até a cintura, o que serve para mostrar os pelos louros da genitália e, um pouco mais atrás, um altar com castiçais, um crucifixo de ouro e uma imagem de Nossa Senhora de Tal, e, como testemunha de sua devoção sacrílega, o olhar cheio de censura de um papa, enquadrado na moldura de um quadro, com o dedo, onde brilha um anel de ouro, apontado em direção de virtuais fiéis, que deveriam estar dirigindo mensagens do Senhor.

Essa freira — ele ativa, deliciado, a imaginação — não seria, por acaso, uma daquelas prostitutas de que ouvira falar que costumavam se vestir como religiosas para aumentar a excitação dos seus clientes sedentos por novidades? E não é que, num determinado momento, confirmando sua teoria, atraída talvez pelo som da companhia, ela vai atender à porta? Ajustando melhor o foco da teleobjetiva, o velho senhor nota então que ela dá passagem a um homem todo vestido de preto. Seria um padre? Verdadeiro ou fantasiado? O visitante diz alguma coisa à (falsa?) freira e, de modo lúbrico, ela sorri em resposta e faz sinal ao homem para que se dispa. É o que ele faz, sem perda de tempo, e, quando fica nu, obedecendo a outro gesto da religiosa, deita-se de bruços na cama. Excitado, o homem da cicatriz constata que a prostituta (outra coisa ela não poderia ser, não é?) prende os braços do cliente à cabeceira com algemas e, o rosto tomado por uma selvagem alegria, começa a lhe espancar as nádegas com um terço, de modo bem provável, contendo contas de borracha, deixando-lhe vergões e mais vergões na pele. Livre, afinal, das algemas, o homem avança contra a freira e, dominado pela excitação, rasga-lhe parte do hábito e procura dominá-la, ela finge reagir, abrindo a boca e dando gritinhos, mas, afinal, subjugada pelo cliente, deixa que ele a penetre com fúria, uma, duas, três vezes, até que caía de lado, extenuado.

Fora a mulher nua, muito atraente, por sinal, mas que, infelizmente para o velho senhor, acabou de se cobrir com uma toalha, não há motivo por perder tempo observando a freira, falsa ou não, depois do primeiro cliente, vestir uma lingerie negra e, aguardando mais um cliente, repetir aquele ritual sacrílego. Mas a cena dos homens beijando-se na cama de casal, num determinado instante, parece se constituir numa atração das mais significativas, não pelo sexo em si, pois o velho senhor não parecia feito à contemplação do erotismo homossexual, mas por outra coisa mais picante. Isso porque a porta do quarto abre-se de inopino, uma mulher aparece e, ao surpreender os dois sujeitos em pleno coito, pondo as mãos à cabeça, começa a gritar. Seria, por acaso, a esposa de um deles? — pensa o velho senhor. Sim, deveria ser, pois, no dia anterior, ele não tinha visto aquela mulher, levando uma mala e despedindo-se, de um modo bastante carinhoso, do namorado? amante? marido?, abrindo a porta e deixando o apartamento, para visitar a mãe ou um outro parente qualquer? Quem sabe, tendo abreviado a viagem, voltava mais cedo ao lar e lá, tomada pela surpresa, ao deparar com aquela cena de traição do namorado, marido, amante, ainda mais com outro homem, fazia um grande escândalo. A cena era deveras cômica — o velho senhor cai na risada, pensando nos desdobramentos cômicos ou trágicos que aquele caso, na eventualidade, poderia ter.

Mas o que se podia esperar mais daquela gente, pensa o da teleobjetiva, senão muita confusão, com a mulher deixando de vez o apartamento, ou expulsando o marido? amante? namorado? Ou ligando para um advogado, a fim de consultá-lo sobre divórcio, partição de bens. Este assunto não lhe parecia dos mais interessantes, pois o drama, salvo erro de sua parte, chegara a seu término.

Devido a isso, já desinteressado de cenas de conflito, continua com seu périplo de bisbilhoteiro, até que tem sua atenção chamada para algo inusitado, num apartamento bem na frente do seu. Não são pessoas a atrair agora o seu olhar de curioso, mas, sim, uma tela. E uma tela que o deixa estupefato. É bem verdade que nunca fora um apreciador de pinturas, a não ser aquelas semelhantes às do apartamento daquela dona de casa, reproduzindo palhaços, cavalos, cachorrinhos, florestas em chamas.

Mas o que tinha diante dos olhos — pelo amor de Deus! — era um horror. Não podia acreditar que o dono daquele apartamento tivesse a coragem de expor numa parede uma coisa dessas, na certa, feita por um pintor sem um mínimo de talento (se é que podia ser chamado de pintor...). Talvez se ele frequentasse uma escola de Belas Artes, onde pagasse um bom mestre de pintura, aprendesse como desenhar e bem usar as cores e os pincéis, oras bolas! E não sair por aí gastando tinta e telas à toa, para fazer uma coisa de tanto mau gosto.

O que podia distinguir naquela tela, de seu ponto de vista, horrível, era um sujeito careca, o corpo todo torto, parecido com uma enguia, vestido com uma bata preta, cujo rosto lembrava mais uma caveira, a boca, mal-acabada e bem aberta, como se estivesse dando um berro (puto da vida com o quê, meu chapa? — sentia vontade lhe perguntar), os olhos resumidos a dois pontinhos, as faces apoiadas nas mãos, parecidas a duas espátulas de pegar salada! Ele estava parado numa ponte de madeira e, atrás dele, bem ao longe, havia duas formas escuras, seriam homens ou mulheres? e, ao fundo, um pedaço de terra e, para seu espanto, um céu todo manchado de vermelho e amarelo, como se fosse um oceano em chamas. E, sob a ponte, as águas eram de um grosseiro azul-escuro e, focando mais a lente da teleobjetiva, podia ele discernir, com muita boa vontade, naquela torrente suja e selvagem, o que poderiam ser cascos e mastros de navios. Balançou a cabeça, aborrecido, e pensou que uma pintura daquelas, onde as pessoas, o céu, a ponte, o rio (ou seria o mar?) eram retorcidos e cobertos de borrões, lembrando, quando muito, um monte de ovos com bacon, mexidos numa frigideira, que uma criancinha ou um macaco, com toda a certeza, teriam a capacidade de fazer bem melhor.

Qualquer observador de bom senso e dono de suas faculdades mentais — refletiu, com irritação —, precisaria ser muito tolerante, para se dignar a contemplar a obra daquele pintor e achar que aquilo era arte! Só forçando a vista, além do normal, é que reconheceria, em meio àquelas maçarocas coloridas e borrões, pessoas, cabeças, mãos, ponte, barcos, céu, água.

Já se imaginou conviver com aquilo, dependurado de uma parede e justo na sala de jantar? — ele se perguntou, com horror. Dava vontade de vomitar! Preferia contemplar as paredes nuas do seu apartamento ou a bela decoração da dona de casa a passar o dia diante daqueles fantasmas de filme de terror. Devia ser o que costumavam chamar de arte moderna — ele concluiu com desprezo. Um sujeito dava uma cuspida cheia de catarro numa tela, punha sua assinatura embaixo, e os tontos, indo a museu, aplaudiam, quando não pagavam uma nota para estampar isso num livro ou, pior ainda, para tê-la em casa e exibi-la aos idiotas dos visitantes. Bah!

Desviava o olhar daquela tela, que tanto o desagradara e aborrecera, a ponto de fazer vir à tona seu mau humor. Como sempre acontecia nesses casos, a sua cicatriz tomava uma coloração avermelhada e a pressão subia. Caía em si e pensava: vou lá arriscar minha saúde lembrando de uma porcaria como essa?

Para se desenfastiar, voltava a passear a teleobjetiva até se concentrar, sem saber por qual motivo, num velho sentado em uma poltrona de um quarto e respirando com o auxílio de um aparelho, formado de uma máscara especial, de um tubo de plástico e um cilindro de oxigênio.

O homem da cicatriz é levado a crer que aquele senhor talvez estivesse nas últimas, não só pela dificuldade em respirar, mas também pelo fato de a sua face ter tomado uma coloração meio que azulada. Sem saber bem o porquê, passou-lhe pela cabeça que o doente se parecia com aquele louco, de corpo de enguia, cruzando uma ponte de madeira e tendo acima de si um céu vermelho e laranja... Só lhe faltava abrir bem a boca, apoiar as mãos nas espátulas de pegar salada e, sem saber bem o porquê, tentar dar um berro.

Mas por que o enfocava? Seguir-lhe a situação de doente terminal, quem sabe afetado pela Covid-19, não serviria apenas para acentuar a sua própria angústia, por si só tão insuportável?

OS INVESTIGADORES 5

No almoço, foram comer numa lugar chamado O Porquinho. Uma espelunca situada na rua Macari Grande, no Jardim Nakamura, suja como lixeira de boteco da periferia.

— Não tinha nome melhor pra pôr nesta porra? — o Bellochio tomou um copo de cerveja, olhando com desgosto para a seu pedaço de alcatra cheio de estrias e placas de gordura.

— E por que não? — o Medeiros desistia de tentar cortar o seu bife. — Acho que o nome está perfeito.

Faziam hora, depois de localizar o tal do Bar do Paraíba, a umas duas quadras de O Porquinho. Antes do almoço, o Medeiros tinha ido até lá sozinho para não despertar suspeitas. Chegando no boteco, situado no outro extremo da rua Macari, apresentou-se como conhecido do Cezinha.

— Do Cezinha, é? — o dono do boteco parecia desconfiado, estreitando os olhinhos de porco. — Qual Cezinha, doutor?

— O aleijadinho. Vendedor de bilhete de loteria.

— Aquele do Jardim Nakamura?

— O próprio.

Era um baixinho, só com umas farripas de cabelo presas com gel, vestido com uma camiseta sem mangas, um pano encardido no ombro, a barrigona encostada no balcão. Não usava máscara. Atrás dele, havia um aparador e estantes, com garrafas de cachaça, a maioria do Norte e do Nordeste, pacotes de carne de sol, rolos de fumo de corda e garrafas de pimenta. Havia também ali uma chapa a gás, cheia de placas de gordura, onde se fritavam pedaços de linguiça e de carne de segunda, exalando um cheiro de óleo velho. Numa estufa, adormeciam coxinhas, quibes, ovos coloridos e fatias de bacon.

Moscardos azuis zumbiam ou pousavam, esfregando as patinhas e esperando participar do banquete.

— Ele me contou que o Geleia tem uma erva da hora... — o Medeiros aproximou-se do balcão.

— Erva da hora? — olhou para o investigador, sempre com desconfiança.
— Pode ser, não sei.

— O Cezinha me garantiu...

O dono do boteco pôs-se a limpar o balcão. Inútil: a gordura continuava encrustada na madeira. Tornou a olhar para o Medeiros. Desistindo da limpeza, voltou a pôr o pano sobre o ombro, abanou a cabeça e informou:

— Mas o Geleia só vem de tarde. Quando chegar, falo que o senhor está lhe procurando. A sua graça, por favor?

O Medeiros notou que ele tinha uma cicatriz no pescoço, que ia de orelha a orelha.

— Tolói. Tolói de Freitas. Vendo carro usado. Fala que sou chegado do Cezinha — e repetiu a informação: — O aleijadinho que vende bilhete no Jardim Nakamura.

— Tá bom, pode deixar. Dou o recado.

Tinham então ido almoçar no Porquinho, onde tentaram comer aqueles pedaços de carne cheios de estrias e nervuras. Tomaram um café requentado, ficaram batendo papo. Quando acharam que estava na hora de retornar ao Bar do Paraíba, deixaram o frege-mosca e foram pegar a viatura. Estacionaram a duas quadras do boteco. Combinaram que o Bellochio ficaria no carro, enquanto o Medeiros ia se encontrar com o Geleia.

— *Partner*, cuidado aí com esses vagabundos. Qualquer coisa... — o Bellochio disse com preocupação.

— Fica tranquilo, cara. Sem problema.

O Medeiros inspecionou o revólver para ver se estava de fato carregado. Satisfeito, enfiou o .38 na cintura, sob a camisa, e desceu a rua até o boteco. O dono do bar, vazio àquela hora, estava de costas arrumando as garrafas no aparador.

— O Geleia? — perguntou. — Não chegou ainda?

O homem, depois de conferir a posição das bebidas, deu por terminada a tarefa. Virou-se bem devagar e falou com uma voz cheia de preguiça:

— Disse que tá chegando. Vai esperar?

— Sim, acho melhor.

— Se abanque aí. Vai uma cachaça?

— Pode ser.

O Medeiros sentou-se, ele serviu-lhe uma dose de *Sanhaçu Umburana*. Pelo rótulo, o investigador soube que era produzida em Chã Grande, Pernambuco, o que a recomendava bastante. Tomou um gole, estalou a língua e disse:

— Da hora...

Estava calmo, mas tinha que ficar esperto. Não bastasse o Geleia, o instinto lhe dizia que o dono do boteco não era boa bisca. O olhar torvo, aquele corte no pescoço, o sorriso obsequioso. Contava, é claro, com o Bellochio dando retaguarda. Sem dizer que estava acostumado com operações daquele tipo. E não seria agora que ia ficar nervoso. Isto se o vagabundo viesse de fato. Podia ter acontecido de o Cezinha ter alertado o Geleia pelo celular. Mas será que o aleijadinho ia fazer uma bobagem dessas? Não acreditava. O elemento era deficiente, mas não tinha nada de tonto.

O Medeiros foi interrompido por suas reflexões pelo dono do bar, que fez um movimento com a cabeça apontando para a rua:

— O Geleia. Tá chegando.

Viu um rapaz alto e gordo, descendo a ladeira, em direção do boteco. Vinha sem máscara, andava bamboleando, rápido como uma lesma em coma. Os pés inchados, mal cabendo no tênis, pareciam-se a patas de elefante — notou o Medeiros. Mal entrou, cumprimentou o dono do bar, com uma voz mole, enquanto lançava um olhar desconfiado para o investigador:

— Olá, Paraíba. O que que há de novo?

— O cara aí — o dono do boteco apontou para o Medeiros com o queixo. — Veio recomendado pelo Cezinha.

O Geleia demorou-se um pouco inspecionando o investigador, para, afinal, perguntar com arrogância:

— Cezinha? Que Cezinha?

— O teu amigo, o aleijadinho do Jardim Nakamura.

— O meu amigo... — o Geleia hesitava em se aproximar. — O que tu tá querendo comigo?

— O Cezinha me contou que você tem um fumo da hora.

O Geleia continuava com aquele olhar cheio de desconfiança.

— Disse isso?

— Disse, me garantiu.

— E se eu ter...?

— Tô a fim de uns pacaus... Teu fumo é mesmo da hora?

— Pode ser... É o que a turma fala...

— Você tem o fumo aí?

— Não, no meu pedaço.

— Onde que é o teu pedaço?

Fez um gesto evasivo com a cabeça.

— Lá pra cima. Na favela do Ó.

Favela do Ó... Um mocó onde, com certeza, seria depenado, se também não fosse morto — pensou o investigador.

— Tá bom, vamos lá — o Medeiros voltou-se para o dono do boteco: — Quanto lhe devo pela cachaça?

— Cortesia da casa — o Paraíba continuou a limpar o balcão.

Quando o Medeiros se levantou, notou que o Geleia enfiava a mão dentro do moletom.

— Fica esperto aí, meu chapa! Não venha com treta — disse o investigador, num tom duro e, sem perder tempo, buscando o revólver na cintura, sob a camisa.

O Geleia deu um sorriso, mas não tirou a mão de dentro do moletom.

— Acho melhor você obedecer meu colega — era o Bellochio que chegava, apontando a pistola SIG Sauer.

O Geleia estremeceu e virou um pouco a cabeça. Reparando que o Bellochio estava de arma em punho, tirou a mão de dentro do moletom. O Medeiros avançou na direção dele. Com o canto do olho, notou que o Paraíba fazia um gesto por detrás do balcão. Girou o corpo, a tempo de ver o cano de uma escopeta. Sem pensar duas vezes, sacou o Taurus e atirou, acertando o dono do boteco no peito. O careca deu um berro de agonia e caiu para trás sobre as garrafas de cachaça e pimenta no aparador. Mas não sem antes acionar a escopeta. Ouviu-se um estrondo, e os balotes acertaram as traves do teto, fazendo um rombo entre as telhas.

O Geleia começou a tremer, como se fosse de fato um pedaço de geleia. O Bellochio chegou nele, abriu-lhe o moletom e pegou seu revólver, um Taurus RT 605, inox fosco.

— Que beleza, hein! — admirou-se com a qualidade da arma. — Onde foi que afanou um berro como esse?

Sem mais perder tempo, puxou-lhe com força os braços para trás e o algemou. O Geleia soltou um gemido. O Medeiros foi ao balcão e balançou a cabeça, ao contemplar o cadáver do Paraíba, enquanto murmurava:

— Quem mandou dar uma de besta...

E notando as garrafas de cachaça quebradas, rosnou:

— Que desperdício...

— Tem razão. Tanta cachaça da hora — concordou o Bellochio, para depois completar: — Agora, só falta prender o outro.

Pegou o celular.

— Vamos ter que chamar o rabecão pro cadáver e, depois, fazer a ocorrência no DP, não é?

— Sim, e daí?

— Eu posso fazer isto, sem nenhum problema. Fico aqui no boteco, esperando o pessoal da perícia, enquanto você vai com a viatura procurar o outro elemento. A menos que precise de minha ajuda.

— Dou conta sozinho, não se preocupe.

— E depois, pé na estrada, meu caro. Vai ver tua velha.

O Geleia logo deu o serviço. Contou como haviam planejado o assalto, quem eram os parceiros e o que tinha feito com o produto do roubo. Por fim, disse onde o tal do Van morava. Segundo ele, num barraco junto de um córrego, ao lado do Conjunto Habitacional Brigadeiro Faria Lima, no Grajaú.

Gostava de se fazer de marrudo — pensou o Medeiros, mas era um cagão. Sem o revólver, bastava um aperto de nada para cantar feito um canário.

— Boa sorte, parceiro — o Bellochio despediu-se, não sem antes se servir de uma dose de uma das cachaças da estante.

Seguindo as orientações do Geleia, o Medeiros foi até o endereço indicado. Mas não encontrou o Van. Uma mulher de olhar cansado, informou que o filho estava visitando a avó num Pronto Socorro.

— Ela pegou o vírus... — informou, a voz carregada de tristeza.

— Ah, sim — disse o Medeiros com gentileza. — É mãe da senhora?

— É. Tá internada. Mais de uma semana.

— Em qual hospital?

— Não é hospital. É uma clínica, a InterMed. Fica na M'Boi Mirim, na altura do 1.500 mais ou meno.

— O nome dela?

— Esmerinda Vieira da Silva.

Quando ia saindo, ela perguntou, toda preocupada:

— Ele fez coisa errada? O meu menino?

— Não, minha senhora, não fez nada — mentiu o Medeiros. — Só quero saber do paradeiro de um amigo dele.

— Amigo dele? O meu Van tem poucos amigo. E tudo gente como ele que não gosta de fazer coisa errada.

— Ele não era amigo de um cara conhecido como Bacana?

— Ah, o primo dele, o Jônatas. Mas o coitado do meu sobrinho morreu. Depois de pegar o vírus.

— Sinto muito, mas ele andou fazendo uns malfeitos. Quero ver o que seu filho sabe disso.

E ante o olhar desconfiado da mulher, lá se foi atrás do Van, cujo nome, ficou sabendo, era Vanderson.

Chegando na InterMed, estacionou a viatura e entrou na clínica. Estava apinhada de gente. Nos corredores, havia macas ocupadas, e o pessoal do atendimento corria de um lado para o outro, sem descanso. Foi a um balcão e identificou-se. A atendente conferiu a carteira funcional.

— O doutor queria falar com quem? Algum paciente?

— Não, com um acompanhante.

— O paciente? — ela consultou uma lista.

— Esmerinda Vieira da Silva.

A atendente disse onde ficava a enfermaria, e o Medeiros dirigiu-se até lá. Um cômodo apertado, mas cheio de leitos. Os pacientes eram na maioria idosos, presos a tubos de oxigênio e respirando com dificuldade. Notou que, nos fundos, ao lado de uma mulher bem velha, havia um jovem sentado, segurando sua mão. Era um mulato claro e bem franzino, de máscara. Tinha o ar aflito, os olhos cheios de apreensão. O boné com a frente feita de cortiça deu ao Medeiros a certeza de que era o Van, ou melhor, o Vanderson, um dos membros da quadrilha.

Aproximou-se dele e murmurou:

— Vanderson...

O rapaz encarou o Medeiros.

— Precisamos conversar.

O Vanderson começou a tremer e foi se levantando devagar. O Medeiros segurou-o firme pelo cotovelo. Não fosse ele tentar pegar uma arma ou fugir. Mas o rapaz não esboçou reação alguma.

— Venha comigo.

O rapaz obedeceu. Deixaram então a enfermaria e saíram da clínica. Chegando à rua, o Medeiros apontou a viatura estacionada a poucos metros. O Vanderson caminhava como um autômato, os olhos arregalados, a boca seca e sem dizer nada. O Medeiros revistou-o e não encontrou arma alguma. Parou diante da porta detrás da viatura e esboçou um gesto, como se fosse acessar o chiqueirinho. Refletiu por alguns segundos e desistiu. Foi até a porta do passageiro e abriu-a.

— Entra aí.

O Vanderson deu a volta na viatura e sentou-se no banco ao lado do motorista. De cabeça baixa, começou a soluçar. O Medeiros ocupou o seu lugar e, paciente, esperou que passasse a crise de choro.

— Então você faz parte do bando que foi afanar a grana do pastor?

Ficou em silêncio, sem parar de chorar.

— Anda, vamos, não tenho o dia inteiro — e insistiu, agora mostrando impaciência: — É verdade que você também participou do assalto no templo?

O Vanderson não respondeu, apenas fez que sim, movendo a cabeça.

— Com o Geleia e o Bacana?

Demorou outra vez para responder.

— Anda aí, rapaz, a casa caiu!

— Tá certo, doutor — disse baixinho. — Fui com eles guentar o pastor. Mas não tava turbinado.

— A grana?

Voltou a chorar, agora mais forte.

— Deixa de choro, rapaz. Fez besteira, não é?

— A minha vó... — disse, num fio de voz. — Foi por causa dela.

— O que tem a sua avó?

— Paguei o hospital pra ela, os remédios...

O Medeiros ficou um longo tempo com os olhos fitos na rua. Havia um aglomerado de gente diante da clínica. Visitantes e os vendedores de porcaria. Tudo gente sem eira nem beira. Então o pivete tinha participado do assalto para arrumar dinheiro para internar a avó... O que fazer com ele? Levá-lo para o DP? Para deixá-lo mais fodido do que estava?

Sem pensar muito no que fazia, ordenou, num impulso:

— Vai embora.

O Vanderson, assustado, virou a cabeça em sua direção, mas sem deixar a viatura.

— Some da minha vista, moleque — tornou o Medeiros, cheio de irritação: — Vai cuidar da tua velha!

O jovem continuava ali parado, e o Medeiros acrescentou:

— Mas te cuida! Se eu te pegar fazendo cagada outra vez, vai gramar uma cana feia. E aí vai ver o que é bom pra tosse!

— O... obrigado..., doutor. Eu...eu...

— Desapareça daqui, porra!

O Vanderson hesitou de novo, mas, vendo o olhar determinado do investigador, abriu a porta e correu de volta para a clínica.

O Medeiros continuou ao volante, só olhando para o movimento da rua: os vendedores de balas, de algodão doce, de pé-de-moleque, de pastéis, de eletrônicos, roupas, mas sem se deter em algo especial. Até que suspirou fundo e decidiu que o caso do assalto estava resolvido. Ou melhor, parcialmente resolvido. Um vagabundo morto pelo coronavírus, um outro, preso, pronto a dar todo o serviço, e o outro... Bem, o outro teria que declarar como foragido. Mais uma irregularidade na longa ficha de irregularidades acumuladas em sua carreira de investigador. Deu de ombros: uma a mais, uma a menos... E, depois, o dinheiro só estava sendo trocado de mãos. Do safado do pastor para aqueles vagabundos safados. Mas havia uma exceção: pelo menos, o coitado do Vanderson havia se metido numa encrenca daquelas para poder cuidar da avó.

Foi pensar na velha entubada na clínica, respirando com dificuldade e pronta para ir dessa para a melhor, lembrou-se da própria mãe. Como estaria ela? Mais uma história para forçá-lo a visitá-la?

Mas, mesmo que fosse malandragem dela, era afinal sua mãe. Há quanto tempo não a via? A ponto de merecer que ela o chamasse de "filho ingrato"? Um ano? Dois? Para a mãe, sempre uma eternidade.

Deu então partida na viatura. Tinha um longo caminho pela frente. Atravessar toda a cidade, deixando o trânsito infernal de São Paulo, e pegar a rodovia dos Bandeirantes em direção a Campinas. E dirigir mais uma hora, duas até chegar a seu destino. Mas decidiu que, antes, precisava ligar para o Bellochio e fazer-lhe um relato de tudo o que havia acontecido. Inclusive, teria de confessar ao amigo que tinha deixado um dos assaltantes ir embora. Se isso chegasse aos ouvidos do Cebolinha, podia comprometê-lo e muito, provocando, inclusive, uma suspensão. Mas o Bellochio jamais passaria adiante aquela informação.

No que dizia respeito ao amigo, pensou que, se estivessem juntos, tinha certeza de que ele era bem capaz de apoiá-lo de pronto na decisão tomada. Ainda que isso significasse atropelar a lei. O Bellochio era gente fina. Talvez até dissesse, cheio de desprezo:

— A lei, ora, lei! Grande merda, *partner*.

OS INFECTADOS 6

Numa reunião com o **Superintendente**, os **Localizadores** vieram a saber que, obedecendo às novas determinações do **CMRVP**, iam ter que modificar a rotina de trabalho. O **Superintendente**, sempre cioso, a respeitar regras e normas, tinha marcado aquele encontro para explicar o que cabia a eles fazer daquele momento em diante, visto que as suas funções deveriam ser expandidas, ou melhor dizendo, acrescidas de outras mais complexas. Os Senhores, como lhes foi ordenado, acessaram o novo **Manual**? — dizia-lhes o Chefe, os óculos de grau na testa e fitando-os, como se seus olhos fossem verrumas a lhes trepanarem o cérebro. Se não, é aconselhável que o façam o mais rápido possível, pois temos urgência. Aconselho-os a relerem todo o **Manual**, de fio a pavio, a fim de que tomem ciência de como deverão ampliar suas funções, antes restritas tão só às de um **Localizador**. De acordo com as novas normas, caber-lhes-á, além de suas atribuições regimentais, adstritas à localização dos corpos e à indicação deles com as bandeirolas coloridas, fiscalizar, com o auxílio dos **Recolhedores**, não apenas o encaminhamento dos doentes, em fase terminal ou não, aos **Centros de Atendimento**, mas também a recolha dos cadáveres e a organização do cortejo dos caixões até o **Centro de Incineração**. Os próceres do **CMRVP**, o **Centro Municipal de Recolha de Vítimas da Pandemia** — continuava o **Superintendente** —, chegaram à conclusão de que precisamos mostrar maior respeito pelas vítimas da pandemia — tanto os pacientes, quanto os mortos — e que só localizá-las, recolhê-las e encaminhá-las aos **Centros de Atendimento** ou aos **Centros de Incineração** não era mais o suficiente, pois que mereceriam eles uma lídima homenagem. Lançando um olhar incisivo para os participantes daquela assembleia, a ouvi-lo com toda a atenção, completava Pois, mesmo nós, funcionários do **CMRVP**, se, com a Graça de Deus, hoje estamos saudáveis, um dia, quiçá, poderemos ser os mortos, vítimas da insídia da Covid-80 e, nessa condição, gostaríamos, é claro, que os vivos nos prestassem algum tipo de veneração, de preito. Não concordam os Senhores comigo?

Na realidade, como ele e seus colegas vieram a saber depois, aquelas modificações na rotina de nosso trabalho não era apenas um gesto filantrópico dos próceres do **CMRVP**, mas o resultado de uma intimação dos governantes, assediados por órgãos humanitários internacionais, entre eles, a mais poderosa das ONGs do planeta, a **OMPVP**, a **Organização Mundial de Proteção às Vítimas da Pandemia**, com sede em Berna na Suíça. Tal demanda tinha fundamento nas queixas dos familiares, desesperados com o destino dado a seus entes queridos, fossem aqueles doentes, sem condições de internamento nos Prontos-Socorros, Hospitais e UTIs ou com atendimento para lá de precário em tais estabelecimentos, fossem os moribundos, descartados pelas máfias em quaisquer antros, cloacas, bueiros, tubulações de esgoto, fossem os cadáveres sequestrados pelas gangues das Casas de Vidro e despojados de seus órgãos ou fossem, finalmente, os mortos sem direito a enterros dignos, com acompanhamento musical, o recital de flores, as prédicas de padres, pastores, rabinos, imãs e babalorixás. E quem não concordaria com tão humanística proposição, ainda mais num tempo de pânico provocado pela pandemia? — era o que o **Superintendente** dizia, utilizando mais uma vez de frases retóricas, mas eu sabia que o homem devia é estar sendo pressionado pelos de cima e os de cima, por sua vez, pressionados por entidades governamentais, e estas pelas ONGs, e as ONGs, pela mídia, sempre sequiosa por escândalos, e tais pressões implicavam, caso as novas normas regulamentares não fossem seguidas, sanções das mais diversas, como cortes de verbas, de gratificações, de privilégios, aumento de impostos, o que teria como consequência demissões à larga, principalmente no que tocava ao pessoal de baixo escalão E ninguém espera que, neste momento tão difícil de crise, tenhamos que apelar para isso, não? — dizia o **Superintendente**. Portanto, Companheiros, não há outra saída, senão todos se desdobrarem, acumulando funções.

E não é que um imprudente achou de perguntar, baseado no que rezava o **Manual** do **CMRVP**, se, por conta do acréscimo de trabalho, poderiam contar com ganhos extras No parágrafo oitocentos e setenta e nove, alínea doze — explicou ele —, vem estipulado que o acúmulo de funções não será tolerado na **CMRVP**, contudo, aquele funcionário, quiçá, não tivesse lido com atenção o texto, pois não se dera conta de outra alínea, logo abaixo, em letra minúscula, determinando que, em vista de calamidades, jamais explicitadas, de modo claro, quais seriam, tal acúmulo seria aceito em caráter extraordinário, de maneira que estavam eles, os lá de cima, com a faca e o queijo na mão, prontos a exigirem dos funcionários o que bem entendessem. Sem se alterar, como era de praxe em suas admoestações, o **Superintendente** lançou um olhar inquisitivo para o imprudente e disse-lhe, mordaz, Pois o Senhor não sabe que, em tempos de carestia, devemos dar o melhor de nós? Que devemos nos sacrificar para o Bem comum? Que devemos abdicar de nossos interesses pessoais? — e fechava sua objurgatória, com estilo Ora, pois, se atendermos à sua reivindicação, embora julgada justa por si, baseado numa interpretação equivocada do **Manual**, correríamos o risco de, sem mais recursos, fechar as portas e, com isso, obrigados a afastar grande parte de nossos trabalhadores por justa causa e sem direitos a indenizações e pensões. Todos os **Localizadores** lançaram um olhar cheio de censura ao imprudente e disseram-lhe palavras de repreensão, como querendo mostrar ao Chefe que essa era a opinião dele, exclusiva dele, e que todo o grupo, pelo contrário, tinha a intenção de obedecer às novas normas, mesmo que estas implicassem aumento de nossas tarefas, sem direito a gratificações, horas extras, etcétera, pois, em primeiro lugar, nos caberia contribuir para a saúde financeira do **CMRVP** e só depois, a longo prazo, quando a crise, provocada pelo recrudescimento do coronavírus, chegasse ao fim, pensar em vantagens.

Pelas palavras de seu **Superintendente** e pelo que foi aprovado em assembleia, chegara então à conclusão de que lhe caberia expandir suas atividades, antes restritas às de um **Localizador** convencional, conforme determinavam as regras do **Manual**, ou seja: localizar os corpos dos agonizantes dos pacientes em fase terminal, os cadáveres, sinalizar os corpos, nesse caso, com as bandeirolas negras presas, por meio de um tubo de PVC, à carne do falecido e, por fim, aguardar a vinda do **Recolhedor** de sua região, para que as vítimas fossem recolhidas e encaminhadas, conforme o caso, para os **Centros de Atendimento** ou para os **Centros de Incineração**. Com a ampliação de suas funções, teria agora que, além de localizar e assinalar com bandeirolas os corpos, auxiliar o **Recolhedor** na recolha dos doentes, terminais ou não, a fim de que fossem conduzidos a algum **Centro de Atendimento**, com vagas disponíveis, embora isso fosse de todo impossível, dado o aumento da demanda, e na recolha de cadáveres, para, depois, fiscalizar o acondicionamento deles em caixões de pinho, à sua disposição nas carretas enfileiradas nas avenidas que conduziam aos **Centros de Incineração**. Entendeu que a duplicação, triplicação do trabalho vinha ao encontro da ideia de que um funcionário se desdobrasse e, acima de tudo, vigiasse o outro, de modo que se evitassem os erros em todo o processo, erros esses cometidos por desleixo ou por equívoco, levando os fiscais da **OMPVP**, a **Organização Mundial de Proteção às Vítimas da Pandemia**, na atual conjuntura espalhados por toda a Metrópole, a fazerem críticas aos métodos nada humanitários do **CMRVP** no atendimento de doentes e cadáveres. Como consequência dessas críticas, multas corriam o risco de serem aplicadas, resultando em prejuízos para a empresa. Para se evitarem assim punições tão duras, foi então que os membros de alto escalão do **CMRVP** viram-se obrigados a adotar medidas drásticas, entre elas, o aumento das atividades dos funcionários em todo o processo, como lhes foram explicadas naquela reunião dos **Localizadores, Recolhedores** e o **Superintendente**.

Mas, a bem da verdade, até que o **Localizador** veio a achar prazeroso ampliar suas funções e participar de todo o processo, porque isto lhe parecia um interregno no seu trabalho de rotina, nos últimos tempos assaz entediante. Pensava em suas novas funções como se fossem uma espécie de uma primavera de plantio. O descampado nos confins da cidade, onde se erguiam os galpões de incineração, com suas chaminés, sempre e sempre, jogando no ar, apesar dos filtros, toneladas de fumaça malcheirosa, para onde agora se dirigia, tinha seus atrativos, não podia negá-los. Refletia ele, cheio de uma secreta alegria: não lhe parecia que o aumento de trabalho, com a expansão de suas atividades, não fazia que ele se assemelhasse a um **Superintendente** com todas suas prerrogativas? Sim! Pois que agora podia muito bem se dirigir a um companheiro **Localizador**, um novato na Empresa, e aconselhá-lo Não acha o Senhor que seria mais produtivo fincar o tubo de PVC com a bandeirola no corpo de um cadáver, em vez de deixá-lo de pé, preso apenas em algum gancho e de modo precário? Mas, Senhor — rebatia o colega, ignorando as novas práticas de localização de cadáveres que ele, meses atrás, havia sugerido a seu Superior e obtido aprovação —, furar um cadáver com o tubo de PVC, ao que me parece, tem seus agravantes: 1) Como fazê-lo, se, no tubo de PVC, não há uma ponta? 2) Não estaríamos cometendo alguma espécie de sacrilégio ao furar a carne de um cadáver e, com isso, incorrendo nas iras da **OMPVP**, a **Organização Mundial de Proteção às Vítimas da Pandemia** e sendo, portanto, multados? Companheiro — rebatia ele, com toda paciência —, quanto ao primeiro caso, é só cortar o tubo de PVC, de forma a dotá-lo de uma ponta rombuda e, para lhe dar o exemplo, ante o olhar de espanto do colega, pegava seu canivete e fazia o que havia sugerido. Agora, quanto à ideia de sacrilégio, isto poderia ser considerado, se o Senhor se utilizasse de uma prática, aliás, prática essa muito eficiente, mas abolida por razões humanitárias, de se trepanar o cérebro dos mortos com a ponta do tubo de PVC.

Também fazia sugestões ao modo como os **Recolhedores** acondicionavam os corpos dos pacientes em fase terminal nas carrinhas, ao modo como faziam a arrumação da flores nos caixões dos defuntos, por exemplo, sugerindo que, em vez de separar as flores por espécies, as misturassem, para imitar o fluxo, em aparência desordenado, da própria Mãe Natureza, não obedecendo assim ao capricho de alguém inspirado pela racionalidade dos jardins de um Versailles, e ele era, de modo geral, sempre ouvido, porque, dos **Localizadores** do **CMRVP**, os superiores sabiam ser ele o com maior experiência no ramo. E, assim, de acordo com as novas normas, além de seu trabalho como **Localizador**, cabia-lhe também, como já se disse, dedicar-se a outras funções, seja ajudando, seja fiscalizando os colegas e, quando no final do dia as atividades eram encerradas e os companheiros recolhiam-se para descansar, escrevia relatórios, descrevendo tudo o que a equipe realizara, apontando erros e sugerindo alterações na rotina. Ah! O quanto sentia, naquele momento, assentado diante de uma planilha sobre uma mesinha em seu antro, uma euforia, na medida em que cumpria o que sempre sonhara, chegando a um patamar de realização que tão poucos chegavam, pois agora tinha a oportunidade de também comandar, dirigir, orientar, repreender e punir os colegas relapsos ou não! Viver, então, lhe parecia que valia a pena...

E, assim, obedecendo às ordens do **Superintendente** e às regras do novo **Manual**, seguia o cortejo ao longo da avenida, as carretas a perder de vista, os caixões de pinho, encimados com bandeirolas negras acenando ao vento, com o acompanhamento de trompas, trompetes, cornetas, cornamusas, crotalos, bumbo, tocando uma marcha fúnebre, enquanto as flores adocicadas dos cadáveres, àquela altura, bem maduros, estimulavam o olfato dos trabalhadores, e eu me esquecia, nesses momentos cerimoniais de paz, que tinha que estar, nos outros dias da semana, adentrando antros, à cata de corpos apodrecidos ou não, cuja localização seria dada pelo tubo de PVC, munido de bandeirolas de cores diferentes, negras para os mortos, azuis para os pacientes infectados e amarelas para os doentes terminais, um trabalho que me exauria tanto que, à noite, não conseguia dormir ou, quando dormia em meu cantinho, o estômago roncando de fome e muito mal acomodado numa enxerga, depois que fora expulso do hotelzinho por falta de pagamento, tinha sonhos esdrúxulos, alguns deles em que ele não se via mais como um **Localizador**, mas como uma das vítimas da pandemia. E era então viver o pesadelo de estar num antro, na cloaca de um esgoto, numa tubulação abandonada, o corpo coberto de suor, a febre subindo, os ratos e baratas correndo sobre meu corpo e a angústia, ah!, a angústia, de pressentir que, em algum momento, um **Localizador** afoito, que não eu, fosse surpreendê-lo e cutucá-lo com a ponta rombuda de um tubo de PVC, para ver se vivo, se morto e, se vivo e, se o **Localizador** fosse um funcionário inescrupuloso, correndo o risco de ter meu cérebro trepanado, mesmo contra a Lei, e via-se gritando Estou vivo, pelo amor de Deus! Me poupe, ou, então, reunindo minhas forças, lutando contra o sujeito, dando-lhe pancadas com um porrete ou procurando picá-lo com a uma injeção cheia de sangue contaminado.

Mas, naquele sonho, um pesadelo em realidade, sentia-me mais como um vivo em estado de catalepsia, tendo uma pálida noção de tudo o que acontecia a meu redor e, desse modo, via o **Localizador** novato entrando no antro, mexendo em meus pertences, quem sabe até roubando minhas economias, se é que, nessa altura da vida, sem receber salário há muito tempo, apesar das reclamações ao **RH**, tivesse poupado alguma coisa, minhas roupas, minhas botinas, minhas fichas arrumadas dentro da pasta e cutucando-me com a ponta rombuda do tubo de PVC e, ainda que o sangue afluísse, o ignorante nem para perceber que, se não coagulando, era sinal de que eu não havia morrido. Mas não! Aproveitava-se o inescrupuloso, para marcar a minha posição com o tubo enfiado não em meu corpo, mas ao lado dele, portando uma bandeirola negra Estou vivo! Pelo amor de Deus, estou vivo! Mude a cor da bandeirola para azul — gritava a plenos pulmões, mas minha voz não saía da garganta, e, atraído pela bandeirola negra, tremulando ao vento, aparecia um **Recolhedor**, também novato no **CMRVP** e, portanto, desconhecedor de toda a rotina, para retirar meu corpo, e como o sonho (ou seria um pesadelo?) se passasse numa época em que os mortos eram enterrados, percebia quando me colocavam dentro de um caixão de pinho, sem maiores cerimônias, como me engalanar com uma coroa de flores ou me brindar com orações e prédicas, a fim de me conduzir a um cemitério, onde lhe reservariam uma cova, tentava acordar, acordar para mostrar que continuava vivo, em vão, que o caixão jogado bem fundo e, enquanto alguém recitava de maneira indiferente *Das cinzas às cinzas, do pó ao pó*, e ouvia o barulho do martelo cravando os pregos e o ruído da terra jogada sobre o tampo, eu ali, o ar se esgotando aos poucos e imaginando o pior quando fosse atacado por ratos, baratas e vermes, corroendo minha carne, sem cerimônia e sem dar a mínima para o fato de que meus pulmões quisessem respirar ou que meu cérebro emitisse sinais de SOS *Estou vivo! Estou vivo!...*

Ao acordar, o corpo todo coberto de suor, refletia por um bom tempo, tentando se recuperar das imagens de pesadelo e até se dava beliscões, para ter certeza de que estava de fato vivo. Após um instante de letargia, levantava-se, não queria e nem devia perder meu tempo. Então o próximo passo agora, em sua nova rotina, era a preparação, antes de sua saída, pois tinha que conferir, item por item, toda a aparelhagem de proteção dos **Localizadores** e **Recolhedores** contra a pandemia: se a máscara, feita de poliestireno, tinha suas presilhas em ordem, se o vidro não corria o risco de embaçar, se os dutos, livres de partículas impróprias, estavam ligados aos cilindros de ar e, se estes, por sua vez, estavam calibrados e com oxigênio suficiente para uma jornada de trabalho. Devido ao recrudescimento da pandemia, com mais e mais pessoas sucumbindo ao mal, inclusive muitos funcionários, os **Centros de Atendimento** e os **Centros de Incineração**, não dando mais conta dos pacientes a serem atendidos e dos cadáveres a serem incinerados, o **CMRVP**, o **Centro Municipal de Recolha de Vítimas da Pandemia**, achou por bem determinar que tanto **Localizadores** quanto **Recolhedores** não deviam mais vestir máscaras de pano, porque muitos deles, nos últimos tempos, com uma proteção tão precária, haviam sido infectados pela Covid-80, o que implicou o aumento considerável de funcionários solicitando licenças-saúde e que, por extensão, o **CMRVP** tivesse despesas extras com o tratamento do pessoal. Desse modo, foram providenciados, em caráter de urgência, uniformes, formados de macacões e máscaras blindados, similares aos dos astronautas da NASA, e esta providência logo mostrou sua eficácia, pois, conforme as estatísticas, caíram os casos de funcionários infectados.

Mas todo cuidado era pouco — ele tinha ouvido falar de **Localizadores** e **Recolhedores** que, ao se descuidarem de revisar as máscaras e as roupas blindadas, transformaram-se em vítimas da pandemia e, em consequência disso, acabaram afastados de suas funções. Alguns deles, inclusive, suspeitos de terem sido infectados, começaram a se refugiar em antros, usando de tudo quanto é estratagema para fugir à fiscalização. Mas em vão, pois os desgraçados eram sempre encontrados pelos **Localizadores** e, depois de assinalados com uma bandeirola, entregues aos **Recolhedores** para, conforme o estado do corpo, serem levados a um **Centro de Atendimento**, isto se houvesse vagas, o que era pouco provável nos últimos tempos, ou, se tivessem sido vítima mortal da Covid-80, enviados, quando da morte, aos **Centros de Incineração**.

Mas havia outros problemas a se considerar em sua atividade. A maioria dos colegas, uns pobres diabos cheios de história e pouco afeitos àquele trabalho — considerava ele —, não suportando o cheiro da carne decomposta, acostumaram-se a levar, por sob a máscara, um lenço embebido em água de cheiro. Tenham a santa paciência! — murmurava com desprezo — pois, quanto a ele, não fazia isso de modo algum, como um bom **Localizador**, com anos e anos de prática, agradava-lhe sobremaneira o odor da decomposição, era, como disse, um interregno, primavera, tempo de plantio, quando nasciam flores carnívoras. Nada mais havia a dizer, como se tudo já tivesse sido dito, por isso apetecia-lhe conversar com os mortos, enquanto estivessem mortos. Era este o seu preito, a sua homenagem, em vista do fato de que o **Superintendente**, nos últimos tempos, vinha se tornando cada vez mais exigente Nada de se livrarem dos corpos como se fossem eles sucata ou material descartável! Não! Prestem aos mortos uma homenagem e, se não for por palavras, pelo menos por pensamentos. O fogo tomando conta de tudo, as chamas azuis, tornadas amarelas, devorando as tábuas do caixão de pinho, e ele, num momento de inspiração, fazia um discurso Meus amigos, nem mais privações ou dores, este é o tempo em que a Terra se beneficiará de vós, e outros nascerão dos influxos da Terra, pois pó e nem cinzas sereis, sereis, em verdade, o Sal da Terra, vossa morte, pois, não será em vão, mas talvez nem dissesse nada, talvez eu nem pensasse assim, o vento da inutilidade soprava, assobiando, entre os galpões, onde se processava a incineração de milhares de corpos, levando a fumaça gordurosa para o céu parecido com uma tampa, abafando tudo e ocultando a tímida luz das estrelas.

Preferia, é claro, ver a morte em suas representações mais simples: era como se o caminho terminasse de maneira abrupta, nem a vida corria, nem ele correndo atrás do sentido, pois tudo virava pó e cinza. Via a procissão deslocando-se pela avenida, a banda tocando a marcha fúnebre, as notas musicais explodindo no ar, moscardos azulados zumbindo numa pauta, as flores oxidadas, rosas, margaridas, cravos, em prenúncio de primavera, cobrindo os corpos já exibindo sinais de decomposição, a pele marcada por feridas castanhas, o sangue coagulado, de onde escorria pus, os olhos liquefazendo-se, o cérebro, uma gelatina, onde os neurônios deixavam de enviar notícias de ontem, de hoje, de amanhã, e eu, acordando daquele sono, queria ser como eles, de tanto que sofria um cotidiano exaustivo de **Localizador**, agora agravado por outras funções que fora obrigado a exercer, embora, no fundo de mim, quisesse continuar vivendo para poder experimentar a loucura de um tempo vazio, em que mortos e agonizantes, vítimas da pandemia, antes que fossem destinados para o lugar que lhes era devido, sem transcendência alguma, a povoarem os espaços da Metrópole-Necrópole infestada do coro dos cadáveres.

A Pandemia! A Pandemia! — ouvia-se gritar, como se fosse um outro a irromper de sua carne, num momento de exasperação.

A MULHER-ESCORPIÃO 6

Quando a madrinha faleceu, Erô, para sua satisfação, viu-se dona de uma pequena fortuna. Não que desse importância ao dinheiro em si, mas, com a herança, via-se, afinal, livre da opressão e dependência da mãe. Pensava que, dali por diante, não seria apenas mais um escorpião aprisionado num copo.

A mãe, com a mania de dar palpites em tudo, veio aconselhá-la como melhor utilizar do dinheiro:

— Eu, fosse você, aplicava em fundos.

— ...

— Se não em fundos, em imóveis — e dizia, ante o silêncio da filha: — Pode comprar umas casinhas, alugá-las e viver de rendas para sempre.

E completava, cheia de despeito:

— Pelo menos, terá uma velhice menos mesquinha que a minha.

— ...

— Enfim, minha filha, agora posso morrer satisfeita. Com esse dinheirão aí, não vai mais depender de ninguém pra viver. E quem sabe até arruma um bom partido.

— Um bom partido...? — perguntava, com desinteresse, pois aquela palavra não lhe soava nada bem aos ouvidos.

— Sim, um rapaz trabalhador, honesto, como o filho da dona Emília. Tenho certeza de que ele lhe faria feliz.

Engraçar-se com o engomadinho do filho da dona Emília? Um homem sem sal como a maioria dos homens. Pensava, com ar alheado, na conversa da mãe, sempre a querer influenciá-la, dominá-la. Vinha com seus conselhos, cada um mais estapafúrdio que o outro, nada que a entusiasmasse.

Erô tinha outros sonhos só para si.

— Pensava em mudar.

— Como assim? Mudar de jeito? Até seria bom. Você...

— De jeito, não, mãe. De lugar.

— De lugar? Pra onde?

— Pra Capital.

— Pra Capital?! Fazer o quê lá?

— Viver.

— Sozinha?

Não seria com a senhora, não é, mãe? — pensou, mas não disse. Disse outra coisa que deixou a mãe escandalizada:

— Sim, sozinha, sem ninguém.

— Um perigo pra uma mocinha como você, Erô! Mas pode, pelo menos, me contar o que vai fazer na Capital.

— Não sei.

— Vai fazer faculdade?

— ...

— Ou... — a face da mãe iluminou-se — vai abrir uma loja dessas *fashion*? Com esse dinheirão todo que ganhou, com esses seus gostos estranhos...

— Vou comprar uma Kawasaki.

— Kawasaki? — espantou-se a mãe. — O que é isto?

— Uma moto.

— Uma moto? Uma moto pra quê? Pra se arrebentar num poste! Menina mais doida. Quando é que vai ganhar juízo?

Dias depois, Erô juntou umas poucas coisas numa mochila, deixando para trás quase todas as roupas e calçados que costumava usar. E, ante os olhos escandalizados da mãe, disse:

— Pode dar pros pobres. Não vou mais precisar disso aí.

Entrou em contato com uma imobiliária da Capital e comprou um apartamento quarto e sala, à vista. Mas exigiu que fosse no centro da Metrópole, num local com pouco movimento de carros e pessoas, contando por perto com mercado, padaria, farmácia. O suficiente para não ter que se deslocar muito pela cidade. A Kawasaki ia servir para outros propósitos — considerou.

Tomou posse do seu reino e mandou pintar as paredes de vermelho. Comprou um sofá de couro, uma cama *king size*, uma mesinha, uma cadeira e um armário, cortinas negras, iluminação de spots, ligados durante o dia e a noite.

Seus únicos luxos eram um grande espelho numa das paredes, um laboratório de revelação de fotos num canto, aparelhos de fisicultura e um local para exibição de suas fotografias.

* * * * *

Erô olhava-se no espelho da sala. O corpo havia perdido a inocência de menina — reconheceu com satisfação. Os seios, os quadris mais cheios, mas não em demasia. Magra, de altura mediana, os braços e pernas, contudo, eram fortes, à custa de exercícios de musculação e de uma alimentação balanceada. Os cabelos, quase como os de um rapaz, emolduravam o rosto oval, de lábios carnudos, deixando entrever caninos de vampira. No pescoço, mandara gravar a tatuagem de um escorpião.

Erô desceu o olhar ao ventre, ao monte de Vênus, decorado apenas com uma fieira de pelos. Dobrou os joelhos, avançou os quadris, abrindo um pouco as pernas, e a azagaia, retrátil, protegida por uma bainha de couro, lançou-se para a frente com um sibilo. Erô sorriu — aquele movimento fazia parte de uma tática, o fruto de muito estudo, muito treino. Quando se oferecia a uma presa, num primeiro momento, costumava ocultar a azagaia no meio das pernas. Conquistada a confiança da vítima, num movimento dos músculos do quadril, fazia que ela se projetasse e assim cumprisse seu desígnio de arma de uma caçadora.

Erô tirou a azagaia da bainha e testou o gume num bife. Como de costume, abriu-se a boca obscena na superfície da carne. Não parecendo satisfeita, pegou uma pedra de esmeril, sentou-se numa banqueta e começou a afiar a arma. Voltou a testar o gume no bife. Os lábios abriram-se agora, mas sem derramar uma só gota de sangue. Dando-se por satisfeita, apanhou a bainha de couro e encapou a azagaia. Erô levantou-se e, com aquele movimento do quadril, fez que a arma se retraísse, escondendo-se, como um réptil, entre as pernas.

Era noite de caça — refletiu — o corpo reclamando por sangue. Começou a preparar-se para sair. Entrou na banheira, a água quase escaldando, e usou uma gama variada de cremes e loções aromáticos, para deixar a pele como a de um pêssego. Permaneceu deitada por quase uma hora, os olhos cerrados e aspirando o vapor a lhe desenhar pérolas de suor na testa, sonhando,

sonhando com o vazio vermelho. Então secou-se bem devagar com a toalha, a lhe fazer carícias e cócegas na pele.

Era hora de se vestir. Abriu uma gaveta e ficou um bom tempo analisando a roupa de baixo. Acabou por escolher uma calcinha fio-dental, negra, com um minúsculo tapa-sexo, depois, um conjunto de minissaia e blusa, justíssimo, de couro preto brilhante. Uma bota, também negra, de cano longo e saltos altos, vinha até o meio das coxas, e luvas de pelica negra completavam a indumentária. Erô puxou o zíper da blusa um pouco para cima, deixando entrever parte dos seios. Diante do espelho contemplou, com um olhar cheio de volúpia, a imagem de sua Outra. Passou os dedos por entre os cabelos. Um batom de um vermelho vívido acentuou a sensualidade dos lábios, e a sombra negra toldou a obliquidade do olhar. Ela aspergiu entre os seios, nos pulsos, uma fragrância cítrica. Por fim, dependurou no pescoço um colar de prata com um pingente em forma de escorpião.

Deixando o espelho, foi até a janela e afastou a cortina para olhar o tempo. O céu pesava sobre a Metrópole, em cujas ruas se deslocavam devagar os mascarados. Pareciam cheios de medo, diante das sombras projetadas, como se fossem de mármore, em praças sem vegetação alguma. Preferia que houvesse luar — pensou, sonhando com o banho dos raios de prata. Mas não havia lua, havia somente nuvens negras, cortadas, de vez em quando, pelo ziguezague dos raios, anunciando a tempestade. Erô foi até a mesa, pegou a bolsinha e dependurou-a do ombro.

— Enfim, estou pronta — olhou-se mais uma vez ao espelho, sorrindo com satisfação.

Dirigiu-se para a porta, mas, antes de sair, correu a vista pelas paredes da sala. À exceção daquela em que se situava o espelho, as demais eram decoradas com grandes fotos coloridas, todas da mesma dimensão. Em algumas, fixavam-se closes do rosto das presas, a boca aberta num esgar, num ricto de agonia, esboçando, quem sabe, um grito, em outras, apenas o sexo mutilado ou extirpado. Mas as que mais chamavam a atenção eram aquelas em que a chaga era matizada pela vermelhidão do sangue, ora em coágulos, ora em fios, ora em respingos nas coxas, nos ventres das vítimas, quando se exauriam até a morte. Uma alegoria da dor, uma alegoria da morte matizada — Erô refletia naquele seu ato de selvagem criação poética.

Erô saiu do apartamento, tomou o elevador e, na garagem, pegou a Kawasaki Ninja H2R, de 1000cc, negra. Sentia-se bem cavalgando aquele potro que parecia se fundir com perfeição a seu corpo. E talvez nem se parecesse tanto a um cavalo e, sim, a um escorpião — pensou. Ela seria o ferrão armado sobre o dorso da fera, pronto a acutilar. Vestindo o capacete, saiu em disparada.

Quinze minutos depois, entrava numa casa noturna chamada *Profanation*. No escuro, recortado pela luz das lâmpadas prateadas, azuis, verdes, vermelhas, acendendo-se e apagando-se, ao som da música, foi se esgueirando por entre os corpos que rebolavam, dando gritos abafados por sob as máscaras, os braços erguidos e os olhos cerrados.

Sentou-se numa banqueta do bar, cruzou as pernas.

— O que a senhorita vai querer? — sibilou o garçom, também de máscara, limpando o balcão à sua frente.

— Um *Bloody Mary*.

Suspendeu a máscara, tomou um gole da bebida, lambeu os lábios, deliciando-se com o álcool. Lançou os olhos para os telões reproduzindo o que se passava no espaço do salão. Depois, se concentrou na massa que se comprimia, movendo-se frenética ao som da música. Gostava de olhar, sobretudo, aqueles homens que lhe faziam lembrar o Adônis, exibindo os músculos dos braços e do peito, mal cobertos por camisetas sem mangas, o rosto marcado por um esgar de escárnio, de desprezo. Havia muito que escolher, mas tinha que esperar, sabia que tinha que esperar. Não podia ir com muita sede ao pote. A paciência, hoje, era uma de suas virtudes. Esperava que a abordassem, embora fosse a caçadora.

Invertia o jogo ali apenas por estratégia, porque tinha ciência de que, com isso, eles se tornavam mais vulneráveis, expondo toda sua fraqueza. Deixava que acreditassem que comandavam. Quantas noites não saíra do *Profanation* sozinha, rejeitando uns e outros. Mesmo que alguns fossem fortes como garanhões. Não queria que sua aventura se tornasse vulgar. Por ser abundante a caça, era preciso escolher os melhores. Por convicção, costumava desprezar os frágeis, os efeminados, os amáveis, os falsos jovens, de cabelos tingidos e botox no rosto. Tinha seus alvos — e o instinto ensinara-lhe quais valiam a pena, para que pudesse manter o orgulho em alta e sem desperdício de energia. É claro que algumas vezes se enganara, comprando gato por lebre, o que a deixava furiosa, quase indo à loucura. Mas, com o rolar do tempo, aprendera a interpretar os sinais.

— Oi, gata?

O tipinho de sempre a encarava do alto de sua soberba de garotão. Insolente a mais não poder, vestindo a máscara, não, como a pandemia exigia, a de pano, mas a máscara da prepotência, da arrogância do macho. O cabelo com muito gel e mechas douradas. Piercings nas orelhas, nas sobrancelhas, num dos lábios, no nariz, colares no pescoço forte, o colete de couro mostrando os pelos. As muitas tatuagens, algumas de mulheres nuas, outros de heróis de jogos do *PlayStation*, distribuídas por todo o corpo. Usava uma pulseira de ferro, um anel com uma caveira no anular. A calça jeans justa nas coxas grossas, mal ocultando a protuberância do sexo.

— Oi — retribuía, sem poder mostrar o melhor de seus sorrisos, mas dando uma entonação entre meiga e sensual à sua voz de garotinha.

— Está sozinha?

— Estou — espreguiçou-se como uma gata no cio.

— Vamos dar um rolê por aí?

— Não quer dançar, meu bem?

— Não, não quero, estou a fim de outra coisa — e com a arrogância de um caçador, que não admitia réplicas, agarrou-a pelo braço.

Erô ficou onde estava. Fingir um pouco de recato, os olhos semicerrados, era sempre bom...

— Vamos, o que está esperando? — ele rosnou com impaciência, e ela pôde ver a excitação nos lábios e no volume do vão entre as coxas.

Ela não resistiu mais, embora não fosse nada difícil resistir. Era só dar um sacão com o braço ou, nos casos extremos, uma cutilada com o lado da mão na base do pescoço. Conhecia a própria força, até a testara com outros tão ou mais fortes que aquele tipo. E sempre acabava vencendo, derrubando o adversário. Acontecia que a aventura estava começando a ficar divertida — refletiu. Deixou-se então levar. Puxando-a pelo braço, ele foi cortando a multidão, dançando ao som de *Satisfaction*, dos Stones, tocada ao ritmo tecno.

Fora do *Profanation*, levou-a até uma perua *Pathfinder* e, abrindo a porta, forçou-a a entrar. Erô sentou-se, ele foi ao volante, ligou o carro e saiu a toda. A mão livre dele acariciava as coxas dela. Cantando os pneus, fez uma curva à esquerda e entrou na avenida, quase batendo de frente num outro carro que buzinou com estridência. Abrindo a janela, ele berrou, cheio de prepotência:

— Vai te catar, seu filho da puta!

Continuou a dirigir em alta velocidade, às vezes sem obedecer aos faróis, passando sem brecar pelas lombadas, fazendo o carro corcovear como um potro selvagem. De vez em quando, levava uma latinha de cerveja aos lábios. Terminando de beber, abria a janela e jogava-a na rua. Voltava a lhe acariciar as coxas, enquanto murmurava:

— Pô, gata! Não é que você é o mó tesão?

Erô não cabia em si de contente — será que seria premiada naquela noite? Suspeitava que estivesse diante de um espécime perfeito! Era o que seu instinto lhe soprava aos ouvidos.

Chegando à Marginal, ele foi cortando o trânsito feito um doido. Nas retas, acelerava o carro ao máximo e, mal alguém como ele tentasse ultrapassá-lo, vincava os dentes de raiva e fazia que o sexo do carro pulsasse, as veias do pênis-pistões se intumescessem ao máximo. Ele e o carro — refletiu Erô — eram a manifestação dos desejos reprimidos e prontos para vir à tona numa simples disputa de espaço. E se ele imaginasse o que poderia fazer então com aquela presa, lasciva como uma gata, a seu lado?

Ah! Dentro em breve, ele faria uivar dentro de si a feroz besta de que seu corpo era apenas um servidor. Aí, então, estaria maduro para ser colhido.

Assim pensava Erô, deixando-se conduzir pela face obscena da noite, fiada apenas na volúpia do seu veneno.

Ela, a mulher-escorpião.

OS AMORES DO MINOTAURO 6

— Alô. É o "Coroa Sexy"?

— Sim, ele mesmo. Quem está falando?

— A Margareth.

— Margareth...? Que Margareth?

— Não lembra mais de mim, querido?

Acabou se lembrando da dublê da ex-Primeira-Ministra da Inglaterra.

— Ah, a Margareth. Como vai, querida?

— Muito bem. E você?

— Como sempre. O que você manda?

Depois de breve hesitação, disse:

— Queria combinar...

Ele logo se adiantou:

— Já sei. Quer marcar um novo encontro?

Hesitou um pouco.

— Sim..., mas agora pra fazer uma coisa diferente...

— Diferente? Como assim?

— Sabe — desembestou a falar, como se houvesse recuperado a confiança —, tenho um grupo de amigas, a gente sempre se reúne nos fins de semana, pra conversar, tomar chá com brioches e bolo, jogar pôquer, bridge... Somos em quatro...

— E...?

— Contei pra elas de você...

Começou a rir.

— Se foi coisa boa, agradeço.

— Claro que falei bem de você! E ela gostaram demais da história de nosso amorzinho gostoso. Ficaram... as-sa-nha-dís-si-mas!

Ele tornou a rir.

— Obrigado.

— Então a gente queria combinar um encontro com você.

Espantou-se com a naturalidade com que a Margareth disse aquilo, mas, como tudo fazia parte do ofício, não tinha como refugar.

— Tudo bem, podemos combinar. Marcamos um dia pra cada uma de vocês. Podemos começar amanhã...

Foi a vez de ela rir.

— Você não entendeu...

— Como assim?

— Queremos marcar, todas junto, num só dia.

Imaginou-se enfrentando um bando de cocorocas. Será que daria conta? Tinha suas dúvidas, mas deixava para se preocupar depois com isso.

— E então...?

— Sim, dá pra marcar. Sem problemas. Só que...

Ia tratar do preço, mas ela se adiantou:

— Oferecemos dois mil reais pra passar uma tarde inteira com você. Está bom assim?

Como se excitar com quatro coroas ao mesmo tempo? — pensou. Só se apelasse para o São Viagra! Mas as clientes sempre tinham razão.

— Ok.

— A bebida e os salgadinhos ficam por nossa conta...

Bebida e salgadinhos... O que as coroas estariam tramando? Uma suruba ou uma festinha de aniversário? Fosse o que fosse — refletiu —, o importante é que ele ia ser pago e muito bem pago.

— Amanhã, às catorze horas. É possível?

— Sim, combinado. Aguardo vocês.

Compareceram no horário. Ao abrir a porta, após o toque da campainha, notou que a Margareth vinha à frente, vestida com um tailleur vermelho, em cuja lapela luzia o grande broche prateado. Arrastava uma mala de rodinhas. Atrás dela, sorrindo muito, vinha a tropa de amigas. Entraram, e ela começou as apresentações:

— Meninas, o "Coroa Sexy" que falei pra vocês.

— Ai, que pão! — gritou, excitada, uma delas.

Era a que vinha mais à frente. Assemelhava-se a uma maracujá de gaveta, tantas as rugas. Vestia-se com um vestido cor de ovo. As outras não destoavam muito dela em vetustez. Uma, quase careca, com um modelito azul, lembrou a ele a manicure de Nefertite, tantas as plásticas e a maquilagem pesada. A última, esquelética, parecia uma posta de bacalhau da Noruega. Tinha a dentadura mal colocada e falava sibilando. Arrastando as pernas, apoiava-se numa bengala. Vinha com uma saia limão e blusa laranja.

Fez uma conta rápida: somando-se a idade deles todos, naquela sala, dava-se para pensar na duração do Império Romano. Tudo muito animador...

— Meninas, vamos nos preparar! — exclamou a Margareth.

Abriu a mala, onde havia garrafas, tacinhas embrulhadas em jornal, roupas e um feltro verde dobrado. Movendo-se com uma rapidez surpreendente para a idade, foram colocando aquela muamba sobre a mesa e o sofá.

— Desculpe a bagunça, meu querido — a Margareth achou de explicar. — Logo vamos pôr tudo em ordem.

— Sem problemas, a casa é de vocês.

Foi ao barzinho servir-se de uma boa talagada de uísque. Será que também não ia ter que tomar o Viagra? — pensou. Por via das dúvidas, engoliu duas pílulas com o primeiro gole do malte.

Enquanto se servia, duas delas esticaram o pano verde no chão e dispuseram sobre ele almofadas, guardanapos e um baralho. As outras duas arrumaram sobre a mesa pratinhos com salgadinhos diversos, garrafas de licor de menta e de anis, bem como tacinhas de plástico. Quase tudo pronto, cada uma dependurou do pescoço uma espécie de crachá colorido.

— Como não podemos dizer nossos nomes, vamos nos distinguir pelas cores — tornou a Margareth. — Eu serei a Dama Vermelha.

— Eu, a Dama Amarela — informou a Maracujá de Gaveta.

— Sou a Dama Azul — adiantou-se a Manicure de Nefertite.

— E ela — a Margareth apontou para a Bacalhau da Noruega —, a Dama Verde.

Sorriu, a dentadura saltou à frente, e ela falou sibilado, feito serpente:

— Prassszer!

Contemplou o buquê outonal postado diante dele. Pensou: será que iam lhe exigir a performance de um garanhão? Não, não podia ser. Além da idade, havia também o problema da falta de estímulo. Que nem o Viagra, em dose dupla, acompanhado do uísque, podia suprir.

— Queremos lhe explicar o nosso joguinho... — a Dama Vermelha apontou para o pano verde a seus pés. — Em primeiro lugar, pediria que se sentassem em torno de nossa mesa de jogo... Muito bem.

Aguardou que todos estivessem acomodados para prosseguir. Dirigiu-se então a ele:

— Podemos chamá-lo de Cavaleiro da Espada em Riste?

Sorriu ante a extravagância, mas acabou concordando:

— Sem problemas...

As coroas começaram a palrar que nem um bando de maritacas bêbedas, a ponto de a Dama Vermelha ter de lhes chamar a atenção, batendo palmas e dando-lhes ordens:

— Meninas! Atenção! Vocês duas, a Dama Amarela e a Verde, não querem fazer o favor de servir os salgadinhos? Eu e a Dama Azul, por nossa vez, serviremos os licores.

E sem parar de falar e rir, lançando olhares lúbricos na direção dele, começaram a distribuir as coxinhas, empadas, bolinhos de bacalhau, croquetes de carne, pasteizinhos nos pratinhos de papelão.

— O Cavaleiro da Espada não se serviu ainda por quê? — perguntou a Dama Azul, a boca cheia até a tampa com duas coxinhas.

— Obrigado — respondeu, bebendo seu uísque —, mas almocei há pouco.

— Não sabe o que está perdendo!

— Ai! Este licor de menta é divino! — e abanando-se com um guardanapo, a Dama Amarela completou, revirando os olhos com uma grossa camada de rímel: — Mas, ao tomá-lo, me sinto tão enlanguescida...

— Mãos de fada a sua! — comentou a Dama Verde, voltando-se para a Dama Vermelha, entupindo-se com mais e mais salgadinhos. — Há quanto não comia estes seus croquetes de carne. Sequinhos, sequinhos...

Avançou a mão, enfiando mais um punhado de bolinhos na boca. Engasgou e começou a tossir sem parar. Assustadas, voltaram a atenção para ela, que tentava respirar e não conseguia. Os olhos congestionados, devido à cor azulada da pele, passava de Dama Verde para Dama Azul. Foi preciso que ele interviesse, indo até ela e dando-lhe uma valente palmada nas costas. A Dama Verde expectorou e cuspiu uma maçaroca de bolinhos e saliva, junto com a dentadura. As Damas Azul e Amarela vieram confortá-la, enquanto a Dama Vermelha achou de admoestá-la com severidade:

— Dama Verde! Quantas vezes já não lhe falei para conter essa sua gulodice! Outra coisa: ao sair de casa, passe uma boa camada de Corega, pra melhor segurar a dentadura — voltou-se para ele: — Queira nos desculpar, mas a nossa amiga pela-se por croquetes de carne! E obrigada por salvá-la.

— Ora, não foi nada.

A Dama Verde recuperava-se aos poucos, ainda mais depois de beber um copo de água gelada. Ficou murcha em seu canto por alguns minutos, mas, não demorou muito, voltou a palrar e a comer os croquetes, sob os olhos severos da Dama Vermelha.

— Um licorzinho de anis? — a Dama Azul oferecia um minúsculo cálice todo bisotado a ele. — Feito em casa!

— Obrigado, mas já estou bebendo meu uísque — e para afastar de vez outra oferta como aquela, completou: — Não faz bem misturar bebidas...

A Dama Vermelha bateu palmas.

— Satisfeitas, meninas? Satisfeito, Cavaleiro da Espada em Riste?

Todos menearam a cabeça.

— Bom, acho que chegou a hora de nosso joguinho...

— Ai! Ui! Que maravilha! — gritavam, histéricas.

Voltou-se para o anfitrião.

— Creio que deve estar curioso, não? — disse com uma dose de malícia. — Vamos lá. O normal, entre nós, é sempre jogar canastra, buraco, bridge e até pôquer. Mas nosso tempo é curto, portanto, vamos reduzir o jogo a um sorteio de cartas de maior e menor valor.

— As figuras também entram? — perguntou a Dama Verde.

— É claro, minha querida! Nesta ordem: Valete, Dama, Rei.

— O Ás?

A Dama Vermelha refletiu um pouco.

— Deverá representar o número 1.

— O Coringa?

— O Coringa fica de fora.

— Ah! Sem o Coringa, perde a graça... Seria bom, como no buraco, ele valer o que a gente quisesse...

— Você diz isso, minha querida Dama Verde — interveio a Dama Azul —, porque tem um rabo danado e...

— Dama Azul! — a Dama Vermelha fechou a cara e apontou o dedo para ela. — O respeito! Comporte-se como uma verdadeira Dama!

— Oh, desculpe. Queria dizer que ela tem a sorte de sempre pegar o Coringa...

— Modere, pois, a linguagem! Afinal, não estamos numa casa de tolerância.

Ele ouvia aquela altercação com um sorriso. O que viria depois disso tudo? — refletiu.

— E os naipes? — voltou a perguntar a Dama Verde.

— Os naipes? Que que têm os naipes? — impaciente, a Dama Vermelha perguntou.

— Ué, ouros valem mais que paus e...

— Sem essa de naipes — cortou a Dama Vermelha. — Vai complicar ainda mais. Hoje estamos aqui para simplificar as coisas.

E para mostrar que não queria perder tempo, voltou-se para o dono da casa:

— Você já deve ter ouvido falar em strip-pôquer, não?

— Sim, já ouvi falar — ficou arrepiado ao ouvir aquilo. O que aquele bando de cocorocas ia inventar?

— O ideal seria jogar pôquer. Mais estimulante, mas cada mão demoraria muito. Já nosso joguinho — continuou a Dama Vermelha — resume-se ao seguinte: cada uma de nós pega uma carta. Quem conseguir a de maior valor terá o direito de solicitar a você que tire uma peça de roupa.

Deus do céu! — refletiu, cheio de espanto. Nunca se imaginaria fazendo strip-tease na frente de um bando de coroas. Mas estava sendo pago, bem pago, aliás, e não tinha como refugar. Pior seria se elas é que se despissem...

— E se houver empate? — perguntou a Dama Azul, toda assanhada e batendo palmas.

A Dama Vermelha revirou os olhos e, como se dirigisse a uma aluna relapsa, esclareceu:

— Se houver empate, minha querida, tiramos novas cartas.

— Não seria melhor no par ou ímpar? — tornou a Dama Azul.

— Ou no jokempô? — ele interveio, entrando com humor naquele jogo.

— Isso mesmo! Jokempô é da hora! — as Damas aprovaram.

Mostrando-se contrariada, mesmo assim, a Dama Vermelha acabou concordando. Talvez porque a sugestão tivesse partido dele.

— Está bem, em caso de empate, decidimos no jokempô.

— Chega de conversas! Vamos começar! — bradou a Dama Verde, cuspindo perdigotos para tudo quanto é lado.

Desconfiou que estivesse de pilequinho. Vira-a emborcar uns quatro ou cinco cálices de licor.

— A Dama Vermelha dá início — era a Dama Azul, querendo honrar a líder.

— Se ninguém se incomoda, posso começar.

Esticou a mão, embaralhou bem as cartas e foi pegar a última delas. Antes que o fizesse, a Dama Verde achou de intervir:

— Um momento, querida! Você só pode pegar a primeira.

— Quem disse isso? — a Dama Vermelha, fechando o cenho, cresceu sobre ela. — Se eu não espiar a carta antes, posso pegar qualquer uma.

— Mas isto não é o correto... — teimou a Dama Verde.

— Amiga! Não fique com picuinhas! — interveio a Dama Amarela.

E o bate-boca começou. A Dama Verde achou de protestar:

— Não são picuinhas! Temos que respeitar as regras!

— Que regras?

— Chega, chega, chega! — a Dama Vermelha interrompeu a discussão, já mostrando impaciência. Voltando-se para a Dama Verde, observou com ironia: — Vamos então seguir o que determina nossa *decana*. Pegaremos apenas a primeira carta...

— Decana... — emplumando-se toda, a Dama Verde despicou, cheia de despeito: — Você não pode se esquecer que entre nós duas, dista apenas um lustro de idade.

— Mas não fui eu quem fez boca de urna pro Júlio Prestes... — observou a Dama Vermelha, dando uma casquinada.

Os olhos da Dama Verde encheram-se de lágrimas de indignação. Ela ameaçou se levantar da almofada, mas, como tinha esquecido a bengala junto à mesa, desistiu. Bufava sem parar.

— Meninas! — interveio, apaziguadora, a Dama Azul, abrindo o melhor dos seus sorrisos. — O que o Cavaleiro da Espada em Riste vai pensar de nós?

A Dama Vermelha, os cílios palpitando que nem um bando de mariposas, deu a mão à palmatória. Voltou-se para a Dama Verde:

— Perdão, querida! Extrapolei. Não quer mais uma dosezinha de licor de anis?

— Obrigada, querida! — apontou-lhe o dedinho de unhas vermelho vivo. — Você foi maldosa.

— Deixa pra lá, querida — tornou a Dama Azul. — Nossa amiga já se desculpou. E, depois, também votei no Julinho...

Superadas as diferenças, a Dama Vermelha, sob os olhares atentos das amigas, pegou a primeira carta. Apertou-a de encontro ao peito e, dobrando um pouco a ponta, espiou. Pelo seu jeito desapontado, desconfiaram que não havia sido bafejada pela sorte. De fato, havia pegado um mísero 3. Murmurou baixinho:

— Que droga...

E carta a carta, quem terminou pegando a mais alta, uma Rainha, foi a Dama Amarela.

— Iuhuuu!

— Pode fazer seu pedido, querida.

Foi dizer alguma coisa, mas hesitou. Afinal, qual peça de vestimenta devia pedir ao Cavaleiro da Espada em Riste? As opções: a camiseta, a calça, os sapatos. A mais excitante de todas, com certeza, seria a calça, mas, para tornar o jogo interessante de fato, era melhor deixar essa peça por último.

— Os sapatos.

E, assim, foram, na sequência, as meias, a camiseta, as calças. Quando deram com ele só de cuecas, gritaram em coro, extasiadas:

— Uauuu!!!

Cochichavam entre si, inclusive, tendo o despudor de apontar com entusiasmo para o volume entrevisto sob a roupa de baixo.

— Hummm, que delícia — murmurou, lambendo os lábios, a Dama Azul.

A Dama Verde dirigia-se à Vermelha:

— Você tinha razão, querida. Ele é mesmo um tesão.

E a glória veio quando a Dama Amarela foi a responsável por solicitar a cueca. E lá estava ele, nu em pelo, diante de oito olhos cheios de gula.

— Vejam como é teso! Longe daquela coisa mole do meu Alfredo — observou com despeito a Dama Azul.

— O mesmo posso dizer do "coiso" do falecido Janjão. Sempre me deixou com uma ânsia... — comentou a Dama Verde.

Já estava se aborrecendo por ter que se comportar como um macaco de circo diante das cocorocas. Queria terminar logo a festa, mas as Damas estavam sobrexcitadas. Continuavam a comentar sobre o tamanho, a grossura, a cor de seu pênis. Até que a Dama Vermelha percebeu que ele estava constrangido e chamou as amigas à ordem:

— Meninas! Creio que chegou a hora do sorteio final.

— Oba! Oba! Vamos nessa!

A Dama Vermelha voltou-se para ele:

— Para coroar nosso encontro, vamos tirar a sorte pra ver quem... err, err... terá a honra de ficar com você. Seria demais pedir-lhe que fosse para o quarto? Uma de nós irá encontrá-lo em breve.

Foi o que fez. No quarto, sentou-se, apoiando as costas na cabeceira da cama. E de lá, começou a ouvir outra discussão. Aconteceu que elas achavam que a Dama Vermelha devia ser excluída do sorteio.

— Você já fez amor com ele, querida!

— Mas posso fazer de novo. Vou pagar como vocês!

— Mas isto não é justo — choramingou a Dama Verde.

— Isso mesmo — apoiou-a a Dama Azul. — Nada justo.

A confusão só terminou quando, intimada pelas demais, a Dama Vermelha desistiu, não sem antes reclamar que, da próxima vez, não abriria mão de suas prerrogativas.

E ele soube que o sorteio havia sido feito, quando ouviu um grito estridente, mais parecido com um uivo de cachorro louco. Quem teria sido a sorteada? Não que tivesse alguma predileção especial por uma delas. Qualquer Dama exigiria dele um esforço extra, apesar do Viagra.

Eis que adentrou o quarto a Dama Verde. Vinha mancando, vestida com um baby-doll preto e cheio de rendas. Podia entrever os mamelões tapando as rugas do ventre, as pernas cobertas de varizes e a moita emaranhada.

— Oi, delícia — sorriu, exibindo a dentadura de caveira.

Veio até ele. Sentia-se como um ratinho diante de uma jiboia. A Dama Verde subiu de gatas na cama. Ao se aproximar dele, arfando feito uma locomotiva, deixava escapar um bafo de cadáver fresco.

— Vai uma beijoca?

— Acho melhor, não. A pandemia...

— Que peninha...

Sentiu ânsias de vômito e procurou se afastar dela. Assustada, perguntou:

— O que foi, meu bem? Não vamos fazer um amorzinho gostoso? Eu sou o seu prêmio.

E que prêmio... — pensou com desânimo.

— Sim, sim, por favor, deite-se, já vamos começar.

Estava sem calcinha e exibia o emaranhado da teia de aranha. Eu não ponho a boca nisso — refletiu. Como que adivinhando seu pensamento, ela abriu bem as pernas e pediu:

— Me chupa! Tô morrendo de vontade.

Se a boca fedia como uma sentina, imaginava então aquela grota.

— A pandemia... — tornou a dizer.

Soergueu o peito, onde os mamelões pousavam estarrecidos.

— Ué, pensei que só não pudesse beijo...

— Chupar também é perigoso. Não convém...

— Oh! — era grande a decepção.

— Mas posso lhe fazer uma massagem gostosa — fechou os olhos e pôs-se a lhe acariciar o clitóris.

— Ai.... — gemeu, fundo. — O falecido Janjão nem isso sabia fazer...

Reparou na mão toda peganhenta. Aquilo parecia água de aquário de restaurante chinês. Mas continuou com a massagem, porque percebeu que a Dama Verde logo teria um orgasmo. Dito e feito: em poucos minutos, inteiriçou o corpo, cuspiu a dentadura, revirou os olhos e começou a berrar feito vaca sendo degolada.

Engano pensar que tinha se livrado dela. Nem bem se recuperou do delíquio, pediu:

— Você não podia enfiar esta sua coisa gostosa em mim?

O problema não estava em penetrá-la e, sim, aproximar a sua cara da dela. Temia asfixiar-se com o bafio. Sugeriu:

— Por favor, vire-se.

— Ah, não! — rebateu, indignada. — Não gosto dessa coisa imoral! Não fiz nem com o falecido Janjão.

— Desculpe, mas a senhora não entendeu. Vou acessá-la por detrás, mas vou enfiar na frente.

— Como assim?

— Uma técnica nova. Dá muito mais prazer quando o pênis roça pelo clitóris.

Arregalou os olhos, abriu a boca murcha e sibilou:

— Técnica nova? Não vai me machucar? Olha que ainda sou bem apertadinha.

— Pode ficar tranquila. Vou usar bastante creme.

Ela virou-se, mostrando nádegas murchas e secas, no meio das quais o espreitava o malévolo Olho negro. Mirou o pênis já encapsulado. Balançava e parecia lhe sussurrar "Aí eu não entro". Mas, forçado a entrar, arrancou um uivo da Dama Verde:

— Huuuuuuuu! Sssseu sssssafadinho! Asssssssim, você me mata.

Para sua surpresa, sentiu-se gozando, e ela fez o mesmo. Ainda que enlanguescida, virou o rosto e, deixando escapar aquele bafio de necrotério, sibilou da boca sem dentes:

— Ai, adorei esssssssa nova técnica. Meu Deusssssss, penssssssei que fossssse morrer. Vou contar prasssss meninasssss.

E ela pôs-se a tagarelar, falando do falecido: que o Janjão isso, que o Janjão aquilo. Impaciente, suportava aquela arenga. Não via a hora de livrar-se dela e tomar uma ducha quente para tirar a inhaca. E, depois, deliciar-se com um *Johnnie on the rocks*. Mas não podia reclamar. Havia ganho numa tarde o que ganhava num mês pelo INSS. Além disso, tirante o bafo do dragão, até que a coisa havia corrido bem. Não havia brochado e deixara a Boca do Inferno feliz.

E, falando nela, a Dama Verde já tinha ido tomar seu banho. Da sala vinha a algaravia — os gritinhos de êxtase, as risadas das demais Damas, ansiosas por saber detalhes do encontro de ambos. Tudo isso dava-lhe a certeza de clientes para lá de satisfeitas. Ponto para ele. De novo, saíra-se bem em outra empreitada como "Coroa Sexy".

Era mais dim-dim pra poupança!

O EU ENSIMESMADO 7

O silêncio é o que mais oprime, ou melhor, o silêncio manifestando-se como um ruído palpável, mas que não comunica nada e investe em mim como um flagelo. Obstinado. Como que a obedecer ao rebate de um sino mouco, o silêncio faz-me lembrar uma passagem de *A Peste*, do Camus. Pego o romance na estante, e eis que, às páginas tantas, ela me assombra com sua atmosfera de pesadelo, o vazio a preencher todos os meandros da cidade morta, com sua negação do amor, substituído apenas por uma obstinação cega:

> Porque, estranhamente, o que subia aos terraços ainda ensolarados, na ausência dos ruídos dos veículos e das máquinas que fazem normalmente toda a linguagem das cidades, era tão só um rumor de passos e vozes surdas, o doloroso deslizamento de milhares de solas ritmadas pelo sibilo do flagelo no céu pesado, um pisoteio interminável e sufocante, enfim, que enchia pouco a pouco toda a cidade e que, noite após noite, dava sua voz mais fiel e morna à obstinação cega que, nos corações, substituía então o amor.

É o que eu e Salete experimentamos nesses dias de confinamento quase que absoluto. Se antes nos protegíamos da irritante proximidade, deixando de nos ver quando saíamos ambos para o trabalho, ela, pela manhã, eu, à noite, estabelecendo uma trégua provisória para evitar que destilássemos nosso ódio, nossa raiva, agora não, somos obrigados a comungar do mesmo espaço. Em home office, a sombra de um e outro, fantasmas onipresentes, pesa do mesmo modo que a noite obsedante. O sol, coberto por miasmas, não aquece, enregela até os ossos. Torna-se mais um testemunho de um deus cego e mudo, espionando-nos como o Grande Irmão, enquanto abaixo de nós, na rua, desloca-se sem destino a massa mascarada. Todos têm gestos idênticos, são multidão, não se reconhecem e não reconhecem o próximo e fazem do outro o Outro, a quem odeiam, pois lhe cabe uma parcela de culpa pelo pecado de ser humano. De ter como antepassado aquela larva que, um dia, ousou sair do mar para dar origem a uma estirpe de seres do pesadelo. E sem perspectiva alguma de, em algum momento, encontrarem seu lugar ao sol. E caso o encontrassem, os raios gelados do sol condenariam a carne ao esquecimento.

À tarde, sento-me num sofá, um livro à mão, onde colho material para minha próxima aula on-line. Mas não resisto ao sono e, os olhos cansados, fecho-os, abro-os, tentando buscar a lucidez, mas a indolência vence, fecho-os de vez e sonho um sonho cujos limites parecem se confundir com os da própria realidade, como se ambos tivessem a mesma substância. Sonho com uma praça toda de concreto, desprovida de vegetação, vazia de gente, a não ser pela presença de dois homens ao longe, usando terno, gravata e chapéu, cujos gestos ensaiam um movimento de encontro entre ambos, como se estivessem dispostos a estabelecer alguma espécie de conversação, a manifestação de sua humanidade, mas não, nem isso se dá, pois permanecem estáticos, comportando-se tais fossem títeres sem um titereiro, devido talvez a divergências ou talvez até a inconsequentes ressentimentos, e eu, ao contrário deles, em busca de razões e do calor do Outro, movia-me, tomado pelo desespero, e começava a andar por aquele espaço nulo e quanto mais andava, parecia que o fim dele perdia-se na distância, onde se desenhavam elevações de cor acastanhada, a única representação de uma natureza morta, antes que algo brotasse nela, a doar-se como plenitude de uma primavera por haver, e sobre mim pesava a perspectiva incongruente dos edifícios de janelas fechadas, providos de arcos e passarelas inúteis, e foi então que percebi que eu era um intruso naquela paisagem de pesadelo, em que os homens de negro, os edifícios e uma estátua-viva num pedestal projetavam sombras geladas e, quanto a esta última, apesar do seu peso de mármore, gesticulava e gritava, embora de sua boca saísse apenas um simulacro de uma frase musical repetitiva, como aquelas de Philip Glass, em que um tema gemia, em agonia, sem parecer chegar a nenhum ponto onde pudesse oferecer a diáspora das notas, as variações, eu continuava a andar, não sabendo qual o sentido de tudo aquilo, embora parecesse ser o único personagem lúcido e provido de alma daquele mundo sem mácula e humanidade, a expressão concreta da pandemia, com todo seu horror palpável, na medida em que a praça, uma metonímia da cidade, em vez de servir para aproximar, juntar, reunir os seres, distanciava-os, tornava-os mais solitários, e aqueles seres, atores de um palco de comédia, a boca selada com sal, mostravam-se incapazes de manifestar desejos, ódios, ressentimentos, afetos, e eis que, para coroar tudo aquilo, deparava-me com um relógio, erguido num pedestal em forma de obelisco, sem números no mostrador e cujos ponteiros, para minha agonia, giravam para trás, sempre para trás, impedindo assim que as horas fossem consultadas e implicando que o tempo, esta categoria inconsútil, se anulasse e anunciasse a mim, criatura de carne e osso, nada natural naquele enquadramento, onde se fixavam sombras de opereta, que eu não tinha mais presente, e a única coisa a me prender à vida era o fio de um passado e um futuro emasculados! E...

Acordo com um trovão, o corpo todo coberto de suor, e, quando a vista se acostuma à realidade, dou com a Salete trabalhando com suas peças de propaganda. Por algum motivo obscuro, talvez apenas para alimentar a nossa beligerância e acentuar o antagonismo entre nós, que, de modo paradoxal, nos une, dando-nos a substância de um clássico casal, ela suspende sua tarefa, tira os olhos da tela do laptop e fita-me com um olhar de sarcasmo.

— E então, continua a acreditar que a pandemia continuará circunscrita à China? Que jamais chegará a nós?

Demoro para deglutir a pergunta. Esfrego os olhos pesados de sono e só então respondo, entre azedo e cínico, ainda mais sob as lembranças daquele sonho:

— Chegou aqui devido aos nossos pecados.

Ela dá uma gargalhada, coisa das mais raras. Mas logo se torna séria de novo, os olhos arregalados de surpresa.

— Pecados? Qual é a sua, Alex? Não vai me dizer que virou crente?

— Não mais crente que você aferrada ao catastrofismo, a sua religião — repito meu discurso retórico.

— Não tem vergonha de continuar me acusando de catastrofismo? — a raiva crescia nela, dando-lhe à pele do rosto um tom avermelhado. — Muito pelo contrário, é tudo uma questão de números, estatísticas, *meu querido...*

Saber que ela tem razão mortifica-me demais. Como não quero dar meu braço a torcer, apelo para o que há de irracional em mim e digo uma sandice, escolhida a dedo entre aquelas do meu arsenal de tolices:

— Foram os manipuladores de estatísticas e da numerologia que provocaram a pandemia.

— Como pode dizer uma coisa estúpida dessas?

— Não vejo nada de estúpido. Ao se utilizarem de números e estatísticas, os grandes magos de nosso tempo tornaram o mundo menor, de maneira que, sem sombra de dúvida, hoje, a China é aqui!

E lembrando-me da multidão que havia me comprimido e sufocado no templo, acrescentava:

— Basta olhar pela janela: as pessoas perderam a identidade. Os indivíduos fazem parte de uma amorfa massa. Tal qual acontece nas cidades chinesas de ontem e de hoje. A pandemia, em realidade, é apenas um detalhe, *minha querida*. Eu arriscaria até a dizer que não passa de *fake news* criadas pelas potências, para melhor dominar o povo ignorante.

A Salete balança a cabeça, inconformada, começa a rir, mas interrompe a risada porque é sufocada por um acesso de tosse. E tosse, tosse até lágrimas lhe saírem dos olhos. Isto não a impede de se expressar, embora com dificuldade:

— O que... vo... cê... es... tá di... zen... do não pas...sa de lite...ra...ti...ce.

Quando parece se livrar do acesso, completa com rancor:

— E literatice da pior espécie!

Naquele momento, não me contenho e envio-lhe um olhar cheio de fúria. Incrível como, depois de tanto tempo, tanta discussão, tanta acrimônia, ela consegue me tirar do sério. Mas, ao cabo, sou forçado a acreditar que a Salete tem razão. Nunca uso de lógica, apelo sempre para imagens poéticas ou para a "literatice", como ela costuma dizer com propriedade. Mas, por teimosia, insisto com meus argumentos, deixando-a tão irritada que ela fecha com raiva o laptop.

— Impossível conversar com você! Sua fala não tem lógica alguma! Só lugares-comuns! De um fracassado.

— Quanto à sua...

Coisa mais comum entre nós, ela não me deixa terminar de falar. E talvez tenha razão, porque continuo a mesma ladainha. A Salete levanta-se, veste um casaco, põe um cachecol no pescoço, uma touca, pega o laptop e sai, batendo com força a porta do apartamento. Não antes sem me lançar à cara uma frase de efeito:

— Os mortos-vivos são bem mais lúcidos que você!

O eco da batida parece ser a única marca sonora de uma emoção esgotada entre nós. Olho para a mesa e vejo que ela se esqueceu de pôr a máscara, mas eu seria a última pessoa do mundo que iria atrás dela para lembrá-la disso. Fico no meu canto, um cão sarnento lambendo as feridas.

Vou à janela para olhar a paisagem de sempre: o céu de nuvens obsessivas, um fiapo de sol no horizonte. Abaixo, tudo também é desconfortante — as larvas arrastando-se e tentando respirar resíduos de sombras. Ou, como naquele sonho premonitório como todos os sonhos, os seres desta nossa Metrópole habitam espaços vazios, em que o tempo perdeu sua continuidade e agora é apenas uma melodia dissonante, a entorpecer os ouvidos dos indiferentes, dos moucos, das estátuas, com uma algaravia que ninguém entende ou pode sequer querer interpretar. Mas e nós, na aparência, os mais lúcidos? Torno a insistir com esta tolice. Que também, na aparência, sabemos como aprisionar e manipular as palavras? Que oramos com fé redobrada para os deuses do esquecimento? Que buscamos respostas precisas na boca dos oráculos da modernidade, entre eles, a mídia, a tentar nos manipular com suas mentiras travestidas de verdade, ofertando apenas as faces da melancolia?

E isto se torna mais dilacerante, quando tenho consciência de que a única fonte da verdade está na poesia, em que o real mostra faces sem máscara e orienta-nos para suas vísceras tão ricas de significado.

Mas essas palavras todas só valeriam a pena, se tais verdades cheias de luz não ficassem se remoendo à sombra, coçando suas feridas, da mesma maneira que os velhos e os insanos entupidos de drogas dos asilos e sanatórios. Não, não, é impossível, nosso tempo naufragou e, agora, voltando às imagens do meu sonho, percebo que ele se estratificou à semelhança daquele relógio preso a um obelisco, cujos ponteiros giram, giram no presente, mas cantando o passado exaurido e jogando para o futuro apenas um não de abominações.

Sinto-me cansado em demasia, talvez por continuar, dentro do mundo real, andando por aquela praça de concreto, sem limites, a me confrontar com velhos esclerosados de terno, gravata e chapéu, pensando, para mal dos meus pecados, que também sou o homem de ontem, a consultar um relógio sem voz alguma. E esperando que o mármore da estátua abra os lábios e pronuncie palavras a apontar para algum sentido. Meu presente é o farelo com que presenteio os pássaros do abandono, estes pássaros prontos a ensimesmar mais o meu eu maculado.

Eis que, por acaso, baixando o olhar do céu opressor, posso ver a Salete. Para minha surpresa, está sentada num banco na praça em frente ao nosso prédio, o laptop aberto ao colo. Mas não digita e nem ao menos consulta coisa alguma, porque tem uma conversa, na aparência, animada, com uma idosa, as roupas longas, floridas e puídas, um cobertor roído pelo tempo a se fazer de casaco, parecendo-se a uma moradora de rua. E ambas sem máscaras.

Firmo a vista, e então me dou conta de que a Salete tem a mão entre as mãos da idosa. Uma cigana ledora de sorte? É o que me parece, pois ela passa os dedos pela palma da mão de minha mulher e murmura algo. Sobre o quê? — imagino. Sobre o sentido da vida, se é que a vida tem sentido, a morte, o futuro? Não, Salete, não você, a descrente. O que a levou a esse gesto de se submeter a um oráculo tão cego como a velha mulher da praça?

Sinto a angústia a me corroer, não só por ver a Salete entregue a um ritual tão simplório, mas também por saber que permanecerei na ignorância de tudo que foi acertado entre elas. Minha mulher não me concederia a graça de me revelar o que aqueles lábios da boca sem dentes lhe revelaram. A posse de um segredo, posto que trivial, é um triunfo, eu sei bem, eu que não tenho segredos de espécie alguma. Eu que tenho a boca cheia de sal.

Talvez a velha senhora nada tenha dito, talvez só tenha liberado das entranhas um bafo, mimando as profecias dos tempos modernos.

OS INVESTIGADORES 6

— Alô, Bellochio.

— Olá, *partner*. Como é, achou o último elemento?

— Sim, achei.

— Deu muito trabalho?

— Quase nenhum.

— Como é que fez pra pegar o cara?

— Falei com a mãe dele... Depois, foi só procurar pelo bairro. Mamão com açúcar, como você costuma dizer.

— Beleza! Está trazendo ele aqui pro DP? A gente precisa finalizar o BO — fez uma pausa e concluiu: — O Cebolinha não larga do meu pé.

O Medeiros ficou em silêncio por alguns segundos. E, quando respondeu, o fez de um modo bem seco:

— Não.

— Não? Não entendi. O malandro conseguiu fugir?

— Não, não fugiu.

— Então o que aconteceu?

— Deixei ele ir embora.

— Como assim "deixei ele ir embora"?

— Ora, mandei o elemento embora — o Medeiros parecia constrangido e impaciente.

O Bellochio demorou para responder, intrigado com o que o parceiro lhe contava. E acabou perguntando, preocupado:

— E você pode me dizer por que fez uma coisa dessas?

— Tive algumas razões.

— E posso saber que razões são essas?

O Medeiros detestava ser cobrado, ainda mais por um colega. Mas o Bellochio era o Bellochio.

— Primeiro, ele não participou armado do assalto. E, depois, porque o cara me pareceu boa gente e...

— "Boa gente"? — cortou o Bellochio com indignação. — Você sabe muito bem que não tem boa gente no meio desses vagabundos de porra.

— Pois você está enganado. O pivete só participou do assalto pra poder pagar uma clínica pra avó. A velha pegou o vírus.

— E você acreditou numa lorota dessas? Você está ficando mole, meu caro. Onde se viu uma coisa dessas?

— Que lorota o quê — rebateu o Medeiros, irritado. — Falei com a mãe dele e vi a velha entubada na UTI.

— Porra, está dando agora uma de Padre Medeiros de Calcutá, *partner*? — o Bellochio deu uma casquinada.

O Medeiros fez uma pausa e contou até dez para não mandar o parceiro para aquele lugar. Mas se controlou. Entendia a posição do amigo. Ele é que tinha pisado na bola ao tentar resolver o problema do seu jeito e sem consultar ninguém. E, depois, o Bellochio tinha mesmo sido engraçado com aquele tipo de gozação.

— Padre Medeiros de Calcutá... Partindo de você, Bellochio, isto não me ofende — fez uma pausa e, munindo-se de toda paciência, continuou a falar: — Podia até ter mentido, falando que o pivete escapou ou não foi encontrado. Mas, como tenho muita consideração por você, achei melhor contar a verdade.

— Está bom, desculpe. Te conheço e sei que não ia fazer nenhuma falcatrua. Já chegam as merdas feitas pelo Ranulfo.

— Então a questão é essa. Acha que valeria a pena ter enquadrado o pivete, levado pro DP, botado ele em cana?

— Bem, se você me garante que ele...

— Claro que garanto! O rapaz é boa gente. Entrou na dos maus elementos por causa da avó. Mas dei um baita de um susto nele. Depois disso, acho que não vai mais se meter em outra roubada.

— Tenho minhas dúvidas. Uma vez malandro, sempre malandro.

— Nem sempre — insistiu o Medeiros. — Posso ter errado, mas boto minha mão no fogo por aquele pivete.

— Você é que sabe, meu caro... — o Bellochio fez uma pausa e completou: — Então vou pôr no BO que ele não foi encontrado. Está ok assim?

— Um favor que você me faz, Belo. Pode deixar que assumo toda a responsabilidade. Nunca que ia meter você numa fria.

— Fica me devendo uma caipirinha dupla, uma cerveja gelada, acompanhadas de uma peça de picanha na brasa.

O Medeiros começou a rir.

— Sabia que tinha cobrança. Então, meu caro, até mais ver. Agora vou pra Campinas ver como está minha velha.

Ia desligar, mas o Bellochio achou de dizer:

— Um instante, *partner*. Ficou sabendo do Ranulfo?

— Que que tem além do chumbo que levou?

— Está mal, perdeu muito sangue com aquele tiro no estômago. Foi pra UTI e, pelo que os médicos falaram, dessa ele não escapa.

O Medeiros demorou-se a falar e, quando o fez, parecia constrangido:

— Pois é, o Ranulfo é nosso colega... Mas, se quer saber a verdade, não tenho pena dele, não. Sempre aprontando das suas, sempre metido em rolos. Uma hora o merda ia acabar assim.

— Concordo. Apesar de colega, era um bosta. Foi se meter com um safado e deu no que deu.

— Então até mais ver.

— Até mais ver, cara. Fica entre nós este segredo.

— Obrigado, amigão, sabia que podia contar com você.

— Espero que sua velha não esteja tão mal. Quando chegar em Campinas, manda notícias.

O Medeiros desligou o celular e deu a partida no carro. Como sempre, teve que enfrentar o trânsito pesado, antes de chegar na rodovia dos Bandeirantes. Ligou o rádio, mas as notícias eram as de sempre: o aumento do número de infectados e mortos pela Covid-19, as vacinas para a cura que jamais chegavam ao país, as trapalhadas do governo e do Ministério da Saúde. Incomodado com a mesmice daquilo tudo, desligou o rádio. Melhor ouvir o silêncio.

Enquanto dirigia sem muita pressa, voltou a pensar naquele garoto, o Vanderson. Não sentia um pingo de remorso pela decisão tomada, mesmo que a decisão não tivesse sido dentro da legalidade. Ainda mais agora que havia desabafado com o Bellochio e recebido sua aprovação. De hábito, não costumava ter o coração mole assim. Sobretudo com vagabundos metidos em assaltos. Sabia que malandros como aquele Geleia tinham o dedo leve. Bastava um capricho e atiravam, sem ter peso na consciência. A prova disso estava no idiota do Ranulfo agonizando numa UTI. O que valia de fato para os meliantes era o dinheiro fácil no bolso. O resto do mundo que se danasse. Mas o caso do Vanderson parecera-lhe bem diferente. Era um pobre de um otário, escolhendo o caminho errado para fazer a coisa certa. Esperava que nunca mais se metesse numa confusão como aquela. Fosse brincar de bandido de novo e, com certeza, ia se dar mal. Não tinha jeito para coisas desse tipo, exigindo mau-caratismo e sangue-frio na hora do vamos ver. Lembrando-se da cara e do jeito simplório dele, nem podia acreditar que havia participado do assalto ao pastor na companhia daqueles vagabundos.

O Medeiros murmurou:

— Eita porra de vida!

Caso encerrado. Não queria mais pensar naquilo. Desviou então a atenção para a mãe. Embora fosse ficar muito aborrecido se a encontrasse bem, torcia, é claro, para que a velha não tivesse nada. Quem sabe não era apenas mais um resfriado? Mas o tom de voz da dona Mirtes, ao telefone, parecera-lhe mais dramático do que o costume. Será que a coisa era tão séria assim? Não seria outra das artimanhas da velha para tê-lo junto a si?

Ah, como ela não desgrudava dele, sempre pegando no seu pé. Um saco. Lembrava-se da reação dela quando, há muitos anos, lhe tinha dito que ia se mudar para São Paulo. Começou a chorar e disse que não podia suportar a ideia de o filho ir para aquela "cidade de mulheres perdidas". Medeiros não pôde deixar de rir. "Cidade das mulheres perdidas", era essa ideia que ela tinha da capital. Se levasse em consideração a vontade da velha e os juízos dela sobre a capital, teria ficado vegetando em Campinas. E, de quebra, saindo com um dos bons partidos que ela teimava em lhe apresentar de vez em quando:

— Sabe a Cidinha?

— Que Cidinha?

— A filha da dona Filomena, meu filho. Vai falar que não se lembra dela? Vocês costumavam brincar de casinha quando crianças — fazia uma pausa, respirava fundo e concluía, deliciada: — Que mão tem pra temperar um feijão!

Não comentava nada, mas a velha insistia:

— Esteve outro dia aqui em casa e falamos muito de você! Olha, que moça como ela você não encontra fácil por aí.

O Medeiros balançou a cabeça. Esta era a sina dele. Suportar que a mãe, em sua idade, tentasse lhe empurrar pretendentes. De modo geral, mulheres desprovidas de graça, de mãos boas para a cozinha e um bordado.

E essas reflexões levavam-no para um tempo mais distante. Moravam numa casa cheia de recordações. Retratos empoeirados de avós, tios, tias, primos, primas na sala de visita. A sua única irmã vivia na Austrália, o ponto mais longe que encontrou para fugir à tirania da mãe. Lembrava-se do pai, um aposentado de olhar triste, atormentando pela pegação de pé da velha. Mas havia coisas boas naquilo tudo: os pastéis de carne e palmito, as canjas, as tortas, os suflês de queijo, as sobremesas diversificadas, preparados com carinho por ela. Era só ele ir para Campinas, em suas raras visitas, e a mãe procurava mimá-lo como se fosse uma criança.

Procurou cortar o fio das recordações, porque sentiu um travo amargo na boca. Aquilo tudo o incomodava. Não era nada afeito às relações familiares e muito menos às relações com as pessoas com quem convivia. Em São Paulo, não se dava com a maioria dos colegas. Gostava de curtir a solidão. Fora do expediente, fechava-se no apartamento, deitava-se num sofá cheio de corcovas, servia-se de uma dose de uísque e punha-se a ouvir Nina Simone. Não sabia quando e nem como tinha adquirido o gosto pela cantora norte-americana. Mas a voz rouca dela, cantando seus blues, com um jeito todo peculiar, dava-lhe uma alegria única que não encontrava em outras cantoras.

Também curtia a noite. Gostava dos inferninhos do centro da cidade. Sobretudo aqueles em que, sendo amigo do dono, podia beber um scotch legítimo. Sem provocar dor de cabeça pela manhã. Na madrugada, era raro sair desacompanhado. Sempre havia uma garota disposta a um programa suplementar. Deu outro suspiro: mas não agora com a pandemia. Com o vírus correndo solto, tinha é que ficar confinado no apartamento, enchendo a cara e pensando nas muitas garotas que haviam entrado e saído de sua vida. Como se fossem espuma de cerveja, para não deixar marcas e nem recordações.

Havia parado até de frequentar a casa do Bellochio. Nos bons tempos, era um refúgio para ele. Aos domingos, aparecia para o almoço. A mulher do amigo, a Conceição, recebia-o com o maior carinho. Enquanto ele e o

Bellochio enxugavam garrafas de vinho ou de cerveja, ela ia para a cozinha e preparava lasanhas, macarronadas, feijoadas, bacalhoadas, leitão à pururuca, frango de cabidela, tortas. Era comer, beber, falar de mulheres, comentar os casos espinhosos do DP e desancar os colegas venais e o chefe deles, o Cebolinha. Voltava para o apartamento nem sabia como, o carro ligado no piloto-automático. Aqueles regabofes eram a sua alegria, sobretudo por poder comer, beber à farta e conversar com aquele amigo leal a toda prova. A bem da verdade, o único amigo com que podia contar naquela cidade, onde as ratazanas esperavam nas sombras para sair das tocas e fazer malfeitos.

Estava imerso em seus pensamentos, quando se viu entrando em Campinas. Sem perder tempo, dirigiu-se ao Hospital Municipal Mário Gatti. Consultando o GPS, verificou que ficava na avenida Prefeito Farias Lima, Jardim Itália. Estava cansado, com vontade de tomar um banho e, talvez, comer alguma coisa. Mas, como não queria perder tempo, foi direto ao hospital.

Chegando ao local, identificou-se na recepção e deu o nome da mãe.

— Dulce Ermelinda de Medeiros... — a atendente, consultava uma lista de pacientes internados.

— Sim, é ela.

— A senhora sua mãe está na UTI, senhor. E parece que o estado dela é bem grave. Pneumonia, agravada pela Covid-19. Não sei se pode receber visitas.

Medeiros sentiu um baque no peito. Então não era malandragem da mãe, como das outras vezes.

— Por favor, venho de São Paulo. Sou o filho único dela.

Ela o considerou por um instante.

— Está bem, vou consultar o pessoal da UTI e ver se o senhor pode subir.

Ligou o interfone, conversou com alguém e informou:

— Pode ir, senhor Medeiros.

Tomou o elevador e chegou na UTI. Fizeram-lhe muitas recomendações — não se aproximar demais da paciente, não encostar nela, não tirar a máscara, etcétera, etcétera — e permitiram-lhe uma curta visita. Foi conduzido até o leito da mãe, onde ela jazia toda entubada. Quase não a reconheceu, estava só pele e osso, a cor azulada, a respiração opressa. Ficou ali a seu lado, como que perdido. Foi então tomado pela angústia, pela dor da perda iminente. Havia tantas diferenças entre eles, mas percebeu ali que, apesar de tudo, a amava.

E muito. Com a morte dela, rompia mais um elo com o passado. Segurou-se para não chorar.

— Senhor... — uma enfermeira dirigiu-se a ele com voz solidária: — Sinto, mas o senhor não pode mais ficar aqui.

Desceu correndo as escadas. Chegando ao térreo, passou rápido pelo balcão de atendimento e saiu na rua. Encheu os pulmões de ar fresco. Ainda sentia o cheiro de medicamentos e dos condenados. Foi ao carro, abriu a porta e sentou-se. Deu a partida, ligou o ar-condicionado, mas não saiu do lugar. Permaneceu algum tempo parado, a cabeça mergulhada em pensamentos: era a UTI com tanta gente entubada e seus leitos separados apenas por cortinas, eram as enfermeiras e médicos com o ar cansado, andando feito zumbis, e era sobretudo a mãe, os olhos viscosos, a respiração opressa, o peito magro implorando por um pouco mais de ar. Outras imagens superpuseram-se a estas: o pastel sendo preparado e frito, as tortas de palmito levadas ao forno, e o sorriso dela ao ver o filho vindo de São Paulo só para visitá-la. Mas isso tudo mais que depressa desfazia-se no ar.

Sem poder mais suportar a tensão, o desconsolo, Medeiros começou a chorar e chorou até os olhos arderem. Num ímpeto selvagem, pôs-se a socar o volante do carro até lhe doerem as juntas dos dedos, enquanto gritava:

— Puta merda! Puta merda!

ASSIS, EM HOME OFFICE 4

Era um babaca — pensava, aturdido. De puro medo, não se decidia a marcar encontro com a garota de programa, a Angel, mas a vontade era imensa, vivia ansiado, cheio de desejo, queria muito ter aquela garota nos braços, ouvi-la dizer, em seu ouvido, com a voz aveludada, como ele era um tesão e fazendo todas aquelas indecências que o Nestor tivera a pachorra de lhe descrever:

— De tudo, meu caro, um boquete caprichado, se você quer saber — lambia os beiços e prosseguia: — E acho que, se você dar uma graninha a mais, ela é capaz até de deixar você comer o cuzinho dela.

— O cuzinho? Será? Você não disse que era uma garota fina? Porra, Nestor! O cuzinho?

— E daí? O que uma coisa tem a ver com a outra? Fina ou não, pode gostar de dar o anel, ora. São oitocentos contos...

E via-se, em vez de terminar mais um relatório, com os dados errados fornecidos pela mala da Chupeta Maldita, os olhos no ar, esquecido até da tevê gritando na sala, da cara ranzinza da Célia, da algazarra das crianças a infernizá-lo tanto, sobre uma cama redonda, com um espelho no teto, luzes roxas, verdes e vermelhas, matizando o corpo da garota, a bundinha macia, as coxas, os seios, a macega de pelos, que seriam dele, com seu cheiro enlouquecedor, se tivesse coragem, só dele, ainda que fossem umas poucas horas. Mas onde achar aquela grana para lhe comprar os favores? Os malditos oitocentos contos? — pensava, desacorçoado. Ele, com o salário reduzido, o orçamento apertado, se sobrasse algo no final do mês, mas o que vinha eram mais cortes no salário, ah, se fosse doido como o Nestor... O Nestor que nunca pensava em nada, sempre saindo com as meninas da noite...

— Cara, você merece, trabalha que nem um condenado e só pensa na mulher, nos filhos — o amigo o incentivava. — Deixa de ser besta! Dá uma escapadinha, vai te fazer um bem danado.

— Tá certo, mas oitocentas pilas é uma baita de uma grana. Vou ter que meter a mão na poupança.

— Mas não contou que, outro dia, a tua patroa gastou oitocentos na porra de uma bolsa? Você se mata de trabalhar, e ela que se aproveita? Larga de ser trouxa, cara. Pensa um pouco em ti.

Era o argumento final, refletia, mas o clima não andava nada bom na empresa, sentia isso nas palavras do doutor Elói:

— Porra, Assis! Os números não batem, a Claudinha disse que você errou de novo! Apesar de ter-lhe passado todos os dados corretos. Desse jeito, não dá.

Nem procurava defender-se. Era inútil. A maldita Chupeta, mais uma vez, querendo jogá-lo contra o Chefe, e sempre fora assim, ferrando uns e outros, ela tinha subido de maneira vertiginosa na empresa e, agora, toda cheia de si, exibia-se com um cartãozinho de apresentação, uma merda de mau gosto, onde vinha escrito "Cláudia Duarte de Melo, Assessora Especial".

— Filha da puta! Especialista em chupetinha... — o Nestor dava uma gargalhada, exibindo o cartão de visita no *happy hour*, quando ainda havia *happy hour*.

— Quem ela pensa que é, caralho? — explodia de raiva o Assis. — A gente se mata, e ela que sai mamando?

— A queridinha do Chefe, ué. O que você esperava? — e o Bortolatto completava com malícia: — Se você quiser ficar por cima, cara, vai ter que também fazer uma chupetinha pro doutor Elói!

Agora, com a pandemia, adeus *happy hour*, nem se distrair com os amigos mais podia, tomando um chopinho atrás do outro, comendo pedaços de linguiça, falando mal dos colegas do escritório, tinha é que ficar encerrado em seu quarto com o laptop no colo, trabalhando muito mais do que na empresa e, ai se ousasse sair, a Alice vinha com tudo para cima dele:

— Voltando pra casa, direto pro banho, Assis! Nunca se sabe com quem você andou conversando.

E, com mais e mais pessoas contaminadas a cada dia que passava, as UTIs dos hospitais cheias de doentes, vinha o Nestor, com a maior cara de pau e parecendo ignorar tudo isso, dizer que a garota transava sem máscara:

— Juro por Deus, cara! Como você acha que ela ia fazer um boquete? Liga pra ela pra você ver.

— Boquete, tudo bem, mas você falou também que ela deixa beijar na boca. Puta merda, cara!

— Quer saber de uma coisa, Assis? Ela só não transa sem camisinha, porque tem medo de pegar AIDS, mas transa, sim, sem máscara e dá beijo de língua. Acho que ela não acredita nessa porra de coronavírus.

E ele, ali, diante do laptop, imaginando o que podia fazer para, depois de combinar com a garota, escapar de casa por umas duas ou três horas e fazer o que vinha sonhando fazer, desde que o Nestor lhe havia falado pela primeira vez da Angel, dizendo maravilhas dela, descrevendo seu corpo, sua boquinha, de lábios bem vermelhos, a bundinha, uma gostosura, cara, mas a Célia, com toda certeza, ia lhe comer o fígado, se ficasse assim tantas horas longe de casa e, com toda certeza também, ia acusá-lo de ter saído com alguma puta.

— Vai ao mercado? Um pé lá, outro, cá, não quero que fique se arriscando em pegar o vírus e passar pra gente aqui em casa.

— Porra, Célia. Então vai você fazer as compras!

— Eu? Você tá é doido!

Procurava afastar o pensamento da Angel e concentrar-se no relatório crescendo a olhos vistos e de que sentia muito orgulho, queria ver a Chupeta Maldita ou o doutor Elói encontrarem algo de errado, mas não conseguia concentrar-se direito, às vezes a mente voando, sem mais nem essa, ele se via na cama com a garota, fazendo tudo o que sonhava.

Mas, nessa época, teve pesadelos e noites mal dormidas, desde que o doutor Elói havia marcado uma reunião presencial com ele em sua sala. Coisa boa não seria — pensou, cheio de agonia. Por que o chefe ia querer vê-lo em plena pandemia?

O Nestor vinha em seu auxílio, tentando acalmá-lo:

— Fica calmo, cara, acho que ele quer falar daqueles contratos com a Sony. Não deve ser outra coisa.

— Mas não é a Chupeta Maldita que ficou incumbida desses contratos? Foi isso que ouvi dizer.

O Nestor dava um sorriso maroto.

— Pois é verdade, mas sabe que a turma vem falando? — ficava em silêncio por um instante, para depois dizer: — Que ela andou fazendo umas cagadas, acho então que o Chefe quer que você conserte as burradas da Claudinha.

— Verdade?

— O Bortolatto tem também essa opinião. Disse que a Chupeta Maldita está mal na fita com o Chefe. Se quer saber, meu caro, uma hora ela espirra. Estão falando até em desvio de dinheiro...

— Jura?

— Sim, alguém andou metendo a mão na grana. Descobriram na seção de contratos um monte de falcatruas.

— Era a Chupeta que mexia nisso...

— Sim, e, pelo que parece, em combinação com o doutor Elói. Desviavam o dinheiro, dando a entender que eram fundos perdidos. A maior tramoia. Andam até falando em devassas no escritório.

Sentia-se então mais animado, quem sabe até não teria um novo cargo, um salário melhor, sim, ele saberia muito bem como consertar os erros daquela imbecil, pois conhecia como ninguém o acordo com a Sony, e essa constatação fez que sua autoestima se elevasse, a ponto de, uma noite, ter sonhado com a Angel. Via-se num hotel de luxo com a garota, mas não a tratava como uma prostituta e, sim, com todo o respeito devido a uma mulher de qualidade como ela. Esquecia seu passado de garota de programa, transavam sem máscara e sem medo, davam-se beijos longos, trocavam carícias e, dentro do sonho, sonhava que faria de tudo para tirá-la daquela vida, e ela, aninhada em seus braços, sorria para ele, como era linda, uma princesa, com seus cabelos negros, a pele acetinada, os olhos cor de mel, murmurando Meu querido, meu amor, serei tua e tu serás meu...

Acordava, pela manhã, todo molhado e intimado pelo desejo, e, ao se lavar, prometia que, se tivesse a promoção e, por extensão, o aumento, não ia protelar mais, ia marcar, afinal, um encontro com a garota, porque ele merecia, depois de tanto sacrifício e privações e, assim, deixou de ter pesadelos e só esperava o dia da reunião com o Chefe e, quando este chegou, vestiu seu melhor terno, sua melhor gravata e, munindo-se de coragem, lá foi para o escritório, levando em mãos o relatório. Como não poderia deixar de ser, a empresa estava quase toda vazia, por conta da pandemia e, passando com seu cartão corporativo pela portaria, dirigiu-se ao décimo terceiro andar, onde ficavam os gabinetes dos deuses, cruzou o salão cheio de baias em que costumava trabalhar com os colegas e, a bem da verdade, sentiu um pouco de saudade daquele espaço onde tanta gente se aglomerava, trabalhando com afinco e permitindo-se momentos de descontração no café, para falar mal do doutor Elói e da Chupeta Maldita ou contar piadas, dirigiu-se à sala do Chefe e a secretária, a feiosa da Elizete, será que o Otoniel tinha tido mesmo um caso com ela, como o fofoqueiro do Nestor havia confidenciado?, informou-o, naquela sua voz enjoadinha, que deveria esperar na outra sala:

— O doutor Elói está agora numa reunião privada com a doutora Cláudia. É pro senhor esperar um pouco.

Doutora?, sentiu vontade de dar uma risada, Doutora?, só se fosse em sacanagem, imaginava o rosto sarcástico do Nestor iluminando-se e talvez dizendo Pois é, doutora em chupetice e boquetes pela UNIPUTA, cairia na gargalhada com o chiste do amigo, mas agora estava na antessala do doutor Elói, era melhor concentrar-se e pensou que devia ter uma atitude positiva, vai ver que o homem cansado da impertinência da Chupeta Maldita, que até chegara ao ponto de gritar com ele na frente de subordinados e querendo dar um basta, marcara a reunião, para meter o pé na bunda da criatura e colocá-lo de vez à frente da seção de contratos, ah, ele daria muito bem conta do recado, contratos eram com ele e não com aquela imbecil, especialista em puxa-saquismo e chupeta de rola — pensava, seria a sua glória, daria uma vida mais decente à Célia e às crianças, e a Célia pararia de azucriná-lo, e ele teria o tempo que quisesse na rua, até para sair com a garota de programa, a Angel, e fazer aquilo com que vinha sonhando há muito tempo, ter uma mulher de qualidade só para si e estava sonhando de olhos abertos, quando ouviu a voz enjoadinha da Elizete:

— Seu Assis, o doutor Elói está lhe esperando na sala.

Estremeceu, quase deixou cair a pasta com o relatório, mas se controlou e seguiu a secretária, Meu Deus, nem bunda tinha direito!, até a sala do Chefe e mal entrou, ao notar que a Chupeta Maldita continuava por lá, sentiu um baque no peito. Procurando controlar o nervosismo, começou a dizer as palavras que havia ensaiado tanto em casa, para aquele encontro com o doutor Elói:

— Bom dia, doutor, trouxe aqui aquele...

Mas o homem cortava-lhe a fala rente. Sem ao menos convidá-lo a sentar, dizia, curto e grosso:

— Senhor Assis, tenho a lhe comunicar que, a partir de hoje, a nossa empresa não necessitará mais dos seus préstimos.

Ouvindo aquilo de bate-pronto, ficou ali estatelado, até que deixou a pasta cair de suas mãos trêmulas, as folhas espalharam-se pelo chão, e murmurou:

— Mas, mas... o senhor... eu pensava que...

E outra vez, tinha a fala cortada pelas palavras do doutor Elói, agudas como a lâmina de uma faca:

— Lamento, mas, frente à crise gerada pela pandemia, tivemos que fazer alguns cortes emergenciais na empresa.

E ele, sem conseguir dizer nada, pensava Mas por que eu? Por que eu e não outra pessoa?

— A doutora Cláudia — tornava o doutor Elói — irá lhe passar os documentos de rescisão. Para abreviar a coisa, a empresa lhe dispensará do aviso prévio.

O doutor Elói abaixava a cabeça, dando a entender que a entrevista terminara, e ele deixava o escritório, passando pela mesa da Elizete, que o contemplava com os olhos arregalados e adentrava o salão com as baias, quando a Claudinha veio em seu encalço, gritando:

— Assis, Assis!

Virou-se, e ela gritou daquele seu jeito imperioso:

— Passe em minha sala. Você não pode ir embora sem assinar os documentos de dispensa!

OS INFECTADOS 7

O **Localizador** sente, fundo no peito, o frio do silêncio, a Metrópole desprovida de seres humanos, no inverno, iluminada apenas pelo sol a não aquecer ninguém, muito pelo contrário, provocando resfriados, gripes, constipações e, nos casos mais extremos, pneumonias, submetendo as pessoas ao cataclismo da Covid-80 e, no verão, o calor de rachar, os miasmas verdes, amarelos e vermelhos, erguendo-se dos terrenos das marginais ao rio, dos córregos e ribeirões infestados, o asfalto derretia-se debaixo dos pés, mal calçados com botinas de solas protegidas, de maneira precária, por camadas e camadas de papelão reduzidas a pasta, e onde arrumar dinheiro para comprar outras, se estava com o salário atrasado há mais de um ano, devido ao extravio de documentos na **Seção de Contratos**? O Senhor tenha calma — dizia o responsável por aquele departamento —, que uma hora encontrarão o seu contrato, pois em algum lugar deve estar, mas um conselho de amigo e conselhos, como sabe, nunca são gratuitos: não pare de trabalhar de maneira alguma, pois, se o fizer, poderá sofrer severas punições, até com sua dispensa por justa causa, devido a abandono de emprego, sem direito a indenizações e à pensão por aposentadoria.

Não bastasse isso, estava exausto de tanto andar e de penetrar em covas infectas, em defrontar mendigos violentos ou pacientes infectados pela Covid-80, munidos, às vezes, de uma seringa com sangue infectado, felizes, em sua anacrônica crueldade, de poder propagar a moléstia, cujos maus cheiros impregnavam os ares e cuja melodia tomava as cores do delírio, da impudência, lembrava-me então, com saudades, de um tempo mais remoto, quando se podia ouvir o burburinho das pessoas, os gritos dos pregões na Bolsa, dos feirantes, os sussurros de amor dos amantes nas praças, aqueles escandalosos das prostitutas e rufiões à porta dos inferninhos, as prédicas dos pastores, expulsando Satanás de nosso convívio, nos templos lotados de fiéis, quando se podia olfatear o cheiro quente das padarias, dos pães e do café recém-coado e o odor tinto de sangue das carnes em exposição nos açougues, sob a sinfonia do zumbir azulado e sedoso das moscas, mas ele, na época, nem era um **Localizador**, pois a pandemia não tinha dado seus sinais, falava-se apenas de uma remotíssima chance de ela vir para o Ocidente, embora já viesse, aos poucos, mostrando suas garras em países exóticos e perdidos na bruma, "nas terras dos comedores de morcegos", como diziam os intolerantes e, depois, sem que ninguém esperasse, da noite para o dia, aparecia do nada a avalanche de mascarados, correndo as nossas ruas, saturando as praças, os locais de encontro, e, para nosso horror, milhões de pessoas começavam a cair doentes e, num paroxismo disso tudo, os pacientes infectados pela Covid-80 davam de morrer como moscas, provocando o saturamento dos **Centros de Atendimento**, dos cemitérios e **Centros de Incineração**.

As pessoas, vendo mais e mais doentes nas clínicas e hospitais lotados de pacientes, a ponto de não se encontrarem leitos, mesmo para aqueles em melhor situação financeira, notaram que, de certo momento em diante, eram obrigadas a transformar tudo em deserto, em solidão, a ponto de um indivíduo, em meio à massa alheia ao pandemônio, como se fosse um aedo, dotado de senso artístico, dominado pelo horror do real, em processo de coagulação, ter visualizado, como configuração simbólica daquele tempo de pandemia, uma cena fantasmagórica, na qual a humanidade se resumiria a apenas dois indivíduos, vestidos de negro, com chapéus, trocando palavras mudas, diante de uma estátua de mármore, toda de branco, recitando palavras mudas e cheias de mofo, numa praça vazia, iluminada por um sol, projetando sombras geladas sobre o império do nulo. Quanto a ele, apenas um **Localizador**, contudo, nada imaginativo e ancorado na mais opressora realidade, continuava com a sua faina, há muito habituado a correr a Metrópole, levando a tiracolo uma maleta com fichas, de onde tiraria os dados para, no final do dia, fazer relatórios, a serem entregues no **CMRVP**, o **Centro Municipal de Recolha de Vítimas da Pandemia**.

Mas, enquanto caminhava, recordava-se daquele tempo antigo, em que costumava preencher fichas de outra espécie, ou seja, as referentes a dívidas, diferentes em tudo das que passou a se utilizar, com a vinda da pandemia, quando, por obra de um concurso, tornou-se um **Localizador**. Era, então, apenas um **Cobrador**, um cobrador, capaz de percorrer grandes distâncias, para cobrar uma dívida, na aparência, impossível de ser cobrada, pois que havia muitos caloteiros, quantas e quantas vezes, não teve que entrar em luta com um vagabundo, incomodado por que lhe vinham perturbar a paz, chamando-o, por vias travessas, de caloteiro, puxa vida!, afinal, aquele homem possuía um carro do ano, um belo apartamento, uma mulher vistosa, puxando pela coleira um cão felpudo, e não queria quitar as dívidas! Quanto a ele, um **Cobrador**, sem apartamento, sem uma mulher vistosa, sem um cão felpudo, tinha mais modos, sabia como tratar as pessoas, e, na maioria das vezes, conseguia cumprir sua obrigação, voltando com a fatura paga e juros acumulados ou não, tudo dependia da negociação, por isso era respeitado na firma de cobranças, mas a verdade era que, chegando a pandemia, não tiveram consideração por ele, pondo-o no olho da rua, não se preocupando em saber se eu tinha mulher, um cão e filhos, e o pior, se é que podia acontecer algo de pior em sua situação, foi sua insana busca de emprego, batendo sola nas ruas, pois como podiam reativar o ofício de **Cobrador** se não havia o que cobrar na Metrópole, com fábricas e empresas cerrando as portas e dominada pelos infectados e pelo silêncio?

Deu-lhe de pensar que, se, naqueles tempos da pré-pandemia, as pessoas podiam sair às ruas, correr pelas ciclovias, a pé ou de bicicleta, passear nos parques, andar ao léu, participar de manifestações, de aglomerações, oferecer a cara ao sol, trabalhar como um **Cobrador** e confinar-se, por prazer, por alegria, em shoppings, mercados, lojas, estádios, templos, prostíbulos, praticar esportes ao ar livre, no presente momento, era como se vivessem num estágio de pós guerra atômica, somente que, no caso, os edifícios todos de pé, mas eram esqueletos, cujas órbitas, despidas de olhos, não mais projetavam luzes, deixando as ruas negras, os habitantes com medo de sair de suas casas, os locais de reunião ou de trabalho, as lojas, armazéns, padaria, mercados, sem ter quem fizesse negociação de produtos, cheios de pó, e assim, a Metrópole, como outras Metrópoles e cidades do país, naquele ano de 2080 — vim a perceber —, começava pouco a pouco a ficar desabitada, as pessoas em confinamento, sem o direito de sair, circular, andar, espairecer, correr, passear, marchar, a um ponto em que palavras como "comunidade", "comunitário" também corriam o risco de serem contaminadas e, caso alguém ousasse enunciá-las, corria o risco de se tornar uma vítima da síndrome da disjunção.

Havia exceções, é claro, porque o poder econômico é que continuava a determinar tudo, senão como explicar o aparecimento de estabelecimentos de ***Air Suppliers***, chamados de **Centros de Alívio**, que, à semelhança dos bares e lan-houses do passado, abrigando diletantes à procura de divertimento eletrônico, funcionavam em lugares, frequentados por pacientes, dispostos a receber em público, para se evitar assim o ambiente sufocante dos lares, a sua cota de oxigênio puríssimo ou mesclado com ervas com virtudes medicinais já bastante comprovadas? Era ver tais pessoas, cada uma delas sentada numa poltrona ou deitada em um leito, junto a um balcão, tendo ao lado um cilindro individual ou usando máscaras, ligadas por cânulas a depósitos coletivos de oxigênio, controlados por funcionários especializados, ouviam-se, então, roncos, sibilos, canções vindas dos pulmões, a compor a sinfonia dos aflitos, no presente momento, desafogados e, como não poderia deixar de ser, pagava-se caro por isso, tanto com a utilização de cilindros individuais quanto com os dos coletivos, vinha a descobrir o **Localizador**, em conversa com outros **Localizadores** e **Recolhedores**, todos eles muito bem informados das novidades relativas à pandemia, e, portanto, tais luxos — vinham a saber — eram reservados apenas para quem tivesse posses e pudesse usufruir, em sociedade, de um prazer comunitário, sentindo junto a si o calor humano, ainda que tal calor pudesse ser emitido pela respiração de um doente terminal, já que nada mais restava às pessoas, em busca de um pouco de alívio para as aflições respiratórias e também as aflições do confinamento, a lhes negar a presença, por vezes, compensadora, do Outro.

Mas também viera saber de gente que levava ao exagero as visitas aos **Centros de Alívio**, consumindo oxigênio além da conta, consumindo-o como se consumissem drogas, e o resultado, como não poderia deixar de ser, estava na sobrecarga do **IEVS**, o **Instituto Emergencial de Vigilância Sanitária**, pois os dirigentes desse órgão vieram a descobrir agora que era preciso vigiar e cuidar dos que se viciavam no uso daquele oxigênio com virtudes medicinais, tendo como consequência a criação de um problema sanitário de outra ordem, mas com potencialidade de causar uma quantidade incalculável de óbitos. E, como era de praxe, nesses casos, a ***Sanity Air***, exercendo o seu dumping, a única responsável por ofertar esse tipo de oxigênio, estava pouco se lixando para os problemas que vinha trazer para o **IEVS**, o **Instituto Emergencial de Vigilância Sanitária**, e, por consequência, para o Poder Público, pois a Multinacional, eximindo-se de quaisquer responsabilidades no caso e preocupada apenas em auferir lucros e mais lucros, punha nas ruas muitas peruas azuis, com a inscrição ***Air Suppliers***, providas de lotes de cilindros, deslocando-se de um lado para o outro da Metrópole, prontas a suprir as Clínicas, Hospitais, os lares e, sobretudo, os chamados **Centros de Alívio**, instalados em tudo quanto é canto, na medida em que o número de viciados crescera de maneira vertiginosa. Além disso, ouvia-se falar dos corruptos, capazes de, driblando a legislação, criar falsos estabelecimentos desse tipo, utilizando a inscrição ***Air Suppliers*** e ofertando oxigênio de má qualidade, a preços, é bem verdade, vis, mas, devido à falta de inspeção ou certificados dos órgãos públicos, esse tipo de oxigênio mais barato era bem propício de causar outros tipos de doença, corrompendo pulmões e as vias respiratórias, causando hemorragias, levando, por conseguinte, à morte.

Era o que ele costumava ouvir em suas andanças, mas não queria se meter nisso, pois seu ofício, no presente, era outro, o de **Localizador**, e, como tal, tinha que correr as praças, ruas e avenidas, os olhos de lince focados em antros, buracos, cloacas, canos de escoamento de águas servidas, levando a tiracolo a pasta cheia de fichas, onde deveria fazer suas anotações, registrando os dados dos cadáveres, dos pacientes terminais, dos moribundos, depois de ter marcado o local onde se encontravam com um tubo de PVC, munido de uma bandeirola, para facilitar o trabalho do **Recolhedor** de sua área de atuação, seguindo assim as determinações do **Manual** do **Centro Municipal de Recolha de Vítimas da Pandemia**, embora, nos últimos tempos, jamais o abrisse, porque, em anos de trabalho, sabia de cor todas as regras, além de que se fiava em seu instinto, em seu faro, daí se justificando o ter sido contratado, após uma entrevista com o pessoal dos **Recursos Humanos** e, depois, com o **Superintendente**, e ele tinha na memória, bem fresco, tudo o que lhe haviam perguntado, desde suas origens, os familiares, o grau de instrução, a especialização, a atividade profissional, e tinha certeza até de que ganhara alguns pontos pelo fato de ter sido, no passado, um **Cobrador**, pois, embora o que se exigisse dos funcionários do **Centro Municipal de Recolha de Vítimas da Pandemia**, um **Localizador** ou um **Recolhedor**, fosse algo diverso do que cobrar faturas de devedores, acontecia de ser importante o fato de ele conhecer a cidade, conforme suas próprias palavras, em que havia um pouco de exagero retórico, com a palma das minhas mãos. Para seu contentamento, tendo sido aprovado no concurso do **Centro Municipal de Recolha de Vítimas da Pandemia**, que incluía até testes dos mais capciosos, ganhei um uniforme bege, um crachá, com um número funcional, 897654098765490, e não meu nome, por uma questão de privacidade, um boné, provido de uma pala de plástico, para me proteger do sol, botinas reforçadas, com um solado de borracha, uma sacola cheia de fichas, tubos de PVC, bandeirolas negras, destinadas aos mortos, azuis, aos pacientes contaminados e amarelas, aos doentes terminais e com as instruções de que cabia a ele, como um bom **Localizador**: localizar apenas as vítimas da pandemia, visto que o cuidado com os mendigos, sem-teto, aflitos por outros males não fazia parte das atribuições dos funcionários o **CMRVP**, o **Centro Municipal de Recolha de Vítimas da Pandemia** e, sim, de outros órgãos municipais.

Lembrava-se, e sua memória continuava prodigiosa, com minúcia, do que lhe acontecera logo que, aprovado em concurso e recebido seu uniforme, tivera uma reunião com o **Superintendente** a si designado, que lhe dera as palavras de boas-vindas O Senhor merece os parabéns — cumprimentava-o o homem, encerrado em seu escritório climatizado e consultando a tela de um micro —, soube que se saiu muito bem nos testes e soube também que tem um belo background, com este seu conhecimento das ruas, praças e logradouros de nossa Metrópole, o homem fazia uma pausa e, após limpar os óculos de grau, prosseguia com a mesma inflexão de voz Pois bem, cabe-lhe agora ler o **Manual**, de fio a pavio, e inteirar-se das obrigações, atribuições de um **Localizador**, atentando para o fato de que a legislação, criada após anos e anos de muita reflexão e estudos, deverá cobrir todas as situações, mesmo aquelas dúbias, porque tenho certeza de que encontrará solução inclusive para os casos mais intrincados, desde que não fuja ao que determina a legislação. O coração dele bateu mais sossegado, ainda mais quando recebeu em mãos o cartapácio, a cópia do **Manual**, contando com mais de duas mil páginas, cujos inúmeros parágrafos e alíneas eram impressos em letra tão minúscula que era só acessível com uma lente de aumento. Agora, pensava, depois de estudar o **Manual**, de lê-lo de fio a pavio, estava pronto para sua jornada, embora soubesse que teria que passar pela fase probatória, contando com um Tutor, também um **Localizador** como ele, mas com anos de experiência e, ao primeiro contato, como que levou um balde de água fria à cabeça, pois ele lhe disse Caro Colega, muitas vezes, previno-o, será bom agir por instinto, pois esse pessoal lá de cima, fazia um gesto de desprezo com o queixo, apontando os andares superiores do edifício do **CMRVP**, o **Centro Municipal de Recolha das Vítimas de Pandemia**, vive nas nuvens, fechado em seus escritórios climatizados, usando terno e gravata, o dia inteiro, consultando tabelas em micros, e sem conhecer de perto as reais condições de nosso trabalho, para eles, o **Manual** é como se fosse um Livro Sagrado, cujas leis deviam ser invocadas e aplicadas, de maneira inflexível, em quaisquer situações ou circunstâncias, mesmo que a realidade possa vir a demonstrar a sua inexequibilidade.

Pois ele havia ficado feliz de poder contar com aquele velho **Localizador** como seu Tutor, com a função de, segundo os regulamentos, orientar, dirigir, corrigir e punir, em casos extremos, todas as atividades dos recém-contratados, e, assim, lembrava-se da emoção sentida quando, em seu primeiro dia de trabalho, seguira empós o seu líder *ad hoc* e fora conhecer o campo de atuação designado a si, desde quando assumira o seu cargo. O Colega — dissera-lhe o Tutor, agora, na rua, usando um tom mais autoritário que, a bem da verdade, o desagradou bastante, porque, mal ou bem, eram colegas — deverá cobrir a área W-90 da Zona Sul e, de maneira alguma, poderá extrapolar sua região — e, com o dedo, mostrava, no mapa da cidade, um conjunto de quarteirões, circundados por uma linha vermelha Do contrário, poderá sofrer sérias punições. E se — dizia ele, agoniado com o tanto que deveria percorrer em seu dia a dia, apontando também para o mapa — um local onde um paciente terminal se refugiou ou onde um cadáver foi abandonado pelas máfias situar-se na fronteira entre uma região minha e a região pertencente a outro **Localizador**? Aí é que está o busílis da questão, o Colega chegou a um dos pontos cruciais de nosso trabalho, em casos assim, deverá se utilizar do bom senso, porquanto o **Manual**, com sua infinidade de parágrafos e alíneas, não dá conta e nem poderia dar conta de tudo que um ofício tão complexo como o nosso oferece no corpo a corpo, com os infinitos problemas a serem enfrentados, alguns tão complexos que legislação alguma poderia cobrir, em casos assim, meu caro, é fiar-se no instinto e na experiência apenas.

Então...? — suspendia a respiração, esperando que o Tutor lhe desse uma resposta objetiva sobre o problema apresentado, mas ele, para seu desgosto, coçava a cabeça, desconversava e acabava dizendo O Colega não pode e nem deve tentar colocar o carro diante dos bois, por enquanto concentre-se no que tem de imediato pela frente, ou seja, o Senhor deverá aprender, num primeiro momento, o básico, ou seja, como localizar os corpos e ponto final — e, refletindo um pouco, completava Quanto à questão de limites, de fronteiras, ficará para depois, caso isso venha a se lhe colocar como um real problema, em algum momento de sua atividade. Não insistia e aceitava o conselho do Tutor, agora empenhado em farejar os esconderijos em que se escondiam os infectados ou em que eram despejados os cadáveres pelas máfias. O Colega não pense que tudo lhe será ofertado de mão beijada, não — e, lançando o olhar para uma avenida, a ser inspecionada, porque haviam penetrado na área que me tinha sido designada para o trabalho naquele dia de iniciação — dizia, com um ar de superioridade mal disfarçado O Colega, por acaso, vê algum abrigo e/ou esconderijo de pandêmicos por aqui? Forçava, forçava a vista, mas não via nada, a não ser uma avenida comum, sem transeuntes ou veículos, o asfalto queimando sob o sol, lixo regurgitando dos depósitos Não, não vejo nada demais, não posso dizer com segurança se há por aqui um abrigo onde se refugiassem pandêmicos ou onde se despejassem cadáveres — disse, hesitante, e o Tutor abria um sorriso, abanava a cabeça e, olhando para mim, como se eu fosse um débil mental, dizia Ledo engano, meu caro Colega! Ledo engano, pois que há por aqui, mesmo a um olhar superficial, no mínimo, dois abrigos de pandêmicos ou locais de despejo de cadáveres. Olhos, meu caro Colega — e ele punha os indicadores sobre os próprios olhos —, olhos existem para ver, e eu aconselharia ao Senhor que soubesse como bem usar os seus, além, é claro, como também bem usar as narinas, pois o olfato é sempre um auxiliar nessas circunstâncias, e ele não podia deixar de sentir a falta de cortesia do Tutor, mas engolia em seco, eram prerrogativas da profissão que escolhera, inclusive, contar com alguém a orientá-lo assim de maneira tão indelicada, pois que um Tutor devia reconhecer que ele era um novato e, como tal, ainda não tinha condições de conhecer todos os macetes da profissão.

Hoje, ele recordava com nostalgia do seu ritual de iniciação, quando, sem conhecer coisa alguma do ofício, a não ser o regulamento, as leis expressas no **Manual**, com seus parágrafos e alíneas, seguia empós o seu Tutor, que, diante de um novato, fazia de tudo para se apresentar como um Tal, devido aos pretensos conhecimentos do que cabia a um verdadeiro **Localizador** e, sendo assim, em vez de orientar, dirigir, corrigir o Colega, chegara a rir de sua incompetência e inabilidade. Hoje, a um primeiro olhar ou a uma primeira olfateada, ele não hesitaria em apontar dois abrigos de pandêmicos, habilmente camuflados naquela avenida de periferia, mas não se tratava de hoje, mas de um outrora longínquo, de modo que, naquele tempo, não tinha olhos e nem narinas experimentados, a ponto de dizer, sem hesitação alguma Senhor, creio que, naquela coluna, a sustentar o viaduto, há uma falsa placa de concreto, entrada, portanto, quer me parecer, de um abrigo para pandêmicos Brilhante! Meu caro Colega, brilhante! — teria dito o Tutor, caso eu tivesse de fato, em meu primeiro dia de ofício, feito uma descoberta assim tão sensacional. Como é que se deu conta disso? — diria ele, espantado com a habilidade do funcionário novel Pelo odor — diria eu — e também por observar que a placa destoa das demais, com suas saliências, ranhuras e tonalidade mais escura. E não é que, se tal descoberta tivesse acontecido, naquele dia de sua iniciação, ambos, munidos de ferramentas, poderiam ter forçado a entrada do esconderijo e dado com um pandêmico infectado, os olhos raiados de sangue, e pronto a resistir à intervenção de um **Localizador**, seja munindo-se de um cacete com pregos nas pontas, seja com uma seringa cheia de sangue contaminado?

Mas o aprendizado foi penoso, a humilhação pesando sobre os ombros, temendo ele que o Tutor lhe fizesse críticas em seu relatório final, tais como "o novato tem se mostrado relapso, não cuidando bem das fichas", "o novato tem chegado atrasado ao trabalho" ou "o novato não aprende e creio que não terá capacidade para exercer seu ofício", "o novato, apesar do esforço, não tem acuidade visual e nem olfativa suficientes para detectar pandêmicos", e assim pensava, apavorado, na ocasião, temendo ser despedido, antes que assumisse de fato o cargo, mas, pelo visto, na redação do documento, como viria a saber depois, rigoroso, por sinal, o Tutor mostrara toda sua lisura, comportando-se objetivamente, de maneira que, ao ser chamado pelo **Superintendente**, teve a alegria de saber que fora aprovado na fase probatória e, portanto, podia assumir os deveres do ofício, ou seja, localizar as vítimas da pandemia e pôr bandeirolas coloridas — as negras para os mortos, as azuis, para os infectados e as amarelos para os doentes terminais —, para que o **Recolhedor** de sua zona de atuação, a W-90, pudesse encaminhá-los aos **Centros de Atendimento** ou aos **Centros de Incineração**, embora a coisa vista assim de longe, para um leigo, pareça simples, mas, na realidade, envolvia mil e um problemas que só a dedicação plena, ajudada pelo instinto e pela experiência, podiam solucionar, pois o **Manual**, como soem ser os manuais, tinha muitas lacunas, a ponto de cobrir apenas uma parcela das situações, deixando as mais complexas para o bom senso dos **Localizadores**.

Por exemplo — penso agora do alto de muitos e muitos anos de labuta —, como descobrir os diferentes tipos de antros onde se refugiavam os pandêmicos, visto que, aterrorizados, devido ao fato de se terem transformado em caça pelos funcionários do **CMRVP**, faziam de tudo para se ocultar, como num caso curioso, em que um pandêmico havia retirado o motor de um caminhão abandonado e utilizado o espaço para se esconder, ou, como noutro caso, também curioso, em que um doente terminal escondera-se na parede de um prédio em ruínas, mas havia feito a coisa tão bem feita, emparedando-se, pois era um pedreiro de mão cheia, que foi muito difícil localizá-lo. Mas era preciso também ter tino para as artimanhas das máfias, preocupadas em se livrar dos cadáveres, pois, não desejando ser surpreendidos pela polícia, tomavam o cuidado de não deixá-los largados em qualquer lugar, simplificando a tarefa dos **Localizadores** e, assim, utilizavam-se de recursos ilícitos, entre eles, os de jogarem os corpos em betoneiras, para que desaparecessem para sempre, enterrados em vigamentos de viadutos e pontes, de modo que era preciso sempre estar atento, porque, se não fosse um **Localizador** trabalhar com a atenção redobrada, coisa mais fácil era ser ludibriado. Não, o Senhor se engana, não sou um infectado, sou apenas um mendigo, um sem-teto — dizia-lhe a criatura barbuda, os cabelos emaranhados, por cujos buracos da roupa, se via a carne emaciada, os pés embrulhados em jornais, as unhas como garras, mas não era difícil ver quando estavam mentindo, pois tinha à mão um esfigmomanômetro, e bastava-lhe, pois, ver se o cidadão tinha a febre ou a pressão alterada e, como muitas vezes, disfarçavam, tomando opioides, podia chegar a um veredito correto apenas examinando as pálpebras debruadas de vermelho, mas amarelecidas na ocasião, indicando infecções, entre elas, a da Covid-80, para desmentir a confissão do descarado e encaminhá-lo, portanto, a seu **Recolhedor**. E com o passar dos anos, fora se esmerando em seus diagnósticos, a ponto de o olfato dizer-lhe se estava diante de um pedinte ou um miserável sem-teto, a ocupar, de modo pacífico, um antro e, portanto, sem necessitar de encaminhamento algum, ou de um doente em estado terminal, movido pelo ódio, seringa com sangue infectado à mão, pronto a contaminar quem quer que viesse a lhe investigar o abrigo.

Movo-me, pois, entre o presente e o passado, deslocando-me pela cidade, os ombros recurvos devido ao peso da idade e das obrigações e sem bem saber o porquê da minha culpa, pois, às vezes, sinto-me apenas como nostalgia e, às vezes, como sombra, meu uniforme reduzido a trapos, minhas botinas furadas, e protejo-me da umidade com pedaços de papelão enfiados nas solas, mas, fechado em meu antro, à noite, quando chove e enregelo de frio, meus relatórios preenchidos com muito labor, ponho-me a comer uma côdea de pão com manteiga rançosa, deito-me em minha enxerga infestada de piolhos e penso com certa alegria naquele outro ser esperançoso que um dia eu fui. Então era forte e, ainda que ignorante de muita coisa, desenvolvia minhas habilidades, empenhando-me a fundo e não esmorecia, mesmo quando vim a saber, alguns anos depois, que haviam perdido meu contrato nos **Recursos Humanos**, o que implicava que eu acabaria num limbo, de onde nunca mais consegui sair e, a partir de então, não tive mais salário. Sobrevivi, após ser expulso do hotelzinho por falta de pagamento, ocupando o antro de um doente terminal, recolhido e enviado a um **Centro de Atendimento**, onde, para meu conforto, havia um fogareiro a álcool, uma mesinha cambaia, uma enxerga, com o enchimento de espuma escapando dos rasgos, trapos e alimentava-me do que encontrava no lixo ou do que almas caridosas me davam e, assim, ia vivendo de maneira precária, não tendo outra saída senão continuar trabalhando no **CMRVP**, sem pagamento algum, porque, se ousasse sair de lá e procurasse outra ocupação, correria o sério risco de ser despedido por justa causa e, assim, perderia os muitos anos de contribuição, embora, nessa altura da vida, desprovido de quaisquer rendimentos e, em consequência disso, sem mais ter contribuído para os fundos de pensão, nem mais sabia se tinha meu nome entre os futuros pensionistas de algum fundo de pensão e, desse modo, só me cabia esperar, esperar, esperar. Esperar o quê, afinal? Nem mais sabia, porque estava me acostumando a pensar que minha memória abraçara o vazio e, nela, havia pontos a serem preenchidos, mas não por uma mente doentia como a minha, incapaz, por exemplo, de estabelecer relações de causa e efeito, essenciais para determinar o que foi ontem, o que é hoje e o que será amanhã.

Aliás, tinha até desistido de ir conversar com o responsável pelos **Recursos Humanos**, para lhe perguntar como estava a minha situação, porque a resposta invariavelmente seria a mesma Senhor, o seu caso não é o único, há muitos outros em situação similar, além de que estamos com pouquíssimos funcionários aptos para fazer buscas em arquivos, Mas, Senhor — redarguia eu, usando de um tom bem humilde para não ofender o responsável pela **Seção de Contratos**, que, segundo se dizia, era cheio de melindres —, faz quase um ano que estou sem receber, não tenho como pagar por moradia e alimento, Sinto — ele rebatia — pelo seu desconforto, Senhor, mas, enquanto não localizarmos seu contrato, nada poderá ser feito e, quando eu ia me retirando, o ombros recurvos, o estômago roncando de fome, ele chamava-me de volta — Pst!, eu corria até ele, cheio de esperança, contando que fosse encontrar uma solução para o meu caso, mas era em vão, pois, em realidade, queria apenas me dizer Mas aconselho o Senhor a não parar de trabalhar, em hipótese alguma, porque, se assim o fizer, poderá sofrer um processo por abandono de cargo. E quanto à minha fome? — poderia indagar, mas não indagava, pois o funcionário nada tinha a ver com a precariedade de vida de um **Localizador**, quando muito talvez pudesse dizer Pois o Senhor, nos tempos mais felizes, em que seu salário pingava em sua conta, deveria ter poupado e reservado um dinheirinho para os tempos de crise, e ele continuava a esperar, esperar e nunca mais foi importunar o funcionário dos **Recursos Humanos** e, muito menos, da **Seção de Contratos**, se bem que havia outra razão, bem mais forte, para que ele não fizesse isso.

Acontecia que ele não estava nada apresentável, os cabelos emaranhados, a barba por fazer, as unhas, como garras, enormes e tarjadas de preto, as roupas, apenas farrapos, as botinas esburacadas. E o fedor que se emanava dele, então! Via as pessoas na rua virarem a cara à sua passagem, como se dissessem Este daí é um porco, há quanto tempo não se banha? Com certeza, deve ser um pandêmico! Deixou, pois, de ir ao escritório da Empresa, não só para reclamar com o funcionário dos **Recursos Humanos**, como também para prestar contas a seu **Superintendente** que, a bem da verdade, nem mais deu por sua ausência, ainda mais depois que outro chefe de **Localizadores** foi contaminado pelo vírus da Covid-80, e as pessoas acabaram dizendo que por culpa de um **Localizador** ou de um **Recolhedor** que, tendo contraído a doença, em vez de avisar seus superiores e, demitindo-se, por obrigação de ofício, do **CMRVP**, o **Centro Municipal de Recolha de Vítimas da Pandemia**, e esconder-se, na sequência, num antro, esperando que fosse localizado e recolhido num **Centro de Atendimento**, isto se houvesse vaga disponível, mas não, sem o mínimo respeito pelos seus semelhantes, e, sobretudo, por seus superiores, talvez por vingança, preferira passar adiante o vírus. É bem verdade que tal **Localizador**, como fiquei sabendo, recebera punição, sendo despedido de modo sumário, perdendo suas regalias e, não bastasse isso, encaminhado a um presídio, onde, numa solitária, passou o resto de sua existência em confinamento obrigatório.

Em consequência dessa insanidade de um **Localizador**, responsável pela contaminação e morte de um Superior, cortaram-se os contatos entre o pessoal do escritório e o pessoal de rua, para se evitar quaisquer contaminações e, sendo assim, deixei de prestar contas a meu **Superintendente**, embora continuasse com meu trabalho de rotina, localizando doentes ou cadáveres em antros, fincando no corpo dos mortos a ponta rombuda do tubo de PVC e indicando com bandeirolas de diferentes cores os pacientes, os doentes terminais e os defuntos, para, no fim do dia, fazer os relatórios que, agora, enchiam meu antro até o teto, pois fora, por questões sanitárias, dispensado de apresentá-los ao **CMRVP**, o que, de um ponto de vista, era um alívio, mas, de outro, um contrassenso, pois horas e horas de trabalho corriam o risco de ser desperdiçadas devido à umidade, aos ratos e insetos.

Vivia, na agonia do meu tempo, cada vez mais só, às vezes, até sentindo saudades do olhar de verruma do meu **Superintendente**, dizendo com a voz carregada O Senhor atente para, O Senhor não se esqueça de, O Senhor não pode julgar que, O Senhor não descure de, a maior parte daquele tempo rumoroso, escapando em sílabas mornas ou urros dos pandêmicos, passando por mim como sombra e, de quando em quando, me perguntando Você algum dia perscrutou-se para saber quem era, ou conformou-se com este seu status de neblina? Nem sabia como responder, o corpo moído de cansaço, depois da exaustiva jornada, o número de pandêmicos aumentando em proporção geométrica, e redigindo seus relatórios, a se transformarem em pó, como papiros egípcios, por incúria de seus Superiores, a perderem o estatuto de documento, mas, como longe, muito longe, dobravam os sinos, talvez fosse hora de eu vestir meus trapos, minhas botinas com reforços de papelão, meu boné sem a pala, e seguir para a avenida, onde deveria prestar meu preito aos cadáveres, acondicionados em caixões de pinho, encimados por arranjos de flores desirmanadas, e a serem encaminhados aos **Centros de Incineração**, de longe, se via a fumaça negra subir das chaminés dos galpões, dentro dos quais, os fornos trabalhavam a todo vapor, para prover o espaço dos soluços contidos dos mortos, das despedidas de quem sonhava com o paraíso do vazio.

Humilde como um cão, ou melhor como a sombra de um cão, ajoelhava-me diante das chamas de um dos fornos e entoava um cântico, aprendido não sei onde e nem sei quando, enquanto as pessoas olhavam-me com desconfiança, talvez pensando que fosse mais um dos infectados, mas, àquela altura, pouco me interessavam os juízos dos outros sobre mim, pois eu era sombra, respirava como sombra, comia sombras e, sem que o soubesse o porquê, sombra não projetava. Ficava zanzando por ali, durante algumas horas, atordoado pelo cheiro dos cadáveres em decomposição, pelo fato de muitos caixões aguardarem, ao ar livre, numa fila interminável, para que os corpos fossem incinerados e também atordoado pelo cheiro de carne queimada. Assim, sem se importar com a fetidez dos odores, participava da agonia deles, eram a minha vigília e o meu preito aos que nos deixavam.

Depois, voltava a meu antro, cheio de fichas e relatórios, onde ia entreter a solidão. Deitava-me em minha enxerga e ficava horas com os olhos postos numa única estrela, bem destacada na mancha oleosa do céu e visível de um fresta no teto do meu abrigo.

Era negra e corrosiva como a morte.

A CONFRARIA 3

Ao voltar para casa, depois do encontro com o professor Ângelo, Davi não teve uma noite fácil. Acometido de insônia, ficou rolando no colchão de um lado para o outro. Não conseguindo dormir, levantou-se e foi se sentar à varanda do apartamento. Serviu-se de um *Calvados* e, enquanto bebia, ficou pensando na conversa com o homem. As coisas reveladas por ele eram para lá de estranhas: a manipulação de notícias pelos canais de informação, a criação, por forças poderosas, de um novo Império, o Sino-Americano, a invenção de uma pandemia para instalar o caos no seio da sociedade e poder assim melhor dominá-la, os princípios anarquistas da *Panarquia*. Tudo aquilo parecia um sonho do qual despertava para voltar a cair no mundo vazio em que vivia. Estava excitado com tantas novidades, contudo, ao mesmo tempo, sentia-se inseguro, como se o que ouvira no diálogo com o professor Ângelo fosse a mais rematada fantasia. O que era verdade ou empulhação no discurso daquele homem?

Não, não parecia ser empulhação, voltou a refletir, desconcertado com o que ouvira na palestra e, depois, na conversa em casa dele. Muito pelo contrário, pois o professor Ângelo havia dissertado com tanta seriedade, utilizando uma lógica contundente e argumentos sólidos, não lhe permitindo a menor refutação. E nada o levaria a pensar que o velho senhor estivesse zombando dele. Pelo contrário, o tinha tratado com a maior consideração.

Para aumentar a confusão em sua mente, havia o convite para que se submetesse a um ritual de iniciação na "Sociedade Panteosófica". Ficou pensando se valia a pena correr o risco de sair de casa, para se encontrar com o representante da Confraria, no Largo do Arouche. E, dali, ir a um local desconhecido e participar de um cerimonial sobre o qual não tinha a menor ideia do que fosse. E se tratasse apenas de uma reunião de velhotes, sócios de uma academia qualquer, semelhante às muitas que havia em São Paulo, na qual os convidados, depois de tomar chá com bolachas ou uma taça de vinho, confraternizavam, com discursos e a distribuição à farta de diplomas, comendas e medalhas de latão? — pensou, incomodado com a ideia.

Por outro lado — refletiu —, podia estar enganado e ter uma surpresa, como a da palestra do professor Ângelo, cheia de revelações. Afinal, nada tinha a fazer na noite seguinte, a não ser ficar sozinho, bebendo doses e doses de conhaque e afogando-se em suas mágoas e frustrações. Talvez uma coisa diferente o ajudasse a levantar o astral, tão em baixa, tirando-o daquela rotina de trabalho, da pressão da família, da angústia com a doença da avó internada na UTI. Ainda mais num momento de sua vida em que os sonhos e aspirações da juventude estavam se esvaecendo, devido à falta de perspectivas.

Tendo pensado isso, decidiu de vez que valeria a pena participar do ritual. Não tinha nada a perder. Caso fosse apenas mais uma reunião social em que se chatearia à larga, bastava-lhe voltar para casa e embebedar-se.

Um bocejo, outro, anunciaram a vinda do sono. O *Calvados* e aquelas reflexões na varanda haviam sido eficientes, acalmando-o e deixando-o num bom estado de espírito. Mais um bocejo, espreguiçou-se e foi logo dormir, pois, no dia seguinte, teria muito o que fazer. Havia que despachar com alguns de seus funcionários na empresa, telefonar para os gerentes dos bancos, conferir as ações na Bolsa e ligar para a UTI do Sírio-Libanês, para ver como estava a avó.

E, para coroar isso tudo, à noite, iria até a "Sociedade Panteosófica", no Largo do Arouche, e, de lá, seguiria para um local onde aconteceria o tal do Ritual de Iniciação. Algo lhe dizia que não se decepcionaria.

* * * * *

Como haviam combinado, às vinte horas plantou-se diante do edifício da "Sociedade Panteosófica", à espera do representante da Confraria. Embora sabendo que podia desagradar ao professor Ângelo, por precaução, tinha posto uma máscara. Uns minutos depois, uma limusine negra, com o emblema dos *Fratribus* nas laterais, estacionou junto à sarjeta. Um homem, vestido todo de preto e com uma máscara de Arlequim, saiu do carro, abriu a porta detrás do veículo e convidou-o a entrar, fazendo um gesto respeitoso com a mão:

— Boa noite, senhor Davi.

Entrou no carro, e o desconhecido sentou-se ao volante. Antes de dar a partida, contudo, voltou-se para trás e entregou-lhe uma touca negra de lã, sem buracos para os olhos.

— Por favor, seria demais solicitar ao senhor que tirasse esta sua máscara e vestisse a touca?

Davi estranhou o pedido, mas acabou obedecendo. O carro pôs-se em movimento. Devido à touca, Davi nada pôde saber do percurso, a não ser que era longo. Uma meia hora depois, o veículo parou. Davi ouviu a porta se abrindo, e o motorista segurou-o pelo braço, enquanto murmurava:

— Por aqui, senhor.

Davi deixou-se levar. Pela sensação de frio e pelo perfume das flores, deduziu que atravessavam um jardim. Uma porta rangeu, ele foi introduzido num edifício, andou alguns metros, até que seu guia o alertasse:

— Cuidado com os degraus.

Sempre guiado pelo homem, desceu com cuidado uma escada em caracol, ao fim da qual, a touca lhe foi tirada da cara. Davi notou que estavam num cômodo sem janelas, cujas paredes eram de pedra bruta, iluminado apenas por uma lâmpada dependurada do teto. Encostada à parede, havia uma série de armários de madeira. O estranho com a máscara de Arlequim abriu um deles, pegou um manto vermelho de veludo, provido de um capuz e um par de chinelos de couro e ofereceu-lhe:

— Por favor, dispa-se, guarde suas roupas no armário e vista o manto.

Davi hesitou, e o homem, voltando-lhe as costas, mostrou impaciência:

— Vamos, não temos tempo a perder!

Num primeiro momento, irritado pelo tom autoritário, pensou em dizer que desejava ir embora, mas, após uma hesitação, acabou obedecendo. Despiu-se, guardou as roupas no armário, vestiu o manto, pôs o capuz sobre a cabeça e enfiou os pés nos chinelos.

— Está pronto, senhor?

— Sim.

O estranho virou-se, abriu outro armário e pegou um pote de barro. Derramou um líquido numa taça e ofereceu-lhe:

— Beba.

O que seria? Água? Vinho? Davi cheirou a bebida. Não, não era água e nem vinho. Pelo contrário, era um líquido com um não identificável odor. Hesitou, antes de ingeri-lo.

— Desculpe-me, mas acho melhor não...

— Senhor, não tema — o estranho acrescentou com uma entonação irônica: — Não é veneno, não queremos lhe fazer mal.

Davi fitou a taça, sem decidir se devia beber ou não.

— Ande, não temos a noite toda — tornou o estranho com irritação. — O cerimonial irá começar logo! Não vai querer perdê-lo, não é?

Davi tomou coragem e levou a taça aos lábios. O líquido tinha um gosto picante e desagradável. Depois de hesitar um pouco, bebeu tudo.

— Vamos — disse o homem.

Nem bem deu alguns passos, Davi sentiu um formigamento na língua e no palato, seu olhos turvaram-se e sua audição tornou-se mais aguda. O que havia naquela beberagem? Será que o estavam dopando? — pensou, com agonia. Não conseguia mover-se e, assim, foi preciso que o estranho lhe agarrasse o braço e o puxasse. Ouvia seus passos e o ofegar da respiração, como se fossem aumentados por um amplificador, ressoando fundo nos ouvidos, e aquilo lhe causou mais desconforto. Meio que trôpego, Davi deixou-se conduzir, subiu a escada em caracol e foram ter num salão, por onde desconfiou que haviam entrado, logo à chegada.

Como se estivesse embriagado, não conseguiu distinguir os detalhes daquele aposento, a não ser que as paredes eram de pedra bruta, como as do porão, e que, no alto, havia vitrais, reproduzindo imagens de cavaleiros, armados de espadas, lanças, damas, dragões, em meio a jardins e castelos. Havia também estátuas de mármore, em pedestais, reproduzindo nus, em posições lascivas. Sob a fraca iluminação e o entorpecimento causado pela beberagem, ao erguer a cabeça, Davi teve a sensação de que o teto ficava num ponto a perder de vista e de que as paredes, fora de esquadro, moviam-se, ora fazendo o ambiente alargar-se ou estreitar-se. Davi também podia ouvir de muito longe o som de uma música monótona, produzida por tambores, pífaros, chocalhos, acompanhados por vozes, em surdina, entoando um hino em latim.

Quase sem poder se manter de pé, deixou se levar por seu guia. Chegando diante de uma porta dupla, o homem com a máscara de Arlequim abriu-a e introduziu-o num auditório, quase de todo tomado pela escuridão e iluminado por velas e tochas, espalhando uma luz difusa. Ajudado pelo estranho, sentou-se numa poltrona de couro. Naquela penumbra, não dava para se ver direito o teto do aposento, dominado por sombras. Apesar disso, notavam-se os floreados e nervuras em estilo gótico nas abóbodas. À frente do auditório, havia uma espécie de altar, coberto com uma toalha vermelha e ladeado por mármores de nus. Ao fundo do aposento, distinguiam-se vitrais, decorados com motivos medievais.

Movendo a cabeça bem devagar, Davi olhou para as demais poltronas e reparou que o auditório estava quase vazio. Aqui e ali, havia alguns poucos encapuzados como ele, todos sentados e em silêncio.

E então a música parou de tocar, e uma voz, não se sabia vinda de onde, reboando nas abóbodas, fez-se ouvir:

— *Fratres, invocemus qui illam regit nos, est ostende te nobis in semita recta propter eos qui hoc volunt, sui imperii sui.*[4]

Um turíbulo desceu do teto. Começou a se movimentar de modo pendular, espalhando incenso para todos os lados do aposento. Aos olhos de Davi, ainda sob efeito da bebida, a fumaça desenhava formas fantasmagóricas no ambiente: carantonhas, corpos de mulheres e homens nus, guirlandas de flores e ramos. E a movimentação dessas imagens era acompanhada pelo som em surdina de um órgão.

A música cessou e, de novo, a voz do oficiante, agora visível diante do altar, vestido todo de negro e com uma máscara, usando uma coroa dourada e segurando um cetro, ressoou:

— Irmãos! Vós, hoje, sereis iniciados em nossa Confraria, pois vos despistes das vestes civis. Despi-vos agora também de todo o preconceito a vós incutido pelas leis daqueles que desejam nos dominar, com a difusão de uma falsa pandemia, para fazer de nós os escravos de costumes e hábitos de um Estado despótico, mancomunado com uma Igreja venal e moralista. Criaturas do Mal, visam apenas à instalação de um Império imundo, em que, baseados em prerrogativas tirânicas, se julgam Senhores, para subjugar, de maneira indiscriminada, os que julgam seus Escravos!

---

[4] "Irmãos, invoquemos a quem nos deve governar, para que mostre o caminho certo a quem desejar construir seu próprio Império".

Silenciou, para depois prosseguir:

— Vinde receber o signo da Confraria, com o qual sereis reconhecidos como mais um de nossos Irmãos!

O guia voltou a segurar Davi pelo braço, obrigando-o a se levantar e dirigir-se até o púlpito. Reparou que outros encapuzados também eram conduzidos até onde estava o oficiante. Chegando à frente, o guia apertou-lhe os ombros, obrigando-o a se ajoelhar. Davi percebeu que não tinha mais vontade própria, tanto que nem resistiu. O oficiante aproximou-se dele, enfiou a mão num cálice, embebeu o polegar num líquido e, depois, o premiu contra sua testa. Davi sentiu uma dor excruciante, como se o tivessem marcado com um ferro em brasa. Tentou gritar, mas em vão, pois ruído algum saiu de seus lábios. Tonto, debateu-se de modo débil e iria ter ao chão, se a mão de seu guardião não o sustentasse.

O som em surdina do órgão, reverberando em seus ouvidos, levantou-se e, ajudado pelo guia, foi reconduzido até sua poltrona.

— *In hoc signo vinces*! — bradou o oficiante. — Com ele, agora impresso em vossa carne, Irmãos, sois os novéis escolhidos, os abençoados pela "Confraria dos *Fratribus*" e os Iniciados nos arcanos da *Panarquia*!

O órgão cessou sua voz, e a música de flautins, tambores e chocalhos fez-se ouvir de novo. Um coral passou a entoar uma cantilena cuja mesma frase musical era repetida várias vezes:

— *Fratres, invocemus qui illam regit nos, est ostende te nobis in semita recta propter eos qui hoc volunt, sui imperii sui.*

As velas e tochas do auditório foram sendo apagadas, e a escuridão, o perfume do incenso e o efeito da beberagem fizeram que Davi fosse tomado pela sonolência. Também sentia fome e sede. Mas não sabia o que fazer e nem para onde se dirigir, pois seu corpo outra vez deixou de lhe obedecer, até que seu guardião o obrigasse a se levantar e, sempre lhe comprimindo o braço, o guiasse para fora do auditório.

Viu-se então num salão, também sem janelas, iluminado apenas com a luz de velas, onde pôde distinguir uma mesa, com pratos, talheres e tigelas contendo alimentos. Intimado por seu guia, sentou-se. Reparou que outras pessoas, também usando o manto e o capuz, acompanhavam-no. Um odor de carne assada espalhava-se pelo ar. Davi não pensou duas vezes. Ignorando as regras de cortesia e, sem esperar que o servissem, pegou uma porção de alimento com as mãos e pôs-se a comer com voracidade. Notou que a carne estava malpassada e bem condimentada, mas isto não lhe desgostou, muito pelo contrário, fez que repetisse. Alguém lhe entornou bebida em sua taça. Como estivesse sedento, de imediato, a provou. Era um vinho tinto forte, que lhe aguçou o paladar. Tornou a comer a carne, acompanhada de bocados de pão preto e bebeu até se fartar. Ninguém conversava em torno à mesa — só se ouvia o ruído das pessoas mastigando e deglutindo.

Terminando de comer, Davi, recostou-se em sua cadeira, saciado. Mas, intimado pela mão de seu guia, que lhe apertou o cotovelo, ergueu-se e deixou-se levar para outro salão também escuro, provido de divãs de veludo vermelho. Lá, foi obrigado a se despir. Caiu num dos divãs e tinha os olhos semicerrados, quando sentiu que alguém apertava o corpo nu contra o dele.

— Quem... Quem é... você? — tartamudeou.

— Meu Irmão amado... — uma voz feminina respondeu, enquanto o acariciava.

Quando deu por si, percebeu que uma negra, com grandes seios e coxas, ásperos pelos pubianos, um odor acre na pele, pôs-se a beijá-lo. Estava presa de forte excitação, mas um pouco vexado, porque percebeu que, nos demais divãs, outros casais acariciavam-se. Gemidos cortavam a escuridão da sala, iluminada pela luz das velas. Tentou desvencilhar-se de sua parceira, mas não tinha forças e sucumbiu às carícias. Nem bem tinha se saciado, eis que que outra mulher, agora, uma loira, com uma farta cabeleira, o corpo todo liso, abraçou-o e, descendo a cabeça, vinha lhe chupar o pênis. Nunca havia se sentido assim com tanto desejo, a ponto de perder todo o pudor. Seria a beberagem? A carne sangrenta? A excitação por fornicar na frente de estranhos? — pensou, aturdido. Não tinha respostas para as perguntas e deixou se levar pelo encantamento, pelo desejo. Mais outros corpos nus, em sequência, que não sabia distinguir muito bem se de mulheres ou de homens, vieram acariciá-lo, provocando-lhe seguidas ereções, até que o sono o tomou por inteiro e apagou de vez.

Acordou com alguém o sacudindo. Percebeu que estava vestido, sem a máscara, e dentro da limusine.

— Chegamos, Irmão — era a voz do seu guia. — Chamei um táxi para levá-lo de volta a casa.

Mal se podendo ter nas pernas, Davi deixou o veículo. Sem se despedir, o estranho com a máscara de Arlequim fechou a porta e deu a partida na limusine.

Era de madrugada e fazia frio. O táxi estacionou junto ao meio-fio, e Davi entrou. Deu o endereço e, durante o caminho, pôs-se a pensar em sua aventura. Teria sido tudo real ou um sonho? O que significava aquele ritual de orgia? Uma libertação de usos e costumes morais com que fora educado? Não tinha respostas. E se voltasse a conversar com o professor Ângelo, para dar conta de suas dúvidas? Mas, ao se lembrar de que não tinha o telefone do velho senhor e, em sua confusão, nem se lembrava direito do endereço dele, soltou um suspiro de insatisfação. Mas, por outro lado, embora sonolento, sentia-se bem, a cabeça desanuviada, apesar ou por causa daquela aventura da noite.

Ao chegar ao apartamento, tomou um banho demorado, tentando tirar do corpo os odores de incenso e das pessoas com quem havia fornicado. Escovou os dentes até deixar as gengivas quase em carne-viva, para ver se fazia desaparecer da boca o gosto da beberagem e da carne malpassada. Bebeu vários copos de água gelada, tentando aplacar a sede e, para afastar o mal-estar, tomou duas aspirinas.

Deitou-se e logo adormeceu. Pesadelos sucederam-se. Via-se de novo naquele auditório, cujo teto se perdia na escuridão, enquanto a música do órgão, dos instrumentos de percussão e das vozes soava sem parar. Tomava uma beberagem de gosto nauseabundo, sentia ânsias, comia bocados da carne sangrenta, acompanhados daquele vinho. Mulheres e homens abraçavam-no e beijavam-no. Cheio de desejo, fornicava até se sentir extenuado. Deixava o aposento repleto de divãs e perdia-se num labirinto, cujas paredes eram de pedra maciça e parecia não ter saída. Em desespero, começava a correr, mas jamais chegava ao fim daquele lugar, iluminado por tochas, a projetar sombras aterrorizantes. E a voz do oficiante, vinda de muito longe, criando um eco perturbador, ao repetir a ladainha:

— *Fratres, invocemus qui illam regit nos, est ostende te nobis in semita recta propter eos qui hoc volunt, sui imperii sui.*

Ao acordar, o corpo moído de cansaço, não tinha muita certeza de que tudo aquilo havia de fato acontecido. Contudo, ao se olhar no espelho do banheiro, notou que havia um sinal rubro na testa, como se ele tivesse sido vítima de uma queimadura de cigarro. E para tornar a coisa mais real, ao tocá-lo, sentiu que o local ardia.

Passou quase o dia inteiro de cama, tomado pela sonolência e pelas imagens de sua aventura. Tornou a dormir e, ao acordar, sentiu a garganta seca e o corpo todo dorido. Não bastasse isso, espirros sucederam-se a espirros, obrigando-o a se servir de lenços. Apalpou-se e reparou que estava quente, coisa que foi confirmar de vez, ao utilizar um termômetro e ter ciência de que sua temperatura havia subido demais. Assustou-se ao constatar isso. E se tivesse sido...? — pensou, com horror, sem coragem de completar o pensamento.

Embora fosse assaltado pelas dúvidas, creditou o mal-estar, os espirros, a garganta seca, a temperatura alta e a dor de cabeça e do corpo aos excessos da noite anterior.

Sempre havia sido uma pessoa de hábitos morigerados. Bebia pouco, de modo geral, cálices de *Calvados* e um ou outro vinho, em jantares. E, algumas raras vezes, servia-se dos préstimos de garotas de programa. Nada mais que isto. Por isso, ter participado de uma orgia, bebendo uma infusão e copos de vinho, comendo carne quase crua, fornicando com mulheres e homens desconhecidos, era algo completamente fora de seus hábitos.

Refletiu, preocupado, que não devia mais ser tão fraco, a ponto de se deixar levar outra vez por aquilo, ainda mais num tempo de pandemia. Afinal, quisesse ou não, as mortes estavam acontecendo à sua volta, apesar de todos os argumentos do Professor Ângelo em defesa de sua teoria da *Panarquia*. Prova melhor disso era a sua avó, tão querida, agonizando numa UTI.

Mas estava confuso, pois o peso da realidade não havia se abatido sobre ele. Naquele momento do dia, após o repouso, outra noite vinha se impondo. Com as sombras avizinhando-se, ele continuava como uma presa daquele mundo de fantasmagorias, que o impediam de refletir, de maneira mais clara, sobre o que tinha passado. Quando fechava os olhos, parecia-lhe penetrar outra vez no casarão, onde havia participado de uma orgia. Ecos de uma melodia dissonante soavam fundo em seu cérebro, e um coro de vozes entoava um cântico negro:

— *Fratres, invocemus qui illam regit nos, est ostende te nobis in semita recta propter eos qui hoc volunt, sui imperii sui.*

Davi ergueu-se da cama penosamente, as dores musculares e enjoos, agora, bem mais intensos, perturbando-o em demasia. Sentia a cabeça girar e, com isso, era incapaz de refletir direito. Pôs de novo a culpa na extravagância daquele ritual, em que participara de atos que iam contra sua consciência moral.

Levantou-se, foi ao banheiro, ingeriu outras aspirinas e um antitérmico, com a esperança de que, após um sono reparador, acordasse no dia seguinte em melhores condições. A ponto de poder voltar à sua rotina e às inconveniências do dia a dia com o ânimo redobrado.

Mas, transpirando muito e respirando com dificuldade, devido ao mal-estar, custou a adormecer. Quando o fez, mergulhou num abismo negro sem sonhos ou pesadelos.

A JANELA INDISCRETA 3

Por que o homem da cicatriz se deteve naquele velho com enfisema ou outra moléstia respiratória e preso a aparelhos? Teria sido ele outra vítima da Covid-19, culpada por tantas mortes na cidade de São Paulo? Assim se explicava seu interesse: talvez porque lembrasse a sua própria condição de enfermo, há poucas semanas atrás, vítima da pandemia de coronavírus, atrelado àquela parafernália ambulatorial, num Pronto-Socorro, não sabendo se ia sobreviver ou morrer, recebendo soro nas veias e demais medicamentos até que o considerassem são, mas de um modo precário, a ponto de o médico, à saída, tê-lo aconselhado a permanecer em confinamento, medicando-se, e a não sair às ruas. Examinou o velho senhor durante algum tempo e concluiu que nada havia de novo sob o sol, pois a situação dele era bem similar à de muita gente na Metrópole. Contudo, quando ia deixá-lo, para ver se descobria alguém de maior interesse, em outro apartamento, vivendo um conflito exemplar, viu a porta do quarto abrir-se num repelão, e um jovem, vestindo um casaco de couro vermelho, com uma gola de pele, entrar, ir até o enfermo e, puxando uma cadeira, sentar-se e pôr-se a conversar com ele, usando, na aparência, de um tom educado, mas, como o velho sacudisse a cabeça, em negativas, o visitante, segundo lhe pareceu, começou a ficar exasperado, a ponto de se levantar, quase derrubando a cadeira e, de dedo em riste, avançar em direção do enfermo, franzir a cara e dizer coisas aos brados, obrigando o doente a recuar a cabeça o quanto podia, e, aliás, podia ele muito pouco, pois a poltrona estava quase encostada à parede.

Não se dando por satisfeito com a violência dos gestos e palavras, o visitante de casaco vermelho adiantava a mão e, num gesto repentino, arrancava a máscara do velho senhor, cujos olhos estavam bem abertos, talvez pelo esforço em respirar, sem o auxílio do respirador. Esticava os braços, como a suplicar que lhe fosse posta a máscara de volta à cara, e o visitante, mostrando, pelos gestos, má vontade, tornava a conectar o velho ao aparelho respiratório, proporcionando-lhe, pelo visto, alívio imediato. Mas, logo em seguida, o jovem pôs-se de novo a gritar e, levantando-se foi ao guarda-roupa, abriu as portas de par em par e começou a vasculhar tudo, jogando as roupas sobre a cama e no chão. Uma cômoda chamou sua atenção. Indo até ela, esvaziou as gavetas e deu só com camisas, cuecas e meias. Como parecesse não encontrar o que desejava, cresceu sobre o doente, e este, como da outra vez, recuou a cabeça, mostrando todo seu pavor com a investida, mas isso não impediu que deixasse de levar sopapos e empurrões.

Aquele maluco seria filho ou parente do velho senhor, à procura de alguma joia ou de dinheiro? — especulou o da teleobjetiva. Só isso podia explicar tanta violência, tanta covardia com uma pessoa indefesa como aquele ancião, ainda assim, apesar da idade, resistindo aos ataques de seu oponente, recusando-se a confessar onde estaria o que o visitante desejava. O jovem terminou deixando o quarto e encaminhou-se para a sala e, lá, como era possível de se ver pela teleobjetiva, pôs-se a promover uma bagunça, tirando os livros e objetos de decoração das estantes, jogando-os no chão, abrindo armários e esvaziando todo o conteúdo, fossem pratos, taças, garrafas, com um frenesi que até assustava. Não contente por não encontrar seu objeto do desejo, foi à cozinha, onde, abrindo os armários sob e acima da pia, esvaziou-os de pratos, panelas e pratos, lançando-os no chão. E nem os mantimentos foram poupados — pegando as caixas de plástico esvaziou-as, misturando todos os produtos, fossem farináceos, fossem grãos. Mas também o fogão e a geladeira tiveram as entranhas devassadas, bem como o armário sobre o tanque, com os alimentos misturados a produtos de limpeza. O homem da cicatriz imaginou a bagunça promovida por aquele desatinado, fazendo do apartamento um chiqueiro.

Descontente com a revista, o jovem socou a parede, como que tomado pela fúria. Sentou-se numa banqueta e ficou numa pose de alguém que estivesse a refletir, tal era sua concentração. Mas durou pouco a calmaria, pois ele logo se levantou com um repelão.

Voltando à sala, tornou a mexer na estante, mas não encontrando nada, balançou repetidas vezes a cabeça, em sinal evidente de descontentamento, e, indo à cozinha, muniu-se de um facão, com o qual, cheio de raiva, veio a desventrar um sofá e as poltronas, espalhando a espuma pela sala. Como essa atitude de vandalismo não desse a resposta que esperava, o visitante retornou ao quarto, aproximou-se do velho senhor e tornou a gritar com ele, empurrando-o e dando-lhe sopapos. Mais uma vez, a violência pareceu não surtir efeito, e o jovem, sabendo como qualquer pessoa que alguém atacado de doença pulmonar e em estado grave não pode passar sem seu aparelho respiratório, apelou de novo para aquele tipo de tortura, retirando-lhe a máscara. Após alguns segundos, o rosto do ancião, devastado, na certa, por uma prolongada moléstia, contraiu-se, tomando uma coloração azulada, como se ele tentasse, em vão, aspirar todo o ar possível, antes fornecido pelo aparelho respiratório. E acompanhando a ânsia de respirar, sem a ajuda de aparelhos, seus braços moviam-se de maneira frenética numa súplica a seu algoz, que dava um sorriso enquanto fazia sinais negativos, balançando o dedo indicador. Não suportando mais a tortura, o velho disse-lhe alguma coisa, e o celerado, afinal, parecendo satisfeito, sacudiu a cabeça em concordância e, de imediato, tornou a ligar o doente ao aparelho respiratório. O peito do velho, mostrando alívio, começou a subir e descer de modo rápido, a compensar sua ansiedade e desejo pelo ar do cilindro de oxigênio. Como o homem da cicatriz experimentara sensação semelhante, quando internado na UTI, por conta do coronavírus, sabia muito bem o que o pobre deveria estar sentindo e, assim, embora fosse uma pessoa dura, apiedou-se da vítima daquele insano.

Mas o da teleobjetiva, deixando de lado o velho, acompanhou com curiosidade a movimentação do visitante. Tendo obtido a informação desejada, ele tinha corrido de volta para a sala e ido até o aparelho de tevê de tubo, de vinte e nove polegadas, colocado sobre um aparador. Ah! — pensou o da teleobjetiva — então o velho senhor havia confessado que escondera algo de valor dentro do aparelho de tevê? O que seria? Enquanto isso, o jovem, depois de afastar o aparelho de junto da parede, começou a mexer em sua parte detrás, quem sabe, tentando retirar a tampa de proteção. Não conseguindo nada com as mãos, encaminhou-se para a área de serviço e, lá, fuçando em tudo quanto é lugar, encontrou uma chave de fenda e, voltando com ela para a sala, parafuso a parafuso, conseguiu destacar a tampa traseira da tevê. Aproximando a cara das entranhas, vasculhou daqui, vasculhou dali e só se deu por satisfeito quando localizou, grudado com fita adesiva, na parte de baixo do tubo, uma caixa com mais ou menos o tamanho de um livro comum. Com um sorriso de triunfo, limpou a mesa, cheia de coisas mais diversas, ali lançadas pela fúria de vândalo, pôs a caixa sobre ela e sentou-se para, mais comodamente, abri-la e investigar seu conteúdo.

Quando, afinal, pôs as duas mãos sobre a tampa, o homem da teleobjetiva afirmou-se, ajeitando a lente, ansioso por ver o seu conteúdo. Contudo, o ângulo não lhe era nada propício, devido ao fato de o jovem, por haver se sentado numa cadeira, de costas para a parede, dando para o fundo da sala, só permitir a visão de seu rosto e não do conteúdo da caixa quando aberta. Isto desagradou ao observador, mas, resignado por não poder ver o que queria, pelo menos se dispôs a acompanhar o movimento do visitante que suspendia devagar a tampa. No momento em que a caixa foi aberta de vez, raios dourados começaram a se evolar de dentro dela, e um largo sorriso formou-se no rosto do jovem. Mas esse ar de satisfação foi logo sendo substituído por um ricto de agonia, pois seus olhos começaram a lhe saltar das órbitas, à medida em que a luminosidade se tornava mais acentuada. Ato contínuo, abriu a boca de maneira desmesurada, como se quisesse dizer algo e continuou fitando aquilo que o obsedava e, ao mesmo tempo, lhe causava horror e sofrimento. E, quando aquele brilho se intensificou ainda mais, o sangue brotou de seus olhos em abundância, suas narinas pareciam buscar ar para respirar, e de sua boca saiu um grito que o da teleobjetiva, apesar da distância entre os edifícios, pôde ouvir como se fosse o guincho de um rato. Até que o jovem abaixou a cabeça, como se fosse empurrado por uma força exterior a ele e bateu a cara com violência contra a caixa aberta. Nesse instante, uma chama irrompeu, quase alcançando o teto e devorou tudo o que se encontrava sobre a mesa, aos olhos horrorizados do homem da teleobjetiva.

A MULHER-ESCORPIÃO 7

A chuva começou a cair em grossas cordas. A *Pathfinder*, com o motor roncando, corria como uma reluzente pantera sobre os charcos do asfalto. Nos confins da cidade, o jovem abandonou a avenida e embarafustou por uma estradinha de terra, quase um lamaçal, cheia de poças e cercada por árvores. O coração de Erô batia acelerado. Estava feliz: que presa o destino lhe jogava nas mãos! Fingiu temor, ensaiando uma vozinha frágil sob a máscara:

— Pra onde está me levando?

Ele não respondeu. Continuava a dirigir daquele jeito feroz, fazendo o carro corcovear nos buracos, espirrando lama para tudo quanto é lado. Tomou, por fim, a direita, entrou numa clareira em meio ao arvoredo, estacionou e desceu do carro. Abriu a porta do passageiro e ordenou:

— Saia!

Rindo-se por dentro, ela gemeu, como se fosse uma pombinha:

— Mas está chovendo...

— Saia, porra! — ele berrou, agarrando-a pelo braço e puxando-a com fúria para fora do carro, enquanto lhe arrancava a máscara.

Erô fingiu tropeçar e estatelou-se no chão. Ele voltou a prendê-la por um braço e começou a arrastá-lo pela lama até uns tufos de vegetação iluminados pelos faróis. Ela pôs-se a fingir que gemia:

— Ai, ui!

Os gritinhos pareceram excitá-lo além da conta. Virou-se para Erô, abriu as pernas e puxou o zíper da calça. Tirando o pênis para fora, ordenou:

— Me chupa.

Erô maravilhou-se com o tamanho do pênis e, sem perder mais tempo, obedeceu de imediato. Ajoelhou-se e começou a chupá-lo com fúria. O garanhão, de olhos fechados, gemia de prazer. Quando parecia que ia gozar, empurrou-a, dando-lhe um safanão e abaixou as calças e a cueca. Inclinando-se sobre Erô, arrancou-lhe o casaco, a blusa, a minissaia e a calcinha.

— Deixa eu ficar por cima? — perguntou Erô, vendo que ele ia montá-la e completou com uma voz emoliente, lambendo os lábios: — Sei fazer gostoso...

Tanto o gesto quando o tom de voz pareceram surtir efeito, porque, de imediato, como se fosse um cãozinho ensinado, ele deitou de costas. Erô contemplou o membro pulsando, voltado para cima, lembrando o ferrão do escorpião. Como era grande! Quanto material para acutilar, destroçar — pensou, cheia de desejo. Subiu sobre o homem que, com violência, pôs as mãos em suas nádegas e tentou puxá-la contra si.

— Devagar, meu amor. Deixa que eu faço tudo. Bem gostoso, como você quer... — abriu um sorriso noturno.

Num movimento do quadril, fez que a azagaia, dando um sibilo, ficasse em posição, e que a bainha saltasse longe. Desceu o corpo contra o dele, dando uma cutilada e dividiu-lhe o pênis em dois. O homem berrou e tentou fugir, mas a segunda cutilada, também certeira, acertou-lhe o ventre e foi rasgando de alto a baixo, à medida que ela, como se fosse uma possessa, os dentes rilhando, mexia-se para a frente e para trás, para cima e para baixo. Sem mais resistir, ele tinha apenas movimentos espasmódicos, os olhos e bocas abertos em agonia, os músculos estremecendo em contrações.

Erô só foi parar quando, debaixo do seu corpo, só havia uma massa de carne e cheia de sangue que respingara sobre ela. E, cumprindo o ritual até o fim, inclinou-se e lambeu a chaga parecida a uma flor obscena. A cada chupada, estremecia, sentindo sua lâmina vibrar, de maneira intensa, no meio das pernas. Suando muito, suja de lama e esgotada, levantou-se devagar, caminhou até o carro, onde foi pegar a máquina fotográfica na bolsa.

Voltando ao cadáver, começou a fotografá-lo, ora se fixando no pênis, ora nos intestinos, ora no rosto crispado, ora só nos olhos iluminados pelo terror, onde uma chama se apagava. Embora cansada, sentia-se feliz com o trabalho. Estava se tornando uma experta no manuseio da azagaia. Sem ao menos olhar, era capaz de atingir com precisão os órgãos sexuais ou os intestinos da vítima.

Lembrava-se de que, no início de tudo, além de ser forçada a olhar onde devia ferir, tinha que descer a azagaia com cuidado, sob pena de lhes atingir a coxa. Que trabalho porco! Chegara uma vez ao cúmulo de ter que lutar com uma presa, que reagira cheia de fúria, devido ao ferimento não mortal. Com muita luta, acabara saindo vencedora e, de certo modo, aquilo a agradara, porque fugia da rotina, mas, depois, refletindo, concluiu que era uma vergonha agir assim de modo tão primário, correndo riscos desnecessários. Tinha que se aperfeiçoar, ser a melhor. E, para ser a melhor, não era conveniente que mutilasse desse modo as presas, acutilando-as nas coxas, nas pernas. Precisava ser certeira, usando a azagaia, como se fosse um açougueiro, capaz de, a um só golpe, atingir o coração de um animal.

Mas justiça lhe fosse feita: vinha treinando bastante, escolhendo as presas, usando das artimanhas da sedução, prendendo-as como numa baba de aranha, fazendo-as sucumbir à intimação do próprio desejo. E depois... Ah, depois, era fácil: aquele movimento quase mecânico dos quadris, fazendo a azagaia saltar, como movida por uma mola, e as cutiladas, sob o vaivém frenético do corpo, para frente, para trás, para cima, para baixo. E nesses instantes, como um prêmio, permitia entregar-se ao desvario, rangendo os dentes, os olhos girando nas órbitas, feito dois sóis negros e enlouquecidos, porque, bastante treinada, sua mente, apesar da euforia do sangue, permanecia serena, em vigília, fazendo do corpo uma máquina cujas engrenagens funcionavam com perfeição.

Terminando de fotografar, limpou-se e limpou a azagaia, usando das peças de roupa de sua vítima. Guardando a arma na bainha, com um movimento de quadril fez que ela se retraísse, escondendo-se entre as pernas. Vestiu-se. Depois de investigar o local, à procura de provas incriminatórias, foi sentar-se ao volante da Pathfinder, de onde, à luz dos faróis, deu mais uma espiada no cadáver à sua frente.

Como era belo, parecendo uma marionete, cujos cordões haviam-se rompido. A ferida, como uma rosa aberta, exibindo a precisão do bisturi de um cirurgião, o pênis cortado ao meio, o ventre aberto, como num ritual de haraquiri, as entranhas à mostra. E deixava-o ali, naquela clareira, o sangue pulsando, o coração ainda teimando em bater, mas esgotando a sua fúria, sob a chuva. Não era sua norma esconder os cadáveres, costumava deixá-los onde os acutilara, facilitando o trabalho da polícia. Facilitando não era bem o termo, pois isso fazia parte de sua estratégia: quanto menos mexesse no local do crime ou nos cadáveres, complicava um pouco mais a investigação. Quanto aos pertences das vítimas, respeitava não só por princípio, por honestidade, mas também por cuidado. Fosse encontrada com um relógio, um cartão de crédito, uma joia de uma das presas, e seu destino estaria traçado.

Voltou para a cidade. Antes de deixar o carro, estacionado numa rua sem movimento, vistoriou-o para ver se havia algo de seu. Nada havia, porque, além de sempre usar luvas, fora o colar de prata com o pingente em forma de escorpião, evitava levar joias, como brincos, pulseiras e anéis, capazes de cair no meio das roupas de uma vítima, no mato ou debaixo do banco de um carro. Ela assim o fazia, fincada na experiência, pois correra algum risco quando, em uma de suas performances, perdera um brinco que fora mais tarde encontrado pela polícia, preso entre os dedos de um cadáver. As investigações começaram desse ponto, com visitas dos policiais a joalherias da cidade, pelo fato de a joia, por ser de ouro, possuir algum valor. Sua sorte é que o brinco havia sido um presente da madrinha falecida, quando havia completado seis anos e morava no interior. Com certeza, nem sua própria mãe se lembrava do brinco... Livrou-se do outro, jogando-o na privada. Eis por que havia se habituado a sair com o mínimo — o colar com seu signo, a bolsinha com poucos pertences, a máquina fotográfica. O essencial estava entre suas pernas, adormecido na bainha de couro e pronto para entrar em ação, a um comando seu.

Erô voltou para casa. Na garagem, depois de se certificar que não havia ninguém, evitou o elevador e subiu pelas escadas. Não estava segura. Fosse alguém surpreendê-la suja de lama e quem sabe até com manchas de sangue nas roupas de couro. Chegou extenuada a seu andar, mas não do esforço físico por subir a escada. Ah, quanto a isso, estava bem preparada. O cansaço vinha da excitação que sempre a acometia, sobretudo depois de uma missão como aquela. Uma presa especial! Uma execução perfeita! Realizada com todos os requintes, com frieza, com a precisão de uma especialista. Mas isso implicara grande consumição de energia — daí, vinham o esgotamento, o cansaço.

Erô entrou no apartamento e correu logo para o banheiro, onde se revigorou com um banho quente. Depois, limpou bem as roupas de couro com uma escova, para tirar as manchas de barro e sangue. Enrolada na toalha, veio para a sala, onde se serviu de uma boa dose de conhaque. A bebida aqueceu-a de imediato, dando-lhe uma agradável sensação de calor.

Sentiu fome. Na geladeira, pegou um filé e, temperando-o com sal grosso e alho, fritou-o em pouco óleo, sem deixar a carne tostar. E comeu-o, deliciada, lambendo o sangue. O escorpião corria sobre o cimentado, queimado pelo sol, o escorpião corria sobre o teto, falhando na missão de resgatar o ferrão.

Erô bocejou, esticando os braços e deixando cair a toalha. Passou a mão sobre o corpo. Gostava de sua epiderme leitosa, os mamilos vermelhos e arrepiados. Gostava da penugem dos braços, das pernas. Gostava das coxas esguias, dos pés pequenos.

Estava com sono, muito sono, ainda mais agora que se aquecera com a dose de conhaque e o sangue do bife.

Mas, antes de ir para a cama, tinha uma última coisa a fazer. Erô pegou a máquina fotográfica e conectou-a ao computador. E as imagens vieram se juntar às demais armazenadas na memória. Erô selecionou aquelas que lhe pareceram melhores e pressionou o botão de imprimir, e as cenas de sangue foram-se sucedendo na medida-padrão que sempre adotava, vinte e um por vinte e nove vírgula sete centímetros. Depois, era só grudar num papel cartão, encaixilhar com um vidro à frente, coisa de que ela tinha o prazer de se incumbir. E pronto, o trabalho, preso à parede por um suporte, vinha acrescentar mais um sucesso à sua galeria de caçadora!

Erô tornou a bocejar. Como o escorpião, o garanhão também perdera o cetro. Por arrogância, por achar que podia desafiá-la. A mim, Erô! A predadora.

Satisfeita, foi dormir. Deitou-se, encolhida, com o dedo polegar enfiado na boca.

Naquela noite, como em outras noites de ação, ela sonhou com um oceano de ondas revoltas e vermelhas.

OS AMORES DO MINOTAURO 7

Um tempo se passou desde que havia publicado o anúncio no jornal. Os resultados tinham sido ótimos, além das expectativas, a ponto de ter que recusar encontros por falta de horário.

O bom naquilo tudo é que vinha formando uma carteira de clientes que crescia a olhos vistos. Acontecia que muitas mulheres retornavam, tanta era a satisfação. Como se deu com as "meninas" da Margareth. Atendia-as de modo regular. Apesar de que, no caso delas, teve que fazer uma interrupção, devido à morte da Dama Verde.

— A pobrezinha — chorava a Dama Vermelha ao telefone —, teve uma pneumonia e foi-se para os braços do Criador.

Pobre Criador — pensou. Como suportaria Ele o bafo da criatura?

— Meus pêsames. Sinto muito. Era mesmo uma Dama distinta...

Mas não demorou para que as "meninas do grupo" a substituíssem por outro Matusalém, tão encarquilhado como um pergaminho do Mar Morto. Tinha a vantagem, porém, de não feder, como notou, ao recebê-la pela primeira vez em casa. Cheirava apenas a naftalina.

Também a freirinha retornou, cada vez mais enfronhada no mundo do Marquês de Sade, sequiosa de experiências que a remetessem ao êxtase do amor. Ainda mais depois que conseguira contrabandear para dentro do convento e ler, com prazer, outras obras do Divino Marquês, como *Os Infortúnios da Virtude* e *Os Crimes do Amor*.

E houve, na sequência, algumas extravagâncias. Como a de uma sadomasoquista. Vestia-se com uma minissaia e um corpete de couro preto, luvas, pulseiras, botas de cano alto. Tinha o cabelo curto, pintado de verde e roxo, e a boca, com um batom negro. Trazia consigo uma maleta cheia de acessórios:

chicotinhos, vibradores, pênis de borracha, perfumes e alimentos afrodisíacos. Não contente em se deixar chicotear, fez questão também de chicoteá-lo. Como a paga fosse para lá de boa, acabou concordando. Mas antes não o fizesse, porque passou uns três dias banhando as nádegas com água quente e arnica.

Mesmo assim, acordava, às vezes, no meio da noite, com a lembrança da ereção que o havia tomado naquele dia. Para sua surpresa, reconheceu-se então como um masoquista. Era o que, em parte, explicava a ele o ter se excitado tanto com a sadomasoquista, a anãzinha e o fedor da Dama Verde.

Ainda quanto às extravagâncias, em outra experiência, quase sucumbiu ao peso de duas irmãs, conhecidas entre eles como Baleia e Tonelada. Eram roliças, cor de rosa como um boto, as dobras, as papadas multiplicando-se. Riam-se com garrulice, enquanto beijavam, chupavam, mordiam e deixavam-se penetrar em tudo quanto é orifício. Como quiseram ser atendidas ao mesmo tempo, teve que se desdobrar para satisfazê-las, a ponto de tomar uma dose dupla de Viagra. Em alguns instantes, esmagado pelos mamelões, pela abundância das nádegas, dos pernis, pensou que fosse sufocar. Teve que dar tudo de si para não falhar, fosse pelo esforço, fosse pelo sufoco. E como, afinal, eram bem-humoradas, apesar do cansaço, divertiu-se com elas e, por sua vez, elas com ele. Prometeram voltar e, de fato, cumpriram o acordo.

A clientela caracterizava-se assim pela variabilidade. Havia as aborrecidas, enjoadinhas, manhosas, ríspidas ou exigentes além da conta. Mas, por outro lado, na maioria das vezes, vinham as que não o chateavam com tagarelice, pudores ou, o que mais incomodava, com a ideia de sujeição, dominação, para lhe tolher a liberdade. Sentia prazer em satisfazê-las, ao mesmo tempo em que se satisfazia. Percebia então que sua vida não era monótona, pois, a cada cliente, podia ter experiências estimulantes, animando-o e deixando-o em excelente estado de espírito.

Então era feliz. Incumbia-se de suas obrigações com prazer, mesmo nos casos em que a companheira não fosse lá muito agradável. Não tinha horário, um chefe que o atenazasse por dá cá aquela palha, como o doutor Elói. E jamais era atormentado pelo fantasma da demissão. Tomava todos os cuidados para não pegar doenças venéreas ou o mal do terrível vírus da Covid-19. Sem contar que sua poupança vinha crescendo, a ponto de lhe permitir que fizesse viagens ao exterior e tivesse a adega sempre bem suprida.

Comia com apetite, bebia uísques de marca, vinhos e conhaques de qualidade e sentia-se em ótima forma, apesar dos excessos — as talagadas de malte, as relações sexuais constantes. Nunca mais teve insônia. Pelo contrário: dormia como um justo.

Mas, para seu dissabor, de vez em quando, era atormentado por um mesmo pesadelo. Estava numa cama, cujo colchão cobria o espaço de um quarto, cercado de uma grande quantidade de mulheres. Tinham cabeleiras brancas e desgrenhadas, falavam sem parar, riam-se, uivavam. Avançavam contra ele, as mãos, como garras, terminadas em unhas agudas como punhais e exibindo caninos de vampiros. Ao comando de uma mulher vestida de vermelho, com um látego na mão, atacavam-no ao mesmo tempo e, sem cerimônia, mordiam-no com voracidade. Tentava defender-se, mas em vão, pois eram muitas, e ele não tinha para onde fugir. Quando, afinal, lhe acertavam a jugular, o sangue espirrava num jato, atingindo o teto, e ele estertorava, em pânico, afogando-se.

Acordava berrando, coberto de suor. Respirava, aliviado, as brumas de mais uma manhã. Mas, ao se levantar, como que sentia pontas de agulha ferindo-o na base do pescoço.

No dia seguinte a um pesadelo desses, acordou mal disposto. Ao sentir tonturas, tossir sem parar, o nariz escorrendo, descobriu que tinha febre. Aterrorizado com a ideia de que tivesse contraído a Covid-19, procurou um pronto-socorro, onde lhe confirmaram que, de fato, havia sido vítima da pandemia. Internado, seu estado de saúde não melhorou. Pelo contrário, sem demora, o entubaram e passou a respirar por meio de aparelhos.

Acometido de uma pneumonia, com o passar dos dias, ficou entre a vida e a morte. Passava a maior parte do tempo semiadormecido, os olhos e os pulmões cheios de água, dores no peito, a respiração opressa. Nos poucos instantes de lucidez, além de se lamentar de sua sorte, cheio de remorso, começava a pensar que seu mal se devera à devassidão a que havia se entregue, a uma vida sem norte e sem espiritualidade. Com aquele seu comportamento — refletia —, tinha, na certa, ofendido alguma potestade, que vinha agora cobrar-lhe as ofensas. Aterrorizado com a presença da morte, prometia, então, caso se recuperasse, reparar os erros, sendo mais comedido e entregando-se a uma existência pautada por hábitos saudáveis e pela prática das virtudes.

Para surpresa dos médicos, apesar da gravidade de seu estado de saúde, conseguiu recuperar-se. Venceu a pneumonia. E, uns meses após a sua internação, já respirava sem o auxílio dos aparelhos. Até que chegou o dia em que pôde deixar o hospital. O médico que havia acompanhado todo seu caso, disse-lhe à despedida:

— Olha, foi um milagre de Deus! Desculpe-me falar, mas eu e meus colegas o considerávamos um caso perdido. O senhor esteve entre a vida e a morte. O senhor, de fato, ressuscitou!

Foi para casa com aquela palavras martelando na cabeça. Sentia-se cansado, mas, ao mesmo tempo, sentia-se feliz por ter se livrado do mal. Queria gozar o que lhe restava da vida, descansando, curtindo os prazeres simples e sem se entregar às dissipações.

Mas, ao chegar em casa, teve uma surpresa. Ao consultar a caixa postal do celular e da secretária eletrônica, utilizadas com exclusividade para sua atividade como "Coroa Sexy", verificou que, tanto uma como outra, regurgitavam de recados. Quase todos solicitando-lhe os préstimos:

— Olá, Gatão Velho. Por onde andas, meu tesão?

— Oi, Cavaleiro da Espada em Riste! Quando virás em socorro de tuas Damas desprotegidas?

Havia, além disso, mensagens da freirinha Irmã Ângela, da anãzinha, da mulher do Haroldo e de algumas outras de quem não se lembrava. Não pôde sopitar seu contentamento. Podia então voltar para a Vida! E, num instante, todas suas promessas de virtude e elevação espiritual esvaíram-se pelo espaço ou pelo ralo do banheiro.

E foi com este ânimo que se dispôs a responder e atender às suas clientes, compondo um novo anúncio, que logo remeteu ao jornal:

> **COROA SEXY** comunica a suas queridas clientes que, após longa viagem de negócios, está voltando a atender no telefone de sempre **(11)XXXXXXXXX**

O EU ENSIMESMADO 8

Com toda sua carga de desesperança, as semanas de pandemia escoam-se como a água da sarjeta. Sou um solitário, à semelhança de Laforgue, fechado em meu apartamento, cheio de desalento, sufocando um bocejo, enquanto lá fora a chuva escorre pelas vidraças. Mas, ao contrário do poeta, sem poder experimentar o prazer agridoce da melancolia e nem ao menos fitar os dentes-de-leão dourados, prenúncios de uma possível primavera. A bem da verdade, a cada dia que passa, percebo que me pareço mais é com um homem de sonhos, um espectro vestido todo de negro e usando chapéu, encarcerado numa praça de concreto, sem vegetação alguma, povoada de sombras geladas, a ouvir o mudo discurso de uma boca de mármore. É como se ele revelasse a mim o segredo das solidões enclausuradas, das distâncias intransponíveis entre os seres e da impossibilidade do amor.

Mas a realidade volta a se me impor com seus códigos e suas indevassáveis fronteiras. Só sei que, abandonado nela por uma potestade inacessível a todos os meus apelos, carrego a cruz que me coube, levando adiante as obrigações on-line, na UniLuz. Continuo a ler poesia e mais poesia a meus alunos — "*Chorai, arcadas/Do violoncelo*", "*Só, incessante, um som de flauta chora*", "*Ó Virgens, que passais, ao Sol-poente*" —, enquanto na tela do micro vão se sucedendo as faces de manequins, bocejando de sono, cansaço ou de tédio. De vez em quando, assaltam-me as dúvidas. Para que ler poemas para meus alunos? O que isso acrescentaria a suas vidas sem rumo? Com que propósitos impunha-lhes a tarefa de ouvir a leitura de poesia? Naqueles dias, em que era movido pelo otimismo, acreditava, com toda sinceridade, que ensinar desse modo era uma forma de iluminar a deambulação deles pela selva escura do poeta florentino. Quanto aos propósitos, julgava eu, resumiam-se a lhes oferecer momentos de epifania, propiciados pela força da palavra poética.

Mas as coisas mudaram, eu mudei, quando passei a assumir de modo descarado o meu cinismo. Hoje, nem mais sei por que, continuo com tanta teimosia, a ler poesia em classe, pois a coisa se tornou mecânica e talvez sirva tão só para preencher o horário das aulas. Tudo sem sentido. Se fosse realista e quisesse salvar a própria pele, devia é seguir aquele programa perpetrado pelos meus superiores.

— Pelo menos, é em português... — um dos alunos murmurava, tirando-me de meu enleio.

Seria o Benedito? — pergunto-me, pensando que nada haveria de novo sob o sol: as mesmas tarefas, a mesma toada e as mesmas respostas, sem pé, nem cabeça, daquela gente cuja sensibilidade embotara-se.

Mas, para minha surpresa, haveria, sim, algo de novo sob o sol. Aconteceu que, um dia, o Professor Tolói convocou-me, por e-mail, para uma reunião. Chegando na Universidade, fui direto à sua sala, mas, em vez dele, dei foi com a Jandira Colombo, sua assessora. O que ela estaria fazendo ali, a não ser esperando o seu superior, para colocá-lo a par do rosário de fofocas, divulgadas pela "Rádio Peão" da UniLuz?

— Sente-se, Professor Assis, que o Doutor Tolói já *lhe* vem atender — ela pisoteava a gramática.

Hummmm... Se ele era Doutor, então, eu poderia me considerar um Mestre... — pensei com meus botões.

— Olá, Professor Assis.

Era o luminar que chegava, trazendo maços de documentos sob o braço e a preocupação de um autêntico gestor estampada na face. Sentou-se à sua mesa, atravancada com uma montanha de papéis, pastas, apostilas e um micro. Ao lado disso, pontificava uma estatueta de um homenzinho vestindo um avental branco, em cuja base vinha a inscrição: "Hei de vencer, mesmo sendo professor". Humor de porta de necrotério...

Adotando um ar severo, como de costume, disse, sem preâmbulos:

— Professor Assis, venho lhe comunicar que a Universidade não irá mais necessitar de seus préstimos.

E acrescentou como se fosse o apresentador e dublê de Presidente, o Donald Trump, em seu programa "O Aprendiz":

— O senhor está demitido.

Fiquei pouco abalado com a notícia. Não que esperasse a demissão, mas, desde que entrei na UniLuz, sempre soube que viveríamos — professores e funcionários — com uma espada de Dâmocles sobre a cabeça. Chegando ao meio do semestre, coisa mais comum eram professores, gestores, secretárias sendo demitidos, sem justa ou por justa causa.

Não reagi de imediato, mas, quando ia dizer alguma coisa, fui atropelado pela Colombo. Tomando a palavra, expôs os dentes de cavalo e comentou com a autoridade de Assessora:

— Infelizmente, Professor, o senhor não se mostrou à altura desta casa.

Caí na besteira de perguntar por que, dando ensejo a que o Coordenador explicasse e justificasse, de maneira didática, a minha demissão:

— Além do seu currículo não ter mostrado melhoria alguma, com a publicação de artigos e a ida a congressos, como, aliás, eu lhe tinha sugerido, o senhor não seguiu à risca o programa.

— Não segui à risca? — perguntei por perguntar. — Como assim?

— Alguns alunos vieram se queixar que o senhor só fica lendo poesia em classe — disse a Assessora, exibindo os dentes de cavalo.

— Que alunos?

— Sinto, mas esta é uma informação sigilosa — cortou o Professor Tolói com arrogância.

— E assim vocês se fiam mais nas palavras de um anônimo do que na minha?

Ambos permaneceram em silêncio. Eu tinha conhecimento de que minha situação era irreversível, não voltariam atrás, mesmo que me ajoelhasse e pedisse perdão pelas ofensas didático-pedagógicas.

— Não entendi a crítica de vocês — insisti, fingindo-me de obtuso.

— Voltando ao programa... — dignou-se, afinal, a me explicar melhor o Professor Tolói, consultando um dos papéis de sua mesa. — Decidimos, em reunião, um conteúdo a ser dado em sala de aula, mas o senhor, não sei por qual motivo, seguiu seu próprio caminho.

Perdido por um, perdido por mil. Resolvi chutar o pau da barraca:

— Seguir um programa daqueles implicaria negar tudo o que sei e concebo sobre literatura. Além de que o que vem determinado nele está circunscrito ao que se ensina no segundo grau.

E ante o ar de espanto deles, acrescentei:

— É, portanto, um programa inadequado a um curso universitário de Letras.

A Jandira disse, mostrando indignação:

— Quem é o senhor para contestar nosso programa? Elaborado de acordo com os métodos mais modernos das Ciências. E com o aval do Doutor Tolói!

— E quem é a senhora para avaliar conceitos de literatura? Desculpe-me, mas não é a sua praia, professora! A senhora deveria se limitar a ensinar pedagogia.

— Professor!

O Professor Tolói batia com a o punho sobre a mesa. Uma forma de dar poder às palavras. Mas, como não prestou atenção ao que socava, acabou acertando um grampeador. Vi, nos seus olhos arregalados, a expressão de dor. Senti uma vontade de rir, mas me contive. Fiquei quieto, contemplando aqueles patetas, mas algo em meu olhar devia tê-los irritado, a ponto de o Professor Tolói, acostumado a exibir uma cortesia de ocasião, dizer com a voz trêmula de raiva:

— Tenha modos!

— Isto o senhor não pode exigir de mim agora. Felizmente, não pertenço mais a esta pocilga.

Respirei fundo e acrescentei:

— Pobres dos alunos... Submetidos a gente tão medíocre.

Levantei-me e dei-lhes as costas. Apesar da demissão, sentia-me leve. Porque havia tido a última palavra, dizendo a eles o que pensava de sua mediocridade e da mediocridade da escola. Uma vitória de Pirro.

Agora, me cabia passar no RH, assinar uns tantos papéis para receber pela rescisão sem justa causa.

E um ano e pouco depois de ser contratado pela UniLuz, encontrava-me de novo no olho da rua. E com a certeza de que, em meio à pandemia, jamais encontraria outra pocilga para trabalhar.

* * * * *

A Salete e eu, fechados há meses num espaço comum, continuamos a ver o companheiro de infortúnio como um estranho. Por precaução, evitei de contar a ela que havia sido demitido da UniLuz. Imaginei os comentários sarcásticos que, na certa, iria fazer e, por isso, preferi não dizer nada. Mas, de uma forma ou de outra, uma hora, ela ficará sabendo de minha (e por que não nossa?) desdita. Principalmente, quando vierem as contas a serem pagas.

Olho para a Salete a preencher uma planilha. Contudo, verifico com o rabo do olho que, em vez de planilha, ela parece estar digitando um texto. O que seria, pergunto, movido pela curiosidade, já que ela não tinha hábito de escrever esse tipo de coisa? Seria um relatório? E nem ouso lhe perguntar o que é. Com toda certeza, me fitaria com severidade e talvez murmurasse "Não é da sua conta". Sim, não é da minha conta, mas é como se fosse. Em meu egoísmo, mesmo que pouco ou quase nada tenha a ver com a sua vida, sinto o orgulho ferido, ao saber que ela tem algum segredo guardado.

— Salete, Salete — penso, com desconsolo.

Ela tem o ar cansado, como se a simples tarefa de digitar exigisse demais de seu organismo debilitado pela tosse frequente. Ou seriam nossas discussões que a vêm abalando nesses dias de confinamento?

E toma-me por inteiro uma compaixão pela Salete. Se, vencendo a minha frieza, o meu egoísmo, procurasse abraçá-la e dizer-lhe ao ouvido palavras de conforto, de consolo... Mas desisto, pois logo imagino como ela rebateria qualquer movimento nesse sentido. De tanto que nos desabituamos de tentar estabelecer uma ponte entre nós. Vendo-nos como inimigos, embora, muitas vezes, cordiais, repelindo afetos, considerações, apego, amor.

Acima de tudo, amor. Mas que palavra mais salobra, azedando no céu da boca, muito antes de chegar ao estômago para enchê-lo de fel — reflito, cheio de incômodo.

À noite, sinto o bafo de calor que se irradia do corpo de Salete. Dormimos na mesma cama, embora com uma distância entre nós. Distância esta imposta pela quarentena de corpos a amar a castidade dos ofendidos. Ainda assim, sinto o intenso calor emanando do seu corpo.

Sou acordado pela voz ofegante de Salete:

— Não queria incomodar você..., mas acho que estou com febre...

— Não incomoda, vou pegar o termômetro.

Faz muito frio. Espreguiço-me, levanto o corpo.

— Não pre...ci...sa... Vo... cê... — ela acha de protestar, talvez arrependida por ter me pedido um favor.

Não lhe dou ouvidos. Vou até a cômoda e pego o termômetro. Volto à cama e o ponho em seu sovaco.

— É, está alta — confiro. — O melhor é você tomar um analgésico, um antitérmico.

Mas madrugada afora, a febre começa a aumentar. Salete queixa-se, a contragosto, de dor de cabeça, no corpo e mal-estar geral. Os olhos cheios de lágrimas, espirra com frequência, tem o nariz congestionado e tosse sem parar. Apesar de seus protestos, termino levando-a a um pronto-socorro. No táxi, quase chega a desfalecer, a ponto de, já no hospital, eu ter de solicitar uma cadeira de rodas.

São horas de espera, o espaço saturado de doentes, médicos e enfermeiros, correndo de um lado para o outro, procurando atender a tanta gente, Salete deitada numa maca sem lençóis no corredor, porque não há quartos disponíveis. Quando, afinal, é levada não sei para onde, derreado de cansaço, sento-me no chão, as costas encostadas à parede, e aguardo.

O sono abate-se sobre mim. Fecho os olhos e vejo-me andando pelas ruas, cercado por mascarados, a dançar a dança da morte, regida pelo pregador vestido de Arlequim. A deblaterar contra aqueles que usam máscaras. Empurrado com violência pelos fiéis, tropeçando nos pés, vou me encaminhando até o púlpito, onde há um trono num pedestal. Nele, está assentado um bode com uma coroa de ouro à cabeça. Sei que é tudo culpa dos meus pecados que não fui capaz de expurgar. Eu sou o maldito! O réprobo! Por minha culpa, abri a caixa de Pandora, e o Mal veio se instalar na Terra.

O pregador, cheio de fúria, começa a me sacudir, gritando:

— A máscara! Você precisa livrar-se dela. Você tem que exibir sua face natural, dada pelo Senhor!

Abro os olhos, aterrorizado. Mas quem me toca é uma enfermeira baixinha, gorducha.

— Sinto muito, senhor, mas sua esposa faleceu — a mão em meu ombro, carregava as palavras com um tom pesaroso. — A pobrezinha não resistiu ao vírus.

Com a morte de Salete, recebo os pêsames do médico, dos enfermeiros. Como não poderia deixar de ser, vestem eles a máscara dos consternados profissionais. Uma alma caridosa pergunta:

— Sua mulher?

Não lhe respondo. Continuo a fitar a Salete, deitada num leito, as mãos cruzadas. Tão branca! Tão magra! O rosto sem serenidade alguma, exibindo um sofrimento antigo. Como se ela carregasse às costas o Mal de toda a humanidade. Pobre Salete.

Sou tomado por uma ternura inútil, sem lugar e...

— Lembre-se de que agora ela está junto ao Senhor — alguém me interrompe a vigília, talvez a mesma criatura que me inquiriu há pouco.

A mulher diz isso num tom que me faz lembrar o do pregador. Inclusive, parecia levar consigo um exemplar da Bíblia. Temo que altere a voz e me acuse dos muitos pecados que cometi. Sobretudo, o do desamor.

Chego a casa no fim do dia, o corpo esgotado de tanta vigília. O som do silêncio das ruas sobe, frio e quebrado aqui e ali por suspiros, gritos, e o arrastar dos pés.

A sala está vazia, como que reclamando a presença de seres humanos. Do aparador, a estatueta do Buda me sorri, com beatitude. Mas a baiana, vaso à cabeça, continua a dançar e lança-me olhares lascivos, embora a música, em vez daquela do samba de raiz, seja a de finados.

O sofá predileto de Salete ainda tem as marcas de seu corpo, como se lhe exigisse que viesse acariciá-lo. Afinal, as coisas desta casa parecem ter mais alma do que nós que a habitamos por tanto tempo.

Vou à janela e lanço um olhar para a noite. Não há nuvens, e estrelas, como flores murchas, tremulam aqui e ali. Sinto a sua gelidez. Elas me trazem à lembrança a ideia de que estamos sós, penando para assumir nossa dispensável mortalidade.

Triste, triste.

São Paulo, Pandemia de 2020

OBRAS DO AUTOR

I. Livros acadêmicos

1. *Bocage (poemas escolhidos)* (Sel. de textos, pref, org. e notas). São Paulo: Cultrix, 1975; 2. ed. São Paulo: Clube do Livro, 1981.
2. *A metáfora cósmica em Camilo Pessanha*. São Paulo: USP, 1977.
3. *Pequeno dicionário de Literatura Portuguesa* (dir. Massaud Moisés). São Paulo: Cultrix, 1980.
4. *Português para o segundo grau* (3º vol.). São Paulo: Cultrix, 1980.
5. *Dalton Trevisan* (em coautoria com Carlos Alberto Vechi, (Sel. de textos, estudos e notas). org. São Paulo: Abril Cultural, 1981.
6. *Jorge Amado* (Sel. de textos, estudos e notas). São Paulo: Abril Cultural, 1982.
7. *Gil Vicente* (Sel. de textos, estudos e notas). São Paulo: Abril Cultural, 1982.
8. *A estética simbolista*. 1. ed. São Paulo: Cultrix, 1985; 2. ed. São Paulo: Atlas, 1993.
9. *A poesia simbolista*. (Sel. de textos, pref., org. e notas). São Paulo: Global, 1986.
10. *Fernando Pessoa: as muitas águas de um rio*. São Paulo: Pioneira, 1987.
11. *O poético: magia e iluminação*. São Paulo: Perspectiva, 1989.
12. *Introdução ao estudo da literatura* (em coautoria com Carlos Alberto Vechi). São Paulo: Atlas, 1991.
13. *A estética romântica* (em coautoria com Carlos Alberto Vechi, Sel. de textos, estudos e notas). São Paulo: Atlas, 1992.
14. *A voz itinerante (o romance português contemporâneo)*. São Paulo: Edusp, 1993.
15. *O Simbolismo*. São Paulo: Ática, 1994.
16. *A estética surrealista* (Sel. de textos, estudos e notas). São Paulo: Atlas, 1995.
17. *Capitães da areia* (Sel. de textos, estudo dirigido e notas). São Paulo: Ática, 1996.
18. *A santidade do alquimista*. São Paulo: Unimarco, 1997.
19. *A poética do indizível*. São Paulo: Unimarco, 2001.

20. *A melodia do silêncio, a poesia de Albano Martins*. Vila Nova de Famalicão: Quasi, 2005.
21. *Os seres vegetais*. São Paulo: Fundação Memorial da América Latina, 2007.
22. *A literatura e as artes visuais: diálogos em espelho* (em coautoria com Eliane de Alcântara Teixeira). São Paulo: Pantemporâneo, 2010.
23. *Alçapão de imagens*, o conto de Péricles Prade. São Paulo: Pantemporâneo, 2012.
24. *A poesia como pintura: a ekphrasis na poesia de Albano Martins*. São Paulo: Ateliê/Fapesp, 2015.
25. *O Simbolismo: uma revolução poética*. São Paulo: Edusp, 2016.
26. *A literatura e o imaginário* (Org., pref. e quatro ensaios). São Paulo: CRV, 2017.

II. Ficção & poesia

1. *A teia de aranha* (contos). São Paulo: Ática, 1978.
2. *O senhor dos porcos* (contos). São Paulo: Moderna, 1979.
3. *Objeto não identificado* (contos). São Paulo: Com/Arte, 1981.
4. *O sereno cristal* (poesia). São Paulo: Delphos, 1981.
5. *A muralha da China* (romance, em coautoria com Ricardo Daunt Neto). São Paulo: T. A. Queiroz, 1982.
6. *O sonho da terra* (romance, prêmio Bienal Nestlé). São Paulo: L&R, 1982.
7. *Quadros da paixão* (romance). São Paulo: Global, 1984.
8. *A cidade proibida* (romance). São Paulo: Moderna, 1997.
9. *Os rios inumeráveis* (romance). Rio de Janeiro: Topbooks, 1997.
10. *A divina paródia* (romance). Rio de Janeiro: Globo, 2001.
11. *Contracanto* (romance). Rio de Janeiro: Topbooks, 2002.
12. *Ficções lunares* (prosa poética). São Paulo: Terceiramargem, 2007.
13. *A boneca platinada* (romance). São Paulo: A Girafa, 2007.
14. *Concerto amazônico* (romance). São Paulo: Ateliê Editorial, 2008.
15. *O comando negro* (romance). São Paulo: Globo, 2009.
16. *As joias da coroa*. São Paulo, Alaúde, 2011.
17. *As duas mortes de Osama Bin Laden* (romance). São Paulo: Tordesilhas, 2013.
18. *Inventário da sombra*. Braga: Vercial, 2014.
19. *Guerra não declarada* (contos). Braga: Vercial: 2014.
20. *Matsumoto, o guarda-costas* (romance). Braga: Vercial, 2018.
21. *Convenções do insólito* (contos). Braga: Vercial, 2018.
22. *O resgate* (romance). Braga: Vercial, 2019.
23. "Amor reloaded" (conto), in *Feliz Aniversário, Clarice*. Belo Horizonte: Autêntica, 2020.

24. *2020: o ano da pandemia* (romance em coautoria com Rafael Lopes de Sousa). São Paulo: Amazon & Independently Published, 2021.

III. Literatura Juvenil

1. *A hora do amor*. São Paulo: FTD, 1986.
2. *A grade decisão*. São Paulo: FTD, 1987.
3. *A hora da luta*. São Paulo: FTD, 1988.
4. *Amor & cuba-libre*. São Paulo: FTD, 1989.
5. *O diário de Lúcia Helena*. São Paulo: FTD, 1992.
6. *Amor de verão*. São Paulo: Moderna, 1992.
7. *A casa do terror*. São Paulo: Moderna, 1993.
8. *Ladrões de tênis*. São Paulo: FTD, 1993.
9. *Para tão longo amor*. São Paulo: Moderna, 1994.
10. *Sonata ao luar*. São Paulo: FTD, 1995.
11. *Fase terminal*. São Paulo: FTD, 1995.
12. *O número 1*. São Paulo: Moderna, 1995.
13. *Circe*. São Paulo: Íbis, 1995.
14. *Marta & William*. São Paulo: FTD, 1996.
15. *A história final*. São Paulo: FTD, 1997.
16. *Muito além das estrelas*. São Paulo: Moderna, 1997.
17. *Perigo na noite escura*. São Paulo: FTD, 1997.
18. *No tempo dos dinossauros*. São Paulo: Quinteto, 1997.
19. *O mistério do chupa-cabras*. São Paulo: FTD, 1998.
20. *Meu filho, o extraterrestre*. São Paulo: Quinteto, 1999.
21. *Brasil: a descoberta*. São Paulo: Quinteto, 1999.
22. *A vida por um fio*. São Paulo: FTD, 2000.
23. *Aprendendo a crescer*. São Paulo: Mercuryo Jovem, 2001.
24. *Ladrões de almas*. São Paulo: FTD, 2001.
25. *Por mares há muito navegados* (releitura de *Os Lusíadas*). São Paulo: Ática, 2002.
26. *Invasores do espaço sideral*. São Paulo: Quinteto, 2003.
27. *Memórias de um jovem padre* (releitura de *O crime do padre Amaro*). São Paulo: Ática, 2003.
28. *De mãos atadas*. São Paulo: Ática, 2004.
29. *Viver tem dessas coisas, mano*. São Paulo: FTD, 2004.
30. *Este amor veio pra ficar*. São Paulo: Ática, 2005.
31. *A colina sagrada* (em parceria com Milton M. Azevedo). São Paulo: Quinteto, 2006.

32. *A prima de um amigo meu* (releitura de *O primo Basílio*). São Paulo: Ática, 2006.
33. *Auto do busão do inferno* (releitura de *Auto da barca do* inferno). São Paulo: Ática, 2007.
34. *No alto da serra* (releitura de *A cidade e as serras*). São Paulo: Ática, 2010.
35. *Parceiros do crime*. São Paulo: Editorial 25, 2011.
36. *O poeta que fingia* (biografia romanceada de Fernando Pessoa, prêmio Jabuti). São Paulo: FTD, 2011. 2ª ed., Lisboa: Almedina, 2021.
37. *Liberdade ainda que tardia* (biografia romanceada de Tomás Antônio Gonzaga). São Paulo: FTD, 2012.
38. *Memórias quase póstumas de Machado de Assis* (biografia romanceada de Machado de Assis, prêmio Jabuti). São Paulo: FTD, 2014.
39. *A cidade perdida* (em parceria com Milton M. Azevedo). São Paulo: FTD, 2014.
40. *A nova terra*. São Paulo: Moderna, 2016.
41. *Um grito de liberdade* (em parceria com Rafael Lopes de Souza). São Paulo: Moderna, 2016.
42. *A menina que conheceu Mário de Andrade* (biografia romanceada de Mário de Andrade). São Paulo: FTD, 2018.
43. *Entre a pena e a espada* (biografia romanceada de Camões), prêmio PUC-UNICEF. São Paulo: FTD, 2020.

Literatura infantil

1. *O menino invisível*. São Paulo: FTD, 1988.
2. *O gato de papelão*. São Paulo: Moderna, 1989.
3. *A varinha mágica*. São Paulo: FTD, 1999.
4. *O dia em que o sol sumiu*. São Paulo: FTD, 2000.
5. *O elefante xadrez*. São Paulo: FTD, 2003.
6. *O retorno do menino invisível*. São Paulo: Editorial 25, 2011.
7. *Que bicho é?* São Paulo: Editorial 25, 2011.